島原之卷

焰之窗

一

被认为是前将军足利义昭孙女的由利公主，决心为天主教徒孤儿尽力的时候，武藏的义子伊织已秉承小笠原侯的密令，潜进长崎。

伊织先去拜望了琵琶法师森都。

森都虽然没有证据，但他确信由利公主和伊织是血脉相连的姊弟。

因此，当伊织说想去拜访公主的时候，森都内心不禁涌出一股暖意，回答说："那公主一定非常高兴……"

森都说着连连眨眼。

伊织接着说下去："公主能离开江户，父亲必定非常高兴，但父亲不希望公主长期留在长崎。火已经在长崎燃烧，父亲深恐那火也会在公主的心里燃烧起来。"

森都惊愕得张大眼睛，料想不到武藏竟如此为公主设想。不过，正如武藏所料，那火确已在公主心中燃烧，而且自己也助了一臂之力。森都懊恼地摇了摇头。

伊织看他的样子，不禁尖声问道："森都！公主有危险，是吗？"

森都急忙回道："没有，公主没有什么危险。不过，公主内心已经燃烧着熊熊烈火。火里包藏着泉涌般的智谋，也满含着不惧死生的勇气。伊织先生，快，我们快去见公主。"

森都起身，两人即时走下草庵的山冈，穿过市街，趋访公主。

站在门口，两人请求通报，使女说："师傅刚刚出门。"

"到哪里？"

“坐轿子去见奉行老爷了。傍晚才能回来。”

距傍晚还有一段时间。

“就请你转告说，有个名叫伊织的来过，今晚再来拜望。”

说完，两人就离开了。

“所说的奉行就是神尾内记吧！据说，天主教徒和外国贸易商都畏之如虎，公主以前就跟他常有来往？”

伊织边走边问森都。

“那也不是，以前并不认得……奉行很了解公主的实力，才为天主教的事来求公主帮助。”

“那，公主的意思呢？”

“这我可不知道。不过，公主今天去见奉行，内心大概已经有了打算。”

“是吗？不知道奉行对公主究竟有何期待？”伊织不安地问。

二

森都严肃地回答伊织的问话。

“奉行希望能够不用刑罚就使天主教徒改变信仰，安定民心。幕府严刑对付天主教徒，不但引起一般人的责难，也使人心动摇，最后甚至会引起暴乱。所以想用怀柔政策，收揽人心来缓和一下。奉行也许得了伊豆守的密旨，似乎注意到公主最适合担任此一任务。”

“不错，公主的确是最恰当的人选，但这么一来，公主岂非成了幕府政略中的傀儡？”伊织加强语气说。

森都摇头说：“不然，现在的公主绝不会是傀儡。公主如果接受奉行的请托，也一定是基于崇高的人道立场。而且，公主智略高人一等，也许会反过来操纵奉行呢！”

伊织默然点头。

“嗯，不错。但父亲担心，这样会使公主更陷于不幸。”

"伊织先生。"

森都停下了脚步，以严肃的口吻说："公主在这以前已经很不幸。我知道武藏先生担心公主，但我不以为公主像现在这样下去会幸福。以教授茶道终其一生，怎能说是幸福！"

伊织慌忙说道："呵，父亲是希望公主能到肥后的熊本去。"

"纵使到熊本去，还不是寂寞地过日子！"

"这，这……"

伊织遭受森都意外的驳斥，讷讷难言。

森都放低声音，继续说："伊织先生，要使公主幸福，只有一个方法，你知道吧？"

伊织没有回答，默默行走，不久，低声说道："你指的是父亲？"

"是的。公主倾心武藏先生。当然，这不是世俗普通的恋慕，武藏先生高迈的精神早已震撼公主的心魂。但，公主十分了解武藏先生的孤高，心底话始终无法倾吐。然而，爱慕毕竟是爱慕，若不能一了相思情，就会陷于不幸。如果武藏先生能够接受公主的情意，公主马上就会幸福。"

伊织又默默行走，过一会儿，叹息说："父亲……大概做不到！"

三

由利公主和长崎奉行神尾内记的密谈已进行好几个时辰，仍未终止。公主以激越的口吻说："如你所望，我会尝试让被捕的天主教徒改变信仰。不过，我的目的是从酷刑之下拯救幼小的孩子，把他们接过来抚养，如果这点不能答应，就没什么好谈的了。"

"噢，噢，公主！话不要说得这么绝。这要看父母的罪状和孩子的年龄，最好，一切按照法庭审判的结果来决定。"

"不行！十岁以下的孩子要无条件让我领养，十岁以上十六岁以下要看我的判断"。

“那，那我的任务……”

“不会妨害你的任务。”

“那么……”

“奉行所和我正处于敌对关系。我用一切方法夺取孩子，你可以用一切手段来阻止。”

神尾内记瞪目惊视。

“这太过分了……”

“哈，哈，哈。”

公主突然笑了起来，改变语调说：“神尾先生，这是开玩笑……如你所说，一切全看你的审判来决定。我领养孤儿的住家可作为奉行直接统辖的孤儿院，不过我希望你要信守诺言，绝对不许衙役进入孤儿院。”

神尾勉强答应。

“好，我答应。如果以领养天主教徒孤儿作为奉行的业务，町人[①]一定会认为这是幕府恩威并施的德政，大家都可以松一口气。我希望借此机缘收揽人心。”

“嗯，那就请尽快找房子……”

“立刻就去找。”

公主决定设立孤儿院，作为缓和弹压天主教徒的方针。这样一决定，公主再也没有迟疑，黄昏时分，心情愉快地回到寓邸。使女传言说：“有位名叫伊织的先生，跟座头先生一块儿来过。”

“什么，伊织先生？”公主失声道。

“是的，他说今晚要再来，然后就走了。”

“噢……”

伊织到底有什么事到长崎来？公主觉得很奇怪，焦虑地等待着。武藏会不会也一道来？她心怦怦作跳。

---

① 町人：工商业者。

四

入夜，伊织与森都再度叩访。公主和伊织虽无证据证实他们是姊弟，森都也难以出口，但两人之间已隐隐流露出骨肉手足之情。

彼此互道别后情形之后，伊织半试探地说：“公主，我奉殿下密旨，到长崎来采查天主教徒的动态。”

公主道：“伊织先生，以后别叫我公主，就叫由利吧。”

接着，言归正题道：“我觉得这是很有意义的工作，幕府现在的做法无法消灭天主教徒。以武力抗拒武力的时期，一定会降温。”

“就在长崎这地方？”

“是的，现在，长崎好像已经出现了用武力对抗官吏的天主教徒，甚至很可能会引发大暴动。暴动的都是一向温顺隐忍的老百姓，自古以来莫不如此。一般说来，町人都依恃领主的权力，不会团结一致，反抗领主。”

“说的不错。”伊织很佩服公主的见识。

“不过，公主，呵，不，由利小姐，我觉得暴动对幕府实在不幸，不知有无防患于未然的方法？”

公主含笑回答道：“这是男人的想法，搞政治的男人……”

公主迅即表情严肃。

“伊织先生！在日本，甚至全世界，都不许女人参与政治。然而，女人却超越政治，袒护穷人和可怜人。作战的时候，女人都愿不分敌我，看护伤患。伊织先生！近来，我对天主教颇感兴趣，但这不是政治问题，是爱的关怀，对那些根本无罪而陪父母一起被杀的天主教徒孩童，还有那些失去双亲流浪街头的孤儿，我不能袖手不管。”

伊织深深颔首。公主的心境既已成熟至此，父亲应该可以放心。无论爱有多深，既然不能成为夫妻，彼此只有各行其道。

伊织不知道公主用什么方法保护天主教徒的孤儿，也不知道她跟奉行谈些什么，但却加强语气说：“由利小姐！我很了解你的心意，愿你奋斗到底！”

五

“我会的。我要模仿武藏先生，走我自己的路！”公主目光辉耀。

公主生命之火似已开始跃动。昨日以前活在公主心中的武藏，是悠然孤高的沉静影像，现在却变成火焰高燃的战斗图像。

伊织由衷敬佩公主，认为她是与父亲武藏同样伟大的女杰。

“我会把由利小姐的心意向父亲报告，父亲一定也会了解。”

“请你告诉他，我要以女人的方式奋斗，绝不虚度此生。”

“知道了，由利小姐。我伊织决定以凡人的方式奋斗到底。”伊织也用力地说。

一直倾听不语的森都，脸泛红潮。在这伟大姊弟的谈话中，他似已感受到温暖的骨肉亲情。

公主蓦然望着森都，说：“森都先生，此后的我已不是公主，而是夜叉了，也许会给你添麻烦呢！”

森都有点着慌。“不，公主！你开玩笑……”

“不，不开玩笑。我大致已知道你的工作。我无意跟幕府作对，才答应和奉行合作，但我跟天主教徒必须友好相处，这或许会让奉行苦恼，给你添麻烦。”

森都连忙说：“公主！我虽参加公主和奉行的会谈，可非奉行的属下。不管公主做什么，我绝不干预。公主，请别顾忌我，放手去做！”

“那我就放心了……不过，对你，我还有一件事很担心。”

“是什么？”

森都倾身静听。

“听人说，天主教徒已发觉你的身份，正要取你性命。”

公主由衷关怀。森都却意外地发出豪迈之声，大笑：“哈，哈，哈！”接着说道：“公主！这件事，请放心。森都虽老，也不比天主教徒蹩脚武士差。纵使不如他们，死亦无憾。”

说完，森都又笑了起来，似乎为了表示以前曾经是武士，他脸上的肌肉绷得紧紧的。

六

在这之前，由利公主从霞驹之助透露的口风中，知悉天主教徒的武士已经刺探出森都的身份，要取其性命。

公主的忧虑迅即成为事实，当晚，伊织和森都离开公主寓邸，并肩走下斜坡，穿过大街进入胡同，旋即来到石桥。

就在这时候，突然从阴影中跳出十四五个覆面汉，挡住两人的去路。森都止步，伪装迷糊的样子问伊织道："是谁呀？好像有人阻道？"

"唔，十四五个蒙面汉。"伊织沉稳地回答。

"有何指教？"森都向对方发话。

这时有个覆面汉无礼地走过来："跟座头森都有点事要解决！"

"噢，跟我？"

"可恶的鹰犬！现在全明白了，你这个藏在盲座头阴影里，长期做幕府密探，探寻我们天主教徒秘密，卖给幕府的恶徒！今天让你在这儿受天罚！"

一个覆面汉向森都厉言指责后，转向伊织和缓地说："我们不知你是谁，杀座头的理由已如上述。若非衙役或座头一伙，愿你置身事外。"

于是，森都抢先说道："啊，还算懂事！这先生既不是我这一伙，也不是衙役，可不能乱来。敌人只我一个！"

森都从容地说完，蓦地大声吆喝道："来吧，卖国贼！"

接着，他向前跨步，盲眼射出怪光，赫然张开。霎时，那覆面汉悲鸣倒地。森都手杖向前递出，撞刺其面。

"喂，小心！杀！"

其余的覆面汉口中高喊，拔出大刀。

"哈，哈，哈！邪魔外道，找死！"森都挺身嘲弄。

"闭嘴！"

两三个覆面汉同时砍来。森都的手杖轻快地拨开大刀，伸向三人的脸部和颈部，一齐把他们刺倒。

“吃紧！退！”声音从背后传出，覆面汉立时逃开。

七

伊织为森都的巨变深感惊讶。座头平稳的举止霎时变成猛虎般勇猛，着实意外，而那双盲眼闪闪发光，更使伊织吃惊。

“难道是装瞎？”

被森都手杖击倒的覆面汉爬着逃逸而去。森都目不转睛地目送他们，之后猛然转首对伊织说：“伊织先生，献丑啦！”

他的眼睛又回到原来的样子，一眨一眨的盲眼。

“哦，不，干得好！”

“献丑，献丑！”

两人若无其事般向前行走。过一会儿，伊织问道：“森都，你不是瞎子吧？”

“是真瞎！你知道，我本来就很机灵，以前就靠这一点才做了武士。也因为这样，我才能跟没瞎一样行动。”

“可是，刚才，你的眼睛仿佛散出了明亮的光芒。”

“哦，这是气势所致。不过，伊织先生，我本来终生不想观看这粗莽的社会，准备悠游到处行走……”

伊织感慨地说：“唉，森都，你要长期藏在盲眼之后，不露出真面目，可真不简单哪！”

“真不好意思……这社会不是可以一直自由自在假冒下去的，我大概也需要缴年贡了。”森都自嘲般笑说。

“不过，千万小心哪！”

“当然，天主教徒知道我的身份，这也是我的秘密的一部分，请别担心。呵，伊织先生，由利公主实在是个了不起的人物。”

“唔，我有同感。”

“她见识高，认为暴动的征兆全在百姓，确有见地。暴动大概会真的发生，岛原的领主松仓父子正是足以引起暴动的人物，他利用幕府弹压天主教的政策，在领地内苛敛诛求，极为暴虐。”

“真的？太可恶了，你向伊豆守报告了没有？”

“没有。天主教徒最强的地方就是不抵抗。不管怎么迫害，他们绝不反抗，而且乐于殉教。对此，奉行亦束手无策。如果照这样不抵抗长期坚持下去，不久，幕府也会崩溃，天主教徒会赢得胜利。”

森都表情严肃地继续说下去。

“所以，要消灭天主教徒，必须给他们武器，让他们结党起事。伊织先生，宗教之强乃在于攫住人心，若靠武力，它的力量就要减少一半，佛教也一样。伊织先生，我毫无理由地厌恶耶稣，希望把天主教从日本驱逐出去。所以我静静地等待他们暴动。也因为这个缘故，我才不向伊豆守报告任何事情。不过，像伊豆守那样的人物，一定懂得这点。我猜想，他可能有比这更深密的见解。”

“什么更深密的见解？”伊织乘兴问道。

“等待天主教徒起事，而后一举加以歼灭，兼向外国显示幕府的威力。”

“真是高见！”伊织点头。

“不过，外国传教士却害怕天主教徒武力暴动，现在正隐藏各地，压制不平分子了。但是，憎恨德川的丰臣遗臣却极力煽动这些不平的天主教徒。此外还有像由利公主这样从人道立场展开活动的人。西班牙、葡萄牙、荷兰、英国也因为窥伺日本的资源，彼此角逐。伊织先生，往后的情势越来越有趣了。”

“唉，真是千奇百怪，复杂错综。我的工作也真不单纯。”

“伊织先生，明晚，我们在约定的地方见面。”

“好，麻烦你了。”

伊织在途中向森都告别，向旅寓走去。转到明亮的大街上，摩肩而过的四五个浪人武士，不住地打量伊织的背影，低声道：“喂，是刚才那个家伙。”

“什么，是那个？那是武藏的养子宫本伊织呀！他若袒护森都，那可难缠。”

“那，我们现在乘机把他摆平？”

“这可不简单，他已得武藏真传，又有实战经验，本领是第一等……五月的御前比武，跟荒木又右卫门斗个平手。”

“如果来个以众击寡？”

“乌合之众有什么用！”

“用短枪？”

“唔，我们好好商量。”

“总之，先探查他的寓邸？……”

他们若无其事地尾随着伊织。

八

浪人武士查明伊织寓邸后即行离去，伊织根本没有发觉。第二天早上，伊织参观港埠附近沿海的市街。长崎果然不愧是日本对外的橱窗，港湾内停泊着荷兰和唐人船[①]，市街的景致、商店的装潢全是异国情调，给人一种清新明晰之感。向南走下斜坡，过桥来到海街道，一个年轻的武士突然从身后擦肩前行。就在这时候，他将一封信递到伊织手上，往前奔去。

“奇怪！”

是个完全不认得的年轻武士。

伊织即刻把信揣在怀里，走进唐人街外的大德寺，四顾无人，伊织把信拆开，信上写着：

---

① 唐人船：中国船。

急笔仅奉数语，敝人系与宫本武藏先生有师徒之约的雷电源太郎之子源之助。昨晚探知，有人将于某地袭击先生，可能使用短枪，切莫大意。师门因缘，谨先通报。再者，父亲源太郎因系天主教徒，已仙逝多时。

字迹显得潦草。伊织曾从武藏那里听说过雷电源太郎，所以心中有点难过。对袭击一事，伊织深感源之助的厚爱，但内心丝毫不为此事所动。

伊织受过武藏严格的训练，每次出外，均如身处敌阵，但他已习得悠然大步而行的涵养。受短枪袭击，他并无应付方法，不过，内心仍有临机应变、脱离危险的信心。伊织自不会因此而使行动受到牵制。想到敌人本身，再考虑一下与森都的关系，他想对方大概恨到须用飞武器来袭击自己，才能释恨。不过，伊织并未觉得特别困扰。

黄昏回到寓邸之前，一切都平静无波。晚饭后，伊织如约赴深堀，深堀是郊外的渔村。森都邀他到渔村来看看天主教的情况。

伊织注意前后，森都曾事先提醒，别为他人所发觉。他不惧雷电源之助所提的袭击之事，却很看重森都的警告。他悠然地向前走去。

九

不久，伊织发觉有四五个武士尾随身后。越往前行，人数越多，最后终于聚集了三十人左右。

“嗯，大概甩不掉啦！”伊织自语。走到人烟稀少的小胡同空地上，伊织停步，突然回身，简洁地问：“人还没聚齐吧？”

“噢……”

他们受此突袭，不约而同往后退了一步，一齐手握刀柄。

伊织逐一盯视他们的脸，说：“先警告你们，我是小笠原信浓守的家臣宫本伊织。奉主公之命到此地，理应无仇人，若认错人，后悔的可是你们！”

伊织的目光尖锐地盯着对方。

“噢，原来还有面熟的人呢！”

伊织微笑。一伙中有个浪人背着脸，他在江户曾拿岩田富岳的信给伊织，受伊织闪电一击，跌坐地上。

“呵，我明白你们的意思了。哈，哈，哈！”

伊织张口大笑：“江户的仇，要在长崎报，是吗？你们真不要命了！”

“闭嘴！”为首四十岁左右的武士终于开口说话，“不必多说，纳命来吧！”

“哇，哈，哈……笑死人啦！”伊织再度大笑，旋即扭腰大喊，“唉！”

咻！一道闪光从手中掠起。

“啊！”

右边船老大般的人仰空倒下。

在这刹那，伊织腾空袭来，从这人怀里取出一支短枪，真是迅雷不及掩耳。一伙人吓得往左边逃。

伊织把短枪揣在怀里，手抚腰间大刀。

“你们想走啦？”

一伙人作势欲逃，步步后退。

“走……”

伊织往前踏出一步。这伙人再也忍不住，转身逃逸。

十

伊织从躺在地上的那人身上拔出怀剑，从原路直往深堀奔去。伊织离开小仓时，武藏曾一再嘱咐非万不得已绝不可轻易伤人，以免种下仇恨的种子。

所以，伊织今天也以不随便杀人为原则，而且获得相当成果。他并非事先就有所准备，在尾随者愈来愈多时，伊织采取了闪电一击的战法，因为敌人用的是短枪，他想，先击倒用短枪的人，即使不用刀也可把敌人震住。

于是，伊织蓦然旋身，使敌人突然止步，然后边说边探查怀有短枪的人。枪虽短也有一尺二三寸，很容易辨识。伊织见右边那人怀中鼓起，立刻察觉，掷出怀剑。这正是武藏乘敌之虚的战法。

跟森都约定的场所是在深堀前松林中的小庙。伊织悄悄绕到里边，森都已等在那里。两人默默穿过松林，走进农舍，到了里间，森都让伊织装扮成渔夫模样。

“伊织先生，等下如果要叫名字，我就叫你伊藏先生，时间还多得是，好好休息一下，马上就会有事。”

“知道了。森都……”

伊织这时才把刚才遭受袭击之事告诉森都。

森都抱歉地说：“真给你添了不少麻烦。他们一定因为我的关系才对付你。其中也有富岳的手下，江户浪人显然已参加了天主教的阵营。伊织先生，今晚你可看个仔细。”

夜渐深。

森都迅速换了装，也装扮成渔夫的模样。

“伊织先生，我们该走了。”

“伯伯，我陪你一起去。”

两人轻声说着，离开了农舍。入深堀城一看，路上空无一人，只有几家人家点着灯。前边有间黑色的二层建筑物耸立着，门前挂着“商人住宿”的吊灯。

两人从后门进去。

森都拉开厨房的门，饭厅昏黄的灯光流泻而出。

走廊旁边是楼梯，两人放轻脚步登上楼梯，绕过走廊，进入一间房间。

“请坐，还有时间。”森都轻声说。

房内已放着火盆，铁壶滋滋作响。茶具也一应俱全。森都轻巧地倒了茶。

十一

森都啜饮着茶，从从容容地小声说道：“这旅馆的主人是虔诚的天主教徒，其实是我放的间谍，而且也跟奉行商量好，绝不轻易搜查这家旅馆，因此对天主教徒来说，这是唯一安全的聚会所……”

伊织仅颔首倾听。

过了三十分钟。

倾耳细听的森都伸手把火盆轻轻挪开，榻榻米上露出三寸见方的小洞……在这并不高雅的建筑物中，二楼的地板就是一楼的天花板。

“你来看看。”

伊织把眼睛靠近小洞，在蜡烛的照耀下，八叠大的房间依稀可见。

“还没有人，不久就会有人来了。我是瞎子，只用耳朵听。”森都微笑着说。

又过了两三分钟，从下面传来了踏上榻榻米的声音和小声谈话的声音。伊织再把眼睛移向小洞。从上面往下看，视线不太清楚，总之，是两个年纪相当大的武士，接着，有十四五个武士、町人、农夫挤上来。最后进来的是穿黑衣的红发外国人。

这外国人可能是传教士，他诵毕祈祷文，大家齐唱“阿门”，书了十字。

“现在开始谈吧！”

外国人旁边的白发武士说：“先由小左卫门先生报告岛原方面的情形。”

坐在角落里五十岁上下农民模样的人兴奋地说：“以前已经详细报告过了。领主越来越残暴。催租尤其苛虐，最后甚至把女人剥得精光，绑着双脚，倒吊起来逼租。”

“全是信徒吗？”

“呵，不，只要是滞纳的农民，跟信徒的遭遇没有两样，正因为这样，信徒已越来越多。”

上座的老武士嘲弄地笑着说：“由于天主的保佑，时机已逐渐成熟。请天草的大矢野作左卫门先生报告一下。”

“我……”

跟传教士相对而坐，年过四十岁的健壮武士以尖锐的眼光环视在座的人。

十二

作左卫门以沙哑的声音说：“天草也跟岛原一样，代官寺泽对农民的苛敛诛求已达于极点。暴政若长此以往，岛民大多要坐以待毙。然而，不问信徒与否，岛民怨怒之声已遍布全岛，执兵器起事，势所由至。”

坐在角落里的年轻商人向左卫门说：“长老，当地信徒传说，天草岛已出现一个天生得神宠，能行奇迹的少年，不知是真是假？”

“这是真的，大矢野村庄屋益田甚兵卫的十三岁儿子四郎，就是这个传说中的少年。去年以前，他只不过是个平平凡凡的村童，今年正月三日，蒙受上帝启示之后，即以上帝的圣名施展无数祥瑞，深受村民敬仰。”

“听说，能不学而读四书？”

“不错，他能顺畅地读完四书五经，使大家不由得张口结舌……”

“据说，能从天上叫下鸽子，在他手上生蛋，然后从蛋中取出经文，是不是？”

“是的，的确是如此，经文说，日本不久将变成天主教世界。”

“又听说，手上一旦拿了剑，大人也敌不过他？”

“不错，剑法高深莫测，本领高强，连武士也远不如。预言说，不久即将持剑荡平冒犯上帝的幕府。”

“哦！”

一座皆发出惊叹之声。接着，穿黑衣的武士以高亢的声音说道：“这名叫四郎的少年是上帝差遣到日本来推翻德川暴政的天使。迟一日，德川基础便巩固一日。我想尽快呼吁怨恨德川的天下浪人，早日起兵。前天，江户的同志已遣使带来信息，声称只要我们决意起事，他们将大力支援。”

从楼上小洞窥视的伊织，发觉说话的人正是刚才袭击自己的浪人群中的一员。

他接着又激昂地说：“各位，战斗已经开始了。我们已袭击座头森都和宫本武藏的养子伊织，作为此战的开端。”

这时，红发传教士沉静地开口说话，也许年纪已经相当大，头顶圆秃，声音也有点颤抖。

十三

传教士声音虽颤抖，却以严肃的日本语说道：“我要告诉各位，天主教徒是上帝忠实的传人，不论什么场合，都绝不能拿武器伤人。主耶稣基督生于犹太之国，宣扬上帝之爱时，犹太的国王也跟现在的幕府一样欺压穷人，使他们陷于涂炭之苦境，但基督绝不要求穷人拿起武器来反抗。相反地，他却自背十字架，承担所有人的罪。在日本也有成千成万的天主教徒遵从主的教诲，被钉上十字架，流了可贵的鲜血。这种血才是胜过千万般武器的力量。幕府跪伏神前的日子不久将会降临。各位，我们踵继其后，绝不能使他们的血白流。”

商人信徒都虔诚地画了十字，喝声“阿门”。

可是，武士们却露出不满的表情，面面相觑。传教士旁边的老武士以粗暴的语气唤声“神父”，接着就说：“我们已经忍无可忍，已经受够，我们不要在忍耐中流血。反正同样是流血，我们要跟幕府战斗，推翻暴政，救民之苦，推广上帝之道……这难道违反神意？”

“不管推翻暴政多正确，但这是大名和武士的任务，不是基督之道。”传教士沉静地安慰。

“神父，你说的不错，但以前信仰上帝的大名早已被德川的声势屈服，成了背教者，没有一个愿意挺身而起，纠正幕府的暴政。现在，人民正坐以待毙，我们岂忍坐视？我们天主教徒除了高举上帝的旗帜，站在前头，号召天下正义之士，同心合力推翻幕府之外，别无拯救人民苦难之途。”

“说得好！”

袭击伊织的武士冷冷地说：“据说，西班牙政府担心德川幕府怀疑西班牙有侵略领土的野心，所以对天主教徒以武力反抗幕府的行动表示为难，神父！是不是因为这样，所有的神父才都雌伏不动？”

神父闭上眼睛，悲伤地摇头，突然站了起来。

“啊，神父！要走啦！”商人大喊。

神父跪下，在胸前画十字，并用西班牙语唱颂祈祷文。

十四

老神父随即回首用日语静静地说道：“兄弟们，我是在日本的最后一个传教士。不过，告别的时节到了。不久，我将应神召赴天国。各位，就此告别！”

说完话，神父踏着稳健的步伐走出房间。

“神父！”有几个商人跟着他离开。

伊织深为这严肃的气氛所感，屏息下望。森都推了一下伊织的肩膀，低声说：“走吧！”

两人从二楼走下，经原来的便门出去。森都倾耳细听。

“在那边！”两人快步疾行，不久走出渔村，到了海边的松林，看见星光下有三四条人影。

“伊织先生，我虽然只听到他们说话的声音，但已经知道了大概。

现在我们尾随罗雷尔神父走！”

“罗雷尔！”

“是的，三年前，他被幕府驱逐出境，失踪了一阵。两年前，又跟另一位神父威莱勒一起回来。威莱勒旋即被幕府逮捕，去年，在江户被处死。罗雷尔却潜入地下，躲避幕吏的耳目。只有我森都知道他的情形……”

“森都，老实说，我非常佩服罗雷尔。”伊织感动地说。

“那当然。他们才真正是上帝的仆人。”

“我知道，想煽动天主教徒起事的并不是外国人，而是日本的浪人，森都，罗雷尔到底有何打算，为什么说不久之后将应神召赴天国？”

森都“咕噜”地咽下了口水，说道：“他大概准备自投罗网，接受处刑。”

“真的？”

“罗雷尔一死，就没有人会要求天主教徒容忍。从此以后，岛原和天草的农民将一步一步迈向起事暴动之途。那个名叫四郎的少年大概会以得神宠的圣雄身份被奉为领袖。”

“嗯，这我也知道。但我现在可不愿意罗雷尔被杀。不管是不是天主教徒，他毕竟是位很崇高的人物。难道没法子救他？”

“没有。没有人能改变他的意志，我们只能看他最后一眼。”森都冷冷地说。

鬼百合

一

森都和伊织眼见罗雷尔神父和追随其后的四个商人走进小川町酒店老板堺屋吉石卫门的家里后，就分手了。

过了三天，即宽永十一年（一六三四年）六月二十三日，一向沉静的长崎市民突然遭遇一件惊天动地的大事。

当天傍晚，从小川町的堺屋家走出一支奇异的队伍，最前端是穿着华美天主教礼服的传教士，高举六尺高的十字架，他的后面跟着四个同样穿着神父服装的人，抬着镶金嵌银的舆轿。轿内所奉是大理石的圣母玛利亚像。

舆轿后面有将近三十名妇孺，全都身穿盛服，头戴垂肩的领巾，口中唱颂着："圣母玛利亚！"

"啊！是天主教信众！"

市民们也跟着一起唱颂，然后跟在队伍后面向前行进。队伍越往前行，尾随其后的市民人数愈来愈多。圣母玛利亚的称颂声也越来越高昂。

狂热引起狂热，队伍穿过前街向市中心行进时，人数已超过千人。没有加入队伍的也在道路两旁排成人墙，同样称颂着"圣母玛利亚"。

急报传来后，长崎奉行所立刻派出五十名衙役。这些人数当然不敷用，但奉行所已无法派出更多人手。当代官所与各藩警察机构共同出动了一百多人时，队伍人数已增至将近两千人。

"停止！再往前进，杀无赦！"奉行神尾内记骑在马上高喊，阻止队伍前进。

队伍霎时停住，走在最前面的罗雷尔神父当场跪下，但仍然高举十字架，称颂道："上帝啊！请降福给长崎奉行所的官吏！"

接着罗雷尔神父向神尾请求道："足下想必是奉行先生。敝人是传教士罗雷尔，请速逮捕！但后面跟随的均为无罪之人，请千万宽恕他们！"

但，神尾已气得双眼通红，好像没听见罗雷尔的话，向部属下令道："所有这些人，全给我抓起来！"

二

奉行神尾内记平素是个富于策略、沉着冷静的人物。但因事情发生得太过突兀，急迷心窍，以为天主教徒已经开始暴动。

其实，这种天主教徒队伍十几年来一再出现，只不过是平和的示威运动。然而，神尾初任奉行不久，并不知此事。

他的部属也愤怒至极："是，立即遵命办理！"

在奉行严命之下，一百多个衙役举起木棍与铁尺袭击队伍前头的人。

罗雷尔神父及盛装的天主教徒，无论男人或妇孺，都跪在地上，仅仅口颂圣母玛利亚，丝毫不加反抗，任由衙役棍打脚踢。

跟在队伍后头的市民看见这种情形，都义愤填膺。

"快救神父！"不知从何处发出这样的喊声。

于是，数百市民齐声喊："打！"朝衙役拥去。市民虽赤手空拳，但群众一见血便情绪激昂。不旋踵，混战已经展开。

不过，群众也很聪明机敏，一看见奉行所队伍拔刀从后面奔驰而至，立刻高喊一声："快逃！"

"把他们带回去。"神尾松口气，交代属下。

衙役们粗暴地绑人。

"嘿，人数不对呀！"

他们慌张地环顾四周。不错，待在那儿的全是大人，小孩子都不见了。

"暴民一定逃走了。长官！该怎么办？"

一名衙役向神尾请示。

神尾这时已恢复冷静，从马背上环视四周，突然向对面屋檐下发话说道："喂，在那边的可不是森都吗？"

"是的，是森都……"

森都跟伊织缓步过来。

"队伍里的小孩不见了。虽然是小孩，但参加了游行，就是天主教徒，不能让他们逃走。你看见了没有？"

"这个……没有，我没有看见。"森都摇摇头。

"他是谁？"

"小笠原信浓守的家臣宫本伊织。"伊织顶礼回答。

"呵，是吗？我是神尾内记，久仰久仰。今天在此……"

神尾向属下低声交代了几句话，策马奔驰而去。

三

諏访神社的内山有座堂皇的黑门邸宅。这邸宅本是豪商兼大船主池田屋所建的别庄，自宽永六年（一六二九年）为奉行小野河内守拥有后，世世代代都是奉行的别庄。如今，黑门上挂着一方新门牌，上面写着“白百合寮”。这是前天由利公主跟神尾约定后新迁入的居处。

神尾内记策马奔至白百合寮。

“喂，有人在吗？”神尾站在门前高声发问。

老门卫不耐烦地缓步而出。

“是哪一位？”

“我是谁，你还不知道？”

“啊，原来是奉行老爷。”

“快，快牵住马！”

“是，是。”神尾迅速地从马上跳下，快步走向门口。

“借问一下！”

“是谁？”

出来的是一个年轻武士，那是霞驹之助。

“公主在吗？”

“请问您是……”

“神尾内记。”

“有什么事？”

“我是奉行。公主在家吧？”

“在家。不过，很可能在休憩。”

“请你通报一下，我想见见公主。”

“马上就去通报，请等一下……”

对霞驹之助这种不承认奉行权势的冰冷态度，神尾很觉气愤难平。

等了好一会儿，霞驹之助才出来。

“公主已在休息，我向她报告说神尾先生要求见面。请进！”

神尾默默地走进去，三天以前原是自己可以随意进出的别庄，现在却不能了。

“既然借给我住，就是奉行先生也不能随意出入。而且依照约定，无论为了何事，衙役也绝对不准进入。”公主坚持这些原则。

所以神尾也跟别人一样有礼地走进客厅。茶端出来了，点心也拿出来了，过了好一会儿，由利公主才出现。

“哦，神尾先生，你好……”

公主微笑着坐下。神尾也露出了笑容，一看到公主的脸，紧张的心情顿感放松。

四

神尾恢复威严，开口说：“公主什么时候回来的？”

“这么说，你在什么时候、什么地方见过我啦？”

由利公主笑容可掬地反问。

“这个……”

“那要请问你，当时我装束如何？”

“噢……这个嘛，这……”

“神尾先生，据你推测，我刚才……一定在市街啰？”

“公主！你真的没到街上去？”

“这件事，我没有理由受人干涉，所以我不愿意回答。”公主扬了扬眉。

神尾慌忙说：“呵，不，我没有干涉的意思。对您说实话，今天街上发生了大事……罗雷尔神父领头，堺屋一家及其他四五十人举着十字架在街上游行，勾引了一千多市民跟随其后，大事骚闹，我好不容易才遣出部下，市民一哄而散，那一伙人都被逮捕了。可奇怪的是，一伙人中所有的小孩突然像烟一般消失无踪。”

公主微笑着说："噢，原来有这么回事。不过，神尾先生，父母即使有罪，孩子也未必有罪啊！他们只不过在队伍中跟随着父母而已。事后追究，并非聪明之举。"

"公主，这次可不能这么说。他们逃匿，我一定要追究，何况公然参加游行队伍就是犯上的行为。犯上即使是孩子也不能轻纵。"

"我明白了！"公主表情严峻，"神尾先生，孩子是我领过来的。"

"啊，果然不出所料！"

"神尾先生，做个奉行，不辨事情真相，如此慌张，怎么可以？如果放过孩子，只逮捕父母，那我也无话可说。你连孩子都要下狱，我就不能不把详情报告给伊豆守殿下分辨是非。"

神尾擦擦额上的汗珠。

"噢，这样说来，是我不对。公主，这次我决定不再追究孩子了。"

"这才是聪明之举！但愿以后你能常常自我检讨。神尾先生，我奉劝你一句，请不要太过劳累……"

公主注视着神尾内记。

五

由利公主的邸宅，即孤儿保育院——白百合寮的孩童房间在另一栋，以走廊与堂屋相连。

数月之间，精力十足的公主已顺利地雇齐了上下女佣与仆人。奉行的命令当然发挥了作用，霞驹之助等人也助益良多。

天主教徒示威的次晨，公主来到孩童房间。

"早晨的饭菜好吃吗？"

公主微笑环顾。以十五岁的少女为首，加上五个男孩，一共十三名少年男女，都惊讶地仰望着由利公主美丽的脸庞。这些都是酒店堺屋、米店肥前屋、绸缎店河内屋、化妆店菊屋这五个天主教徒家庭的孩子。

堺屋的次女，十五岁的少女口吃而老成地问道："我们可以叫你阿……阿姨吗？”

“当然，从今以后，我就是你们的阿姨了……”

“阿姨，请问，神父和我们的父母、哥哥、姐姐怎么样啦？”

“真遗憾，都被抓到奉行所去了。”由利公主回答，大一点的孩子在胸前画十字，口说：“哦，圣母玛利亚！”

但幼小的孩子却喊着父母，“哇”地哭了起来。公主俯身用双手把他们抱拢来。

“唉！唉！真可怜……”

公主环抱着他们，逐一用脸颊贴着孩子的脸颊。孩子哭得更厉害，手扶在公主胸前，最后蒙着脸饮泣。

公主眼中闪烁着泪水。

“这样好吗？从今以后，阿姨做你们的妈妈。大家一起玩做饭游戏、捉迷藏、唱歌。”

孩子们的饮泣声越来越小，不久，抬眼望着公主的脸，孩子们一定在公主怀中、在她眼睛的光彩里感受到类似母亲的暖意。公主虽然没有母亲甜美的乳汁，却有母亲所无的高贵。

大孩子以称颂圣母玛利亚的热切眼光倾注在公主身上。

“好，大家靠拢来！”

孩子以公主为中心，围成一团，然后一齐唱颂《圣母玛利亚》。

六

这时，在森都三棵松的草庵里，伊织和森都正在聊天。

“昨晚的队伍根本没有对幕府示威抗议的意思……”伊织俯首说。

森都颔首道：“是的，高燃的殉教精神形成了那种队伍。他们希望为十字架上的耶稣殉死。若说抗议，那也是对阴谋煽起暴动的天主教武士的抗议。就像那天晚上我们听到的话，罗雷尔是准备到奉行所去自首的，所以变成游行完全是意外。但最惊奇的却是公主突然出现。”

“不错，我也吃了一惊。其中还有雷电源之助，而且一刹那间竟能召集那么多同志！看来都是一方之雄，公主居然指挥自如，并乘混乱之际，以疾风迅雷的方式，把孩子接过来，真有大将之风。”

“仅仅几天之内就把那居处整顿得这么整齐，除了公主没有人做得到。”

“森都！奉行也注意到，很快就赶到白百合寮，公主不知怎么应付？”

森都轻笑道：“神尾能有什么作为？他早已在公主掌握之中。公主很善于抓住政策的矛盾。呵，奉行自己也有无数缺点，只要一抓，就有一大把。所以，只要有公主在，他一声都哼不得。”

“说的不错。”

“此外，伊豆守殿下无形中也从背后给她威势。而心灵方面又有武藏先生和伊织先生支撑。”

伊织突然眨眼，低声说：“其实是无所依傍……”

森都也沉静地说：“不错，她很寂寞。若是世上一般女子，老早就萎靡不振了。我曾认识的几个女人都因为深爱武藏先生心愿不得遂，以致消沉而逝，只有公主不然。不幸和失意都无法熄灭公主生命的火焰，反而以男女平等的立场，打开了人生的新途径。”

伊织蓦地抬首说道：“是的，森都！我们不能把公主看成世上一般女人一样可怜她！”

“伊织先生，你也不是世上一般男人！”

“不，我只是平平凡凡的人。”

伊织猛摇头。

“我必须是世上平凡的男人，这是父亲的训诲。”

“真的？”这次轮到森都俯首沉思。

七

伊织继续说：“我是小笠原的家臣，忘记地位、身份是最重要的，承蒙您的帮忙，到长崎的目的早已达成。若长住长崎，可能要遭到意外之灾，我已为天主教武士所憎恨，故想早日归去。”

“哦，说得好！”

森都深深颔首。

伊织改口说：“关于这一点，还有件事想麻烦你。我想天主教徒不久一定会暴动。不论对幕府或对天主教徒而言，长崎都是重要据点，而且，长崎更是对外贸易的门户，将来一定成为仅次于江户的要地，所以我想替小笠原藩找个地方建官邸，你觉得怎么样？”

“哦，真不愧是伊织先生。”森都拍着膝盖敬佩地说。

“幸好，主公允许我任意使用储备的款项。森都，你能帮我找个地方吗？”

“没问题，现在有个最合适的人。他敬奉武藏先生为恩人，也很想拜望伊织先生。他就是经营当铺的与市。”

“哦，我也曾听父亲提起过。”

“他不收刀、剑、枪之类当品，自己家里也不放这些东西，真是个怪人。现在，生意兴隆，而且是市里的名人。”

“讨厌刀、剑？真有趣。”

“真是说曹操，曹操到，他来了！”

踏在庭石上的足音清晰可闻，接着从走廊上传来声音：“师傅，在吗？”

“是与市吗？伊织先生也在这儿。”

“啊，……”

年约三十四五岁，鲁直、表情坚毅的与市，一到伊织面前就双手伏地，说：“久仰，我是侍奉武藏先生的与市。”

“我是伊织，常听父亲提起你。这次到长崎，本想找机会看望你，却不能如愿。”

“呵，不，先生繁忙，理应由我拜望，但不敢造次。”

接着便谈到购买土地的事情，与市一口应承下来。之后，伊织问道：“与市，听说你非常讨厌刀，希望你能告诉我原因。”

八

与市以手抚头，眼露坚毅之色，含笑说："伊织先生，你也许已从武藏先生那里听说过了。少年时期，父亲做奉行所的包打听，为浪人大川平藏所杀，我也就成了孤儿。当时幸蒙森都师傅所救，为报杀父之仇，我找到了肥后的熊本，第一次拜见武藏先生，并在熊本郊外，杀了大川，报了杀父之仇。可是，伊织先生……"

与市咽了一下口水，继续说："当时，大川一伙有二十多人，武藏先生一人不留全给杀了。但当时厮杀之凄厉恐怖，血肉横飞……濒死的呻吟、满含怨恨的眼神，使我心魂激荡，从此以后，我恨极厮杀，一看到刀就浑身战栗。于是，决心终生不碰枪剑，刀更不用说了。"

伊织深深颔首："你的意思，我能了解。厮杀确很残酷。若以杀人为乐，那就是恶魔。可是，武士内心也有一些理由可以超越这种残酷行为。为守卫国家而杀敌，为正义而攻击不义，为其他不同的无数理由而打倒敌人。世上所谓兵法就是站在这种基础上而发展成一种'道'，为磨砺兵法，必须斗剑，打倒对手。"

"伊织先生，这我也承认，但始终难以认为这是善。伊织先生，难道这世上绝对无法消灭厮杀吗？"与市昂奋地说。

伊织想了一想，答道："人的确都在追求没有厮杀、没有战争的和平世界。目前，德川幕府也正要建立这种和平的日本。比起以前，现在血腥事件确是少了。可是，为了建立和平的日本，德川家在关原战斗，攻占大阪城。此外，为了预防扰乱和平的不法之徒而不能不储备军队，为了防御外国的侵略，也须整顿武备。那当然希望德川家能建立起一个和平的日本，但是，我不能断言，和平绝对不会被破坏。"

与市低下头，叹息地说："真的如此吗？不过，伊织先生，我毫无理由地讨厌厮杀，我仍然不愿意碰刀。虽然如此，我还是非常喜欢武藏先生和你。呵，对不起……"

"你无须顾虑，哈，哈。"

伊织被与市认真的样子引得笑了起来。

九

伊织关在旅馆房间里写报告书，只有森都和与市曾经来访。写完报告书后，他才去拜望奉行神尾。

这是秘密的使命，他当然不会向神尾说实话，只说来长崎观光。神尾也不知道伊织和由利公主的关系，因而只谈了一些武藏的逸闻。

在这期间，伊织所要的土地也顺利购得，位于沿岸大道的一个角落。

地已购得，长居下去，已无必要。启程的前一天，伊织在森都和与市的陪伴下走访由利公主，森都背着琵琶。

公主急忙出迎，脸上洋溢着前所未有的蓬勃气象。

“由利小姐，我特来告辞。”

“哦，要走了……”

公主似乎有点依依不舍。

“由于森都的帮助，主公交付的任务已大致完成……由利小姐，这位是与市，少年时即与父亲有密切联系的森都弟子。”

伊织引见与市。

“公主，他虽是我的弟了，现在却在鱼町经营一家名叫肥后屋的当铺。”森都附加一句。

与市为公主之美与高贵震撼得抬不起头来。

“与市自从看见父亲杀人的场面以后，非常讨厌厮杀，发誓终生不触刀枪。”伊织继续说。

“真的？”公主很有兴趣地望着与市。

“这点我很赞成。”

接着公主又说：“我想让伊织看看我的事业。”

公主引导大家到后院的孩童房间。

孩子们在庭院和客厅高兴地嬉戏，一看到公主，便高喊“阿姨”围拢过来。看见陌生的伊织，一点也不畏缩，可见对公主已完全信任。

“这三位是阿姨的好朋友。”

公主替他们引见，孩子们微笑着点点头。无须公主说明，伊织早已知道这些少年男女是什么人、从何处领来。不过伊织却为这些孩子明朗的表情而惊叹。大孩子不用说，就是五六岁的幼童也似乎忘记了双亲的惨遇，眼露明亮的光辉。他们似乎已从公主心灵的乳房吸吮了足以替代亲情的深爱。

十

公主全身洋溢着前所未有的慈祥、温情与热爱，她似已敞开胸膛，让孩子们吸吮永不枯竭的爱。

伊织蓦然嗅到了母乳的芳醇，从内心涌起一股温热。伊织从不识母爱，也无意寻求。天生的坚强意志、严格的修行与武藏无比的爱，已经绞杀了他孺慕之心。妻子的爱，虽然也含有母爱的成分，伊织却无法体会出来。

现在，这一切都突然苏醒，一片暖意。伊织不由得望着公主与孩子，而在心中高喊：“母亲……”泪水简直要溢出眼眶。

这时，与市双手伏席，声音发颤地说：“公主，不知道有事须我效劳否？”

公主以微笑的眼光望着与市。与市继续说：“在这血腥的世界里，还有比这更尊贵的工作吗？在这以前，我只一味害怕厮杀，不愿张开眼看这个社会，只以讨厌刀枪度此一生。现在看到公主，才知道这世界还有需要去做的事。公主，此后要继续发展此一事业，经费势必日益增加，请允许我尽绵薄之力！”

“哦，与市，说得好！”森都拍腿说，“公主！你就成全与市的一番心意吧！他现在已是屈指可数的当铺老板，资助一些金钱并不困难。”

公主点点头。“与市先生，谢谢你。终生恨刀之语着实非凡。殷殷厚意，我乐于接受。以前的费用都向奉行强索，实非我愿。”

“谢谢公主！”与市的脸上布满愉悦之情。

“从此，我从事自己的职业也可以过着有意义的日子。我要努力工作，努力储蓄，不仅天主教徒的孤儿，还要把没有父母的可怜孩子都集聚在公主慈爱的荫庇之下。”

“谢谢，与市先生。”

公主望着伊织的脸。

“由利公主！伊织也跟与市一样，希望你能成为全日本可怜孩子的母亲。”

这时，森都抱着琵琶弹了起来。

十一

森都似乎从开始就想弹琵琶给孩子们听，所以才带来了琵琶。他晃着头吟唱的并不是一向得意的《平家物语》，而是以能剧狂言呆子先生的滑稽事迹改编而成的琵琶调。

孩子们都很高兴，笑出声来。吟唱的森都似乎也很快乐，他虽然没有娶妻生子，没有为人父的经验，却有做父亲的心。

武藏亦然。据文献所载，武藏除领养伊织和造酒之助外，也与好几个少年有关系。这不仅由于他那孤儿般少年生活所导生的同情，更由于他内心深处含藏着父爱。

无论如何，这是一个微笑的可爱世界。伊织也不禁跟孩子们一齐大声笑起来。曲子结束时，伊织才突然发觉走廊上坐着三个年轻武士。

公主立刻为他们引介。“伊织先生，我替你介绍，这三位是霞驹之助、雷电源之助以及和泉次郎。”

“久仰，久仰。”三个年轻武士顶礼致候，将尊敬的眼光投向年轻剑客伊织身上。

“在下是宫本伊织，各位好！”

伊织还礼后对源之助说："雷电兄，那次真谢谢你，才能保住性命。"

"呵，不，那只不过依公主之命行事。先生本领真令我佩服。"

"哦，你看见啦？"

"是的。我虽然不是他们一伙，却因故参与其中。"

"虽是不得已，却很遗憾伤了一个人。老实说，现在我还在想，在那种场合，要如何才能不伤对手，又能保全自己。"

源之助感动地张大眼睛，说："佩服！佩服！"

"噢，大家向座头伯伯说谢谢！"公主对孩子们说。

"伯伯，谢谢！"孩子们都低头道谢。

森都高兴地说："好，下次再弹给你们听。"

众人回到原来的客厅。这时似有贵宾莅临，一个年轻人高兴地唤着驹之助，驹之助的眼睛顿时露出光芒。

十二

驹之助抬头望公主。

"引客人到后院去。"公主若无其事地交代，但伊织、森都和与市都觉得来客很特别，似乎有事。

"由利小姐，我们就此告辞！"伊织俯身说道。

"什么时候启程？"

"明早黎明前。"

公主脸上蓦然漂浮着无可名状的哀愁。"唉，终于要分别了……不过，能见到你真高兴。请代我向武藏先生问候。"

"是。必定转达公主之意。"

"也代我向浪娘问候……"

"是……"

伊织依依不舍，甚至引发了想唤公主姐姐或母亲的冲动。公主的眼睛也漾着同样的感情。但他们都把它压抑下去。

伊织等人告辞公主，来到门外，默默前行。

“师傅！公主真了不起！现在，我的心还怦怦作跳呢！”

与市依然昂奋不已。

“嗯，真是了不起的人物。不过，话说回来，与市，公主的工作也困难重重，因为对方是奉行，呵，甚至可说是幕府。现在，奉行想利用公主，而彼此合作。可是，不知哪一天，会转友为敌。与市，你也必须了解这一点。”

与市拍着胸膛说：“师傅！这我知道。即使如此，为了可怜的孤儿，奉行和幕府都不可怕。我虽手不触刀，却已抱定必死之心。”

“好，有此决心，就够了。”

“与市，”伊织回首说道，“拜托啦！”

“嗯，只要力之所及……”

“森都，也请你暗中加以援手。”

“这还用说……不过，伊织先生，天主教武士已认为我是幕府的间谍，我无法常去拜访公主。”

“说的也是，不过，像你这样的人，大概已有应付万一之策了吧？”

“伊织先生，那你就宽心启程吧。”

接着，三人到正觉寺拜望道智和尚。道智和尚虽已年过八十岁，依然精神奕奕，伊织告诉他武藏别后之事，他也仅颔首，眯着眼睛说：“我没有什么好说的。”

十三

伊织前一天便已向森都辞别，但黎明前离开旅馆来到郊区，森都早已等在那里。

“唉，森都，这样真不好意思。”伊织说。

"伊织先生，我有点依依不舍，便径自来了。而且还有件事想告诉你……"

伊织未待森都说完，即问道："是由利小姐的事？"

"是的。伊织先生谅已注意到辞别时公主寓邸的气氛。"

"是的，注意到了。"

伊织有点焦虑不安。

"这次真是成就非凡。"

"成就？"

"昨晚，奉行所衙役闯入留在市区的天主教徒领袖安房屋善兵卫家搜索。公主早已在奉行所布下了奸细，所以事前已经知道。"

"哦，原来是这件事！"

"善兵卫有三个孩子，最大的十三岁。奉行所因善兵卫是领袖，所以决定将这三个孩子皆杀无赦，连这件事公主也知道！"

"噢。"

"搜索在午夜三时，捕吏约三十人包围善兵卫家，由后院破门而入，轻易地绑住了善兵卫夫妇、女佣和三个孩子，也带去了证据玛利亚像。不过……"

森都咽下口水，继续说："刚要走进奉行所后门时，骚乱突起。三个绑在一起的孩子突无踪迹。当然，一般都认为这是公主所为。"

"真的？"伊织松了一口气。

"依我看，公主的手下一定扮成捕吏的样子，和捕吏混在一起。担任内应的衙役大概为数也不少。"

"嗯，大概如此。森都，奉行神尾这次也许不会放手吧？"

"不用说，神尾当然为难极了。可是，现场没有任何证据。神尾自己也有过错。何况，这四天之内，公主已劝说五名被捕的天主教徒改宗。这种竞赛，公主谅必会继续获胜。对神尾来说，公主不是白百合，是鬼百合。哈，哈，哈！"森都张口大笑。

"说得好。"伊织也笑了起来。

“伊织先生，再会。”

“你自己也要小心啊！”

“我的工作大概已将近尾声。向武藏先生问候……”

“嗯，再会！”

伊织在海风吹拂下迈着大步往前行。

熊本冷风

一

伊织完成使命回到了小仓。他的报告甚获君侯赞许，他在长崎市区收购土地的独断做法也以处置得当而获奖赏。

对武藏的报告——关于天主教徒的动向，武藏亦赞同伊织的见解，并亲自问伊织道：“见过由利公主吧？”

“是的，常与森都一道拜望公主，公主心境已大为开展，着实令人惊喜。”

“怎样开展？”

“诚如父亲所虑，公主早已投身天主教旋风之中。其主张非常正确，难有置喙之余地。”

伊织说了这些开场白之后，即叙述公主决意拯救天主教徒孤儿的心境及其行动。

武藏听了之后，脸上光芒四射，敬佩地说：“呵！这样就放心了。公主已走上刚健大道了。”

伊织也谈到森都和与市。

武藏欣悦地听着。说完后，武藏才开心地说道：“你外出时，寺尾新太郎承熊本忠利殿下之命来访，殿下要我在你回藩之后到熊本一行。”

伊织早知武藏和忠利侯的特殊关系。

“父亲，一定要去。”

“嗯，我回说，你回来后，我即择日晋谒。不过，此事还须细细斟酌。往后的事也要想一想……”

“呵，为什么？”

“忠利殿下似乎希望我长住肥后。殿下的信上说，四海为家的行脚僧，时候一到亦当选圣地开山安居。现在已是时候，何不在肥后求一安居之地？”

伊织拍腿说道：“父亲，我本希望父亲永居小仓，使我得受熏陶，但忠利侯说得很有道理。但愿父亲随心而安。”

“嗯，委身如行云流水，不住一处，便是源于追求自由之心，以前，我都处于这种境界。不过，我也懂得静居一处与大宇宙相对之心。说实话，我已不想象以前那样到处行走，只是要立即定下来，似乎还不可能。”

武藏凝目而视，缓缓述说。

二

武藏静静地继续说下去。

“在宇宙中探求真理的人，不能停留一处。最具代表性的就是行脚僧。委身行云流水，融入大自然之中，以此修行，方能逐渐趋于真理，偶尔亦行禅定。此为凝视、把握真理实体之法。然而，时机一到，把握真理，而至彻悟之境，即定着于一点，与大宇宙相对，而入法悦之禅定。”

伊织低头倾听。

“然欲寻求此定着于一点之地，着实不易。名僧为此不停行脚各地，始能发现开山立基之圣地。在这大地上，有适于窥见真理实体之点，亦有不适于此之点。”

至此，武藏似在独语，接着又清楚地对伊织说：“伊织，以前，我不曾为自己想过定居之所，甚至认为定居乃束缚自己，极为厌恶。但自接到忠利侯的信，才突然认真考虑这个问题。我知道，定居之所不只对僧侣，甚至对人本身都具有共同意义。就是为修业而辗转各地的职工，一旦成长而能独立，也会找定居之地。无论是职工，统治天下的将军或掌握宇宙的名僧都需要一个固定的场所。”

伊织抬眼说道：“父亲也到了这种时候了吧？”

伊织对武藏心境的变化暗自惊异。事实上他也希望有这么一个定居的父亲。

可是，武藏摇摇头。

“我已开始觉得类似修行僧的武士修行旅程已经结束，但心境尚未臻至定着于一点的地步。”

伊织反问道：“这大概无法靠选择固定居所来解决吧？父亲会再去一次熊本吗？”

“嗯。”

武藏似乎意有所动，轻轻阖眼。二十年前所见的熊本景致仿佛已浮现脑际，旋即张目，静静地轻声说：“诚是天下名城，而且建在肥沃的土地上，树木繁茂，阳光清爽。大海遥远，耸立的高山却极美，沃野环抱，尽头可见喷火之山……”

“父亲，你一定要去一趟。”

“嗯，不知什么时候启程好？新太郎应该有信捎来，要好好想一想。”

三

细川家跟武藏的关系肇端于跟武藏父亲新免无二斋学兵法的长冈佐渡。佐渡系细川家重臣，出身姓松井的名门，与细川家有姻亲关系。

佐渡自己也娶忠兴（三斋）之女为妻，领养忠利幼弟寄之为养子。关原之战以来，武勋彪炳，为家康所赞许，赐予山城国二百多石的食邑地。

武藏以佐渡为中介，向佐佐木小次郎请求比武。佐渡诚心诚意为他专谋，获得忠兴侯的许诺。比武当天，小次郎等搭藩主船赴船岛，佐渡为免武藏寒碜，替他准备了自己的船只。

这次大比武时，忠利正在江户，后经佐渡居中斡旋，接见武藏，甚为赏识。武藏亦为忠利侯吸引，彼此都涌现出一股温煦之感。

因而，忠利获知武藏已至小仓，即有意请其赴熊本。不过，忠利也知道武藏独立不羁，曾经拒绝出仕德川家，所以自始即不以臣属，而欲以客卿之礼相待，赐予老后安居之地。

为此，他遣新太郎为使，前赴小仓将此意告知武藏。一天，佐渡在旁，忠利亦若无其事地告以此事。

佐渡向来视武藏如骨肉至亲，当即答道："武藏谅必感恩图谢。他已年过五十岁，已届应定居一处之龄。然而，无论如何，若为客卿就只能出任兵法指南。因而，至少应给予客将名义。但如此一来，又须虑及久历战场的藩臣之意。"

这实是老臣深谋远虑之见。

"不错！"

忠利亦点头称是，却有一种沮丧之感。佐渡察觉后说道："主公！虽然如此，武藏却也是难得的人。今以肥后太守出任九州重镇之际，招请武藏以鼓舞家臣士气，实为最佳良策，只是应伺机先使藩士知晓武藏此一人物。"

"是的！"忠利深为颔首。藩士中虽有新太郎等深知武藏其人者，但不知武藏其人者仍居多数。对武藏的恶评也甚为流行。忠利也深知此事。

四

佐渡又说："老君侯的想法也须顾及。"

忠利默然点头。

父亲忠兴早已隐居八代城，号三斋，是豪爽的战国武士。宠臣佐佐木小次郎虽比武挫败，亦未特别憎恨武藏，反而有意引见武藏。佐渡故意加以阻挡，因为佐渡知道，忠兴一定不会喜欢武藏的奇装异服与不羁的态度。然而，虽无人居间中伤，却可能是彼此无缘的关系，老君侯尽听到对武藏的恶评。

无血无泪的剑鬼、比武时使用卑鄙的方法、桀骜不驯、虚张声势、对手比自己强即逃避比武等，这类恶评在全藩散布，也传进老君侯的耳朵。

至于悠姬和武藏的关系，更加进了恶意的想象，使老君侯的恶感加深，加上忠利崇拜武藏，老君侯的不悦遂日益强烈。

对此推波助澜的则是松山主水。主水本是名和家的后裔，生于八代，因而老君侯住进八代时随即晋见，巧妙地取得老君侯的欢心。

晋见席上，主水与数位本领高强的武士比试，漂亮地赢得胜利。当时，他对老君侯说："我幼时即到小仓，欲师事佐佐木小次郎先生，不幸佐佐木先生中武藏计谋，身亡物故，只得抱憾他去。"

主水这段话颇能打动老君侯之心。

当时，老君侯经佐渡解释，已知武藏延时赴岛，绝非懦怯，而是战斗时之谋略。但这是二十年前的旧事，老君侯的记忆已模糊，主水的话反而更引动他。于是他问道："你曾跟武藏比试过吗？"

"曾向他挑战两三次，皆逃避不应。"主水微笑回答，同时巧妙地夸大自己与当代闻名剑客的交往。

当时，老君侯正想起用当地武士，以安抚新封的大名领民，遂顺主水之口说出了不合常例的话："不知你有意出仕本藩否？我虽已退隐，不干预藩政，但仍能聘用你。"

五

主水当然喜欢忠兴的破格擢用，但他野心勃勃，不愿就此长居八代，答道："惶恐之至，主水系兵法家，尚有两三件约定的比试尚未了断，故想直赴江户，了断此事，祈请暂缓一时……”

老君侯允诺后又加上特殊的恩典：“不过，在你未赴江户，滞留此地期间，烦你替我指导一下年轻武士的兵法。”

主水父亲出身中条流支派之一二阶堂流，故主水自称二阶堂流的第三代掌门人。他精于刀法，又能忍术，在世间亦以使用妖术出名。

赴江户前的几个月间，主水每日入城指导兵法，因其本领高强，家臣对其信望日深。他私淑佐佐木小次郎，而且与小次郎同出中条流，加上能言善道，气宇轩昂，处处都与小次郎相似。老君侯根据这些印象对主水遂产生特别好感，宠信有加。在这期间，主水巧言中伤武藏，他对武藏的恶评也流布到熊本城内，偏袒武藏的人都听到，甚至也传到佐渡和忠利的耳朵里。

他们虽觉三斋侯无知人之明，但老君侯迄未见过武藏，家中大半人对武藏亦无特殊感情，所以单责老君侯亦有未当。只能说武藏和老君侯性格互不相容，这或许也是事实。

主水不久即赴江户，投身岩田富岳处，其后情形已如前述。失意又失恋之余，深有所感，遂弃江户重回故乡八代。

但他并未即时去谋取一官半职，反而寄身松江的光圆寺，以图恢复身心，偶尔入城与老君侯闲聊，并且照旧指导年轻武士兵法。对武藏仍然口出恶言，对武藏拒绝出仕将军家的经过亦加诋毁。

“武藏这厮不自量力，奉承诸侯，以图为将军家所聘用，与柳生飞弹守比试失败后，仓皇逃离江户，据说，忠利侯亦曾推荐武藏……”主水对老君侯说。

六

老君侯为主水所说动，不禁唾弃般低声说：“混……混账！”

对刚直的老君侯来说，忠利这种人情味很不合他的心意。

不久，这件事也传到熊本藩邸，成为攻击武藏的资料。一年后，武藏在小仓出现时，主水仍未正式仕官，因而听到这消息，暗自吃惊，想道："武藏这厮！也许会受聘于忠利侯？"

他想起自己跟武藏的关系，不禁觉得武藏这次到九州是为阻碍自己的运气。在这以前，他已知道由利公主到了长崎。他认为武藏也会妨害自己跟公主的事。

他独自焦虑，却不想象以前那样暗算武藏。在八代生活一年，他高强的本领已经恢复，自信足以跟武藏相抗，而且他还不断苦练，以求精进。

主水是个足智多谋的人，他一方面尽力赢得老君侯的信任与家臣的敬服，一方面更倾力分化武藏和藩士的友谊。他知道，这两件事若有大收获，长冈佐渡便得听从藩士的舆情，向忠利陈说聘用武藏之不利。

之后不久，一个曾在京都入武藏门墙学兵法，名叫小河权太夫的三百石老武士，一天应邀赴友人的祝宴，席中，大谈武藏之事，却没有一人帮武藏说话。

其中有个武士，名叫江口源之进，歪着脸恨恨地说："总之，武藏是个虚张声势的兵法家，并非风头人物。据说，黑田侯以前曾严拒武藏出仕，黑田侯真不愧是大藩的明主。"

权太夫至此仍一言不发，倾耳细听，但源之进的胡言辱骂，终于使他大为气愤，于是反驳道："江口兄，你不觉说得过分了吗？你没有见过武藏先生吧？"

"是的，我没见过，但世上的评断正可证明他卑劣的根性。如果他真是正道的兵法家，怎会有这样的恶评！"

"闭嘴！评断别人，只取世俗之言，非大丈夫所当为！"

两人遂互相訾骂。

七

"什么，不是大丈夫？那你说我是妇人女子哪？"

"不错，你跟妇人女子并无差别！"

“好，权太夫！究竟我是大丈夫，还是弱女子，就此比画比画！到院里去！到院里去！”

江口源之进抓着大刀站起来。源之进年四十二三岁，学柳生流，在藩里相当出名。另外，权太夫则以武藏高徒自居。

“走！”

权太夫也挺然而立。坐在上席的长官上妻但马斥责道：“等一等，权太夫！”

“是。”

“你不看看地方，怎可在此放异论而逆众议！真是无礼至极！”

“是，但……”

“源之进，老人之胡言乱语今天暂且放过！”

“权太夫，因上妻先生的吩咐，今天饶过你，以后理当慎言！”

源之进挣回体面，重新回座，权太夫愤愤不平。满座对评断武藏仍然夹杂恶念，充满了误解并且不怀好意。权太夫是刚直的武士，也参禅习过茶道，脾气并不暴躁，最后仍然忍不住，不顾同事的嘲笑，离席而去。

权太夫回家立刻写下辞呈，叫长子文之助送交家老泽村大学。

这消息旋即广布全藩。至友寺尾新太郎立刻趋访权太夫。出迎的权太夫已理尽发丝。他当日即入以前参禅过的龙田山宝稜寺，剃发为僧，易名露心。

“寺尾兄，窝囊的武士终是如此。”权太夫怯怯地笑着说。

当然他并非悟觉而后出家，只是因为老师遭受他人伤害，自己反无法加以反击，深觉耻辱，才削发为僧。

“权太夫兄，呵，不，露心和尚，你的心意我深能了解。真了不起，在那种场合，你还忍得住。我告诉你一个秘密消息，殿下很了解武藏先生，已伺机请先生到此地，我们应当隐忍，等待时机来临。”新太郎说道，借以安慰露心。

“哦，殿下已有此意！”

“我任使者，已把殿下的意旨传达给武藏先生了。”

“谢天谢地！”

露心阖上眼睑。

八

由此可知，尽管忠利有意招聘武藏，熊本对武藏依然非常冷淡。这也许不只是肥后藩的特殊行为，全日本岂非处处都以这种态度对付武藏？

亲眼见过武藏的不用说，就是隔地隔时所见的武藏，亦非常人所能了解，常招致误解。三百年后的今天，仍然流传着许多关于武藏的恶评即其明证。

不过，在小仓的武藏做梦也没想到会有这些事情发生。对忠利的知遇之恩深为感激，对熊本的关怀亦日益提高，日复一日等待着其后的来信，但三个月、四个月过去了，仍未见任何信息捎来，不过武藏并不执着。

“父亲，熊本的信息怎么总不来？”伊织焦急地问。

“不会这么快！殿下有许多事要办，不会只考虑我个人的事。兴致来了，我说不定自己去。”武藏淡淡地说。

过了一年，武藏只偶尔在小笠原家的领地内散步，几乎没有离开过小仓，这对以前的武藏来说是很少有的，他和藩士的交往日益深厚，拜望武藏的兵法家亦络绎于途，所以他的日常生活未必空闲。

伊织想：“父亲变了。如前所说，定居一处的时期已经来临。”

看来，武藏表情沉稳，对人似乎也很温和，藩士们见过他和高田又兵卫的比试，对武藏犀利的竞争心深受震撼，但对其后武藏沉稳的态度却有人背后批评：“并不像传言所说那样可怕。”

“先生已过五十岁，当年的强劲之气当然日渐衰退。”

但是，不料却发生了一件使这些藩士悚然而惧的事情。

一天，武藏应邀参加小笠原重臣岛村十左卫门的飨宴。但通报的人却问道："宫本先生，现在有个旅游的兵法家，名叫青木条右卫门的人，在大门口说要见先生，先生是否要见他？"

这是没有听过的名字，不过武藏依然向岛村告罪，请允许来者进来。武藏对修行的武士，无论有名无名，皆以礼相待，慎重应酬。

九

青木条右卫门年三十二三岁，看来相当魁伟。

仪式见礼后，武藏问道："青木先生，如何修习兵法？"

"未从师修习，却巡回各地与著名兵法家比试，体得以日常为修行，故兵法乃自我修持，若强欲言其流派，则为心贯流。"

"呵，据说，心贯流系源自肥后人吉的丸目藏人佐。"

"不错，始于藏人佐，筑后奥山左卫门太夫再加功夫，而称心贯流。"

武藏对这位兵法家颇有惺惺相惜之感。

"嗯，修行得不错，有朝一日终会成为兵法师范。"武藏褒奖说。

只要与兵法有关，对手无论是大人或小孩，武藏向来绝不宽待，而这次竟破格奖誉，同座的藩士见武藏褒奖，皆以尊敬的眼光投向青木。

但此中实含玄机。本来，兵法的修行者就跟禅师一样，初次会面的一问一答有如真剑决斗，无论褒奖或贬斥，若答得不妙，便吃当头棒喝。

如果青木条右卫门是成名作家（练达之士），大概会顶礼说道："不胜感激！"即行退下。这是应付褒奖之辞的妙法。这样，真个武藏也得不二言，在问答方面，可说完全败北。

但青木却反其道而行之，掷地有声，得意扬扬地说："说的不错，我的确不曾吃过败仗。诸侯虽曾聘我出仕，但我想上京开武坛……"

武藏以尖锐的目光注视青木身旁四尺长的木棉袋。袋口露出红带。

“青木先生，袋中物可否借观？”

“行！真不好意思，这是我爱用的木刀。”

可能是青木克敌之物，所以他越来越得意，从袋中取出此物。虽说是木刀，其实是长四尺余，削成八角的红樫棍，带环上系着红丝带。若非臂力很强的人，绝难挥动。

“呵，呵，这是你爱用的木刀啊！”

“用它向对手挑战。”青木向空挥刀两三下。

蓦地，武藏声如巨雷，凌空而下。“混账！”

正是禅僧的当头棒喝！武藏一向说话声音低沉，这声巨响使一座人大惊。

青木迅即变色拿好木刀。

“混账！红带环是什么玩意儿！竟然如此傲慢，令人作呕！起初褒奖你，只因为你是初学者。你还不够格，快滚！”

青木畏怯退缩了一会儿，但他以兵法家自诩，遂又挺起腰杆。

“宫本先生，你说得太夸张了！来，过来比画比画！”

“嘿，比试，你还不够格。现在藩士都在座，我告诉你，你要赢我有多困难！”

武藏唤来此家侍童，放一粒饭在前边发结上，让他端坐。在座诸人皆屏息而待，不知武藏意欲何为。

武藏突然站起，手握刀柄。

“嘿！”

大刀离鞘，由上向侍童头部盖下。

“哎呀！”众人不禁闭目高叫。下一刹那，武藏却把大刀伸到青木鼻尖，说：“你瞧瞧看！”

刀尖上附着砍成两半的饭粒。侍童毫发未伤。

青木现在才由心中涌起怯意，不禁喊声：“啊！”缩身后退。

武藏环顾藩士，说：“比试，胜负仅有毫厘之差。我自幼比试了六十多次，每次都费尽心力才赢得胜利。”

接着又对青木说：“你懂了吗？”

“嗯！”

“懂了，就快走！”

“是……”

青木条右卫门从席上仓皇退去。

武藏收刀入鞘，严肃地回座，恢复以往常低沉的声音说：“抱歉之至，此为兵法修行者之作为，不得不如此，祈请见谅。青木若能因此而悟，不久即可成为著名兵法家。”

众人莫不为武藏灵妙手法惊佩不已。武藏的大喝，凝视青木眼光的犀利，给他们极强烈的印象。

“呵，真觉得连命也要缩短十年一般！”

他们不期而然地透露了这样的心声。但是，藩士们为武藏的兵法之高深精妙浑身颤抖，并不仅仅由于此一事件。

十

这事件后，过了几天，小仓城内年轻武士聚集在一起，谈论武藏的兵法。这虽非起于今日，不过所得的结论却都相同。这天，大家又说：“真是古今无双，天下虽大，可能无一兵法家能击败先生。”

这时，坐在末座的厨子传次露出不屑的冷笑声，插口说道：“各位，我并不觉得如此。”

据说传次孔武有力，也学过剑道。

“什么，真的没有兵法家能击败先生吗？”

年轻武士惊讶地听着。

“不，不可能如此。不错，正面比武，也许是古今无双的兵法家。但谚语有云，欺骗之外别无他法。若用欺骗手法，即使是武藏先生大概也逃不过。”

“啊，哈，哈……传次，你因为不知名剑手的本事，才会想出这种绝招。像武藏先生那样的人，就是睡着，也无机可乘。”年轻武士中较年长的一位劝诫他，传次仍然不听。

“我不相信，即使是名剑手，也不可能一直紧防不懈。武藏先生不会背后也长眼睛，从背后偷偷靠近袭击，如何闪躲得开？”

“不行，不行，名剑手剑风及身三寸也闪得开。”

“唉，这不过是杜撰的故事。”

“那可不，当年，武藏先生应召入江户城，两个武士躲在屏门后用枪从左右两方刺先生，先生已先一步抢过，两人的枪只掠过先生背处，这难道不是真的？”

“什么？那不能说是出其不意呀！像武藏先生那样的人，一定有相当的准备，若是真正出其不意，就是武藏先生……空口无凭，就让我来试试看吧。”

“呵，你？那可真有趣。”

传次既然坚持，年轻武士最后也就顺水推舟。不过，他们确实有此兴趣：武藏总有疏忽的时候，若乘其虚，也许可以得手也说不定？

两三个比较慎重的武士劝道：“传次，算了吧，何必太岁头上动土？并非聪明之举呀。”

传次笑道：“若只把我当厨子看，那可就错了。”

十一

当晚，武藏应殿下之邀赴御前。时间已经决定，武藏向来也都不会迟到。自恃有点蛮力的传次藏在微黑的走廊下，紧握木刀等武藏来。不久，武藏穿着长袖的衣服，提着大刀，缓缓趋近。如果传次真的学过兵法，理应为武藏全身散出的剑气所迫，而中止这次冒险的行为。

可是，他自恃蛮力，而且是以常识判断事物的町人，同时他坚信，即使是武藏，背后也不会长眼睛。

武藏从他前面经过，似乎毫无所觉。他微笑着自语道：“给他颜色看看！”

武藏缓缓通过，二步，三步……传次从阴影下跳跃而出，无言而迅速地从背后杀过去。在他说来，的确快如闪电。

但，他的木刀尚未打上武藏后脑，武藏已突然转过身来，踏前一步，用刀鞘末端扎了传次胸前一下。

“唉！”

传次举着木刀往后退下。

武藏蓦然瞪目而视。传次慌急欲有所言，武藏已大声喝道：“混账！”接着拔出大刀，用刀背连续在传次右手敲了三四下，旋即收刀入鞘。年轻武士都在附近窥看，但武藏的刀法快得连看也没看清楚。

之后，武藏若无其事地到殿下那里去了。武藏去后，年轻武士奔驰而至，大喊叫医生拿药来，喧腾了一阵。信浓守听到喧嚣声，问道：“武藏，什么事？”

武藏从容回道：“刚才参谒途中，有人在走廊偷袭我，这是不选场所的无礼行为，我略事教训了一顿。”

信浓守惊异地叫近臣去看看。

传次肋骨折断，左腕折断，身负重伤，濒临死境。再仔细调查始知是白天订下的阴谋。

信浓守唤来年轻武士，痛加指斥。信浓守与受责的年轻武士对武藏的神技愈加咋舌，而且有冷水浇背的战栗感。

十二

当然欲以厨子身份试验武藏的传次也有罪。即使被杀也无置辩之余地，所以信浓守只斥责未阻止传次轻举妄动的年轻武士。

不过，话说回来，传次不就是一个厨子吗？无论蛮力多强，对付武藏也不过蚂蚁撼树。武藏即使不杀他，仅吆喝一声“混账！”传次大概也会挫腰退缩。

名副其实的天下第一剑客宫本武藏，如此认真地击打毫不足取的传次，岂非太冷酷无情？

信浓守虽斥责年轻武士，心里却已这么想。武藏提到无礼者是信浓守宠信的厨子时，信浓守一直期望武藏会说出一句同情的话："真遗憾！"但武藏却冷冷地，一言不发。

接着，近臣向信浓守报告："伤势甚重，有生命的危险。"

武藏听了也毫无表情。

"未免太冰冷了。"

信浓守不禁在心中嘀咕，但他却讥刺地对武藏说："武藏，那无礼的人是我以前宠信的用人，跟家臣没有不同，所以，我应向你致歉。"

武藏却不解般爽快地回道："不必介意。"

"武藏，如果试验你的不是厨子，而是我，你将如何？"信浓守突然反问。

"这个嘛，这就要看殿下试验武藏的本意如何，再决定处置的方法。"

"你的意思是？"

"不管是世上的武士，或是町人，看似懂得兵法，其实并不懂。兵法始于生命的拼斗。决斗和比试都与此无异。不管对手是谁，既然答应比试，武藏向来均以生命拼斗。即使是毫不足取的田夫野人，彼此的生命都一样，并无轻重之别。如果殿下忘记生命与生命之决斗，以不在乎的心情来试验武藏，武藏也必须让殿下知道兵法的严肃性。"

"哦……"信浓守不禁浑身战栗，却也不住地点头。

十三

藩内的批评也跟信浓守最初的想法一样，既嘲笑传次的轻举妄动，也认为武藏的严厉是不慈悲、是冷酷。

以前，无拘无束与武藏来往的人，现在也开始警惕道："呵，最好别跟他太接近。"

平素跟武藏没有接触的人或妇孺之辈，在路上遇到武藏，都恐惧地把眼光移开。

信浓守知道这些现象后，一天，召集年轻武士到书院，说道："你们大概都认为武藏击伤我的厨子，很冷酷无情。起先，我也这么想，但经武藏解释后，我才知道这是错误的想法。"

接着，他便向年轻武士谈起武藏对兵法的态度。年轻武士越听越觉肃然。修习兵法的严肃性已深深攫住他们的心。

信浓守最后说："武藏的兵法毫无游戏成分。而且，武藏即是兵法本身，亦如一般的评议所云，他就是明晃晃的白刃本身。所以全身含蕴刀光剑气，触之即有杀身之祸。"

接着回顾身旁的伊织，说："伊织，是这样吧？"

"是！诚如主公所言。我想特别说一下，父亲在兵法上对任何人都一视同仁。以剑相对时，没有父亲，也没有儿子，更没有武家百姓之别，甚至万有一切皆平等。父亲曾用'万里一空'这句话向我解释此一心境。"

"嗯，万里一空！确是佳言。"

信浓守击掌称赞。伊织继续说："还有一件事是我想说的，父亲现在仍像初学者或少年人一样勤修不怠。父亲经常对我说，'伊织，我也跟你一样，现在才开始呀！'当然，父亲的'现在才开始'跟我的'现在才开始'含有段数上的差异。父亲确实这样想，日新月异，勤修兵法不已。"

说着，伊织自己也像少年人一样，眼露光芒。

至此，年轻武士似乎才了解武藏的真髓。武藏的这些看法旋即传递全藩，误解变成了敬畏。

另外，厨子传次在城里接受治疗，好不容易才捡回了一条命，半年后离城而去。他天生偏执，以此为因，痛恨武藏。离开小仓后，不知什么因缘，传次依恃厨子朋友的引介，终于在肥后八代出现了。

十四

八代大街有家名叫“花房”的馆子。在当时，这是重臣也常去的高级馆子。这儿的大师傅定吉，手艺高妙，却也是个直爽的人，而且待客礼仪有加。

高田五郎太和主水，一晚相约到花房小酌。五郎太服务于本藩的财经部门，是一颇有声望、食邑五百石的武士，跟主水素日友谊深厚。

此店最著名的鲤鱼片端出后，五郎太交代女侍说：“味道确实不错。喂，把定吉叫来！”

定吉立刻潇洒地走到客房。

“老爷，还是跟往常一样……”

“嗯，你也喝一杯。”

“谢谢。”

在这来往应酬中，定吉说：“老爷，我这儿新近来了一个手艺很好的厨师，能否请帮忙在衙里找到差事？”

“定吉，不管手艺多好，衙里的工作有其特别麻烦的地方。”

“那倒没问题，他是小仓小笠原信浓守殿下宠爱的厨子。”

“什么，小仓？”

主水抢先问道。

“是的……他遭到意外的灾厄，只得离开小仓，到这儿来投靠我。”

“真的？我很想知道一些小仓的事，请问他见过宫本武藏没有？”

“啊！”定吉露出夸张的表情，“老爷呀！岂止见过，就是因为那个武藏他才离开小仓的……”

“呵，那是为什么？”

“那厮自命有点蛮力，竟要去试试武藏的刀法，结果反被武藏击伤。”

“嗯！”

“真不愧是武藏，仅一旋身，就用刀鞘扎了他的胸部。我的朋友束手认错致歉，武藏不听，拔刀以刀背击打我朋友的手脚。因此，朋友的肋骨都折断，重伤濒死……”

“原来如此。”

“性命虽捡回来，却因对武藏无礼，最后只好离开小仓。”

定吉说的与事实大有出入，因为传次就是这样捏造的。

十五

不过，主水立刻便洞察真相。主水自己也是第一流的兵法家，武藏反击乃理之所然；只用刀背击打，毋宁说已很宽大，若是自己，一定斩杀无赦。

定吉说，用刀鞘一扎，厨子即俯身认错，主水也看出了其中的虚伪。就武藏的行动而言，两个动作之间不可能有认错的余裕。

但主水却内心暗喜，对手既是无知的厨子，要强调武藏冷酷，这是最好的材料。于是，他装出作呕的样子，说道：“唉，武藏先生是这等人物！毙了他，是兵法家的耻辱。若是一般人可以一笑置之，对武藏却不能如此。他原本就是无血无泪，如魔鬼般的家伙。在与那著名的吉冈一门比试时，武藏一刀就把当时十三岁的又七郎砍杀，以此已足以说明他冷酷无情的本性。”

接着又劝五郎太道：“高田兄，无论如何，他是一个敢向武藏挑战的豪快之人，何不推荐他到衙中的膳食部门去？”

高田五郎太亦有此意，乃伺机向老君侯推荐，任用传次为衙中出纳课内的厨子。

传次与武藏之事立刻传开。袭击武藏一事大家虽未亲睹，但传次已为众人所津津乐道，旋即名扬全藩。对武藏的批评也纷然杂陈，例如说他是：

“无情之徒。”

“冷酷如冰之辈。”

“是杀人鬼的化身。”

于是，以前的恶评愈加广布，大家对武藏的态度也越来越冷淡。

这些恶评当然传进了新太郎等亲武藏者的耳朵。露心问题发生时，佐渡说：“今后，对武藏的事，最好慎言。”

所以新太郎对一切也只好充耳不闻，噤口不言。

佐渡这样说，并不是畏惧舆论，他认为没有实际见过其人，纵然费尽口舌，也无法让人了解武藏。

厨子之事最后似乎也传到佐渡耳中。他唤来新太郎，沉重地对他说：“新太郎，可不能冲动。殿下一句话可决定一切，总会有这样的时机，这样的时机必定会来临。”接着又问道：“你认识松山主水吗？”

十六

佐渡和新太郎老早就知道，松山主水深得三斋侯宠信，待之以客卿之礼，并负责指导家臣兵法。不过，一般上层藩士对三斋侯所作所为向来慎言慎行，不轻易触及。

三斋侯虽传位忠利，自动引退，但并非已到老得不能过问藩政的地步，甚至老而弥健，而且藩政也无任何差错。可是，忠利自幼为德川家人质，深为家康所宠爱，到秀忠时，已成将军最亲信的近臣而受重用，到第三代将军家光时，虽是外样大名，却已成权力超越谱代大名的德川家柱石。

将军家对忠利的信赖远过于其父三斋侯，细川家从小仓转封为肥后五十四万石的太守，便是对忠利本人的恩惠，三斋侯的引退也许是彼此默契的条件。

三斋侯原是贤君，故万事隐忍，高高兴兴地引退，而将藩主之位让给忠利。但他天生健壮，对藩政多少有点依恋。而忠利善解人意，对父亲三斋侯的心境也很能了解。因而万事谨慎，不失父子之礼，甚至对藩政也尽可能采纳三斋侯的意见，并且严禁家臣批评三斋侯。最能体知其中过节的是长冈佐渡。

所以，从佐渡口中露出主水的名字，今天还是第一遭。

“是的，属下认识。”新太郎谨慎简短地回答。

其实佐渡自己也已略知梗概。

“据说，他曾到过江户。他确如八代地区所言，是第一流兵法家吗？”

“就本领而论，在江户确是第一流。”

“和武藏的关系呢？”

“师傅并不在意，但主水却视先生如寇仇。”

“比试过吗？”

“虽是第一流，向师傅挑战，仍不够格。充其量只不过是暗中偷袭吧！”

“武藏对主水有什么看法？”

“二十年前，主水十八九岁时，师傅已认识主水。大人大概还记得，送悠小姐到中津的鸭甚内党徒中，即有主水其人。当时，主水曾袭击师傅，师傅视主水之剑不凡，暗中对他似有所期待。”新太郎的语气越来越强烈。

十七

新太郎继续说：“因此，迄今为止，虽曾数度偷袭师傅，师傅总轻轻放过。”

“原来如此！这才是兵法之道！武藏却也宽人。”佐渡露出深度感动的表情，低声自语。

新太郎加强语气说：“不过，师傅一再说，主水心意不正，切不可大意……”

“嗯，我也这么觉得。老君侯似乎很喜欢主水，一直都想聘用他。依新订的聘任法，老君侯用人也须获得殿下的同意。我想，老君侯将和殿下提及主水的事，我着实很担心。”

“大人明鉴！”

“老君侯的话，殿下向来不肯严拒。聘任主水，殿下也不会不顾情面地加以辞谢。”

“大人！”

新太郎突然眼露光芒，趋近说道："要辞退主水的出仕，可让武藏先生和主水决斗。我相信，老君侯，和藩里对师傅怀有恶意的人，亲眼见到两人的决斗，一定会知道谁是谁非。"

"嘿，不错，这确是妙法！"

佐渡深为嘉许，但立刻又说："但这不能立即付诸行动。总之，新太郎，你替我小心探访他的作为。"

于是，智谋高迈的佐渡遂顺其自然，毫不提及主水。主水以为这是良机，愈发讨取老君侯的欢心。熊本藩士中，钦慕其兵法者也越来越多。于是有人真心真意地说："松山先生的兵法超过武藏，理应接他到熊本，任为师范。"

另外，武藏在小仓做梦也没想到熊本已发生这种不利的气候，只一味暗自勾画熊本可能是自己安身之所的景象。他甚至根本没有注意到主水已住在八代，新太郎的来信虽洋洋洒洒一大篇，但并未提及这些事情。武藏自己也常想到要亲往熊本一行。

但是，武藏与小仓藩士日益熟络，伊织也愈受殿下信任，小仓似乎越来越难以离开。不过，对武藏而言，在任何地方，每天都是真理的探究，都是为真理而战斗，所以他并没有闲着。

武藏也绘画，有时也追求大自然之美，徜徉于山野之中。但这不是闲散地享受风物景致之乐。他一直都严格地与现实对决，因此，武藏终于无暇走访熊本，在小仓一住数年。

灾厄

一

宽永十三年（一六三六年），将军家光患忧郁症，十四年，病势愈趋严重，已无法掌理政务。朝廷不时遣使慰问，家光也无法接见，因而风传将军已逝。九州地区甚至传说尾张大纳言[1]已继位。

话说九州长崎一带，入夏以来，因天旱，原本碧绿的农田一片枯黄。入秋后，梅花、樱花争奇斗艳。夕阳红得异常，天候的异变接连而起。

人们莫不怀着不安的情绪："难道这是天变的前兆？"更明确的流言也蜂拥而起。先前，被逐出日本的传教士曾扬言道："枯木开花，东西浮现红云，耶稣教大兴，人人头上高举十字架，山野飘扬白旗，时为五五之年。"

从当时算到宽永十四年正好二十五年，所以宽永十四年正是这传教士预言的年代。而且，据说天草大矢野村的天主教徒松右卫门、久右卫门、善右卫门、森宗意四人均保有这传教士的预言书。

由此观之，这流言之受注目概可想见。幕府镇压天主教的命令也因此日趋严厉，松仓、寺泽等小诸侯以这命令为借口，更加强对老百姓的苛敛诛求。

不平浪人策划借这机会不断发展，一方面筹足武器弹药，一方面散放流言、煽动民心。同时还宣说益田四郎时贞是上天为拯救天主教而派遣下凡的天童，借以收揽民心。

益田四郎[2]有异常的才能，信仰虔诚，容貌清纯端丽可媲美法国的圣女贞德。既是天使，自须美丽清纯，且是无垢的童贞。在这一点上，四郎确是最恰当的人选。

当然，这一切全在暗中隐秘进行。寺泽（天草）、松仓（岛原）附近的大名都无法清楚掌握其实际情况。其中虽有一些浪人，但大多数是农民。

"即使暴动，也不会有什么。"既然如此，拥有重兵的大名也就未加特别注意，他们的家臣甚至毫不在意。

---

① 大纳言：是日本太政官制度下设立的一个官职，是第四等级的次官，相当于中国封建王朝时期丞相的槐门属官。官位相当于三品、四品，最高至正三位。——译者注

② 益田四郎：亦称天草四郎、大矢野四郎。

但，伊织却一如平素，不断密切注意。今天，入城晋见还家途中，他不安地眺望着异常的夕阳，于是加紧步伐，赶回家里。

二

武藏正垂目静坐。

“我回来了。”伊织施礼说道。

“父亲，今天又是那令人讨厌的日色。”

“哦。”

武藏静静点头。

“父亲，对于这异常的夕阳颜色究竟应如何观察？”

“易书上说，无论吉凶，其征兆将显现在云上。兵书上也告诉我们，会战时，可由云的色彩、形状与动态探知敌情。但遗憾得很，我无法举出确证。我只能说，看见白云，心情舒畅；看见乌云低垂，心情沉重。这是就云而言，其实，日、月、星辰莫不皆然。尤其‘日有异变，天灾将起’一词已陈腐不堪；只能说，太阳照射，则天气闷热。看见今天这样赤红的夕阳，难免会有不安之感，于是把它跟人世间的一些事象牵连起来。伊织，这是人情之常呀！”

“父亲，这么说来，这种不安的心情也可用在军事上和政治上嘞！”

“嗯，的确如此。同时也可以用在兵法上。可利用此不安之情，却不能为之所乘。能将日月星辰引为己用，必可获绝对胜利。在船岛跟小次郎决战时，我背对太阳而获得必胜的信心。”

“谢谢父亲的教诲。”伊织两手伏席致谢。

“父亲，市区内有人散放不稳的流言，今天已被逮捕，正在审问中。”

“哦。”

“天主教传教士论及日本的未来时，预言说，枯木开花，东西浮现红云，耶稣教大兴，人人头上高举十字架，山野飘扬白旗，此为五五之年。这预言已到处传播。”

“有这等事？”

“现在已经知道，这是天主教徒把将军违和、田园歉收和天候的异常牵连在一起，并利用人心的不安所散布的流言。”

“也许如此。天主教徒中有军师吧？”

“有，而且是相当了不起的人物……今年内，也许会利用人心的不安，乘时而起。”

“嗯，也许如此。呵，对了，伊织，由利公主和森都有没信来？”

“这半年多来，一直都没捎信来。”

“伊织，我即祈望公主平安无事。”

“是的，我也如此……”

伊织眼中隐含着不安。

三

由利公主的工作稍一不慎，即有被天主教徒仇视为破坏宗教，被奉行视为犯法而遭捕之虞。因为公主的工作，武藏和伊织都为公主崇高的心灵所感动，也为公主意气的豪壮而觉与有荣焉。但是相隔遥远，他们日益牵挂公主的安全，这或许是骨肉之情吧！

伊织继续说：“当差的没有消息送来，公主的工作一定是进行得很顺利。”

伊织在长崎市区收购的土地，后来盖了小笠原家的屯驻所，并派有人员驻扎该地。驻扎该地的差员也会向伊织报告公主的消息。

公主养护天主教的孤儿，一如往昔，神出鬼没，在奉行神尾背后扰乱，却又逼使神尾不得不服气，现在已收容了几十个孤儿。公主的爱与雄辩也使系狱的天主教徒接连转宗。

孤儿的养护表面上是奉行所的业务，市民们也赞扬此一工作，使神尾比以前更得人望。因公主之力，转宗的天主教徒不断出现，这也成为神尾对幕府的功绩。

另外，天主教徒对公主的信赖也不差。公主设计把他们的孩子接过去养育，他们因此认为公主是站在自己这一边的。

最后，公主把行动指向岛原的农村。如前所述，领主松仓对农民极为暴虐。不只天主教，就是滞缴税款的人也立刻逮捕下狱，因而，双亲被捕只留下孩子的农家、丈夫系狱只有妇孺在家的贫农，这类可怜的家庭为数众多，再加上天候不调，愈增凄凉。

公主领着驹之助等三个年轻武士和与市潜入岛原的农村，走访这类家庭，给予金钱物资，并准备把若干没人照顾的孤儿带回长崎。

村人合掌对着公主低声称颂道："哦！圣母玛利亚！"

村人们似乎真的把公主看作圣母玛利亚的重临。

对此，公主微笑回答说："我不是天主教徒，我只想做没有父母的孩子的母亲。"

她不仅给予金钱物资的帮助，也替脏污的孩子冲洗，细心照顾生病的儿童。

于是，感激的村人中，有人扬弃十字架，说："瞧！那位小姐！她不是天主教徒，心地却像圣母一样善良优雅。让孩子受地狱之苦，那算哪门子天主教徒！"

四

突然出现的由利公主，在暴政与灾害中呻吟的岛原半岛农民心灵中洒下温暖的慈雨。

公主绝不说耶稣教是罪恶，只要求对孩子的前途加以反省。一旦深入反省，自然会得出信奉政府所禁的耶稣教将给孩子带来不幸的结论。

公主曾对农民说："我不懂耶稣教，所以我不能说它是好是坏。如果耶稣教是真实而永恒的，那么，无论幕府如何禁止，都不会消灭。纵使暂时从日本消失，有朝一日也会再回来。到那时，也许幕府也会接纳耶稣教。相信这时期定会来临，好好养育子女，岂不就是真正信奉上帝之道？”

听公主这一席话，农民大都点头称是。

天主教的领导者反复向农民叙说为坚守信仰，执戈而起，乃理之所然。天童天草四郎的出现、预言书的发现就是使这种说法正当化的最后证据。

公主也对农民说：“各位，你们都有很大的力量。如果执戈而起，也能够像武士那样战斗，但这力量会带来灾厄，因为世上有人想利用他的力量来满足自己的野心。我希望你们想一想，你们的上帝劝你们执干戈而战吗？据我所知，即使国王虐待信徒，基督也不会要人起来抵抗。基督自己最后被国王逮捕，被钉在十字架上而死，但弟子们也绝不报仇。”

这段话似乎颇使农民感动。

对公主的出现，最感惊异的是天主教的领导者。他们因公主在长崎豪勇的做法，本来以为她是站在自己这一边的，但现在他们把她称为幕府的间谍、伤害上帝的魔鬼，开始激烈地加以排挤。

公主到岛原南端、靠近海口的村庄，拜访有三个孩子的贫穷农家。孩子的母亲身体羸弱，七岁的次女因患重病，已濒临死亡边缘，躺在床上。公主在这农家住了四天，尽心照顾这少女。一晚，四五个陌生的农夫来访。公主一看就知道，他们是武士伪装的农夫。他们交相指斥公主之后，强迫少女的母亲说：“你的丈夫茂右卫门先生是一个赴死仍唱上帝之名的虔诚天主教徒，你不该从这幕府的鹰犬得到益处，快，快当我们的面把她驱逐出去，不再接受她的照顾。”

五

公主微笑着倾听他们说话。背后，与市露出微妙的表情忍耐着。

被教训的母亲虽然迟疑，却拼命地说：“是的，长老，我先生欣然地应上帝之召去了。他是很幸福。我也曾好几次想追随其后到天国去。但一想到留下来的孩子，我做不到。每天忍苦度日，终于这孩子病了。

这位小姐到这里来拯救她。我想，这位小姐才是圣母玛利亚的使者……我现在仍然觉得这样。”

“嘿！你说得多可怕，玛利亚的使者，笑话！”

那些农夫装扮的浪人可能就是天主教徒的长老，一面斥责这母亲，一面把目光转向由利公主。其中一人说道：“你这妇人！我们已经知道你的真面目。你跟奉行神尾同谋，表演下流的把戏，施恩于天主教徒，以掩人耳目，你是基督之敌！你就是那个经营白百合寮的由利公主吧？”

公主依然微笑着说：“不错，我是白百合寮的由利。我唯一觉得意外的是，我竟然被认为是基督之敌。其实，我既不是天主教徒的仇敌，也不是朋友，对德川家亦然。我唯一的愿望是世上孩子的幸福。我所以和天主教徒相对抗，是因为许多人把自己的孩子带上信仰之路，而使孩子不幸福。”

“这，这是不可能的！即使不接受异教徒的恩惠，天主教徒的孩子也可获上帝的拯救，快给我滚！”

这些长老怒吼着。公主却哈哈哈笑着说：“既是万能之神，为什么要遗弃这些崇高殉教者的遗族？呵，不，你们是上帝的使徒，为什么让这家人挨饿？愿闻其详！”

“这，这……”

长老嗫嗫不能言。公主的说法只是很简单的反问，但公主身上散发出来的威严已压倒了他们。这时，霞驹之助、和泉次郎和雷申源之助三位青年走进来，在公主身旁低声说些什么。

“嗯。”公主点头，接着站起来，说道：“那么，孩子和母亲都一齐到长崎去吧！船已准备好了。”

六

那位母亲不知所措地望着公主的脸。

公主半对长老说话似的说下去：“若不到长崎找个好医生，姑娘就没救了。姑娘宝贵的生命，必须靠做母亲的尽量加以维护。为今之计，只有跟我们一道赴长崎。真的，需要快下决心……”

“好，我们去。”

那母亲终于答应。而且像换了人似的，以坚定的口吻对长老说：“长老！我为了挽回女儿的性命，要到长崎去。我想，在天国的丈夫一定会高兴我这样决定，上帝也一样！”

“怎么可以？你会下地狱哪！”

一名长老怒气冲天地叫道，但那母亲依然不屈。

“长老！如果上帝说‘别到长崎去’，那就快显奇迹在这地方治好我女儿的病！”

“有四郎先生呀。”

“那就请四郎先生来！”

“你这该死的家伙！”

长老们终于噤口无言。

“那我们走吧！”公主向驹之助示意。

旅途的一切已准备妥当，那母亲背着小儿子，手提包袱。生病的女儿躺在门板上，由次郎和源之助抬着，最大的儿子由公主牵着他的手，开始启程。但长老并没有离去，带着严肃的目光，跟在后面。

到了海边，他们搭上一艘渔船，立刻离去。这时，沿着海滩，一个看似大名侍童、衣着华丽的少年武士，在一队武士簇拥下，缓缓走来。胸前，银色的十字架闪闪发亮。

“哦，是四郎！”

长老高兴得叫了起来。

“四郎，殉教者茂右卫门的妻子被魔鬼拐走了。”

“什么，魔鬼？”

说话的并不是四郎本人，是随从在后的大矢野作左卫门。他是丰臣氏方面的浪人，年约四十岁，赭红色的脸。

“是那妇人！那在长崎开设白百合寮，名叫什么由利公主的幕府鹰犬。”

众人的目光一齐投注到海上。

“原来如此，我已经说过。”四郎点头，突然从怀里取出短枪，喊道：“好，给她颜色看看！”

作左卫门劝阻道：“首领，暂缓一下……”

七

“什么？不能射？”

四郎惊讶地回顾作左卫门。

“魔鬼必须用魔鬼般的方法消灭，否则不能使误入迷津的人觉醒，我有妙策，就让我来……”

“好吧。”四郎颔首，将短枪收入怀里。

船激起白浪，逐渐向海上行去。公主站在船尾，微笑着唤道：“四郎先生！请给村里的孩童幸福吧！”

四郎怒视公主，默默伫立。

“首领，进行除魔祈祷！”

四郎在胸前画十字，轻声念念有词。这是西班牙的祈祷文。以作左卫门为首，众长老都立即伏跪在地。

这时，先前站在树荫下凝视的一群村人，边喊“四郎先生”边奔驰过来。然后，他们也都跪下，低垂着头。

四郎祈祷完毕，村人纷纷投诉生活的苦况：“上天的使者！四郎先生！请救救可怜的老百姓吧！缴了税，我们便没东西可吃；若不缴，又要被关进牢里。”

作左卫门回道：“各位，我们的苦都是暂时的！先前回国的雅可普神父所说的预言都实现了，现在已亲眼看见了。”

“那名望高扬的传教士的预言，可是真的？”

“当然是真的，这儿天草大矢野村的百姓松右卫门先生、久右卫门先生、善右卫门先生和森宗意先生，年轻时便经常听那神父这么说。不仅如此，天童四郎先生也得过这神谕呀！”

“噢，神谕？”

“首领，请你告诉他们神谕吧！”

四郎挺胸，朗朗说道：“一天，我在赤红的夕阳下，伫立海边，向上天祈祷，求他拯救可怜的人民。这时，天边有一道白光，传来天使米嘉埃尔的声音，说，‘四郎呀，雅可普神父所说确实无误，你要站起来，率领人民敉平违背上帝的人！那时，天主教才能振兴，让上帝的荣光照耀信仰的人吧！’”四郎的声音清澄有神，脸如处女般明亮，眼中燃烧着勇气与信念。

“我要先灭天草的寺泽，再铲岛原的松仓，而后夺长崎，平九州，向江户进军！”四郎以威凌的声音继续说。

八

据传，四郎当时年在十六或十八岁，是一个眉清目秀的美少年。有的书上说，他不学而能读，也会使用各种不同的奇妙法术，所以他一定有乩童般的异常精神力。但他绝非阴险狡猾，可能是多愁善感，纯情多梦想的少年。

四郎也许自幼亲见幕府残暴地弹压天主教徒与苛敛诛求，以致激于义愤，梦想打倒幕府的爪牙寺泽和松仓。也可能，岛原的农民期望有这类英雄出现。这两种梦境遂在异常的氛围中成长，而导致天童四郎的出现。显然，将这少年英雄型制成更英雄的天使形象而加以利用的就是浪人。

四郎绝不是骗子。古文献《别当杢左卫门觉书》中载称：

这时，大矢野岛有益田四郎其人，年十六，有名望。四郎不学而能读书，能讲解经文，申言不久将至基督之世，遂有人请其展示证据，彼由天招鸽，于手上产卵，剖之取出基督经文……

据说，这是亲信浪人与长老所杜撰的。不过他是名枪手，剑术亦不落人后，所做的预言也都能一一符应。

他说，他曾听过天使米嘉埃尔的声音，对他来说，这也绝非虚言，他确于某日涨潮时分听到了这声音。

于是，他的信念愈发牢固，真以为自己是天童，浪人与长老奉他为首领，也毫无不可思议之处。

早跟天主教徒同其步调的天草农民，以四郎为首，互相来往频仍，暗中准备起事。岛原的长老也在汤岛与四郎党人聚首，以待时机成熟，众长老自然不会放过向农民宣扬四郎之事。

四郎现在已出现在岛原。这虽然非常危险，但是，为了与由利公主对抗，不得不如此。

“啊，四郎先生，所言甚是！”

村人齐声呼唤。这时候，大矢野作左卫门跨步向前，开口说话。

九

大矢野作左卫门是抬出四郎的始作俑者，也是实际上的领导者。《天草征伐记》中载有大矢野作左卫门的名字。他的父亲亦名作左卫门，是大阪战役[①]，德川家勇将本多忠朝的谱代家臣，在主公忠朝之前战死。但大阪战役阵亡的本多家臣是人屋作左卫门，而非大矢野。又，本多家属德川阵营，所以其子起事反德川，着实令人费解。

总之，无论就智谋、口才而言，作左卫门堪称农民暴动的总指挥。他推举四郎为首领，巧妙掌握人心，而后逐渐向武力起事之局。

他环顾村人，热切地说道：“各位，这次随首领四郎先生到这里，是有特别原因的。据传，女狐最近从长崎到了此地，用甜言蜜语哄骗妇

① 大阪战役：即丰臣家与德川家之战。

孺，以致出现了叛教者。”

村人噤口倾听。

“各位，这女狐说，不要把孩童带上信仰之途，为了孩子，要大家屈从幕府的禁令与横暴。多么冒渎的话语！上帝会同样地把荣光赐给孩子，神与我们同在。现在，雅可普神父所预言的时候已到，天使米嘉埃尔已经告诉天童四郎先生，要他拿起剑来建立神国，天使没有第二句话，胜利是属于我们的。我们怎可为了眼前的孩子之爱，而背弃上帝！各位，别让那女狐接近你们！牢牢守住你们的村庄！”

“对，对！做太太的都比较软弱，所以会奉那女狐为圣母玛利亚。四郎先生，请您设法晓谕妇人们！”

一个年长的村人上前回答，这位村人很可能就是村长。

“到村里去！”作左卫门说，然后向四郎垂首请行。

四郎点头，气宇轩昂地走出松林，后面跟着麾下的浪人、长老与村人。

但走不多远，便看见两三个年轻人从村庄那边踏着白沙奔驰而至。

“大家小心呵！衙役到村里来了哪！”

众人顿然停住脚步，连作左卫门也显得迟疑困惑。但前头的四郎毫不为所动，边行边说：“继续走！”

“首领。”作左卫门欲有所言，四郎却不理会，低声说：“我与神同在！”

十

松苍的衙役是为捕拿滞缴年贡的百姓才潜进这村庄。

四郎领着一伙人进入村里时，衙役已经踏进一个百姓家，正痛责请求延期缴纳的主人。而四郎却直入屋里，沉稳地问主人道：“什么事？”

主人茫然地仰望四郎。高贵的脸面，白绫布上挂着辉耀的银十字架。“哦，你是？”

“天草的杰洛姆四郎。”

四郎故意取个天主教名字。

主人激动地想说些什么，衙役却已抢先喊道：“什么，四郎？”然后挡在四郎前面。

四郎毫不在意地问主人道：“是缴税的事吧？”

“是的，因为缴不出来，所以他们要把我抓到牢里去。”

这时候，四郎才转脸对衙役说：“是这么一回事吗？”

“哼！哪有你说话的余地？你是他藩的人，快滚出去！”

官位较高的中年武士瞪目怒吼。四郎却从容说道：“你难道不知道吗？我是天主教徒四郎！在神恩之下，任何人都一样。我想帮助这家主人。”

“什么，你要帮助？你想造反啦？”

衙役手握刀柄，四郎微笑说：“遗憾得很，我并不怕刀。”

四郎挺胸向前踏出一步，衙役连连后退。衙役都以为四郎会使用神异奇妙的妖术。

四郎一面笑一面说：“我没有说要造反，只想替这家主人代缴滞纳的年贡。我没有米，如果缴钱，要多少？”

从开头就觉得害怕的衙役，到这时候才松了一口气。但他依然摆着官架子说：“当然可以，金钱是天下至宝，无论是他藩的人或天主教徒，其价值依然不变，四郎，这村庄另有两人滞缴，你也要一起付吗？”

“好，一起付，要多少钱？”四郎从怀里拿出重重的钱袋。

十一

松苍家的衙役本该逮捕天主教徒的巨头天草四郎，但因畏惧四郎的妖术，所以从四郎手上接过缴纳的税款，便立刻离开村庄。

然而，不久便流传着悦人的谣言，说四郎缴给衙役的金钱并非真钱，而是树叶。百姓听了莫不抚额称快，四郎神异奇妙的天童形象愈加喧嚷流布。

其实，四郎并没有施展奇迹，他只神出鬼没地出现在岛原各村庄，叙说雅可普神父的预言，宣扬天使米嘉埃尔的神谕。

农家已到秋收的时候了，但因天候不顺，田园皆毫无所获。四郎的宣传更使自暴自弃的农民怒火填膺。农民已逐渐倾向叛乱，最后甚至怀着必胜的信念。

不过，这主要仍是男人的想法，太太们未必赞成叛变，女人不管在哪个时代都比男人重视家庭，而家庭的中心则是孩子。母亲都希望孩子无忧无虑地长大，因此，人世间非和平不可。从男人方面看来，世上的女人都是过分利己的和平论者。

岛原的女人如此，由利公主也不停地向她们游说。公主领着生病的一家人回到长崎后，没过几天又遄返岛原，跟四郎作对，走访各村庄，呼吁道："保护自己的孩子！"而且又把十几个穷人孩子送往长崎的白百合寮。男人都投以冷漠的眼光，女人却比男人之盲信四郎更倾向于公主。

公主温言善语对待妇孺，也跟四郎一样，遇到松苍的衙役逮捕滞纳年贡的百姓时，她用一句话就把这些衙役打发回去，她说："我是长崎的由利，你们快滚！"

她对太太们则说："恶不会长久维持下去。松苍重治老爷若再继续行暴，幕府会把他撤职。不然，我也不会宽恕他。"

因而，岛原的农村虽然蕴藏着推举四郎起事抗暴的战云，但女人对和平的祈愿依然强而有力。

另外，领主松苍虽已注意到这种不稳情势，但为了让附近的大名只注目本藩的繁荣，而欲加掩饰。而且，他轻视百姓的实力，遂更以残暴态度对待百姓，并且刻意枪击天主教徒，甚至向幕府控诉由利公主，认为她支持天主教徒。

爆发

一

九月（旧历）底，四郎回到天草，由利公主也不期然地返回长崎。当时，白百合寮收容的岛原孤儿与穷苦儿童已有五十多人。

起初，白百合寮的费用依约是由奉行所支付，近来却几乎全由与市一肩挑起。当然，这并非强迫，而由与市自动捐助。与市不仅支付费用，甚至把店里业务全委托给妻子和经理，自己住在寮里，全心照顾孤儿。

“公主，我从出生以来，现在才第一次感觉到生命的意义。公主，你知道，我讨厌刀，并不是因为我怕死。把刀用在人和人的厮杀上，我才讨厌。我内心最痛恨的是厮杀。但是，只要有益于公主的工作，就是被杀，我也坦然无惧。”

与市曾经好几次这样告诉公主，使公主莞尔微笑。

森都起初站在旁观者的立场，但慢慢地也为公主的工作所吸引，弹琵琶给孩子听，跟孩子谈话，并以此为乐。

一天晚上，他跟公主和与市三人同处，表情尴尬地说：“我自从家康公手中接受监视天主教徒的任命状后到今天，直接间接由我送上刑场的天主教徒，已不下数千人。在这以前，我根本不以为意，因为我认为这是为了国家，为了所有的国民。为消灭扰乱人心的邪教，我认为纵使杀了一百万人，也没有什么了不起。”

森都的话越来越昂奋。

“但是，现在，我发觉我的想法错了。公主的工作告诉我，无论是天主教徒或邪教徒，人的生命都是一样尊贵的。公主也亲身教我，如小虫般毫不足取的孤儿生命，也和大臣宰相的生命一样，毫无差异，都具有同样的价值。”

森都两手伏席说道：“公主，昨晚，我已把家康公的任命状烧毁，我不再监视天主教徒。从今以后也让我助公主一臂之力吧！”

由利公主以深邃的目光和善地倾注在森都身上。

"森都先生，谢谢你。我们的工作势必越来越艰难，奉行所和幕府不久将会压制我们。天主教徒当然也可能视我们为仇敌。世人会嘲笑我们。我们最后可能会被消灭。但让我们紧紧地手携手贯彻到底吧！"

公主眼中突然浮现着泪珠。

二

森都有了这种心境上的变化。此后的森都已全心全意倾注在白百合寮的工作上。

但是，奉行神尾的态度却日趋冷淡。由于公主的帮忙，他在市区内的风评越来越好，也深获幕府嘉许。不过，他也开始感觉到公主的观点和自己的立场迥然有异。

"如果让她这样发展下去，有朝一日，也许会成为一个非常可怕的敌人。即使在今天，只要公主一声号令，市民可能就会揭竿而起。"

神尾这么一想，不禁毛骨悚然。此外，他还向伊豆守之外的其他阁老报告，说公主可能有二心。但表面上他却若无其事，或走访白百合寮，或邀公主到己宅，以讨取她的欢心。当时，长崎奉行是最难担任的官职，所以任此职的绝非凡庸之辈。

公主虽然已有所察觉，但事已至此，绝不能畏缩，袖手不前。她已暗中察觉到未来的苦难，所以她常有意无意地要与市、森都、驹之助等也要有此觉悟。不过，她的活动反而因此愈发积极。

十月十日晚饭后，孩子们群集在客厅，森都开始弹奏琵琶。

"伯伯，今晚弹悲凄的调子……"

有人这样要求。

"什么，悲凄的调子？"

"对呀！对呀！"孩子们齐声说。

秋夜，虫声悽悽，风声悲凉。许多失怙的孤儿莫不受此情景感染。

“森都先生，就烦你依照孩子的意思弹弹……”

也许有此同感吧，由利公主添加了一句。

“好！”森都眨下眼睛，立刻拿起琵琶，弹唱“坛浦之战”[①]，叙述的是幼帝安德天皇投水的那一幕。

无论孩子或大人都屏息静听。不久，孩子中饮泣声频频而起，公主眼中隐含泪水，叙述的森都亦然。

曲调结束后，孩子脸上全为泪水所沾满，但眼眸明洁清纯。公主吐了一口气，仰首望着与市和驹之助等人。

哄睡孩子后，公主请众人到自己的起居室吃茶，然后大家开始闲谈。这时，森都突然俯首对公主说：“公主，可不能松懈呵！”

三

公主本来就没有松懈，但看到森都的模样有点紧张，不由得吃惊地问道：“有什么感觉，是吗？”

“刚才弹琵琶的时候，感觉到大敌已近在身边……”

“那会是谁呢？”

“一定是天主教徒，可能是四郎的手下。不过，奉行方面也不能忽略。”

“公主，我们去看看！”

驹之助向两个伙伴示意，然后站了起来。

“那就辛苦你们了。”

公主向来镇静自如，现在也悚然为戒，她对森都和与市说：“今晚也请你们住在寮里，照应一下。”

谈完话，公主便径往探视住在寮外的殉教者茂右卫门的妻子阿岛和她的孩子。病人经过细心治疗后，已经能够独自行走。

① 坛浦之战：源平最后之战。

不仅母亲如此，连孩子们也认为公主是真正的玛利亚。

“再一个月，病人就会痊愈了。那时，你们就可回到岛原去。”公主说。

母亲和孩子互望了一下，母亲犹疑地说：“公主，孩子的病能够治好，真高兴。但要跟公主离别，又令人难舍。”

“阿姨，我们不想回岛原。”孩子仰望着公主的脸说。

母亲接着说：“公主，不只我们母女如此，其他从岛原来的孩子也不愿回岛原，都想一直留在公主这里。”

公主微笑着，但眼中已全是泪水。

“……那……那就你们和其他孩子一直在这里好了。我已明白地和岛原的人说，我不愿意有纠纷发生，但是，那边很可能会发生暴动。说实话，我实在也不愿意你们回到那可怕的地方。所以我一直在寻找一块好地方，好让你们重操农事。”公主恳切地说。

寻块地方，从事农耕——这是第一次从公主口中露出口风。其实，公主心里早已有这种计划。

当晚，第二天晚上，都平安度过。

公主领着驹之助，再度出现于岛原。奉公主为玛利亚，祈望和平的太太为数甚多，但暴动的征兆已日益明显，而到了一触即发的局面。

公主停留岛原数日，又遄返长崎。到时已是夜半时分。三十多个覆面武士捣毁大门，闯入白百合寮。

公主听到声音，立刻整装奔赴孩子房间，叫起孩子，群集到大厅。从外头传来了厮杀的喊声。森都和与市都住在寮里，除驹之助、次郎、源之助之外，还有五六个同志。

孩子都吓得直抖。

“有强盗进来。不过，你们都会很安全。好，靠到阿姨身边来……”

公主把孩子们聚拢到自己周围。

覆面武士想拥进后院的孩子住处，但为驹之助等人所阻。森都提着枪站在后面，旋即开口说：“喂，你们是天主教徒浪人吧！放下刀，有话好说。”

“田原森都！幕府鹰犬！吸血鬼！免啰唆！今天要你命！”

高个的覆面汉似是这一伙的首领，恨恨地说。

“对！我是天主教徒的仇敌。被我送上十字架的邪教徒已有一千五百人！我本想把性命交给你们，不过，现在可不行，我正在帮助由利公主。公主的工作崇高伟大，她替代神佛照应无依无靠的天主教徒遗孤。”森都从容地回话。

“混账！”那为首的覆面汉大吼一声，“我们怎会把神圣的殉教者子弟交给你们这群魔鬼！今晚我们本想悄悄来把他们带走。”

“哼，越来越鬼迷心窍了！”

“驹之助！”

覆面汉转脸望着年轻人。

“你们的父母都是伟大的天主教徒，崇高的殉教者，为何附从魔鬼，背弃上帝！”

“我们都站在孩子这一边。凡是虐待孩子的都是我们的敌人。你们才违反上帝的慈悲！魔鬼的门徒！”

“别说了！”

四

驹之助、次郎、源之助，都很年轻，血气方刚，以勇猛的气势杀向闯进来的敌人。双方发出悲鸣，刀光交错，不旋踵已砍杀三人。

敌人退到大门口，立刻分成两组，一组围着驹之助三人，另一组往屋里冲。

“好，来吧！”森都架着枪，两眼顿然张开，光芒四射。

“哼，原来是冒牌瞎子！”

那高个覆面汉挥起大刀，大吼道。

“哼，哼，瞎也好，不瞎也好，可别挨了我的枪。”

森都猛然递出了枪，对方惊险万分地躲过，下一刹那，枪头便刺向那汉子身边另一覆面汉的侧腹。

就在这刹那，为首的汉子踏前一步，扑向森都。森都飞跃退后，接着便是一场混战。森都、驹之助等人为了阻止敌人闯入后院的孩子房间，四处奔跑厮杀，但人手终究不够，已有两三个敌人乘隙奔向后院。

不久，后院传来了孩子的悲鸣声，接着是与市的声音。

“师傅！驹之助兄，快来呀！”

与市看见驹之助等人已杀进来，便奔入孩子房间，和公主一起保护孩子。

森都听到与市的声音，一边与敌人交锋，同时唤道：“驹之助，你们都到孩子房间去！这里由我来！”

“遵命！”驹之助回答，接着叫道，“次郎、源之助，到孩子房间去！”

驹之助引开敌人后，直奔后院。次郎和源之助随后奔去。这时，次郎背后空门大开，肩上挨了敌人一刀。“唉”的一声，怒视着敌人，瘫软倒下。

“他妈的，你这家伙！”

森都奔驰过来，一枪刺杀了砍倒次郎的覆面汉。接着，他提枪挡在通往后院的走廊入口。

“来吧，该死的家伙……”

五

驹之助和源之助奔进大厅时，公主站在烛光下，孩子们紧靠周围。七八个覆面汉正口出恶言毒骂公主。与市和茂右卫门的妻子阿岛及三个使女，铁青着脸站在孩子们两旁。驹之助和源之助怒火中烧，加上负伤，状甚可畏，大吼一声，便想从后砍杀敌人。

“等一下！”公主阻止。

公主怕在大厅中厮杀，会伤及孩童。驹之助和源之助猛然打住。覆面汉却毫不容情地喊声：“杀！”抢先向他们逼迫过去。

驹之助二人知道公主的意思，喊道：“来吧！”

接着便想跳到外头，但覆面汉根本不理，由后掩杀过来。

“真他妈的！”两人赫然举刀对垒。

公主紧咬嘴唇，吩咐使女说：“逃！幼儿交给你们了。”接着说道：“大家手拉着手，跟在阿姨的后面。”

旋即吹熄蜡烛，顿时一片漆黑。公主摸向走廊。与市等人像从后往前推一般，要孩子们跟着公主走。

他们从便门跳进院里，摸黑到了后门，幸好没人追来。幼儿由大人背负，较大的孩子手拉着手。

“快，快走。”

“公主，到哪里？”

“到奉行所。”

“公主，这可不行呀！这不等于把孩子送回牢里吗？到我家去吧！”与市说。

“这也好。”

一伙人在凹凸不平的小径上行走。但没走多远，十四五名覆面汉高喊道：“站住！”

一下子就把他们包围起来。

“是什么人？”公主问。突然间，提灯的光照在公主脸上。

“呵，是由利公主。嘻，嘻，我们正张网等你呢。喂，把孩子带走！”

“我们奉上帝意旨，来接你们。”

覆面汉伸开双手来抢孩子。

六

“各位，算了，算了！”公主对想跟覆面汉争夺孩子的大人说，再争下去也没用了，这是明眼人都知道的事实。

但，孩子都“哇哇”大哭，紧紧靠着不愿离开。覆面汉把孩子一个个送进停放着的轿子里。公主咬着嘴唇，如石柱般伫立着。

“公，公主！”

与市挥着紧握的拳头，喊道：“刀，刀……”

他大概是想如果有刀，即使力有未逮也要给他们一刀，尽管与市是那么恨刀。

茂右卫门的妻子抱着自己的孩子，拼死命地反抗，但最后连她自己也被抬走了，她挣扎地喊道：“公主！我不会忘记你的大恩！”

这时候，杀进寮里的覆面汉，带着伤患奔驰而至。簇拥着孩子乘坐的轿子，旋风般飞奔而去。

公主茫然目送，突然喊道：“森都他们呢？”

于是，她跟众人奔回寮里。

“森都先生！驹之助！源之助！次郎！”

公主站在漆黑的房屋里，称名唤叫。

“哦，哦，公，公主！”

从秋草丛里传来了呻吟声。

公主跑过去一看，森都握着枪，俯伏在那里。

“森都先生！振作起来！”

“唉，唉！”

森都豪勇地低吟，撑着枪，好不容易才站起来。

“孩子呢？”

“都被抢走了……”

与市把森都的手搁在肩膀上，扶到廊间。走廊附近，驹之助与源之助躺在四五个覆面汉的死尸间，早已气绝身死。

使女立刻在烛台上点火。

森都全身是血，伤势沉重，公主连忙替他裹伤。

“公主，不必麻烦了。”森都挥挥手，微笑着望着公主的脸。

“公主，我想悄悄地说……公主的容姿，的确像一般人所说那样……”

七

森都的脸已苍白如死。公主凝视着这奇妙的男人。

“森都先生，你的眼睛？”

“我相信，从社会上找出恶，是我的天职。对我来说，恶的始作俑者是耶稣的神。所以，找出天主教徒，送往刑场，是我的天职。于是，我向佛发愿，我可以不看所有的善与美，只要找出天主教徒就行。不过，起初，我的确是瞎子，自与道智和尚论法失败的瞬间，我的眼睛忽然看得见了。不过，从那时开始，我就下了这种决心。”

森都逐渐失去血色，但仍以坚定的口吻陈述，真可说是惊人的告白，公主深深颔首，说：“呵，原来如此……”

“我的眼睛只看坏人和残酷的人，而不能看善人和美丽的人。年轻时，有个爱慕武藏先生的吹笛名人阿通，她一定是个美人，但我没有看过她。细川家有个悠姬公主，她也爱慕武藏先生，我依然没有看过她。还有，公主！你也……”

森都苍白的颊上突然泛出血色，眼睛洋溢着惊喜之色。

“公主，我想，你一定也非常美，但我不能看，不过最后我还是看了。呵，不过，我还是不后悔。一生所见的恶人脸，现在已全部消失；只有公主美丽的脸在我内心逐渐扩大……公主是清纯的处女，同时也是慈爱之母的化身！”

公主紧握着森都的手。

“不只是天主教徒的孤儿，倚靠着公主的慈爱，驹之助、次郎、源之助、我，还有与市，莫不如此。”

“师傅说的不错。”与市倚靠着森都，有如孩子般哭了起来。

森都的眼睛凝望公主不动，缓缓地失去了光芒。

“森都！”

公主把森都紧握的手抱在胸前。森都的眼睛再度恢复微光，口中唱诵佛名，旋即垂下了头。

公主也诵着佛号，静静地把手移开。与市和使女也都合掌称诵佛号。

屋里又恢复了平静。破云而出的半弦月映照着每一具尸体。

就在这时候，从外面传来了慌乱的脚步声，提灯的光芒逐渐明亮。

“公主！公主在吗？”是奉行神尾的声音。

八

奉行神尾内记率领许多属吏踏进来。神尾看看公主，又看看躺在院子里的尸体，严厉地问道：“公主！这是怎么回事？”

公主表情冷漠，伫立不动。

“几十个不明来路的覆面暴徒闯进来，抢走了寄居在这儿的孤儿。”

“什么，抢走了孤儿？”

“森都及其他年轻人拼命阻挡，但力有未逮。”

“呵，森都也死了？”

神尾也黯然神伤，转眼望着森都的尸体。

“是天主教徒的余党吗？”

“大概是吧！”

公主回答后，凝视着神尾的脸。

“神尾先生，你怎么破坏了我们的约定，把属下带到这儿来？”

“哼！理由是……”神尾从容地从怀中取出老中的指令，开封说道，“公主，这是老中的指令，仔细听！足利由利，汝漠视幕府命令，行为僭越，兹令于十月底前，撤离长崎市区十里外。”

内记念完后，把幕府指令放在公主面前，说道：“若有怀疑，请自披览！”

指令上有各老中（幕府老中约有四人）的印信，伊豆守的名字也赫然在上。公主莞尔注视神尾。

“指令的意旨，由利已先接下。”

神尾耸耸肩。“什么，你已先接下了？”

“我已经仔细想过，有了自己的打算，一高兴，就会离开长崎！”

“一高兴？”

“也会留下！”

“那你是说，一高兴也会违背老中的指令？”

“不错！”

“公主，这样，那就很遗憾，必须把你送到奉行所了。”

“神尾，你说什么？期限是本月底，在这之前，由利还是自由的！如果过了期限，我还在长崎，你来抓好了。在这之前，我仍是这邸宅的主人，你快给我走！”

公主瞪视着神尾。这位奉行自始即应付不了由利公主。

“公主，请别忘了是本月底哦！”

神尾嗫嚅地回答后，便领着属下，以粗重的步伐走出去。

九

之后，又过了好几天。宽永十四年（一六三七年）十月二十三日晚，岛原领有马村南庄北冈的农民三吉家，挤满了拿着提灯、点着火把的农民，其数有三百人。

厢房的壁龛上挂着有十字架标识的白旗。

“各位，这旗是最近在四郎先生面前，从天上飘下来的，是天使米嘉埃尔的军旗呀！雅可普神父所预言的日子终于来临了。各位，我们做礼拜吧！”

三吉昨天刚从天草大矢野村回来，他这么一说，群集的百姓便一齐画了十字，大声说：

“打倒松仓！”

“推翻德川！”

这时，有三十多名浪人推开人群，带着一群孩子走进院子。

"哦，是天草的宗意先生！"

看到前头的老武士，长老们都兴奋起来。

"是，本人是宗意。这次前赴长崎，与同志合力把被由利公主所骗的孩子们夺回来了。"老武士得意扬扬地说。

于是群众中顿起骚动，有的人唤着孩子的名字，奔驰过来。

不久，三吉举起白旗，奔向走廊，喊道："时候到了，孩子已经回来了。我们走吧！"

"走！"

群众高喊一声。三吉跃进院子，站在群众前头。

"攻打代官！"

群众怒吼。

他们冲进路上的农家，夺取锄头与镰刀，开始向邻村的代官所行进。越往前行，人数越多，最后聚成六百余人的大集团。火把相连，怒吼声震撼黑夜。

代官所根本无视老百姓的存在；百姓集团一接近立即有十五个下级衙役跃出，威吓道："走开！走开！若反抗，杀无赦！"

不错，在这以前，这是一群像羊一般温顺的老百姓，但现在可不同了。

"干掉他们！踩死他们！"

随着怒吼声，群众像怒涛般推倒下级衙役，闯进代官所。代官欲有所言，但群众已放了火，衙门立即为火势所包围。

十

反抗之火终于点燃。火势迅速蔓延。除了狂信家庭，妻子们大多反对丈夫参加暴动，不过，单凭女人的力量，毕竟难以阻止。

岛原城的松仓家立即派出讨伐的军队，逮捕了祸首三吉等人，加以斩首，以显耀领主的威势，但这只是极短暂的胜利，旋即为各地的暴动势力所击破，岛原城被围困，要守住城池，松仓家费尽九牛二虎之力。

这次暴动从一衣带水的细川领肥后长洲附近也可望见，岛原城下城外，处处都有火舌，枪声频频传来。

细川家家老长冈佐渡得急讯后即策马趋赴长洲，果如急讯所言，询之渔夫，始知天主教徒已在天草和岛原暴动。

确实情况虽不得而知，佐渡认为事态紧急，立即驰回。不巧，这时忠利侯和世子光尚都在江户，佐渡与有吉赖母、长冈监物二家老相商后，遣飞脚[①]向丰后的幕府目付[②]牧野信藏和林丹波报告说："岛原、天草事态严重，本藩愿遣枪队赴岛原、天草支援。"

之后第三天，岛原的松仓家亦因藩主不在，由重臣署名，吁请细川家派兵支援。

"天主教徒已暴动，为数达五千人。烧毁各村庄，迫近岛原城，祈以邻国之谊遣兵支援，是所至望。"

但依先时颁布的"公事法规"称，诸藩无视邻国遇何事变，非经幕府指令不得擅自行动，违反者概处以改封、没收领地之严刑。

因此，佐渡才迅速向幕府目付报告，探视其意向。松仓家向细川家乞援的同时，也向目付报告藩内的巨变，并请求允许细川家遣兵支援。

但是，牧野信藏和林丹波两目付皆欲窥测上司意向，不能速下决断，去函大阪城代请示，而向细川家指示说："一切须待江户来函，再做决定。"

三家老等重臣对目付拖延之举都大为气愤，因为天草与岛原唇齿相依，起兵暴动的动向日益明显，事态已迫在眉睫，天草目前虽为寺泽领地，但仍可说是肥后的一部分。

---

① 飞脚：幕府时代的传信者。

② 目付：幕府的监视人员。

十一

天草自国郡制度成立以来，即隶属肥后国，归肥后国司治理，至战国时代，始独立而为豪族天草氏的领地，战国末期归人吉城主相良家所有。

丰臣时代[①]为宇土城主小西行长之领地，小西家于关原一役覆没，肥后一带遂为加藤清正所有。据说，当时，家康有意将天草一并赐予清正，清正不敢接受。于是，天草遂归肥前唐津城主寺泽所有，并在富冈城设代官治理全岛。

然而，无论在地理、经济，甚至人情习俗方面，天草都与肥后本土密不可分。所以，细川家的重臣当然重视天草的局势变化远甚于岛原。而且，天草的情势不断由谣言传至熊本，天草实为暴动的本源，而少年四郎则是暴动的大首领。

然而，若无幕府的许可，不仅不能挥军入岛原，也不能遣军赴天草。经历一周的焦虑煎熬，长冈佐渡家突然来了一个武士，在大门前向传达者说："我是八代老君侯的使者，因是极机密要事，须待面谒始能报名……"

传达者将原委向佐渡陈述后，佐渡略一沉思，来人既说是三斋侯的使者，又不能盘问姓名，佐渡只好到客厅接见。

是一位面貌俊秀的壮年武士，但佐渡并不认得。

"我是佐渡，足下是老君侯派来的使者？"

"是的，先请披览老君侯的书简。"武士递出一封书信。

佐渡接过信，读完后，以锐利的眼光凝注武士。

"呵！你叫松山主水？"

不错，这武士便是主水。主水两手伏席顶礼道："是的，我是主水。"接着又说："老君侯的意思是，书简未尽之意由我来补充。"

---

① 丰臣时代：即丰臣秀吉时代。

“哦，那可不必。老君侯的意思，书简上已写得清清楚楚。但我无法一人决定，所以请你先休憩一下。”

佐渡唤来家臣，引主水到另一房间。

十二

佐渡立刻请来长冈监物和有吉赖母二家老。

“八代的老君侯有信送来。”

佐渡拿信给他们看。

信上说，天草和岛原的天主教徒暴动对肥后新领主细川家而言，可称为试金石的重大事件，并指责重臣懦弱，仅知承仰幕府鼻息，迁延度日，信上指示道：

时局发展至此，已无可奈何。事态将日趋严重，已极为明显。既是一衣带水的邻国，则位居九州探题1的细川家一定要站在平定暴动的第一线。为今之务，事前先派密探到天草，调查实情，以备战时之用，乃最佳措施。

最后主张用主水为密探：

密探万一说出藩名，徒增困扰，故可用浪人，幸而，居住八代的松山主水，精于兵法，又懂得忍术，特推荐之。

“呵，老君侯的远见令人敬佩。”

监物和赖母读完信后，甚表感佩，却又面面相觑。

“但主水这个人……”

---

① 探题：镰仓时代所设之机构，直属幕府管辖，地位高于大名，德川时代未设此一机构，故系比拟之语。

两人想到老君侯宠爱主水，着实为难。

佐渡也有同样想法。故静默沉思，突然抬起头来，开口说："可按照老君侯的意思，任用主水。"

"不妨事吗？"

两人提醒说。

"密探本非一般武士适宜担任的工作。至于主水确实宜于担任密探，老君侯不聘用主水，却推荐他做密探，可能已有见于此。"

佐渡说完，脸色顿然开朗。

商议确定后，即当场请来主水，派他担任密探赴天草，并要他速做准备。但机警的主水，却表示无须准备，他露出果敢的微笑，说："浪人随时准备动身，只要赐些费用，明晨即可启程。"

"呵，原来如此，但要如何跟你联系呢？"

"已有两个门徒随行，若有不足，可以利用当地领民。"

主水胸有成竹地回答三家老，使这些沙场老臣也深有所感。

"嗯，这厮确非凡庸之辈！"

第二天，主水即离开熊本到天草。三斋侯的金玉良言使佐渡等深受感动，果如老君侯所言，暴动已逐渐严重，暴动团体的势力意外强大，大有一举攻占岛原城闯入长崎的气势。以松仓、寺泽的小藩力量显然无济于事，幕府命令虽仍未下达，黑田、锅岛等大藩已备战不懈。

如此一来，细川家的立场愈来愈趋重要。如果各大藩同时出兵，平定暴动的功劳为他藩所夺，细川家将无颜立于天下。

细川家受封为肥后太守，主要是以德川宠臣身份防备南方的岛津，并压制北方的黑田与锅岛。如果细川家在这次战乱中武威受挫，料想必被转封。

这种严重性已由佐渡等重臣传达于一般藩士，因而全藩的紧张气氛逐日增加。

另外，丰后府的幕府目付，遣使向大阪城代报告暴动情形，乞求指示。但大阪未做决定，亦向江户幕府请示。报告送达幕府，已是十一月八日，距暴动发生已逾十日。

而其报告仅为暴动发生之初的状况，内容也很简单，所以幕府不以为意。而早已期望此事发生，消息又很灵通的松平伊豆守，则认为这是消灭天主教徒的好机会，现出微微笑意。但他做梦也没想到，天主教徒的势力竟然会变成后来那么强大。

于是，幕府召开阁老会议，命板仓内膳正重昌率目付石谷十藏贞清，担当征讨之责，并下令岛原领主松仓广高道："速返领地，若松仓无法处理暴动，可以同为肥前国之谊，向锅岛信浓守胜茂、寺泽兵库守坚高求援。"

阁老判断局势还未到须细川、黑田等大藩出兵的时候，但在江户藩邸的细川忠利已由本藩频频遣来的飞脚，认清了事态的严重性。然而，忠利并非战国乱世之雄，而是和平建设的名王，和平的基础是守法，武力亦须循法而动。

忠利当时给仙台侯的书信中说："纵使明日城陷，因未奉令也只好守望。"

这绝非畏怯，忠利甚至遣快使回本藩，下令准备出兵。

出兵

一

松仓藩向细川家求援书送达后二日，岛原暴动的消息也由长崎的屯驻所传至小仓的小笠原家。报告虽然不详，已足以提醒伊织。

在小笠原家中，主君信浓守忠真正在江户，不在藩里，当时，伊织为该藩的首席家老，因此立刻召集重臣开会。

伊织读长崎屯驻所的来书时，重臣只瞪目而视，并未特别惊异。那些被迫走投无路的天主教徒与百姓，在岛原半岛一隅骚动，不会有何大事，何况又远离小仓，而岛原附近又有黑田、锅岛、细川等大藩据守，己藩出兵的机会微乎其微——这是重臣们的想法。

但是，伊织并不认为这么简单。比起岛原附近的大藩，小仓的责任固然轻微，不过情况也可能会严重到势须己藩出兵。他甚至认为被日本逐出的西班牙和葡萄牙也可能为报复而参加暴动阵营。

现在，应如何处理，虽难以立即决定，伊织仍提议说："总之，须速向殿下报告，乞其指示。应急措施由本人处理。"

伊织的提议获得重臣认可。同时他又下令监察人员取缔流言蜚语。傍晚时，急回邸宅，以便向父亲武藏报告。

武藏正摊开画纸，继续近来才开始着手的斗鸡图。

但伊织却觉得父亲的侧脸有点不寻常。

"父亲，我回来了。"

"哦。"武藏静静地搁下笔，抬头反问道，"有什么事吗？"

"是的。长崎屯驻所通知说岛原和天草的天主教徒终于暴动了，他们杀领地内的代官，纵火，逼近了岛原城。"

"本藩如何处置？"

"尽快向殿下报告，并命令监察大员取缔藩内流言。"

"只此而已？"

"暂且观望一两日，且准备出兵。"

"嗯，这样也好。"武藏深深颔首。"幕府也许会命令本藩出兵，因而从现在起，应该着意准备，以备非常。但最重要的是要确定本藩的立场，不缓不急，而且要采取神速果敢的行动。"

"是的，我有此打算！"伊织回答。

"不过，伊织呀！"武藏把身子坐直。

二

霎时，武藏眼中浮现出沉痛之色。

"父亲，是否有由利公主的消息？"

“嗯，刚才接到了与市的来函。屯驻所的通知没提到公主的事吗？”

“什么也没有。”

“噢！屯驻所的人大概还没有发觉。伊织，公主的白百合寮遭受天主教徒袭击，帮助公主的六个年轻武士都被杀了。”

“那么，公主呢？”

“公主没事，森都却死了。”

“森都死了？”

伊织深受震撼，瞪目以视。

“他奋勇战斗，据说，刺杀了七八个人，唉，已是年近七十岁的老人了，而且是我的老友……”

伊织感慨良深，说完后便闭上了眼睛。

伊织长叹一声，说：“唉，真可惜，我去长崎时，曾一度受天主教武士包围。他不像盲人，武艺高强，霎时间，刺倒了两三个人。当时，他笑着说，纳年贡的时候已到了。”

武藏点头说：“像他那样的人，这一切早已想到。否则，他不会取下面具。”

“父亲！森都终究不是盲人吧？”

“眼睛即使看得见，只要闭上也可说是盲人了。不过，据与市的来函，他最后张开眼睛望着公主的脸，现出森都式的笑容去世。人只与恶战斗并不能获救，至少在最后希望见到真和美。对森都而言，公主是他的救赎，当然这不仅是公主的容姿，也是公主美丽的心灵。森都为公主的心灵所吸引，而脱下面具。但这仅仅在死的时候，森都也知道这一点。”

伊织颔首倾听，但表情很快又回到忧心忡忡的样子。

“父亲，公主之事，愿闻其详！”

“公主在寮里养护的孤儿全部被夺走，不过，公主平安无恙。当晚，奉行神尾又闯进去，说是奉老中的指示，要公主撤离长崎。”

“撤离……”

“不出当初所料。公主不断进展的心境，奉行能跟到几时？”

“父亲，公主此后有何打算？”

“我也不知道。”武藏无助地回答。

三

暴动团体的势力与日俱增。天草与岛原以四郎为首领，总共一万两千多人都执戈起事。

而且，按照原先计划，为了闯入长崎，全部集结在岛原城附近。然而就在这时，听说天草领主寺泽的军队已攻向天草，岛原的暴动团体奔赴天草，在本渡逆袭，大破寺泽军。

寺泽残兵逃进富冈城，暴动团体追击猛攻，但富冈城固若金汤，不易攻占。暴动势力暂且撤至大矢野岛。岛原暴动爆发至此已过了二十多天。

暴动团体在大矢野岛召开军事会议，决定以岛原南部有马的原城为根据地，倾全力修筑城池。

原城是一座仅留下石墙无人居住的旧城。暴动团体仅花数日便奇迹般建立起堂皇的城堡。住在城里的老壮男女共三万七千人，粮食也很充裕，枪只有五百三十挺，所以暴徒们都意气昂扬。

十二月一日，幕府的征讨使板仓重昌抵达肥后的高濑，开始召集诸藩代表举行讨伐会议。

板仓重昌是京都所司代板仓胜重的次子，一般认为才略胜其父，是极适于担任征讨使的人物。老中和大名对选他做征讨使没有异议。大名也都为他饯行，但只有一个人高喊道：“完了！”

这个人就是柳生但马守宗矩。

当时他在某家看杂耍，听到重昌任征讨使正从江户启程，立即从席上借了一匹马追重昌至川崎，最后仍没追上，只好掉转马头于三更半夜入江户城，谒见将军家光，谏请家光即刻召回重昌。

“什么，你说重昌不能胜任？”重昌是家光宠臣，故家光变色反问。

“并非重昌不能胜任。重昌于今位高禄重又兼司重职，为世人所敬畏，实为至宜之人选。但要他领导九州粗犷的大名则威信不足，若久战无功，则身负重责，势必不能生还江户，由此而失去将来有为人物，实非所愿。”但马守诚恳陈述。

家光亦颔首称是，但家光对暴动当地现状并不确知，不以为意，故仍置之不顾，无意召还。与武藏齐名的大兵法家柳生但马守此次所见丝毫不差。

四

板仓重昌威风凛凛到了肥后的高濑，召集牧野、林二目付及附近各藩代表（藩主都在江户），举行军事会议，下令征调锅岛、有马、立花（柳川城主）、细川诸藩军队征伐贼徒。其中，锅岛，有马、立花攻岛原原城，细川征讨天草。

出席这次会议的长冈佐渡迅即通知城里，自己也策马奔回，着手编组军队。

从重臣到轻秩之辈，早已翘首期待此日，因而时机一到，喊声震天。自大阪之后以来，已有二十二年未见如此大动员的战事。藩士中虽有泽村大学这些参加过小牧山之战的沙场老武士，但其中仍以初上沙场的青壮年居多数，他们才是此役的中坚分子。

担任先锋的长冈奇之[1]率军队三千人定次日（十二月二日）启程，家家户户为准备饯行及应用之物忙了通宵。

寺尾新太郎及其长子求马助都参加先锋部队。新太郎曾参加大阪之役，年轻的求马助则为初上沙场。

---

① 长冈奇之：佐渡养子，忠利末弟。

晚上的来客由父亲新太郎接待，求马助先就寝。

“求马！好好睡一觉，睡不好，就无法打仗。”姑母阿松立在枕被旁嘱咐。

“好！”

“心潮起伏不定吧！”

“还好。”

“是吗？那就好好休息吧。”

阿松发出会心的微笑。

以前，武藏在江户时曾说：“新太郎，此子颇为不凡，当好好加以培养。”

果然，求马助一年年成长，无论在沉着、敏锐或剑路上，均跟一般少年完全不同。父亲新太郎对求马助期待甚殷。而姑母阿松对求马助的希望更胜于他的父母，常用木刀亲自指导他。

阿松在藩里也是首屈一指的女剑士。十九岁时曾保护武藏的未婚妻阿通由小仓赴熊本（当时属加藤家领地），当时曾与浪人对阵。阿通去世后，依藩主之命，陪侍悠姬，居住京都。受铃姑一伙袭击时，她曾提刀抢先跃出。

悠姬去世后，阿松回到小仓。细川家由小仓迁至熊本，阿松亦与新太郎一家人搬到熊本，并且一直过着独身生活。

五

求马助并不因初上沙场而惧，也不觉得比平时紧张，故能从容回答姑母。不过一念及自己将首度上战场，仍不由得心中怦怦作跳。书上与绘画中所见的沙场情景浮上眼前，他在心底描绘着与自己对抗的戎装敌人。

“如何克敌制胜？”

他甚至想象与敌将单打独斗的情景。但这美丽的梦，不仅没有使他清醒过来，反而使他睡得更熟。然后，不知过了多久，有人唤道：“求马，起来吧！”

求马助揉揉眼睛，问道：“啊，要出发了？”

“还未到预定的时刻。不过，刚才接到佐渡先生的密令，父亲要率手下三十人，即刻启程。你也要一起去。”

“好。我要最先杀入敌阵。”

求马助眼光闪耀，站了起来。

一切准备早已就绪，父子立刻整装，不带随从，策马直奔佐渡邸宅。

父子即时叩见佐渡。

“新太郎！辛苦啦！速率手下，骑马到海边，再搭快船赴大矢野岛。担任向导的是刚到我这里来的主水门徒。”

“遵命！”

“到岛上后，与主水合作逮捕暴动者首领天草四郎时贞的母亲及其他亲人。”

“捕捉以后呢？”

“不久，寄之的主力军亦将渡海到那岛屿，一切遵从寄之的命令！”

“遵命！”

“主水这个人，你很了解。千万当心，别中了他的圈套。”

“是！”

佐渡转眼望着求马助。

“求马！今年几岁？”

“十三岁。”

“这次虽非正式战斗，但仍要往赴岛原。自古以来，以十三岁的年纪建立首战功绩的英雄豪杰，为数甚多。”

佐渡说完后从刀架上取了一把合适的刀，说：“求马，这是佐渡送给你的礼物，愿你建立首战的卓越功绩。”

求马助向前趋进，把赠品接了过来。

“这把刀是武藏门徒河内守永国所铸。以前，由武藏呈献给忠利侯。忠利侯应我的请求再转赠于我。”

“啊，武藏先生的……”

求马助的眼睛洋溢着感激之情。

六

就在这时，新太郎所选的三十名年轻武士也已齐集佐渡邸宅。事态紧急，佐渡只简单说了几句话，即启程赴三角。向导是主水的年轻门徒村上吉之丞。

从三角海边上船，第二天中午即抵达大矢野岛的渔村。

寺尾队伍认为码头之战势所难免，但从远方眺望，岸上东奔西跑的却全是妇孺之辈。

意外的是，下船时，只见一个脸部遮巾的男人缓步走来。

“各位辛苦……在下是松山主水。”

“在下是寺尾新大郎。”

新太郎向前轻轻点头。

“久仰！久仰！”

“在下也久仰大名。”

二十多年前，他们在小仓见过面，可是没有报过名，对方却因为武藏的关系，互有传闻。

“松山先生，这一带似乎有点奇怪。”

新太郎环视四周。

“男人大部到岛原，防守原城，留下的全是女人和小孩……”

“啊，原来如此。”

“虽然都是女人和小孩，女人却也是那些狂信暴徒的妻子，可不能轻视！今天，贼徒从岛原潜了进来，当然是为了来接四郎家人……”

“真的？”

“所以我才请速派人来。不愧是著名的寺尾新太郎先生，神速果敢，及时赶到。”

口虽如是说，眼中却漾着冷冷的笑意。

“承蒙褒奖，实不敢当。四郎的家人在哪里？”

“在下领路！”

说着，主水缓缓起步前行。从海边往里走了三千六百尺，在小山冈下有二三十户的村落。寺尾一行将进入村中时，四五十个农妇手上拿着镰刀、柴刀纷纷从屋后跃出，站在寺尾一行人前面。

主水回首说道：“寺尾先生，你看，要把她们全部杀掉虽然轻而易举，但要靠少数人捕捉四郎家人，可不简单，所以才请援兵支助。”

“的确如此，四郎家人潜藏在这村里吗？”

“不错。右边那户人家是庄屋[①]的邸宅，四郎的母亲及姊妹等，都住在那里。”

两人谈话的时候，妇女们都大声喊道：“坏蛋！这里不许通过，滚回去！”

七

新太郎、主水和随从的队伍都严肃地望着这些妇女。

“畜生！到地狱去！”妇女们又开口骂，似乎是针对着主水，主水尴尬地苦笑。

新太郎和颜悦色地对她们说：“我们是细川家的部属，来迎接四郎先生的母亲，我们的主公是通情达理的武士，不会做出不当行为，请让路吧？”

“不行，快走！”也许是浪人的妻子，腋下挟着大刀，恨恨地说。其他女人又作势大喊一声。

新太郎依然和缓地说：“你们这些不讲理的女人！我们奉主公的命令前来，并不是来逮捕人。如果你们继续阻挡下去，我们只好开杀戒

① 庄屋：村长。

了。”接着大声唤道：“益田四郎时贞先生的母亲！我们是担任镇抚天草之责的肥后藩主细川忠利侯家老长冈佐渡的部属，特先来迎接你。快点出来！若再迟延，就要持刀带人了！主力部队马上就要和幕吏一起到岛上来。快出来，快出来吧！”

妇女们为新太郎朗朗之声所慑，噤口不语，但旋即发声喊，抡起凶器向细川军队迫近。

新太郎向主水示意，然后命令部下道：“拔刀！”

就在这时候，一个面貌姣美、年三十七八岁的中年妇女，拨开众人，向前跨出，说：“等一下！”

旋即望着新太郎，顶礼道：“细川家的家臣，辛苦了。我就是四郎的母亲，在此束手就捕！”

谁都知道，她是想从兵刃下拯救妇女。新太郎的脸色豁然开朗。

“果然不愧是四郎先生的母亲，深明大义。详情将由主公向幕府陈述，必能善加处理。”

“请先到屋里。各位，你们的情意，我永远忘不了。今天，各位请先退下。”

四郎的母亲一面招呼新太郎，一面向妇女顶礼称谢。刚才激愤的妇女都现出欲振乏力的样子，哭泣着离去。

八

新太郎让士兵在门外等候，自己一个人进入庄屋益田甚兵卫的邸宅。主水从门徒那里接过替换的衣服，换装成武士后，才进入邸宅。这是主水的虚荣，他想让四郎母亲把自己也看成气宇轩昂的男人。

新太郎有礼地应邀走进后院。后院里，除四郎的母亲玛尔丹[1]之外，

---

①玛尔丹：教名。

还有四郎的姊姊蕾西娜、姊夫小左卫门和外甥小平。

“你这种不反抗的态度，令人感佩。我们绝不会有无礼之举，请放心。”

新太郎重新保证他们生命的安全，然后逐一询问他们跟四郎的关系。

新太郎这时才知道四郎和姊姊蕾西娜是跟母亲一起到继父益田甚兵卫家来的。询及四郎亲父时，玛尔丹回答：“已去世。”没有报出姓名。

这时候，主水穿着华丽的武士装走进来。“在下是住在肥后八代的兵法家松山主水。”

仪态威武。

“哦，真抱歉，刚才还以为你只不过是一名奴仆。”

玛尔丹说着，浮现出讥讽般的微笑。

在这以前主水曾自称是隐藏于肥后八代的天主教徒而出入此家。

就在这时候，门外突然传来怒骂声。

玛尔丹及四郎家人顿然变色，主水却从容开口说：“迟了！玛尔丹女士，这是岛原派来接你的人吧！”

“是的，迟了一步。主水先生，这是你的功劳。”玛尔丹沉着地回道。接着向女婿小左卫门低声说：“已经迟了！别再做无谓的牺牲，告诉来接的人老实一点。”

但厮杀已经开始，岛原方面不满十人，而且都是此村的百姓，但信仰诚笃，不畏生死，已有两三次实战的经验。从剑法而观毫无章法，但组成一队，硬闯进来，大有死而无悔之气势。加上先前散失的妇女们又已拾起手中的器具，发声喊，群聚过来。“不要动！收起刀来！”新太郎先向部属发令。

九

接着，小左卫门喊道：“各位来迎接的人！我是小左卫门，母亲玛尔丹交代，要各位静听！”

士兵先收了刀。不管气势多雄伟，终究是不满十人的老百姓，所以气势很快就消泄了。

“喂，是小左卫门吗？怎么啦？”

说话的是同村的人，在岛原方面也相当有名的松右卫门，他大声发问。

“松右卫门先生，已迟了一步。妇女们虽想极力保护母亲，但对方全是武士，当然没有获胜的可能。母亲认为无益的牺牲有违上帝意旨，已决心向细川家投降。”

“原来如此！慢来了一步，真抱歉。不过，小左卫门先生，把首领的母亲交给敌人，我们哪有脸活下去！”

“不，一切都是命定的，这也是神的意旨。算了吧！”

“嗯，但……”

“松右卫门先生！既已起事，战场是在岛原城，不许在此争斗。在岛原城赢取胜利算了，请让大矢野成为一个和平的村庄。如果大矢野也变成了战场，妇孺都可能会被看成暴徒，而遭细川军队杀害的。”

“嗯，这也对。我们坚守城池，也不是为了谋求战斗的方便，而是为了让村庄与妇孺能置身战场之外。”

松右卫门说着便垂下了头，但迅即回首对身后的妇女说：“你们回家，努力工作……战斗的胜负由岛原城来决定。”

接着他对新太郎说：“先生，大矢野的人大都渡海到岛原，参加了暴动。村里的妇孺不致因此而获罪吧？”

新太郎深深颔首，说：“是的，只要老实不反抗，即使丈夫与父亲参加了暴动团体，也概不问罪。四郎先生的母亲亦然！”

“真的这样？”

“绝无虚言。彼此不加害家中妇孺，乃古今中外战争的原则，绝不会把妇孺卷入战争旋涡中。”

“知道了。不过，我们是地地道道的暴徒。就请当场斩首或逮捕吧。”

松右卫门说着便转身坐下。

“我们也是！”

跟他同来的百姓都扔下刀，模仿松右卫门坐在地上。

松右卫门及来迎接四郎母亲的一伙人虽然狂信，却不愧是发扬爱心的天主教徒，态度干脆利落。

新太郎深受感动，表情上显露出赞赏之意。由后缓步走来的主水，开口说："寺尾先生，你是不是要把他们斩首？"

"……"

新太郎没有回答。

"还是加以逮捕，以博功勋？"

主水脸上露出冷冷的笑意。他已看穿新太郎的心意，故加揶揄。而且他目睹玛尔丹一家人对新太郎的宽大胸襟颇表尊敬与信赖，妒心大炽，不禁大为愤怒。

新太郎似乎没有听到主水的话，只一味注视那一伙人，说："哦，其志可嘉，真不愧是四郎的部下。既是暴徒同伙，本应逮捕，但因你们志气可佩，就让你们走吧，快回岛原去！母亲就暂居细川家，自会善加保护，你们把这意思转告四郎好了。"

"要放我们走？"

松右卫门猛然抬头望着新太郎，不久又摇首道："不，请把我们斩首或逮捕。现在哪有脸回岛原！"

"松右卫门，话不能这么说。你们因为慢了一步，母亲才为敌人所夺，这并非你的罪过。总之，你的任务是回去报告事情的经过。"

小左卫门从旁附和说："松右卫门先生，请你接受寺尾先生的好意，回岛原，向四郎报告事情经过吧！"

松右卫门咬牙低头，旋即答道："好，我们就走！"

"嗯，那就快走。"

"小左卫门，请代向玛尔丹女士致意！"

一伙站起来，在胸前画了十字，然后转身向站着的妇女们说声"再见"，便迅速奔驰而去。

"嘻，嘻，嘻。寺尾先生，想不到你这么有情！"

主水表情不悦，寺尾没有回答，他先让部属休息，然后自己也准备走进屋内。就在这时，求马助突然走过来，低声说："父亲，你做得真好。"

"什么，你也懂得？"

新太郎微笑着走进屋里。

十

"求马这孩子竟褒奖我，他真的懂？"

新太郎自言自语，但他想，放走松右卫门等暴徒，也许会受大将长冈寄之斥责。

不过，新太郎这个决定绝不是对主水的嘲讽。放走不满十人的暴徒对大局不会有什么影响。虽然可从他们口中套问原城内的情形，但从他们坚定的信仰来看，很可能无法探出丝毫消息。

既然如此，赐恩释放以宣抚留在岛上的居民，也许效果更大。这效果很快就显现出来。那些愤怒敌视的村中妇女立即改变了态度，请士兵喝茶，殷勤接待。

主水心情不悦，和自己的门徒在另一房间喝闷酒。新太郎求和般对他说："松山先生，夺得四郎的母亲，你的功劳最大，一定会得到赏赐。我当然会把详细情形往上报告……"

主水嘴角露出冷冷的微笑，嘲讽地说："哦，那可不，主水充其量不过是天下的兵法家，不会以此为功，更不会想要得到赏赐，只不过因受八代老君侯的眷顾，思有以报之而已。"

接着又说："寺尾先生，今天的功劳全归你了。就此别过！"

"哦，那就谢谢你了。"

新太郎眼看已无回旋的余地，只有轻轻地承受过来。

"你准备到哪里去？"

"天草的事已经完成，想到岛原去。"

"祝一路顺风……"

“听说板仓重昌殿下任征讨使已出兵赴岛原。我与重昌殿下关系密切，很久没见到殿下了。”

主水最后这么说。说完后便站了起来。他这么说只是表示自己以兵法家身份认识了很多名人。

新太郎当然不会阻止他。

主水领着门徒，步履粗重地走出庄屋邸宅，休息中的士兵也有认得主水的，即使不认得也听过他的名字。

“松山先生！”

认识他的人出声招呼。

“哦，辛苦了。战争就要开始，好好立些功劳吧。”

主水见众士兵以尊敬的目光望着自己，深感满足地离去。

主水对新太郎的嘲弄未必如表面所说那样强硬。其实主水并无意为此获得赏赐，不管怎么说，找到四郎母亲，确是主水的功劳。他不要获赏，而向细川家示恩，是有自己打算的。

新太郎是个豁达的人，对主水的意图并没有注意。他严密地警戒庄屋邸宅，以防万一，并巡视全岛，对居民说：“纵然是暴徒的妻子，只要不反抗，就不会被逮捕或处罚。自谋生业去吧！”

傍晚时，在海边生篝火等待，入夜后，主力部队已分乘小舟抵达。大将长冈寄之所乘的三十石大船也到了。

新太郎到海边迎接，不仅寄之，连幕府目付牧野传藏也同道而来。新太郎立刻导引一行人到住宿处——大庄屋[1]邸宅。

“新太郎，四郎母亲的事，办得怎么样？”寄之迫不及待地问。

---

① 大庄屋：约等于乡长。

“已顺利拘押在益田甚兵卫的邸宅里。”

新太郎细报详情，并告以释放从岛原来迎接四郎母亲的大矢野村暴徒之事。寄之首肯道：“嗯，办得好！”

目付牧野传藏听寄之报告后，也拍腿喜道：“呵，这是大功劳。夺得敌人首领的母亲，是细川家武运昌隆的表现。”

寄之让新太郎负责把四郎母亲及其家人送到熊本。于是新太郎只留下求马助，带着原来的三十人负责警卫，押解四郎家人向熊本出发。

继寄之军之后，有吉赖母、长冈右马助、志水伯耆、清田岩见、小笠原民部诸军分别于十二月二日、三日、四日相继从熊本拥到大矢野。八代老君侯的第四子立孝亦以三斋侯代表的身份从八代率军搭船而来，世子光尚则于是月六日自江户回藩，从川尻起碇朝大矢野行来。全军合计达一万五千人。

群集在大矢野的肥后军，原已分兵到上岛，然因暴徒皆渡海到岛原，一切平静无波，故又折回大矢野，等待出兵岛原的日子。

在这小岛上挤满了一万五千军队，大矢野蔚成前所未有的壮观。环绕帷幕的诸将阵所，临时搭建的木屋，飘扬着旗帜，武装的武士枕戈以待。

三日、四日、五日、七日已过去了，但出兵的命令仍未颁下。

十字旗

一

细川军渡海到天草的同时，锅岛、立花、有马的军队也出动赴岛原，并与岛原领主松仓会师岛原城（现在的岛原市）下迎接幕府的征讨使板仓重昌。大军凡二万人。

“百姓的暴动有什么了不起！”

意气飞扬的板仓重昌率领大军一举攻向原城。

重昌命锅岛打先锋，但领主松仓长门守却请求说："事情发生在我领土上，请由我军任先锋！"

重昌遂改令锅岛担任高冈地区的先锋，松仓任海边地区的先锋。

二万大军分海陆两路南下，逼向有马村的原城，但重昌及领主长门守等看见原城时，都不禁发出了惊呼声。

据闻，原城本是一座只留下石墙的已毁古城，但现在除城门外，还有一两座天守阁，已是一座高耸坚固的城堡，处处飘扬着染有十字的白旗。从附近各村收集的情报判断，固守城堡的叛徒达三万人，弹药、军粮也很充分。

十二月十日，以松仓军为海滨地区的先锋，锅岛军为高冈地区的先锋，有马及立花随其后将城堡团团包围，发出喊声。城兵毫不畏怯，激烈反击。攻城者伤亡枕藉，只得后退。

十一日及十二日又重整旗鼓进攻，结果仍然后退。本想一举攻陷城池，想不到竟如此艰难。

反之，城内暴徒却意气昂扬，认为预言应验，基督之世已将来临。首领是天童天草四郎时贞，环绕着他的参谋是芦冢忠右卫门、赤星主膳、会津宗印等十二名浪人，他们以四郎为中心召开军事会议。

又，步兵首领由大藏忠次、有马龟之丞、山田右卫门等十浪士充当，以五千人固守二丸；固守出丸的则为田岛刑部率领的三千人。大江口则由大矢野作左卫门率领附近五村的一万五千人防守。

此外还依法设立武者奉行、普请奉行、使番、夜回番头[①]、旗奉行等吏员，固守城池。板仓重昌等最大的误算是将这些暴徒看成一般老百姓，其实统领天主教徒的实是灵巧老练的浪人。

于是，久攻不下的征讨军每天开会，虚度了十多天。

---

① 夜回番头：守夜人的领袖。

二

对于大名军的久攻不下，德富苏峰在《近世日本国民史》中曾论述道：

一般而言，日本武力在前后七年的朝鲜1之役中已枯竭。肥原之役，东西两军虽奋力作战，其实已是强弩之末，至大阪之役尤甚。东军中，胆怯退缩者为数不少，奋勇作战的只是无所依凭的浪人。岛原之役是德川幕府最后的战争，究其实乃是不需要战争者的战争，爱惜生命者的战争，他们所以不能一举攻下原城，与其说是叛徒势力强大，毋宁说是征讨军势力薄弱。

这一批评可谓一针见血。武力如是薄弱，正可说是社会已逐步走向太平的证据。暴徒不管多杰出，终究是一个小地方事件，不像关原之战和大阪之役，一藩之命运全由此决定。该地的松仓姑且不言，其他各藩自初即抱着轻松的态度，只为获取功名利禄而出兵。

结果，序幕战的攻城完全失败，于是各藩军重整旗鼓，于十二月二十日掀开总攻击的火盖。这次也暴露了联军的脆弱，各藩为功名与面子而互争，终至作战计划无法付诸实施，而遭惨败。各藩只一味责备他藩，因而导致意想不到的混乱，军队的统率遂成为严重问题。

先是幕府已借相继而来的情报，认识了事件的严重性，发觉："要统率九州粗犷的大名，收拾事态，非派遣更强有力的人物不可！"

于是以松平伊豆守信纲、户田左门氏铁为上使，兼程往赴岛原。

因此消息震撼最大的是板仓重昌。

"得将军信赖，担此大任，拥三万大军，竟无法攻陷一孤城，始有

① 朝鲜之役：指丰臣秀吉时代的侵韩。

此次上使之任命。以武士而言，我有何面目生还江户？这次决以性命相搏，非攻下原城不可。”

板仓重昌满怀悲壮，翌年（宽永十五年，一六三八年）元旦开始了第二次总攻击。

这天，西北风凄厉，飞沙走石，难以逆风行走。黑暗中，各军悄悄逼近城墙，待黎明全军一齐攻城。

三

但是，这次期以必胜的元旦总攻击仍告失败。致败主因在于作战策略不能互相统属。全军本拟利用强风悄悄接近城墙，而后以上午八时为期，同时发动攻击。

但有马兵部大辅忠赖想抢先立功，于上午四时已杀至前门的墙边。选择这一天做总攻击日，主要是因为这一天是元旦，城里的士兵可能疏于防备，但不知何故，城兵却已听说这一天会攻城，正等待得有点不耐烦。

墙上推下了大木头与大石头，并放箭放枪，有马军瞬间被杀了千余人，遭受痛击而后退。其他军队在黑暗中听到呐喊声，却因预定时刻未到，而按兵不动，使有马军败得难堪。

时间一分一秒过去，终于到了预定攻击的八时，以锅岛为先锋，全军朝城门发动总攻击。可是，意气高昂的城兵奋勇作战，大开城门出击，征讨军大感意外而溃走。

板仓重昌挥动指挥刀，命令松仓道：“快回军先行！”

也许枪声厉害，无人敢继续推军前进。重昌只好奔至有马本营，但有马因拂晓之战，伤亡甚众，不肯反击。锅岛军此时亦阵亡两千多人，无力反扑。立花自初即有不满绕至后门，袖手旁观正门的激战。

重昌悲愤得扭曲了脸。

“既如此，只好由我领先……前进！”

重昌高喊往城墙策马直冲。见此情景，副司令石谷十藏及部下三百人跟随其后。拼死的重昌主从拨开弓箭，直冲向城堡的石墙。城兵见是总将，便纷纷出战，重昌手下勇敢善战，直逼石墙。

就在这刹那，石墙上投下的岩石，落到重昌头上，把头盔击坏。重昌倒下又迅即站起，正想爬上石墙。突然，一颗狙击弹飞来，穿越了他的胸部。

家人赤羽源兵卫、北川又左卫门、小村九兵卫奔驰而至，抱住重昌。重昌凝注城堡，叫声："真遗憾！"便气绝而死。

四

松平伊豆守担任平贼上使，于宽永十四年（一六三七年）十二月三日从江户出发，十六日到大阪，十八日令人从大阪运输攻城用的大炮，十九日亲率从大名征调来的多艘军船，离开河口。

二十七日到达长州下关，次日渡海至丰前小仓。小笠原信浓守（忠真）当时仍在江户，由家老宫本伊织出迎，报告岛原的战况。

接着到了肥前寺井，正月二日欲渡岛原，因强风遇阻，至三日晨始抵岛原海边。在此得知元旦的大败与板仓重昌的死讯。四日，船抵有马，眺望原城。

另外，江户阁老接获重昌阵亡消息后，始为事态之严重而惊，乃下令留在江户的九州大名归藩，将军一一召见，加以鼓励。

谒见时，将军家光问小笠原信浓守道："不在藩时，主持藩政的家臣是谁？"

"宫本伊织。"

"什么，谁是伊织？"

"是新聘用的人才，宫本武藏的养子。"

"你不在时，无论何事，都可无虑吗？"

"是的。"

将军与信浓守对答后，都莞尔笑了起来。这段对话是小仓藩古传说集《效颦集》中的插话，由此可见信浓守对伊织的信任。

细川忠利晋见时，家光趋进说："信纲（伊豆守）已赴岛原指挥全军，但九州各大名，所能信靠者仅君一人。事实上，你是总将，望能速平贼徒！"

"承命！定不忝所托！"

忠利感恩退下，正月十二日离开江户，踏上归藩的旅途，二十五日安抵熊本，听长冈佐渡报告。

忠利对自己不在时，一切政务处理得井井有条，甚感满意，对捕得四郎母亲更觉欣慰。

"佐渡！"忠和端坐问道，"武藏还在小仓吗？"

"是。"

"速遣使到武藏那里。"

"遣使？"

"要使者请武藏前往我在岛原的本营。"

"是，遵命速办！"佐渡会心地微笑着说。

五

细川忠利即日由河尻搭船，于一月二十六日抵岛原本营。而聚集在大矢野的大军两万八千六百多人，由光尚率领，已于一月四日渡海至岛原，归松平伊豆守指挥，代板仓担任攻击城门的任务。

伊豆守到本营时，鉴于兵力不足，要求岛津、黑田、小笠原等雄藩派兵支援。岛津遣兵一千人，黑田遣军一万八千人支援。小仓的小笠原家也不待主君归藩，正月十六日以伊织为统帅，率军六千人参战。

从小仓到岛原，势须经过黑田、锅岛等藩的领地，因而有种种不便之处。但深谋远虑的伊织，已事前取得谅解，并在各停驻所预备了军粮，故能昼夜兼行，顺利通过，迅速赶到本营。

这时，武藏仍留小仓。他只是伊织的养父，与小笠原家并无公开关系。以局外人身份参加公家的军事行动，于理说不过去。

当然，伊织的破格任用，乃因背后有武藏支撑，所以武藏希望伊织能独自展现自己的本领。

“父亲，有什么须注意的吗？”

伊织启程时，向武藏征询意见，武藏只说：“没什么可说。尽力为之。”

伊织自己也充满自信。

“谢谢父亲。”伊织低头致谢，接着放低声音问道，“如果在那里遇见由利小姐，该怎么办？”

先前，与市已来函告知，公主已飘然前往岛原。

武藏抬眼说：“公主大概会贯彻初衷，去拯救在战祸中彷徨的孩子。”

过一会儿，他又说：“但这也要有个限度。不久，她也会被逐出岛原。如果公主还有意活下去，我想，肥后熊本才是她最后寄身之所。”

“好，我就这样劝她看看。”伊织说完后，松了一口气。

伊织率军启程后五六天，信浓守忠真从江户回到城里，武藏即时晋见。忠真侯也很了解武藏的身份，他只对武藏说：“武藏，这是久已未见的会战。如果你愿意，不妨去看看。肥后的忠利侯也决定亲临战阵。细川跟我藩不同，是岛原的邻国，很可能是军队的主力。多年未见，到本营去看看他，未尝不是好事。”

忠真侯说完话便启程赴岛原。

六

武藏是武人，又是活在这个时代的人，对岛原之乱当然不会不关心。可是，他毫无意思为试练自己的兵法而到战场去。战争是一种政治现象，而他所探求的却是现象底层的事物，亦即超越生死、超越胜败兴亡，俨然存在的某些事物。

所以，他纵使对藩士们的一举一动满怀兴趣与关心，也未想到岛原一行。可是，过了四五天，武藏突然接到佐渡的来信，使他内心不由得热了起来。

信里首述肥后藩的严重立场，接着写道：

务请赴岛原，与殿下一晤。此非佐渡一己之意，乃殿前意旨。

“好，那就走一趟吧！”武藏当场决定。其实，武藏从忠利的语意中已察知，此战，细川藩已处于他藩无法相比的严重立场，因而，对忠利的心境极为关注。

武藏即日从小仓出发，正月二十九日抵达原城外有马的细川阵地。是临时搭建，用木板围成的军营。他立刻晋见忠利，两人已四年未见了。

“是武藏。”

“噢，武藏，等你好久了。”忠利喜形于色。因在营中，他身穿胄甲，坐在板凳上，左右并坐着同样全副武装的寄之等武将与近卫武士。世子光尚在别的军营，不在身侧。武藏抬眼注视忠利的脸。据说，以前生过病，现在倒精神奕奕。

“尊体健康，至感欣慰。”

“嗯，你的精神也很好。”

“谢谢……”

“各位，这是武藏，是我特意邀来的稀客。各位，若有兵法及其他方面的问题，可尽情请教。”

武藏静静地环视一座，致意道：“请多指教！”

寄之及其他重臣大多认得，但年轻的近卫武士多是第一次见面，各人都张大眼睛望着武藏。

“武藏，你看我军中的情形怎么样？”

忠利觉得武藏的眼睛在探察，便问道。

“气宇轩昂，必胜无疑。”

“嗯，真的如此吗？我虽然前几天才到，但已看出他们各位都意气高昂，心志坚定。”忠利似乎非常满意。

七

这时，寺尾新太郎出现了。他已注意到武藏，却先单膝着地，向忠利复命道："新太郎参见。卑职已将四郎母亲及家人，共四名送至伊豆守殿下本营。"

"辛苦了。一路都很老实吧？"

"是的，看来颇有感情，毫无慌张之色，并不时对本藩之温情厚意深表感谢。"

"嗯，虽是暴徒的家人，若不反抗，即应加以妥善处置，这是伊豆守殿下的方针。你们能以温情相待，我深感欣慰。"

忠利对此事很表满意。

"惶恐之至！"

新太郎两膝着地，平伏叩头。

"新太郎，过来。武藏来了哪！"

新太郎趋进向武藏行礼。"师傅，您好！"

"看来，你精神还满不错的哪！"

"是的。师傅，您也来了。"

"我是来参观的。呵，不，是想来看看殿下和你们的……家人可好？"

"都很好。这次也把求马助带来了。"

"哦，求马助……几岁啦？"

"过完年，是十四岁。"

"第一次上战场吧？"

武藏眯着眼问。忠利开口说："新太郎，求马助是你的长子？"

"是的。"

"把他叫来，我要祝贺他初上战场。"

"是。"

新太郎感动地离去，不久就把求马助带来。虽然只有十四岁，却已长得相当魁梧，是个容貌端庄的美少年，身披绯色皮条的甲胄。

忠利开口说："求马助，抬起头来。"

在入口处平伏于地的求马助，缓缓地把头抬起。

"到这儿来！"

求马助毕恭毕敬地往前行。

"新太郎，跟你少年时期长得一模一样哪。"

"惶恐之至。"

"求马助，会战即将开始，你可要立个大功，以庆祝自己初上战场哦！"

"是。"

"但，可不能急于立功，乱冲盲动呵。"

"是。"

"求马助，你认得武藏吧？去见见。"

求马助转身向着武藏。"师傅！"

"哦，你还记得？"

"是的。"

"你长得好高啰。兵法是向父亲学的吗？"

"是的。是向父亲和姑姑学的。"

"呵，是阿松吗？"

武藏已经很久没提到阿松的名字了。别来已有十多年，却显得特别亲切。她比一般人美丽，又如青年一般刚直，而且是个抱定独身主义的女中豪杰。她一直照顾阿通至死，也亲眼看见悠姬去世，跟武藏有特异的因缘。

八

"松小姐虽然是女流，却也是一个杰出的兵法家。你看来也很强。从今晚起，我住在你的军营里。此后，我教你兵法。"

武藏用目光抚慰着求马助，并鼓励他。

"是，师傅。"

求马助高兴得脸颊泛出红晕，兴奋得眼睛闪烁有光。

忠利也高兴地微笑道："求马助，如果你初战立了战功，就任你做我的侍童。"

"谢谢殿下。"

父子为忠利这一席话，两手伏地叩头感谢。

武藏又加上一句："我相信，求马助一定会担当重要职务。"

就武藏来说，这已是最高级的褒奖之辞。他似乎很喜欢求马助。

武藏见过忠利，便赴小笠原的军营拜望忠真。

"哦，你竟来了？是忠利殿下邀请的吧！"

忠真说破了武藏的心思，微微一笑。

"诚如尊言。"

"我这里有伊织，你可以尽量帮助忠利殿下。"

"惶恐之至！"

武藏很了解忠真对自己的情意，但对伊织深获君侯的信赖更觉满意。伊织也非常高兴父亲到了岛原。

武藏对伊织并没有特别交代的话，遂告辞回到新太郎的军营。入夜后，以山东、野田、宫胁等以前所谓的武藏五人团领先，其他认识的人都一齐来见武藏。以绘画出仕的矢野三郎兵卫吉重（幼名三十郎）也在其中。

武藏跟他们闲聊时才知道，以前的门徒小河权太夫已出家，法名露心。

夜深了，众人皆已归去，只剩下武藏与新太郎父子三人。这时，伊织独自来见武藏。

自出兵以来，伊织还未见过新太郎，彼此互道久别后，伊织对武藏说："父亲，今天派家臣去勘察城外的村庄与地形，据他们报告说，有个类似公主的女人住在附近村里。"

"噢！"武藏的表情有点惊讶。

“松山主水似乎也跟细川军一道来了。寺尾先生，对不对？”

“是的，还未向师傅报告……刚才所说的公主是不是指由利公主？”新太郎问道。

九

“是的。富岳那伙浪人在品川埋伏等待我们的那一天，由利公主跟森都离开了江户，直奔长崎。”

武藏扼要地叙述公主的动向。

“在这之前，公主确能顺利地依照她的理想发展。但是，去年十月，岛原的天主教徒杀进公主的孤儿院，带走了孩子。森都也被杀了。”

“森都被杀？”

“是的。虽然已年近七十岁，却始终坚持他那怪异的信念。他无所依恋，握着公主的手，安详地瞑目西归。”

“呵，原来如此……”

“而且，公主也被奉行驱逐出境。不过，公主意志坚强，她可能是为守护孤儿才到岛原来。”

“师傅，您是说在此地守护孤儿？”

新太郎有点怀疑。伊织低声说：“幕府法令规定，举凡基督信徒不论年岁多么稚幼，一律处刑。据说，目前，松仓与寺泽军正搜查各村，凡参加暴动不在家的天主教徒家房屋一概焚毁，妻子均逮捕处斩，因而从公主的信念与脾性来说，她很可能是要守护这些天主教徒的家人。”

“说的不错……”

新太郎深深点头。伊织接着问新太郎道：“寺尾先生，肥后所捕的天草四郎的母亲与家人已送到本营了？”

“是的，我刚才把他们送到本营。因为是我在天草大矢野岛逮捕的。”

“是你？”

“是的，但引导的却是松山主水，三斋侯推举他做密探，事先到了天草。”

“密探？他真是最适当不过啦！三斋侯确有见识。”武藏脱口说。

新太郎微笑着说：“我跟他已有二十多年没有见面，他越来越令人讨厌。不过，很懂得收买人心，在八代、熊本都颇受欢迎。”

“他本可借此老老实实建立自己的地位，但他却不务于此。他的兵法属第一流，也有纯情的一面，思想却很龌龊。”

“师傅好像说过，主水心怀叵测，有害人之心。”

“不肯面对人生，唯计谋是尚，而又野心勃勃，害人之心由是萌生！”

“父亲！”伊织插口说，“主水那厮若知道我们在这儿，由利公主也在村里，他也许又会要点花样。”

“嗯，很可能。真是适逢其会。”武藏说完，哈哈大笑。

十

攻城军的统帅松平伊豆守毫无攻城野战的经验。关原之战时，年纪尚幼；大阪之役又正在江户出仕家光。

但以家光的宠臣、阁老之一员来说，伊豆守声望十足，足以指挥九州粗犷的大名。他素有“智慧伊豆”之称，策虑深远，足智多谋。他自初即尽量收集武器，集中兵力，以期万全。狂热信徒三万人固守城池，攻击者却有十二万精锐大军，不战已足挫敌方锐气。伊豆守希望尽可能不费一兵一卒，而使暴徒屈服。然而，城兵虽为大军所围困，却能毫不为之所动。他们相信神父的预言，视四郎为不死之天使，而有必胜之心。

武藏访忠利，住进新太郎军营的当天深夜，伊豆守在本营的居室，遣开家臣，身着家居之服，独自沉思。他正在考虑如何利用今天被送到本营来的四郎母亲及家人。

伊豆守自言自语道：“若再继续进行无益之战斗，固守城池，便斩你母亲首级，并审问叛徒家人，一一处斩，绝不宽待。若迅速开城投降，你母固不待言，即使是罪魁本人，也可谅年纪尚幼，从宽处置。”

伊豆守前思后想，觉得这方法最能收效。

就在这时，外面传来慌乱的脚步声，侍卫的年轻武士和全副武装的家臣，跪伏入口处。武装的家臣说：“报告！有个可疑的女人潜进军营，故加逮捕，该女申言欲见大人，请大人定夺。”

“什么，有妇人要见我？……问她是什么人。”

“她说与大人认识，名叫足利由利。”

“由利！”伊豆守露出复杂的目光。伊豆守非常赏识由利公主的才智，故利用她到长崎来收集天主教徒与贸易商的情报。公主经营白百合寮也得到伊豆守的谅解。但要排除奉行神尾与松仓之异议，以支持公主，又为当时政治情势所不许。再者，从公主倔强的脾性，他知道利用公主也有限度，所以听从其他老中的判断，而在驱逐令上署名。

不过，伊豆守对公主，现在仍未丧失厚待之意，略加思索，当即吩咐：“把她带来！”

十一

由利公主身穿绵服，装束朴实，在年轻武士引导下，缓步走到伊豆守跟前。她未施脂粉，微黑，但依旧美丽高贵，而且全身洋溢着前所未有的刚健之气，热情染红双颊。

“哦，由利小姐！好久未见啦！”

伊豆守先开口说话。公主静静地就座。

“的确好久未见了。”

“什么时候到这里的？”

“去年十月……因为被逐出长崎……”

“此事，我也知道。因奉行要求，不得不如此。不过，说实话，我也认为你该离开长崎了，为了自身的安全。”

伊豆守有点为难地辩解。公主微笑着说：“是的，殿下的意思，我很了解。的确已到离开长崎的时候了。殿下谅必知道，在我接到上谕的一个时辰前，我所领养的孤儿全被岛原天草的天主教武士夺走。”

“哦，这还是第一次听到。也许是此地暴动的关系，神尾的报告没有提到你的事。”

“殿下！”由利公主正身危坐，凝视着伊豆守的脸，说：“天草四郎的母亲已被带到本营来，是不是真的？”

“不错，确是如此。”

“殿下打算怎么处置四郎的母亲？”

“说实在，我正在考虑此事！”

“生杀予夺，全凭殿下的心意。殿下是不是想用四郎母亲的性命来换取四郎的投降？”

“是的，我已想过。”

“这可不行。这……这样反而只会激起暴徒的反叛心，提高他们的气势。不能反用母子亲情。应遵从自然之情，慈爱地以真理对待四郎和他的母亲。殿下，城内有非天主教徒的异教徒，也有妇女和孩童。让四郎母亲去劝告四郎，把这类人放出城来。”

“欸！”

伊豆守双手环抱胸前，张大着眼睛。

公主胸有成竹地继续说：“殿下！无论用什么方法对付他们，天主教暴徒都绝不会投降的。最重要的莫过于降低暴徒的悲愤气势。这可用真理与爱情……”

十二

对由利公主热烈的说辞，伊豆守说：“由利小姐，你的意思是先安抚参加暴动闭锁在城里的异教徒！如果从城里出来，就饶恕他们……”

“对，就是这样，诉诸四郎的正义感，要四郎的母亲求他释放城里的异教徒。这样可能瓦解城兵的团结，也是对天主教徒无言的威压。”

“嗯，真是妙法！我没想到这一点。”

伊豆守似乎松了一口气。由利公主却加强语气说：“不过，殿下，仅此并不充分。那些在城里的天主教徒之妻也应让她们在家经营生业，改变信仰的人可饶恕他们，再者，城里的妇孺若改变信仰从城里逃出，亦应宽大放过。”

伊豆守紧咬着嘴唇说：“但这有违天主教禁令啊！”

“殿下，禁令归禁令，现在岂不是非常时期？以这种慈悲心肠瓦解暴徒的气势，进而使其妻子转信，岂不是达到了禁断的目的？”

伊豆守仍在思考，过了一会儿才答应道：“好，那就以将军特典给四郎，令其履行此一约定！”

公主像妹妹对哥哥撒娇般缓缓说道：“殿下！我认为不管多恶的人的孩子，孩子本身是无罪的。因此才在长崎设立白百合寮。这次到岛原来，也是为了拯救父母参加暴动、家为松仓兵所焚的孩子。我目前已在某地收容这类孩子，给予食物。”

“哦……”

伊豆守睁大眼睛，似乎表示理当如此。

“但松仓手下目前仍在各村不断审问天主教徒，并利用禁令蛮不讲理地虐待良民。”

伊豆守深深颔首。

“由利小姐，知道了！我将依据方才所言，发出军令，不许随意欺压良民。此后，由利小姐……”

伊豆守说着，鼓掌唤近侍的家臣，拿来出入军中的木牌，交给公主。

“现在，我只能这样做。”

“这就行了。”

“你也可以借助武藏呀！”

“哦，武藏先生？”

“他在细川的军营。”

公主尽力压抑内心的激荡，平静地回答：“啊，那也许可以见到他！”

十三

次晨，伊豆守叫人唤来四郎的母亲与家人。伊豆守见四郎母亲人品沉稳，内心隐含坚毅志节，而重新体认了与由利公主约定的方略实为至当。他觉得用威吓与明显的怀柔都终究动摇不了这妇人。

“你现在还信奉天主吗？”

这是伊豆守的第一问。

“是的。”

四郎的母亲毫不踌躇地回答。

“据说，四郎只是一个未成年的少年，理应无法精通教义，一般认为是老天主教徒抬出四郎做首领，是不是？”

“四郎已是十六岁的少年，我不认为他是被人哄抬出来做首领的。”

“那么，他是一个虔信的天主教徒了？”

“是的。他比城里任何人都要虔诚。”

四郎的母亲玛尔丹不亢不卑，冷静地回答。伊豆守内心深为其态度所感，进而问道：“你对这次暴动有何看法？”

“我认为这是守护我教的圣战。”

“不错。但参加暴动防守城池的百姓中，据说也有非衷心信奉基督的异教徒，是吗？”

“是的。无论是岛原的松仓先生或天草的寺泽先生，不仅向天主教徒，也向老百姓征课重税，老百姓为此而濒临饿死的局面。也许有人为了这个缘故而参加暴动团体。”

“哦，原来如此。你昨晚已看到，攻城军有十多万，而且有大炮、小炮、铁盾等，攻击的准备已经很充分。不过，将军认为与百姓作战而损兵折将，愚不可及，故只围城，以饿死贼徒。衷心信奉天主的人也许乐于做个殉教者，我无意救助这些殉教者。如果其中有异教徒，我实不忍心，所以想设法帮助他们。你认为我这样做对不对？啊，不，我不只问你，也问你的女儿蕾西娜、女婿小左卫门及其子小平等。”

伊豆守胸有成竹地问。

母亲玛尔丹回望家人的脸，彼此会意，都点点头。小左卫门小声说："请母亲随己意回答吧。"

玛尔丹正襟危坐，说："依我所见，城兵都在等待饿死。又如尊言，我相信，最先推重四郎的人都已决心做殉教者。不过，如果城里有异教徒，那……"说到这儿，她咽了一口口水，略做停顿。

"嗯，如果有异教徒，又怎么样？"伊豆守尖锐地问道。

玛尔丹仰首说："如果有异教徒，四郎也须加以考虑，因为使异教徒跟天主教徒同样走上殉教者之路，那是违背神意的……"

伊豆守稍微和缓了语气，"这意思我也懂。这么说来，即使以前是天主教徒，若有改变信仰之心，要他殉教，也是违背神意啰。"

"确是如此。"

玛尔丹垂目颔首，旋即仰首说："有件事想请教殿下。殉教者的妻子即使不再信教，是否仍依往年的规定，连刚出生的婴儿也要处死？"

"嗯……"

伊豆守略事沉思后，缓缓答道："规定是不能歪曲的。但秉承将军以慈悲待民之意，即便是殉教者的妻子，只要宣誓转宗，也可宽恕。因而，请四郎务必把异教和转宗者放出城来。你能否为我和四郎居中处理此事？由于战争，连无罪的人也一起被杀，实在残忍。"

"好，我答应。"

玛尔丹一口答应，又附加一句说："但我们可不是因为爱惜生命才答应。"

"啊，不，我绝不这么想。玛尔丹，我要先告诉你，四郎毕竟还是一个少年，万一他不是心甘情愿的殉教者，无论什么时候离城，都会得救。"

伊豆守这么说的时候，玛尔丹的脸上浮现嘲弄般的微笑。不过却温和地回答："我会把这一切都转告四郎。"

于是外甥小平次日进城，把玛尔丹记述这些问答的信交给四郎。

城内，以四郎为中心召开参谋会议，拟定回答伊豆守的回信，把它交给小平。

四郎还特别写了一封信给母亲玛尔丹，也同时交给小平，信上说：

手谕已拜读。母亲平安无事，至感欣慰，此处亦然。城中众人已决心为天主奉献生命，而且绝无压迫他教信徒转奉基督之事。若有改信离城者，亦皆任其逃逸。

十四

也许是伊豆守与四郎此一决定的结果，从那以后即有从城中逃出向幕军求救者，但为数极少。伊豆守给这些人金银，放他们离去。

后世史家对伊豆守此一谋略评述说，尽管没有直接获得成效，但对城里统一的士气一定有不少影响。

城兵虽为十多万大军所困，却毫无屈服之意，而且好整以暇，有时甚至击鼓狂舞。

晚上，歌声还传到攻城军的军营里。从最近城的细川军瞭望楼望去，城内广场上，男女老幼都无忧无虑地跳舞。

脾气暴躁的大名中，有人忘了前次的教训，主张发动总攻击，要求道："伊豆殿下，何必迟延呢？"

但伊豆守不为所动，安抚道："伊豆受命时，将军说，'别为老百姓无谓牺牲武士的性命'，请忍耐一下。"

不过，伊豆守绝非坐待敌人饿毙。他在各重要地方新挖壕沟，以防城兵突围作战，同时向荷兰要求出动军舰。由于幕府的强硬政策，西班牙、葡萄牙和英国已被逐出长崎，只有荷兰是唯一获许对日贸易的南蛮国。

荷兰商馆的馆长因伊豆守的要求，在莱布号上安置了十五门大炮，从原城外海域猛烈地加以炮击。

然而，城内粮食、弹药已日益匮乏。四郎等天主教徒领袖自接到玛尔丹来函后，已知胜利无望，决心殉教赴天国。但一般城兵依然相信神父的预言，仍奉四郎为不死的天使。

不过，随着粮食配给的日益减少，又眼见城外尽是敌军，城兵对是否能获胜已越来越觉怀疑，逃出城外的人也日益增加。四郎及养父益田甚兵卫见此情景，与领导人员相商道："情势已到此一地步，要求他们殉教，是否为至当之举？"

芦冢忠右卫门等浪人团仍逞强坚持，激烈反对说："如果这样做，大半城兵都会变成异教徒，逃出城外！"

谋略

一

说得不好听一点，四郎起先处于神灵附体的状态，而且确是被周围的人哄抬出来的。不过，他本来即充分具备作为暴军统帅的智慧、勇气与信念。再加上天生高贵的容貌，所以如天使般行动，并无不自然之处。

而且，他为人极富感性，信仰也很纯正，所以接到母信后，他认为，如果城兵中有非天主教徒的异教徒，就须自动加以放逐。

四郎相信，此战是为神建设神国的圣战，因而认为己军必须是纯粹的天主教徒。既是圣战，无情地跟敌人作战，夺人性命，亦在所不惜。

但是，据母亲信中说，城兵内似乎有异教徒，若果如此即为冒渎上帝，会战之所以不利，难道不是因为触犯了神怒！

四郎又想到城里有许多孩子，他突然开始怀疑，这些孩子纵使受洗，是不是就能算是真正的天主教徒？此外，在领导部门中也有人怀着不忠于信仰的不纯思想，于是他发觉自己过去的言行也有一些错失。

深夜，四郎独自跪伏在城内天主堂中，向神忏悔道："既与纯正天主教徒同为殉教者，希望归赴你处。神呵，愿你为地上彷徨的羔羊赐以永恒福惠。”

于是，他在军事会议时建议，即使是天主教徒，不愿死守城池的人概以异教徒逐出城外，但遭遇了芦家等人的猛烈反对。

四郎默默起身，巡视城内，最后出现在妇孺居住的库房。

“哦，四郎先生！首领！”

妇人跪伏在地，书了十字，祈祷道：“神呵！愿你降福给首领！”

孩子们也模仿她们，画了十字，诵读同样的祈祷文。四郎也画了十字，温和地把眼光从妇人移向孩子，突然张大了眼睛。

孩子的脸全都苍白没有血色，眼睛恐惧，战栗不安，已经没有希望，没有喜悦，也没有感谢，有的全是对死亡的恐惧。

“你们可以到我身边来！”

四郎对孩子们这么说，突然间，他想起了由利公主在海边的所作所为，不禁自语道：“她似乎也这样把孩子聚拢过来。”

二

这是一个早上。

“来，大家排排坐在这里……”

由利公主说。于是，有六七个三岁到五岁的稚童坐在走廊边，伸出脸来。

公主用浸过水的毛巾替他们一个个擦脸。这些稚童都是家被焚毁、父亲在城里、母亲为松仓兵所杀的可怜孤儿。

“大的孩子请帮忙扫扫地！”

公主对其他的孩子说。以十二三岁为首的七八个少年男女站在院子里，各个睡眼蒙眬，他们也是同样可怜的孩子。

“是。”于是，女孩子扫屋里，男孩子扫院子。

公主替稚童清洗后，到厨房，打开锅盖，却仰首叹气道：“嗳，只有这些，午饭一定不够用。与市怎么啦？”

公主仿佛改变了想法，自言自语道：“没法子，午餐只好吃甘薯。”

这时，从外头传来了脚步声，与市背着大包袱走进来。

“怎么啦？”

“顺利得很。”

“哦，那就好了。”公主拿着锅盖回头看。

“呵，还不少呢……”

与市把包袱卸在走廊上，悄声说：“公主，其实，一个早上都找不到买主，因而不知不觉地走到军营附近，突然遇见了伊织先生……我怕会连累他，所以装作不认得的样子，想赶快离去……”

“对，这样做得对！伊织先生现在是小笠原家的武士首领，身负重任。”

与市挥汗说道：“我虽然准备离开，伊织先生却赶过来，硬邀我到营里，给了我米。公主！我们的事情，伊织先生全知道了。”

“真的？”公主一直低着头，旋即抬起头，眼中湿润，双颊流满泪水。

与市也泪水滂沱，从怀中取出附有珊瑚玉的簪子，放在前面。

“公主，这个收起来。今后，伊织先生会给我们米。”

“这个嘛……”

“公主，这只不过是暂时性的。四五天后，长崎一定会送钱来。在这之前，只好通融通融了。”

与市表情明朗。公主也同意道：“这样也好。伊豆守殿下已知道我的工作，我们只好暂且打扰伊织先生啦！”

三

“公主，此后……”与市突然表情凝重，开口说，“伊织先生要我转告公主，如果公主在此地有危险，可避难到肥后。他说，这是武藏先生的意思。”

公主双颊泛红。

“能这样替我设想，真高兴。希望有那么一天。”说着便急忙把米倒入锅中。

与市似乎还有话要说，站在正在生火的公主背后。

“我离开伊织先生军营后，突然发觉有个奇怪的武士在跟踪我。”

“呵，跟踪你？”

“是的，一个年约四十岁上下，容貌端正，有点特别的浪人武士。”

“会是谁呢？”公主俯首沉思。

“我觉得他很怪，所以在黑田先生军营附近，巧妙地把他摆脱了。但为了慎重起见，特意向公主报告一下。”

“他也许认得你吧？”

“这个？……如果公主也猜不着，那可能是我想得太多了。”

与市这样说的时候，门外传来了男人的声音：“有事相烦。”

“是谁呀？”

与市不在意地走出门外，仿佛彼此交谈了两三句话，与市脸上变色，回到厨房。

“公主，糟了，就是刚才所说的那个武士呀！”

公主仍然从容不迫。

“你问了他的名字没有？”

“问了，叫松山主水。”

“呀，是主水！”

公主也着实吃了一惊。公主虽然曾从伊织那儿听说主水在肥后的八代，但过后就把他全忘了。

“公主，你认得？”

“嗯，认得。请带他到客室。”

“是。”

但公主仍然不慌不忙地把饭煮好，甚至把菜锅也放到灶上后，才穿过泥地，登上十叠的客室。

“噢，公主！”主水正用铁筷拨着炉火，一看到公主，急忙肃容端坐。

“是主水先生？刚才与市才跟我谈起有个怪武士跟踪他。”

公主静静地开口，然后就座。装束虽是百姓模样，依然不失其高贵气质。

“公主，久违了。”主水两手伏席问候。

四

由利公主微笑道：“我还一直以为你在江户哪。”

主水仰首说：“浪人馆那伙人伏击武藏的那天，我便匆匆离开江户，回到故乡肥后八代。但对我来说，公主也在此地，实在深感意外。”

“主水先生，”公主不正面回答，仍像以前那样，毫不在意地说，“那时，彼此都过着没有前瞻的日子。我像无所事事的大名女儿，你像居无定所的狼……”

“呵，确是如此。”主水搔搔头。

“不过，主水先生，如你所见，我现在已有工作须我尽力去做。”

“哦，什么工作？”

“救助天主教徒的孩子，他们是一群失去双亲、无家可归的可怜孩子。”

主水瞪目以视。

“哦！我了解公主在这里的理由了。”

“那么，你目前的生活呢？”

主水挺起胸膛。

“江户的那种生活已经清算了。准备洗净脏污心灵，重建目标，从头做起。”

“准备重振贵先祖和府上之家门吗？”

“我不想舍弃作为名和家子孙的荣耀，但在现实上，我知道要升任大名，只是一场无法实现的梦。现在，我只希望以人的资格度过有意义的一生。”

“出仕细川家啦？”

“不做了。以前认为出仕是一种好手段，现在知道，不做官也可以得到比做官更好的地位。”

“你对我的工作有何看法？”公主微笑着询问。

“公主，这是男人也值得一做的工作。为了被虐的孤儿，无视权力，与暴力作战！而且知道民众会左袒自己、发出欢呼，真是死而无悔的工作。”主水满怀热情地说。

他在见到公主之前，毫无这种想法。他仍然抱着一种莫名的野心，意图收买藩内人心，在肥后培养潜势力，然后慢慢把这股势力延伸到他藩，以便成为天下的实力者。以当时舆情而论，这并不是南柯一梦，十三年后，由井正雪便按此意图实行阴谋叛乱。

主水听了公主一席话以后，似乎舍弃了这份野心，以救济孤儿为务。然而，主水跟公主和与市的纯粹心境并不相同，他一直怀抱着野心与叛逆心，意仍在此而不在彼。不仅如此，他对公主也仍然怀着强烈的恋慕之心……

五

“嗳，真高兴，你能这样想。”公主虽这么说，但她对主水的本性已一清二楚。

“你能帮我一点忙吗？”

“公主，那还用说，只要你交代，一定尽力为之。”主水昂奋不已，但突然间冷若冰霜，“公主，在这之前，有件事想请教。武藏已到细川军营，你见过他了吧？”

公主也冷冷回答：“没见过，没有见他的必要。”

“公主，那又为什么？”

“走的路不同。武藏先生是独行的人，他不会走别人走的路。我无所事事的时候，曾经羡慕过武藏先生，想跟着他走。但现在已是陌路人了。”

公主表情真挚，这种感怀并非虚假。公主对武藏的认识确实如此，所以在事务上她一点也不想求助于武藏。当然，心魂上的互相感应，另当别论，她也无须向主水透露。

“呵，公主确实能看出武藏的本性。他是一个彻头彻尾任性的人，我懂了。回到你刚才的话题吧！”

主水又昂奋起来，而且喜形于色。

“主水先生，你懂得忍术吧？”

“懂得。而且不输于伊贺[①]的人。”

“我希望你能潜进原城。”

“为何？”

“想请你把我的一封信交给首领天草四郎。”

“要向四郎要求什么事吗？”

主水双手环抱，兴趣盎然。

“主水先生，我在长崎曾设立孤儿院。去年十月，天草岛原的天主教武士，闯入寮里，夺去了孤儿。到这里调查后，才知道这些孤儿全被带进原城，目前仍在城里。”

“你是要他把这些孤儿送还吧？”

“四郎已应母亲玛尔丹的要求答应伊豆守殿下，释放城里的异教徒和孩子。但是到现在，还没有孩子离开原城。”

“真的吗？不过，即使四郎如约把孩子释放出来，伊豆守会心甘情愿把孩子交给公主吗？”

“伊豆守殿下已承认我的工作正确无误。”

“不过……”主水不相信地说，内心却怦怦作跳。

“反正都是以幕府为对手的大花招。好，公主，我干！”

---

① 伊贺：忍术的发源地。

六

荷兰船炮击后，伊豆守拟定的攻击方式是挖坑道潜入城里，在各重要地点纵火焚烧。于是从萨摩招来挖金的矿工，从二月初开始挖掘。

但城兵方面也以同一目的从城里向外挖坑道。双方偶然在途中碰面了。幕兵枪杀了两人，城兵则用熏生叶，放粪尿，把幕军逐出。

想用奇谋减低敌人战斗力量的伊豆守，意图派遣隐形者[①]潜入城里加以扰乱。于是，传命各大名推举精于此道者。

偏巧，这晚，主水答应由利公主潜入城中，刚回细川阵地，三斋侯的代理人立孝唤来主水，告以详情，要他一道至伊豆守军营待命。主水内心暗笑道："真凑巧，一切都进行得很顺利。"

随立孝进入伊豆守军营时，各大名已在座，而且早有五六位类似忍者的人坐在末座。这些可能是甲贺或伊贺的人，全身都黑色装束。

忠利先开口说："这是陈报的忍者，因是父亲三斋的手下，放令立孝领来。"

立孝为主水引见伊豆守。

"他本是肥后八代乡士名和家的后裔，名叫松山主水。"

"我是伊豆。谅已知晓。"伊豆以尖锐的目光比较主水和其他忍者。眼神、装束，主水都非其他忍者所能比拟。也许是江户曾听过好几次的名字，却突然间想不起来了……

"是。我是立孝先生所说的兵法家。"

主水仍旧以果敢的表情回答。

"嗯。忍术是几岁学的？"

"自幼独自习得，并以之作为兵法的一部分。但不像甲贺、伊贺者那样职业性。"

---

① 隐形者：使用忍术的人。

“原来如此。能顺利潜进城里吗？”

“我想，当今的伊贺者和甲贺者会有点困难。”

“不，我说的是你！”

“城里也有人懂得天主教传教士的妖术，所以不学无术的甲贺者就……”主水勇敢地、目空一切地回答。

在座的甲贺者都变了脸色，怒视主水，而伊豆守似乎很欣赏，莞尔说道：“呀，是我不好。武士若无自信就不会来了啊。”

七

主水故意露出外表的自负与虚张声势，主要是想引起大名注意，让他们生气说：“这傲慢的家伙。”却也可以使他们颔首道：“果然与一般密探不同！”

伊豆守是个宽容大量、有智慧的人，深觉“这厮可用”。

忠利虽然起先皱了一下眉头，但见伊豆守并不责备，也就假装没看见。忠利在江户曾因某家的介绍许其晋见两次。忠利侯是属柳生新阴流的，兵法的眼界极高，一见主水即知他是第一流的兵法家。

不过，主水的人品不为忠利所喜，但他并非以个人好恶来评量人物的量小君侯。

“这是一个难得的人物，又是领地八代出生的人，如果父侯属意，可加延聘。”忠利暗想。

不知是幸或不幸，忠利侯四周没有一个愿意私下品评人物的家臣。像寺尾新太郎与主水半居于敌对立场，又如知悉主水恶行的重臣佐渡都噤口不言，所以忠利对主水的品行毫无所知。

这次从佐渡与寄之口中听到了主水先赴天草探得四郎母亲的经过，又发觉营里的年轻武士都很推赏主水，因而暗中决定：“乱事平定，凯旋回藩后，可聘他为隶属老君侯的兵法师范。”

忠利当然不会以与武藏对立的立场来观察主水。其实，忠利并未仅视武藏为兵法家，他认为武藏是与自己肝胆相照的朋友，所以在他来说，主水和武藏的关系根本不构成问题。

伊豆守引见忍者及主水后，开口说："你们潜进城里的目的，是调查城兵士气与军粮弹药的情形。"

"遵命！"

他们全都俯首领命，主水则反问道："殿下，仅此而已吗？不要进一步去扰乱城里……"

伊豆守微笑颔首道："你认为做得到吗？"

"据村人说，城兵中有相当多的异教徒。煽动他们逃出城外，我认为是很有趣的事……"

伊豆守的眼睛亮了起来。

"嗯，的确有趣。"

"纵火烧一会儿……"

"这也不错。主水，你可随意为之。"伊豆守又微笑回答。

八

从第二天开始，密探们潜入城里三日。行动前夕，主水被叫到忠利面前。武藏与新太郎也与寄之等重臣同席。

"主水，近前侍坐。"

"是。"主水以尖锐的眼光望了一下武藏，走到忠利面前。从二十几年前的少年时代以后，他已不曾公然报名向武藏挑战。他知道武藏绝不会在上君面前指出自己的暗袭。

但他也不像在伊豆守面前那样虚张声势，反而老实得很。

"主水，抬起头来。"

"是，拜睹尊颜，主水深觉三生有幸。"

"这次任务，辛苦你了。你虽非藩士，但与本藩颜面有关，务必小心谨慎，不辱使命。"

“是。我自幼即在故乡八代学得忍术。但二十多年前因故遇见宫本先生后，心有所感，本不再使用忍术。但知此次任务对本藩极为重要，故敢领命为之。”

主水在小仓平尾台跟武藏交战以后，即发觉忍术乃兵法之邪道，所以很少使用，这倒是真话。

忠利看了武藏一眼，说：“呵，你跟武藏以前就认得啦？”

“从那以后，已经久未谋面，不过……”

主水嗫嚅回答。

“既如此，我重新替你引见。武藏，这是松山主水。”

武藏也从容开口说：“呵，原来是主水！自当年一别以来，已专修兵法，必有相当收获。”

“这是宫本先生之赐！当时先生劝我专修兵法，忠言深铭五内，愿以兵法过此一生。”

话说得相当老实，却以简单数言涵盖了二十多年的怨恨。武藏依然平静地说：“想必本领甚为高强。你若愿意，随时可要求比试。”

主水不禁吃了一惊。

武藏的眼中射出锐光。

忠利突然插嘴说：“且慢！你们两位，这是军营，可不是兵法家比试的场所。”

武藏微笑道：“殿下，恕在下失言。在下指的是战争结束以后，如果主水愿意的话？”

“是，反正……”主水的额头沁出了汗水。

九

从全身毛孔中散逸出来的杀气，已从武藏每一句话里发散出来，就是主水也不禁流了满身冷汗。不过，有这种感觉的不只主水一人，在座所有人，包括忠利在内，莫不如此。

主水见过忠利后，有礼地自御前退下。

“他妈的！”

他一面尽力缓步行走，一面暗骂。在武藏一瞥之下战栗难安的情境仍使他恨恨不已。

“人的价值并非只靠兵法来决定，兵法本身，我纵使不如武藏，也会有弥补的东西，那样……呵，不，对我来说，兵法只不过是一种手段。”

主水一如平素，借这番说辞来安慰自己，维系自己的荣光。

另外，武藏也辞别忠利，与新太郎回到军营，立刻遣人至小笠原军营叫来伊织

武藏先开口低声说：“我想，主水入城里之事，可能和由利小姐有些关联。”

新太郎和伊织都略感莫名其妙，武藏继续说：“主水向伊豆守的报告中，曾说到煽动城里异教徒，让他们逃出城外。这虽然很像主水的谋略，但我在这些话中突然嗅到了公主的味道。”

“这么说来，长崎白百合寮中被夺去的孩子，现在很可能住在城里。果然如此，公主当然想把这些孩子要回来。如果主水见过公主的话……”

伊织深思熟虑的眼中射出光芒，这样说。

“是的，公主当然会利用主水设法夺回孩子。不过，新太郎，你昨晚听到的话，可是真的？”

新太郎突然表情黯淡，回道：“是真的。城里逃出的人，无罪释放的只有最初的四五个人，后来的人看来虽是被释放了，却在人不知鬼不觉之下被松仓所杀。”

“据说是伊豆守的密旨。”

“不错，确是伊豆殿下的意思。”

伊织竖耳细听，他似乎是第一次听到。

武藏闭目沉思，旋即瞪目而视。

“噢，懂了！伊豆守不仅要杀天主教徒，连与天主教徒声息相通的人也都要杀光，看来伊豆守内心是有意将耶稣教从日本一扫而光，甚至

老人、妇女、小孩也……”

“这，这不是太过分了吗？”

“不，就政治家而言，这也许是最聪明的策略，不过……”

武藏说完话，便颇有含义地望着两人的脸。

十

新太郎与伊织不知武藏要说什么，屏息紧张地等待。

武藏表情沉痛，说：“这些天，我曾见过伊豆守。依当时谈话的情形看来，伊豆守已在此地见过由利公主。而且叫四郎母亲写信，要四郎母亲答应把异教徒放出城外，似乎也是公主建议的结果。公主如此建议，一定是为了夺回被捉进城里白百合寮的孩子。但伊豆守内心已打定主意，凡逃出城里的人无论妇孺皆杀无赦。”

两人听了不禁吓了一跳。武藏继续说：“由此，伊豆守与公主遂正面对立，现在，伊豆守为了贯彻政治目的，就是公主也会断然加以处分。不过，就个人而言，伊豆守似颇欣赏公主，对公主也甚厚待，尤其因为与我有关，故暗示要我事先救出公主。”

“父亲，我懂了。”

伊织严肃地说。

“父亲，今早，我在军营附近遇见了与市。他自称长崎商人，到各处军营兜售珊瑚簪，似乎卖不出去，我见他无精打采地走着，便把他带到营里。”

“真的？与市来了。”

“与市当然是跟公主一块儿来的。他卖公主的头簪来换米。父亲，公主在一家村舍里领养了十多个失去双亲的天主教徒孤儿。我为此深受感动，要与市带些米回去。当时与市说，公主不仅要尽力保护村舍里的孩子，也要保护城里的孩子，使他们远离战祸……”

“也许如此。不过，伊织，你是出仕的人，可不能鲁莽。”

“是。”伊织紧握双拳，低垂着头。

新太郎若有所思地开口说：“师傅，我并不很了解由利公主。但越听越觉得她是一个了不起的女人。如果她为政治目的而被牺牲，实在太可惜了。当然，我也是出仕之人，但我们难道无法从政治的牺牲中救出公主吗？”

“嗯。”武藏环抱双手沉思，旋即静静抬起头。

武藏注视着新太郎和伊织。

“主水如果成功地从城里带出白百合寮的孤儿……”

继这段开场白之后，武藏继续说：“我想，主水会亲自把这些孩子交给由利公主。但伊豆守不会疏忽，一定会派松仓的手下从主水手中把孩子夺过去。我想最好不要把这些孩子交给任何一方。你们俩以为如何？”

“怎么做？”

“乘机为之！”

新太郎和伊织相视点头。

“如果成功了，我想把这些孩子送往肥后。新太郎！你能替我窝藏这些孩子吗？”

“可以。可以把一切委诸妹妹阿松和露心！”新太郎即席回答。

“嗯，阿松与露心。”

“阿松也很可靠。”

“好，就这么办。伊织！你出费用。”

“是。那么，公主呢？”“我想尽可能让她跟白百合寮的孤儿一块儿到熊本。不过，她现在还抚养着许多孩子，所以以后再去也不妨。总之，这须随机应变。此外还须准备船。”

武藏说到这里，入口处传来众多脚步声，有人大声说道：“新太郎先生，武藏先生在吗？”

“今天说到此，详细情形明晚再谈！”

武藏说着便噤口不言。

新太郎皱下眉头，问武藏："尾藤金右卫门带年轻武士来了，见不见他?"

"嗯，听说是个豪迈的人，让他进来。"

新太郎坐着大声说："金右卫门吗？上来！"

"谢谢！"

金右卫门领着七八个年轻武士上来。他年纪四十五六岁，身高五尺七八，颊骨顺秀，眼与口较一般人为大，体态魁伟。

他坐在武藏面前，以肥后口音说："宫本先生，我就是叫尾藤金的蠢人！"

说着便挑战般地笑了起来。细川家从小仓迁往熊本不过七年，但语言已慢慢变成肥后口音了。

"我是武藏。"

尾藤金右卫门接着说："跟在后面的是藩里的年轻武士。喂，大家快行礼呀！武藏先生是日本最强的剑士！"

年轻武士一齐行礼，但都盯着武藏看。

"各位好！"武藏回礼。

"这位仁兄是——"

金右卫门望着伊织，用下巴示意。

"宫本伊织。"伊织静静地回答。

"呵，伊织兄可就是宫本先生的养子？"

"是的。"

新太郎皱皱眉头。

"金右卫门，伊织先生可是小笠原家的武士首领，怎可失礼折损本藩名誉！"

"呀！伊织先生！请勿见怪，抱歉抱歉！"

金右卫门敲了一下额头，旁若无人地干笑。

金右卫门食禄三千石，是尾藤金助的长子。虽年过四十有五，依然未娶，性喜召集年轻人嬉戏，为人怪异。臂力超群，据说兵法亦藩中有数，但很少见他取木刀比试或练武。

无论在何人前面，他都直言不讳，而且口无遮拦，嬉笑怒骂。

新太郎知道这家伙向来偏袒松山主水，跟他来的年轻武士也都崇拜主水，因而想道："主水一定为刚才的事怀恨在心，所以唆使金右卫门来胡言乱语。"

金右卫门似乎瞧不起伊织，干笑后便又开口说："宫本先生！听说先生是日本最强的兵法家，可是真的？"

"是的，是日本第一……"

武藏不苟言笑，即时回答。

"呵，日本第一？"

"你若不以为然，不妨试试！"

武藏的黄瞳蓦然射出光芒。金右卫门虚张声势，只"嗯"的一声。

"尾藤兄！你自以为是蠢人吗？"

"嗯。"

"是不是？"

武藏赫然瞪眼，提着大刀，站了起来。

"是不是？"

年轻武士都脸色大变，抬起了腰杆。

十一

"究竟是不是？快回答！"

武藏瞪视着尾藤金右卫门。金右卫门侧首垂肩，突然大声说道："嗯，是的，我已说过，尾藤金是天下最大的蠢人！"

"呜哇，哈，哈。"武藏捧腹大笑，这是很少有的事。

金右卫门那苦恼已极的脸配上魁梧的身体看来十分滑稽。但金右卫门也非弱者，他自己也张着大嘴笑。"呜哇，哈，哈，"接着说，"宫本先生，我的愚蠢就是这个样子。"

武藏就座后说："呵，不，棒，棒！不愧是肥后的豪者，武藏真欣赏！"

金右卫门这次可真的不好意思了，抱着头说：“不……先生日本第一的兵法太了不起了。尾藤金已曳甲投降。”

然后以绝望的脸色回头望着挺直腰杆的年轻武士。

“如何？你们也领教宫本先生的真本领了吧！真是未见面则不能识荆。快，快到前面来，重新向先生报名致意。”

年轻武士好不容易才清醒过来，但已毫无向武藏挑战的迹象了，并排走到武藏面前，各个老实地向武藏报名。

“嗯，各位都是杰出的武士，我听说肥后出了尾藤兄等许多超群的武士。但愿你们也能仿效前辈，修行不懈，为忠义留下典范。”

武藏鼓励地说。武藏知道，肥后藩士一向自视颇高，即使对方是天下名人也很少低头，所以自初即认为金右卫门是为戏弄自己而来，不过他一点也没发觉他们是因为崇拜主水才冲着自己来。

尽管如此，武藏还是非常欣赏尾藤金这个人。粗野、滑稽，乍看有点轻浮，却直爽而毫不做作。

另外，由尾藤金以后说出的话可知，他已认识武藏的真本领，也真心喜欢武藏了，而且认为武藏是主水等人所不能比拟的大人物。

这时，睡在另一房间的求马助已经醒了，悄悄地走出来。尾藤金一见他，便莞尔说道：“呀，求马！到这儿来。你有幸跟日本第一的兵法家在一起，一定要请先生教你。战斗开始时，我带你到战场上去！”

尾藤金似乎很喜欢少年，武藏也莞尔一笑。

穷鼠啮猫

一

各藩派出的忍者都非藩士，而是临时雇用的甲贺者或伊贺者。当时战争中常有忍者附随，他们由近江伊贺出外谋生，而进入军队，再由藩加以雇用。当然，深谋远虑的伊豆守也带来了好几名忍者，这些忍者接受伊豆守的命令，想潜入城内，但城兵监视严密，要潜入也非易事。

关于这一点，伊豆守之子甲斐守辉纲的手记载称：

近江国甲贺来的隐形者想追入城里，每晚都前去，但城里的贼人没有一个不用西国语[①]，而隐形者听到天主教教名大多不知所云，以致无法跟城里贼人来往。只要晚上潜入城中，贼人立刻知道，将之逐出城外。因而也无法拔取墙边旗帜出城。贼人皆以石击之。

由上观之，甲贺者虽想混进城时收集情报，却因不懂该地方言，对天主教又一无所知，最后终于无法完成任务。只有主水稍微不同。他一开始就与甲贺忍者采取不同行动。深夜，主水悄悄爬上后门的石墙，进入城里，其他忍者也都做到了这一点。

但主水进入城里后，立刻改装成杂兵的模样，在街上不慌不忙地行走。途中，遇到城兵，便先发问："谁？"

虽然困处围城已三月之久，但这三万多人都是从岛原、天草各村庄汇聚而来，彼此无法完全知道对方的名字，也无法认清对方的脸。加以主水从容不迫地行去，因而没有一个人产生疑心。

在接近三丸的树荫下，七八个杂兵正生火聊天。主水大步走近。

"好冷哦！"

主水弯着腰伸手就火。说完"好冷"后，使用肥后方言跟他们打招呼。

"你是肥后人？"

一个杂兵盯着主水问。

主水从容地回道："嗯，我是肥后河内人。"

"那你是大矢野军的啰？"

---

① 西国语：指西日本的方言。

“是啊，我在天草本渡加入宗内，被编入深江军。”

说完话，主水从怀里拿出两三条干鱿鱼，说：“烤来吃吃！”

杂兵看到鱿鱼都“咕噜”一声咽下口水。

“哇，真难得！”

“入城时带来的，收藏得很好。”

主水把鱿鱼递给杂兵，自己也用火烤了一条鱿鱼。

主水啃着鱿鱼，自称是天草本渡的百姓安兵卫，也一一问了杂兵的名字，然后离去。当晚，主水逃出城外，次晚，又用同样手法认识了一些朋友，才两三天工夫，就跟许多城兵混得很热络。

至此，主水已毫无顾忌，白天也在城里行走，完全渗透进去了。城里的防备不用说，就是军粮也查到了大概情况，并一一向伊豆守报告。

不过，主水的目的当然还是想把由利公主的信交给四郎。过了几天，主水已发现四郎的居处即本丸后面石砌的天主堂。但四郎四周常有浪人参谋跟从。很少有一人独处的机会，主水浪费了四天。

第五天深夜，主水往天主堂中一看，只见四郎独自跪伏在圣坛前祈祷。此正其时也！主水悄悄走进去，以含混的声音唤道：“四郎先生。”

四郎缓缓回首问道：“你是谁？”

“请先看看这个！”

主水走过去，把由利公主的信递给他。四郎并不去接。

“谁的信？”

“你大概也认得。是在长崎养护天主教徒孤儿，前将军足利义昭孙女由利公主的信。”

“什么，由利公主的？”

四郎吓得张大了眼睛，立刻接过信，打开来。

主水一直注视四郎的表情。

四郎一口气读完，脸上露出苦恼的神色，旋即热情地望着主水。

四郎虽年少，却被三万城兵奉为统帅，敬为天童，因而眼中也隐含着一股奇异的威严。主水不禁垂下眼睛，问道：“看完了？”

“嗯。公主所言，我很了解。我也想从战祸中救出无罪的孩子。但我不能凭己意决定。”

主水那天生的傲慢本性又慢慢抬头。

“要经过军事会议决定？”

“当然，这是必须经由军事会议决定的重大事情。军事会议可能会否决。”

“既然如此，会商又有何用？”

“是的，除非你有办法……”

“知道了。”主水深深领首，悄悄靠近说道，“四郎先生！”

二

“你有办法？”四郎也把身体挪近。

主水压低声音，却很有力地说：“四郎先生，大概可用军粮换取孩子……”

“什么，军粮？”

“是的。”

“你能够？”

“只要略用计谋，就能够。”

“说说看。”四郎把脸靠近。

“遣城兵袭击幕军粮仓夺取。”

四郎微微一笑：“这件事曾在军事会议上讨论了好几次。对方戒备严密，成功可能性很少。”

“四郎先生，在下有办法。”主水也以微笑回应。

“在下先把粮仓情势图交给你。”

“嗯。”

“放火烧幕军军营，乘混乱之际，从城中遣兵出袭粮仓。若有必死决心，夺得五十包、一百包，绝非难事。”

“嗯，有趣！这样，在军事会议上也许可以得到同意。”

“请速进行。但在这之前，在下应先向你表明身份。在下是名叫松山主水的浪人。在江户，是浪人馆岩田富岳的盟友，与德川幕府当然是处于敌对立场。浪人馆的同志可能有人在城里参加反抗军。”

“我懂了。即使在军事会议上被否决，四郎可保证你生命无虞。”

四郎说后，主水接着又说：“至于由利公主，她与德川原是敌对。所以接近长崎奉行，只是一种策略。但不了解真相的一伙天主教徒却袭击公主的居处，夺取了孤儿。之后，公主即为奉行所逐。老实说，公主与在下皆非天主教徒，但也绝不是德川的人。”

“这些我全了解。总之，我要去召开军事会议会商一下，请稍候。”

四郎领主水到另一房间，然后离开天主堂。也许是四郎的吩咐，不久，一个年轻女人送了茶来。

之后又是一个人……主水得意非凡，嗤嗤暗笑。他真的打算放火烧军营，让城兵袭击粮仓吗？

半个时辰后，四郎跟芦冢忠右卫门、大矢野作左卫门等四五个领导人物一起回到天主堂。

四郎引见主水时，众人齐以探索般的目光注视。主水不为所动，亦尖锐地同视，并从容问道：“四郎先生！军事会议已决定了？”

三

“你的办法，已由四郎先生告知。但在议决之前，想请教一下，你是如何进城的？”芦冢忠右卫门先开口。

主水笑着说：“在下不是伊贺者或甲贺者那类可厌的人，但当作兵法的一部分，略学了一些忍术。凭我的忍术，无论戒备多严密，在下也能轻易潜入。”

“原来如此。那我代首领回答，军事会议的结果，决定接受你的请求。不过，交给你带去的孩子，只限于由利公主在长崎白百合寮抚养的三十二人。”

“知道了。”

“而且，为了我们的士气着想，你必须秘密进行。”

“好。在下就此告辞。明晚子时（十二时）再来参见，交上鸟瞰图，是时再详谈。”

主水和四郎等约定后即潜出城外。

“真有意思！”

主水得意扬扬。放火烧军营，乘乱让贼徒袭击粮仓，这种奇谋并不是他事前想好的，是他跟四郎谈话时突然涌现的妙计。

他走访本营，要求晋见：“虽是夜半，仍请通报伊豆守殿下。”

主水是唯一潜进城里的密探，所以信任主水的伊豆守立即召见。

“有什么事吗？如此火急！”

“是的，今晚潜进军事会议场，听到了一切。城里缺乏军粮弹药，参谋们商议突围逃走，以谋后图。”

“呵呵，想必如此。”

伊豆守点头。主水表情夸张地说：“殿下，这几天内可能就会付诸实施。”

“真的？”

“绝不会错。”

“嗯，这是你的功劳！从城里诱出异教徒之事呢？”

主水想了一下。伊豆守虽然答应四郎和公主，逃出城中的人概加厚待，送回他们自己居处，但主水为市恩于公主，有意将孩子直接交给公主，于是俯首说道：“殿下，我对这件事也曾进行，但贼兵戒备森严，要煽诱极为困难。四郎他们认为，若有逃兵出现，对城兵的影响甚大，所以……”

“确实如此，还请多多偏劳。这是你这次的奖赏。”

伊豆守心满意足地把挂在腰间的小盒赐给主水。

四

主水离开伊豆守的本营，立即往访由利公主。公主隐居在距原城一里半的山边农家，战争之前原是庄屋邸宅，庄屋全家人现居原城。

见伊豆守之前，松仓军以怀疑的眼光注意公主，有意加以逮捕，幸赖公主能言善辩与高贵容姿，使对方摸不清她的来路，才得幸免。见过伊豆守之后，因有伊豆守所给的证物，已能平安度日。

天已近黎明。主水敲门叫醒与市，进入屋里，这时，房子的阴凉处有个覆面汉身形一晃，往屋里一瞧，旋即钻进地板下。

屋里，与市在地炉中生火，不久，由利公主打扮停当，走了出来。

"公主，刚才终于见到了四郎。"

"哦？"

"年纪虽轻却是个大人物，绝不是天主教武士的傀儡，我立刻把公主的信亲手交给他……"

主水得意扬扬地说，而且说得有条有理，但未言及以军粮代替孩子的约定，因为他认为说出这点，公主定会反对。

"——就这样，尽心尽意传达了公主的意思，四郎好不容易才首肯，认为把受异端熏陶的孩子继续留在城中，反而违背了天主的意旨。因而答应先释放白自合寮的孩子。"

"呀！主水先生，成功了！"

公上欢呼后说："那么，接孩子的方法呢？"

主水目光闪烁了一下，说："时间，明晚再谈。不过，公主！此事固然不能对伊豆守说，对幕军方面也要保密，我想，公主最好亲自去接。"

公主也颔首道："我也这样认为。我因那些孩子而受到怀疑，被逐出长崎，如果公开交给幕军！大概再也无法回到我这里。与市，你意下如何？"

说着，公主回首望着与市。

“我认为那再好也没有了。”

“那就这么办吧！伊豆守那边，以后由我去说。”

公主说完后，主水劝道：“公主！那可不行。所谓政治家是视情况而改变的。即使是伊豆守也不能信任。接了孩子，立刻越山离去。主水随时奉陪！”

第二天晚上，同一时辰，主水来访由利公主。这天晚上，主水进入屋里时，同样出现了一个覆面汉，钻入地板下。

“公主，一切都进行得很顺利。明晚丑时，预先由西大江口的间道释放三十二个孩子。我们可隐藏在近城的森林中，接了孩子，就到这里。”

主水兴奋地报告。

“如果被幕军看见呢？”公主提醒。

“守卫大江口的是松仓军，间道附近最松懈，是出城的唯一通道。万一被发现，就把他们杀掉。而且，城里也会有本领高强的人帮助。”

“好，就这么办。”公主也大为赞许。当然，不冒险是无法成事的。由利公主已有充分的准备。

“既如此，明晚再来接公主。”

主水似乎还有事待办，很爽快地拉开门走出去。

“嘻，嘻，嘻。”主水欣悦无比。

“先逃到云仙。若无事再转北出海。于是平户或天草……嘻嘻……公主今后，今后……”

他朝军营缓缓走去，不禁自言自语。

一个穿着黑衣的人远远跟着主水，也同样地向军营走去。

天已亮了，到军营时，主水走进细川军营房。黑衣人则进入小笠原武士首领伊织的营房。

伊织已经起来。黑衣人无须引导，直趋伊织跟前。

“大人，回来了。”

“嗯，怎么样？”

“明晚丑时，在西大江口附近的间道。”

“真的？”

“他们打算得手后即入山，向云仙而逃。”

“哼，可能如此。西大江口是由松仓军负责防守的吧？”

“是的。”

“今天白天先去仔细调查。”

“是，遵命！”黑衣人似是伊织的家臣，行礼后即退下。

伊织接着换了衣服，在铠甲上披了战衣，走出营房，去访细川军营中的武藏。

“父亲！”伊织放低了声音。

这时，新太郎也来了，三人密谈了一阵。

五

幕军的军营发生了小火警。在山与海仅有一里之隔的原城四周聚集了十万大军，建了临时营房，再加上严冬海风强劲，所以发生火警是不足为奇的。

二月二十一日夜，潮风凄厉，至丑时，肥后八代三斋侯代理人立孝军营旁的岛津营房起火了。

参加八代军的火头军传次最先发现，乃向自己的军营报告，八代军为防火势蔓延到己方，也帮助灭火。但营房是用易燃的木板围成，所以火焰迅速升腾，燃亮了黑夜的天空。各阵地密集在一起，虽未造成大乱，小小的混乱当然难免。

这时，城里，统帅四郎直立在二丸的眺望楼上，下令道：“呵，信号来了，前进！”待命的芦冢忠右卫门，布津村作右卫门率领一千五百人，向西海岸方面的黑田军进攻。

同时，城里连妇女、孩子都一齐发声呐喊，别动部队五百人从山冈方面的大江口出去，杀向松仓军。他们的目标当然是建在各地的粮仓。

但因前夜主水的报告，伊豆守已知暴徒有此意图，事先通知了各大名。因而，黑田军与松仓军已预先埋伏枪队，贼军一来即接连发射。暴徒立即陷于苦战，但这些都是敢死的天主教徒，他们不惧死生往前攻，爆发一场激战，黑田藩的家老黑田监物阵亡。

大江口的情形亦然，五百人组成一队，不畏枪林弹雨，杀入寺泽阵地，正当松仓军全神贯注眼前敌人之际，一队小小人影从靠大江口城门的干壕中爬出，跳进树林里。

“喂，大家快跑！”站在前头的是覆面的松山主水。小小的人影一径儿跑进树影下。这时，前行路上站着两个人影。

“公主！平安逃出来了！”

主水止步。那人影正是由利公主和与市。

“哦，孩子！”公主伸开双手跑过来。

“呀，阿姨！”

小小的人影纷纷围着公主，争先恐后地向公主靠过来。

“你们都很好吧？真想念你们……”

公主把他们抱拢来，眼中热泪潸潸而下。就在这时候，从旁跳出一队武士，约有三十人，大声吆喝道：“哇，找到逃亡的人啦！”

六

“我们是松仓的手下，正守候从城里逃出的人。带到本营去，快，走！”

这队武士立时采取包围形势。

公主、与市从后护卫着孩子。主水俄然拔出大刀，高喊道：“鼠辈！”

接着，他便跃向前面的武士。他虽无杀人之意，只一味挥着大刀，对方却一哄而散。

“快，快走！”

主水回顾公主。

“大家跟着来！”

公主立刻往前跑，孩子也以与市殿后，尽力向前奔走。武士们想从后追逐，主水却挡在前面。这时又有杂乱的脚步声向这边走来，原来是其他的松仓军追逐城兵，蜂拥而来，展开了激烈的战斗。于是，跟主水相对峙的武士也立刻加入混战中。

主水乘机离开，不久即追上公主一行。

“公主，终于摆脱了……”

主水缓步走过来，他突然惊住了。跟公主相对而立的巨大身躯，竟然是宫本武藏。

“哦，主水！”武藏迅即出声招呼。

“……”

主水顿然间说不出话来。

“辛苦了。我也向你致谢。”

怒气逐渐从主水胸中涌起。

“武，武藏！你何必言谢？”

“真的？那也好。总之，公主和孩子暂且寄在我这里。”

“什，什么？”

“说实在的，伊豆守已经毁弃与四郎和公主的诺言，凡是城中的逃亡者，不论男女老少，概处斩刑，若有人袒护，即使是公主，也绝不宽待。”

“我知道。所以，我才不把这些孩子交给松仓，而交给公主。”

主水恨恨地回答。武藏却规诫地说：“这些孩子若由公主领养，伊豆守大概会立刻连公主一起逮捕。”

“这我也知道！逃亡早已准备停当了。”

“逃到哪里？”

“山上……”

“不行。在山上立时被逮。”

“越山穿入茂林中。”

“带着孩子很困难，只公主和你两人带得了吗？”

七

武藏早已看穿主水的本性，对主水来说，孤儿只不过是逞其野心的工具，本意乃在获得公主。所以一旦穷迫，即会弃孤儿于不顾。

“困难！公主和我早已知道。武藏！这次绝不交出公主。”

武藏不答，回首举起了手。从黑暗中，二十多个水手般的粗汉抬着轿子走出来。武藏指着轿子说：“公主，家中的孩子已安置妥当了。快上轿吧！”

一直站着不动的由利公主，向主水投以怜悯的目光。

“主水先生，就此告别。”

“公主！”主水突然跪倒在地上。“请你，请你跟我一道逃上山。主水一定不辞一切辛劳，这是我一生的愿望！”

虚荣、面子全都置之不顾，这是恋人的可怜形象！公主当然不会不知道。

公主毅然回道：“主水先生！请原谅……我只为孩子而活，无论如何，我必须为孩子的安全筹谋。”

公主背转脸，逃亡般放下轿帘。

“公主！”

主水想靠过去。武藏尽力加以拦阻。

“主水，别把努力得来的功劳糟蹋掉。会战结束，忠利侯就会聘用你，忍耐一下！”

武藏吆喝。

“你，你这混球！”

主水瞪着武藏。

武藏俯视，静静说道：“公主和孩子是到熊本去。”

然后武藏目示轿夫。十多顶轿子载着公主和幼小的孩子，疾风般飞奔而去，余下的孩子在与市和粗汉护卫下，也慢慢往前跑去，武藏大步跟在后头。

主水咬牙切齿目送他们离去，旋即望着天空，高喊："公主！公主！"下一瞬间，主水的脸慢慢恢复平静。

"这样就绝望，未免太早。现在，公主已知我的真心。目的地是熊本，好……"

主水低声自语，扯下覆面，脱掉黑衣，换回平时的服装，缓缓起步前行。城的四周，枪声连绵，呐喊不绝。

八

乘岛津阵地火警所造成的混乱，城兵出击似已突破黑田阵线。但因事先准备周全，加上黑田和锅岛军的奋勇作战，好不容易才把敌人逐回城里。此役，幕军击毙两百五十人，生擒二十四人。但黑田军监物父子等五十五人阵亡；锅岛方面也有一百零五人战死，寺泽方面则有五十多人阵亡。伊豆守厚赏黑田、锅岛之功，并公开召见预先获取出击情报的松山主水，当众赞扬。由于主水，忠利亦甚觉光彩。于是，聘用主水之议已越来越确定。

长冈佐渡也出战，内心对聘用主水并不表同意，但见天草以来，主水屡次立功，佐渡只得噤口不言，不敢陈述自己的意见。

对于当晚岛津营房起火一事，疑点似乎越来越多，伊豆守也命令岛津调查原因。火警起自炊事房，故一般认为是炊后余火未加熄灭所致，当值者二人遂遭放逐。

只有新太郎对厨子传次表示怀疑，但他并未透露于人。第二天，与武藏谈及由利公主之后，他说："师傅，岛津营房的火警，会不会是厨子传次受主水之托放的？"

武藏不置可否地对新太郎说："多说无益。主水这个人是为个人野心不择手段的无耻之徒，你只要牢牢记住这一点就行了。"

前夜，武藏从主水那里夺取由利公主与孩子后，护送他们到中途即折回，公主他们直赴渡口。护卫的粗汉是新太郎说服雇用的船员，理应从渡口坐船送到肥后的三角，大概能顺利抵达吧！

只有一件事情引起武藏注意，是夜主水引孤儿逃走途中，阻拦的松仓军是否已报到伊豆守那里。如果消息传到，伊豆守也许会怀疑主水，而派人调查。武藏这时实在不愿主水或其他人受到这种怀疑。

两三天后的晚上，伊豆守派人来请武藏。武藏立时往访，伊豆守独自在营房居室宽衣休息。

“殿下，有事……”

“只想要你陪我喝喝茶。呵，武藏，由利逃走了吧？”

“哦，逃走？”

“我全心思考会战的事。我完全不知道由利已从战场上逃走，她住在什么地方？”

伊豆守若无其事地说着，自捧茶喝。

总攻击

一

据记录说，伊豆守曾剖开这次出击战死的贼兵胃脏，确知城中粮食已无以为继。

又从当时俘虏的口中得知，枪炮虽多，但弹药缺乏，而且多已发霉，此外薪火不足，只得毁木墙取暖。因而一如主水的报告，杂兵士气日衰，战斗力已日降。

不过，城兵大多已决心殉教，所以尽管穷困疲惫，仍毫无开城投降之意。但不交一战，仅坐待敌军全部饿死，实与幕府大名的威信有关。布阵三个月后，现在正是率先攻城为战死的板仓重昌雪耻的好时机。

伊豆守及大名均做如是想。再加上军中将士为竞争心所驱，士气旺盛无比，大家都引颈期待总攻击日的来临。

二月二十四日晚，忠利开完军事会议回营，正告等待的重臣部将说："决定二十六日总攻击。"

接着便召开藩军事会议，细川军在原城正门布阵，是幕军的主力。慎重地一再会商，到深夜才各自回营。

这次军事会议，武藏也列席，居于末座，但未发一言。武藏的任务是做忠利的精神支柱，提高全军士气，并教以作为一个武人应有的心态，作战军略非他所知。

部将们站起时，忠利拦着武藏道："武藏，稍等一下。"

接着回头喊道："求马助！"

"是，来了。"求马助从另一房间出来，跪伏在君侯前面。"有何吩咐？"

武藏瞪目惊视，求马助会在本营，着实意外。

忠利微笑说："武藏，本来打算，战争结束后再提拔求马助的，但突然想从今天就起用他为侍童。"

武藏也高兴地笑道："哦，这，这……武藏谢了。"

被提拔为侍童，随侍君侯左右，是极大的荣誉。武藏觉得君侯这样器重求马助，非常高兴，再体察到君侯的温情，胸中不禁激动起来。武藏知道，君侯是怕求马助为求初上沙场立功，盲目冲入危险中，才把求马助提升为侍童，安置身边。

二

"求马助，大人厚爱，应终生铭记哦！"武藏对求马助说。

"是。"求马助乖巧回答。但他的内心却有点焦虑不安，被提升为侍童，可能就无法杀入敌阵了。要是如此，自己为何要参战？

"报告！"求马助两手伏地，仰视忠利。

"求马助，什么事？"

"会战开始时，我也想前去杀敌。"

“嗯，做侍童，在我身边，也确须这种志气。”

忠利含混回答，望着武藏。

武藏立刻接着说：“求马助！侍童的任务非常重要，万一混战，敌人逼近主公侧近，保护主公，倾力作战，就是侍童的任务，可不能粗心大意哪！”

“师傅，所谓敌人接近主公侧近，是多远？”求马助热切地问。

“这因时、因地、因情况而不同。虽然距离很近，但追逐逃逸的敌人，也不能离主公左右。”

“这是限于敌人朝主公攻来的时候吧？若这次攻城战，是指敌人逼近一千二百尺吧？”

“嗯。”

“六百尺呢？”

“嗯，三百尺也可以。”

忠利微笑着听着。

“师傅，那么，敌人的数目呢？”

“不依人数多寡，要看气势而定。”

“那么，即使只有一人，若认为是强敌，也可以杀去啰。”

“嗯，是啊。”

“我懂了。”求马助眼睛发亮，点头。

武藏与忠利相视而笑。

“好，你走吧。”

忠利让求马助退下后，说：“武藏，今天与伊豆守殿下独处，谈到了由利。殿下说，是你让她平安离开岛原的。”

“惶恐之至！”武藏不好意思地低下头。

“在我领地内过活，确也不妨。伊豆守已谅解了。”

“惶恐之至。”

忠利也不多说，随即转换话题，凝视武藏。

“武藏，攻城之日，你将如何？”

武藏以磐石之重即席回答：“我不随军而去，就留在营里，等您回来。率一藩士卒，进行会战，非我所长……”

“这样也好。”忠利凝目以视。

屋外，黄昏时开始下的雨淅沥淅沥轻击着地面。

三

二月二十五日，雨仍然下个不停，似乎没有放晴的意思，明天的总攻击是否能顺利进行，实在可疑，但诸军的士气却逐渐高扬。尤其黑田、锅岛、细川等派出大军的邻近各藩，很快都呈现出争夺功名的猛烈气势。

锅岛与黑田对细川军受命攻打正门，又最接近城池，深表不满，有意抢先攻击。

“不能大意，黑田与锅岛若有抢先之势，我们也不能落后，要抢先进攻。”

血气方刚的细川将士都涌起争胜之念，忠利却宣称：“除非上面的命令，凡抢先争功者，不计功。”

前次攻城失败，就是由于攻者缺乏统制，互争功名，所以伊豆守对这次总攻击严禁抢先立功。

这天，武藏一人早就到长冈佐渡、寄之父子的军营。著名的大将泽村大学也在座。泽村大学已七十八岁，是受命守护世子光尚的沙场老将，而其气魄绝不下于年轻力壮的人。

寄之是佐渡养子，其实是忠利幼弟，二十一岁的年轻将领。

席上谈到黑田与锅岛互抢头阵。

“父亲，不能眼看对方抢先啊，不如由我方……”年轻气盛的寄之说。

大学回道：“不错，只要战机成熟，无论何时进攻都是对的。这就是说即使抢先，也没错。”

佐渡沉稳地征询武藏的意见。

“我认为抢先不能不谨慎，黑田或锅岛若抢先攻进，我们可在间不容隙间接着攻进去。不过，这已不是抢先。”

武藏静静回答，大学耸耸肩，说：“武藏，这岂非被夺了头阵？”

武藏摇首。

“不，细川军得最近本丸的地利，稍微落后实不必介意。而且，全军上下士气比他藩高得多，因为将士们每人都很清楚细川藩的立场比黑田、锅岛重大。总之，各位身负指挥之责，要有自信，澄心静虑，以掌握时机。就兵法而言，这大概就是所谓后者为先！”

“嗯，说得好。”大学首先点头。

“黑田、锅岛的抢先，不足为惧……对吗？”

寄之也现出领悟的微笑。

武藏露出会心的微笑，又说：“殿下（指忠利）早有此一信念，已稳操胜算了。”

佐渡另当别论，泽村大学、寄之及其他诸将都不很了解忠利要武藏来的目的。有人认为武藏是以参与作战作业的军师身份前来的；有人推测是要武藏在战场上发挥他的二刀流，以求以一当千之功。

到现在，大学和寄之才豁然了悟请武藏来的意图，而且对武藏这个人也重新加以估价。席上，寄之突然问道：“武藏，选择旗杆应如何一试？”

“我来试试看！”武藏回答，并把一百多根竹竿聚在一起，握着每根的底部，只一挥，大多折为两半，只有一根没断。武藏指着这根说：“殿下，这根不会断。即使在战场逆风奔驰，大概也禁得住。”

众人为武藏的大力，吓得瞪大了眼睛。

一般藩士，由于主水的反宣传，起初多对武藏不怀好感，但自尾藤金右卫门领先大事赞扬武藏的为人与兵法之后，对武藏的评价已逐渐改观了。

可是，对忠利邀请武藏的目的，大多数人直到最后都无法理解。后来，武藏出仕细川家后，一个歪鼻子的藩士仍讥讽地问道：“武藏先生，听说你也到岛原参战，却没听说你立过一件功劳，理由何在？”

武藏泰然自若地大笑回道："当时，在下不是细川的家臣，也不是小笠原的家臣。非家臣的人到战场上立下最大的功劳，实有损这两家藩士的荣誉，在下只不过被殿下请去做喝茶聊天的对手。呜哇，哈，哈，哈……”

四

这天，武藏冒雨到小笠原营地晋见忠真侯。

“武藏，明天就是攻城的日子了，若有明教，不妨一一说来。”

忠真当着伊织等重臣之前征询武藏的意见。

“这次战斗，贵藩离城郭最远，自不会争头阵。但任务也极沉重，依我看，预防桶水外泄，还是很重要的。”武藏坦率回答。

伊豆守的战略是不让敌军逃走一兵一卒。如果敌人从城里逃出，必定选择非重要场所的地点。小笠原负责防守城之外廓。

武藏说完后望了伊织一眼，伊织深深颔首，莞尔一笑。

这天晚上，雨仍然不停，到总攻击的二十六日早上，似乎还不可能停歇，所以只好延到二十八日。

到二十七日，雨终于慢慢停了。

是日午后，伊豆守召集诸将至副司令户田氏铁的军营，举行最后的军事会议。忠利父子也参加了。武藏跟部将同在忠利的营房，却对长冈佐渡轻声说道："请交代斥候注意城里，也注意锅岛军。”

“什么，注意锅岛军？”

“这样的好天气，锅岛可能等不及明天，那可危险。”

“不错，的确危险！”

佐渡立刻将此事交代斥候，并向全军颁布军令称："总攻城日在明天，城兵可能随时出击。务须坚守阵地，随时备战。”

午后二时许，聚集户田氏铁营房的各将，于会议结束后，正接受浓茶招待，一名斥候慌慌张张奔入报告说：“锅岛军开始攻城了。”

伊豆守大吃一惊，亲自奔上瞭望楼观看，锅岛军果然喊声震天，爬过石墙，蜂拥进城，气势高昂。当然，这时锅岛胜茂也在座，他嘴中说：“呀，家人们竟然如此乱为！”

但脸上却未露丝毫困恼之色。

事已至此，即使指责胜茂也于事无补。伊豆守乃决意下令：“好，各位，尽力攻城吧！”

五

因锅岛军的抢先，事态急转直下。

集中在户田营房的诸侯，匆匆奔回自己军营。

忠利早已料想会有此事发生，故未显得特别慌张，回营后，颁下“立即出击”的命令。布阵已如箭在弦上，故一发，军势即如狂风怒涛，向正门杀去。

这时，锅岛军已在城内小屋放火，正攻进出丸、二丸，遭遇城兵激烈抵抗，陷于混战局面。

“成败在于今日！”

“超过锅岛！”

“目标，本丸！”

细川军的部将口中高喊，越过城的外墙，攻占三丸放火，并向本丸城墙西边逼近。本丸是城中心，敌人拼死反击，细川军开始有许多伤亡，但没有一人后退。

忠利紧跟军队后头前进，注视战况的发展。寺尾求马助跟近侍一同跟从君侯，最后却忍不住想向前奔去。

“跟在后头！”忠利觉得碍眼，斥责了一声。

“是。”求马助被骂后只好紧跟在后头，但不一会儿又跑到忠利侯前面。

“笨蛋！”忠利终于发脾气，大声说道，“你既然这么想战斗，就去吧！”

求马助像离弦之箭，直朝敌军冲去，却陷入苦战中。忠利担心地吩咐：“喂，源之进，你去守护求马助！”

近侍野田源之进立刻去为求马助压阵。

这时，后方的伊豆守派来军使，传令道：“目前无须急攻，诸军略事休息。”

忠利也认为敌人已如袋中老鼠，急攻反易损兵折将，所以回顾近侍，正欲下达休息令。就在这时，本丸的南口“哇”地起了呐喊声。一看原来有一队军士撑着旗帜，向本丸的侧面进攻，人数约有六百。

“哦，是佐渡的军队！”

忠利站着，用手搭在眉上眺望。长冈佐渡率领部属，进行出其不意的突袭。

六

这次突袭连拼死命抵抗的正面敌人也觉出乎意料，阵势顿然不稳。细川军的主力乘机向本丸冲去。这时，最先奔上石阶，跳入本丸的是尾藤金右卫门。

他瞬息间砍倒了迎面杀来的两三个敌人，然后大声呼唤道：“嘿！敌人和伙伴们听着！最先进入原城本丸的就是细川家臣尾藤金……”

就在这报名的刹那，一个悄悄近身的敌兵一枪刺来。这敌兵不是百姓，似是手法迅捷的浪人，这枪正好刺进金右卫门的口中，而且正是张口说到“尾藤金”的时候。

真不愧豪勇之名，就在刹那，他用口咬住了枪尖。

金右卫门紧紧咬住，并伸出左手抓住枪，然后慢慢张开口，把枪往前一送，敌人在他跟前摇摆着。

“你这笨蛋！”

金右卫门握好自己的枪，然后一枪把对方刺死。

另外，佐渡的部下也从南口蜂拥而入，益田才助放了火，敌人死守的本丸在这天傍晚终于完全被占领，最后被烧成平地。

于是，以锅岛军抢先攻击，细川军最先占领本丸，其他各藩也一齐攻入城里，不仅本丸，二丸、三丸等主要建筑物都被烧毁，大势已定。但是敌人仍拥立四郎，分据各地建筑物，战到最后，没有一人投降。

在这当儿，太阳已西下，各藩依然追逐残敌，但攻势已渐缓，等待次晨。

细川军也在敌前结栅做夜营。忠利突然想起了求马助，大声唤道：“求马助！求马助怎么啦？”

背后立刻传来了声音：“殿下，有事吗？”

求马助走出来。

“哦，你在这里。尽力战斗了吧？”

“是。我拨开友军，向前进！一根指头受伤，觉得很不好意思，终于斩了一个敌人。诚如殿下所言，陷入了窘境！”

“哈，哈，哈。”忠利大笑。

七

第二天，二十八日天尚未明，各藩又一齐开始进攻，目标是扫荡残兵，斩杀统帅四郎。

一般认为四郎必在城兵最多的诘丸，黑田军抢先攻进，城兵似乎已知必死无疑，在木头和草席上点火掷来，甚至把锅釜也投过来，并乘隙射箭打枪，激烈抵抗。黑田军死伤甚众，仍不屈地战斗，终于在午前十时攻占了诘丸。

但找不到他们的目标——四郎。细川军也同样在天未明的时候，一面扫荡残敌，一面向烧毁的本丸背后进军。这时，主水在忠利之前出现了。他也没有参加昨天的大战，跟武藏的想法一样，他认为非家臣而夹在家臣中争夺功名，很好笑。

“殿下，恭喜打胜仗。呵，统帅四郎的首级呢？”主水颇含深意地问。

“四郎大概在诘丸，必为黑田军所杀！”忠利爽快地回答。

“殿下！”主水挺身而出。

“四郎大概不在诘丸。”

“什么？”

“四郎很可能在城里的天主堂，跟他所相信的十字架圣像在一起。”

“天主堂？！”

“是的。一般人不许进入，是四郎独居的密室。”

“噢，原来如此。”

忠利不禁举目眺望，纵横交错的尸体，烧剩的木材、家具，半倒的小屋……

主水站起，指着一幢木材围成的茅屋。看来像是临时造成可称为粮仓的粗糙库房。

“殿下，那就是天主堂，看来仿佛是土糊的墙，其实是石墙。”

“嗯！”

忠利顿然眸光如火，命令身旁的吉田十右卫门说：“十右卫门，射火箭到那茅屋！”

接着又下令：“统帅四郎可能在那屋里，一着火便冲入逮捕四郎！”

吉田十右卫门立刻把浸油的破布卷在箭头上，点火射出。一根、两根、三根……火箭都无误地落到屋顶上，旋即燃烧起来。

“杀！”

陈佐左卫门领先的一队武士朝那小屋冲去。

八

天主堂的门关得紧严。突袭队用巨石冲开，闯入；这时火已烧至天花板，火花四溅。其中，有七八个年轻人口颂天主之名，厮杀过来。

领先的陈佐左卫门往左往右杀了其中二人。

“四郎，出来！”

他边喊边踏进里边，里边是二十叠左右铺着木板的房间，正面设着圣坛，安放钉在十字架上的基督像。二十多具银烛台映照着天花板的火焰，在袅袅烟雾中发出灿烂的光芒。

“哦，是四郎！”

佐左卫门毫无顾忌地走到圣坛前。披着华美战衣的年轻人跪在圣坛前，一个少女抚着年轻人的背部，似乎身负重伤。

“四郎，谒见！”

佐左卫门抡刀过顶，从后发声。这时，年轻人蓦地抬起上身，转过来。他脸部苍白，头上围着绷带，但目光炯炯，不动声色，凝注着佐左卫门。

佐左卫门却毫不容情，跃起砍下大刀，年轻人的头立刻滚落到面前。

佐左衛门抓住四郎首级正要提起来，随侍的少女突然大哭大叫向四郎首级扑过来。

这时，奔驰而来的同藩三宅半左卫门，叫声：“别阻拦！”一刀把她也砍杀了。

火势越来越大，两人惊险地从火花纷飞中跃到外头，就在这时候，屋梁烧落下来。

佐左卫门奔驰而回，把年轻人的首级提给主公观览。忠利回顾主水，说：“这就是统帅四郎吧？呵，真是神佛保佑。”

但主水倾首沉思后答道：“很像四郎！”

主水不想让人知道他以前见过四郎。

可是，诸军都想获得四郎，因而四郎的首级以及牌上写着被杀武人名字的首级纷纷送到伊豆守那里。伊豆守请出四郎母亲，把四郎首级一一拿给她看，四郎母亲却泰然自若地回答：“四郎是我的儿子，也是真正的天使，不会被惨杀，我想，他已隐形逃到南蛮、吕宋去了。”

九

四郎的母亲玛尔丹认为四郎虽是自己的儿子，却非凡人，而是真正的天使，即使原城陷落，也只有四郎绝不会死。

受命来认四郎首级的时候，她所见到的都不是四郎，而是别人，由是，她愈发相信四郎不会死。

但是，细川最后送来的放首级的盒盖，打开后放在她面前的时候，玛尔丹吓得张大眼睛，像被吸住般痴望着。

“哇，四郎！”

玛尔丹高叫着膝行靠近。伊豆守等在座诸人这才松了一口气：“这次一定是啦！”

刹那间，玛尔丹的眼睛失了光芒，脸色苍白如土。这可能是不死的信念完全瓦解后产生的惊愕与幻灭吧。

下一瞬间，那干枯不动的眼睛突为慈爱所滋润，泪水潺潺而下。子非子的天使四郎，现在已变成骨肉亲子，而在玛尔丹心中苏醒过来，不再是其他任何人了。

“哦，四郎！你的脸看来这么痛苦，是以少年之身担任统帅，太辛劳了吧？是因为连亲生母亲也以为你是天使，使你背负心灵的重荷，以致这么痛苦吧？四郎啊，请原谅我……如果你是一个平凡的孩子，就不会遭遇这么悲惨的命运了，啊，四郎……”

玛尔丹已忘记自己在别人跟前，攀着首级盒，哀哀细述。

在座的人都为这悲哀的场景引出了泪水。伊豆守一言不发，命令家臣把玛尔丹带下，接着对细川家的使者褒扬道：“母亲玛尔丹如此悲哀！可不必再查问，已知是四郎的首级。细川军功属第一！”

又据当天逮捕的城兵山田右卫门作的口供说，二月二十七日，四郎在本丸下围棋，锅岛突袭的大炮穿过窗户飞来，穿过四郎的袖子，杀下身旁的五六个从人。当时，四郎也头部受伤。

城兵听到这消息后，大惊失色，轻声互道：“天使四郎身中炮弹，身旁从者皆丧失生命，实不祥之至。真如传教士预言，会有天帝护佑吗？”

于是，城兵顿时意气沮丧，无心作战。

就在这一天，原城完全被毁。

和平曙光

一

武藏就近听到了会战的凄厉叫喊，在忠利营房的休息室静坐了两天，攻城军的胜利在这叫喊声中已能清楚感觉到。

可是，攻城军的胜利事前早已知道，因而对此役的胜负并没有特别兴趣。只是自己所支持的细川军与小笠原军究竟如何不落他藩之后，勇敢奋战，这才是武藏所关心的。

即使是这件事，也因他怀有必能善自为之的自信，所以也没有丝毫不安之感。于是，他不再为喊声所动，进入无我之境，独享静寂之乐。

第二天，武藏回到自己的营房，拿出经常携带的纸和笔墨开始绘画。在享受静寂中，他突然想起了以前与忠利在江户的约定，而且今天似乎就须付诸实施。城里又不停传来呐喊声。

磨墨，展纸，静静澄清心眼，凝视着空间。空间中朦朦胧胧浮现出人影，这影像逐渐清晰，最后变成了栩栩如生的达摩。

“嗯。”武藏移目纸上，一口气描绘出这达摩影像。就在这时传来了“嘀嗒嘀嗒”的马蹄声。

“殿下回来了。”

武藏收好笔墨，卷起了纸。

忠利率领一队家臣，爽利地进入营房。武藏在入口迎接。

“殿下，祝胜仗归来。”

“武藏，运气好，昨天最先进入本丸，今天又得到首领益田四郎的首级。走！”

忠利就此进入居室，武藏随后进入。

近侍中有主水和求马助。

大家就座后，忠利吩咐说：“拿酒来……”

然后他亲自倒了一大杯酒递给武藏。

“谢谢！”武藏一口气喝干。

“回敬一杯！”

“嗯。”君侯也一饮而尽。

“金右卫门，这杯给你。”

“是。”

尾藤金右卫门前行接过杯子。

“再来一杯。”

“谢谢。”

金右卫门连干三杯，然后还给君侯。

“佐左卫门，你也来一杯。”

陈佐左卫门高兴地接过杯子。不用说，金右卫门是最先抢进本丸的人，陈佐左卫门则是得四郎首级的殊勋者。

二

忠利召见了昨天和今天会战中建立功勋的藩士。尾藤金右卫门、陈佐左卫门之后又赐酒新太郎等若干勇士，对求马助也笑颜相向地说：“求马助，祝你初上战场！”

“是。”求马助近前接过大杯，装模作样地喝酒，他无法像大人那样一口喝干。这时，金右卫门从旁说：“哦，真不错。求马助，你慢慢就会成为能喝的人。”

忠利和在座的人都齐声大笑。最后，忠利把杯子递给主水，说：“主水，辛苦了，非常谢谢你。”

接着他问道：“怎样，你能出仕本藩吗？”

主水恭敬而坚决地说：“如此说，实承担不起，不过，主水仍觉无比光耀。但是，主水以何出仕呢？”

这反问确是不凡。他在此役是担任密探，但他在任何场合都公开说自己是兵法家。忠利望了一下武藏，说：“当然是兵法指南，只是任所在八代城，一如往昔，依老君侯之意，担任年轻人的师范。”

主水两手伏地承诺道：“若是老君侯之意，主水谨受！”

不久，只留下武藏一人，家臣一齐退出。接着便该是以世子光尚为首的重臣来致贺词。

忠利轻松地开口说：“武藏，有你在，心情稳定多了，乃得维持住藩的荣誉。不过，武藏，这次会战虽然胜了，却也不觉舒坦。”

武藏颔首。

“确是如此。对方是百姓町人……”

“是啊，尤其连妇孺都要斩杀的军令，有时也不禁想置而不顾。”

“这是时势所然，不得已的措施。若不如此，那幕府与天主教徒之间无法解决的冲突就……呵，不，就跟风吹浪起一样，残酷的战争也是社会实相的表现。害怕这汹涌的波涛，闭眼不观，就不能祈求太平。”

“那你是说，社会的实相就是战斗？”

“不错。人人希求安乐自由，即会产生战斗。个人与个人、家与家、国与国之间……即使世界成一体，太平已来临，也会再跟宇宙战斗。因为宇宙能够束缚、支配这地球。人若彻底追求自由，那么，即使是神，也不能不与之战。”

三

“不过，武藏，我还是祈望太平。”

忠利似乎很坚决。武藏也深深点头。

“以为政者而言，这正是得其时的想法。经足利到丰臣、德川的一连串战争，太平好不容易才占了上风。这次战乱之后，太平大概会长久持续下去。为政者正当倾力为和平而建设，有志为民谋求福乐。”

忠利昂奋地说：“武藏，我以前就想请你到肥后，你能伴我、助我吗？”

武藏也端坐。

“殿下，我本来想应殿下之邀，以浪人的身份住在肥后。可是，我本是一个兵法家，虽能体得政治的重要，但不曾以政治作为自己当为之事，所以奉陪君侯一事……”

“嗯，这我知道。但可借兵法修行获致的心境参与政治吧。”

“是的，我也有意如此……刚才说太平今后会长久持续，但这也非永远不变。如果德川政治扭曲了，可能会出现举兵推翻德川的大名。再者，若外国挑战，也就不能不战，想到这一点，今后武士不忘兵法，研磨士道才最重要。而且，武士的精神是立太平之基，也是政治之要。这样看来，兵法家也可以说参与了政治。”

“是啊！这不是很好吗？武家政治一旦士道衰落就有崩溃一途。而历练士道的则是兵法。武藏，像你这样的兵法家不能说没有政道的意见吧？”

忠利强烈地要求。以前他虽曾透露，但与武藏面对面，这样热切要求协助，可说是第一次。这不只是珍惜人才，他的确如此恳切需要武藏。

武藏有点迟疑，想出言推辞，却又打消此意，回道：“不过，说实话，我做梦也没想过要参与政道。甚至在兵法上，我也无意设武坛、收门徒、推广门派以传后世。我现在只向断绝人界的无形物取剑挑战，不过，也不能说我对政道没有意见。再者，既生此世，谈政道似是理所当然。殿下！请让我仔细考虑一下，再回话。”

说着把身旁的达摩画递给忠利侯，说：“殿下，这是在江户时答应给殿下的画……”

四

不久，光尚以下诸将接连进来，武藏向他们一一道贺胜利，就走出了忠利营房。

“政道……”

武藏轻声自语。

以前忠利邀他赴熊本时，武藏没想到这是陪侍细川家。他只认为熊本是行脚僧最后觅地安居的地方，想以自由的心境为细川家尽力。当然他一直感觉到忠利不平凡的友情，也考虑过定居熊本。

再者，忠利既以大名身份邀武藏至熊本给予禄米，在形式上就须聘用为家臣。但究其实，只是心友，毫无强迫武藏担任一定职务的意思，这就像招高僧开宗立派一样。

但是，长冈佐渡的想法比较实际，无论如何既要真正聘用，便应列入家臣之列，在考虑到藩里的欢迎程度及三斋侯的观感后，佐渡对聘用武藏就显得迟疑不决。

然而，忠利在岛原之役与武藏同住，心境大有进展，实际上也深觉需要武藏，才清楚地表明要武藏陪侍自己，作为谈论政道的对象。

这对武藏可谓出乎意表。即如当时回答忠利那样，武藏不曾把自己置于兵法之外的立场来考虑事物。不过，其中已含有对政道的批评与见识。

武藏缓步而行，再度轻声自语：“政道。”

突然，他试着把自己安置在为政者的立场上。

“嗯。”

以前冷淡漠视的德川幕府政道的矛盾，尤其对岛原之乱处置的笨拙，逐渐浮现眼底，难忍的心中热血不断沸动。伊豆守的脸看来愚钝冷酷。相反地，由利公主的形象却火热地逼迫而来。

忠利那热切建设新肥后的眼神缓缓渗透到自己的心灵上。

“不行！”

武藏尽力压抑沸腾的热血，“呼”地吐了一口热气。但心仍怦怦作跳。

“唉，怎么了？竟为这点小事……”

武藏自言自语后，加快脚步走向距离相当远的小笠原军营。

虽已入夜，仍获许晋见，旋即到了忠真面前。

五

小笠原忠真的军营也洋溢着胜利的氛围，只有伊织没在座。

武藏致贺后，忠真满脸堆笑道：“武藏，听你劝告，顺利防止了桶水外溢。如你所言，败残的城兵虽不多，却想穿过本藩负责的区域，全都被逮捕了。俘虏数本藩居第一，同时毫不吝惜地遣兵支援先锋队黑田军，圆满完成了压阵的任务。”

武藏喝下所赐的大杯，说：“功劳厥伟！武藏欣喜无比。”

小笠原藩的军队人数虽不多，藩士中却有高田又兵卫这类豪者，因而其势亦不下于黑田、锅岛。而且不为个人的功名利禄所驱，坚守阵脚，见者亦觉有磐石之固。

席上，又兵卫等豪杰之士均在座，不夸功，不畏缩，直爽地举杯而饮。

伊织进来，仍然身着戎装，他入夜回营途中，黑田忠之侯遣使邀他赴黑田军营。

当时，伊织二十六岁，身为小笠原藩的武士首领，当然也是诸军中最年轻的武士首领。

“殿下，我回来了。”

“哦，辛苦了。黑田侯有什么事？”

“忠之先生及诸将，因本藩及时支援，铭感至深，特向殿下致意。为表感谢之忱，赐我感谢状一纸及刀一把。”

伊织回答后，即将年轻武士所提的大刀及一张感谢状呈请忠真观览。刀是肥后国吉，感谢状则称颂小笠原藩士之武勇，褒奖武士首领伊织武勋超群。

忠真向众人展示感谢状后，伊织不好意思地向在座众人俯首称谢说：“伊织年轻识浅，能有此荣幸，全为殿下威光及将士武勇所赐。”

忠真颇为高兴地说道：“伊织，你的话里还少了一样。”

说着他向武藏微笑。伊织也莞尔微笑，转身向武藏说：“父亲，我已尽力为之。”

“嗯，你说得对，我也认为这是殿下威光及将士武勇所赐，深为感谢。此后当以此心尽力……”

武藏虽说得客气，但脸上已泛出难以隐藏的喜悦。

六

各藩营房到处洋溢着胜利气氛，但原城城里却尸体纵横交错，惨不忍睹。

设在城中角落的刑场，于第二天二十九日，不论妇孺，凡被捕的城中住民一概处斩。伊豆守可能为避免后世批评，处斩的人数并未公布，没有留下记录。但会战时战死的、被俘处死的一定为数甚众，住在城里的三万七千人可能全部死亡。《别本天草岛原日记》称：

暴民的尸体弃于本城海边，点火焚烧。当时，苍蝇突然大量产生，不辨土色。

武藏于城陷的第二天（二十九日）清晨，突然准备行装。

“师傅，要走啦？”新太郎吃惊地问道。

“嗯，殿下的事已经完成了。我决定赶回小仓。”

武藏说得有理，所以新太郎也不加挽留。只是有一件事想问清楚。他衷心期望主公忠利能把聘用武藏的意思告诉武藏本人。

新太郎改变方式：“师傅，这次的任务，殿下与家老都很清楚，功劳也难以量度，不知殿下怎么说？”

武藏插嘴道：“新太郎，昨晚，殿下说了难得的话，要我到肥后出任，作商谈政道的对象。”

“真的？师傅！”

新太郎的脸顿然亮了起来。

“那么，师傅的回答呢？”

“对我来说，是件重大的事，要仔细考虑以后再回答。”

“诚然！新太郎希望，务必接受殿下的聘请。”

“要仔细想，现在无法答应，所以才想赶快离开此地。”

武藏接着又说：“由利小姐的事，麻烦你啰。”

“是，此事请勿挂怀，殿下也答应了。”

“聘用主水似已成定局。他一向恋慕公主。如果公主已发觉，什么也别说。否则，你要多注意主水的行动。”

“遵命！”

“叫求马助来！”

“求马助，快来。”

新太郎向营房外喊，求马助正在狭小的空地上挥着木刀。

七

“是。”求马助对着父亲的声音回答，然后提着木刀，精神奕奕走进屋里，坐在两人面前。

武藏突然高声说：“喂！”

这只是袭击的气势，武藏并没有举起手，求马助却突然后跃站起，架着木刀。他眼睛如火燃烧，瞪视着武藏的脸。

“攻来！”武藏严斥般说。

求马助默默地从正面攻来。

“叭！……”武藏用肩承受这一刀。求马助因木刀反弹之力，一屁股坐在地上，但木刀的架势依然不变。

“求马助，行了。武藏要走啰。”武藏莞尔说道。

求马助重新坐好，放下木刀，甩着麻痹的手，说：“师傅，对不起，没受伤吧？”

武藏和新太郎相视而笑。

“你放心，用你的木刀不会受伤。不过，你倒攻得真不错。”

“师傅的空隙太多。”

“嗯，不错，你也瞧得准。求马助，从今天起，你是我的门人啦。”

“啊，谢谢！”求马助立即两手伏地叩头。

“师傅，谢谢。”

新太郎也叩头称谢。这是新太郎父子新近欲言未言的最大愿望。武藏转眼望着新太郎。

“新太郎，我本决定自己的兵法只限于一代，但今天看到求马助，突然改变了主意。我很想让求马助继承我。如果我到肥后去，我要全心教他。”

“务请师傅教我！”求马助感动得眼睛湿润。

“我纵使最后没到肥后，你仍是武藏的门人。即使相隔，我还是看得见你。你可跟松小姐勤练。一定会成为肥后第一的兵法家。”

“是的。”

“另有一件重要的修行，睡觉时也不要忘记守护殿下，要随时警觉有人会取殿下的性命！”

“是。”

“可把松山主水看作这个敌人。他是当代第一流的兵法家，肥后藩没有一人能胜过他。你要守护殿下，免受主水袭击。如果不能比主水强，就不能善尽侍童之职，知道吗？”

“知，知道！”

求马助热情地望着武藏回答。

八

这天，天气清朗和煦，微风暖日已透出春天的气息。

“请代向殿下、佐渡先生及亲近的藩士致意。”

武藏走出屋外，向新太郎说。

新太郎有点惊讶地说：“师傅？”

但立刻噤口不言，颔首道：“遵命。”

武藏向来不预先通知什么时候走，要到哪里去，每次都突然如风般飘逸而去。他常以兵法家的谨慎，推定自己随意受敌人狙击，因而认为事前暴露自己的行踪有悖兵法之道。

于是，武藏在出人意表，朋友也不知道的情况下离开了营房，在沿海的路上缓缓大步行走。离营房越远，武藏的表情越严肃。

“问题，这是大问题！”

武藏喃喃自语。所谓问题当然是指忠利所提有关政道的问题。

他的心底仍残留着当天从为政者立场观望现世时那种鲜明的激动与震撼。同时也清晰记得，自己为这激动所惊，高喊：“不行！”犹如年轻人窥伺到异性肉体那样，惊慌失措。

他痛苦地想起这些，而自我责备道：“还这么依恋！”

无论如何，对武藏而言，政治是次要的。政治不管怎么变，都是表面的，本质仍然未变。他已向这本质挥下大刀，而自己所追求的是绝对自由，无窒无碍的世界。

而且，他已公开表明自己已体得万里一空的境界。但事实上想及政治就使他脸红，这是多么不自由、多么拘泥！

因而，他想，必须先从心中去除政治与兵法、真理与假象、一义与二义的差别，接受忠利的请求与否，是今后的事。

他今天仓皇离开营地，便是想独自仔细思考这件事。

武藏在岛原城下町住宿一晚，这是沉静的湖畔旅舍。

二十多年前，他曾在天草富冈的旅馆面海静坐，现在也面对湖水静坐，不禁怃然叹道："唉，吾道真远！"

九

武藏离去当天早上，新太郎向忠利报告，君侯说："真的？他走了？"

隔了一会儿，他与同席的佐渡相视而笑，说："还是老样子。"

佐渡似乎忆起了往昔，说："从年轻时起，他就是来去不定的人，经常出人意表，而受世人误解；后来想起，这也是理所当然，他经常借此逃避了危难。"

"是啊，无论什么事，都深思而后行。神速果敢，看来有如鸟儿起飞一般突然……佐渡！我常想向他提出仕宦之事。现在觉得是时候了，所以才提出。"

"的确，是好时机。重臣也承认他的功劳，藩士们也逐渐了解他的为人。"

"我也很需要武藏。"

"那么，他的回答呢？"

"肥后，他似乎很属意。若是非仕宦的闲居，他可能会立刻接受。以前，我邀他到熊本，他似乎以为是如此。但出仕就职，他就说要仔细思考再回答。不过，我不愿将武藏这样的人物仅仅视为兵法家，而聘为兵法指南，所以才想请他担任磋商政道的人……"

佐渡颔首道："现在说到仕宦，他也……"

但忠利立刻加以阻止，摇首道："啊，不，武藏对仕宦一点也没拒绝。他踌躇的是政治问题。他说，他是专修兵法的人，而且正向无形者挥刀，还不曾站在为政者的立场观看世界。"

佐渡苍老的脸孔浮现了感激之情。

"哦，他原来这么说。因为是殿下，武藏才不敢推辞。殿下，武藏一定会遵从您的意旨。不过，此一考虑可能要花上半年或一年。"

忠利满脸笑容地说："可能如此，他如果不愿出仕任官，就是以一介浪人身份，我也希望他留居熊本。"

佐渡猛摇首。

"殿下，这样，武藏的功用就减半了。给他藩士的确凿位置，他才会真正发挥藩指导者的权威。"

"呀，对！佐渡，你好好替我想想给他的聘职与身份。"

说着，忠利从身边取出武藏的达摩，摊开来看。他一面凝注，一面轻声说："嗯，达摩的眼睛就是穿越人世，观看虚空的眼神。"

十

这时，主水要求晋见。

忠利很欣赏主水的兵法和智谋，尤其承认他在这次战役里的功劳，自己也向他提出任官之事。

但他并不是一个令人喜欢的人，见到他，总觉得有股窒息之感，很不愉快。

"有什么急事吗？"忠利的话有点冷淡。

"是的，如果没有其他任务，想先告辞。"

"行啊，你还不是藩士，而且不住在营里。你尽可随意行止，不必请准。"

"是。不过，想顺便问一下归藩后聘用之事。"

"哦，你是说禄米的多寡？"

"不，不，不是。我要说的是出仕后住在八代的事……"

"嘿，如你所愿，住八代事父君。"

"殿下，其实我要说的正是此事，我希望住熊本；不时为殿下效犬马之劳。但愿……"主水露出了苦恼的表情。

"什么，为我？"

"主水既以兵法家出仕，我愿传授殿下我剑法的秘诀。"

“那父侯呢？”

“三斋侯已老了。”

忠利似乎很感兴趣，主水乘机说：“我剑法的奥义有一字剑、八字剑和十字剑，另就秘传而言，有使敌人不动之法，从敌前隐去之法等世人所谓的忍术。今日以前，我还未特别招收门徒，所以不会传授这些秘传。若能把这些传给殿下，主水实感无上光荣。”

“啊，原来如此。”忠利倾首细思。忠利已从柳生但马守学新阴流，对兵法的兴趣也远过他人，且有相当的自信。他无意违反父亲三斋的希望引主水到熊本。但他并不反对从主水学第一流的秘传，同时也想试试主水的本事。

“嗯，你的要求也不过分，我也想学你的秘传。如果父亲许诺，迁到熊本也不妨。啊，一切待回藩仔细斟酌以后再决定。”

“是的，谢谢。”

主水平伏叩谢，接着转向佐渡叩头道：“望佐渡先生提拔……”

新太郎见此情形，心中暗骂道：“真是厚颜无耻的家伙。”

十一

新太郎知道，主水请求移居熊本的本意乃在于暗恋由利公主。若非如此，主水不会好几次隐藏他那暴虐的凶相。

新太郎虽然对聘用主水之事深感意外而觉懊恼，但对忠利明知主水与武藏敌对，仍不经特别审查即欲加以聘用的宽大胸怀佩服不已。这当然是由于他体谅父亲三斋心境的孝心。但忠利以功为功，以技为技，不受个人好恶影响的作风，实不愧为当代罕有的名君。

尽管如此，新太郎仍然一清二楚，主水确如武藏所言，是个包藏祸心，有造反意向的人。

而且，如武藏所嘱，对他的行动须仔细注意。新太郎怀着这些念头回到营房后，便向求马助谈到武藏的嘱托，进而请来以前被称为武藏五人团的盟友野田、山东、和田和宫胁；告以殿下的心境与武藏的意思。

“我们都知道主水是怎么样的人。听到殿下要聘用他的消息，实在觉得意外，但听你这么说，这却又是殿下伟大之处。好，我们同心监视他。”

野田助右卫门挺胸说道。宫胁四郎太颔首道：“那还用说！”

接着他又提醒道：“不过，诚如武藏先生所说，主水的剑是当代第一流。万一有事发生，可不容易杀得了他啊。”

“合力为之！”

山东弥七望着和田说。和田平作按着刀，用力说：“击刀为盟！”

这是年过四十岁武士的盟誓，坚强无比。之后，野田改变话题。

“寺尾，你的儿子听说表现得很杰出，真高兴！”

“嗯，如果长此以往，我想会是一个有出息的人。”

新太郎直爽地说，显得很高兴。和田、山东和宫胁都说：“唉，真羡慕。我家孩子就是笨……”

新太郎摇首说：“那可不能这么说。每个都是很好的少年，重要的是今后的修业。求马助已列入武藏先生门墙，你们何不也求求师傅？”

“哦，如果这样求师傅……但师傅在小仓啊。”

“不。这还是秘密，在这一年内，师傅会到熊本来。”

“真的？啊，我们的愿望终于达成了。”

相对而视的五双眼睛，有如青年人一般，鲜润明亮。

五人团

一

在攻击岛原城之役中，肥后军表现如何，实为关系细川家兴衰的重大事件，熊本城下，所有出战藩士的家人及一般町人都祈祷细川武运长久。

肥后军果不负众人期待，建树了凌越黑田、锅岛两雄藩的武勋，凯旋。城下町人的兴奋，自不难想象。

自加藤清正公以来，领主守护神——藤崎宫内的石灯笼与铁灯笼中，凡刻上当时年号，据传就是为感谢神佑而奉献的。

忠利虽然凯旋回熊本，但为了向将军报告，要立刻离府赴江户，所以很快就论功行赏，对有功藩士，按功之高低或加封或奖赏。

其中，新聘者仅松山主水一人。当然，这也考虑及三斋侯对主水的宠爱，所以忠利遣使向老君侯口头求取谅解，说："主水多有功劳，故赐予新封地一百五十石加以聘用。今后亦如往昔，住八代听候使唤。"

看来主水移居熊本的希望要落空了。但老君侯却意外地当场回答使者的口头报告说："聘用主水之事，深感意外。他是杰出兵法家，可用之才，但非出仕一主以完臣节的武士。有功，以金钱赏之可也！我无意留主水在身边，也不想推荐。但这只是个人的意见，忠利若视之为武士，我亦不敢加以阻止。"

使者大吃一惊，急忙奔回，向忠利复命。

"噢！"

忠利一听大惊失色，脸上明显地显露出后悔之色。从三斋之言看来，主水确是这等人物。自己一见主水，就觉不快，也是这个缘故。

以往的筹谋全是为了讨取三斋的欢心，想不到却是自己把三斋侯的心事看得太简单了，忠利由衷觉得后悔，同时对父亲的伟大也深感佩服。

"真不愧是平安度过织田、丰臣、德川政权转移狂飙时代的武将！"

二

忠利在受三斋猛烈一击的情况下，深悔自己的浅陋寡虑，但既已答应也就不能反悔。

但再慢慢探索自己的心理，也未必全是浅陋寡虑。以身居众人首领的大将而言，无论其为人如何，既承认其有功，就不当置功勋而不论；再由以武而立的大名观之，喜欢兵法，又有余裕，便当聘用。事实上，自己对主水的兵法也评价甚高——忠利如是想。

忠利虽是儿子，却也是领主，而且有作为领主的坚强自信。

违反尊意，深以为撼，然忠利亦有所思，故决意聘用主水；若有不宜即罢之，祈请宽心。

忠利致书三斋后，即唤来主水，赐新封地一百五十石，任以兵法指南，并给予藤崎台下的武士邸宅。

事情已如主水所望发展。精明的主水也许事先已察知三斋并无聘用之意，但三斋如此突然地反对聘用主水，则为始料所不及，一般认为大概是因为三斋侯特有的刚愎自用及对忠利的厌恶所造成，这也不无可能。

在聘用主水席上，新太郎等五人团也参加，聘用仪式结束，走出长廊时，山东对盟友们说："喂，看见没有，主水今天的表现？"

"嗯，殿下赐以任命状时，虽恭顺叩头，脸上却冷笑着。"

"一副已稳占殿下上风的表情。"

"是啊，毫无感激之情，确如武藏先生之言，祸心已公然显露。"

野田、宫胁、和田接连着说。

新太郎点头道："怎样？现在已知主水的真意了吧！敌人是在本能寺[①]。公主大概不会顺从主水之意，主水可能用暴力强迫。我带你们先去认识认识伊织。因为对方是宫本先生，所以并无所谓恋慕之情，不过对公主却非常关心。虽然没有公开，然而公主很可能是伊织先生的亲姊姊。"

四人吃惊地说："什么，伊织先生的姊姊？啊，这么说，伊织先生也就是足利将军的孙子啰！唉，先生也非木石，即使有爱慕之心又有什么关系，但对悠姬小姐和阿通小姐却严予拒绝。年轻时，这样固然好，但一人老年，实需一个女人来照顿身边琐事。若是由利公主，那就再好不过了……"

① 本能寺：典出明智光秀在本能寺刺杀主君织田信长。

三

赐给新太郎父亲军兵卫做退隐之所的地方在岛崎村。军兵卫在这里筑一草庵，过退隐生活，去年，军兵卫以八十二岁高龄谢世，草庵就空了下来。现在就在此增建一栋，供由利公主及岛原带来的孩子居住。

新太郎出征不在，阿松从信函中获知一切情况后，即与新太郎妻子相商，迅速增建起来。阿松虽然豪爽，为人却并不容易冲动，但对由利公主之事，仅由信函得知立刻怀着无比热忱，着手进行。阿松作风颇男性化，做起事来也爽快利落。她亲自督导木工，四五天之中，就盖好了足避雨露的小屋。

新太郎领着四位盟友来到由利公主这间草庵。

由利公主已不像以前那么矜持，亲至大门迎接：“请进！请进！”

并引导五人进入客室。

“公主，替您引见，这全是我的盟友，也是武藏先生二十岁时所收的第一批门徒。”

新太郎介绍四人给公主。

四人虽过四十岁，仍为公主高贵之美所吸引，有点僵硬地施礼道：“公主好！”

“啊，是武藏先生的门人？”

公主高兴得双眸明亮。

“我们原是佐佐木小次郎的门人。佐佐木先生在船岛为武藏先生所斩杀时，我们曾向武藏先生挑战，以报师仇。”

新太郎又回到年轻时的样子，开始谈起往事。

“唉，真是螳臂当车。在佐渡先生官邸遇见武藏先生，已知力所未逮。只见一眼，斗志全失，却反受先生激励，取剑相向。当然，仅凭先生的气势，我们已完全折服。于是，改求先生而得获列入门墙。”

“啊，原来如此。那时，各位都还很年轻吧？”

“我们都是同年，当时二十三岁。”

"武藏先生呢？"

"二十九岁。"

"那时，听说佐渡先生官邸有一位细川兴秋先生的公主，名叫悠姬的，是不是？"由利公主从容问道。她每从森都那里听到悠姬的故事，就不由得心中暗敬。

"是的。"

新太郎环顾在座的人，回道："当时十六岁，是一位少见的聪慧端丽的姑娘。"

四

"听说，武藏先生很喜欢她，曾为她拼命？"

由利公主依然若无其事地询问。新太郎回说："因为恶人的计谋，佐渡先生只得把悠小姐送到尼姑庵。这既不是公主的愿望，也不是佐渡先生的本意。师傅知道后，在小仓城外的平尾台，挺身夺回悠小姐，陪赴京都。当时恶人的领袖是目前在江户颇有声名的兵法学者苍龙轩，其属下中，向师傅挑战比剑的就是松山主水。"

公主瞪目以视。这些事，她全是第一次听到。

新太郎继续说："主水自从那次以后即暗恋悠小姐，把师傅当作仇敌。悠小姐后来在京都被苍龙轩的伙伴、佐佐木小次郎先生的情妇铃姑杀害。主水失望之余，杀了铃姑。此后主水仍以武藏先生为仇，处处用心算计师傅。"

公主第一次清楚地知道主水痛恨武藏的原因，同时也知道主水对自己的恋情在他心理上也有很大作用。公主心中自语道："真是因果循环！"

但她并未显得特别惊讶。她的兴趣仍在武藏和悠姬的关系。当然，公主现在已把武藏视为跟自己在平行线上行走的人，所以不会觉得怎么样。

于是公主不愿再听主水的事，问道："武藏先生在京都很宠爱悠小姐吧？"

新太郎突然表情严肃，说道："我以前在江户曾见过师傅称为'独行道'的自戒辞。其中有云——无爱慕之思。师傅对悠小姐的爱可能就是师傅之情吧！"

"那么，悠小姐这方面呢？"

"对师傅的思想与人格极为倾倒，几乎到了不顾他人的地步。若是世俗之辈，也许会发展成爱慕之情。"

由利公主点头说："新太郎先生，武藏先生独行道中的其他说法，能不能念给我听听？"

新太郎正襟危坐，其他四人也重新坐好。新太郎开口朗诵道：

一、万无依恃之心。

二、身不逞乐。

三、一生无欲心。

四、处事无悔。

五、论善恶不妒他人。

六、任何道上皆不因离愁而悲。

七、对自己与他人皆无蓄恨。

八、无爱慕之思。

九、不好风雅。

十、无望居邸。

十一、不据古器。

十二、不好美食。

十三、吾身无忌避。

十四、除兵器外，不嗜其他器物。

十五、常道不厌死。

十六、老后不恋财宝领地。

十七、尊神佛而不托神佛。

十八、心常不离兵法之道。

五

由利公主起先低头倾听，不久就一直仰首细听。

诵读完毕后，野田感慨万千地插口说："唉，多么严格的修炼！对我们凡俗之辈而言，无一能实行。师傅却能奉之不渝。"

宫胁接着说："岂止不能实行，凡俗之辈简直连想都没想过。简直跟世俗人情完全相反。虽云不因离愁而悲，但此世有不悲生离死别的吗？即使探询先贤修行之迹，也没人提出过这种自戒吧！"

和田接着说："处事无悔，这可不简单！"

山东也插了一句："吾身无忌避！这也不是常人所能言的。成日，除了孩子之外，谁能不忌讳、不介意果报？不据古器，又云除兵器外，不嗜其他器物，但现在的武士普遍嗜好在尊崇传统、夸耀祖先之余，言及古物，则往往流出喜极而泣之泪，又喜玩赏书画古董，师傅的此一自戒岂非逆时流而行？"

"是啊。"

新太郎应和说道："从世之常道观之，师傅的行动理念正是违逆时流。这是探求真理万人中的一人之道，而非凡俗之道。一旦为政者在此世中也强求这一些，将会如何？定会使人民陷于贫穷和不幸，所以这是师傅一人之道。师傅是独行的人，是高耸孤峰。我们只有仰望以拂去心灵的尘埃，我们现在才了解。殿下邀师傅仕政道顾问，师傅认为兹事体大，避免立即回答……"

和田倾首问道："师傅无意把这独行道推行于世吧？"

新太郎以坚决的口吻回答："当然，师傅甚至也不强迫门人采用。但比起师傅追求的真理，政道实乃太低的境界。师傅在社会变迁的底层中探求常住不变的事物。"

"那么，师傅是不是认为世上的俗人、百姓可置之不理呢？"

宫胁提出疑义。

"那可不是。师傅深知政道的重要，但认为自己并不适合行走他道，不宜担当这种任务。”

“原来如此。那么，师傅对殿下的聘请怎么回答呢？你说过师傅一定会答应的。”山东反驳说。

六

新太郎说：“这就是了！人心的微妙就在于此……殿下和师傅的心灵关系很特别。不知是前世的因缘，还是性情相近，两人之间有一种互相吸引的精神关系。因此，不肯出仕将军家的师傅颇有可能怀有出仕殿下的心意。鱼和水……”

“但是，这样，师傅岂不是妥协了？”

野田反驳。

“我不愿说是妥协。为心灵的朋友下山喝一杯水，是美丽友情的表现啊！师傅若有此意，不外是为了殿下，不过如此而已。殿下也不会要求比一杯水更多的东西，所以我相信，师傅一定会尽一己之力，尽量做到这点，借以开敞心境。”

新太郎满含信心地断言道。

“嗯，我们也希望这样。”

四人点头说。由利公主一直静静地听他们谈话。

新太郎突然注意到了，致歉道：“呀，公主，我们只管谈自己的事，真抱歉。”

公主摇首说：“对了解武藏先生，这实在太有益处了。如你所说，武藏先生是一生独行，如高山峻岭般巍然耸立的巨人啰？”

说完，她轻吐一口长气。公主初遇武藏时，就已看出这独行的巨人，因此觉得暗恋武藏，怀着这背影而郁闷不乐。自从决心救助孤儿以后，才放弃心中怀抱的影像，自己也站在高处，隔着深谷，眺望武藏。

然而，从武藏在岛原突然出现，为自己解围时开始，她心中又隐隐约约怀着武藏的影像。不过，这时，因她对孤儿的情爱与关注，这影像丝毫未曾显露。

五人团这伙人，自新太郎起，从来没有看透公主的内心，却想象道，武藏即使没有恋情，对公主也有特别的情意。

但现在见了公主之后，他们已直接感觉到公主暗恋着武藏。

新太郎以温和的口吻说：“男女间的事，并非全由恋情结合起来。我在岛原时才知道师傅对公主的安危极为关怀。如果师傅到这儿来，真希望公主也成为师傅的好朋友。”

于是山东说：“公主！千万别让主水这种人接近！”

七

山东是藩内著名的顽固者，他的说法简直把公主视同孩子。

公主莞尔说道：“山东先生，谢谢你的关心……不过，女人不论身份高下，对不惜生命为情付出一切的人都比较脆弱。我由衷佩服武藏是日本最伟大的人，因为他是那么与众不同。”

新太郎看出，公主是针对山东冒失无礼的话，口是心非地加以嘲弄。

“山东，慎言！”新太郎斥责道。然后他向公主致歉：“这也是为师傅和公主着想，千万请原谅。”

接着他又笑道：“你们的担心虽然也有道理，但公主毕竟是前将军的孙女，自不会因此而受惑。对释迦说法，未免班门弄斧，自然要受嘲笑了。”

山东也发觉自己说得过分，搔着头说：“哎呀，又冒冒失失，胡言乱语。公主，请原谅……”

接着，野田提醒道：“不过，用暴力的可能性也不能说没有。公主是个女人，还请千万别大意。”

对此，新太郎也颔首道：“这不只是针对主水而言，住在这偏僻地方，是不能大意的。公主以为如何？”

公主认真地说：“真的。一入夜，实在很可怕。孩子们一个都派不上用场，我自己也很怕夜晚。”

"不错……"新太郎说话的时候，门口传来箫声。在外面玩耍的孩子听到箫音，似乎都跑过去。

"奇怪？"山东惊讶地说，"会不会是露心？"

四人也倾耳细听。

已是梅开满庭，山莺婉转的时节。是传遍大地清寂自然的乐音。

"我去看看。"

山东突然站起，到大门口去看。旋即传来了说话声。

"这不是露心先生吗？"

"咦，你可不是山东，怎么在这里？"

"当然有原因呵。等一下，我去问问这家的主人。"

八

"果然是露心。"

回到原座的山东告诉同僚后，对由利公主说："公主，刚才流浪而来的行脚僧——呵，不，其实是刚出家，云游化缘只不过随兴——名叫露心，原是武藏先生的门人，名叫小河权太夫的本藩藩士。方便的话，我想请他进来替公主引见一下。"

"噢，又是与武藏先生有缘的人，请，请他进来。"

公主客气地回答，又设了一个席位。

山东出去不久，就把露心带进来。

"已先向公主说过了你的经历。这位是前将军家足利氏的嫡系由利公主。很久以前，就跟武藏先生熟识，因此才到了此地，是由寺尾安排的。"

山东引见后，露心诚恳地低头施礼。

"幸会。虽是出家人，却是新近出家的和尚，请多指教。"

"我叫由利，你好！"公主也亲切地回话。

这时，老仆妇把做好的酒菜送上来。公主帮老仆妇摆好菜肴，提着酒壶说："穷乡僻壤，无法好好招待，尽是家常菜。"

“呀，真不好意思。”

众人都显得有点惶恐。

举杯后，露心问道：“公主！我看到外头有许多语音不同的孩子，是怎么回事？”

新太郎代公主回答：“露心，那些孩子是被处刑失去双亲的天主教徒孤儿。公主以前从江户到了长崎，因有所感，收留了这些孤儿，像自己的子女一般抚养。”

“哦？这真新奇，真的是天主教徒吗？”

“什么，你竟说出这种话？在长崎，为将军家监视天主教徒的琵琶法师森都，也为公主工作，最后为保护公主与孩子跟天主教徒作战死于非命。后来，在师傅嘱咐下，我才把他们请到这儿来。”

“哎呀，真是常言之至。公主，请多包涵。不过，这确是很少见的事。若是天主教徒的子女，幕府的衙役大概不会轻易放过吧？”

“是呀。公主被天主教徒目为仇敌，而夺去视公主为父母的孩子，又被幕府目为叛逆，逐出了长崎。但公主并不屈服，亲赴岛原，把这些可怜的孩子从原城夺回来。”

“哦，真是大慈大悲。”

露心说着，如膜拜般轻抚串珠。

九

“露心师傅，别这么说。”公主阻止。

“公主，请原谅。”

露心又致歉道：“我是和尚，所以说了这么可厌的赞辞。刚出家，才剃了头……就变得这么可厌。哈，哈，哈。”

说着他又摸摸头。

“呵，呵，呵。”

公主也笑了。

“哇，哈，哈。”

大家都笑了起来。

新太郎停笑后，又一副认真的样子。

“露心，你喜欢公主养育孤儿的工作吗？”

“当然喜欢！甚至觉得公主很令人羡慕呢！”

“那你就帮帮忙！唯一的男帮手现在已旅行去了，只剩下了公主和孩子。”

所谓唯一的男帮手是指与市。与市有妻子，加上为了筹款，已回到长崎。

露心的眼瞳炯炯发亮。

新太郎继续说：“总之，在这人烟稀少的山中住家，难免会有危险。在这一两年间，师傅会到熊本来。师傅到来之前，我们必须加意保护，何况还有师傅的敌人主水。”

“是啊。我是出家人，闲着也没事，只要公主愿意。”

“公主，意下如何？露心出家前，曾直接从师傅学过兵法。现在在本藩，得师傅刀法真传的，还无人超出露心呢！”新太郎对公主说。

露心却打岔道：“且慢！我是和尚，兵法已经忘了。若用得着我，我可以跑腿打杂，打扫庭院，跟孩子游戏。此外，可能的话，也可以当读书识字的师傅。”

公主很高兴地笑道：“露心师傅，那我可要麻烦你多帮忙了。”

“呵，欣喜之至。”

露心后跃，两手伏地致谢，脸上洋溢着真挚的诚意与喜悦。

酒宴一直持续到傍晚，大家都欣悦地回家。露心从第二天就搬来住，而且如他所说，像仆人一般工作，跟孩子们玩得很乐，并教他们读书识字，有时也吹他擅长的箫，愉悦公主和孩子。

露心精通书法，公主要露心写“白梅庵”匾额，风雅地挂在房门上。因为公主逃出岛原移住这里时，正值梅开满庭，所以取了这个名字。

十

阿松每三天必来拜望一次，负责补给物资的一切事务，而且切切实实地做到。

她尊重由利公主，认为公主养育孤儿的事业非常了不起。但她不善于跟孩子谈话、游玩。跟孩子游玩，必须本人有童心、有机智。这些方面，阿松都非常缺乏。

门口挂上“白梅庵”匾额的当天，阿松让仆人牵着马，载着两包白米和蔬菜，跟求马助同来。

“哦，真不错。”

阿松十分欢喜地望着这三个大字，轻声说了好几次。阿松喜欢梅花远过于樱花。她喜欢梅花简素高雅的容姿，轻柔摇曳的枝丫。

阿松在门前停马，亲自卸下米包，双手轻松地提起两包米，走进门，放到厨房地上。公主看了一如往常，吃惊地叫了声“咦”。阿松把米倒进米桶时，露心从里边跳了出来，说：“呀，可不是松小姐吗？让我来，你休息一下，公主已经等不及要见你了。”

旋即他把手伸向阿松拿着的米包。

“那，麻烦你啦。”

阿松把米包交给露心，绕出了厨房。公主正等待着，引阿松和求马助到了炉旁。

“米只送来了两包，盐还有。豆酱和酱油明天再带来。”

阿松报告后，仿佛催促什么一般，说道：“求马！”

求马助坐好，从怀中取出小包裹。

“阿姨，这是一位先生送给您的，他说，请阿姨收下以备不时之需……”

求马助说着，恭恭敬敬地递出包裹。

公主心中一惊，阻止道：“且慢！”

她从座位上起来，拿过小供桌，承放包裹，再站起来，把小供桌放在客室的地板上。

公主立即看出送包裹的人是细川忠利。自己和忠利虽是旧识，但那是在江户无拘无束的时候。在熊本，自己的身份已远到连话都不能说的地步了。但忠利对公主仍不失旧日情谊。

“武藏先生如此佩服，实在不无道理。”

公主眼前又浮现了长久未见充满人情味的忠利形象，自言自语。

十一

“求马助先生，请你转告这位先生，由利拜领了。”

由利回到原座，送还包巾，感激地说。

“是，一定转告。”求马助也恭敬地回答。

公主煎茶后拿出来。阿松用她那肥肥的大手，很有礼貌地接过来喝，然后问道：“与市先生有消息没有？”

“没有什么消息，事情办完后，一定会马上回来。”

“与市先生一定如此。”

阿松微笑着。阿松很喜欢与市的为人，对他绝不拿刀的想法也颇有好感。

“听说求马助先生已列入武藏先生门墙。师傅有没有信来？”这次是由利公主问。

“没有。不过，师傅说，即使隔着很远，也一直可以看到我。”

求马助肃容回答。

“的确！师傅一定看着你。”

公主深深颔首道：“那你一定不断盼望师傅到这里来的日子啰！”

“是的。父亲说，明年一定会来。姑姑，是吗？”

阿松只是点头，看来好像并不在意。阿松虽然脸上没有显露，口中也没说，但她实在不喜欢武藏。自亲见阿通临终的情景后，阿松就痛恨武藏的无情。阿松是悠姬的侍女，而悠姬却视阿通为情敌，阿松也亲见悠小姐死于非命，她认为悠小姐会遭遇此一命运，全是武藏造成的。

“一点也不像个男人，太任性了。”

阿松瞧不起武藏的自我中心，同时也讨厌男人。所以到今日还未结婚。现在年纪已过四十五岁，当时的感觉逐渐淡薄，痛恨的印象已不存在，但也喜欢不了。

她知道由利公主和武藏的亲密关系，而公主逃到肥后也是武藏拜托哥哥新太郎的。起初，阿松内心并不愉快。但是，遇见公主，看见孤儿，听公主亲口谈到她那高远的理想，阿松已佩服得五体投地。

“这样的人，绝不会有为恋情而着迷的蠢事。”

阿松内心这样相信。

十二

所以，阿松不大喜欢谈武藏的事。就在这时，露心进来了。阿松施礼后，催促道：“求马，行了，你不向露心先生求求那件事吗？”

求马助回声“是”，即双手伏在露心跟前。

“露心师傅！求求你，你是武藏先生的及门徒子，请教我师傅的刀法，好吗？”

阿松也附言道：“求马这次在岛原获许进入武藏先生门下，但师傅到肥后还要一段时间，所以想先求露心先生启蒙哪！”

露心柔和的脸紧了一下。

“真的？师傅已允许入门啦？”

露心像检视一般，望着求马助，然后轻声说道：“嗯，听说是个相当不错的少年……难怪师傅要看上了。”

“露心师傅，求求你。”

求马助再三恳求。

“唉，虽是和尚却也是世俗和尚。木刀还拿得起，没有忘记，对我来说，又是同门师弟。那就试试看吧！”

露心笑着回答，接着对公主说：“公主，以为如何？”

“请尽量教他吧！”公主也欣悦点头。

“谢谢！师傅！”求马助满脸高兴地低头叩谢。

“且慢！”露心从座位上站起来。到居室拿来旧刀袋。从中取出红黑色有雕纹的三把樫木刀。

“求马，这是师傅亲制的一组刀，专门用在二刀流刀法上，京都别离时送给我的。我出家后已放下了刀，只对这些旧物有点依依不舍。”

露心把一把木刀郑重地递给求马助。

求马助也郑重而认真地从上往下瞧，然后交给阿松。

这时，露心提着剩下的大小两把刀，说：“松小姐在京都也常出入师傅的武坛，谅必知道二刀流。”

“是的，略知一二。”

阿松直爽地回答。阿松以前学过柳生新阴流，到肥后以后，也受教于兵法师范氏井孙四郎。孙四郎是柳生但马守推荐、由忠利聘用的柳生直系兵法家。但，陪伴悠姬到京都时，阿松已相当正确地习得二刀流。

“那就请松小姐比画比画，让求马助看看。”

露心说着便走到庭院。

“献丑！”

阿松迅即准备停当，手握求马助交给她的木刀，跟着出去。

十三

院子里，木兰花盛开，小樱花树正含苞待放。内院传来孩子的嬉戏声，小鸟婉转的啼声流泻，但一点也不妨害四周所蕴含的寂静。

公主和求马助端坐廊上凝目以视。露心和阿松隔着一段距离，相对行礼。两个人的眼睛都炯炯发光。

“杀！”

武藏式的喊声响震四周，两人细步趋近。露心二刀横在面前，阿松则放在正眼。

“呀！”

从阿松口中发出裂帛声！阿松抡起木刀猛然从正面砍下。

“咔嚓……”发出类似真剑的声音。露心在间不容发中把小刀拨开，立刻挥下大刀。大刀尖停驻在阿松头顶上。

孩子们纷纷奔驰而来，看到两人的情景，都战战兢兢远远眺望。

公主第一次看到武藏的招式。新太郎和阿松在家里都不曾演过这种招式，所以求马助也是第一次见识到。上段、中段、下段、右上段、左中段等巧妙组合的二刀解数，由露心一一演出。阿松的刀法也不下于露心，巧妙炽烈。

“哦，好厉害！”

求马助自己也随招动着上半身，膝盖不停摆动，不觉发出好几次叫喊声。公主全未学过兵法，但看到这些招式如此合理而顺畅，也觉得它有如舞蹈一般美。

她忘我地注视着，不久，解数演完了，公主移目观看树丛中的林木。呵，谁，那眼睛在刀风中惊悸不安。

“啊，与市。”

公主小声叫喊，接着出声说道：“与市，你回来了。”

“呵，呵，呵。”与市笑着，那茫然若失的脸从树丛间露了出来。背上负着大包袱。

孩子们发出欢呼声，奔向与市。

“噢，噢，你们都很好吧？我买了好多礼物回来啰。”

与市以暗哑的声音招呼孩子们。

主水邸宅

一

主水为了从八代移居熊本一事，请求晋见三斋侯。三斋侯驳回道：“不必进谒！”

主水似乎已知势必如此，仅仅苦笑，毫不气沮。回住处光圆寺后，即叫来门人及其支持者举行盛宴，随后离开八代，住进忠利赐给的京町台邸宅。

他绝不以为出仕大藩的细川家是无上光荣。少年时代，他曾发誓要复兴八代领主的祖先名和家，作为一国二城之王，这野心虽已破灭无遗，但这梦想有时仍激化成叛逆，有时又变成虚无，或者变为不择对象的爱欲，在他血液中奔腾循环不已。

三斋侯已看透，主水并不是一个能全臣节的人。出仕忠利，只不过是权宜之计、暂时栖身之所。甚至可以说，他不屑于做一个大名的家臣。想法虽不同，但在这一点上主水却与武藏相似。

这里所谓权宜之计，就是为据有由利公主而使用的手段，他为获得公主不惜付出一切。

然而，主水性好谋略。经过一再挫败之后，这一次他要拟定万全之策。到京町台邸宅以后不久，忠利便离开熊本赴江户，本要主水扈从，主水辞退，着手成立武坛。家人有八代带来的门人村上吉之丞、厨子传次和老仆妇三人。

他知道，由利公主已有新太郎庇护，武藏以前的五人团正亮着眼睛守护公主。而且他也知道自岛原之役以来，武藏的崇拜者为数日增。所以，他认为要向公主展开攻势，必须先培育与之对抗的势力。一般传言，武藏在两三年内将应忠利之请到熊本来，所以他想在武藏未来之前把事情办好。

有件事情引起了主水的关切。在岛原救出公主逃亡时，武藏斥责说：“主水，别糟蹋得来不易的功劳！”然后又故意加上了一句话：“公主的目的地是熊本……”

主水到熊本后，突然想起了这句话，寻思道：“武藏那厮，难道有意把公主让给我？”

但立刻摇首否决：“想得太天真啦！纵然武藏如此，只要武藏一出现，公主也就强起来。啊，知道了，武藏那厮，说这些话，主要是想瓦解我当时的气势。”

二

因此，主水只观望由利公主，并不孟浪出手，处心积虑地推动攻击计划。

武坛成立后，人们纷纷加入。在岛原跟武藏亲近的人都不喜欢主水，持警戒态度，而那些和武藏没关系的人则对主水的风评都很好。主水原来就武艺高强，又能言善道，待人有礼，而且年轻热情，跟冷峻、高迈、难以亲近的武藏正是明显对比。

“佐佐木小次郎的重临！”

“虽不如武藏有名，但一般格斗可能比武藏杰出。”

老一辈有人如此褒奖主水，因而一旦列入他的门墙，跟主水接近后，立刻就成为他的崇拜者。他独身又有男人气概，所以也很受女人欢迎。

对主水而言，仕宦及拥有自己的武坛都是有生以来第一遭，他的生活已远比往日舒适。

傍晚，门人回去后，主水跟村上吉之丞和传次两人开始晚酌。菜肴是传次精制的。喝下一升酒后，一醉则情绪激越，露出了马脚，最后总是谈到由利公主。

不知不觉到了初夏。

主水今天自中午起就急急躁躁。他把门人叫到庭院，进行激烈的练习，以他特长的神速技艺跃到庭院里的老松枝上。这时，岛崎一带绿叶醒人眼目，搅动了主水的心。由利公主就居住于那绿叶中。

“喂，传次，倒酒！”

主水把茶碗摆在面前。此夜，一如往常，晚酌已到酒醺菜饱的时候。

“老爷，没关系吗？已喝了两升了。”

“没什么。也许是漫长浪人生活的影响，有时不用茶碗喝，就好像不是真正喝酒一般。”

主水自己也知道喝酒会乱性，所以自到熊本以后，因胸有大事，很少猛喝狂醉。

接连四五碗后，主水眼睛已逐渐发直。

“喂，传次、吉之丞，我也很有耐性了。已经过三个月了，可不是吗？”

传次跟吉之丞面面相觑，说：“是啊，真叫我佩服。”

“哼，佩服个屁！……我心都要碎了。”

“这我们也知道。”

“你们认为我这样老老实实很安乐吧？但乡下诸侯这名堂算什么？随时都可以不要，呵！已忍耐三个月了。公主，公主，公主！主水来矣！”

主水摇摇摆摆站起来，拿起地板上的刀。

三

“师傅，到哪里？”

吉之丞挺起了腰。

“别动！你看家，传次，你引路！”

主水话一出口，就不会再接受他人的意见。传次向吉之丞丢个眼色，跟着站了起来。

从京町台向西下行，渡过本妙寺田边的井芹川，往岛崎行去。不愧是个兵法家，跨出一步后，绝不再迟疑。

“传次，以前说过，我有朝一日也许要逃离熊本，那时，你怎么办？”

“老爷的事，我早已有决定，而且我毕竟是个流浪者，不想死在榻榻米上。”

主水吐了一口热气。

“传次，虽说是逃亡，可不是说着玩的。那是跟公主在一块儿，现在已想到了目的地，就是天草或球磨。在那里也可以开孤儿院养育孤儿，不只是公主现在收容的孩子，而且还要收容全日本的孤儿。传次，你也一起去吗？”

传次转身向旁，悄悄伸出舌头，口中却说道：“老爷到哪里，我就跟到哪里。”

“传次，我跟你真是有恶缘。知道萨摩营房之事的，只有我一人而已。”

“是，是，知道老爷要我干此事的也只有我一个人而已……不过，老爷，难道没有一件事比爱情更强的吗？做那玩命的非法行为，也是为了爱情……呵，老爷，如果更进一步忍耐下去，像老爷这样的武士一定会逐渐加多俸禄，有望娶得一个大家闺秀，使子孙世世代代过着安乐的生活……”

主水以高亢的声音斥责：“闭嘴！要是生对了时代，该是一国的领主，我岂会为一两百石的禄米所迷。”

“那么……是说出生的时代不好啰？”

“不，并不坏。此后未必没有机会可以干上一国的领主（即大名），甚或将军。你看那岛原之乱，就是平常百姓不是也能牵制住天下大军、英勇作战吗？怨恨德川的大名少说也有五人、十人，至于被德川击垮的大名，更有二十人哪！”

主水突然疯狂般笑起来，喊道：“不过，我现在不想做大名，我要收容全日本的孤儿。”

传次突然止步说：“啊，老爷，已经到了。那森林中，微微露出了灯光。”

四

以现在的时辰而言，已过了十时。白梅庵的生活因以孩子为中心，所以只要没有客人来访，都是早睡早起。连接正房，呈钥匙形状的孩子房间，已经静寂无声。

露心和尚、与市和使女都睡了。只有由利公主一人在饭厅点着灯，未关套窗，正在修补孩子们的衣服。过去种种思绪不断在她脑海中浮现。

“我也不后悔。”

公主想起武藏独行道中的一句话，自言自语道。接着突然想起了主水，听说主水已住进京町台。

“还好，他还没有来过。对我大概已经绝望了吧？第一次做官，生活安定，总可以定心了吧？”

公主这么一想，心境也就轻松得多。尽管主水和武藏两人之间有宿命的因缘，公主知道主水对自己的爱有多激烈。对公主来说，主水的性格实非公主所喜，而且沾染了世间的恶习，心灵已经麻痹，毫无良心，有的只是野心和戾气……

虽然如此，他却纯情而直爽。纯情与直爽也许就是他的本质。他喜欢谋略，看起来似是极其复杂怪异的人，但从公主眼中看来，他是极其单纯的，他的谋略也是很自私的。

公主虽然自来轻视他，却未加以全面否定，主要是因为她看出了主水的这种单纯，而觉得可怜。

“年纪已不小，却像个少年人一般。”

公主这么一想，便宽谅他，可怜他，有时甚至以笑颜相对。武藏或许也以同样的心境看主水。

“如果他能这样定下心，那就好了。”

公主今晚也好意地祝福主水的宦途。就在这时，庭院里发出了轻微的脚步声。

“哦，大概是狗吧？还是猫呢？”公主“嘘”了一声。

“公主，还没睡呀？”

公主吓了一跳。

“是哪一位？”

“主水。”

“是主水先生？”

“是的。”主水推开纸门。

“公主，久违了，还好吗？……”主水说着便要走上来。

这时，公主严肃地说：“主水先生，今晚谢绝见客。”

“说什么？”

“不能见面！”以凛然的口吻。

五

“什么，不能见面？”

主水收回已跨上的脚步，以燃烧般的目光回望公主。

“这可不是我的私宅，夜半带着酒气，不经许可，即闯进来，很没道理吧！”

由利公主的话比平时强烈得多。她刚才对主水还怀着善意去想他，而他竟然又要出他那常有的恶习，毫不客气地潜进来，顿然使她大为恼火。

“公主！你说什么？最后还要赶我走？我为公主，为孩子拼命作战……这番话多无情啊！”

主水叫喊着，从心底涌现了狂暴的欲望，刚才想与公主共同为全日本孤儿工作的美丽心灯自然熄灭了。

公主忍不住恨极了站在面前的主水的模样。

“回去吧，不必再说了。”

“公，公主！”

公主急转身，背对着主水。

主水的眼睛即时燃烧起来，一只脚跨在门槛上。

这时，一声轻咳，白衣的露心站在他跟前。主水恍惚间以为是武藏，把跨在门槛上的脚收回。但立刻就知道这不是武藏。

“哦，你是谁？”

“我吗？是这家庭的仆人，名叫露心的和尚。足下是——”

“噢，露心！听过呀，是武藏的门人。”

“对，出家前是。那么，足下是？”

“不知道吗？是松山主水。”

主水手握刀柄，一副拔刀即斩的架势。但露心却亲切地微笑着。

“果真是闻名的松山主水先生吗？一般都说，你已接受殿下的请求，出来做官了，细川家也得到一个足以自豪的藩士。今晚虽是特意来的，但夜已深，主人的心情也不好，请你改在白天来好了。”毫无敌意，一副平稳的调解口吻。

主水愤怒的激情突然消失无踪，当初本来也就是一时的兴奋。

“老爷，回去吧！”

传次也从后面拉着袖子，轻声说。

主水迅速冷静下来，说：“嗯，走吧……抱歉！”说完就转身跨着大步走出庭院。

主水默默走着。

“老爷，究竟还是太急了。”

“闭嘴！”

主水扭腰，“唰”地把路旁树木一一砍下。

六

主水在生闷气，当晚回到邸宅以后，又大口喝酒，疯疯癫癫，使吉之丞和传次不知怎么办才好。第二天，他垂头丧气，不见门人，把自己关在房间里。

他本来一直压抑着想见公主的冲动，慎重地等待时机的来临，想不到功亏一篑，竟因酒暴露了自己的丑态，真是遗憾极了。他甚至想道：“公主生气了，大概对我不会再有好感了。”

但他没有绝望。

“怎么办呢？”主水一直沉思到傍晚，终于改变主意道：“好！”

接着他下决心道：“实力。还是要在藩内得势，获殿下信任，向公主施以无言的压力，并以地位逼使她就范。”

此后的主水，慎酒勤勉，讨好门人，出入重臣之家，以尽仁义。

如此一来，一般藩士自不待言，就是以前对他没有好感的重臣，也重新评估主水的为人，风评愈来愈佳。

长冈父子也因忠利对三斋侯有了交代，放心地说：“像这样，真是太好了。”

但是，已看透主水根性的新太郎却一点也不宽心放松。

这风评自然也传到由利公主那里。公主对主水的根性比新太郎更了解，她并不认为主水已放弃对自己的爱恋。尽管如此，主水能洁身自好，过着诚挚的生活，公主也觉得高兴，这大概是公主对主水仍怀着某种好感的证据。

就这样，春逝，夏尽，秋天已过，而进入岁暮，忠利从江户回藩了。忠利侯似乎也很关心主水，佐渡去报告政务时，也谈到武藏和主水的事。

关于武藏，忠利问道：“有没有信捎来？”

佐渡回说：“我没有接到。不过，山东、野田、和田等写信去要求自己儿子能列入武藏门墙时，他很高兴地答应，并回信说，总有一日会来本地指导。”

忠利只点头说：“是吗？”脸上却洋溢着欣悦之情。

关于主水，佐渡也如实报告。

忠利满意地说：“这很好。这次在江户曾听一个兵法家谈到主水，说主水技艺属第一流，但有浪人习性，品行不端，是其缺点。如此看来，浪人的习性也根除了。”

七

“先得藩上欢迎，再得殿下信任。”

听说忠利回藩，主水摩拳擦掌以待，过几天，就去请求进谒。

“平安归藩，主水特来祝贺。”

“嗯。”

忠利凝视着平伏在地的主水。在座的家臣也一齐把视线集中在他身上。侍童求马助也从君侯背后以锐利的目光注视他。主水的态度已无以前那种旁若无人的骄横。

“抬头。”

“是。”

“我不在藩内的时候，你倾心尽力指导年轻人，我很高兴。”

“惶恐之至。”

“有没有发现有前途的年轻人？”

“为期尚短，还未发现特别令人注目的年轻人。一般说来，我相信手法好，慢慢会出现许多相当不错的剑士。个人认为，应该注意培养多数剑士，不必专意创出一个名人。”

“有理，是好主意。不过，主水，我也想跟你学学。”

“幸甚！幸甚！就殿下而言，已获柳生但马守先生真传，现在又有氏井孙四郎先生以之出仕的新阴流，敝意以为无须再从学。不过，学其他流派，也许可说是君侯的余兴，主水愿将所学秘术倾囊传授。”

主水极其慎重地回答。

“嗯，我很高兴，日子决定后再来晋见。”

几天后，主水又进谒，在城内武坛，以门人为对手，操演二阶堂流的招式给忠利看。

以此为由，主水每日进城，传授忠利二阶堂流。不久，主水陈述说：“不愧是殿下，基础扎实，进步神速，现在想传授此派之秘诀。”

这不见得是主水的奉承话。忠利毕竟是将门之子，在大名中也是屈指可数的名兵法家，祖父幽斋学于塚原卜传，已获真传，父亲忠兴据说已得天道流斋藤法玄的秘诀，忠利也有一股酷爱兵法并不下于祖父和父亲的热忱。

主水的这一席话当然使忠利大为高兴，乃择日向主水学秘诀。

这天，主水着新衣，端正严肃，率领及门徒子村上吉之丞，气宇轩昂地进城。认识他的藩士都侧目而观，一副堂堂兵法家的气概。

八

进谒忠利时，主水望了一下身侧的近臣与侍童，说：“依本派门规，请暂退左右。”

不只二阶堂流如此，一般传授祖传剑法时都不许别人接近，所以忠利立刻支走近侍与侍童，领主水至后院房间，关紧纸门。

二阶堂流的秘诀有一字剑、八字剑、十字剑三法。所有秘传的剑法，每一流派有每一流派不同的名称，但以能如实展现心象的抽象名词居多，如飞龙剑、不动剑等。

二阶堂流的秘传剑法，以心象跟剑结合时，其终极归于一字、八字、十字，故有一字剑等名称。这可能与剑教的九字一脉相通。佛教的九字是“临兵斗者皆列阵在前”，一面唱颂这九字诀，一面以手指在空中下上划四线，左右划五线，任何强敌皆不足惧；修炼到极点时，据称可使对手不动，使死者复活。

主水除上述三剑之外，据说还有秘诀中之秘诀，以铁丝缚敌使之不动的方法。如果说他的剑与九字有关，那可以说他使用了妖术。

截取九字的是真言宗等密教。密教常使用符咒以显神力。而禅宗则排斥这类符咒，在空无的境域中寻取悟道之路。所以大多数兵法家都致力于禅剑合一的修行，从而以空剑作为窥伺极意的体悟。由此观之，可能只有二阶堂流不以禅道，而以真言教义作为修炼的基础。

主水传授君侯上述三剑已毕，君侯与主水回到原座时，汗水已湿透重裳，可见双方是在激越气势中进行剑法的传授。

就在这时候，密室中授完剑法的主水，突然往旁跃去，猛拉开面对庭院的纸门，高喊：“无礼！”便抡起木刀。

这时，忠利出声叫道：“且慢！”自己也一步一步走过去。

一个少年正蹲在纸门外，目不转睛地仰视主水，原来是侍童寺尾求马助。

忠利也粗声问道：“求马，可恶已极，何事潜至此地？”

气势汹汹，大有视回答情形据以处死之气象。

求马助双手伏地，决然说道：“并无他事。我认为，虽是传授剑法，但松山先生是新来者，恐怀有异心，故在此守望。”

君侯深深颔首，领着主水走出密室。

九

既接受秘诀的传授，自当执师礼。大名虽不能称家臣为师傅，但对之则恭敬有礼。主水的俸禄自此以后大幅度增加，藩里的声望也越来越高。

奇怪的是，主水也由此恢复了他对由利公主本已丧失的自信。

“呵，以现在这种地位，大概可以娶公主为妻了。”他想。

“这样子，以门人的馈赠也足以养育公主的孤儿。”

主水眺望岛崎，莞尔微笑。

但是，新太郎等五人团却很碍眼，小鬼求马助在传授时窥伺，这一定是受新太郎唆使的。和尚露心也触怒了主水，他的剑艺看来不差，但那种令人生厌的沉着，把自己当孩子一样赶出去的情势，至今想来犹令人难耐。若是以前的主水，暗杀亦在所不惜，但现在情况不同了。

“新太郎只不过是大名奴隶。不管怎么敌视我，只要殿下叫一声，他什么也做不成。哼，现在可要看我的。”

主水已有嘲笑的余裕。

他未急于向公主展开攻势，主要是因为忠利已在二月底赴江户了。这次回藩，本是为处理岛原之役的善后，特向将军请求，临时回来的。因而，纵使武藏决定来肥后，主水也必须把计划拖到来年春天，殿下定期回藩以后。

“武藏到了肥后，那就麻烦了。不过还有一年，在这期间……”

主水只好等待时机成熟。

这年五月，主水又获得一个好消息，原来武藏生病了。听说是吐血倒下，病况不会轻。吐血，岂非是痨病[①]？据说，这种病是好不了的。

只要没有武藏，主水就无所顾忌。主水越来越走运了，他不禁雀跃。

一天，在城里遇见新太郎等五人团。主水从容地说："寺尾兄，听说宫本先生得了重病，不知确否？若是真的，那可太遗憾了，尤其就在仕宦的前夕。你们一定非常气沮。一代大豪杰也胜不了病患，世运真是无情无常啊！"

这与其说是慰问，毋宁说是致悼词。说完，主水气势昂扬地走了过去。

病床

一

武藏生重病，是事实。伊织已通报了佐渡和寺尾新太郎。但信上附言说：

父亲本甚健壮，不久当可复原。

主水的期待似已落空。

从岛原回到小仓的武藏，一直都在寻思出仕忠利的问题。但表面看来似比以前更安闲悠游。

他常绘画，甚至出去放鹰狩猎两三日不回。神色明朗，跟谁说话都从容不迫，而且常常出声大笑。

---

① 痨病：肺病。

“先生变了。”

“不，已达圆熟之境。”

小仓的藩士交谈着。

只有知道武藏的难题、见过武藏曾为心灵问题苦思焦虑、在沉思默想中度日的伊织，在很久很久以后才隐隐约约了解武藏所以如此的原因。

总之，武藏想借舍弃问题来解决问题。

武藏以前跟忠利来往时，曾想：“若为他，当不辞赴汤蹈火。”

但当时，幸好由忠利方面敬而远之，未提出仕之事。

这种心境此后一直在武藏心底蠢蠢欲动，忠利对武藏的信赖与友情也逐渐深广，终于形成了这次出仕的要求。

但这次，武藏却为“政治”这字眼所拘，对任官显得踌躇。剑和政治想来是互相矛盾的。若要强迫解决，政治确是相当烦人的问题。

武藏为剑与艺术之合一苦恼过。当时曾误以为两者合一，看出此一错误后，武藏即逃过此一苦恼，所以现在不觉得艺术与剑有何矛盾，因此才能痛痛快快地绘画，是为了喜欢才画。不管人称赞画得好，或讥笑画得差，都无所谓。这么一想，武藏觉悟了。

对这次问题，武藏也采用类似的手法。他一面从岛原走向小仓，一面凝视着自己的心，老实承认自己已毫无道理地想去亲近忠利。以友情为媒介而溶化的染料自然会逐渐渗透到布里，武藏采取了政治与兵法交融的方法。

所以武藏所抛弃的既非仕宦问题，也非政治本身，而是讲理说服的精神。他使兵法与政治同居于倾向仕宦的心中，等待交融的日子——像能痛痛快快绘画那样，能痛痛快快谈论政治的日子。

二

如前所述，武藏最先觉得政治危险，是因为对政治涌起了初恋般的热情。

武藏并非完全不谙政治，而是见识过，认为非关己事，才不愿意让政治踏上自己心灵的舞台。武藏很了解幕府政治的贫弱，也知道只有靠政治行为，才能国泰民安，接近安居乐业的王道。

所以忠利一提到政治之事，不由自主就把政治放在心灵舞台上，因而昂奋不已，仿佛自己已是为政者……

此一昂奋在武藏走到小仓时大体已镇静下来。自己并非要直接参与政治，而是要为忠利的施政付出一己之力，当然这不能说是想透过君侯来实现自己的政治理想。理想与意见都是属于忠利的，自己无意领先开展，总之，是对忠利的奉公灭私。

尽管如此，政治显然已登上武藏的心灵舞台。舞台的主要座位是兵法，但政治与兵法有何关系，居何地位，则是问题。武藏并不从理路上来思考这个问题，只是使它们同居一心，而置之不问。

先前，山东等五人团要求请他们自己的孩子列入门墙时，曾请求伊织从旁美言助阵，伊织试探道："父亲，以为如何？相隔这么远的门人，很奇怪吧？"

武藏满不在乎地回道："不，一点也不，因为我也可能到熊本去。"

于是当场回信允其入门。伊织很高兴，单刀直入地问道："父亲，看来已决心出仕了？"

武藏微笑说："伊织，我早已决定出仕。现在只等心灵成熟。什么时候成熟，可不知道。我想不会太久。"

"听到这些话真高兴。以私情来说，我希望父亲一直住在家里，容我报大恩于万一。但以兵法家而言，在父亲这种年纪，此后，大藩肥后才是发展抱负的天地。"

伊织心中暗想。

武藏明朗地笑着，开玩笑般说："伊织，可真有趣。一旦定居，我希望，我的兵法会长传下去。不管是寺尾的儿子或山东他们的儿子，都是我期望的门人哪。"

三

“父亲，听您这么说，我也放心了。”

伊织眼睛发亮。

“以前父亲只把自己的兵法限于一代，这种心情，我很了解。不过，父亲所发现、创造的东西只限于父亲一代就断绝了，着实令人遗憾。”

武藏规诫道：“伊织，我并不是故意阻拦自己所创剑技的流传，只是不想象世上一般兵法家，指定继承人，决定名义上的传承。我不是为这些目的才学兵法，我的兵法是为我的决战。决战失败了，武藏的兵法也全归于无。至于剑技，从我学习的人能体会而传诸后世，我根本无意加以阻拦。”

伊织垂头说：“父亲，我说错了。”

武藏摇摇头。“不，伊织，你没错。如刚才所说，我现在也想象一般兵法家把所体得的剑技及其精神传诸后世。不住一处、浪迹天涯的时代，我只想横的发展。若居于一地，就会考虑到纵的人生，也就是所谓的传承。时与地真具有奇怪的作用。”

伊织仰着脸，明朗地微笑着。“那么，父亲，我定住在小仓，也是有某种因缘的啰？”

“确是如此。像我这种浪迹天涯的人，想到孩子的时候，也会从俗。你毕竟也应有个安居的场所。现在，我也随着时流安居于肥后了。”

武藏笑说，接着又严肃地说道：“伊织，既如此，你与你这家系可承继为我兵法的直系宗家。”

但伊织两手伏席推辞。

“父亲，我仅承继宫本家系已有力不从心之感。而且我现在不是兵法家，是为政者。今后，我只想把兵法当做护身之用，而把全副心力用在家老的职务上。”

“嗯，说得好。”

“父亲，我看，新太郎先生的长子求马助具有作兵法家的禀赋。今后若在父亲指导下经过锻炼，相信一定可以体会父亲所期待的剑技。”

伊织满含热情地说。

四

此后，外表看来，岁月顺畅地流逝。

武藏指心发誓：“心常不离兵法。”所以大家都知道，悠闲安适本身亦即严厉的修行。

“在平尾台遇见了先生，他手把老鹰而立，但脸色苍白。我一见不由得呆住了。”

有人说。

“这么说来，先生脸色近来很坏，是不是病了？”

也有人皱眉说。

从岛原回来已一年有余，时在宽永十六年（一六三九年）五月。一天，伊织发现武藏脸色不佳，在京都时也曾有过这种现象。

伊织问：“父亲，是不是身体不适？”

“不，没什么……”武藏回答。

“脸色看来并不好？”

“大概年纪大了。伊织，不知不觉，我已五十六岁了。”

“这么说来，时间也过得真快，连我也是有两个孩子的父亲了。”

伊织虽然这样回答，却突然觉得焦虑不安，离小仓赴肥后之后，由谁来照顾父亲？青年时期没关系，就是壮年时期，日常琐事武藏也从不假手他人，一切自理，但今后可不能长此以往。以往，伊织并非没有考虑到这一些，只因凛于武藏的气魄，一直深埋心中。

于是，伊织想起了由利公主。

（父亲不娶妻子，但总得有人照顾他吧？）

伊织想。

（父亲也早已知道由利公主是我的姐姐。让公主代我……）

伊织为了报答父恩，希望由利公主能照料武藏。于是，他试探地说："不过，父亲若在熊本，谁照料呢？我实心有不安。幸好有新太郎先生，而且由利公主因为父亲才得平安无事地安居，我想，她会照料父亲的日常琐事。"

"哈，哈，你说什么？！"

武藏开怀大笑，但当晚，武藏就寝后，突然吐血了。

五

武藏的病是京都患过的胃溃疡复发。作者之所以这样断定，是因为作者在熊本调查武藏事迹时，武藏的研究者，曾任武藏会会长的岛田氏说，武藏的死因可能是得了今日所谓的胃溃疡，对岛田此一说法，作者深表同意。

如果死因真的如此，那么，五十岁前后似乎已出现症状。

宽永十七年（一六四〇年），细川家正式聘请时，武藏的回信称：

近年已成病者……

在小仓他似乎也因此病相当痛苦。

武藏并不豪饮，也不是美食家，体躯壮伟，是近乎六尺的巨人，有大力，想象中饭量应该很惊人，而且常吃粗食。这到了晚年，岂非成了祸根？

武藏吐血倒下了。立刻请医生诊治，还是吐血不止，伊织大吃一惊，三更半夜向忠真侯紧急报告。御医即刻兼程赶来，医生劝他绝食，并要绝对安静。武藏得重病的消息当夜传遍全藩，藩士们大为吃惊，终致发展成无法复原的谣传。

但武藏本人根本不惊讶，也并不以为就会死。但他遵守医生的嘱咐。武藏不是宿命论者，知道养生如果不善，可治之病也无法治好。

病况已脱离脸境，日渐复原。但未脱离险境前，有十天，武藏大都沉睡，连动也未动。医生说：“能翻身就有救。”说完即告辞而去。

伊织跟妻子浪娘放下心坐在武藏枕边。

“父亲，真惊人。十天来连动都未动，耐力真强……”

武藏微笑回答：“病也是战场。起先拥抱着自己跟自己的生命与病痛作战，之后已浑忘病痛，而是与未来对决。”

他立刻换了一副严肃的表情说：“伊织！吾道遥远，敌人无数。虽说悟得万里一空，但这仍是一个小天地。我的一生一定结束于战斗，而无喘息的间隙。伊织，这样看来，我反而舒服多了。这次如果完全复原，我要立刻回答肥后，答应仕宦。”

“是的，希望如此，我想殿下望眼欲穿，正等待父亲呢。”

“嗯，由利小姐也……”

武藏说了这一句，就噤口闭眼。

六

在武藏严格自律的疗养下，病症很快痊愈，连医生也不敢相信。过了五十天，他已能起床。

但是，他脸色因贫血愈发苍白，赘肉也没了，要恢复原状，势须休养一年。到了五十七岁的元旦，武藏很稀奇地新做了格子纹的外褂与裤。除夕依例洗冷水澡，仔细洗刷身体，并让浪娘握着未曾梳过的总发，说：“浪娘，替我剪短一点好吗？”

以前，武藏的总发一直长长地垂挂到腰际。浪娘反而吃惊，说：“可以啊！是不是头发太长，觉得不舒服？”

“请剪到齐肩。”

“这样行吗？”

“可以，替我剪！”

“先问问伊织，然后……”

“哈，哈，浪娘，这是我的头发呀，何必问伊织？”

“是。”浪娘依言剪到肩膀附近，再仔细修齐。

“呵，这样整齐多了。”武藏像小孩子，摸摸头，很感满意。

元旦，武藏穿上新做的衣服，吃年饭。

伊织瞪目惊呼：“呵，这是……”

但他接着微笑道：“父亲，很合适呵。”

武藏也微笑说：“伊织，既要出仕，就得遵从世间一般的风俗哪。”

“哦，真的要出仕了。”

“已决定了！我想，不久，殿下就要回藩。你先向新太郎传达我的决心！”

“是。”

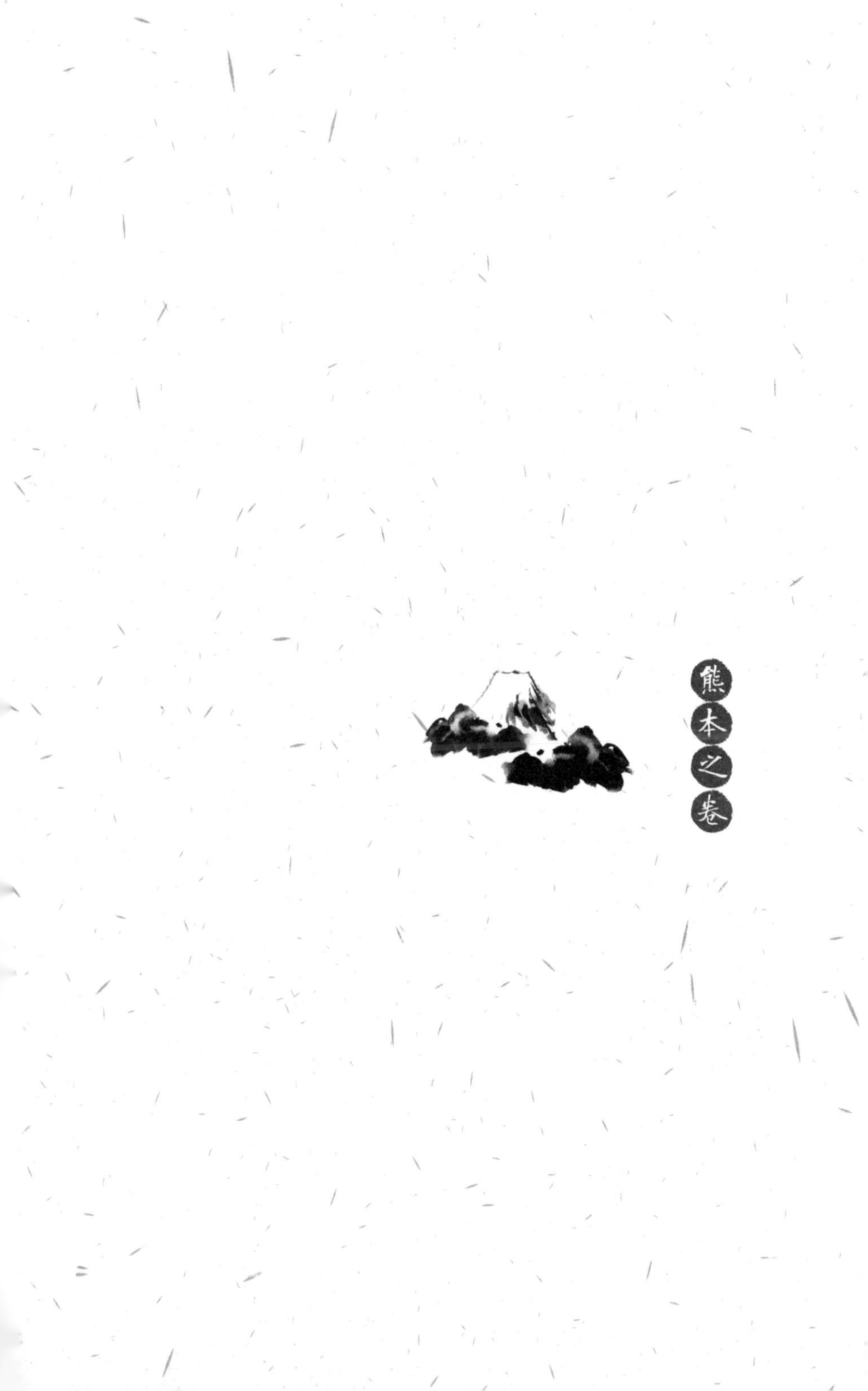

熊本之卷

清扫

一

武藏终于决心出仕。新太郎从伊织那里接到这消息后，立刻报告佐渡，同时把五人团的同志邀到已宅，备酒宴以表欢愉之情。

酒过三巡，山东弥七突然皱紧眉根，说："我总觉得碍眼。主水那厮飞扬跋扈，似在欢迎师傅的府邸角落留下了不洁之物，令人不舒服。"

"是啊！"

众人猛点头，这五人对武藏都绝对敬爱，大有"洒扫"以待之意，对他们来说，主水确是一小堆不洁之物。

野田助右卫门耸肩说道："那厮却也能周旋，已奠下相当的基础。这一定是心中意欲与师傅颉颃所致。要是堂堂的兵法之争，那还好。但他却以洒脏水来代替刀剑，真是卑鄙，那厮一定想用这种手法伤害师傅。"

"对，我们现在就把他干掉！"

宫胁四郎太与和田平作扬眉说道。

新太郎也有意如此，但他劝解说："且慢！主水是殿下直接延聘的，不能无缘无故加以杀害。总有一天，他会露出狐狸尾巴。诚如野田所说，那家伙用心培植势力，是为了跟师傅抗争，夺取由利公主，绝非衷心为殿下做事。这样看来，他一定会露出本性，所以……今后，我们要监视不懈，伺机干掉他。"

听了最了解主水真相的新太郎这番话，大家都压制住内心的怒气，说："唉，只好如此啦！"

接着谈到由利公主，野田先开口说："公主实在贤惠。疼爱孩子，却不溺爱。把孩子一个个送出去做养子养女，也送到官衙去做事，着实佩服之至。”

新太郎附和道：“不错，确是如此。公主跟我商量，采取了那种方法。这样做，绝不是认为孩子是负荷，若为孩子的将来着想，欲知谋生之道，就不能一直让他们待在白梅庵，因为白梅庵是温室啊。”

公主的确以新太郎现在所说的方针，把孩子一个个放出去。

“寺尾！”性情急躁的山东促膝开口说道，“师傅来了，谁照料他的日常起居呢？”

二

新太郎回道：“噢，这倒是问题……伊织先生在信上也提到此事，师傅自己也许还觉得年轻，不过，现今已是病后，而且五十七岁啦！”

“能不能请公主照料？”和田说。

这也是他们很久以前就在内心想过的问题，甚至还谈过。但谁也没有自信，能使之付诸实施。

“能如此，再好不过。”

新太郎表情上显得热切希望如此。

山东说：“怎样，寺尾，请佐渡先生周旋，行吗？”

于是，和田说：“这样的话，可以再向主上请求。五月或六月主上就回藩了。”

“这个嘛，最好先跟佐渡先生磋商，请他居间向殿下公开请求。这是万全之策。”新太郎下结论道。

“嗯，这样很好。”

大家都赞成这个方案。

第二天，五人一齐到佐渡私邸拜望。

“爵爷！有事相商。我想，武藏先生来后，必须有人照料他的日常起居。”

新太郎引出话题。

“不错。”佐渡立刻搭腔，“想到了人选？”

新太郎接口说：“请由利公主如何？因为孩子们已渐渐打发出去啦。”

“嗯。”佐渡闭上眼睑。“虽近在咫尺，我仍然没见过她。不过从一般风评看来，可知是不凡的人物。”

“确是卓杰的女性，而且传说是伊织先生的亲姊姊哪！”

“不过，新太郎，这还要看双方的心意呀。”

“是的。”新太郎环视同僚的脸。“师傅和公主彼此都有不平常的好感与敬意，这是一点也不错的。只是师傅早就毫无娶妻之意，公主似乎也有同样的心思。”

“嗯，且慢！”佐渡倾首沉思，旋即充满自信地说，“有好感与敬意，就有基础。若能顺利发展下去，似乎并非不可能。”

说着，佐渡又开始沉思。过一会儿他开口说：“可以请主上周旋周旋。”

三

另外，松山主水对武藏的病势居然能够恢复深感遗憾，想道：“哼，真是个走运的人。”

但他在藩内的声望逐日高涨，这更加强了他的自信：“哼，武藏算什么！”

主水虽隐忍自重，未再亲访由利公主。但有时他却赠送礼物给孩子，附带着爽朗的口信。他也曾写便条随礼物送去。

反观过去种种作为，今日思之，对一己之丑行实有无地自容之感。幸得公主高迈精神感化，心神已日趋清纯，决倾心奉公，为主公效命。

此时，公主亦致书云：

据闻近日风评甚佳，深感欣慰，祈奋发有为。

读这样的来信，主水自然欢天喜地。于今唯一的问题是什么时候，如何向公主求婚。

然而，到了正月，主水听说武藏终于决定出仕，待忠利侯归藩，即将正式公布。

“如果这是真的，那就不能掉以轻心哪！”

果如预期，主水顿时着慌。

“哼，武藏纵使到了肥后，我的地位还是稳如泰山。”

他对自己的地位虽然充满自负，但对由利公主却毫无自信。

“怎么办？”

主水终于想出一个妙法。“对啦，向殿下说出一切，要求跟公主结婚。”

主水下定一大决心。

只要殿下出来说话，公主大概不致拒绝。即使殿下垂问武藏，武藏也不敢唱反调。私心充满爱慕之意的并不是武藏，而是公主。武藏是个否定爱情的严格独身主义者，理当不会接受公主的爱。公主不论多么倾心，终究无法嫁给武藏。

“这是关键所在，应毅然为之。”

主水越想越有勇气，越有自信。

可是，对公主始终不敢表白，仍旧以谨慎的态度赠送礼物。

春天已过，到了六月，忠利平安归藩。

熊本城为迎接主公，顿时热闹起来。

四

忠利回藩后住在城里，后来在花畑建筑邸馆供起居之用。除公开的仪式以外，政务大多在这邸馆处理。

繁忙的政务大抵处理就绪，比较悠闲的时候，佐渡到花畑馆供职，谈起武藏之事。

“武藏去年得了重病，现在已完全恢复。年初，曾书面向身居江户的殿下报告过。如报告所言，武藏已经经由伊织答应应聘。”

忠利喜气洋洋地说：“哦，很好，很好，真是梦寐以求！”

接着他嘱咐道：“立刻协商俸禄额与格式等，公开聘请。”

“是，在这数日内即召集重臣，请主公临席决定。”

“嗯，这也是我最大的愿望，不仅对将军家，对其他各藩也觉得很有面子，希望俸禄额和格式都能尽量优厚。现在，不必再顾虑老君侯啦！”

“遵命！”

佐渡一一答应遵办后，说：“不过，主上，我想必须先确定武藏的府邸。如主上所知，武藏是独身，总要有女人打理身边琐事，经过种种考虑之后，突然想到了一个女人。”

“说的不错……那女人是谁？”

忠利的表情也由严肃变得和缓。

“由利公主如何？”

忠利拍了一下大腿：“嗯，这很好。何必仅仅照顾日常起居？不如就让他娶由利公主为妻，你意下如何？”

佐渡马上迎合道：“其实我也这么想。但武藏是坚决的独身主义者，公主也是一位相当了不起的女人，勉强得了吗？”

“呵，不，佐渡，武藏和由利自江户以来就很亲近，听说由利还是伊织的亲姊，他们的因缘关系极深，我亲自去说说看。”

忠利满怀自信地说。

“是。主上直接去说，武藏和公主一定会答应。今后，武藏已不是浪人。既是有相当身份、地位的武士，就不能像以前那样坚持独身啰。”

“好，好，这由我来处理。我老早就看出武藏和由利公主彼此都有好感。何况武藏又不是木石。我一定要他答应。武藏那厮，听我这么说，脸上不知会有什么表情！哈，哈，哈。”

忠利着实乐极。

五

一天，主水请求进谒忠利侯，并要求道："有秘事相求，祈望暂退左右……"

从身份上来说，主水是下级武士，不能请求遣开左右。因此，忠利脸上闪过一副不悦之色。

"进来！"

忠利吩咐传达的人，并支开近侍与侍童。

"身份不当，有此不情之请，未受斥责，犹蒙召见，主水深感无上光荣。"

主水平伏在地，言辞诚拙，不类平素。

"好，好，抬起头来。"

"是。"

"你说有秘事，是什么事？放胆说来。直截了当说说看。"

主水抬起脸。

"主水流浪三十年，终得定居，首次懂得奉公之乐，并得平顺度日，此皆主上恩情，铭感五内。"

以主水而言，这是最高的感谢辞。忠利也深感意外，很感兴趣地想知道他究竟要说什么。

"嗯，我也很高兴你能出仕。"

主水表情越来越严肃。

"主水迄今未娶，仍然独身度日，若为浪人之身，不得不如此。今日，身份已定，却颇有不便……"

忠利终于了解，莞尔微笑。

"哦，是这件事？这确是不便。我没有异议。"

"其实，就是为了这件事，想请求主上……"

"什么，求我？藩里有你喜欢的姑娘吗？好，好，我帮你。是谁家的女儿？"

"这，这是……"

"放胆说说看。"

"主上。有个我舍命也想得到的女人。"

"哦，舍命？"

"主上。这女人就是住在岛崎白梅庵的由利公主。"

"什么，是由利？"

忠利的脸立刻阴霾浮起。主水俯身叩头，哀求道："主上，无论如何，请主上关照，让公主做我的妻子。若娶得公主，将不辞赴汤蹈火尽心公事，以报宏恩。"

忠利默默注视主水。

六

"主上，这是主水一生的愿望。"

忠利也依稀听说主水爱上由利公主，却没想到竟是这么认真。虽是名君，被乘虚而入，一时之间也不禁穷于回答。

"你的愿望，我很了解。但由利既不是我的臣属，也不是我的领民，无法强迫她。主水，只有此事碍难照准。"

"虽然如此，只要主上替主水向公主美言两句，我想公主就不会拒绝。主上！请帮忙！"

主水执拗地不肯罢休。

忠利又凝目注视主水，心想，作为一个君主不该含混其词，于是干脆说道："主水，你已经迟了一步。"

"什，什么？"

"有人委请为由利说亲，我已答应了。"

一直两手伏地的主水，严肃地抬起头。脸色苍白扭曲。语气仍然激烈。

"主上。那么，说亲的对象是谁？"

“武藏。”

“啊，武藏！”

“不过，不是他本人委请的。我想他们一定会成为一对好夫妇，所以我想去说说看。双方会不会答应，可不知道。”

忠利说出真话后，温和地附加了一句：“主水，你能尽心从公，我很高兴。重臣们也都齐口称赞。女人又不只有由利一个，若是藩里的姑娘，不管哪一个，我直接替你做媒。你宽心想想看。”

说完，忠利便从座上站起来。

“是，谢谢……”

主水猛然垂头俯伏，旋即抬起头来，脸上痛恨之色依然未消。

“哼！武藏这家伙！”

他低声咒骂，目送忠利走进屏风。不久，他以粗重的脚步退下。

他直接回到邸宅，把村上吉之丞和传次唤到居室。

“有，有什么事？”

两人看到主水脸色险恶，吓得直往后退。主水以疯狂的声音说道：“吉之丞、传次，最后的日子到了！快，快去做万一的准备！”

七

“是。”

“遵命。”

两人看到主水不平常的样子，都不再说第二句话。他们离开了主水的居室。进入别室时，传次张大了眼睛，说：“村上兄，又发病了。这次可不是小病，我们非有所决定不可。”

吉之丞也铁青着脸。

“是啊，殿下一定拒绝了那件事。”

“那是说要抢公主溜走了。村上先生，怎么办？如以前嘱咐那样，做逃亡的准备吗？”

“嗯。”

“真是个莫名其妙的老爷！如果好好做下去，五十四万石的兵法指南，一定可以娶个名门闺秀做老婆……村上先生，你的仕宦已经完全决定了吗？”

“是的，禄米三十人份的小官……”

“抢走公主，捕役必然追来，就是逃得掉，也要终身躲着藏藏。”

“传次，你做何打算？”

言之丞促膝问道。

“这个嘛……看老爷的气色，想必他会把公主杀掉，这样，我们就是帮凶了。村上先生，恕我不陪老爷啦。”

吉之丞的脸色越来越发白。

“传次，我也一样。”

“嘿，这才是聪明之举。村上先生跟我不同，还很年轻。”

内院传来了主水的声音。

“传次，拿酒来！”

“是。马上就去。”传次回答，接着对村上说，“村上先生，趁老爷喝酒，快把随身物品整理好，要开溜，就要早！”

说完，传次匆匆忙忙走出去。

主水完全信任这两个人，他郁郁地坐在传次送来的酒菜前，说道：“传次，行李只拿重要的就行了。目的地是河内，从河内雇渔船到天草。”

“什么时候动身？”

“今晚。跟我一起去，你和吉之丞准备轿子到岛崎。”

“遵命。”

“那就去整理行装。我要一个人独自想想。拒绝访客，门人也不见。”

“是，告退。”

传次假装领命，退出后，主水自斟自饮，但今天不能醉。不久，主水的眼睛突然炯炯发光。

“这，这有何可悲？这难道不是新生活的第一步吗？”

他低声说，然后从橱柜里层取出沉甸甸的钱袋，莞尔微笑：

“哼，只要有这个……”

八

主水仍然继续享受他的梦境：在天草的小离岛上，耕种田地，与由利公主过着新生活……

日将暮，主水在逐渐暗淡的昏黄中突然清醒过来。

“传次……”大声呼唤，却没有回声。“吉之丞……”也没有回声。主水又叫了两三次，然后走出居室，望望他们的房间，没有人影。“混账！到哪里去了？”

主水又回到居室，拿起酒杯。天已全黑，这时，他才发觉他俩已逃走。

“哼！”

主水顿足懊恼不已。在居室点灯冗坐，突然醉意上扬。

主水一旦大醉，便立即忘我，而趋于狂暴。

“传次这家伙，竟然也唆使吉之丞开溜。混账！放火烧萨摩营房的是谁？你是放火的元凶。什么，是我支使的？哼！浑球！这也跟公干有关呀！”

主水心中有如暴风雨一般骚乱，又因大醉的缘故，独个儿像疯牲一般不停地怒吼着。

这时，有一个人藏身在院子的树丛中，听主水粗暴的声音，吓了一跳，轻轻退下。

从里门逃出后，一径儿跑进藤崎宫附近的寺尾府邸。是寺尾家的仆人市助，他立刻跑到新太郎跟前。“怎么啦，市助？”

“老，老爷！听见了一件怪事。松山先生大醉特醉，怒骂着传次，说‘放火烧萨摩营房的不是你吗？什么，是我支使的？浑球！这也跟公主有关’等等……”

市助并没有发觉主水是独个儿在怒吼。

“什么，放火烧岛津营房的是——”新太郎变了脸色。

前年二月二十一日，岛原之役萨摩岛津军的营房发生怪火，城兵似乎以此为信号开始出击。

新太郎认为这是主水干的，武藏却要他别多说。所以新太郎对此事并不惊异，若主水咬定此事与公主有关，那可事态严重。

其实，今天新太郎是按照忠利的嘱咐，派仆人潜进主水邸宅探视主水的情形，想不到仆人竟听到这些话。

“市助，今天的事不许向外宣扬！”

新太郎以强烈的口吻交代，接着便沉思起来。

九

主意似已打定，新太郎匆忙换装，去访城里的长冈佐渡。

“爵爷，今天主水要求主上为他向由利公主提亲。主上拒绝了，当时主水的气色非常难看，主上便交代我去刺探主水的情形，于是我派仆人市助……”新太郎说。

“呵，这件事，我已听主上说过，正有点儿放心不下。主水的情形如何？”佐渡也很挂心的样子。

“据说，主水仍旧豪饮，并且痛斥厨子传次，无意间说出意想不到的事。”

“什么，意想不到的事？”

“是的，爵爷！”新太郎降低了声音道，“前年岛原之后，萨摩营房曾经失火。当时说是怪火，终以炊事人员不慎失火了事。其实，刚才主水自己放言说，这是主水支使传次纵放的。”

佐渡也吓了一跳。

“什么，是主水？”

“而且，他说，由利公主也与此有关……”

“公主与此有关？”

“公主暂且不言，当天晚上，城兵以萨摩营房的火为信号而出击。而且，乘这混乱，以前长崎所养护的孤儿也因主水的引导离开城堡。”

“真的？”

佐渡面容沉痛。新太郎继续说：“不过，爵爷，我想这是主水为逢迎公主而设下重重计谋。那晚，城兵的目的是靠主水内应纵火，来夺取幕军的粮秣。也许，主水要求城兵用这内应来换取孤儿。而且，在这之前，主水曾向伊豆守殿下预报城兵将出击。主水的策略真惊人……”

“嗯，说得有理。那么，公主呢？”

“爵爷！公主怎会知道这些？无论多爱孤儿，一听到纵火，她一定不会答应。”新太郎加强语气说。

“嗯，一定如此。”佐渡深深颔首，表示同意，但立即亮着眼睛促膝说道，“不过，新太郎，事情不能这样就算了。如果谣言一旦传出去，便是本藩的重要大事。我藩既有人通敌，而且放火烧萨摩营房，事态是非常严重的呀。”

“是，的确如此。”

新太郎脸色变得更厉害。

十

佐渡加强语气说：“新太郎，既如此，速杀主水。此事由我向殿下报告。传次、吉之丞也要在今晚斩杀！”

“是。”

新太郎眼露杀气。

“但对手本领高强，山东、和田、宫胁、野田一道去！”

“遵命！”

“那，快去！这是主上的旨意，不能失误！”

“是，告辞了。”

新太郎一奔回即差人速召五人团。

新太郎简要说了详情，又附言道：“殿下恐怕主水的罪行传入岛津家。而我又多了一重顾忌，怕主水会以此胁迫公主。”

“哼，有此可能。”

众人皆颔首称是，迅速换装，也下定了决心。

“好了！”

山东提着大刀站了起来。

“嘿，久待的日子终于来了。我们借此清扫庭院以迎接师傅。”

山东又加上这一段话，众人齐声发笑：

“确是如此，哈，哈，哈！”

他们五个都知道对方并非易与之辈。单以技艺而论，五人合起来似乎也非主水之敌。不过，实战是另一回事。平时内心的修养和正义感也具有极大作用，再加上必胜的信念，其势已增加一倍，五人根本不考虑所谓损兵折将之事。

新太郎站起来，突然露出了不安的表情，唤阿松前来交代说：“阿松，你快到白梅庵，把详情告诉公主，也告诉露心千万别大意。”

“知道了。我也很挂念公主。主水今晚会去袭击公主？”

“嗯，有此可能。偏劳啦！”

新太郎说完，就跳到外头：“各位，快走！”

已将近十一时了。五人加快了脚步。诚如阿松所说，主水豪饮后，今晚说不定会袭击公主。这种不安使五人的心蒙上了一层阴影。

“他不是一个会逃走的人，从正门进去。”

五人这么一决定，就站在主水邸宅的大门外。

里面没有灯火，静悄悄的。

洁净

一

夜已深，睡沉了，也不足为奇，但五人的心中总有一种不安之感。

新太郎接着说："对不起，有事相烦。"

其他四人也交替呼唤。

没有任何回声。试着敲敲门，门应手而开。

"奇怪！进去看看。"

新太郎领先跳进去。

"松山主水！"

"主水在吗？"

大家口里叫着，踏步走进，仍静悄悄的。新太郎赫然而惊，喊道："糟了，主水那厮，潜赴岛崎了。"

新太郎接着飞奔出去，四人也都跟随其后。

"公主危险！"

众人朝岛崎奔去。

就在这时候，主水站在白梅庵大门前，大叫道："对不起，是主水，因有急事来访。公主，请开门。"

露心和尚从里头应道："噢，松山先生，是你！公主已休息了。"

"什么，已休息？叫她起来，有急事。"

"明天再谈好吗？"

"明天等不及了，是急事。"

露心退入内院，旋即出来打开门。

主水直往里走。他脸色苍白，满眼血丝，酒气熏人。

露心倒退一步，阻止主水往前走。

"呀，酒醉了。"

"多嘴，让开！"

主水跃起，拔刀即斩。

“哦！”

露心急忙跃开，拔出刀来，喊道：“公主，主水疯了！”

主水毫不反顾，直往内院奔去。前面十尺处就是公主的寝室。公主赶忙披衣，在厢房点灯端坐。

主水提着大刀，气冲冲地踏入厢房，一看到公主，便凝目站立。

“公主！”

主水露出了悲痛的呻吟声。

“来做什么？”

公主严肃地望着。

“公主，请，请嫁给我……”

二

奇怪的是公主并不恨主水。

公主在主水狂乱的情态中看见了他激越的爱之火焰，感觉到其内在灵魂之美。只要是人，不管是谁，有了爱之火焰，极恶的人也会含蕴有灵魂的纯粹性。

当然，能如此穷究人心的必是自己有大智慧，而且是清纯的人。在能够如此观看事物的人面前，真正的恶人已不存在，但未必即能接受对方的爱情。公主所能接受的爱，只有一个，那就是武藏的爱。

主水如果现在能够以自己的灵魂感知公主的这种智慧与清纯，一定会幡然而悟，超越爱欲，而在另一崇高的境界找到光明。人生的意义并非仅是爱欲的满足，毋宁说超越爱欲之处有“道”。臻此“道”的最幸福手段乃是得到爱欲的合作与牺牲，不过，有时不舍弃爱欲便不能臻于道。

武藏是属于后者。主水若有求此道的灵台，失去公主也许反会成为求道的触机，使他的人生辉耀灿烂，而完成他的兵法……

但是，主水的灵眼已盲，他放射出高燃着情欲与邪念的目光逼迫公主。

“公主，快回答！否则要你命。”

“……”

公主肃然凝视主水。

“快回答！”

主水又踏进一步。这时，露心从背后大喝道：“无礼！”旋即跨进公主和主水之前。

“这家伙！”主水仍然不在意地从正面砍下，这次露心拔刀猛挡，主水反被震了出去。

露心的兵法以力取胜，非以技巧为主。反之，主水是技巧的剑法。主水受露心大力的阻挡，连连后退，退到了走廊边。主水一面后退，一面怒吼。

“你这和尚，要抵挡吗？”

露心也以怒吼应之道：“到外面去，到外面去！”

然后他对不知所措的与市说：“打开套窗。”

与市飞跑到主水背后，打开一扇套窗。

“好，和尚，走！”

主水轻飘飘地跳到庭院，露心也跟着跳出。

公主默默地望着这情景。眼中慢慢浮现了哀愁之色。

三

丧心病狂的主水和虽出家却守护着公主的露心，已经势在必斗，无法加以阻止了。公主已知势如箭在弦上，她视之为与己相关的宿命。

“来吧，和尚。”

主水剑取上段。

“来啦！”

露心则取中段。

两人相对趋进，彼此皆无间隙，但间隙是靠瓦解对方架势创造出来的。须以气魄、呼吸、运气和虚实来瓦解对方的架势，使之混乱。

因而，起先的一分钟，两人彼此瞪视，以量度呼吸。其实，主水的本领要高强得多了。主水脸上浮现凄厉的微笑，他很快就看出露心的实力。

另外，露心的脸已为拼死的决意所扭曲，露心似乎已经知道除了舍身砍下一刀之外，别无制敌之道。

“呀！”

武藏流特有的呐喊声从露心的腹部拼发出来。如奔流般前进的露心，舍命似的砍向主水的躯体。

“混账！”

主水吆喝，往后退，抡起大刀向进势已满的露心头上挥下。

露心却也不凡，惊险地回刀在头上架住。下一刹那，主水看似猛抽回刀，却在目不暇接之间把大刀伸向露心的喉咙：“呜，呜，呜。”

露心摇摇晃晃，血从露心喉头附近喷出。但露心没有倒下，张着大眼瞪视主水。

“嘻，嘻，嘻。”主水如魔鬼般笑着，不反顾露心一眼，跳上了走廊，再向公主趋进。接着，露心往前倒下。与市奔过去，抱起露心。“露心师傅，振作一下。”

“公主……”露心微微叫了一声，便垂下头。

“噢，公主！”

与市放下露心，愕然伫立，然后向外拼命喊叫：“杀人啰！快来人呀！寺尾先生！新太郎先生！松小姐！”

远处似有人回答。

“快来呀！公主危险呀！”

与市不断地拼命呼叫。

四

在原先的厢房——

“公主！快回答！”

提着血刀的主水，满脸尽是杀气与欲情，站在公主跟前高喊着。公主凝视着这模样的主水，眼中已无忧愁的阴霾，却也无憎恨之色。

“主水，把我杀掉算了。”

公主平静地开口说。主水眼中蓦然燃起憎恶的火焰。

“还，还是拒绝。我自岛原以来的真心难道也遭到蹂躏？”主水恨恨地说，但没用纵火烧萨摩营房之事来胁迫公主。

“主水，我知道你倾心向我的心意。但我不会嫁给你，我把生命代替爱送给你吧！把我杀掉算了，我的生命是你的了。”

“砍！”主水迟疑了一下。“那么，爱是谁的？是武藏吗？”

“如果武藏先生像你这样追求，也许会把爱献给他，但武藏先生不会追求，所以不是任何人的。”

“武，武藏那厮！”主水重握着刀，脸上散布着杀气。

这时，小小的人影奔向公主。

“阿姨！”

四五个孤儿依偎着公主。

“走开！”

主水高叫着，抡起了刀。这时，“啊”的一声，回首后望，提刀的手腕上刺着袖剑。

“哦，是阿松？”

“主水，来一决胜负吧！”阿松站在廊上瞪视着。

“哼……”主水拔掉腕上袖剑，猛然跃向阿松。阿松已早一步跳进庭院里。

“混账！”主水也随后跳进庭院。咻！阿松回头一刀砍向主水的脚。

“咔嗒！”主水巧妙地挡住了。但阿松的快刀已伸至主水胫部。

伤势不重。主水脚触地跃身而起，逼向阿松。阿松躲过，反身斜砍，刀锋划及主水额头，血立时飞出。

“哼，这家伙。”主水为这意外的错失激怒，不禁全身颤动，提着刀瞪视阿松。

五

阿松退缩。跟这类技艺高超的人用真刀比画，这还是第一次。主水本人的技法也跟江户时代相当不同。

主水如老鹰捉鸡般，一步一步逼向阿松。他轻提着刀，鲜血从腕上滴落，也从额上、胫上滴落。主水仿佛毫不在意。

阿松倾力与主水的威压抗衡。

“这狗武士，这丑男岂是挥动正义之剑的人！正必胜于邪！”

阿松心中高喊。

主水嘴角轻轻抽动。

“来嘞！”

阿松如是觉得，便踢地向前。这时，由利公主又出现廊上。

“主水。”公主出声说道，“为什么不砍了我？是你的了，但……”

“哦。”

主水迟疑了一下。阿松乘这霎时的间隙，以舍身一刀袭击主水。刀锋又横砍了主水的脸颊。

“混账！”

主水两手抡起大刀劈头砍下，阿松虽然挡住，却为其势所压，猛然往后急退，“叭”的一声倒在地上。

主水一跃而至，阿松虽倒下，仍把主水的刀拨向一边，一滚而跃向树丛中。与市握住其手，边向外奔跑，边拼命喊叫。

“快，谁快来呀？”

“来啦！”

从近处立刻传来回音。新太郎等五人团飞奔进来，差点跟与市和阿松碰个正着。

“公主呢？”

“快，快到庭院去……”

五人奔向庭院。主水站在公主面前，正抡起刀。

“主水！住手。先跟我们一决胜负吧。”新太郎从背后喊叫。

主水回头，脸上染满鲜血，只有眼睛闪闪发光。

六

“嘿，是新太郎！”

主水眼中又涌起新的憎恨，回首把刀架在正眼上，说：“来得好，老早想杀你了。”

新太郎也同样取正眼。“主水，乖乖受缚，这是主上的意旨。”

“什么？”

“奉命杀你！”

新太郎大声吆喝，乘势迈大步向前。

“咔……”二只刀锋如银蛇般纠缠在一起。刹那间，山东飞扑过来，主水后退躲闪。野田的快刀又迎面而来，主水将之拨开。宫胁与和田双刀劈头砍下，主水如飞鸟般闪过，一刀砍向阻挡在前的新太郎。新太郎以刀柄挡住。这时，主水望了公主一眼，公主由阿松和与市扶着双手，一面回头张望，一面走进屋里……

“呀，公主！”

主水发出悲痛的叫声，想追踪公主而去，仿佛忘了眼前的敌人……

“嘿！”

新太郎的刀锋乘隙，如闪电般击碎主水的肩头。

主水好像一点也不觉得痛楚，连连呼叫：“公主！公主！”

“奉命杀之！”其后的四人同时高叫，四把白刃如矢般砍进主水身体。主水全身是血……但主水没有倒下。

“公，公主！”主水又叫了一声。

声音太凄厉了，五人撤刀后跃，注视着主水，主水还伫立未倒。

公主又出现廊上，她不忍目睹，背转了脸，却喊道：“主水，我的命送给你！”

主水不知道有没有听到这声音，紧握的大刀掉落地上，紧接着人如山崩一般，跌落在地上。

新太郎奔驰而至，加上最后一击。但主水早已断气了。在这同时，山东抱起露心的尸体，唤道：“露心，是我，呀，迟了。”

新太郎叫唤阿松和与市。

“阿松！公主没受伤吧？”

“是，幸而……”

“与市，歹人只主水一人吗？”

“是的……”

“真的？我们要去找传次和吉之丞。主水的尸体由奉行所带走。请代向公主问候。其余的麻烦你们啦。”

留言后，他即奔驰而去……

七

离开鬼气阴森迫人的地狱图——主水濒死的挣扎，重回厢房，由利公主脸色发青，像要崩溃般坐着。与市抱拢孩子，满脸悲痛。刹那间的寂静……

“公主，请放心。主水已倒下去。”阿松用力说。

“松小姐……”

公主突然噤口不言，双手合掌。于是，阿松也低声说：“真是……”说着，自己也双手合掌。

阿松眼中清晰浮现了为情癫狂者可怜复可悯的景象。

如果主水未因公主而失魂落魄，自己也可能跟露心一样被杀。新太郎等五人团一定杀不了主水。

“呀，公主！”与市叫喊。俯首沉思的阿松吃惊地仰起头。

与市拉着公主的手。公主手上握着闪闪发光的怀剑。

“公主！做什么？”

阿松跃过来夺取怀剑。公主却意外地以沉着的声音说：“松小姐，别想歪了……我只是断发而已。”

“啊！断发？”

“我答应把生命送给主水。主水虽心怯未夺去我这条命，但对我来说，已跟没命一样。所以才断发。”

阿松吓了一跳。

“那么，公主，你是接受了主水的爱啰？”

“不，无论如何，我不能爱主水。但也无法挣脱主水坚决的真诚，所以甘愿用生命来代替爱。”

阿松睁大感动的眼睛，注视着公主。

“公主无法挣脱主水思念的心境，我懂得了。而且，也了解公主重视爱胜于生命的真意……”

接着，她又说：“啊，不过，公主，可不能断发呀。武藏先生马上就来了。”

公主却冷冷回答：“他来又跟我有什么关系？”

“那可不同。”

阿松猛摇头。

“这次一定可以结合，武藏先生和公主……”

“喂，你说什么？”

“武藏先生既然出仕，就跟以前不同了。”

八

由利公主默默凝视着阿松的脸，眼中却闪过一丝暖意。

阿松仍然继续说下去："佐渡爵爷自不用说，就是主上，据说也满心热忱，要亲自为武藏先生说亲……"

阿松故意不提公主的名字。公主脸面浮现出欣喜之情，而且逐渐泛红。阿松兴奋地说："据伊织先生的来函说，武藏先生自己也……"

公主打岔道："松小姐，别再说啦，我也不想再麻烦大家。我们还是快处理露心师傅的尸体。"

说着，她便站了起来。阿松也注意到了。

"对，必须先通知露心师傅的家人。与市先生，你到坪井的小河家去通知一声，好吗？回来时也请顺便到我家通知一声。"

"是，我跑一趟。"

与市有如复活一般，从座席上站起来。

不久，小河家和新太郎家都有家人和仆役奔驰而来，将露心遗体运回家里。

但是，主水的善后可没这么简单。出去寻找传次的新太郎至深夜回去后，才向长冈佐渡报告：验尸衙役到白梅庵，已天色大明。

主水的致命伤是右肩到背上的刀伤。除新太郎的这一刀之外，还有十处伤痕，真是惨不忍睹。其中，手腕、胫部、额头的伤是阿松砍的。

"不愧是肥后第一女剑士，勇敢善战。"验尸衙役也为阿松的勇猛咋舌不已。

验完尸，衙役宣称："松山主水，豪饮之后，心智丧失，侵入白梅庵，杀害和尚露心，是故，寺尾新太郎斩杀之。罪在主水，新太郎无过。尸体弃之。"

于是，衙役令役夫将尸体抬离现场。似乎是依佐渡预先交代的方式处置。

公主和阿松皆合掌目送主水尸体离去。

另外，传次本可逃逸而去，途中却想起主水所存的巨款，折回窃取，以致为新太郎等人所发现，当场被杀。

门人村上吉之丞行踪不明，据说后来在江户成了相当有名的剑士，并开设武坛。

又，主水遗体被弃置于乱葬岗。据传，后由亲属偷偷运回八代。

九

黎明后，佐渡立刻将昨晚之事报告忠利。忠利皱眉感叹道：“哦，辛苦了。由利平安无事，真是万幸。阿松、新太郎，能不负伤而斩杀主水，可佩！”

“如何向八代老君侯报告？”佐渡问。

“聘用主水，是岛原之役的恩赏；斩杀主水，则是犯罪之处罚，两者皆顺理成章，我毫无可悔之处。若老君侯垂询，自当一一细述，无须预先报知。”忠利回答，接着又加上一句，“为使藩中之人了解，你可将此事晓谕众人。”

佐渡召集重臣及有职藩士，传达主上意旨道：“主水丧心病狂，有不利主上之举，并闯入白梅庵杀害露心，故依主上意旨，召新太郎斩杀之。”

对此，无人怀疑。所谓丧心病狂、对主君不逊、闯入白梅庵，主水似乎确都犯了。此外，主水的声望也浮而不实，甚至门人也没有一个为主水人格所折服的。

这事件也给全藩年轻武士带来了贯彻始终的效果，同时这正表现了“无论技艺多么高明，若违反君命，有损士道，皆杀无赦”的意旨。

“所谓兵法绝不止于技，还要‘心’！若能尽忠，技逊者亦能斩杀技高者。”

无论老少武士都这样想。武藏的形象现在更像破云而出的满月，逐渐在全藩藩士心里升起。

“听说，主上将正式聘请武藏先生了。”

“真好！让先生的兵法成为本藩独有的兵法。”

“必须全藩一致迎接武藏先生。”藩士中有人这样说，这样想。藩内这些声音自然会传入新太郎的耳朵。

事件完全处理完毕后的一个晚上，他们群集新太郎家举杯祝贺。

“光风霁月，迎接师傅的天地，已一尘不染，其后只有暖席以待啦！”

新太郎说。众人皆欣喜地以目相望。

醺风

一

梅雨过后的六月底，某日，一位年约四十岁、表情稳重的武士，衣着华丽，站在小仓城内宫本伊织府邸的大门外，请求传报道：“请问，有人在吗？有事相烦。”

“谁呀？”

担任传达的仆役走出来，匍匐席上。

“肥后细川家臣岩间六兵卫，求见宫本先生。祈请传达。”

“是，请稍候。”

仆役进去告诉伊织。因为是清晨，伊织尚未上殿。

“什么，原来是岩间六兵卫兄。”

伊织立刻想起来了。岩间六兵卫的俸禄八百石；身任书院组头[①]，颇获忠利宠信的沉稳人物。伊织在岛原之役曾见过好几次。

“是那件事吧。”伊织想。并亲自去告诉另一房间的武藏。

“父亲，熊本的岩间六兵卫兄，在门外求见父亲。”

---

① 组头：即警卫队队长。

静坐冥思的武藏，静静地张开眼，倾首想道：“岩间六兵卫？”

“就是那位身任书院组头的先生，我在岛原之役时曾见过。我想大概是忠利侯派来的密使。”

“哦，想起来了，我也认得。请他进来吧。”武藏表情显得有点儿紧张。

岩间六兵卫被引到外厢房，伊织先述久违之意，六兵卫则说昨晚已至小仓，住旅舍一宵，今晨来访，旋即说明来意：“其实，我是奉主上之意前来。”

这时武藏进来了，双方致意后，六兵卫肃坐说道：“六兵卫来见，非为私事。先前，伊织兄给佐渡先生信上说，先生愿出仕主公忠利。主公回藩后，获悉此讯，欣悦愈恒。”六兵卫以老练的口吻温和地说。

“嗬，原来如此。”武藏和伊织都脸露笑容。

“因而，全藩商量后，决请先生早日莅临，但此事须先了解先生意向，所以今晨在下特意求见。”

“我的意向？”武藏惊奇地反问。

二

六兵卫端坐继续说下去：“先生是天下第一的兵法家，延请的主君则是九州中原的太守。若俸禄和格式不相当，势将贻笑大方。故重臣皆一致认为须先知道先生自己的愿望。”

“嗬，是这件事？”武藏显得有点意外。

“若能不吝指示一二,六兵卫即不负此行使命……”

“嗯。”武藏表情严肃，沉思默想。

武藏根本没有想过俸禄额和格式。以忠利侯与自己的关系而论，更不需要格式。以食禄而言，对一个过惯清贫生活的独身者也不需要很多俸禄。以新进藩士而言，只要给予相应的待遇就够了，不需要过分的待遇。万一给予过分的待遇，拟辞退不受。

但现在六兵卫却提到全藩或领主的体面。

“嗯，原来还有这么一回事。”

武藏态度凝重。默默沉思。六兵卫见此遂改口说：“啊，先生，不必今天即时决定。以后请用书简通知传令官坂崎内膳先生，即可直接传至主公处。”

于是，伊织辩解说：“岩间兄，父亲对这些毫不关心，也不曾对我说过。只愿一心三思为公家做事，就满足了……”

六兵卫又望着武藏，说：“噢，六兵卫敬佩先生这番心意。言辞不常之处，深感汗颜之至……”

武藏急忙开口说道：“岩间先生，疏忽的是在下。不错，藩有藩对外体面；也有对内的惯例，这样当然要充分考虑到待遇问题。不过，此事，在下必须考虑一番。仔细想过后，再回答坂崎先生吧。”

六兵卫这才放心，说：“谢谢。”

之后，默默伏手席上。公事谈完后，六兵卫表情沉痛地说：“另有一事须告诉先生。其实，此事理应由小河家直接报告，适逢我来求见先生，所以……”

三

“什么，小河家？是权太夫的事吗？”武藏反问。伊织也凝视六兵卫。因为六兵卫到小仓，刚好在白梅庵事件之后不久，所以武藏和伊织还不知道露心被主水杀害的事。

“是的。先生大概也知道，露心先生住在白梅庵，帮助由利公主。”

“嗯，是新太郎写信告知的。”

“这是十天前的事了。松山主水丧心病狂，闯入白梅庵，欲杀由利公主。露心先生挺身阻挡，与主水在庭前相斗，终于惨遭杀害。”

“真的？……”武藏张大了眼睛。

“那么，公主呢？”伊织紧张地问道。

“之后，事态极为危险，就在这时，松小姐奔驰而来，又在庭前斯杀，松小姐只受轻伤，却连伤主水三处，真是本领高强。”

“嗯，不错。”武藏点点头。

“这时，寺尾与和田、宫胁、山东、野田齐驰而至，顺利地砍杀了主水，公主才幸免于难。”

伊织松了一口气，武藏却以审判者的严肃表情说：“露心，力道雄厚，本领相当不错，但实非主水之敌。能解除公主厄难，着实了不起，虽败犹荣。阿松也非主水之敌，主水也许见阿松是女人小看了她。阿松虽是女人，却强而有力，有实战的经验。瞬间的技艺也意外地锋锐难当。若小看了她，名人也要遭殃。”

六兵卫和伊织倾耳敬听。武藏仍严肃地说：“当然，新太郎他们，以技艺论，实无力克制主水。然而，胜负未必纯以技艺决定。主水被杀，是因心丧之故。浑球！毕竟因心而亡身，若能有心又有无比的剑才，我也高兴。”

武藏倾吐般说，脸上开始展现怃然之色。

“先生，如此为主水惋惜的大概只有先生一人。主水视先生为仇敌，只想跟先生对抗。现在，全藩的人都知主水的邪念，齐盼先生入藩。主水充其量也不过是在先生之前消灭的泡沫之一。”

六兵卫说着又仰视武藏的脸。

四

以武藏而言，痛悼知己之死，不会有不同。不过，如果这是以刀对等斯杀所造成的结果，武藏就会以兵法家的资格进行冷酷严厉的批判。

而且，他又发现了一个冷酷的事实，在大多数情况下，胜者当胜而胜，败者必死。在使用武器的斗争世界里，无论攻守，都是如此。不过，对此，武藏并不觉得人世无常。如果觉得无常，便须放下武器，如果认为是罪恶而加以憎恨，便须把此世改造成没有武器的无斗争世界。

武藏在五十七岁以前，已跟许多武士战斗过，夺了许多人命。不过这些都是对立场上的比试，否则即是应战的厮杀。而这些全是尽全力，当胜而胜者，所以他有时会珍惜、怜悯对方的生命，但在“道”上并不认为犯了罪恶，以致不会觉得这是无常而须赎罪，也不会引发出佛家的菩提心。

武藏的这几种姿态，无论在当时或现在，都使人觉得他是剑鬼、杀人鬼或无情汉。

“岩间兄，父亲曾数度接受主水挑战，杀他的机会多的是，却都放过。”

伊织插口对六兵卫说，接着问武藏：“父亲，那时的心情如何？”

武藏回忆似的，闭了一下眼睛。

“嗯，确是如此。我心里很喜欢主水。他内心深处有种东西吸引了我，纯情、认真、果敢的灵魂！而且，我珍惜主水剑上的天分，期望他的兵法能有所发展。主水似乎并不是一个可恨的男人。”

“确是如此！”

伊织点点头，六兵卫瞪目惊视。

“先生，如果主水懂得先生这番心意，我想必有大成。但主水的想法却大不相同。凡向先生下手的人尽皆灭亡，即使不是先生自己下手……”

武藏听了，表情凝重，自语般说道：“我这个人毕竟只配单人独行。阻路之人大概都会被杀。同行的人也被迫远离而陷于不幸。不过，岩间先生，这种人今后却想出仕忠利侯，跟肥后藩士同行。请多关照。”

说到最后，他的脸上露出了温煦的微笑。

五

武藏最先因为无所求，而且不重形式，所以俸禄待遇等都打算任由对方决定。

但听了岩间六兵卫一席话之后，发觉由于大藩的体面与藩内的政治习惯，要决定这一些确也不简单。

而且认为由己方先提出自己的愿望，反而是对对方的亲切。但最具体的原因是武藏第一次仕宦，对这些全然不懂。

于是，他爽直陈述自己的心境，并以回信的方式致书传达官坂崎内膳。

其内容大意如下：

坂崎内膳先生

关于我的待遇，承蒙岩间六兵卫先生垂询，难以口头回答，故以书面陈述。

——在此之前，从未出仕藩国，日就衰迈，又加体弱多病，俸禄、身份皆非祈望，若能逗留贵地，有相应武具以供操练，另备马一匹，于愿足矣。既无妻子，又届老龄，无须美宅家财。少时曾六上战场，其中四次均无人能出吾右。众所周知，但非以此事以求待遇也。

——武具之运用，因时治国之事，自青年时期起即略有历练。承蒙垂询，敬答如上。

宫本武藏

细川家接获此函，即与忠利侯前举行会议。武藏信中洋溢着诚意、清澄的心境，而且不亢不卑。会议席上，内膳披露此函后，忠利击膝开口说："哦！简直挨武藏痛斥啦！目前的情况，如果武藏没有体面，我方也就不会有体面。给予武藏超过现实生活所需的俸禄，反会增加其负荷。可酌情衡度，决定他的俸禄额。不过，身份可不能如此，他有为将之能，须考虑万一有事之情况以待之。"

"不错，理应如此。"

众人在此函中看出武藏的风采，齐声感佩，但现在若再讨论下去，实在不好意思。不过要如何来决定其禄额呢？没人有主张，只好沉默不语，忠利亦然。

“唉，武藏那厮，居然提出了这么困难的问题。”忠利侯莞尔微笑轻声说。

六

“诚然。”在座的长冈佐渡、泽村大学都兴趣盎然地点头。

武藏在信函中清楚表明不需超乎需要的东西，既不假作，也不谦虚。

但要按其心境，无过与不及，依其所求决定禄额，着实相当困难。在座的大多数人虽佩服武藏的清廉，却也要顾虑到武藏的名声与大藩的体面。

“武藏的希望虽须充分尊重，但总不能只拨给一百石、两百石救济米呀！”

但这些话，谁也没有说出来，席上一片静默。不久，佐渡打破沉寂说道：“主上，姑且搁置，待明日再议吧。”

“也好，我也想仔细考虑一下。”忠利回答。

会议结束后，佐渡领着在座的养子寄之，坐轿赴龙田山下的泰胜寺访问大渊和尚。

泰胜寺是细川的菩提寺[①]，住持大渊和尚已过六十岁，是妙心寺派的高僧。

“和尚，今日来参禅了。”佐渡虽然突来此语，大渊却连眉毛也未动。

“这也奇特。”

大渊引父子到本堂，三人对坐参禅。静寂中，莺声轻轻流入。半个多时辰后，参禅结束，移坐茶室。年三十岁上下的年轻和尚恭恭敬敬迎接三人，奉上茶水。大渊引介年轻和尚道：“爵爷，这是最近云游到本山的行脚僧，名叫春山，请多多亲近。”

① 菩提寺：即细川家支持的藩寺。

“哦，我是佐渡，这是寄之，请多指教。”

“在下春山。”年轻和尚简言回答。

佐渡凝视着这年轻和尚。脸靥略黑，体格刚健，目光炯炯，一副勤修励行的禅僧风貌。

“爵爷，有何指教？”这次是大渊问佐渡。

“说实在的，和尚，碰到难题啦。”

“哦！”

“小仓的小笠原家有个名叫宫本武藏的兵法家。”

“武藏？贫僧知道此人。春山，你也认得吧。”

“是的，在小仓曾见过一两次。”

“要聘武藏到本藩，但待遇却有点难以决定……”佐渡望着大渊和春山说。

七

佐渡告诉大渊和尚聘用武藏的经纬，并把誊抄的回函读给他听。

大渊一直倾耳细听，佐渡读完后，浮现出愉悦的微笑。“哦，是比传闻更了不起的人物、杰出的作家。不用说，这是武藏给肥后藩的禅宗问答，难怪主上要那么说。是离俗又从俗的大丈夫心境，没有一丝欲心，没有虚伪，而且清楚说出所希望的待遇。春山，你以为如何？”说着他回首望春山。

“是的，想来是必杀之剑，毫无空隙。”春山也张目回答。大渊回眸注视。

“须去凡俗，空心以处之。爵爷，《碧严录》有云，僧问洞山，此佛如何？洞山云，麻三斤。”

大渊训诫般地说，接着赫然瞪目大喝：“喂，此武藏如何？”

佐渡如受当头棒喝，顿然灵台清明。

“欤，禄米十七人份，实米三百！”

“善哉！善哉！哇，哈，哈。”

大渊哈哈大笑。佐渡表情也松缓，望着寄之。

“寄之，你以为如何？”

“以双方的体面而言，禄米十七人份，以武藏身份来说是最低的俸禄，意外的微薄。不过，也有藩士以如此微薄的俸禄顺利地达成以武士仕宦的任务。以宫本先生的心境来说，可说是无过与不足的俸禄。然而所谓实米三百，意何所指？”寄之促膝反问。佐渡莞尔回道：“身份是客卿，职位是大组头，这已跟主上商量好，内定的了。而且想请他担任兵法指导。实米三百是职务上最低的津贴呀。”

“噢！懂了。”寄之低头称是。

第二天，复就此事召开会议，但谁也没开口。

佐渡微笑着仰视忠利的脸。

“武藏的待遇，身份为客卿，职位为大组头，尊意以为如何？”

“嗯。可以，各位，认为如何？”

“是，不反对。”重臣们都异口同声回答。大组头约相当于今日的军司令官。佐渡缓缓地接着说下去。

“俸禄额为禄米十七人份，尊意以为如何？”

“可以。”

忠利微笑点头。重臣脸上都明显地露出不解与惊讶的表情。

八

佐渡说出禄米十七人份时，列席的重臣都大惑不解，连泽村大学也怀疑地追问道：“由不多求，可知武藏清澄之心，但禄米十七人份毕竟是下级武士的俸禄，意下以为如何？”

佐渡沉稳地回答：“不错，禄米十七人份，似乎微薄。不过，在本藩，以藩士而言，有其标准的食禄，吾辈得享厚禄，系源于祖先的功劳及长年奉公做事的贡献，而武藏却是没有祖先功劳的孤独散士，禄米十七人份应该很恰当。武藏大概也不会要求超过此数。不过，这不是依武藏其人及其实力的评价而来，只是推断以前武藏与本藩之关系而决定。若果以前曾出仕他藩，那就嫌少。诚如武藏书函所述，他以前是个完全无禄的浪人，所以无须顾虑。”

诚然，理路井然，众人不得不颔首称是。但长冈监物又提出异议：“不错，这种处置极为妥当。但，客卿也好，大组头也好，都是藩的重要身份职位，而禄米十七人份却是徒步武士的食禄，实在不解此中深意！乞明示。”

“如前所述，禄米十七人份是对一个散士的待遇，既职为大组头，自当给予此一职位的加给。不过，因是初任此职，所以想给予实米三百石供其支用。此外，若有不足可随时增加，亦可由主上应时赐之。各位以为如何？”

佐渡说这完后环顾一下从臣。现在已没有人表示异议了。

起先，从武藏的声望而观，他们内心以为会给予千石以上。经佐渡仔细解释以后，觉得禄米十七人份，实米三百石，却也是迎接清廉之士最适当的处置。

忠利满面春风，开口说：“佐渡，这跟武藏的回书真可说针锋相对，相应无间。其实，我在江户已经请教过泽庵禅师有关武藏待遇之事？禅师即席垂示道：‘迎取一位散士，又有何难？我站在门口，仅以白米一勺即可供养一位行乞僧。’”

忠利经常师事泽庵。泽庵亦以忠利为俗家的传心弟子，极为信赖。

于是，武藏的待遇问题遂告决定。重臣们皆向忠利告退，只有佐渡一个人留下，两人相对而坐。

九

忠利脸现微笑，诚心问道：“佐渡，由利之事怎么处理？”

佐渡有点为难地说：“主上，自主水之事发生后，公主自称罪过，闭门谢客，连新太郎也不肯接见。”

忠利颔首道：“原来如此。她本有自省之心，又是一个倔强的女人，事情纵使起自主水的精神错乱，也自觉有罪、有污点。”

“诚如主上所言，据阿松对新太郎说，主水之事使公主深受打击。不过她对武藏的深情还是相当牢固，所以阿松对新太郎说，此事可暂且搁置，再设法为之。”

“嗯，此事不宜操之过急，那就等待机缘吧。不过，无论如何，要暖座以待武藏。武藏虽说不要居宅家财，但总要有个适当的居处吧？”忠利眼含温情。

“是，打算在城内安排居邸，开工兴建。”

佐渡感动地回答。

忠利抚摩近来突显消瘦的脸颊说：“佐渡，中年以后患病真可怕。武藏自称病弱，去年的病患一定给他相当大的打击。长久的独身生活，严格的修行……无论如何，要好好照顾他。”

佐渡吓了一跳，仔细观察君侯的脸庞，说：“看来，主上似乎也消瘦了，贵体如何？”

“不，没什么。不过，就像刚才所说那样，老年病已经慢慢出现了……我真羡慕你老而弥健。”

忠利羡慕佐渡而脸露笑容。佐渡虽是臣下，但佐渡的妻子是忠利的姐姐。佐渡的养子寄之是忠利的幺弟。在格式谨严的当时，纵有血缘关系亦需执君臣之礼。不过，仅两人在一起坦诚交谈时，忠利侯一直都与佐渡特别亲近。

佐渡想起岛原之役以前忠利患重病的事情，仿佛要拂去此一不安似的，鼓舞道：“总之，主上不仅是吾藩，也是国家的柱石，必须永保康壮。武藏来了以后，愿主上常去放鹰狩猎，已经很久没去狩猎了……”

忠利也重新想了一下，爽快地笑道：“嗯，岛原之役以后，是没有畅快狩猎过。呵，对了，听说武藏也很喜欢放鹰狩猎，这也是一件乐事呀！”

流云

一

就这样，细川家迎接武藏的具体方案业已决定。但是获悉此一方案后，很多藩士对于这种过分微薄的俸禄，大不以为然。新太郎等五人团亦然。

“我们期待的，却只此而已……”

他们深觉气沮，经佐渡详加解释，才逐渐开怀。

当时，佐渡谈到由利公主时说：“主上对此事也颇为留心，欲游说公主为武藏预备温暖的家庭。”

并托请阿松慢慢进行准备工作。

新太郎回府后，将此事告诉阿松，阿松欣然接受：“自那晚以后，我也尽量避免跟公主谈到武藏先生的事，现在起一定慢慢试探。”

阿松对公主的敬意与同情已越来越深，对武藏的反感也随之而逐渐转淡。

“通小姐和悠小姐都那样子过去了，这次一定要好好拉拢。”

阿松决心要把武藏和由利公主撮合在一起。

当晚，阿松带着手做的米团到白梅庵去见公主。现在，公主比谁都高兴阿松来访，她快乐地迎了出来。

“由利小姐，武藏先生的待遇终于决定了。”阿松爽快地说了出来。

“哦，俸禄一定很高啰？”公主尽力假装平静，口气有如一般人。

“据说是禄米十七人份，实米三百石的微薄俸禄……”

公主真的很惊讶：“那一定会逐渐增加……”

阿松说出了事情的经过后，公主的眼睛光耀明亮。

“我懂了，武藏先生出仕大概不是为了俸禄，也许是因为尊敬忠利先生为人的缘故。武藏先生为人情所动，这可能是第一次。佐渡先生细密的处理，主公的温情，诚令人如沐春风。”

阿松乘机说道："的确，主上不以俸禄，而以温暖的心迎接武藏先生，据说还很关心武藏病后的日常起居哪！"

说着，她便举首仰视公主的脸庞。

二

公主直爽地接着阿松的话说："真是难得。今后的武藏先生，我想可以过着平常人的幸福生活啦。"

阿松提高声音，一口气说下去："由利小姐，我一直都说，但愿你能亲自照料武藏先生……是的，这也是主上所期望的。佐渡先生自不用说，我的哥哥和哥哥的同志都衷心期望你们缔结美满姻缘。"

"哇！"公主双颊泛红，垂首不语。过一会儿，抬起来的脸却苍白如纸。

但她仍浮现着稳静的微笑，说："松小姐，此事稍后再谈……"

阿松略显不安地谨慎说道："当然，这是女人一生的大事，我想应该仔细考虑考虑。不过，由利小姐，那晚的事，请别再放在心上。"

"那件事，我也要仔细想想。不过，像以前所说，我不打算麻烦大家。"

公主接着以严肃的表情问道："松小姐，听说主水热恋悠小姐。悠小姐对此感受如何？"

阿松一面追忆遥远的过去，一面平静地回答："这个嘛，悠小姐不管主水的思念多真诚激烈，都丝毫不给予同情，甚至认为被如此思念，是一种侮辱，因而有受辱之感。"

"哦，是多么清纯的公主。但，悠小姐如何拭清这种污辱感呢？"

阿松稍微口吃地回答："悠小姐似乎相信，武藏会替她洗清这种污辱。"

公主急忙问道："这是指砍杀主水？"

"是的，悠小姐强烈期望如此。不仅对主水，就是对热爱武藏先生的铃姑也一样……”

“武藏先生无意杀他们吧？”

“是的。其实应该把他们杀掉，这样，悠小姐也就不会为铃姑所杀了，那时，我想，武藏先生不懂女人心！不知爱慕之情！除了兵法之道以外，心如冰石！”

阿松不禁口气激越迅捷，却慌忙加了上一句：“不过，我觉得武藏先生的心现在也变了，如由利小姐所说，他为主上的情爱所败了……”

三

由利公主以深邃的目光望着阿松，用温和的口吻说：“是的！确是如此，武藏这个人就是这样的人。不，就主义而言，他以兵法为第一，恋慕之情皆视之为修行之敌而加排斥，但这反而吸引了女人心。他的风采仿佛高耸的巍峨山岭，踏越险难，独自行走……”

阿松又被勾起旧事，含恨地说：“确是如此。通小姐和悠小姐……都陷于不幸。思念武藏先生的女人跟与武藏敌对的男人一样都灭亡了。”

但很快她又改口说道：“不过，如刚才所说，今后的武藏先生大概也会接受女人的爱了。在这熊本已经没有一个男人跟武藏先生敌对。以主上为始，都暖席以待……”

“哦，这个嘛？”公主寂寞地微笑说，“总之，松小姐，刚才的事让我仔细想想。而且在我愿说之前，请别再提……”

“由利小姐，很抱歉，我逼迫你啦。”阿松惶恐地说。

“以后请多来聊聊，不过请不要谈这件事。”

“是，我会再来……”

不久，阿松就回去了，离座的与市进来。

“与市先生，为什么要离座？”

“我想你们有话要说。”

“与市先生，不管对方是谁，我没有不能说给你听的。松小姐要我嫁给武藏先生做妻子，你大概已经知道了吧？”

公主毫不隐瞒地说。与市却表情寂寞。

“是的，我已经知道。如前所说，请你嫁给武藏先生吧！”

公主肃容道：“与市先生，如果我嫁人了，你将怎么样？”

“我回长崎，跟妻子和子女在一起，重新经营当铺为生。公主，请你别为我的事烦心。”

“如果我不嫁呢？”

“仍然回长崎。这里的孩子都已长大了，不再有要我做的事……”

公主望着与市。与市不好意思地低下头。

“与市先生，我晓得了。不过，你也姑且让我想一想。”

公主深情地说。

四

与市像被看穿自己的心意一般，猛烈抬起头，慌张地说道：“公主！公主！请别管我……唉，我怎么这样无聊。公主不要考虑到我，请你自由下决定。”

公主却摇摇头。“与市先生，谢谢你。你能这么说，真是高兴，不过我必须考虑考虑与市先生的事，我背叛了与市先生……”

“哪，哪里的话？”

“与市先生，你放弃家人，也放弃了买卖，跟我一齐工作，主要是因为跟我要拯救世上可怜孤儿的理想与热情发生共鸣吧？我也有意把我的一生投注进去：不仅要养育天主教徒的孤儿，也要养育世上所有的孤儿。可是，我已经背弃了。”

“公主，你说什么！”

与市瞪大眼睛，拼命加以阻挡，但公主摇头摇得更厉害。

“不，我是背弃了，还好，我把岛原带回来的孩子一个个养大了，但同时也日渐失去拯救孤儿的热情。”

“公主！公主已顺利完成最初的目的了。在这日本，有哪一个人像公主这样完成如此艰巨的工作？”

与市要哭出来一般，尽力辩驳。公主依然不屈地说下去。

“与市先生，我的确不怕死，而且把整个生命投注到这件事上。但我投注进去的生命只我一人而已，与市先生却跟我不同，连家人都投注进去了，可不是？”

“这，这……但，但是……”不善言辞的与市结结巴巴地说道。公主眸中浮现了泪珠。

“与市先生，你的心真美！你才是纯粹为他人挺身而出的正义之士。我可不是，我是大骗子。”

“公主，别这么说。”

“不，与市先生请听我说。我要把一切说出来，要把心中的一切说出来……不管是秘密的，还是龌龊的。”

公主把膝盖稍稍挪前。

“公主，我不要听了！你说了，我也不懂。”

“与市先生，请你听一下，务必要听！”

公主双眸泪水潸潸而下，仰视公主的与市沮丧地说：“好，我听，公主，什么话，我都听……”

五

由利公主缓缓地说：“与市先生，这是我第一次说出口的。我在江户第一眼见到武藏先生，就爱上了他。但我也知道，武藏先生排斥爱情，是个巍然耸立于爱欲之上的人物。甚至因为武藏先生是这个样子，我才更倾心，更受冲击。我心底怀抱着武藏冷严孤高的形象，为此而满足，而在长崎的寓邸静静生活。但毕竟不行。”

公主呼吸急切。

“我这个女人并不是静得下来的。一天，我的心顿然燃烧起来，变成火焰了。点燃这火焰的是幕府对天主教的镇压，对孤儿的同情，与对幕府权力及天主教冥顽不灵的愤怒。于是，我行止有如夜叉，开设白百合寮以收容孤儿。就在那时，遇见了你。”

与市的脸上也有血液奔驰。

“公主，是的，我深为公主的热情所动，舍弃了一切，决心参与公主的事业。”

公主苦涩地点头。“的确如此，我自己也为正义和人类的爱而燃烧。但于今思之，这实在是天大的骗局。我心中所燃烧的是武藏先生。为武藏先生燃烧的思慕之情转变为对孤儿的同情，再变换成对权力与冥顽的愤怒火焰。这些到现在已一清二楚。如果我当时嫁给了武藏先生，我一定把可怜的孤儿忘得一干二净，跟任何人一样，成了一个只懂料理家务的妻子。岂止如此，甚至可能变成一个为丈夫不惜说谎作伪的女人，或者成了背叛同志的坏女人。”

与市吓了一跳，插口说：“公主！思之过甚了。不管火源是什么，公主对孤儿的同情绝非虚假，而且非常成功地达到了。我相信公主的心灵。森都先生和那三个年轻人也相信它才被砍杀，露心师傅也一样。我要是认为被公主骗了，那以前的战斗便全无意义，公主，请别顾虑，嫁给武藏先生吧。我也要回长崎，跟妻子共同生活。让以前的战斗成为一生中最快乐的回忆……”

与市以拳拭泪。公主张开了眼睛说：“可是，与市先生……”

她突然噤口不言，接着像安慰与市一般，轻声说道：“对不起，与市先生。又在发牢骚……啊！我罪孽深重，不知如何才能回报你的大恩……”

六

倾注在碧绿新叶上的阳光，强劲刺目，无疑地，熊本已届盛夏，如湖底般清澈的蓝空，白云缓缓流动。

一天，长冈佐渡突然与新太郎一块儿到了由利公主的白梅庵。

佐渡和由利公主，这是第一次见面。彼此互相致意后，佐渡首先褒奖公主领养天主教徒孤儿的工作，接着把话题转到武藏身上。

“听新太郎说，武藏也为你的意志所感，曾尽微薄之力，其实，武藏也跟孤儿一样……”

又说：“不知你知道否，我本是武藏父亲新免无二斋的门徒。无二斋师傅是个性格严肃的兵法家，长子武藏——幼时叫弁之助，这个弁之助也是一个很少露出笑容的武道中人。”

佐渡谈起少年时代的武藏。

“弁之助体格壮硕，天生就具备兵法家的资质，但不知何故，无二斋不肯教弁之助兵法，弁之助也很顽固，死也不肯请父亲教他。于是，他径往野山，以树林为对象修炼兵法。这大概是在他九岁或十岁的时候。”

由利公主和新太郎倾耳细听。这是他们第一次听到武藏幼年时代的事情。

——一天，无二斋在武坛跟弟子练武。以前，弁之助很少在武坛出现。这天，不知何故，站在武坛门口，微笑着望着练武的情形。无二斋突然看见他，出声说：“弁之助，有什么好笑？”

弁之助笑了起来：“嘻，嘻，嘻。”

样子看来似乎很瞧不起父亲无二斋，无二斋大怒，拔出大刀旁边的小刀，往弁之助扔过去。

弁之助轻易地把小刀格开，跳到外头，无二斋愈发生气。

在场的佐渡看不过去，想拉拢他们父子的感情，无二斋却满脸严肃地说：“长冈，对这孩子的将来，我总为不祥的思绪所纠缠。你看他那眼睛。自古以来，那黄瞳眼睛的人，都冷酷无比，杀人也不当一回事。实在是罪犯的眼睛，为人为世，理应加以斩杀。”

说着他便叹了一口气。佐渡说到这里，咽口气又说：“我为师傅那气势汹汹的样子大吃一惊，悄悄把这件事告诉了师母，师母因我劝止不了，对师傅大为气愤……”

七

师母责备师傅无二斋对弁之助的态度过于冷酷，无二斋说："年纪轻轻就胆敢诽谤父亲的兵法，你该助我把他杀了。"

师母见师傅不肯放手，大怒，带着弁之助回娘家。但不久，师母因突然而来的疾病去世了。弁之助又被带回到父亲那里。

可是，无二斋不愿弁之助学兵法，便把他寄在寺庙里，自己也病逝了。于是，经亲戚们协议的结果，依从父亲的意志，把弁之助送到母方亲戚所经营的寺庙里。

佐渡说到这里，接着又说："因而，武藏自幼年起，因父子关系不好，形同孤儿一般。但武藏并不以此为苦，对无二斋师傅的严酷也未抱憎恨之情。而且，正因为如此，他才更坚强地独立踽行。对世上的孤儿似乎也很关心。伊织是孤儿，造酒之助也同样是孤儿。此外，我还曾听过好几次他救助孤儿的事。岛原之役，武藏帮助由利小姐，我想也是由于武藏对孤儿的同情。武藏这种心态的来源，我想可能是因为武藏自己内心也隐藏着孤儿的孤寂感，才觉得他们很可怜。"

佐渡说完话看了一下公主的脸，公主静静地点头回道："武藏先生的生长过程，这是第一次听到。这样听来，武藏先生似乎怀抱着孤儿的孤寂感。我毕竟也是孤儿……"

佐渡不禁促膝说道："由利小姐，你能不能安抚武藏那孤儿的心？"

公主眼底闪过了一副嘲讽的影像，接着微笑道："你是说要我做武藏先生的母亲？"

"是呀！是啊，我想请你做他母亲把他接到熊本来。"

"佐渡先生。"

公主改换成久已未见的才智纵横的态度，尖锐地反击："武藏先生是为找母亲而来的吗？"

佐渡为之一挫。

"嗯……他的灵魂的确是在找母亲。"

“不，心底的呢喃不足为信。若不清楚说出，我不能做人母亲，也不能做人妻子。”公主断然地说。

八

对公主这意外的反击，佐渡“哦”的一声，双手环胸。公主继续说道：“武藏先生独步于孤高之途。他能出仕忠利先生，确是不错。忠利先生长久以来的恩情，似已相当强烈地渗透到武藏先生心里。但是，武藏先生无法同时拥有主公的恩情和对妻子的情意。新太郎先生，你以为如何？”

公主转眼向着新太郎。新太郎受此一击，无法回答。

“这个嘛……”新太郎低了头下。事实上，新太郎不用说，就是佐渡、忠利、身边的伊织，也都无法确定武藏会跟由利公主结婚。他们只是一厢情愿地希望如此。

佐渡穷于回答，只一味注视公主的脸。果真不愧是传闻中的女中豪杰，玩大名于股掌之中的女人——佐渡深感敬佩，于是干脆曳甲说道：“呵，呵……惶恐之至，未确定武藏的本心，只一味强迫公主，确是我的过错，请宽谅。”

不过他仍然叮嘱道：“武藏到本地来了以后，我要仔细确定他的本心，然后再来拜望。在这之前，由利公主，请不要走，待在这里。”

公主爽直地说：“好。我到肥后来，本是依武藏先生的指示，我不会随便迁移。”

佐渡和新太郎这才放心地回去。公主立刻把与市叫来。

“与市先生，我好不容易才定下了心。”

“哦……”

“自长崎以来，我遭遇了种种事情，但我毕竟是以前的由利、茶道的师傅。”

“哦，那么跟武藏先生呢？”

“跟以前一样，一直眺望着……有亲近的缘分就亲近……这可要看武藏先生的心意而定。武藏先生是兵法第一的人。如果我想去推开他的兵法，定会有灭身之祸。我可还不想死啊。”

“唉，我懂了。那，我也可以放心回到长崎妻子那里啦。”

“请你回去，我们彼此回到以前的原样，重新开始吧！”

“是，我即使又去经营当铺，也不让人抵押刀。”

“我打算坚持女人的矜傲到底。即使爱人，也不做男人的奴隶。”

两人闪亮着眸光交谈。

武藏来也

一

武藏的身份与食禄早已决定。但到七月底。熊本城内府邸修整完工后，才派飞脚送正式的聘函给武藏。

“既已决定，应尽早发聘。”

重臣们都这样想，佐渡却不然。

“武藏的行动难以揣测，若不经意发出聘函，一定会有错失。”佐渡想。

聘函文意极为庄重，但重要的身份与俸禄皆未写上。既悟武藏真意，做了无懈可击的决定，写上了这一些反而落于俗套。

这事当然很快就为藩士们所知。参加岛原之役的人，早知武藏的风貌。但全藩在不知不觉间都谈起了武藏的事。

“连将军家的切望都拒绝的武藏，却出仕本藩，而且是禄米十七人份的微禄。”

“据说，以前也拒绝过黑田家的聘请。”

“尾张家不是拒绝他出仕为官吗？”

“那可错了，这是嫉恨武藏者的中伤。以前据说有人听了这消息，曾经直接问过武藏，当时武藏哈哈大笑，回答说，看看我这奇装异服，就可以知道我不会有仕宦之望。”

“是啊，武藏赴尾州①，并不是为了求官。当时，武藏应各地大名之请，指导藩士兵法。现在尾州也有武藏的门人。其中，竹村玄利、林资龙是东海②有数的名剑手。”

“武藏为什么愿意以微禄出仕本藩？有人说是因为体弱多病，不足为用了。”

“这也是毁谤。去年虽生病，现已痊愈，精神比壮年人还要好，岩间先生曾见过，绝不会错。武藏愿意出仕本藩，是因为感戴主上之德。”

“哦，是吗？”

说至此，众皆感动称是。主君忠利是所有藩士敬爱的对象。

但是，武藏什么时候到熊本呢？

藩士们想起了武藏以前赴江户城进谒将军时的衣着风貌。晋谒将军也不肯换下的白绫夹袍和无袖披褂，以及长垂腰际的乱发。他们屈指等待武藏的出现。

二

“要等待武藏，就不能预算他来的日子。”

佐渡这样想，但内心又不期然地算着武藏到达的日子。

武藏在小仓已经住了很久，不仅与小笠原侯有密切的关系，就是亲交的藩士为数也不少。接到飞脚的书函后，仅辞行也要花上三四天，而后若绕中津，取道阿苏路则要几天；若经丰前街道即筑后路而来，则要若干日……将武藏视为兄弟的佐渡屈指算着日子。

---

① 尾州：即尾张，今爱知县一带。

② 东海：即东海道，在今京都与东京间靠太平洋一带地区。

对引颈企待已久的新太郎等五人团而言，更是如此，他们选定最短的日子。

“绝不会绕道中津，一定是走丰前街道，到这一天就该到植木一带去迎接了。”

想着，他们内心不禁振奋不已。

就在他们预定日子的三天前，太阳高悬。五人团在城里的聚会所聊天。这时，尾藤金右卫门等与武藏有关系的武士，约有十人蜂拥而来。

其中有位四十三四岁的中年武士，看来颇与一般武士有异。

“寺尾兄，据说武藏先生要来啦……”

这中年武士以诚恳的表情向新太郎施礼致意。

“呀，是矢野，你也跟师傅有关系吧？”

新太郎回答。

“何止有关系？我在金田遇见先生，陪同上京学书，把我推荐给本藩的还是武藏先生呢！”

“对，对，我听说过。”

“后来就没见过，但在岛原见了一面，却无法促膝长谈。我想到途中去迎接。”

“行啊。我想从今天算起，三天后就会到。不过，需要连续出去两三天哦。”

“是，就是一个月也无妨。”

这中年武士莞尔微笑，他不用说就是以前的矢野三十郎。俸禄额一百五十石，以画出仕的云谷派画师。岛原之役时，他也从军，跟武藏见过面，因无特别之处，故将此一场面，略而不提。他学云谷派的正宗，技艺相当不凡。不过，在心境上似乎与武藏有相当差距。

就在这时，岩间六兵卫慌慌忙忙地跑进来。“寺尾兄，看到武藏先生了！”

“什么，看到师傅了？”众人都挺起了腰杆。

“骑马兜风的年轻武士，在植木郊区看到了先生，立刻策马赶回报告佐渡老爷。”

“真的？那我们去吧！”

新太郎等一齐从座位上站了起来。

三

新太郎等五人团飞马奔驰而去。到植木与京町的中间鹿子木时，便看见了武藏。

“哇！”

一看见武藏，他们都张大了惊喜的眼眸。气宇轩昂的武藏骑在马上，背后是映照在七月强烈阳光下的一片浓绿树林。白绫夹袍的单衣上罩着白色镶边披褂，下身穿着白色镶边袴子，长发在脑后随风飘荡，梳得整整齐齐，容姿焕然一新，沿着肥后路缓缓行来。

后面跟着步卒，提着枪，挑着铠柜和衣箱，还有一匹替换的马。

新太郎等五人从马上跃下。武藏骑着栗色小驹，静静跨坐在黑漆底色上画金色莳绘的马鞍上，微笑着走过来。

“师傅！我们来接你。”

“哦，辛苦了。”武藏想从马上下来。

“师傅，请不要下来。佐渡老爷已等急了。我们骑马陪师傅。”

众人骑上马跟在后头，也许是太兴奋了吧，没有一个人开口说话。武藏也默默策马前行。

这时，在出町附近转角处，尾藤金右卫门等一群徒步的武士正等着。

尾藤依然大声说话，向马前走来。

“宫本先生，你好！”

“哦，是尾藤先生，真不好意思让各位来接。”武藏想从马上下来，尾藤金阻止道：“就这样，不要下来。”这时，从旁跃出一个少年，伸手抓马辔，微笑仰视武藏。

“师傅，我陪你。”是寺尾求马助。

"嗯，是求马！"武藏也俯视，微笑。

接着又有三个一组、五个一群的藩士出来迎接。走进京町时，已有五六十人跟在武藏后头。

町人们侧目仰视马上的人。知道是武藏后，也有向他行注目礼的。

于是，这意外的一行洋溢着荣耀与感激，穿过外堀门，到了长冈佐渡的府邸。佐渡的家臣并列在大门前迎接，武藏和五人团立即被引到后院，奉上茶果。不久，佐渡满脸笑容地走出来。

"呀，武藏！你是乘云而来吧！哈，哈，哈。"佐渡坐下，欣喜地笑起来。

四

武藏肃容，恭恭敬敬，双手伏席，施礼道："接到聘函，即日启程，刚刚才到。得见尊体健壮，至感欣慰。"

佐渡仍然笑容满面地说："什么，即日启程？这倒真没想到。我想至快也要在三天以后呀，哈哈哈。"

说着他又大笑，旋即端坐道："武藏，久违了。来得好，真叫我望眼欲穿哪。"

说完，他双目凝注着武藏。

"是。"武藏仍然双手伏席……

"听说去年得重病，谅已痊愈……主上也很痛心，说老年得病，怕身体支持不住……"

武藏的脸容比以前苍白，双颊略显消瘦，鬓边已有许多白发。武藏终于抬起头来。

"惶恐之至，主上贵体谅必康健无恙？"

"嗯。岛原之役后，又参与幕府政治，因深得将军家信赖，故在江户亦繁忙多劳。虽然没有什么事，但比赴江户前，看来要消瘦些。武藏，你要好好做主上的知友，以宽解主上的心情。"

“是，只要身之所能，必竭力奉公。”武藏双手伏席回答。

接着又加进新太郎，宾主融合如一，闲聊欢谈。谈话中，武藏说起离开小仓的情形。武藏自岩间六兵卫来访，即决意出仕。于是向藩主及旧识藩士讲明己意，感谢以往的厚待，整理随时可启程的行装。

所以他一接到正式聘函，即进小仓城，向忠真侯告辞。

忠真依依不舍地说：“家臣们今晚要开饯行宴哪！”

武藏致歉道：“殿下，实无限依依。但我已定今日启程，祈请宽谅！”

“什么，今天就要去了？”

忠真侯确也吃了一惊。

“既已接获细川家正式聘函，不愿多费时日，愿能及早到达君前。”

武藏的回答实不愧是个武士，忠真也不由得敬服不已。

于是，武藏让伊织事先安排好的步卒挑着行李，带着两个年轻武士，骑马离开城下町，殿下的代表及旧识藩士多送到郊区。这么一说，武藏早三天到达熊本，实不足为奇。

五

漫谈中，佐渡开玩笑地谈到武藏的衣着。

“武藏，我还第一次看到你穿袴呢！”

武藏极认真地回道：“跟以前已经不同，既已出仕奉公，理应尽量跟世俗同调……”

就这样，武藏在佐渡府邸度过了熊本的第一宵，第二天清晨，即前往进谒忠利侯。

武藏穿着一套新的礼服，挟着爱刀“伯耆安纲”，领着忠利拨给的随从，因职位是大组头，所以骑马进城。

今天是正式的会见，所以忠利也进入城内大房等待，左右由重臣陪坐。

完成会见礼后，坂崎内膳碎步趋前，宣读任命状云："赐宫本武藏禄米十七人份，自宽永十七年八月一日起永久支付。"

武藏双手伏席叩头道："武藏深致谢意。"

诸臣现在愈觉俸禄低微，都一齐转眼注视武藏脸色，是否有不豫之意。岂止没有，甚至还浮现感激之情。

决定职位为大组头之后，另赐赏米三百石。在这天正式的会见中，静寂无声。

接着，送来了清酒，忠利赐酒一杯，由此订下了难得稀贵的君臣之义。

"武藏，你知道，我等待这一天等了多久吗？"

忠利放下酒杯，双颊泛红，眼睛辉耀灿然。

"惶恐之至。自初次在江户见面以来二十多年，今日沐此宏恩，恍觉如梦。主上，惶恐之至，武藏所穿这件纹服，就是殿下颁赐的。"

武藏也感激得双颊微红。

"什么，是我送的？"

武藏回顾陪侍的新太郎。

"新太郎，你还记得吧？"

"记得……以前在江户，师傅拜谒将军时，主上赐师傅这件纹服。"新太郎回答。忠利拍膝说道："呵，对了。那时你没穿这件，只着平居服就进入江户城。那时，我还吓了一跳哪！哈，哈，哈！"忠利越来越乐。

六

长冈佐渡、寺尾新太郎等与武藏有密切关系的人，自不待言，就是在座的重臣也都以感激之情观望此情此景。佐渡更浮上了泪珠，他是武藏父亲新免无二斋的门人，了解被称为弁之助的武藏幼年时代，武藏跟佐佐木小次郎决斗时他又担任武藏的监护人。而且不时祈望武藏的大成与幸福。

正式晋见礼顺利结束，从黄昏时分起，在花畑馆由重臣与近侍列席，举行引见宴会。参加岛原之役的人大多已见过，现在对武藏反感的人已经没有了。

不过，历代以来的重臣，权位都很高，虽然并无恶意，却也有人以严厉的目光望着武藏："虽然了不起，终究是新来的人，若有一点藐视我们之意，绝不宽待。"

而那些自信满满的沙场老武士则说："一对一的兵法剑技，我们不如。若是大军相持的会战，我们绝不落武藏之后。"

但武藏毫无夸耀自己的兵法，轻视旧臣之意。

见此，却有轻率之辈以为武藏好对付。忠利离座后就有人不经意似的问道："宫本兄，那时，我还是小孩子，不很清楚，据说，你和佐佐木小次郎在船岛决斗时，你的额头被砍伤了，是不是真的？"

问话的人是三十五六岁，禄额千五百石的村上。

"嗬，有这种传说？"

武藏抬起脸，望了一下村上，说："的确，在打斗时被砍伤额头吧。不过，如果这是真的，一定会留下伤痕……"

说着拿起眼前的烛台靠近自己的脸，把光秃的额头伸到村上面前："请你查查看有没有伤痕。"

武藏并没有发怒，但苍白的脸，异样的眼光——这就是面对小次郎等强敌时冷静、无情、如冰般的面貌。

好厉害，好可怕……村上立时变了脸色，静坐不动。

"怎么样？"

武藏以原有的姿态把脸伸向座上各人。瞬息间，人人屏息静气，其中还有好几个跟村上一样变了脸色，有的甚至浑身颤抖。佐渡警告说："村上！不能用传说来判断兵法家的舍命决斗。武藏的额头不会有伤。那时，武藏只被挑去缠头布巾，你说话要慎重。"

"诚如佐渡先生所言，了解了吧？"

武藏说着，静静放下烛台。

几天后，武藏带着从小仓跟来的年轻武士增田总兵卫和冈部九左卫门两人，从佐渡府邸迁到千叶城内的新居。迁居之后，佐渡说：“武藏，你病后新愈，一定要有人照理身边琐事。用个使女好了。”

武藏回道：“在小仓，伊织的妻子一直细心照料。在那以前，只跟男的在一起，所以我想在这儿只跟男人住在一起。幸好，伊织安排的两个年轻人都很细心，不会不方便的。”语气既不虚假，也不低声下气，只是淡淡的。

佐渡不再说第二句，只说：“那就带个仆人去。”

伊织给新太郎的信中说，武藏虽未明白表示，却也希望得到由利公主的内助，佐渡内心很怀疑这是不是估错了。于是说道：“武藏，因你的托付，新太郎已照顾由利公主。主上也常常赐给物品。”

对此，武藏惶恐地说：“着实惶恐。事非得已才要新太郎照顾公主的安全，想不到竟烦扰主上，实在不好意思。”

佐渡摇首道：“不，那可不是，主上挂心的不只是你和公主的关系，也为公主与苦难战斗、养育孤儿的那份志气所感动。我曾见过她一面，的确是不凡的人物，不愧是你的知己。”

武藏也深深颔首。“不错，以人物而论，我也敬服不已，有不似女人的高迈精神，坚强的意志力，也因此而多遭苦难。”

“不过，武藏，纵使伟大，女人毕竟是女人，若有良缘，总会想嫁……”

“哦？”武藏倾首沉思。

“纵然有殿下的厚意，公主大概并没有这意思。”

“真的？”这次是佐渡俯首沉思，“那又为什么呢？”

“太过聪慧。嫁人为妻，仍然会有过多独立自尊的精神。公主是个与男人相颉颃，独自行走的人。”

“是吗？那可跟你一样啰。”佐渡微笑着说。

于是，武藏轻轻笑道：“哈，哈哈……”

于是，武藏跟小仓带来的两个年轻武士和佐渡派给的仆人一起迁往城中的邸宅。家具大都齐备，不足的也都由新太郎备妥。

另外，佐渡到花畑馆请安，向忠利报告了这件事。忠利也注意到了与由利公主相关的问题，问佐渡道："怎样，武藏的心意？"

"是的，我曾为此事，暗中试探武藏的心意。目前，武藏似乎还没有这意思。"

"真的？"君侯脸色有点沮丧。

"不过，武藏也衷心敬佩公主的为人，内心对她深有好感，是不错的，若是世间的一般凡人一定会变成爱慕……不过，武藏并没有就此打住，不跟她亲近。"

"由利那方面又怎么样？"

"公主似已看透武藏的这种心境，武藏不来求，自己也不愿意自动去接近。内心爱恋武藏，已确凿不移……不过，她也不是一个平凡的女人。武藏说，公主是跟男人颉颃，独自前行的人。不错，确也如此。"

君侯苦笑道："佐渡，看样子，这问题，我也无胜算哪！以世间常情来估量，总是失败的。"

佐渡也同样苦笑道："诚如尊意。这两个人就像住在不同山上的牡鹿和牝鹿，如果没有一个肯下山，就无法在一起了。这时机是否会来临，只得抱着愉快心情等待了。"

佐渡也向新太郎说出同样的意见，新太郎也说出真心话："想错了。其实，一看到师傅，这种想法就消踪匿迹了。"

其实，武藏病后曾突然想起要公主照料——以一种甜美的心境，但这只是刹那的闪光。现在做梦也没想到要公主照料而接近公主。他仍然抱着以远处高岭上的花来欣赏公主的心境。这是不易的事实。

就这样，武藏心中并未牵挂着由利公主，平静地迁进城下的邸宅。这儿是可俯视上林桥，远眺大阿苏山的胜地。

"这已非暂居之地，而是放浪四十年后，最后定居的坟地。"

武藏想着，不禁感慨万千。

花馆

一

武藏迁进新居后，第二天起，就以细川家的家臣到花畑馆服勤。虽是客卿的特别待遇，武藏仍始终执家臣礼。

上朝行礼后即退回守候室。武藏的守候室也就是接近家老室的重臣守候室。武藏常在此与重臣们交谈。

在这时候，近侍即来传唤。忠利侯有时和家臣、武藏一起谈话，但三次必有一次遣开左右与武藏在后院对坐倾谈。

忠利延聘武藏，当然不是要武藏担任兵法指南，而是期待武藏在一般政治上辅佐他。第一次上朝的那天，君侯传唤武藏至鹿室对坐交谈。忠利感慨说道："武藏，真高兴你决心到我这里来。"

武藏静静地仰望君侯，微笑道："我被主上恩情打败啦！"

他旋即加重语气。"也因此，我的想法更为开阔了。"

"你的意思是？"忠利的目光明亮，充满兴趣。

"我以前的兵法是朝向天地真理，独力以赴。但因败于主上的恩情，约略改变了。"

"哦，变得如何？"

"今后，不再独力以赴，想跟众生共同行走。"

"不错！这是指政道吧？"

"是的！以前以兵法为武器而战，是为追求自由。禅家认为脱离此世烦恼，以臻自由无碍之境，即是悟。我也是为脱离烦恼才战斗。人为什么会无缘无故饥饿、得病？这可能是因为人受到某些事物控制，失去了自由。我要向这剥夺人类自由的事物挑战。"

忠利表情渐趋严肃。

"武藏，这些我还能了解，但剥夺人类自由的是什么？"

"大概是时间之流与空间之大。时间使少年人霎时老去；空间将人束缚于一处。”

忠利有点慌乱，反问道：“武藏！这，这岂非是人间世界无可奈何的约束？”

“是的。但佛陀想从这约束中解脱。不，不仅是佛陀，众生中每一个人都想逃离此世之不便。”

二

武藏每句话都说得沉重有力，他继续说下去：“主上，我相信，所谓政道，就是解脱人民的苦恼与束缚，使此世变成安居乐业的自由天地。我这样观察政道，把心灵扩展到主上的恩情上，终于把这孤独之身送到肥后。昨天以前，我固执地走着独行之道。但从今日起，我打算以藩中之一员与众人一道行走。”

忠利脸上浮现出快意的笑容。

“武藏，真高兴你能下山来。你住的境界很高，但愿你把我和藩士们拉到那高山上。本藩对你的期待很殷切哪！”

“是，我定尽力奉公。”武藏感动得脸泛红潮。

“关于政道上的事，你尽管放胆陈述。请尽量为我提高藩士士气，注入浩然之气。”

“遵命！定不分彼此，与藩中各人交往，并愿传授长久锻炼后所体悟的兵法。”

“不管怎么说，你的兵法是天下第一，不仅今日，更望奠下武藏兵法之基石，使之永远成为本藩之瑰宝。”

“遵命！”

忠利甚感满足，表情欣愉。

“武藏，你喜欢放鹰狩猎吧？”

“是，愿奉陪主上。从外观看来，主上似还残存着岛原之役的倦意。领内平静，领民亦服主上之德，愿主上暂且宽心自适。”

“是啊，不管怎么说，身体最重要。自继清正公遗业以来，不忘治山治水，该做的事还有许多，愿我们都长命百岁。武藏，居邸中只有男人，很不方便吧？”

“毫无不便之感。”

“若有不便，尽管说。”

这大概就是所谓鱼水之交吧，君臣彼此温言互相体慰。这时，近侍前来报告说：“主上，有吉赖母先生在外请求晋谒。”

有吉赖母与佐渡同居重臣首席。

“什么，赖母求见……武藏，你也一齐来。”

忠利促武藏起座，进入外厢房。

“赖母，何事？哦，孙四郎也来了吗……”

忠利说着把目光投向有吉赖母及其后的氏井孙四郎。

三

氏井孙四郎是新阴流剑士，因忠利兵法师傅柳生但马守之推荐，由忠利延聘为藩士。年三十五六岁，身材高大，骨架壮硕，看来颇有兵法家风度的耿直之士。

他并非排斥其他兵法流派的褊狭之人，所以松山主水受聘时，他也不特别在意；主水声望高扬，也毫无与之一较长短之意。但这并不因为度量特别大，而是因为他认定柳生新阴流乃最完美之兵法，有坚定不移的自信。

此外，他认为主水本人乃优于技的武艺者，以流派观之，是不完美的兵法，不足为新阴流之敌，而暗怀轻视之意。

但对武藏及武藏兵法的看法却完全不同，氏井认为武藏是古今罕见的名人，兵法亦具有足以和新阴流相颉颃的内容与形式，因而从很久很久以前，就热切希望跟武藏兵法较量一下。

因此，武藏一到熊本，他便请有吉赖母周旋，以便跟武藏比试。

忠利见孙四郎拜伏在赖母之后，立即若有所悟。

“主上，实有事请示，故与孙四郎同道而来。”

赖母回答，同时望着武藏。

忠利莞尔问道：“武藏与孙四郎比试？”

“是的。孙四郎热心兵法，想亲近一下武藏先生之兵法，以为修行之助。胜负非孙四郎之志望。幸喜武藏先生在此，祈请宽恕，并准所请。”

“嗯，以孙四郎而言，确是最重要的愿望，武藏以为如何？”

忠利望着武藏。武藏虽然只在引见席上见过孙四郎一面，但已从新太郎处知悉，孙四郎是极为卓杰的兵法家。武藏沉稳地说道：“若蒙主上俯允，我无异议。武藏虽浪游各地，却不曾与新阴流正统的兵法家交手，以前在尾张，虽与柳生兵库先生邂逅，却未比试，与马但守殿下、飞弹守殿下亦失去交手机会，据闻，氏井先生是但马守殿下直系的高足，深望能与之较量一番。”

忠利颇感兴趣地点头说：“呵，原来如此，难怪我没听你说过跟柳生直系比武的故事。其实，我也不曾亲见你比武的情形。明早，就在兵法室比试！”

四

花畑馆的兵法室是池塘北面的另一栋房舍木造的武坛。正面依一般常规，供奉鹿岛、香取明神，其下设高座。

那天的比试既非赏心悦目，亦非互争胜负，忠利为顾及双方体面，除佐渡和赖母外，连近侍也不准参观，只带着提刀侍童求马助一人。

忠利坐在正面的高座上，背后求马助提刀侍立。

高座下是佐渡和赖母。

武藏和孙四郎都穿平居常服，双方均头缠白巾，腰插木刀，向正面的忠利行礼。忠利说：“辛苦啦。双方皆为兵法研究，点到为止，不得衔恨。”

“遵命！”二人回答后，分立左右，相距约六尺，“唰”地一声，各架木刀。武藏将二刀架在中段。孙四郎持单刀置于正眼。

新阴流的特征是排除一切奇娇，皆发自寻常招式。所以正眼是最理想的架势。

孙四郎不愧已得真传，习得新阴流的真髓。其架势既广又深，有如盛满清水的方圆之器，纵有空隙，若茫然击之，必扬沫自毙。

反之，武藏将二刀组成圆满的八字，细步追近，其战法并非用砍，而是欲将盛水之器往后拨翻。

无比的逼迫之力！孙四郎受压，频频后退。当然也不时窥伺反击之机，却无隙可乘，终于被逼退至墙边。

至此，孙四郎只有孤注一掷，由静转动，以取先机，并在变化中寻好活路。但就在孙四郎做此决定的刹那，武藏似已看穿对方心意，吆喝一声，闪电般将右剑刺向孙四郎颈部，仅刹那之差，武藏已取先机。

“哦。”

孙四郎欲蹴板挥木刀砍下，但木刀前端已为武藏左剑压制，千钧之重！武藏的右剑迅即击向头部。

“服了！”

孙四郎叫着扔下木刀，倒下般双手伏地。

五

“起来。”

武藏沉稳地说，静静地提着木剑回到原来的地方。

孙四郎拾起木剑，放在身旁，然后站在武藏面前，低头说道：“承教！谢谢！”

眼中只有感佩之色，既无恨意，亦无挫败之悲。

武藏以目为礼，说：“氏井先生，实如方才所说，我跟新阴流正统的接触，你是第一次，不愧是天下的大宗，雄冠天下的新阴流，威力十足。”

孙四郎似乎颇以为耻，连连眨眼。

“惶恐之极！深觉力未有逮，无法发挥本派真髓。”

“你对二刀的看法如何？”

“二而一，一而二，配合无间，敬佩之至。说实话，一开始就觉得害怕，所以确实的地方无法领会。”

孙四郎这样回答的时候，忠利高喊道：“武藏，我也要来一手！”旋即走下高座。

“主上，请别逞强，身体……”佐渡说。

“什么？无所事事，怎可说是保养？我也是武士，想领会武藏的兵法。”

忠利随手抓住木刀，走到武藏面前，眼睛炯炯发光，腰杆挺直，不愧是武门名将、柳生高徒。

“佐渡先生，不用担心，像主上这样的剑士，偶尔锻炼反而有益身体。”

武藏向佐渡解释，旋即对着忠利架起木剑。

“请进招！”说着两眼赫然张开。

“嗯，来啦！”

忠利也架起木剑，却像被撞回一般，迅即连连后退了两三步。

“主上，跟刚才一样哦！”

武藏如前将二刀组成圆熟的八字，向前跨进两三步。

“主上，不要动，看准距离，放弃攻击！”

“嗯。”忠利拼命打住脚跟。

“主上，是否太勉强啦？那么一面后退，一面后退，一面……”

武藏说着又往前逼近。

忠利已满脸通红，额上汗水潸潸流下。

“主上，快放弃……”

“嗯。”忠利继续频频后退。

“主上！小心！”武藏声如雷鸣。

六

武藏的木剑刹那间往前直伸，停在距忠利胸前两三寸的地方。忠利在同一时候往后倒下。

“服，服了！”忠利倒下时呻吟着，一时之间站不起来。武藏伸手扶起，严肃地问道：“领会了吧？”

忠利也跟孙四郎一样，投以敬叹的目光。

“好可怕，我全心全意，忘了一切，你的脸和姿态简直像哼哈二将，有如千钧重担压在身上。”

“但主上不是想止步顶撞回来吗？”

“嗯，哦，是这样啊！”

“主上的气魄却也不凡，只是在那时太勉强了。边退边量距离，放弃攻击机会，才是兵法极意之一。”

“真的！”忠利想了一下。

“但氏井先生却巧妙地见机而退。”武藏说。

孙四郎进前接口说道：“主上，宫本先生之言实为至理，望能接纳。本派新阴流系以量距离，抓住攻击机会为兵法极意之一，此为主上深知。事实上，比试时，皆以这种意念对敌。然而，在现实上，要抓住机会，着实为难。汗颜之至，我虽量度距离，但到最后仍未放弃。呵，不，在我想放弃的瞬间，已为宫本先生夺得先机，受到了压制。”

“嗯。”忠利终于领会，却呻吟般点头道，“武藏，今后要烦你跟我练习。”眼中有如年轻人一般露出光芒。

这时，孙四郎突然跪在忠利面前。

“主上，有事相求！”

忠利诧异地说道：“什么，有事？”

“想请假。”

“请假？”

“想回江户，再从师锻炼兵法。但绝非因今日与宫本先生比试，怀恨在心。非但不是如此，甚至因接触先生至妙兵法，感奋莫名，愿再锻炼，琢磨，以本派武艺攻破先生圆极之架势……”

孙四郎满脸真诚地恳求。

忠利注目凝视，愉悦地答应：“嗯，准你所请，潜心修行几年。”

七

忠利延聘武藏，不单是为了以武藏为兵法指南。所以忠利九月就如预定，正式任命武藏做大组头，赐给实米三百石。大组头乃军司令官，所以武藏俸禄虽不高，但在名义与实质上皆为细川藩重臣之一。

仕宦距武藏初临熊本，约一个月，这是佐渡深思熟虑的结果，他不愿武藏一来即升高职，预留一个月缓冲的时间。

当然，一般藩士也不认为延聘武藏只为了请他担任兵法指南。但是，武藏毕竟是天下无敌的兵法家，藩士们对武藏兵法有所期待，乃势所难免。年轻武士都想直接受教于武藏。

“我想拜他为师，但以大组头的身份，先生会收门徒吗？”

这样询问重臣的人已越来越多。此事也由新太郎传至武藏耳中，其实，武藏至熊本之初，新太郎已察知忠利意向，所以不敢贸然令求马助受武藏指导。

新太郎告知年轻武士的愿望时，武藏问道：“我自己是兵法家，藩中武士对兵法有所期待，乃理所当然。我自己也想自动传授兵法，但我既出仕从公，不能任凭己意而为。”

第二天赴花畑馆供职时，武藏请求道：“据新太郎说，藩里的年轻人，有人想要我指导兵法，不知尊意如何？”

佐渡等重臣也都列席，忠利意味深长地与佐渡互望一眼，说道：“呵，此事，我已听说。但是，我请你来，并不是为了指导兵法，而是为了平居相商政道，以备不时之需。此事，藩中之人莫不知晓。佐渡，你说对不对？”

“诚然，藩中之人莫不领会，故无人认为武藏仅为兵法指南。年轻武士请求武藏指导兵法，乃慕武藏的兵法人格。”佐渡恭恭敬敬地回答。

“嗯，也好。武藏，若行有余力，不妨指导年轻武士兵法吧？”忠利说。

武藏俯伏道：“若主上俯允，我愿达成年轻人的愿望。”

“呵。那么从今天起附加兵法指南职务。赐禄米百人份。各位，以为如何？”

忠利说罢，望着重臣的脸。

八

武藏新兼兵法指南，多加禄米百人份，这是忠利欲厚待武藏之意。主上的温情不只武藏，连对武藏有好感的重臣也都深受感动。但更令人感动的场面，则是几天后在花畑馆大厅举行的入门典礼。

正面坐着忠利和光尚，左右两边列坐重臣，下座挤满了年轻武士，仿佛总登城[①]一般。武藏一个人背对忠利，端坐在正面。

佐渡首先来到武藏身旁，环视众人，宣布道：“大组头宫本武藏，兼任兵法指南，今日举行第一次入门典礼。”

过后，武藏转向面对忠利，俯伏陈述。

“武藏拜受本藩兵法指南。既领此职，自当尽心竭力，将锻炼之兵法奥秘悉数传授，以报君恩。”

“我也非常高兴。从今天起，我及藩中众人皆拜你为师，锻炼兵法，以期一朝有事，不落人后。”

忠利以君侯身份自愿拜武藏为师，是破格之事。

“惶恐之至。”

---

① 登城：登城乃入大名城堡朝见之意。

武藏再俯伏，然后转回原来方向。这时，寺尾新太郎向前走出，向忠利行礼，然后面朝下座，肃容端立，从怀中取出“奉书”[1]。也许太激动，他的手微微颤抖。

“从现在开始，宣诵入门者的姓名。”

新太郎说完就念出奉书上所写的名字，声音也发抖。

“细川越中守忠利、细川光尚、长冈寄之……”

所念的姓名有六十多人：忠利及光尚、寄之等君侯家族和重臣之名都在其中。但不拘身份，特选的年轻人仍占大部分。

年轻人中，当然包括以寺尾求马助为首的五人团子弟。

新太郎念完姓名后，把奉书放在白木盘上，置于武藏面前。这时，世子光尚从上座走下，坐在武藏前面，然后刚才念到姓名的家臣，都一齐站起来，并排坐到光尚后面。

武藏从白木盘上拿起奉书，用心逐一观看姓名，然后以锐利严肃的目光环视众人，众人亦严肃地回视武藏。

九

武藏凝眸环视众弟子后，以低沉有力的语气说：“允许光尚先生以下各位入门。武藏十三岁与有马喜兵卫比试后，即流浪各藩，直到五十七岁的今日才在此地获得安居之所，此皆蒙君侯恩宠所致。流浪期间，凡遇热心求教者，莫不授以剑技。但我兵法以完整形态真正植根的地方，乃是此地肥后。故自今日始，我这一流派称为二天一流。兵法本有大小之分。修小兵法，可为精兵猛将；修大兵法，则可成聪慧异常的将帅。武藏衷心期望各位彼此互相琢磨，以报君恩。”

武藏说完话，寄之代表众人宣誓道：“既蒙收入门墙，自当服从师

---

① 奉书：上对下的文书。

傅教示，精进修行。”语虽短，却极肃穆。接着，武藏以求马助为对手，展示二刀招式，入门仪式终在肃穆中结束。这时，求马助年方十六岁，但身长超越侪辈，筋骨刚强，看来已有二十岁，他的二刀招式虽然仅由阿松及露心传授，却能与武藏相对，美妙地展现出来，充分显示他非凡的禀赋。

忠利不用说，就是藩士，也大都在今日才真正见到二刀招式，均为二刀配合之妙咋舌称奇，陶醉观望。

从这天起，武藏赋给自己兵法二刀一流的称呼。在这以前，武藏并未给自己的兵法取名。武藏曾在尾张名古屋传授兵法，武藏死后，该地门人建碑纪念武藏之德，碑上将武藏的兵法称为圆明术或圆明流。

但这个名称并非武藏自取，而是表明其兵法大意之辞，所以他的门人惯于这样称呼。

再者，如前所述，二天乃武藏之号，未必就是指兵法上的二刀。可是，“二天一流”适与“万里一空”之义相通，恰为表达武藏兵法奥秘的绝妙名称。

自此以后，武藏在肥后的地位稳如泰山。

城里的府邸内新建一座武坛，门人数日益增加。不过，武藏的目的不仅是兵法指南，他每天从未间断往赴花畑馆，有时与忠利交谈，有时取木刀与忠利练武，也常常陪忠利出去放鹰狩猎。

女人

一

今天为顾及鸟兽的繁殖，定有狩猎期，往昔则无。只因秋冬季，鸟兽肉肥而美，所以这段时期自然就成为狩猎季节。

然而，只要想狩猎，夏天和春天也照样可以出猎。忠利喜欢放鹰狩猎，为了准备冬天狩猎季节，训练老鹰，即使在盛夏，也常出猎。猎场大都选在城南的中滩和城北的黑石原。

九月过半后的某一天，忠利带着有吉赖母以下近侍四五人，由武藏陪同，到黑石原狩猎。当天，忠利穿中国花布短褂，随从则穿白绵短褂，褂上印有藩名，宽袖呈暗红色，有边，头戴黑皮斗笠。众人都骑马，赖母的马上放着忠利的爱鹰“有明”；武藏马上同样栖着“明石”，跟随在忠利之后。

“有明”和“明石”都是相当卓杰的名鹰，捕得雉、兔十几只。不久就到了黄昏，经过一日清游，一行人踏上了归途。

武藏把老鹰交给鹰匠，独自骑马，落后一行约两千尺左右，到了清水村。

这时，有个着旅行装束的女人蹲在路旁，一个七岁左右的男孩一面饮泣一面抚摩女人的背部，武藏看见后，勒住马，出声问道：“请问，发生了什么事吗？”

“突然间，腹部剧痛……”

“哦，一定很痛苦。”

武藏下马，从印盒中取出止痛的药丸，让女人服下。不多久，痛楚似已减轻，女人站起来，施礼作谢。她面容消瘦，但很清秀，似非本地人。武藏问：“想来你们母子是出行在外的，不知要去哪里。”

“是的，我们从江户来，要到肥后熊本。”

“噢，到熊本？”

女人仰视武藏。“对不起，阁下想来是细川家臣，有事请教。”

“好，只要知道，无不奉告。”

“细川家的兵法指南有位叫松山主水的先生吧？”

武藏吃了一惊，但仍平静地问道：“什么，松山主水？那你是——？”

“我是跟主水先生有过关系的阿光，这孩子是我跟主水要好时所生的独子，叫年弥。”

女人见武藏认得主水，眼中露出了光芒。

“真的？你是主水的女人？”

武藏怃然，轻声自言。

“你认得主水吧？”女人低声问。

二

武藏静静回答：“认得。”

“嘿，认得！”

“但，你别惊慌，松山主水今年在此地去世了。”

“哦！”女人变了脸色，颓然倒下。“啊，宝宝，爸爸……”

说着她抱拢小男孩，放声大哭。武藏不知所措，在这种情况下，应该善言安慰母子两人，但武藏对此却很为难。

“事已至此，理应节哀，徐谋后计。你还认得其他什么人吗？”

听武藏这么说，女人突然想起，道：“不，不认得什么人了……”

“存款呢？”

“所剩无几……”

武藏突然想起由利公主。

“若不嫌多事，我想引介你认识一位我的朋友，你可以和她商量一下今后的行止。”

“好的……这位陌生先生，你既然认得主水先生，我非常感谢你的恩德，可否请教先生大名！”

“我叫宫本武藏。”

“啊，武藏！”女人吓得似要仰身倒下。

“你知道我的名字？”

“知道。”

女人说着退后两三步，高喊道：“武藏先生！主水是你杀的吗？”

武藏冷冷地说：“不是，我没杀他，我很爱惜主水之才。”

“这是真的？”

“嗯，绝不虚假，我在最近两个月前才到熊本。”

武藏回答后，转身向小男孩说：“小弟弟，我抱你骑马。”

说着他轻轻抱起小孩，骑上马。

“马上就到城下町了，请跟着来。”

这女人就是主水在浪人馆时所爱的使女阿光。主水突然离开了江户，当时阿光已有孕在身。

她在做工匠的父亲家里抚养这个孩子长大，风闻主水为细川家所延聘，而且还是独身，思恋殷切，遂离开江户前来熊本。

阿光从后面眺望马背上的武藏，边走边想：确是像父亲那样慈祥的人。接着她突然想起了由利公主：“主水始终独身，一定对公主的爱无法如意。而公主又倾慕武藏先生……”

三

点灯时分，武藏领着阿光母子到了岛崎白梅庵。这也是武藏第一次拜望公主。但武藏曾仔细观察地形，所以不致迷路。

武藏把马系在门外，站在大门前，喊道：“有人吗？”

由利公主立时出现，两手伏席说：“请等一等。”

但一看是武藏，她满脸立刻泛红。太出乎意料了。

“哇，是武藏先生。”

“由利小姐。”

两人都目不转睛地互望着对方。

自从在岛原戏剧性地别离以来，已经有三年没见面了。但，武藏很快就说明来意。

“由利小姐，这母子……”

说着他回首望着站在背后的阿光母子。

“啊！”公主和阿光都小声喊道。

“哇，你不是阿光吗？”

“你是由利公主！”

“武藏先生，这到底是怎么回事？”

武藏深感意外。

“你们好像彼此都认识啊？”

“先且不谈，武藏先生，阿光，请里面坐。”

“那，你这位女士也认得公主？”

“是的。”

阿光母子虽然不知所措，还是跟着武藏进入房里。

老仆妇送来茶和点心招待他们。公主整理服饰后又走出来，已恢复平常镇静的样子。

“由衷恭贺出仕为官。”

由利公主施礼祝贺，武藏回礼道：“这次仕官虽仍然有点踌躇，但基于跟忠利侯多年的情谊，终于决定老后出仕从公。由利小姐仍清健如昔。”

公主接着问阿光：“阿光，你怎么到这里了？”

武藏接腔道：“今天陪主上到黑石狩猎，回城途中，视路旁有位女士腹痛甚苦，给她药丸，原来就是阿光。问其缘由，她说是来肥后找松山主水。”

“找主水？”公主惊讶地望着阿光。

“公主！真不好意思，当初在浪人馆照料主水先生，最后却把身心全给他了……这就是主水先生的孩子。但，主水先生却……”

阿光说到这里，以袖掩脸而泣。

四

“唉！”由利公主默然望着哭泣的阿光。同处浪人馆中，自己却丝毫不知道主水和阿光的关系竟然已到这地步！

可是，该怎样把主水狂恋自己而在这屋里被杀的情形告诉阿光呢？

于是，问武藏道："武藏先生，你告诉她主水的事啦？"

武藏摇摇头。

"只告诉她主水已死。虽然觉得会给由利小姐添麻烦，但是，想不出救助这母子两人的法子，只好……"

武藏抱憾地回答。公主点点头，注视着阿光。

"阿光！有件事虽然很可悲，也要你知道。望你坚强一点。"

阿光吃了一惊，抬起头来。

"公主，这可悲的事是——？"

"听好！主水从江户时候开始，就思念着我。"

阿光俯首说道："是的，这我很清楚。倾慕公主，痛苦欲死。我怜悯而献身地安慰他。"

"哦，原来如此。"

"是的。"

"这我倒不知道。"

公主为这不可知的人间关系叹了一口气。如果自己能接受主水之爱，大概就可以免使那纯情的小姑娘陷于不幸了。由利公主深为不如意的爱情变化悲哀。但究其根源实是因为武藏突然出现在自己眼前，公主含怨地把目光投向武藏。武藏微闭着眼倾听。

"他离开江户，是为了重振江户时颓败的身心，以赢取公主的青睐……"

阿光说到这里，转眼对武藏说："不瞒两位说，主水认为公主不能接受自己，全是因为武藏先生。因此，他到九州，也是为了磨炼业已迟钝的本领，好打倒武藏先生。"

武藏顿时僵直，说："什么，公主是因为我才不能接受主水？"

由利公主急忙阻止："武藏先生！这是主水个人的想法。"接着她对阿光说："阿光！让我说下去。我因故住到熊本来，主水却不允许。总之，他受聘为细川家兵法指南，得殿下宠信也为藩中武士所欢纳，但他不知怎的却为妖魔所迷，深夜闯入这屋子……"

“啊，进入这屋子？”

阿光不自觉地把身子往前倾。

五

由利公主以切身的怀思继续说下去。她半对阿光，半对武藏，说：“主水扬着刀迫我跟他结婚。这我一点也不觉得惊奇。我知道主水的真情，但我不能给他爱情。我自愿把生命送给主水。我打算抱着独沉心底的爱情之火，让主水把我杀死。但护卫我的人却不肯眼看我被杀，于是露心师傅先与主水战，被杀。接着，阿松奔驰而来，与主水决斗。”

阿光已无力听下去，低垂着头。武藏似要解除公主痛苦的心境，望着阿光，插口说道：“此后的经过，我在小仓已听岩间六兵卫说过。阿松尽力与主水战斗，正危急的时候，新太郎等人奔驰而来，终于杀死了狂乱的主水。这是毫无虚假的主水临终情形，望你能谅解，不要对公主怀有恶意，也不要对杀死主水的新太郎衔恨，好吗？”

“是。”阿光无力地颔首。

武藏对公主说：“由利小姐，带这跟你有关系的母子到这里，似乎给你平添了痛苦，请宽谅。其实，我什么也不知道，只觉得若是由利小姐，一定会照顾这母子二人。”

公主点点头。

“是，武藏先生。自江户以来就跟我有密切关系的阿光母子，我一定要照顾。但是，武藏先生，我的心不知不觉为更深密的因缘关系而战栗呵！”

“真的……”

武藏双手环抱在胸，若无其事。公主似觉武藏不明自己话里的深意，以尖锐的目光说道：“抱歉，看来武藏先生似乎很难领会吧？”

“啊，这，这是……”

武藏出奇地惶恐，说不出话来。这时，阿松从便门爽朗地说道：“公主！有客人吗？”

公主以舒缓的表情回答："啊，松小姐，是有客人呀，别客气，请进来。"

"那打扰了。"阿松看到门外的坐骑，以为是五人团中有人来，所以毫不在意地走进来。但一看到武藏，人就僵直了："啊，是武藏先生。"

六

武藏自到肥后以来，还不曾拜访寺尾家，所以跟阿松自京都别后已有十五年未曾谋面。

"是松小姐啊！"

武藏睁大眼睛，细瞧阿松的脸。刚才听声音有如三十岁，想不到已是中年妇女。从年轻时起，阿松给人的感觉与其说是少女，不如说是端正的青年，现在几乎没有一点女人味。女人即使不向男人谄媚，也常像等待蝴蝶的花儿一样，总熏染有逢迎男人的风情，但在阿松身上丝毫感觉不到这些，却有美少年般的洁净之美。

"武藏先生，真是久违了。"

阿松立即松缓，脸露微笑说道。以前的情景想来还是温煦，值得怀念的。

武藏亦然。但是，突然表情严肃，说："松小姐，真叫你挂心，当时我确实是赶不及呀。"

是说悠姬的事。就武藏而言，这是罕有的怀旧之辞。阿松笑而不语，却施礼说道："求马助多蒙照顾。"

新太郎有三个儿子，求马助是长子。对现在的阿松来说，求马助更是爱与希望的所寄。阿松不让求马助的母亲照顾他，而由自己一手承担，至于教育方面的事，连父亲新太郎也无法置一词。

但，武藏却不溺爱求马助。

"嗯，求马助很有前途。自岛原别后，仅仅两年之间，已长得令人认不出来。这大概是松小姐精心教养所致。"

武藏微阖着眼睛说。这时，阿松才注意到阿光母子，问道："由利小姐，这位是？"

公主说出了阿光的身世及今天的情形。

阿松也大吃一惊，接着就现出同情之意，说："由利小姐。可能的话，我也愿助光小姐一臂之力。"

阿光虽然刚听过阿松和主水厮杀的事，却毫无恨意，反深为其情所动。

从这天晚上起，阿光母子寄居在由利公主这里。至于他们的前途，则由公主和阿松商量后再决定。

武藏和阿松一道走出白梅庵。

"武藏先生，请上马……"阿松说。武藏却执着缰绳，说："不，我们一起走。"

两人并肩而行。

确已入秋，冷风由山路流曳而过……

七

武藏和阿松并肩默默行走。不久，阿松开口说："武藏先生，你认为悠小姐如何？"

缓缓而行的武藏侧脸映照在满天星光下，有如毫无感觉的冰冷面具，以前对武藏不满之情又逐渐浸入阿松心中。武藏像挨了当头棒喝一般，猛吃一惊，却回答道："是世上罕有清纯洁净、才华横溢的女子。"

"武藏先生，这是就人而言，在你的心上……"阿松追问。

武藏静默了一下，旋即猛烈反驳："松小姐，现在说来又有何益？"

"不，不然，武藏先生，你对女人而言是个懦夫。"

"哦？"

"悠小姐只爱你一个人，别的男人爱她，她就像身子被泼上污水一般，觉得很讨厌，所以想借武藏先生的手把这些男人赶走。"

"……"

“悠小姐想借你的手杀主水。”

“哦，这，这……”

武藏不知所措。

“为什么你不能杀他？”

“我不能够。”

“如果你杀了他，而且跟悠小姐结成夫妇，铃姑也不致杀害悠小姐了。不管多坏的女人，一旦对方有了丈夫，即使再难过，也只得算了，从同是女人的心思……”

“松小姐。”

“武藏先生，如果你杀了主水，阿光也不致变成不幸的女人。”

“松小姐，我唯兵法是务啊！”武藏猛烈反击，但阿松不屈服。

“武藏先生！我看护通小姐到她去世，总共有五年漫长的时间，之后又服侍悠小姐。我把我的真心献给了爱你的这两位小姐。”

“松小姐，对不起。”

“而且，武藏先生！我现在又跟由利小姐很接近。”

“这我非常感谢。”

“武藏先生，我一点也不要人感谢，只，只为了由利小姐！”阿松热情洋溢地说。

八

遭到阿松意外的反击，武藏不禁“哦”的一声，讷讷不能言。阿松又追问：“武藏先生，你觉得由利小姐怎么样？”

“……”武藏受此突袭，急切间回答不出来。武藏自己大概没深入想到这里。

起初在江户浪人馆遇见由利公主时，已经认为她是可爱的女人。从听说她和伊织有姊弟关系后，对她更拥有前所未有的亲近感。但是，武藏心里已筑起“不抱爱慕之情”否定恋爱的防波堤，所以对公主的好感无法再往前推进一步。

于是，自始即否定恋爱的武藏，自然无须在心中熟思考虑由利公主的立场。

但是，现在被阿松一再追问，他内心里不由得感到防波堤外无法轻忽的一些波涛了。对公主所怀有的亲近感，虽是病后，却也曾刹那间越过防堤，湿润了武藏的心底，那是以前在小仓的事。

阿松似已看透武藏心底的情感，仍然严厉地说下去。

“武藏先生，像你这样剑术上的豪者为什么对爱情如此胆怯？岂不是跟受挑战而逃逸一样吗？为什么不能去面对它？胜负、爱之成否，岂非战之末节？你从根扬弃爱情，不与之相处，不想想爱情是什么，所以你不懂女人心，所以爱你的女人都要遭遇到不幸。你能认为这是女人的任情，而无动于衷吗？”

阿松的话如洪水奔流一般流泻而出，连阿松自己都觉得惊讶。

武藏仰望满天星斗，好不容易才开口说：“松小姐！你的意思，我很能了解。的确，自有志于兵法以来，便将爱慕之情视为修行的障碍，从根加以否定，但诚如你所说，这是胆怯！不管否定或接受，理应与爱慕者相对峙，以一决胜负。我不敢这样做，也许是因为内心燃起的火焰比一般人强烈，害怕一旦败于情爱，便无法收拾。不过，松小姐，我已老了，内心高燃的情焰也逐渐归于平静。以现在这种心境来思考爱情，大概不至于蒙蔽智慧了吧！松小姐，今后我会好好想一想由利小姐、通小姐和悠小姐的事。”

阿松也仰望天空，热切地说：“武藏先生，真高兴你能这样。”

阿松的脸面在星光下有如少女一般年轻而洁净。

九

四五天后，武藏接到了由利公主的信函。大意是说：“决定让阿光的独子年弥入泰胜寺大渊和尚门下，举行入门仪式时，敬请列席参加。”

这天，武藏准时到泰胜寺，阿光母子已在由利公主与阿松陪伴下，等候武藏的来临。关于年弥的出家，阿光先有此一愿望，年弥也能谅解，然后再由新太郎向大渊和尚请求的。

旋即在本堂，以大渊和尚为导师，春山附从，举行剃度仪式，眼见年弥已成一个可爱的小和尚。

母亲阿光泪眼滂沱，本人却很高兴，神采奕奕。

仪式结束后，大渊和尚请武藏和由利公主两人入茶室。当然，彼此都是第一次见面。

“武藏先生，你的名字，贫僧幼时即已知闻。其实，细川家在小仓时，贫僧也是本寺前身的寺庙住持，所以知道你跟佐佐木小次郎比试之事。那时，你可是英名外扬啊！”大渊和尚说。

“哦！真不敢当。”武藏惶恐地说，“那是年轻时候的事了。”

“肥后，你还满意吧？”

“打算埋骨此地。”

和尚转首向着由利公主：“公主，贫僧也认得你的父亲。”

“哦？”公主瞪目惊视。

“因为曾居丹后田边的大泉寺。”

“啊，真的？”

“当然，那时是一个修行僧，只与令先尊见过两三次面。”

和尚于是鼓掌把春山请来，细着眼睛说：“我再替你们引见引见，这是春山。”

他的表情似乎甚为爱惜这年轻和尚。

由利公主只微笑点头，武藏却望着春山的脸，施礼道：“我是武藏，请多指教。”

是个颊骨秀丽，体能刚健的年轻和尚。春山仰视武藏，回礼道：“请多指教。”

他的眼睛有如赞美武藏一般，发出虔敬的光芒。

和尚瞧瞧他们两个，说道：“春山，不论兵法佛法，修行之道并无差异，你可向武藏先生多多请益。”

十

在和尚的诱引下，春山发问：“宫本先生！如你所见，我还是一个尚在修道的人，请许我发问。曾听说先生自戒之语，无论取出其中任何一句，对学佛之人都是行为的指针，而且是难以实践的严格戒律，其中一句‘无爱慕之思’，愿闻其详。”

“嗯。”武藏深深颔首，却低声回答，“我认为那是兵法修行的障碍，才下此决心。”

春山又问：“不用说，在禅林的修行中，色淫更是严格的戒律，我也以为如此，坚守此戒。不过，却时有所迷，那就是，什么叫作爱慕？”

“就人而言，那是自然之情。”

“先生为修行兵法，竟然也排斥这自然之情？”

“是的。”武藏的声音仍然低沉。

“先生，你认为这样对吗？对探求真理的人来说，不先确定其实体，自初即认定为不净，而加排斥，应该吗？”

武藏的声音逐渐注入了力气，说：“春山先生！恋慕之情是人的自然行为，但也会束缚人，使人不自由。对欲脱离此世苦海，在天空彼岸追求自由的人来说，似乎也是解脱之障。”

武藏说完后，望着大渊和尚。

“春山，确是如此呀！”大渊和尚颔首称是。

春山转向和尚追问：“师傅，解脱大悟，自然是为了普度众生。不懂恋慕实情，何能普度？”

和尚微笑，但以充满信心的声音回答：“春山，若大彻大悟，便无须排斥恋慕，古今名僧，莫非如此，而且都能坦然接纳。至此恋慕已非烦恼，而是洒于觉悟之庭的美妙甘露。”

春山惊目以视。“师傅！年迈亦可？”

“春山，恋爱无上下身份之别，亦无年龄之分。武藏先生，由利小姐，意下以为如何？看来武藏先生享受恋慕的时刻已经来临。由利小姐，你说是不是？”

和尚说着，张口大笑。

十一

由利公主微笑，武藏却以极认真的态度摇头道：“不，在下，距此尚早……”

“真的？”

大渊和尚停笑。武藏加强语气说：“和尚……在下，在今日以前，似曾数度触及天地之明理，究极此世之实态，但稍一移步，却又遇到下一扇铁门。现在，我只能断言说，在兵法之技上略悟其理，距大彻大悟则为时尚早。”

“哦，真的如此？”大渊凝眸注视武藏。

“在下以多年修行所悟之兵法，随侍忠利侯，初次踏入世俗世界。无论世情政道，皆尚未了然。”武藏叹息地说。

和尚莞尔微笑。

“诚然，诚然。人的业果如是深，烦恼之渊难以见底，只临其渊，既悚然而栗。然而此世亦为百花绽放之园。这位由利小姐在此世上也是甜美绽放的鲜花，武藏先生岂无赏爱此花之意？”

“和尚，多承教诲。可是，行走花园，武藏腰间长刀仍是障碍。但愿今后能穷究世情，多经历练，成为一个能赏爱鲜花的人。”

武藏以舒缓的表情回答，接着含笑向年轻和尚春山说：“春山先生，武藏想以这种初习者之心，跟你一道修行。”

春山轻拍两膝，低头称谢：“先生，多谢。”

不久，武藏和由利公主告辞走出寺庙，他们弃舆并肩在林荫道上行走。沉默了一会儿，武藏先开口说：“由利小姐。你想一直住在熊本吗？”

“还没决定。不过，现在也不想出外旅行。如果与此地有缘，愿一生都住在这里。”

公主直爽地回答。

武藏降低声音，唐突地说道：“由利小姐。我从明天开始，打算画花。”

公主无法了解。

“你是说画画？”

“我想画花。”

“画花？”

“以前只画达摩和鸟儿……如果花画成了，我送一幅给你。”武藏说完后，仰视着天空。

惺惺相惜

一

第二天，武藏从花畑馆回来后，摊纸画画，他已经很久没画了，而且画的是他以前根本没想过要画的花。

画菊，画水仙，画百合，也画牡丹。逐一瞻视后，他自嘲道：“哈，哈……实在不简单。”

接着他把纸揉成一团，突然低声自语：“且慢！”

手也停下不揉。

吃完晚饭，武藏去拜访住在新町的矢野三郎兵卫。这是他到熊本后第一次拜望。

“哦，是先生，请进！”矢野很高兴地迎出来。

武藏和矢野的关系极深，自他们在丰前首次见面，转眼已过了二十八年。当时，三十郎是喜欢绘画的穷少年，但他绘画的才华为武藏所赏识，遂与武藏一道上京投入长谷川等伯门下。及长，因武藏之荐，出仕细川家。其母早已过世。三十郎现改名为三郎兵卫吉重，食秩百五十石，可无忧无虑度日。画艺已自成一家，也深获殿下宠信。

矢野邀武藏入宅，惶恐说道："先生，若事先通知，必须先准备恭候大驾……"

武藏说："不，三郎兵卫，今天不是来吃饭，是来拜你为师。"

"哦，是绘画方面的？"

"当然。"

矢野摇首道："先生！先生的画以前曾拜阅过好几次，技巧熟练卓越，怎说要拜我这乡间画匠为师！"

"不，不是这么说。"武藏肃容端坐道，"三郎兵卫，兵法上如此，绘画上也如此，我以前做梦也没想到要拜师从学。但是，绘画无论如何须乞教于你。"

"先生要问的是？"

矢野也不再客气。

"以前我眼中所见的画体全是战斗姿势。我若画鸟，它的嘴就成为剑；画草木，就成为枪，成为矛。若是这些画，无须从师，但是……"

说着，武藏把带来的画纸摊在矢野面前。

"你看怎么样？"

"是花。"

"对，是花，我想画画看，却画不好。"

"嗯……"矢野凝注纸上。

二

"不行吧？"

"的确不行……先生，这不是花，是僵硬，冰冷，手一碰就会断掉的兵刃集合体……"

一谈到画，矢野三郎的辞锋顿转辛辣。武藏点点头。

“是的，我自己也觉得如此。”

“有黄有白有红，有艳有清，浓淡各不相同，无论哪种花都须有迎蝶待鸟之风情。就是与风雪作战的寒梅，也会向春鸟展笑靥。”

“三郎兵卫，我懂了。我以前无视花之情意。不只是花，就是鸟，眼中看来，也非婉转清啼的鸟，而是捕捉鱼虫的战斗姿态。”

“确实如此。就像先生所说，画也是先生兵法的表现。然而，现在，先生为何想画花？”

武藏静默一会儿，说道：“虽为时较晚，但我仍想跟有情之物对决看看。三郎兵卫，你看，我还能画花吗？”

矢野凝眸注视武藏。

“对先生来说，似乎相当不容易，因为必须先放下兵法家的架势。”

“嗯，是放下刀吧？”

“是的。”

“所谓放下，就是有若无，达于自由无碍之心境的意思吧？”

“我想是这样。不过，像先生这样严修的兵法家，要达到这种境地，岂非不易？”

武藏眼现光芒。

“我的修行只完成了一半。在兵法上虽已开辟自由的天地，但在其他方面却无知而迟钝。三郎兵卫，我要将世事与兵法共学。要精巧画出花的风情，从今天起，我就是你的门徒。”

“好的。”矢野俨然承诺。

只喝了一盏茶，武藏就离开矢野家，走访新太郎。

“师傅，有什么事？”

太过突然了，新太郎也惊讶不已。

“没什么，从矢野家回来，顺便来一下。”

武藏笑着解释，然后问道：“新太郎，你说，我的风评如何？”

“全藩之人莫不敬畏。没人说师傅坏话。”

“不，我不是问这个。不错，敬畏是指害怕与尊敬。这虽难能可贵。

但是，新太郎，我想做个人人所爱的人。”

三

武藏在新太郎家受新太郎妻子、阿松、求马助致意后，并不长留，即踏上归程。

武藏尽量放低肩膀，露出柔和的表情行走，可是，路上遇见的人，藩里的武士都让道施礼。町人则缩肩回观。

“以前，有人认为我是明晃晃的刀。但那是我年轻时候的事，现在可不是如此。”武藏自言自语了好几次。

他走到荒僻的壕沟边。这时，从暗影中悠然冒出一个浪人般的汉子，向武藏背后逼来。

“武藏，我在等你！”这汉子以所提棍子触地说道。

“何事？”

“我是从江户来的，有事找你。”

“什么，从江户来的？”

武藏尽量松缓脸部，反问。对方是个三十二三岁、肌肉结实的红脸汉子。

“还记得吧？我是为你所杀的梦想权之助的独子盐田滨之助。”

“嗯，记得。我三十五岁到江户时，突然有人闯入寓邸，袭击我，我以破木迎战，加以一击，不幸，所击之处不当，顿时毙命。他是一个善用棍棒的达人，名叫梦想权之助。那你是权之助的遗腹子啰？”

“不错，为雪父仇，我倾力修行，来此比试。”

“哦，此志可嘉。”

“就在这儿决斗吧！”

“什么，在这里？”

“其实，今午曾赴你的武坛，门人说你不在。据说，你一旦见对手很硬，便避免比武，以策安全……”

武藏微笑。

“盐田先生！这样说实在很遗憾。我现在已跟以前不同，职务在身，午间大多上城供职，不在武坛。明早，到武坛来，定与你决斗。”

“嗯，不会是假话吧？”

“哈，哈，哈，武藏会说假话？如果你一定要现在的话，就来。”

武藏踏出一步，滨之助猛然后跃，架起棍子。

武藏凝视其架势。武藏又踏出一步，滨之助又往后跃退。

武藏以低沉而重的声音说：“盐田先生，明天来吧！”

于是，他反转脚步，扬长而去。

滨之助吐口气，解除架势，兀然而立，目送武藏离去，额上已沁出汗珠。

四

武藏早上的日课跟以前一样。天未明即起，在井边漱口，然后站在院子里挥剑至汗出，旋以清水净身，端坐屋内，冥思至全身溢满精力。接着吃简单的早餐。

从这时起，门人渐次猬集武坛。武藏不分彼此加以指点，有时让他们练武。当时，武藏不用竹刀、面具、护手和护身；所以武坛中的练武只是招式的练习。打斗也用凭空挥剑来修炼。

但是，柳生新阴流早已使用竹刀、面具、护手和护身，所以有一说认为，后来武藏也允许门人使用这些东西。

然而，招式的练习并非仅如今日所见的形式，有时对打的木刀会折断，有时人也会因招架不住而受伤。

这天早上——遇盐田滨之助后的第二天早上，武藏先以求马助为对手，向门徒展示招式的范型。结束时，一个门人转告道：“师傅，大门口有位名叫盐田滨之助的先生说，依约来求见。”

“请他进来。”

武藏并没坐上师范的座位，就地等待。门徒都坐在武坛四周。

不久，滨之助提着六尺八寸的红樫棍，站在入口，向武藏施礼道："先生，昨晚失礼。今依约来见。"

果如昨夜所见，身长五尺四寸，不算高，但很胖，体态健壮有力，脸上洋溢着奋战的精神。不过，言行却跟昨夜不同，相当郑重。

武藏并没开口说话，凝视着滨之助的躯体，表情上看来似很满意滨之助。

不久，武藏终于开口说："不，我才失礼。"

"那就请在此处较量一下。"

滨之助缓缓前进。

"且慢！"武藏说。

滨之助不禁心头火起："先生，意思是要我等一下？"

"盐田先生，我们到城里，在主上御前较量。"

"哦，你是说在细川侯的面前？"

"是的，行吗？"

滨之助脸上掠过一副迷惘之色，旋即凛然回答："行！"

五

武藏和滨之助的比武是在花畑武坛举行。武藏提议在御前比试，在前在后，仅此一次。也许他认为滨之助的本领相当俊秀吧？

依例，忠利坐在正面高座上，提刀的侍童是求马助，今天除佐渡和赖母之外，重臣和近侍均环坐武坛四周。

武藏领着滨之助出场，俯伏在忠利面前陈述道："今日，在御前跟属下比试者，乃盐田滨之助。滨之助父亲梦想权之助系棍术之达者，曾在江户与属下决斗，不幸殒命，独子滨之助为此勤奋修行凡二十年，今日向属下要求比试。得蒙主上亲临，吾等二人深感隆情厚谊。"

忠利严肃地回道："嗯，双方以寻常比斗，一决胜负。"

二人从御前退下，端衣走至武坛中央，而后向左右分开。滨之助穿木棉习武服，木棉袴子，头缠白巾，腋下挟着六尺八寸樫棍。武藏穿平常衣裳，身前佩短刀，没有带木刀。

“先生，武器呢？”滨之助问。

“这个！”武藏拍拍身前的短刀。

“什么，用短刀？”滨之助像受辱一般，心头冒火，反问道。

“滨之助！快进招。”武藏大喝一声，短刀离鞘。

“哦！”滨之助顿然跃后，架起棍子。

参观的家臣“哦”的一声瞪目以视，棍子的架势和木刀、枪完全不同，将两手分成上下，紧握棍子正中间，右手在上段，左手在下段。

当时肥后棍术并不盛行，所以众人莫不觉得稀奇。武藏兀然直立，将短刀架在正眼上，说：“滨之助，放胆攻来！”

话未说完，滨之助已舞动身子。

这时，棍子下端发出怒吼声，跃向武藏。武藏跃开躲过，刹那间，棍子的上端又猛然袭来，武藏跃后使之抡空，而后前趋，“呀”的一声，刺出短刀。

六

滨之助朝武藏握着短刀刺出的手，猛地击下。武藏反手压制棍子前端。

滨之助想用棍子拨开短刀，短刀宛如粘在棍上，拨压都无法使之撤去。

“唔！”滨之助脸沁汗珠。

“嗯。”武藏见机把短刀撤去，猛往后跃。

“哦。”滨之助纵横挥动棍子的两端，向武藏扫去。一根棍子有如两头蛇，或如二把刀，看似狂舞，则变为丈余之枪，往里收则为八寸五分的短剑。

“哦，了不起！”

参观的家臣一齐为滨之助的棍法变化发出惊叹声，武藏在棍子前后左右闪躲，丝毫未被袭及，可谓玄妙之机。就在这极尽秘术而战的过程中，突然似有空隙，武藏复跃前，以短刀压制住滨之助棍子前端。

滨之助急欲引开，却像先前一般，无法震脱短刀，岂止如此，棍端已如千钧重荷，只能勉力支撑。

“唔。”

滨之助咬紧牙根，汗珠浸透缠头白巾，脸上失去血色变得苍白，武藏却神色不变，呼吸不急，一如往常，又踏前一步，“唉”的一声加重气势。这时，滨之助终于力尽，放开了棍子，却毫无懊恼之状。

武藏收刀入鞘，大声说道：“滨之助！你若能踏进我手所能及的范围内，你就获胜了。”

滨之助伸张双手抓住武藏。武藏纹丝不动，伸手碰了一下滨之助的胸部，滨之助的身子像飞起一般倒下。

“滨之助，怎么啦？”

“是。”滨之助立即起身，双手伏地，喘息喊道，“输，输了！”

七

忠利与众家臣都屏息惊视，脸上一片茫然。

“真的吗？”

武藏兀自站立，并未放松架势，仅加强语气地问道。

滨之助俯伏称道：“输，输了。”

“父仇呢？”武藏又追问。

滨之助泪水潸潸而下，说道：“在庄肃兵法之前，恨意与志气全消。同时弃刀……”

“糊涂！”未待滨之助说完，武藏便大声吆喝。

“听好，滨之助，以初学之身跟锻炼五十年的武藏决斗，败乃理之所然。为了让你知道自己的本领，才在主上面前跟你比试，你该当满足才对。为何不想继续修炼下去？”

“是。”滨之助浑身战栗，仰视武藏。“先生，在下学艺不精，祈请宽恕。”

“嗯，知道自己本领，亦即对自己的实力要真正有自信。你虽败在武藏手下，依然是一流高手……”

武藏说着环视周围的家臣。

“各位，谁认为能胜过滨之助，请报上名来。”

没有一个人回答。

“既如此，比试到此为止。”

武藏向滨之助示意，一齐走到忠利跟前。

“嗯，你们两个都非常了不起！”

忠利的眼睛仍然闪耀惊叹的光芒。武藏缓缓抬起头，说：“如尊上所见，滨之助虽败于武藏，却绝非凡者。吾父无二斋擅使铁尺，吾能创二刀，得益于铁尺甚多。今见滨之助棍术，两端之使用手法颇类二刀，获益良多。铁尺与棍棒，愚意以为最适于平时捕盗之用，主上以为如何？”

忠利深深颔首。“我也有同感。”

武藏端容俯伏。“主上，有事相求。”

“什么事？”

“武藏由衷推举，请主上延聘滨之助为棍术指南。”

“嗯，我也有此意。滨之助，你愿出仕吗？”

“愿意！”滨之助脸露感激之情，俯伏答允。

八

盐田滨之助当日为细川家延聘，食禄五人份十五石。同时列入武藏门墙。

棍术也称“棒捕手”，与铁尺同为捕吏之武器。两端有如两头蛇，而自由挥动，与二刀有相通之处，顿引起武藏兴趣，乃指导滨之助加意琢磨，令其指导门徒此一棍新术。武藏流的兵法书中也载有棍术目录，即因此故。

此后又过了好几天，一日，武藏在府邸画花，年轻武士总兵卫禀告道：“先生！有位名叫永国的先生求见。”

“什么？”武藏抬起脸。

“他说从河内来。”

“哦，是那个永国。”武藏脸上泛起喜悦之色。“快引他进来。”

“遵命！”总兵卫去后，武藏收起画纸，端坐以待。

不久，刀匠河内守永国满脸笑容地走进来。

“永国。”

“先生！”

永国双目湿润。

“你来了。”

“是的，听说先生出仕肥后，便昼夜兼程来访。”

“嗯，本想写信告知……妻子可好？”

“去世了。两年前得了急病……”

“原来如此。”

“为了能在先生底下过过快乐日子，我勤奋工作。”

“嗯，你的名字我在小仓和肥后都听过，我已把你的杰作献给小仓的忠真侯和主公忠利侯了。”

“谢谢。”

“你打算长居此地？”

“先生！确是如此。”

“好，就如前约，我接受了。你休息休息，慢慢说些京都和大阪的事来听听。”

武藏下令备酒肴，亲切地把盏言欢。

永国谈起京阪地区武藏的门人和朋友。过去七年之间，京阪的旧议已有各种变化，如本阿弥光悦即已物故。

几天后，武藏领着永国到城中奉职，报告永国来访的经过。

忠利察知武藏的心意，赐永国食禄三十人份，以御用刀匠筑居于高田原楠町。

士道

一

忠利与武藏的君臣之情与日俱增，而且越来越亲厚。两人经常支开近臣，促膝倾谈。世人已服德川统治，社会也臻太平。但在德川初期，大名割据各整武备，互相牵制，所以富国强兵自是政道之理想；同时因为封建的武家政治，士道的更新强化遂为政道之根干。

武藏主要即就这类政道根本问题，向忠利献言。老臣亦未因此而嫉恨武藏。

荻角兵卫的《武藏论》载称：

> 武藏沉潜严毅，深思熟虑。所谋出诸武藏之口，入乎公（忠利）之耳以前，绝不轻易宣泄于外，而武藏亦非恃君宠，傲诸老，以遭物忌的浅薄之士。

不仅武藏深谋远虑，忠利自己也小心谨慎，以免武藏遭群臣所忌。

武藏曾劝忠利筑千叶城，修复井芹川与坪井川。但忠利未言此为武藏献言，径与老臣相谋，做成蓝图。

有时，忠利亦垂询人事行政事务。

一天，忠利问道："武藏，你到肥后之后，有没有发现杰出人物？

世趋太平，显示实力的机会已不多。或许有些人才隐藏在不易发觉的地方，要找到这些人才，可不简单。你以为如何？”

“这个……”武藏想了一下，“确如所言，刚才守候室所见的那位武士，似乎相当不错。”

“哦，在守候室？”

“大概是微秩的武士，我不知道他的名字。”

“好，现在就叫来看看。”

忠利把可能是武藏认为的人一个个叫进来，武藏摇首说：“我去找找看。”

武藏说完话，亲自到守候室，领来了一个家臣。年三十岁上下。色黑，颊骨秀丽，却并非引人注目的人物。忠利自己一时之间也想不起他的名字。

“你叫什么？”

“都甲金平。”

“嗯。”武藏从旁问道，“都甲先生，你平日如何锻炼胆识？”

“是……我天生胆小，故在睡床上悬挂利刃睡觉。”

武藏微笑，仰视忠利。忠利高兴地即席嘱咐道：“嗯，都甲金平，任你做督事奉行，监督井芹川修复事宜。”

二

都甲金平身份低微，风采不显眼，兵法不杰出，亦非才气横溢。然而他却是志节高迈，默默锻炼的笃实武士。

他在睡床上方，从天花板上用细线倒悬利刃，刃锋直抵自己脸上，起初害怕，非特别小心睡不着觉，后来逐渐习惯，遂能安眠。

不愧是武藏，一眼就看出都甲是经过锻炼的武士，把他推荐给忠利，忠利也即席承认他是人才，选任为计划推行的井芹川修复工程的督事奉行。

但遗憾的是，忠利谢世甚早，原先的计划无法付诸实施，以致失去了考验金平的机会。不过，十八年后的万治元年（一六五八年），有件事证明武藏慧眼确实无误。

明历三年（一六五七年）正月，江户遇史所未有的大火灾，江户城火势很高，本丸等尽皆烧失。翌年万治元年，幕府决定修复城郭，命令各藩担任此一工程。细川家负责修缮内正门、中门石墙、二丸门及莲池门。细川家乃以有吉赖母为总奉行，担任此一业务。当时被选任为石奉行[①]的是都甲金平。

金平运输许多石头到江户，顺利地完成使命，工程也比各藩提前结束。于是，他藩的人嫉恨，放出不实的谣言说："肥后藩盗窃他藩运来的石块，用在工程上。"

这谣言也传入老中耳朵，石奉行都甲金平遂为幕吏所逮以窃石犯下狱。

本为不实之罪，故金平极力否认，幕吏不信，日夜拷打询问，要其自白。

拷问极为苛酷。用竹钻在膝盖穿洞，然后注入沸腾的酱酒，此为"篆揉法"；用尖三角木头殴打；让犯人端坐在板条上，然后在膝上放置大石等，幕吏就用这一切方法来责问金平。

金平却顽强忍耐。如果金平受不住痛苦，做虚伪的自白，那就变成细川家的罪名，金平这种忍耐性，磐石般的节操，连狱吏也无可奈何，奉行只得把金平唤到法庭，宣判道："窃石者都甲金平已无嫌疑，即时释放。"

金平已虚弱得无法行走，但听宣判后即大声喊道："所谓窃石者金平，用词不当！"

奉行改正这疏失，重行宣判："都甲金平，窃石嫌疑解消，即行

① 石奉行：负责运输石块。

释放……”

金平保住了细川家的清誉，以报答忠利侯和武藏的知遇之恩。

三

阿苏的外轮山，白雪皑皑，映白了天空，已是初冬时分。武藏的门徒已过千人。武藏的兵法合理，他自己也严加指导。

但平时，武藏稳重自持，以温情待人，尽力泯除天生的邀情。对后人讲述时，强调不夸耀武功，对百姓町人（农工商）尤当以温情待之。

武藏门人中有名唤道家角左卫门者，兵法超群，是武藏属意的门人之一。

一天，角左卫门到西山狩猎，归途走到岛崎附近时，背后突然传来马蹄声。

角左卫门以为有人骑马奔来，让道于旁。突然，马向角左卫门飞跃过来。角左卫门是练家子，及时躲过未摔倒在地，仅袖口被撕破。

这是农家的脱缰之马，旋即奔驰而去。随后一个农夫追逐而来，欲捕此马。角左卫门怒火中烧，挡住这农民，道：“止步！”

“呀，是武士！”

“你难道不知道法令禁止在大路上放马吗？你这笨瓜！”

角左卫门说着拔刀出鞘，顺手砍在农夫肩膀上。

农夫悲喊一声倒在地上，角左卫门扬长而去。

这地方正在白梅庵附近，听到悲鸣声，由利公主和来访的阿松飞跃出来。

“怎么啦？”公主抱起农夫，是她认识的。

“是，是……是马发狂跑掉，碰到武士……所以，我……”

农民只说这一些即气绝而死。不久，看到奔驰而回的马和耸肩步行的武士背影。两人知道一切的经过了。

“哦，真过分……松小姐，你认识那武士？”公主颤抖着问阿松。

“是藩里的道家角左卫门，武藏先生的门人。”

“什么，是武藏先生的门人？”

公主双眉紧缩，以严厉的目光望着角左卫门的背影。

第二天，公主写信给武藏。

近况谅好，前谓欲赠花卉画，待其完成，值有一日三秋之感。昨日，见先生门人道家角左卫门，于岛崎路上一刀砍杀无罪农民，待花之心不禁日益淡荡。先生终就又陷为执刀之人，至为痛心。

四

武藏看公主之信，有如被击中要害一般，大吃一惊。

偏巧，道家角左卫门正来习武，立被唤至师范台前。

“角左卫门！”武藏语气尖锐得不似往常。

角左卫门栗然说：“是，师傅，什么事？”

“昨天，在岛崎做了什么？”

原来是这件事，角左卫门放心地回答：“昨天狩猎回来途中，农夫逃逸的马碰到我，弄坏了衣服的袖子。法令禁止在大路上让马脱逃，故罚其无礼。”

当时，武士惩治百姓无礼，滥加斩杀，乃极其平常的事，而且非常合理。

“真的？”武藏如刺般瞪视角左卫门。“让马逸走，该当死罪？”

“不，不该死罪，但对武士……”

“闭嘴！学兵法的人被马弄坏衣服，不是太差劲了吗？”

“是，是。”

角左卫门在武藏锐利眼光照射下，不禁变了脸色。

“不怪自己粗心，反而夺人宝贵的性命，这是野强盗的行径，非身居四民之上的武士所当为。武藏所传兵法，是为一旦有急事，效命君前，防御外敌，保护百姓町人生命财产为首要目的。像你这种无道之人，不宜入我门下。今即从门人簿中删除，出去！”武藏大声下令。

“是……惶恐，惶恐。请宽谅……”

角左卫门平身低头悔过。武藏不准。角左卫门悄然离去。武藏仍然不悦，径往花畑馆，向忠利报告详情，并进言道：“为端肃政道，为更新士风，理当处罚角左卫门。”

席上也有重臣在座，有谓：“这农民亦非无罪。武士罚其无礼，乃法之所许。为武士威严计，处罚是否不当？”

但武藏毫不让步，语气激越，坚决主张处罚角左卫门。忠利静听双方论驳后，裁断道：“武藏说得有理，令角左卫门闭门一月。”

五

当晚，武藏走访由利公主的白梅庵，他已很久没来了。

庵里已无孤儿和使女，公主以阿光代作仆妇之事。白天教藩里家臣的子女茶道和插花。

“由利小姐，来函已经接到。那件事已禀告主上，角左卫门被罚闭门，并逐出我的门墙，但我也有责任。这次是来送抚恤金给被杀的百姓家人，望由利小姐为我转致。”

“哦，如此关照……遗族一定高兴。”

公主微笑收下。接着她一反往常，目光炯炯，望着武藏。

“花画好了没有？”

“还没有。”武藏即时回答。

公主冷冷地低声说：“想必如此。画不好乃理所当然。”

武藏追问着：“由利小姐，其故安在？”

“你是使剑的人，天生与花无缘。”

武藏闭了一下眼睛，然后点点头。

“对。我是执剑而战的人，兵法即是一切。不过，现在，我要画花，只要努力没有画不成的……”

“可是，这对你确实是勉强，是堕落。”

“你不懂！”武藏摇摇头。“我已承认相亲相爱的有情世界，而且认为必须在这有情世界之上建立和平的国土。”

“假话！”公主激越地断言。“你若真正追求和平，请放下剑。”

“什么，放下剑？”

“有剑的地方就没有真正的和平。武士既带刀，就不能不流血。我到现在才了解与市讨厌刀的意义。”

武藏挪动膝盖。“不过，由利小姐，从世上驱逐邪恶，维护正义，防御外敌以保社会太平，也是剑啊！随意杀人，未必即是兵法的目的。”

“武藏先生，这也是虚假。你以前曾为人、为社会握过刀吗？你的兵法只是靠战斗来提高自己，除此而外，一无所有。如果这是锻炼的器具，不用刀难道就不可以？就像禅僧以坐禅之法悟道那样。”

“没办法。因为我今日的心境全是用剑开拓的。”

公主莞尔微笑。“武藏先生，放弃画花，专用剑来探求前人未探求过的世界吧！否则，就请放下刀。我送信给你，并不单单是责备角左卫门一个人，而是对刀表示抗议。”

武藏又闭上眼睛，叉手沉思。不久，他赫然张开眼睛，凝视公主的脸。接着他挺起腰杆，说：“由利小姐，改日再谈……”

六

当晚，武藏坐在居室冥思。

对于由利公主飞跃的进步，武藏既惊且惑。

“公主已站在绝对和平的理念上，不只否定兵法，也否定武器的存在。公主所描绘的和平，是单由爱情联系的无争世界。可是，没有自由就没有和平。争，难道不是各人为守护自己生命跃动的自由，并使之发展的不得已手段吗？单以爱来替代争，难道真能赢得和平与自由？”

武藏继续想下去。“不过，还没有考虑到没有爱情的和平世界。我现在正在追求战斗与爱情的和谐。兵法确是战斗的器具，但是平时可用它来维护四民的生活，建立和平。总之，所谓士道就是使战斗器具的凶器跟四民实际状况相调和的道德律。没有军备，连目前的太平也难维持。士道乃政道之原动力，是无可否认的现实。”

武藏还继续想。“我以此一目的将多年历练的兵法传授给藩士；对天下政道已有所贡献。公主却说，我的兵法和和平不能两立，不能调和。呵，甚至还说是堕落。”

武藏张开眼睛，出声说道：“公主！你等着瞧好了。是堕落，还是升华，端看我的心是否能带来这种调和！公主！我一定画花给你寓目。”

于是，武藏一反由利公主的观念，倾心陶冶门人，并致力维持心灵的平衡，就像学者暂时收敛探求学问的锋芒，潜心熏陶学生一样。

支持武藏的热情朝这个方向倾泻，主要当然仍是忠利的友情与理解。

以前独行孤高之途，追求绝对自由，向天上的唯一者挑战，现在则为了地上。呵，不，为了肥后一藩的政道，蕴积自己的斗志，努力与世俗和解。而且对忠利的知遇之恩甚为感激……

一年又过，宽永十八年（一六四一年）正月，忠利一如往常在花畑馆跟武藏二人对坐，问道：“武藏，听说你未把剑法奥义书交给真传的人，那是为什么？”

武藏即时回道：“主上，这有两个理由。兵法难用口和文书传下，此为理由之一。另一理由是，我的兵法无所谓秘密。即使有人继承我的兵法，我也不会采取这种形式传授。”

七

忠利半颔首地问武藏道：“据说，在年轻一辈剑客中，小仓的伊织是天下屈指可数的名人，想来应是你兵法的继承人了？”

“不错，他的本领确然不凡。当代能出其右者，尚未一见。但他已非兵法家。所谓兵法家，无论是浪人或者是仕宦者，都须以剑为生。他出仕小笠原家时，我已令他放弃兵法家之道，因此，伊织不是兵法家武藏的继承人，而是继承宫本家门的人。”武藏条理井然地回答。

“原来如此。”忠利感动地说，“这确实是你特有的处置，即使是禅僧，自祖师以来，也都给予印可，传心法，以定继承人。你的兵法无须如此吗？”

“不然。自随侍主上，决意定居此地时，我就有这种想法。”

“嗯，找到继承人了没有？”

“为日尚浅，现在还没找到。不过，我想假以时日会有一个人可以继承我。”

“哦，那是谁？”

“寺尾求马助。”

“哦，我内心也做如是想。”

忠利露出会心的微笑。武藏也欣喜说道：“他的天性与气力已具备做兵法家的完美资格。我要指导他成为一个入世的兵法家。”

忠利不解其意。“武藏，何谓入世？”

武藏表情渐趋严肃。

“我的兵法是无主无家，不居一处的孤独剑法。可是，入世，呵，不，有主的武士就非如此，是出仕奉公的兵法，而且必须是治世的兵法。在剑技刀法上虽然不变，但在锻炼与修行方法上却略有不同。在心态上，在目的上更大不相同。”

“诚然。”忠利的表情也转为严肃。

武藏接着说下去：“我是无主的天涯孤独客，所以只为自己一人修行。流浪途中，也曾稍微指导过一些人，但只不过是随兴而已。兵法无限……兵法，是求而无极的。说得难听一点，岂非就是无间的地狱？我走过这种道路，然而，今日，得沐主上知遇之恩，自己也改变了道路，走上出仕奉公的兵法之途。易言之，已将所得的兵法传给主上，传给家臣，希冀兵法即士道之意，有益于政道。”

八

忠利不禁倾耳细听，将感谢的目光投向武藏。

“武藏，真高兴！自你到本藩以来，藩里的士风已日益提升。如你所说，不管有多好的计划，政道能不能顺利推展，端看士道如何。贯穿士道中心的是文武二道。你的兵法可说是剑禅，文武一体。不错，兵法的修行无涯无际，所以你犹感不足，不过从我眼中看来，则是至上的兵法……”

武藏垂目低头说：“惶恐之至。”

忠利仍然兴奋地说：“武藏，你的兵法是导人入悟的兵法。说实话，我想从你由初步修起。但恐怕仍难企及。武藏，把你的兵法写成书，怎么样？我想以读佛经的心情熟读它。”

“遵命。”武藏满怀谢意，仰视忠利，两手伏地，答道，“我尚未臻及成熟，离悟道尚远，不过，在兵法方面，过去所行之路，并不觉得有误。今日所思，唯在如何将此兵法传诸人群。写书以达意，固然勉强。但主上相信，不只是人，即以文字为灯火亦可体得意之所在。为此，武藏愿竭尽心神，写出兵法大纲。”

于是，武藏自第二天起，即闭居室内，执笔撰写兵法三十五条。

十三岁离家不断修行兵法的武藏，什么时候，从什么老师学文习字的呢？至于这点，没有留下在何文献，也没有传说与旁证。他的绘画与雕刻亦然。

武藏在其后写成的《兵法五轮书》卷首写道：

若善将兵法之利推及于诸艺能之道，则万事皆可成，我平生无师匠。今作此书，不借佛法儒道之古语，不用军纪军法之古事。

诚如此语，武藏在修行兵法途中，未从任何老师修习，全凭自修而悟。而且在惯用儒佛古语的时代，武藏能勇敢直陈不用古语，由此可知，武藏不仅在兵法上，就是为人方面，也堪称能独立创造的哲人。

虽非字字推敲琢磨，武藏竭尽心神，一月有余，方完成此书，呈献给忠利。

九

忠利满心欢喜，接过此书，毕恭毕敬亲自把书放在壁龛上。

“武藏，辛苦了。从今天起，我将尽心阅读你的兵法。”忠利说着，眉宇间洋溢着兵法家似的气魄。

兵法三十五条——可说是其后《兵法五轮书》的摘要。但阅者观之，并非摘要，而是精华，其价值不减于五轮书。武藏自己在此书前言中也充满了自信，他说：

兵法二刀一流，经多年锻炼，今始形诸笔墨。虽前后难以尽言，然所悟兵法剑意，悉依所知概略述之。

第一条述二刀之利，第二条指陈武藏兵法精神，云：

武士带刀之精神系以头为将领，以手足为部属，以胴体为步卒庶民，浑身一体，从头至足，不强不弱，汇之于心，不可偏于一方。此体式与治国修己之道同。

从第三条握刀法开始。依顺序毫无遗漏地陈述实际的刀技，而以最后的第三十五条作结：

万里一空。此事难言，应自我历练。

忠利依誓约勤读此书。在这期间，大渊和尚领春山来奉职，忠利示大渊以此书。

大渊恭敬熟读之后，回道：“主上，这确非单纯的兵法书，字字句句皆含禅机，跟我们禅僧的修行过程一样。若依此如实奉行，定可臻至万里一空之大悟，而所谓剑禅一致之道，也就是真正的菩萨道。”

忠利颔首，却说道：“嗯，大体是如此。不过我却视之为政剑如一之道。”

“确实如此。”

“虽说是长年锻炼的结果，武藏依然不愧是伟大人物。”

忠利愈发感叹。大渊亦然，而且双目辉耀：“武藏仍未放弃修行。大多数人若臻至此境，都会彻悟而弃剑，武藏却始终握剑不放。而且有意以剑斗通至佛境。因此，于今看来依然烦恼不已……”说着，莞尔微笑。

“什么，武藏有烦恼？”忠利惊讶地反问。

大渊静静地回答：“主上，佛语中有‘回向’一词。这是欲将自己修行的功德赐给众生，以同得佛果的行。浮世多忧，‘回向’之行绝非简单。甚至菩萨，若非降身凡俗，与众生同苦，本愿即难达成。我看，武藏现在想完成回向之行，才出仕主上以奉公。因而，武藏必须再度与以前视为修行之敌而加排斥的人类烦恼相对决。”

“不错。”忠利严肃地点头。大渊又说：“武藏努力地想置身于凡俗中，与他们共同在向上之道中行走。但凡俗中也有女性。武藏再了不起，跟女性一对面，便显得慌乱无章，简直像少年人那样天真正直……哈，哈，哈。”

说罢，哈哈大笑。

忠利想起由利公主和武藏的关系，也莞尔笑出。

“嘻，嘻，嘻……是啊！武藏对女人是日本最小心的。”

“不过，菩萨一旦现身人间世界，女人往往是烦恼之源。其实，这才是真正的回向。武藏若果是虚假的行者，就不会这么正直。纵使如此勉力修行，臻及万里一空之境，却仍有烦恼，其中即含藏有真正菩萨的形象。”

“嗯，我懂了。武藏那厮如何解决女性问题呢？”

“那就只有等着看了。主上，武藏现在似乎希冀画花卉……”

“什么，画花卉？”忠利有点吃惊。大渊开玩笑似的连眨眼睛。

“武藏似把女人看作花，为剑与花的矛盾而苦恼。花也是通向无争的和平，所以非常为难。武藏业已臻及剑政如一之境，现在似乎又想达到剑与花的合一。如果武藏腰插大刀，而能顺利把花画成，就可说是大彻大悟的大士啦。”

大渊断言说，忠利又回到严肃的表情。

“不错，以前，泽庵禅师曾说，和尚只是和尚，会妨碍大悟；武士只是武士，也会妨碍彻悟。武藏烦恼大概就是这样吧？”

“诚然。武士如果仅仅为武士，就根本不会有出仕奉公之举，武藏本因主上这恩情而兴‘回向’之志。而且因此使武藏……”大渊恭敬地说。

鸣动

一

二月，城中梅花齐放。武藏门人为数越来越多，仅此已够武藏忙碌。不过，晚上，武藏仍常闭居一室画画，当然是画花。

大渊和尚把武藏面对的女性譬喻为花，真是深得个中三昧。武藏将所画的花比作阿通，比作悠姬，比作由利公主，而拿起画笔。

和尚认为武藏似乎为女性，尤其为由利公主而烦恼，这也一言中的。不过，这并不是说武藏恋慕公主。

武藏已排斥恋慕之情，甚至说已完全加以克服，也不为过。他虽然没有恋慕之情，却尽力想拥有宽宏之心，以便坦然体悟女人寄情于他的心思。

不论对阿通或悠姬，武藏似乎都没有感受到她们的爱情，因而，他虽已达万里一空之境，但那是冰寒无人无爱亦无情的世界。

他还没有穷究这世界，就想下凡，与人共同思考、共同行走。如果无心接受他斥之为修行之敌、愚昧之思的人情与爱欲，武藏第二人生的建设，即大渊所说的“回向”，终究难有所成。

可是，这对武藏却是一大难事。武藏还未完全从无人之境下到凡间。甚至只能说下凡，但身上仍佩带以前斩断情丝的刀剑，小心翼翼注视天空的彼方。就是这刀剑、这眼睛阻碍了喻之为花的情。

武藏摊开纸，握着画笔，却闭上了眼睛，眼帘上浮现出由利公主的姿容，真像高贵的白百合。武藏想一口气把浮现眼帘的白百合画在纸上。

突然，“轰！”传来了天地鸣动的声音，武藏吃了一惊，望着窗外。一道闪光从黑漆的天空像枪尖般朝武藏脸上刺来。

“哦！”武藏躲过，不禁握住身边的大刀，拔刀出鞘刺之。武藏额上已沁出汗珠。

“啊！天上之敌！”武藏怒吼。当然，这是武藏的幻觉，而其根源则存在武藏心底。他提着大刀跃下庭院。

“来吧！”武藏睨视天空。

二

不久，武藏也发觉这是幻觉，但心已为天空的世界所吸引，不禁认为眼不能见的敌人已盘踞天空彼岸，正欲捕捉自己。

“是这家伙，这家伙才是我的敌人！”武藏狂喊。

心已凝结为争斗之气势，像冰一样冷明，既无爱花之情，亦无悯人的慈悲。所有的人都已从武藏心眼中消失。

“这家伙，是谁？”武藏又高叫一声。是神，是佛，还是魔？无论如何，总之，不是人间世界的人，是统治人，给人生老病死之苦，剥夺人类自由的东西。

“喂。”武藏把大刀刺向天空，前后上下挥动，眼不能见的火箭接连射来。

“老，老爷！”仆人和助从石灯笼的背后，以战栗的声音唤道。

“谁？”武藏注视天空，反问。

“是和助。”

“下去！没事！”

“不，老爷！”

“你这家伙。”武藏扑过来，往石灯笼砍去，但刹那间突然清醒过来，收住了刀。

“哦，是和助吗？有什么事？”

和助顿然跌坐在地，说道：“老，老爷，城，城里有使者来。”

“什么，使者？是谁？”

“阿部先生。”

“哦。”武藏收刀走入客厅，老内侍阿部弥一右卫门正在等候，年轻武士冈部在招呼。

“阿部先生，辛苦了。有什么事？”武藏心情烦躁，就座后即问。

“主上从傍晚时分起，觉得身体不舒服，提早就寝，但突然觉得很痛苦……”

“什么？”

“立刻延请典医[①]，痛苦稍减。主上下令召见武藏，所以深夜打扰，敬请上朝。”

“好，马上就去。”武藏即时更换衣服，与阿部一起徒步离开城中府邸，这时，又传来如雷鸣般的“轰隆”声……

“先生！是阿苏山喷火，已经是第二次了。”

“原来如此。”武藏仰视黑暗的天空，不祥的预感逐渐压上心头。

---

① 典医：即藩主御医。

三

武藏蹑足走进忠利寝室，枕边坐着长冈佐渡。两人互望一眼，表情忧郁。

“主上，武藏来了。”佐渡轻声传达。

忠利静静张开眼睛说：“到这边来。”

武藏膝行靠近。

凝注着武藏诊断般的目光，忠利脸色苍白，表情并不痛苦。

“我是武藏。”

忠利把脸转向武藏，说：“哦，夜半让你受累了。我想见见你。”说完后，莞尔一笑。

“真叫我大吃一惊，但看到尊颜就安心了。”

“以前也曾有过，突然呼吸困难，胸部像被勒住般疼痛。现在好多了，这样躺着休息，实在很轻松。”

“不过，别太勉强。”

“是啊，这是我的毛病，已经很熟悉，不会勉强，幸好不在江户。”

“主上，请休息。武藏在此守候。”

“没事的。”

“是……”

“武藏，你不后悔出仕为官吗？”

“哪里的话！”

“最近，大渊来，谈到你的事。大渊说武藏想画花哪！”

忠利停了一下，又说：“武藏，我也想要你的画，能画吗？”

武藏起初表情有点惶恐，旋即泪水潸潸而下。

“主上！我画画看。”

“真的，我等你的画呵。”忠利望着武藏微笑，旋即闭上眼睛。武藏也噤口不言。

宫邸内悄然无声。不久，忠利发出沉稳的呼吸睡意了。

之后，过了四个半时辰，佐渡向武藏示意，要他退下。武藏摇摇头，用眼睛说："爵爷先退！"

佐渡以目为礼，再注视一下忠利的睡脸，走出去。

武藏纹丝不动地端坐着。

过一会儿，第三次阿苏火山的鸣动声又传来了。忠利动动身体，并没醒过来。武藏手按匕首柄端，赫然而怒，似欲维护忠利，以防死神潜进……

烛台灯光下的武藏，有如生根地底的磐石一般，凝重不动。

四

阿苏火山已经很久没有冒烟，爆发后开了新的火山口，开始积极活动。火山的鸣动，连熊本也听得见，天晴的日子可以看到火山口的冒烟。

忠利的病势从第二天起日有起色，看来可保无虑。但藩里的人都惴惴不安，仿佛阿苏山的爆发是不祥的预兆。忠利是很有人情味的名君，所以家臣为忠利的病体都深感痛心。父亲三斋还健在，世子光尚已成年，继承人大可无虑，但暗中为藩之前途而忧的气氛却弥漫着："如果主上发生万一之事……"

武藏见忠利逐渐好转，第三天就回府邸，但他依然不放心。他未对门人说一句话，只对慢一步回来的求马助说："病势不轻，若坚持不住，变故难防。"

"师傅，今天不是说想起床看看吗？"

求马助吓得变了脸色。

武藏摇摇头，说："大意不得！"

"这么说，很危险啦？师傅！"

求马助端坐，说道："刚才还召见我说，你还未行冠礼[①]吧，我替你取名字[②]，你外祖叫藤兵卫，是位相当豪勇的武士，你可取名藤兵卫信行，以武藏为干爹[③]加冠。主上比平时更亲切慈祥……"说着泪水滂沱。

"真的？"武藏也连眨眼睛，交代道，"求马助，明天就举行加冠礼吧。当然，我做你的干爹，快回去告诉父母详情。"

"是，向师傅叩别。"求马助急忙起身离去。

之后，武藏闲居室中端坐，微闭双眼冥思，旋即起身走向大门。

"先生，要出去？"年轻武士冈部急忙赶过来。

"嗯，到岛崎去。"

"腰间的东西呢？"

"不用。"武藏只带短刀，不带大刀，悠然走出大门。

五

天快黑的时候，武藏到了白梅庵。

由利公主觉得很意外，把武藏引到客厅，即问道："听说忠利先生身体违和，病况如何？"

"一度相当痛苦，现在看来相当舒畅了。"

武藏一如往常，以谨严的姿态回答，接着，现出和蔼的笑容，说："由利小姐，今天我是来问问你的心意。"

公主惊讶地反问："我的心意？"

"最近，由于你的诘询，我也接连试着去探查我的心。不错，不只对女人，就是对男人，我也实在太过任性。而且以兵法修行为借口……"

---

① 冠礼：江户时代十二岁到十六岁的男子即成人，成人仪式主要为剃前发，缩短衣袖。

② 取名字：行冠礼时，去乳名取正名。

③ 干爹：江户时代，成人仪式时，都以实力者为孩子的父亲，替孩子加冠帽，当时称为"乌帽子亲"，此处姑且译为"干爹"。——译者注

公主还不懂武藏的意思，也不随声附和。武藏毫不计较，继续说下去。

“但是，今沐忠利侯温情，知人情之美，愈发反省自己的任性。”

公主终于懂得武藏的内里含义，却冷冷地微笑说：“武藏先生，只此而已？”

“不，不是。”武藏激烈地回答。

“那请问，你觉得悠小姐的事如何？”

“以今思之，当以悠公主为妻。为此，必须斩杀对公主抱有邪念的主水。”武藏坦诚回答。

“通小姐呢？”

“跟阿通别离，以当时的心境而言，乃事非得已，但应更亲切地体谅她的心。我同情心不足。”

“我懂了。”公主深受感动，俯下了头。现在该轮到自己的事了。

武藏击膝说：“由利小姐。总之，对阿通和悠姬，我都没有由衷尝试去了解她们的爱情。真抱歉，你的情形也一样。虽然为时已迟，但我愿仔细体贴你的心意，然后才知道该怎么做。由利小姐，请莫矜持，坦诚说出你的心中话，好吗？”说着，他凝眸注视公主。

六

由利公主的脸赫然燃烧起来。但立刻变得僵冷到苍白。接着开口说：“武藏先生，这是真的？”

“当然是真的，到如今，还说什么假话？”

“好，那我说。”公主直视武藏的脸。“一眼看见你以后，再没有第二个人是我的梦，我内心的火，我片刻难忘。领养孤儿，与天主教徒战斗，向权势挑战，这些都是为了要把内心高燃的火焰转移罢了！武藏先生，懂了没有？”

武藏点点头。“我非不知。我对你怀着敬意，也怀着骨肉般的情爱。”

“武藏先生，你的冰冷就是这样！对悠小姐的态度亦然……”

“说的不错，不过，现在不同了。”

“请你坦诚地由衷接受好吗？”

“可以。以前，你没有告诉我。”

“我的勇气不足。好，现在我告诉你，请你迎我为妻。”

武藏蜡样白皙的脸上立时泛起血色。

“主上痊愈后，即来接你。”

“但有一个条件。”

“什么条件？”

“请放下刀剑。这不是要你停下探求的战斗。而是希望你放下杀人的刀。”

武藏猛吸一口气，眼中漾着决然之色。

“好！主上痊愈之后，我要和你一起到田野耕种。”

“今天，立刻就放下刀？”公主追问。

“由利小姐，现在，我正跟潜近主上的死神战斗。用这剑……”

武藏拍拍短刀。“所以今天不带大刀。”

“武藏先生。”公主的脸又燃烧起来，眼睛闪亮地冒着热气。

“武藏先生。”公主膝行贴近武藏。武藏全身热烘烘，眼前逐渐朦胧，但他清楚看见一朵牡丹花漂向眼前。

“由利小姐，你好美！”武藏喘着说，手却不敢抚摩。

“由利小姐，主上痊愈后，我一定来接！一定来接！”他说着长身而起。

七

当晚，阿松到白梅庵来访。

阿光端出茶水和点心，退下后，由利公主脸上洋溢着平时所无的喜气，说：“松小姐，我跟武藏先生订婚了。”

“哇。”阿松吓得退了一步。公主微笑说：“很意外吧？今天傍晚，武藏先生突然来访，要听听我的心中话。所以我下决心把一切说出来了。”

阿松好不容易才镇静下来，“其实，在先生带阿光母子到这里来的归途上，我也曾下决心痛责他对女人的冷酷。他似乎也很烦恼，说要好好想想由利公主的事。想不到……”说着她又瞪大了眼睛。

“不错，松小姐，武藏先生近来已到了这样的心境，但我认为他绝不会接受我的爱情。总之，依我看来，剑便是武藏先生的妻子，是他终生爱恋的妻子。他为什么能跟这妻子别离，而跟我结合呢？”

阿松点头说：“是啊。对大多数武士来说，剑只是护身卫妻的工具，先生却相反，为剑而宁舍女人的情爱，无疑地，剑已替代了妻子。”

公主加重语气说：“所以啊，松小姐，我讨厌刀，进而想从这世上消灭刀。”

阿松似有未解，却点头说：“由利小姐，以后呢？”

“我正面向武藏先生表明心迹，这还是第一次。但我想，毕竟仍是徒劳，所以谈过许多话以后，我无礼地迫他迎我为妻。于是……”

公上热切地说：“武藏先生意外地答应娶我。我还不满足，要他放下刀。武藏即时答应放下刀。”

“哇！连刀也不要啦！”阿松愈发不解。即认为武藏的剑已代替了妻子，放下刀的武藏！阿松简直无法想象。

这时，公主的脸上突然展现了悲愁，接着露出寂寞的微笑，悄声说道：“不过，松小姐，武藏先生的允诺附有一个条件，一切待忠利先生病体痊愈哪！”

八

次晨，武藏上朝奉职时，忠利倚坐棉被上，靠着小茶几。

“哦，主上，气色好像很不错……”

“嗯，从昨天起，好多了。叫你挂心啦。”忠利说着微微一笑。

“千万别勉强。”

“怎么会勉强？又不是第一次生病，一切都很熟悉。幸好有佐渡这些能干的老臣可以倚靠，行政方面的事务不必烦心。”

“不错。请耐心疗养。”

“嗯。武藏，花画得怎么样啦？”忠利说着又微微一笑。

“会画啦……已经可以清楚把握花姿了。”

“武藏，真的？”

“主上，痊愈后，一定送一张给主上观览。”

“真的？”

“主上，武藏也决心像一般人一样娶妻了。”

忠利表情滑稽，说道：“武藏，让我猜猜新娘是谁，好吗？”

“哦？”

“是由利！”

“惶恐，惶恐。”武藏满不在乎地回答。

“由利是杰出的女性，与你实在是天作之合。以前曾跟佐渡谈过这件事，准备做你们的媒人。但生病了，很遗憾，只好请佐渡代理了。”

武藏有点惊慌。

“主上，我想等主上痊愈后再做最后决定。所以，媒人还是主上。”

“什么，我痊愈之后？武藏，不必这样斟酌。我想早日看见你们在一起。尽快择吉日迎娶好了。”

武藏严肃地俯伏道：“此事可暂缓。”

“是吗？”忠利表情寂寞。

武藏凝视忠利，道：“主上，武藏还没有这种余裕。”

“没有余裕？”

“武藏正在拼命。”

忠利侧首沉思。武藏挺直上身，重新坐好。

“我正跟烦扰主上的病魔拼命战斗，无分秒的余裕。”

“什么？”忠利吃了一惊，又望武藏，眼中却潸潸流下泪珠。

“武藏，我知道了，不管多苦，我都觉得你正在我背后，跟病魔不停地作战。”忠利感动地说。

九

武藏接着说：“今天就依主上的意思举行求马助的加冠礼。”

说完，他向忠利施礼，旋即从花畑馆退下，往寺尾新太郎府邸走去。

寺尾府邸，一切都已准备就绪；以武藏为干爹，遵古礼，顺利完成加冠。

然后，以武藏为中心，邀请亲友，举行庆祝酒宴。

武藏先向剃掉前发、青年模样的求马助——藤兵卫信行敬酒，并向在座诸人，以干爹身份致意：“我要顺便说一下，武藏今天决定由信行继承本流派。今后愿各位多加提携。”

武藏以前曾将这事向忠利透露，新太郎也察觉到。但今天却突然在众人面前宣布出来，来宾的惊讶自不待言，连新太郎也吃了一惊。

新太郎慌忙开口说：“师傅，这，这太……还是未成熟的年轻人。”

武藏明朗地微笑，反问道：“新太郎！你认为信行还未成熟吗？”

“是……无论如何，今年只不过十七岁。”

“哈，哈，哈……新太郎，你试他一手看看？”

武藏回答，并环视一座，开口说道：“我走遍六十余州，因对方要求而加指导的已超过万人。但能继承本流派的始终没有发现。有而且只有这个信行，今已九州无敌，虽年少却天赋异禀。于今即使不经我指导训练，亦能自臻名人之境。”

这简直是异乎寻常的礼赞，在座诸人听来深觉扫兴。

但信行本人却不动声色，脸露笑容，泰然自若。

武藏拿起酒杯，放在左边架上，说：“信行，砍砍看！”

武藏的手仍伸着。

“是！”

信行手按短刀，说声“抱歉！”随即扭腰，“咻！”刺目的锐光！分成两半的酒杯！短刀早已回鞘。

武藏静静把手收回。

坐在末座的阿松，泪水横溢。

十

忠利的病势眼看日趋好转，但到二月底，又再度恶化。

三月是上江户朝觐的时期，忠利已经无法赴江户。于是他向幕府阁老[①]陈述病情，请求延期赴江户。

三月上旬过后，病势日渐严重，藩士们的忧愁也越来越深切；虽然无人出口做不祥的预测，但暗中朝拜神佛、祈其平安愈痊者，与日俱增。

八代老君侯也遣使探病，自己则到妙见社祈愿。

江户阁老当然接到了延期赴江户的请求。

阁下病情已达天听，敬请宽心。将遣典医以策兼程前赴贵处，切望慎加休养。

由阿部对马守、阿部丰后守及松平伊豆守署名发出慰问函，接着，名医以策也从京都赶赴熊本。

将军家光似乎相当痛心，特派曾我又左卫门为上使，西下慰问。

武藏大部分时间都守候在忠利寝室，端坐一隅，如岩石般耸立不动。他正与潜近的死神战斗。

---

① 阁老：当时幕府由四位老中组成内阁，故称阁老。

“武藏……”忠利病痛时，时唤武藏名字。

“武藏在此守候，切请宽心。”武藏即时回答。忠利便放心地沉入梦乡。

忠利的肌肉日渐凹陷，同样地，武藏的双颊也慢慢消瘦。

在这期间，身体比较舒服时，忠利便把武藏唤到枕边，微笑着说：“武藏，病愈赴江户时，你也一齐去！”

三月十五日晚，忠利已完全进入危笃状况，重臣与近侍相继奔赴花畑馆。武藏仍顽强地继续端坐寝室一隅。

深夜，佐渡把武藏唤到另室，重臣皆列席。

“爵爷，何事？”

佐渡有点口吃地说：“武藏，深为哀痛，主上的天命已尽。”

武藏庄肃问道：“谁说的？”

“典医都这么说。而且已束手无策，说只有静祈冥福……”

“……”

“此外，受托祈祷病愈的释迦院常观也说，若继续违抗天命，只有增加痛苦。”

“那各位重臣的看法呢？”武藏亮着眼睛反问。

十一

佐渡垂下眼睛，泪水潸潸而下。其他重臣也都俯首，一会儿，佐渡抬起头，沉声说：“武藏，大家都万分希望主上不要跟我们诀离，但是，看主上日夜痛苦的情状，只好希望早日仙去，以免再受痛苦……”

武藏表情紧张严肃。

“再问一次，典医、大渊和尚、常观阿阇梨都说天命已尽吗？”

“是的。大渊和尚甚至希望主上平静归去……武藏，很抱歉，想请你暂且离开主上身侧。”

“什么？”武藏赫然瞪目以视。

佐渡额现汗珠，说：“常观说，主上安谧的病况因有妄执的恶魔盘踞身侧，致有所执着而忧闷痛苦……呵，不，武藏，我们都知道你的忠诚。不会认为你是恶魔。”

武藏脸上泛起血丝，冰冷苍白，猛然垂下头。紧握的拳头不断颤动。

佐渡等重臣屏息守望着武藏。

过一会儿，武藏抬起了头。“知道了。”

“武藏，抱歉。”重臣一齐低头致歉。

武藏回到忠利寝室坐下，肃容端坐，俯伏道：“主上，我已尽力战斗到今日。武藏，就此告假。并请采纳诸臣意愿，平安归去。再见，主上……”声音低沉得难以听见，泪水频频滴落到榻榻米上。

佐渡慌忙说：“武藏，你还要继续为主上……”

“不，是告辞……”武藏抬起脸，静静地起身而立。

武藏走向大门的时候，守候在各房间的家臣，以各不相同的心情目送着武藏。

听到常观阿阇梨视武藏为恶魔而加排斥的话语，有的人认为想必如此，有的人却生气地说：“混账！常观才是缩短主上生命的妖僧。”

武藏不坐轿车舆，走回城里的府邸。看他那沮丧的样子，年轻仆人吓了一跳，问道：“老爷，主上的病情——？”

“呵，没有变化。”武藏只回答一声，便进入居室端坐。

不久，久已不响的阿苏火山又“轰隆”鸣动。

败北

一

忠利为不时袭来的发作所苦，生命之灯仅剩一星残烬。近侍家臣都祈祷说：“若人寿已尽，生命已终，即请平安归去，不要再受更多的痛苦。”

这是无可奈何之情。枕边服侍的人现在已非祈其痊愈，而是合掌祈其安乐往生。

在这之前，有西高野山之称的真言宗名刹肥后益城郡释迦院住持常观阿阇梨，在城里设护摩坛，进行驱除病魔的祈祷。这是真言宗等密教所推行的修法，是以智慧之火烧尽烦恼之薪，以防魔害的祈祷。

但是，祈祷毫无效果，忠利的病历日日加重。于是常观断言道："君侯天寿已尽，难以佛法挽回。"

重臣又请其修法，说："务请减轻其痛苦……"

常观又设护摩坛，祈祷缓和忠利病痛，也没有效果，于是将武藏看作妄执的恶魔，要他离去。

重臣们固然不会怀疑武藏的忠诚，但看到武藏躯体上散发出来的异常活力，都认为这活力即是妄执，而使忠利痛苦。

就在这情况下，武藏黯然离开花畑馆。

次晨，大渊和尚来朝时，佐渡说出一切详情。大渊说："爵爷，这太过鲁莽了。武藏是代主上跟死魔战斗。本来，即使无命，只要一息尚存，也应该与死魔战斗。没有这种斗志，医学不会进步，大往生（往生涅槃）也不会有望。即使命数已终，也应尽量使之继续维系，这样医学才会进步。尊重生命，大往生才能获致。何况武藏亲身挽救了主人的一半痛苦……"

"呵，原来如此！"

佐渡脸上浮现后悔之色。

大渊继续说："先前武藏献给主上的兵法三十五条中，有题名'知期'者，其中写道：所谓知期是知急速期，知迟缓期，知逃逸期，知不逃期。能写出这种观念的人怎会怀抱毫无价值的妄执？若万事皆任由武藏，主上必可安心启程远游。"

大渊说至此，赫然睁大眼睛，说："主上是卓杰的太守，即使没有武藏，也必然可以大往生，但，主上一定会为俗人的多嘴而心感寂寞。"

二

佐渡咬着嘴唇，说：“糟了，错了……从昨晚起主上的痛苦有增无减。我们六神无主，顿失灵智。主上叫了好几次武藏的名字。没听到武藏回应，似乎气愤不已……那快去把武藏叫回来吧！”

大渊摇摇头。

“去请他，武藏谅也不会来，因为他已做最后的告别退下去了。他不是留恋此处的人。呵，武藏也许已直观主上无可逃遁的死期，而退下了。爵爷，请多注意今明两天的病况。”

“嗯。”

佐渡随即站起，走入重臣的守候室；经过细声商议后，同有吉赖母一道步入庭院。常观在院子西隅设护摩坛，与五六个陪诵僧侣，不分昼夜祈祷，其中也有修验僧[①]。

二人毫不客气地走近护摩坛。

“阿阇梨。”佐渡出声说。常观正数念珠，回望了一下。年四十五六岁，体态肥满。脸上肥肉垂下，大眼炯炯有光。

“哦，是家老，有何事？”常观从容回身。

“不用再修法啦。”

“什么，已驾崩了？”

“不是，痛苦越来越厉害，以阿阇梨的法力也无法去其烦恼。而且……”

“家老！”常观似有所持。“这也有原因。那位叫武藏的兵法家，虽已离去，却仍将妄执留在主上的身上。非使他折服，主上的烦恼就……”

“算了，算了。”佐渡焦急地粗声说，“武藏已离开御前回到自宅，而你在城里祈祷，却仍然无法消除主上烦恼，这就是你的法力不及武藏兵法的证据，再修法也没用，快快离去。”

---

① 修验僧：密宗的一支，在山中修验道。

“说，说什么？”常观浑身颤抖。

“无用的修法反使主上受害。快走，快走！”

这次是赖母下令。常观急速站起来：“哼！家老！你们居然说我们真言宗的法力不如一个兵法家，此实佛家之耻。好，马上就离开，但我们不会就此打住。这就去拜望武藏，决心以法力调伏[1]武藏，然后再来向家老讨教。”

他语气激越，接着命令陪诵僧侣道：“撤除护摩坛！”

常观领着陪诵僧侣，以粗重的脚步走出花畑馆。

“师傅，到哪里？”修验僧之一问。

“不说也该知道，到武藏家。”

“那么，调伏的方法呢？”另一个修验僧问。

“当然，以法论折服他，若不听，即以陀罗尼神咒断其一命。”

常观自信满满地说。那两个修验僧互望点头，于是前一个修验僧开口说：“师傅，这太麻烦了，干脆用破魔之剑一刀毙其命。”

“什么？你们说什么？”

“是啊，腰上的剑，并不是装饰品。”

修验僧拍拍腰间的刀。常观回望两人一眼。

“嗯，这也有趣！我还是小和尚的时候，八代乡士的一个小伙子到本山，从我师尊修真言秘法，仅一年即下山。这小伙子竟以真言秘法为基础，配上兵法，开宗立派，取名松山主水。但这个主水难抗武藏恶剑，去年为武藏门徒所杀害。你们真杀得了武藏吗？”

“哇，哈，哈。”二人又相视而笑。

“我们修行途中，曾数度遇见主水，教了他一两手。他的兵法采纳了真言秘法，故较世上一般兵法家高出一筹，但从我们修验道的秘剑观之，则近乎儿戏。”

“是的，师傅也知道，真言妙法非一两年所能体会，在原来的兵法

① 调伏：佛语，驯伏之意。

上加进一点真言秘法，便是主水的兵法。”

“我们习修验道先后已二十年，伏居山野，餐风饮露，日夜拜大日如来，奉不动明王为师，以历练剑法。”

“这不是世人所说的兵法，而是维护佛法的秘剑。斩佛敌武藏，舍我等之外，更有何人？”

二人都傲然放言。

其实这些人只是大言不惭，他们是有多年粗略修行经验的真言宗行者，自称为鬼，横行山中，抡剑挥刀，以吓唬僧兵。最近，潜进九州，暂居释迦院。年在四十岁上下，外表看来，筋骨粗壮，目光炯炯，凶猛有力。

“呵，原来如此。佛道既有剑，以创当敌，亦合乎道。好，一切全看你们了。一定要杀武藏！”

常观高兴地微笑。

三

武藏从花畑馆回来后，一时之间处于虚脱状态。

武藏本与接近主公的死魔战斗。他不能不承认人的生命有限，也有所谓的天寿。

但谁能一出生就知道自己的天寿？只有生病或重伤才能察知。纵使名僧名医，在一般状况下，也无法知晓他人的天寿。无论是死于病魔或为敌所杀，也只有历经战斗之后才知天寿已尽。

所以武藏激励忠利，自己也跟病痛战斗，与死魔作战，正如典医以药饵和病魔、死魔战斗一样，以剑对决。

那么，死魔在何处？武藏觉得在天空的彼岸，而且跟他经常与之战斗的东西同属一物。那是统治，束缚人间世之一切，剥夺自由的一种力量。

如果有人把武藏此战称为“愚如对天吐口水”，或视之为“武藏疯矣"，那也无可奈何。

武藏并不相信此战必可获胜，但认为收刀将忠利任由死魔摆布，为时尚早。但在重臣齐声要求下，他无法反抗。

武藏至此只好收刀，只好屈服于死魔，将忠利交给它。武藏向忠利做了诀别。这时，忠利的形貌已从他生活的眼界中消失，而庞大的洞穴正张着大口。这洞穴太大，武藏的心眼已包含在黑暗中。

武藏走入居室端坐，但无意挥去这黑暗，处于虚脱状态，一直端坐至次晨。

那时，年轻武士增田总兵卫战战兢兢地走进来。

"先生，有客人来。"

"谁？"

"释迦院住持常观阿阇梨及其弟子五六人。来势汹汹，说务必要见先生。"

"真的？"武藏想了一下，吩咐道，"带到武坛！"

说实话，武藏根本没想到常观其人。但从总兵卫门中听到常观名字时，不禁觉得事非寻常，才要人把他带到武坛，不想在客厅见面。

四

武藏提着大刀，静静走入武坛。一看正面，常观竟坐在师范台上，铺木板的左右两处则坐着修验僧等五人。武藏泰然地站在入口，问道："常观阿阇梨，就是你这位师傅？"

"诚然，愚僧是常观，你是谁？"常观傲然反问。

"在下就是你要拜访的武藏。"

"哦，是武藏。身份不同，所以坐上座。"

"悉听尊便！何事而来？"

常观粗声说道："听说你以前是轻蔑神佛，挥外道之剑，夺取人命的恶魔，而这次却乘国守（指忠利）身体不适，潜进城里，在枕边任意妄为，乱喷恶气，以致增加国守烦恼，使他为执妄所虏，为此，你才被逐出城里，想不到仍乱吐执着之恶气，使国守烦恼。你若服佛德，即速离开此地！否则将以我们法力调伏你。武藏！不，你这外道！快回答！”

说着双眸睨视武藏。所言简直有如民间巫师驱逐狐妖一般。

武藏不禁为之愕然。“哇，哈，哈……你常观是称为阿阇梨的高僧，不是传播惑世之言以动摇人心的恶僧，我武藏不以你为对手，快离开此地。”

“什么，外道？你竟还打算反抗我！既如此，就以佛法调伏你！”

常观发声喊，画了九字，开始唱颂真言奥秘的陀罗尼。但对武藏毫无作用。

同时刚才说要斩武藏的那两个修验僧，突然站起，手按腰间之剑。

“武藏！”一个先开口说，“你的兵法是外道之剑！我们的剑是以佛法破魔之剑！我们的背后有不动明王，看剑！”

另一个接口喊道：“武藏！你虽称兵法日本第一，在真言奥秘的妙剑之前，却如朝露一样。我要为被你杀害的亡者，抡起菩提剑！哼，进招吧！”

但武藏并没拔刀，默默望着二人，轻声说：“真有趣。”

接着他向前踏进一步。

“哦！”

两人立刻拔刀，一人采上段，一人取下段。

五

武藏前行四五步。

“欤！”

两个修验僧从左右攻击。武藏跃后，轻而易举地闪过。两人重整架势，睨视武藏。武藏又在前行进。

“哦。”

两人又猛攻过来。武藏又轻轻闪过，跃后。

这时，两人的架势改用左右两胁。

“哼，真有趣。”武藏又轻声说。

接着，武藏又像试探对方一般，向前迈出。这次两人的架势变成各种形式。但是，不知何故，武藏的呼吸逐渐混乱，额上沁出汗珠。

但是，武藏自己并没发觉。在这时候，武藏心中喊道：“哦，明白了！”

他看见他们两人正在合演自己的流派——左右双剑的组合。但又怀疑地轻声说：“但是，形式不同？”

“好，再试一下。”

武藏比先前气势更盛，一步步往前突进。

这时，两人彼此组成圆极，向武藏迫去。

“哦！”

武藏不禁蹬蹬后退，这时才发觉自己的呼吸很为难。

“鲁莽。”

武藏顿时止步，拔刀出鞘，架在正眼上，开口说：“懂了！九字刀法。你们以刀画九字。”

不过，这时，武藏清楚看见不动明王拿着宝剑站在两人的背后。

“哦，是不动明王！”武藏赫然张大眼睛。“就对手来说，可斗一斗啦。”

武藏把浑身的力量集中在下腹。前所未有的斗志从下腹中不断涌出。混浊的呼吸也归于平稳。

武藏不时迫向不动明王，接着踏板跃起，朝不动明王的脑门砍下。

“呀。”悲喊声起，不动明王的形象突然消失。那两个修验僧握着刀仰天倒下。

“常观！你也来吧？”

武藏向常观迫去。

常观现出怒相，手画九字，但对武藏根本不管用。

“去吧，妖僧。你的法力并不是真正的真言。不动明王是我的！”

武藏收刀大喝。

六

常观脸色苍白，从师范席上滑落下来，在座的弟子也都浑身战栗。武藏拉起倒卧地上的修验僧，尽力施救，两人都非被砍杀，只是为武藏刀势所迫，昏倒在地。

“不必多说，快快离去！”武藏兀自站立，大声吆喝，一行弯着腰，走出武坛。这天一个门人也没有，只有家人站在武坛入口，战战兢兢地望着。

武藏拍拍灰尘，走到井边，喝了一口清水，回到居室，又肃容端坐。

“不动明王！”武藏自言自语。武藏已清楚看见不动明王的形象。这或许是靠修验僧的法力而显现，或许是武藏自己的幻觉。

总之，武藏已向不动明王挥剑，而其形象却突然消失。在这刹那间，武藏不禁心中大叫：“不动明王是我的！”

神佛乃见者所有。武藏在其心中已涌现出不动明王般的斗志。将忠利交与死神，武藏本已陷入空虚状况，这空虚的深渊现又渐为高燃的焰光照亮。

“主上，再见！”

武藏再度向忠利诀别，既无离别的哀愁，也无依恋。但夺走忠利的敌人还残存，盘踞在天空的那一边。

现在，武藏已向那敌人挥下不动明王之剑，同时也斩断了昨日以前曳引武藏心灵的忠利友谊，与众生同行的回向之心也就此消失。

不久，佐渡坐轿奔驰而至。就座后即问：“常观来了没有？”

“刚才来过，同来的修验者向我挑战，无理取闹，只好把他们打回去。”武藏回答。

“哦，这样很好。其实……”

佐渡放了心，说起城里的情形，并致歉道：“叫你退下，是我的错失。使主上痛苦的则是那些妖僧。”

“那么，主上的情形呢？”武藏问。

佐渡含泪说：“不久前已无痛苦，沉睡了。已进入弥留状况，大概熬不过今宵……”

七

佐渡擦拭如涌的泪水，说：“武藏！主上不时唤你。跟我一道进宫去吧？”

“这个嘛……”武藏说着半闭着眼，想了一下，却说，“爵爷！我想，主上已知我退下的原因。”

“什么，知道你跟常观的事情？”

“不，主上知道活着的武藏不是死后的朋友……祈望近亲与侧近家臣静静送行。”

“为什么？”佐渡难以理会。

“武藏在与死魔之战中已败北，且已向主上诀别，如果现在上朝侍候，那是依恋。如果因为这依恋妨碍了主上的启程远游，那是一件大事……”

武藏继续说。

“请稍候！”

武藏起身进入书斋，立刻摊开画纸，凝视空中，一气挥笔。画出来的是一朵牡丹花，淡墨一色，却鲜艳欲滴。武藏把它裱贴在卷轴上，带到佐渡面前，说：“爵爷！请把这花放在主上寝室的壁龛上……是以前答应为主上画的。”

“是花卉画？”

佐渡点点头。他明白其间的一切情景。

“是的。”

“那你有意娶妻啰？”

“以前约定，花和妻都以主上痊愈为条件。”

佐渡不解，喃喃自语：“什么，痊愈……痊愈？”

但他把画接了过来："你的画，主上若看到，一定会很高兴。我一定伺机挂在壁龛上。"

佐渡走后，武藏复返书斋，推开新的画纸，如前一样，一口气画出牡丹花。裱在卷轴上，悬挂于壁龛，而后不动地凝望着。双目发热，鲜活光耀。旋即闪烁着惜春之情，一抹哀愁在眼中飘浮涌现。

离开画纸，开始写信时，武藏双眸清澄，淡然如水。

信上写道：

由利小姐，武藏败了，主上已入弥留，也许只能度过今宵，答应送你的花已经画好。

一幅呈给主上，一幅送给你，敬请接纳。

巨星陨落

一

苦恼已去，忠利沉沉熟睡，偶尔醒来，似有话要跟陪侍的人说。

命虽已在日夕，却不愧是三百诸侯中屈指可数的人物，意识还很清晰。

三月十六日晚上过去，十七日晨，忠利突从昏睡中醒来，交代守候枕边的近侍内藤长十郎说："把那挂轴挂起。"

临终之际，忠利命长十郎把一向喜欢写着"不二"的挂轴挂在壁龛上。

"是。"

长十郎从座位上站起来。

"且慢……"

佐渡阻止，并对忠利说："主上，有件您以前想看的东西。"

说着，自己把武藏的画挂在壁上。

"是的，武藏说是以前约定的东西。"

“嗯……”

忠利脸上浮现笑容，似要叙述一般：“武藏……缘虽短……但很快乐。”他大大喘气。

“知道了，你的心……可以走了，随心所欲地……我也要走啦。”

忠利的眼睛移开画。

“佐渡，这画，我要带去哦。”

“是，遵命。”

佐渡拿下画，向长十郎示意，长十郎挂起交办的“不二”字轴。长十郎很得忠利宠信，随身侍候，是个年二十岁上下的青年。

忠利闭了一下眼睛，轻声说：“脚很酸。”

长十郎立刻卷起薄棉睡裤的裤脚，抚摩忠利的腿。而且他似有所求般地目注忠利的脸，正好与忠利的目光碰在一起。

“主上！有事请求。”

长十郎上气不接下气地说，表情坚毅。

“什么事？”

“是。若主上有万一之事，请让长十郎陪侍。”

长十郎一面说，一面把忠利的腿悄悄提起，贴在自己颊上。

“这不行。”忠利当场回答，然后转半身侧睡。

“主上，请允许我，请允许我！”长十郎叫喊般地说，又把忠利的腿抱起来。

二

当然，长十郎是要求切腹殉死。

“不行，不行。”忠利仍然背着脸拒绝。

座中有人说：“以弱冠之身，太过冒失。理应节制！”

长十郎置之不理，说：“祈请俯允！”

他接着把第三次抱起的腿抵在额上，不肯放下。窒息般寂静……

“真顽固。”不久，忠利吐气般说道，同时点了两次头。

“是。”长十郎抱着忠利的腿，俯首把脸埋在薄棉睡裤的裤脚上。肩膀大大地颤动着。再没有人表示异议。没有声音，都闭上眼睑。

殉死是日本古代的风习。公元六五九年，因野见宿弥的劝谏，垂仁天皇曾加以禁止，以植轮[1]代替殉死者。

但这只是禁止礼仪上的殉死。关系密切的主从之间，这种行为依然留存。到战国时代，主从已演变成生死与共的状态后，不仅在战场，就是平时，也有人追随亡君之后切腹殉死。

而这种切腹殉死也自成规章，不能随意殉死。换句话说，主公临终时，得主公允许而殉死，才是常道。但这不是任何人都可随意请求。在获得特别待遇的君臣之间，有的老早已有默契，而且已半公开，其人员似乎也早已决定。殉死者的身份以跟主公有私人特殊关系者居多，所以一般说来，近侍较多。

当然，请求殉死的人不会爱惜生命，甚至以之为最大的光荣，也为他人奉为忠臣。

如果一直被认为理当殉死的人，而得不到主公的允许，那就是最大的屈辱。

如果有人没有主公的允许而殉死，也会被认为鲁莽过分，而受轻蔑。

长十郎是忠利桌边的近侍，向得忠利知遇，然因年方弱冠，出仕期间也不长。所以他请求殉死时，当然会有人以其“年仅弱冠”，而表异议。忠利也一再拒绝……

三

尽管如此，时势是很可怕的。像忠利这样的人，若在战场上可能会

---

① 植轮：土偶或木偶等。

要求家臣殉死，在平时理当不会做此要求，但他不能不答允殉死，主要可能是受当时武家道德所制。

当时，除长十郎之外，忠利还允许十七人殉死。森鸥外[①]在所著《阿部一族》中论述忠利的心境，说：

忠利内心觉得让这些人跟自己一起死，很是残忍。他实在想留下许多人才给儿子光尚。但他所以答应他们，乃势非得已。

忠利相信，自己亲切用过的这些人全是不会爱惜生命的人，所以也知道他们不会以殉死为苦。

不顾他们的这种心境，而不允许殉死，让他们在自己死后继续活下去，藩里的人会认为他们是"当死而不死的忘恩负义者！懦夫！"而加排斥，耻与为伍。如果仅只如此，他们也许还会忍辱偷生，等待奉献生命给光尚的时候来临。不过，如果有人不知不觉地说前代的主公怎会用了这些忘恩负义的懦夫，他们将多么懊悔。这是断然难以忍受的。

这么一想，忠利只好说"可以"。于是，忠利一面感受与病痛俱增的苦闷，一面说"可以"了。

鸥外的此一观察大可同意。如此思考，如此行动，是当时的道义。

不只日本，就是在埃及等地，古代人似乎都相信，死后的生活可以在另一个世界里，以生前的同一方式予以重现，所以身边从者殉死后，与君主身边的用具一起埋葬在同一墓地里。

佛教禁止殉死，但日本人的思想已残存着这种佛教传入以前的想法，并跟武家道德结合，到德川初期，已成理所当然，而且风行于世。

于是，忠利在阿千夫人、世子光尚及近亲、重臣、近侍等环视下，于三月十七日申时（下午四时）毫无痛苦地逝去。行年五十六岁。

① 森鸥外：日本明治时代大作家。——译者注

这时，阿千夫人四十五岁，父亲三斋七十九岁，世子光尚二十三岁，武藏五十八岁。

四

因忠利侯之死，肥后全藩顿陷哀愁中。

但这不是单纯的哀愁，甚至以最伟大之死使全藩弥漫了异常的昂奋。

有十八个殉死者，这是细川家前所未有的。追随君侯而去的尚不只这些人。

三月二十四日举行头七祭祀。

三月二十八日暂厝于居室地板下土中的棺材，在春日村岫云院举行火葬，然后埋骨于龙田山麓的泰胜院。

这是火葬时发生的事情。默默望着火葬烟火的家臣中，突然发出了喊声："啊！老鹰！老鹰！"

两只老鹰穿过岫云院内的杉树林，在青澄的蓝空中盘旋。那是忠利生前宠爱的"有明"和"明石"双鹰。

家臣们惊讶地仰望。就在这时，有明划空冲下，刹那间即冲入火葬的烈焰中。

"呀！"

家臣们屏息守望。有明拍了两三下翅膀，便为火焰所环绕。

这时，余下的明石如箭般飞舞而下，掠过樱树梢，飞入其下的水井。

"哦！"

两三名家臣飞奔过来，俯视水井，明石似已沉入水底，不见踪迹。

此事不久即传遍全藩，感叹地说道："哦！连老鹰也为主人而殉死！"

在这哀愁与异常昂奋的情绪笼罩下，殉死的人纷纷切腹，追随忠利之后而去。

太田小十郎，食禄一百五十石，三月十七日，忠利去世当天在春日寺切腹，年十八岁。介错[1]是门司源兵卫。

大塚喜兵卫，是食禄五百石的“目付”四月二十六日在菩提寺切腹，介错是池田八左卫。

食禄一百五十石的原田十次郎也同样在四月二十六日切腹。介错是镰田源太夫。

本庄喜助，本是浪人，为忠利所发掘、聘用。身蒙恩义，请求殉死，同样于四月二十六日切腹，由荒见弥太夫任介错。

伊藤太左卫门司内院仓库职。虽是微秩，却同于四月二十六日，在阿喜多八助任介错下切腹。

野田喜兵卫，生于天草，四月二十六日在源觉寺切腹，介错是惠良半右卫门。

林与左卫门，南乡下田的农夫，为忠利引用，以食禄十人份十五石起家，管理花畑馆庭院。四月二十六日在佛严寺切腹，介错是仲光半助。

宫永胜左卫门也是微秩，御厨吏员。是第一个向忠利请求殉死的人，四月二十六日，在净照寺切腹，介错是吉村嘉右卫门。

有食邑地百石，身任侍臣的桥谷市藏也在四月二十六日，在西岸寺切腹。

刚要切腹时，城里的鼓声依稀传来，桥谷吩咐跟来的仆人说：“到外头去问问是几时啦？”

仆人慌忙出去，不久即回来，答道：“只听到最后的四下，但总共敲了几下却不知道。”

桥谷不禁捧腹大笑说：“你最后还使我大笑！”

于是他把外褂送给这仆人，然后切腹。介错是吉村甚太夫。

---

① 介错：助切腹者速死之人，大多砍切腹者之头。

五

忠利去世当天最后获准殉死的内藤长十郎，平日相当嗜酒，不类弱冠之人。他酒性似乎并不好，常在花畑馆出丑。

但他本性极为正直，忠利深宠这年轻人，若是别人定遭斥责的错失，忠利往往笑着说："那不是长十郎做的，是酒的错！"就宽恕了他。

四月十七日，忠利死后第一个月的早上，长十郎换好衣服，走到母亲面前，说："今天，要切腹了……"

母亲一点也不惊奇地说："我想也是今天。"

接着他把新近迎娶的媳妇唤来，吩咐道："把准备的东西拿到这里来。"

媳妇也跟母亲一样，似已下了决心，拢拢头发，整整衣服，一点也不慌张，只是眼圈微红……

新婚妻子送来酒菜后，长十郎把弟弟左平次叫来，四人默默把盏而饮。

之后，母亲对长十郎微笑说："长十郎，这是你喜欢的酒，喝个够吧！"

"真的！很好。"长十郎也微笑着，由新婚妻子斟酒，脸色已显得醺然。

"母亲，今天，酒好像发得特别快，先告退一下。"

长十郎舒爽地站起来，到自己居室，仰身倒下，旋即发出鼻息，睡着了。

之后，过了一个时辰，两个时辰，中午过去了，预先约定当介错的关小平次来了。

母亲叫媳妇去把长十郎叫起来。

媳妇去叫他时，望着丈夫沉睡的面容，泪水不禁泉涌而出。

但她毅然地把手轻放在长十郎肩上，摇晃道："喂，关先生来了。"

长十郎伸伸手脚，打个大哈欠，蓦然站起来。

"那位关先生……"

"哦，已来了！已是中午了。真舒服，睡过头了。"

"你……"

"嗯……我要到黄泉去服侍主上了。我不在的时候，请多照顾母亲。"

长十郎莞尔微笑，轻轻拍着妻子肩膀。之后，他跟关小平次一块儿到菩提东光院，切腹而死。

六

右田因幡是前大伴家的浪人，为忠利所延聘，食禄一百石。四月二十七日在自宅切腹，年六十四岁，介错是田原勘兵卫。

宋本八左卫门，食禄千石，是洋枪五十挺的队长，四月二十九日在安养寺切腹，年五十三岁。介错是藤本猪左卫门。

宗像加兵卫和宗像吉太夫兄弟，合计食禄两百石，五月二日，哥哥在流长院，弟弟在莲政寺切腹。哥哥的介错是高田十兵卫，弟弟的介错是村上市右卫门。

井原十三郎是禄米三人份十石的微秩之士，但因得忠利信任，获准殉死，阿部弥一卫门的家仆林佐兵卫担任介错。

小林理右卫门也是微秩之士，为忠利所宠信，切腹时由高野勘左卫门当介错。

田中意德是忠利的总角之交，食邑两百石，老年后，获许在御前戴头巾。忠利生前没有机会请求殉死。其后于六月十九日，先用短刀刺腹，再向上司申请，而后切腹，介错是加藤安大夫。

津崎五助，禄米二人份六石，职司牵引忠利的狗，当然是猎狗。忠利放鹰狩猎时，他总是牵狗陪侍，忠利时唤："五助……五助……"深获忠利喜爱。

忠利危笃之际，五助请求殉死，获准，当时重臣们用尽言辞想阻止他殉死，重臣们说："你不像他人获有高禄，以殉死增加荣耀。汝志可嘉，主上既已允许，可说是无上的光荣，这样就行了，快打消死意，为光尚奉公吧！"

但五助坚持不允。

七七四十九天的法会结束，五月七日，五助选定切腹的日子来临了。是个清晨，梅雨季中的晴日，辉耀阳光照在绿叶上。

五助穿着陪侍殿下时的衣服，牵着忠利喜爱的猎犬走出家门。妻子阿波送到门口，泪眼滂沱地说："你是男子汉，绝不下于那些高门子弟。"

"嗯，事后你可问缝之助。"五助微笑回答。缝之助是他的介错。

七

五助的菩提所本是往生院，但往生院是跟主上有密切关系的寺院，故五助有所忌讳，选高琳寺为切腹之地。

到高琳寺墓地，事先托请做介错的松野缝之助已先至。

"呀，对不起，来迟啦。"五助致歉后，卸下挂在肩上的包袱，从中拿出饭盒，打开盒盖，盒里放着两个饭团。

五助把饭团放在狗的面前，狗不肯吃，仰望着五助的脸。

五助像跟人说话一般，开口说道："你是畜生，也许不知道，抚摩过你头的殿下已经去世了。所以获得隆恩的各高官显要都已切腹陪侍而去。我虽地位低微，但奉禄米以维生的情形跟高官显要没有不同，为殿下宠信的恩情也没有差异，所以我现在要切腹而死了。"

五助摸摸狗的头，又说下去。

"但是，我死了以后，你就成野狗了。我并不可怜你。一直跟你一起陪侍狩猎的老鹰，已在岫云院追随殿下之后赴黄泉去。怎样？你不想跟我一起死吗？如果你想变成野狗，继续活下去，就吃饭团！想死，就别吃……"

五助说着便凝视狗的脸，狗也只望着五助的脸，不理饭团。

"看来你也愿意死啰？"

五助凝望着狗。这时，狗"汪"的一声，猛摆着尾巴。

"松野先生，你看，狗也愿随我而去了。"

回望缝之助，缝之助也双眸明亮，点点头。

“好，那就死吧。”

五助静静把狗拉过来，拔出短刀，一刀刺下。狗静静地靠在五助的手腕上死去。

五助端坐在狗的遗骸旁，从怀中取出一张纸摊头，纸上压着小石子，放在面前。纸上用拙劣的字体写着一首辞世歌：

家老虽云可止可止，

五助却可止而不止。

于是，五助毫无牵挂。

“松野先生，拜托啦。”

五助袒开腹部：“殿下！我带着狗来了。”

他以凛然之声高唤物故之人，勇敢地切腹而亡。

八

于是，十八个家臣随忠利之后而殉死。其中十七人直接获忠利准许，只有田中意德一人事后向家老申请，得其许可而切腹。

然而，此外还有一个切腹自尽的老臣，即阿部弥一右卫门。他幼名猪之助，老早就出仕忠利为近臣，食禄一千五百石，家门繁昌，岛原之役，五子中有三子因军功而获新食邑两百石。

因而，藩里一般都认为弥一右卫门应最先殉死。本人每次上朝彻夜看护忠利疾病时都向忠利请求殉死。

但忠利无论如何不肯答应。

“你有此心愿，我深感满足，但我希望你活着为光尚做事。”

每次请求，忠利总是这么回答。

弥一右卫门是个耿直勤勉的武士，所负职责未尝有过错失。但是，这种精明坚实，却反而触怒了忠利，忠利事事都想与之倒置违抗。

这是相当久远以前的事，当时弥一右卫门还只是侍童，他对忠利说："请用餐，好吗？"

忠利回答："还不饿。"

但不久之后，另一侍童请忠利用餐，忠利则说："好，拿来。"

虽然如此，弥一右卫门依然勤奋不已，毫无不悦之色。不过，忠利也无意把他调离。

主从之间就这样存在着微妙的关系。对一向体谅人而又聪慧的忠利来说，这的确是很少见的情形。但既是人，那也就无可奈何了。

不过，这并不是忠利个人如此，家臣一般都不喜欢弥一右卫门的为人。理由相同，精明能干，毫无可疵议的错失。

在一直无法获得殉死许可的过程中，最后的日子到了。

弥一右卫门已到拼命的阶段。他依偎着忠利，声泪俱下地请求道："主上，弥一右卫门以前未请愿过一次，这是我一生中唯一的请求啊！"

忠利仍然跟以前一样，断然说道："不许，好好为光尚做事。"

最后还是不许弥一右卫门殉死，旋即咽气。

弥一右卫门真是进退维谷。

"如此活下去，何颜见人？在被讥笑为死不得其所的状况下切腹好呢？还是脱藩为浪人离开熊本好呢？"

现在他只有这两条路了。

九

阿部弥一右卫门是个孤僻的人，容易引人反感，但他本是武士，所以绝不是珍惜生命的懦夫，而且也有不惜脱藩为浪人的气概。

可是，他是阿部一族的首长，既非缺乏常识性的人物，脾气也不暴躁。

"既如此，只得遵从先生的遗嘱，出仕光尚侯，好好完成自己的任务。”

他改变了想法，一如平素，出仕上朝。

但藩士们对他都很冷淡，尤其在十八人相继殉死后，连担任同样职务的人也布在他背后，故意大声陈述殉死者临终的情景。

弥一右卫门很不愉快，很寂寞，但他忍耐着。

“我不是因爱惜生命才活下来。如光尚侯准许我死，我可以现在，就在这里死给他们看。”

他在心中高叫，仍然昂首阔步。

可是，一天，下流的谣言传进了弥一右卫门的耳朵，不知是谁说出来的，内容是：“阿部幸好没有获得准许，才能活下来。纵使没有获得准许，也不是不能切腹追随先主而去啊！阿部的肚皮跟别人不同，涂油在葫芦上砍算了……”

这使弥一右卫门赫然大怒。忠利不许自己殉死，无论怎么说，都是自己为人不足，那也无可奈何，但被人认为是贪惜生命，实为意外。呵，不，这不仅对弥一右卫门，对当时所有武士，都是莫大的侮辱，而且根本无法分辩。忍辱负重的弥一右卫门，到底再也无法忍受更多的屈辱了。

这天，他从城里守候室下朝回家后，立刻派人把另主一家的两个儿子叫来。同时叫人把居室与客室的家具移开，令嫡子权兵卫、次子弥五兵卫及尚留前发的幺子七之丞坐在自己旁边等待。

日已暮，外头淅沥淅沥下着梅雨。

不久，三子市太夫和四子五太夫收了雨具，走上客室。弥一右卫门环视一座，以沉静而嘲弄的口气说：“大家都到齐了，现在细听为父的话！藩里已谣言满天飞，你们一定也听到了，说什么弥一右卫门的肚子是涂油在葫芦上砍的肚子。好，我现在就涂油在葫芦上切腹，你们亲眼看看！”

众人肃容端坐，似乎大家都知道一定会如此，并不觉得惊奇。弥一右卫门的脸上也毫无依依不舍之情。

三子市太夫首先回答：“父亲，这我很了解。朋辈也说，弥一右卫门先生系依遗言继续出仕奉公。父子、兄弟仍旧一齐为主公做事，真是难得。我也听过那种谣言，深觉愚昧。”

市太夫与四子五太夫在岛原之役都立有军功，同获新食邑二百石而从本家（大宗）分出，另立一家。尤其是市太夫，很早便陪侍幼主，所以这次幼主登基，他立即成为人们艳羡的对象。

弥一右卫门哈哈大笑。

“真的！这是只顾眼前的短视。不该死的我死了以后，你们便成为枉然而死者的儿子，一定会受到侮辱。生为我子，实在很不幸，这是无可奈何的因缘呀。受辱时一起承受，别兄弟阋墙！好了，你们就看看在葫芦上切腹吧！”说完后，改坐在设好的座位上。

没有人再插嘴了。他们非常了解父亲这时的心境。

弥一右卫门虽然懊恼，仍淡然切腹而死。

但五兄弟并不认为借此就可扭转人们对父亲的风评。主上虽承认弥一右卫门的殉死，准许葬于忠利灵堂旁，但藩里武士仍旧未加褒扬，仍然把冰冷的眼神投注到阿部一族人的身上。

光尚已继承家督，家臣不是获得新食邑地，就是加封禄米。其中殉死的十八武士之家，都由嫡子承继父爵。只要有嫡子，无论多年幼，都未遗漏；未亡人、老父、老母也都获得禄米。同时还获赠家屋，兴建工程由上负责。

可是，阿部弥一右卫门的遗族却受到颇为怪异的处分。嫡子权兵卫仍继原爵，但父亲的食邑地一千五百石却被细分，均分给诸弟。

总食邑虽然跟以前没有不同，但继承本家（大宗）的权兵卫，一夜之间便从千石以上的食邑地沦落为微秩之士。弟弟们虽然各自增加了食邑地，但本家一旦变成微秩之士，心里也无法平衡，因为本家的沦落意味着阿部家身份的下降。

这是相当怪异的处分。不管以前如何，既承认为殉死者，即理当与其他殉死者同样处理。

据说，长冈佐渡等老臣对此处分也有异议，但不敢置喙，因为献此策的是早即出仕光尚，现被擢升为大目付的林外记。

光尚也是一个能分辨是非的大名，但处理政务尚欠经验，与弥一右卫门和权兵卫的关系还浅，因而只加封了自己身边的市太夫，其余完全采用外记的意见。

新风

一

至于这期间武藏的行状——

当然，他也参加了忠利的丧礼。过了几天，光尚要他晋见。

光尚对武藏执师礼，态度极为恳切，但近侍的面孔已焕然一新，大多是过去就出仕光尚的人。以前忠利的人，包括家老在内，都举止慎重，而新的近侍却非常傲慢，对武藏也不点头致意。

“武藏，希望你能继续为我奉公出仕。”

光尚亲切地说。

武藏双手俯伏，回道：“遵命……”

光尚很感满意，有点讨好地说：“我想比父亲更进一步推展藩的兵法。听说你的武坛略显狭隘，已交代工务局增建……”

“遵谕……”武藏俯伏回道。

这时，近侍中最有势力的大目付林外记向光尚建言道：“武藏先生的兵法，不用说天下之冠，本藩的荣耀。不过，先生曾学过中条流、新阴流，藩里这些流派也很盛行。先前来自柳生家的氏井先生，为修行而回到江户，但跟本藩的关系仍未断绝。此时，将他唤来，主上之意以为如何？”

接着他以断然的口吻对武藏说：“武藏先生想必不会反对。各流各派皆有其长短，所学之人亦各有所好！”

诚然，所言不虚。光尚对外记这番话也颇表赞赏，而问武藏道：

“诚然。武藏，你以为如何？”

武藏当然不会反对，爽朗地回道：“所言甚是！不仅新阴流，任何流派皆可采纳。”

光尚只问武藏兵法之事，政道之事未有一语提及。新锐之气高扬的光尚及其近臣已经不需要武藏有关政道的助言。

武藏从御前退下，在走廊上行走时，口中轻声说道：“这样很好。”

他对政道的关心已随忠利之逝而断。

“回到以前唯兵法之路吧！”

他为此而高兴，也觉得轻松多了。

二

武藏到家老守候室——弓室时，遇见了佐渡。也许是自忠利生病以来心力交瘁的缘故吧，佐渡衰老得很，脸上的皱纹愈发加深。

“刚才应主上之召进谒。”武藏说。

佐渡有点担心地问道：“有没有特别的嘱咐？”

“没有……只命令我专以兵法奉公，我也有意如此。”

“嗯，这样也好。先主有先主的想法，今上有今上的想法。先主和你的关系很特殊，自然无法以此求之于今上。我们也一样，当然不能像先主时候一样，言所欲言。”

“是，任何事，我都回答‘遵谕’。”

“我也打算伺机请求致仕退隐。先生在世时，加上你，我们三人可为政道之事有所筹谋……”

“那已是过去的梦了。”

“的确……不过，武藏，你对肥后仍具千钧之重，望你稳坐不动！”

“是，决以兵法为之！幸好，主上比先主更有意发扬兵法……还说要扩充增加我的武坛。”

“这样也好。”

佐渡也高兴地点点头。

“主上要下令召回氏井孙四郎。”

武藏坦诚地说，佐渡却锁紧眉头。

“什么？要召回孙四郎？”

“是的，这是理所当然。我回说，不仅孙四郎，只要是兵法名人，不管哪一流派都可延聘。”

“且慢！”佐渡倾首沉思一下，“武藏，这是主上直接说出来的？”

“是林外记先生建议的。”

“嗯，想必是如此。”佐渡表情不悦。

武藏状似不解。“爵爷，我觉得外记先生的建议并没错呀……”

“那可不，哈，哈，哈。”佐渡笑着说，“那外记是个有小聪明的人，总想标新立异，以表现自己的实力。他虽是不足道的小人，但你千万要记得他就是这种人哦！”

“是。”

“武藏，你对这次的殉死有何看法？”佐渡改换话题问道。

“以前，我有个养子，名叫造酒之助，他也是随主君之后切腹的。”

武藏说到这里，即抬起头来，说：“可是——”

三

武藏直视着佐渡的脸说道：“将生命献于主君，是武士的决心。毅然追随主上而去，可说是自然之情。我的养子造酒之助曾有错失，暂离主家，但君臣之情依然未变。旅途上获悉主公去世，自觉已失生存之价值，遂在主公墓前切腹而死。我事前已察知，但未出言阻止，因为我认为这是他真诚不伪的意志。”

佐渡半颔首地插口问道：“唔，若是本人真诚不伪的意志，即可承认？”

“是的。若是本人的意志，那是无可奈何的，无须主君的准许，也不必得到重臣的承诺。”

“的确……这么说来，这次的殉死也有虚假，纵使不能说是虚假，也有虚荣与意气。”

“可是，在请求殉死的家臣中，大概有若干人出于不得已之心，仍然继续追随主君之后而去。”

“是啊！这大概是源于长久以来的常规吧！不过，先主生前绝不希望臣属殉死。”

佐渡叹息，武藏也喟然说：“其实，主上生前，我也曾跟他谈过。主上也决心革除此一陋习。”

“想必如此。”

“我在主上枕边侍候时，主上曾尽力想拒绝殉死的请愿，对方却一味地想获得允诺。我想主上绝不会准许，这也许是我的偏见，但……”

“嗯，大概是。”佐渡深深颔首。

“但是，习俗之力太可怕，主上最后也无法克服，准许反而成了恩惠……”

“武藏，确是如此。我们现在也想阻止殉死，但敌不过藩的舆论。如你所说，阿部弥一右卫门只因没有得到允许，以致受到藩士的指责。”

“阿部的情形我也听过。他大概是受不住闲言才切腹。”

武藏说到这里，突然袒开胸部，严肃说道：“爵爷！因此，武藏才不听舆论，才不管外面传闻，甚至蹂躏义理人情，活在非常道中。也许今后又会回到……”

四

武藏以有力的口吻说了以后，又回到原来严肃的样子，加了一句：“可是，为主不惜生命，而且重名不重生，本是食禄武士的本道。本人不用说，甚至家人也视死如归，这种态度真不愧是著名武将的家门，令人感动。”

佐渡对此也表同意。

“是的，不管藩里的上士或下士，贪惜生命的在本藩想必一个也没有。这是我藩的荣耀。是否合理，姑且不论，殉死也向他藩显示了本藩的实力。”

“总之，以武士而贪生的根本没有。意气用事也好，虚荣也好，能够视死如归，就令人佩服，我反对殉死。但不能殉死的人，我想是不能有所成的。”

“确是如此！你的独行道也说当道不惜死呀。”

“对武藏而言，生命是做事时的油。惜油怕死是无法做大事的。为维护生命，才须不畏死而战斗。”

佐渡双眸闪闪发亮，鲜活有致。

“嗯，过去，我始终以生命为目标而战斗，才能活到现在哪！”

“爵爷，你真了不起。”

“不过，我的工作已告一段落。战场余生的老骨头对本藩已经没用了。在幼主之下，年轻人活跃的时候来临了……武藏，此后该享受享受了。”

“在下愿意奉陪。”武藏微笑回答。

武藏离城，坐轿回府，不久，阿松来访。

阿松被引进居室，匆匆施礼后，便说道：“先生！听说你跟由利公主订婚了？”

“嗯，是的。”

“那么，什么时候举行婚礼呢？”

“决定时，会事先通知。”

“牡丹画呢？”

“画好了。”

“我不懂。”

“由利小姐呢？”

“她什么也不说。她把花挂在壁龛，躺着看个不止。”

“什么，躺着……”

“生病了。不吃药，也不吃东西。”

“什么时候开始的？”

“从主上去世那天起……憔悴得很。”

“真的？”武藏表情沉痛。

五

“先生！你能去看看公主吗？”

阿松双手伏席说。

“我会去的。今天以前，为守丧，不能随便外出，所以不能去看她。明天也……”

武藏即时回答，却抬眼说：“以前曾跟你说过，要送牡丹画给由利小姐。”

“是的。”阿松兴奋地说。

“我和由利小姐订了婚，但这是有条件的，那就是主上病好后，决迎她为妻，我也同时跟主上这样约定。但是，主上去世了，因而万事都结束了，也无法跟公主结成夫妇。”

“哇！”

阿松瞪目惊视。武藏继续说下去。

“不过，我已心领公主的真情，颇能把握其实态。公主很美，很正直，就像那朵牡丹花，这是我真诚无伪的告白。所以送她那幅牡丹画，作为惜别之情。”

阿松还是不能领会。

“先生，主上去世，为什么就不能娶妻呢？”

武藏训诫般地说：“我本来决意在主上在世时与一般人共同生活，并且娶妻。可是，主上去世了，所以我又回到非情的剑道生涯。松小姐，这叫无可奈何，是我心灵的动态呀！”

阿松顿时脸色苍白，噤口注视武藏的脸。

“怎样，懂了吧？你虽是女人，却也是兵法家。你想必知道如果我没有这样的决心，就无法体会兵法的深意。”

“是……”阿松以前所未有的严肃表情回答。“过去纵然懂得……也无法深知先生所住的剑道境域。”

“松小姐，现在懂了？”

“是的……是毫不顾念女人爱情的冰冷境域，为什么过去不懂呢？”

“松小姐，我的这种境域是没有爱之果实，也没有情之萌生的不毛之地，而且只容得下一人端坐。由利小姐谅能了解……”

阿松擦拭汹涌而出的泪水。

“嗯，公主一定很了解，所以才悲伤……”

“松小姐。”武藏用力说，“公主是伟大的女性，一定会刚强地站起来。”

“是，我也会帮助她。”阿松诚心地回答。

六

阿松回去后，武藏又端坐于居室，春色方酣的煦风从敞开的走廊吹拂着武藏的长发，忠利去世以来未曾梳过的乱发……

但春风对今日的武藏来说，却如切断人间世的寒风。

武藏稀奇地轻声吟道：

重岩我卜居，鸟道绝人迹。
庭际何所有，白云抱幽石。
住兹凡几年，屡见春冬易。
寄语钟鼎家，虚名定无益。

这是武藏心爱的寒山诗。

寒山是中国唐代的诗人。据说时常到村里，把自己所作的诗写在人家的壁上，但通常都住在人烟绝迹的岩山中。

此诗是吟诵他居处的情形，同时也显示他孤独求道的心境。

武藏又吟道：

可笑寒山道，而无车马踪。
联溪难记曲，叠嶂不知重。
泣露千般草，吟风一样松。
此时迷径处，形问影何从。

这也是寒山诗，我去的地方是没有车马能够通过的道路，溪谷弯弯曲曲，纵使通过了也不觉得；重叠的山不知其数，千草为露水润湿，松树在风里咻咻作响。如果迷路的话，没有人可问，只有问自己的影子。

武藏想及寒山的境界，仿佛看到自己踏上此路的形象。寒山时常到村里作诗，武藏却画画，挥无情剑，而震世骇俗。

仆人送来晚餐。

“不吃了。”武藏申斥似的说，仆人畏畏缩缩地退下。

不久，信行（求马助）来访。他跟藩里的人一样，为殉死之事昂奋不已，所以很快就谈及此事。

于是，武藏尖锐地阻止道：“信行，别谈。”

他接着说道：“你的道在更高的地方。来！”

武藏把信行带到武坛后说：“进招！”

武藏握着一把木刀，在右胁架着双八。平时难得一见的猛烈气势笼罩了整个武坛。

七

刹那间，信行双眸燃烧，握住两把木刀，取中段。

“今天可不是喂招，是比试！”

“是。”

这时，武藏的大刀像雷电一般往头上盖下。

信行双刀交叉，取十字架住，旋即转向左边。武藏在两三步前往前倾。

“哦！”

信行的右剑乘虚飞向武藏肩膀，但立刻反收回来，武藏的单刀已刺向信行的身体，信行险险往后跃开。

“呀！”

瞬息间，武藏的巨躯跃起空中。信行待击武藏脸部。又在刹那间，信行眼睛发黑，往前倒下。

“信行……”

武藏的喊声使信行突然清醒，站了起来。左剑仍维持原状，右剑前端从中间折成两半，震飞了。

“再攻过来！”

“嗯……”

信行突然把手上剩下的右剑折断部分往武藏扔过去，去势猛急！武藏回身躲过，掠过耳垂，插在背后的板墙上。

“行了。”武藏微笑着出声说。

“是。”信行行礼退下，端坐在近入口处，静静调息。

武藏耳垂浮现出血滴。

“信行，领会了吗？”

“什么？”

“第一招是你败！我的剑停在你头上，只隔一发，你为剑气所击昏而倒。”

“是，知道了。”

“第二招是你赢，好好记住，飞剑斩敌的妙理……见过武藏之血的人只有信行你一个人。”

“是，定铭记在心。”

“信行！你过去的修行是初步，今后就慢慢进入本源了。”

“是。”

信行调息后，展了一下胸部。

“别拘泥于世俗。”

“是！”

“生命可珍惜吗？”

“不可惜。”

“那别为殉死者而丧气。”

“是，懂了。”

信行表情一片明朗。

八

武藏答应去看由利公主，但从第二天起，在工务局指示下开始扩建武坛，因而没有空。

第三天，武藏终于腾出时间，正午时趋赴岛崎。樱树色浓，初夏将临，白梅庵环抱淡绿中。他到门外探询时，意外地，由利公主起身，微笑出迎。他脸部消瘦，却显得清新高贵，武藏放了心。

“哦，由利小姐，听阿松说，你生病了。”

“是的，女人的病大都来自心病，已完全好了。”声音清脆有力。

“忠利先生故去，令人遗憾。”

“主上与病魔勇敢战斗，却仍然败了。”

“武藏先生，你也付出一切与之战斗……甚至把由利的命运也放上去……”

由利公主幽怨地望着武藏。

“由利小姐，确是如此。如果主上病体恢复，我准备舍弃兵法，舍弃武士，与你下野耕种，所以拼着浑身力量保护主上，免受病魔为害。但是……”

武藏说到这里，公主笑着打岔：“武藏先生，其后的事不说我也知道。本是你妻子的由利已跟忠利先生一起去世了。好不容易才苏醒过来的由利是完全不同的另一个女人，可不是吗？”

武藏静默地望着壁龛，那儿挂着贴在卷轴上的牡丹画。

由利公主也转眼望着画。

“是你妻子的形象。”

“确是。”武藏低声回答。

“你认为很美吗？”

“很美。”

“你也曾跟通小姐相约为夫妇。但打倒佐佐木小次郎后，你却弃之而去。”

武藏从壁龛移开目光，说：“是的。”

“通小姐皈依佛法，最后平静地离开此世。”

武藏闭上眼睛。

“想是如此。”

“武藏先生，你以为我如何？”

武藏注视了下公主的脸，然后加强语气说：“由利小姐！你的脸充满了生命力，而且燃烧着，有果敢的强劲力量。你要是男人，是我可怕的敌人！”

公主却寂寞地接口说：“我也不想输给男人，不过，却是不幸的女人。”

九

“哦……”武藏低声说，“女人没有爱情，没有丈夫和孩子，会觉得不幸吗？”

“遗憾得很，确是如此。对于女人，爱情几乎就是心灵的一切。生于爱，老于爱，死于爱。尤其夫之爱、子之爱，缺其一，女人便会觉得不幸。”由利公主尽力微笑着说。

“原来如此。”武藏感慨万千。

“据说，通小姐是以笛胜于男人的名人。武藏先生的爱不是比笛更重要吗？”

“也许？”

“据说，悠小姐是罕见的才女佳人，在文学上颇有造诣，但她仍然相信武藏先生的爱情更重要。万一像通小姐那样，你将不知所措吧？”

“嗯，那么，由利小姐，你呢？”

“呵，呵，呵……武藏先生，今复何言。我不是也被你遗弃，濒临于死吗？只是我比通小姐、悠小姐年长，而且你也知道，我是个强横之人，所以未死而站了起来。女人着实太弱了，须咬紧牙根忍耐下去。武藏先生，我决意不输于你……”

表情已不类微笑，公主语气相当强。武藏有点畏缩地说：“呵，确如先前所说，你本来就很强……我也会倾力修行，以期不负于你。”

“但愿如此！”公主的回答毫无嘲弄之意。

“现在，我愿舍弃弱女子的立场，以一个人的资格，随己之所愿活下去。将跟这岛崎地方告别啦。”

“哦，要离开此地？”武藏慌忙反问。

“是的。跟你已维持很久的关系，也受到寺尾一家人的照顾！但别离的时候已经来临了。”

“到哪儿去？”

“这个……”

“到伊织那里，好吗？伊织的信里，这次也谈到了你。”

“哦，伊织！他很好吧？”

公主双眸终为骨肉之情而闪耀。

“殿下越来越信任，一家平安无事度日。到伊织那里去，好吗？”

武藏又说一次，公主却只回说：“这……”

梅雨晴天

一

晚春的某日，由利公主独自离开了岛崎的白梅庵。

事前，先替阿光找到定居之所，然后于离去前夕把寺尾家的人请到白梅庵，告以辞行之意。但对目的地则笑而不言。

第二天，武藏才从阿松那里获悉此事，却只“哦”的一声点点头，并未特别惊讶。可是，阿松却忧心忡忡，浮现泪痕说道：“到哪里去做什么事呢？”

“松小姐，别担心，像她那样的人物，即使万一有事，不管是死是活，都不会有无谓的辛劳。”

武藏安慰阿松。

“想必如此……”

阿松也开朗起来。

近来，阿松对武藏的信赖与尊敬越来越浓郁。过去，阿松在心里总对武藏隐含着反感。武藏对她衷心侍候的阿通、悠姬和由利公主如此冷酷，是引起她反感的主要原因。

即使看见武藏对信行表露不平凡的爱意，长久以来的反感仍难消失。她虽觉感谢，但心底却有冰冷的隔阂。

但，现在这反感已消失，因为最近接触到武藏有志于兵法的严格孤独之境，她对武藏已有所了解。

以前，听说武藏为修行兵法斩断情丝，她只觉得这是武藏自以为是与利己行为。

现在她却认为这很值得尊敬。

武藏无情地舍弃阿通。在舍弃阿通之前，武藏发觉已先斩杀了自己的心。舍弃后的武藏，看来也绝非幸福。

“武藏先生舍弃通小姐和由利公主的同时，也切断了自己做人的幸福。”

阿松想。

“武藏先生居住的兵法之境在极高的地方。那儿没有朋友，没有家，甚至没有一抹火光，是在此世之外。”

于是，阿松想象道：武藏最后可能不会回观任何人，也不会为人所顾念，而沦为乞丐，不是饿死，就是冻死。

“此世没有一个人像他那么可敬，也没有一个像他那样不幸！无忧，无欲，没有人会看顾他吧？”

阿松近来有了这种想法以后，有时也不禁会叹口气。

阿松怀着这些想法尖锐地凝望武藏时，武藏一本正经地开口说：“松小姐。”

二

武藏想让信行今后住在武坛，共起居，同修行。当然，这不是阿松，也不是信行本人要求的。

“好。从今天开始，把他交给你。”

阿松允诺，急行归去。

到黄昏时，信行叫仆人挑着行装来了。

之后不久，盐田滨之助也以及门徒子身份搬进来住。

如前所述，殉死者接连切腹，众目所指的阿部弥一右卫门也自尽了。每一个人都不辱肥后藩上之名，坦然就死。随着梅雨初晴，藩中武士因殉死而来的昂奋也逐渐镇静。在少主光尚之下，上下皆涌起了活泼的新风气。

光尚如约，重视兵法不下于忠利，武藏的武坛日益兴隆，门徒越来越多。武藏只偶尔到城中奉职，大部分时间都在武坛，专心指导门徒。

“举藩偏重二天流，实违反尊重兵法之意。”

林外记对光尚的此一建议，很快就流传于外。

“细川藩不拘流派，广求兵法家。”

这消息不仅在近邻各藩传播，也远传到江户，当然，这并不是谣传，事实上，光尚已派使者到江户柳生武坛的孙四郎那里。

孙四郎以学未有成而予辞退，使谣传更为扩大。

社会已日趋太平，浪人生活越来越困难。有本领的人总努力设法谋求仕宦的机会。肥后藩的消息是他们乐于听闻的。武藏在肥后，无人不知，无人不晓，所以不会轻率前来。但是，不愿坐失良机，贸然而来的也有。终于，第一个希望出仕为官的人登场了。

他首先造访武藏的武坛——

“在下名叫鬼面角左卫，在信州饭田开设武坛。这次听说细川家有意延聘兵法家，故贸然而来。”

堂堂报名之后，递出一封金币，说：“此事，烦请先生代为推举，这只是一点简单的礼品。”

三

武藏苦笑，但他十二分了解浪人急于求官的心情，所以平稳地说道：“鬼面先生，你的愿望，我很能了解，但请先把这包东西收回去。”

“哦，那你还推荐在下吗？”

“不，这有点不对头，我只是以兵法出仕的人，并非推举新聘人员的人。主上若有所垂询，我会坦陈，但……”

“不错。那么，谁主管这方面的事务？”

“这个嘛，我还没有听说本藩在征求兵法家，只知道凡是杰出的兵法家，不问流派如何，主上都有意加以聘用。大目付林外记，对此事似乎非常热心，你去见见他怎么样？”

武藏亲切地回答，看来对方本领似乎并不高强，观其本性，也不能说是敷衍了事之辈。

“原来如此。承教，我想赶去见林外记先生。不过，如果林先生推荐，交代要我跟先生比试，请手下留情！”

这武士恭恭敬敬两手俯伏道。

武藏笑了起来。

“啊，哈，哈！鬼面先生，我决定辞退比试，请你好自为之。”

“是，感谢之至，那么请你把这收下……”

最后武士还是收回了纸包，高高兴兴地离去，想必是到林外记那里去。之后，过了七八天，这武士悄然到武藏那里。

“鬼面先生，怎么啦？”

“林外记那家伙，看来忙得很，昨天好不容易才见到他。他是高官显宦，贿赂数目很大，所以没有结果。”

“唉，真可惜。”

“什么理由也不说，冷冷地被拒绝了。”

武藏真心替他觉得遗憾，给了他不少金钱，让他离去。武藏也知道鬼面并非值得延聘的人物，一般认为林外记向以氏井孙四郎的高徒自居，故能一眼看出这位兵法家的真正价值。

此事发生以后，希望出仕为官的兵法家接连拥进熊本，有直接向林外记请求的，但也有像第一个来求官的人一样，向武藏哭诉的。不过，似乎一直没出现能符合外记要求的兵法家。

四

武藏在武坛的指导越来越严格，当然不是耳提面命，大多只坐在师范台，以目示意，门人却像受鞭策般奋起努力。

门徒的数目以长冈寄之为始，为数甚众，但实际勤勉练习的仍以青少年为多。其中最出色的是寺尾信行，其次是野田市太郎、和田金弥、山东小源次等，武藏五人团的儿子都极为出色。信行的弟弟孙之丞也进步神速。

近来，竹内数马渐渐崭露头角，似已迫近信行的程度。年纪也比信行大两岁。岛原之役时，任忠利侍童，与十四岁的信行（当时叫求马助）先后冲入敌阵。敌人射出的子弹太猛烈，所以己方的人拉住数马暗红色的战袍袖子，要阻止他。

但奔驰中的数马把战袍袖子砍断，爬上石墙，跳进城里。

这时，从另一入口攻入城内的柳川城主立花飞骅守宗茂，看到数马奋不顾身，感佩道："虽是他藩的武士，也叫人敬佩！"

忠利亦知此事，城陷后，把关兼光短刀送给数马，并赐禄一千五百石。这短刀直接炼制的无铭之刀，边缘是红铜，用铁制成。向为忠利所珍爱，自赐给数马后，数马进城谒见时，忠利常向他借来佩带。

"数马，那短刀借我一下。"

武藏未赴熊本之前，他师事松山主水，反对武藏。在岛原随尾藤金右卫门拜访武藏后，转向偏袒武藏。武藏到熊本后，随金右卫门进入武藏门墙。

一天，林外记使者来武坛，口头传达道："求官的兵法者来访，本领似颇高强，请上殿在御前试试其本领。"

不报来者之名，却要武藏去会试，外记想必以为对方本事确实高强。但武藏却即席回答："即派一门人往试。"

说后他即把使者遣回。刚好非轮值的竹内数马在武坛，武藏唤来数马，简单交代道："数马，你上殿去比试，详情到主上之前即可知道。"

五

"是，遵命！"

数马泰然自若，亦不反问，即时整理衣着，走出武坛。其他门人深为数马不问对方名字与流派，即受命比试的果敢而咋舌。武藏却一如平素，若无其事。

数马赴花畑馆到光尚面前时，外记等近侍都在座，他们的对面候着一个年约三十岁上下，留有总发的武士，体格强壮，脸面秀丽。数马俯伏君前，自若地说：“我是数马。奉师傅之命来比试，特来晋见。”

外记以激烈的口吻接口问道：“什么，你代武藏来比试？”

“是的。师傅指派的。”

“确是如此？”

“确是。”

“没问对手的名字？”

“是的。”

“数马，鲁莽！对手若是你万万不及的高手怎么办？”

外记本来故意叫使者口头传达时，不要说出对手的名字，想不到数马竟然这么逞强。他不说出对方名字，本是炫耀自己才识的花样，所以他预先告诉使者，如果武藏再问的话，便告以对方的名字。但，武藏听了，却若无其事地回说：将派出门人。外记从使者口中听到此事，大为气愤。

所以他才这样逼问数马。数马对他的问话，仍旧回答道：“是师傅指派的。”

“数马，再问你一次，你既代表武藏来试，如果比武失败，怎么办？这对百战百胜，不知失败滋味的武藏，可不是一大耻辱吗？”

“是……我只知师傅派我来比试，没听师傅说务必取胜。如果对方比我强，败是无可奈何的。”

“什么，你说什么？难道是武士的决心？数马，是武藏武坛的教诲吗？”

外记急躁地怒视数马。

这时，静听他们对话的兵法家微笑着开口说：“哎呀，林先生，等一等。”

六

“筒井先生，你说等一等？”

林外记把急怒的脸转向兵法家。表情不悦的光尚及其他人也一齐望着兵法家。

兵法家含笑，以智虑深沉的目光环视众人，说："林先生的判断似乎有点错误。依在下看来，这年轻人是了不起的武士！"

"什么？"

"对师傅的交代不问一词即出战，是大丈夫的气概。这是不问事情状况，不辞为主公赴汤蹈火的武士精神。"

"哦。"

外记变了脸色。这武士置之不理，继续说："武艺还不熟练的人败给熟练的人，乃理所当然。修行中的年轻人只一味拘泥于胜负，将无进步之望。百战百胜的宫本先生未必会对他的门人说，许胜不许败。"

"这么说来，筒井先生，你还打算跟这年轻人比武吗？"

外记反击。兵法家摇摇头。

"不，已经不必比武了。"

"这又是为什么？"外记吃了一惊。

"为亲眼看看武藏兵法的真髓才……"

外记还想反驳。

"外记，行了。"

虽是宠臣，光尚还是压制了外记，说："我也想听听，你仔细说来。"

兵法家转身朝向正面。

"惶恐之至，如前所述，若有君命，无论何种场合，唯命是从，乃士道之根干，同时也是兵法的精神。以此精神训育门徒的宫本先生，实贵藩之宝；亦一如世评，乃古今之达人，身如磐石的剑豪，毕竟非我所能及。"

"嗯，本是如此。"

光尚微笑。自己奉之为师的家臣受到称颂，光尚当然不会不高兴。

"不知道这一些，就来求官，是我的错。谨此告退。林先生，打扰了。"

兵法家说完后，沉稳地从御前退下。

“哼，没种的懦夫！突然怕了武藏。哈，哈，哈。”

林外记恨恨地歪着脸笑。谁都看得出来外记丢尽了脸，但光尚为了宠臣，也笑着支吾过去：“呵，可能是如此。”

然而，这叫筒井的兵法家究竟是谁？

七

数马回到武坛，把一切的经过向武藏报告。武藏颔首道：“这样很好。”

之后又倾首沉思，说：“唔，说我身如磐石！无论如何，这是可疑的兵法家，筒井是假名。仕宦的愿望，一定自初即无。你打听过他的住处吗？”

“是的，同辈的人说，住在盐屋町的玉名屋旅馆。”

武藏的眼睛突放光芒，接着交代同席的信行说：“信行！那兵法家可能很快就搬出旅馆。你尾随其后，看看他是谁。可以视情形高叫一声‘可疑之人！’然后攻他一招。”

“是，知道了。”

信行立刻走出武坛，赶至盐屋町，在洗马桥突与一个武士擦身而过。

这时，信行吃了一惊，回首观望。

是个陌生人，不是藩士。

“想必是这个人啦。”

信行想，目送了一阵子。

步伐和身态都非寻常，呵，不，甚至踏步而行。所谓踏步是指以步幅量距离，同时为防敌人突袭，不断以同样距离的步幅行走。这武士的行走方式，两者兼有。

“的确是可疑之人。”

信行自己也踏步尾随武士。武士尽量选取接近城池的道路，从手取本町穿过坪井，沿丰前街道走向京町。

不久，人烟渐稀。信行从背后探查空隙，但很难找到。

“了不起的武士。”

信行为之咋舌，却因此更激起他设法施以一击的意念。

旋即，信行似想起了什么，“唔”的一声，加紧脚步向那武士迫近，突然大声喝道：“可疑之人！”

那武士似吃一惊，停下脚步。在这刹那，信行发现了一点点空隙。

“呀！”

信行毫不迟疑，跃前抡下大刀。

“哦。”

武士险险跃后躲过，立刻架起铁扇。

“报上名来！”信行握好大刀，喊道。

“因有所虑，故用假名，其实是纪州家客卿，名唤由井正雪的兵法家。”武士从容殷切地回答。

八

“由井正雪？！”

信行自语般反问，凝视武士的脸，结实焦黑，五官端丽。由井这名字也曾从江户归藩的藩士口中听过——三河或骏河一带的兵法家，精通百般武艺；以纪州侯为后盾，出入大名府邸的怪剑士。

“是的，想必没听过吧。”

武士并不以信行年轻而加以轻视，仍然殷切地回答。

“呵，不，听过了。由井先生何以用假名到本藩？”

“既是兵法家，知天下要害，鉴定藩之强弱，也是修行之一法。环游九州，从萨摩进入肥后，乃欲探视宫本先生的兵法。”

如此淡淡说来，纵使可疑，也无反驳之言。信行收刀入鞘，低头致歉道：“对不起。”

武士也收回铁扇，说：“呵，刚才在城里见到的年轻人，还有你，都是了不起的武士，不愧是天下无敌宫本武藏先生的门人。请教尊姓大名。”武士早已看出信行是武藏的门人，颇有所感地称扬。

“叫寺尾藤兵卫信行。”信行爽朗地回答。

“寺尾兄，烦你转告武藏先生，我已瞻仰名副其实的熊本城，固若金汤，再加上宫本武藏先生的兵法，此城当可长保安泰。不过，略有瑕疵，请当心狮子身上的小虫，请勿见怪，正雪觉得城的角落里已有不祥之征兆。哈，哈，哈，寺尾兄，再会。”

武士留下豪快的笑声，起步而行。

信行也毫不踌躇，旋身而行，却轻声说道：“真奇怪的武士！”

回到武坛，信行向武藏报告后，武藏点头说：“果然不错。”

其实，上个月，伊织哀悼忠利侯从小仓送来了书信，叙述近况之后，写道：

前几天，到寺院进香回家途中，遇见一个踏步而行的可疑浪人。人品、骨架、体态都极为不凡，立派奉行尾随其后，仅以一步之差，被逃入筑前领，无法逮捕。当时，奉行捕役一人为之所斩，手法利落，若非幕府密探，则为不逞之浪人，总之，是一兵法超群之怪人，也许会顺道潜入贵处，故随笔禀告。

外记派来使者的时候，武藏并没想到来细川家求官的兵法家就是在小仓出现的怪剑客。而他派年轻的数马代替自己，是因为他认为最近来求官的兵法家都非杰出的剑士。

但是从数马那里听到在光尚侯面前的一切经过后，武藏才倾首沉思。

武藏认为筒井某是假名，且是相当的兵法家，很快就想起来伊织所说的怪剑客，所以才派比数马高一段的信行尾随其后，鉴定一下。

结果，果然是第一流兵法家，而且踏步而行，一定是伊织没有逮到的怪人。

武藏也风闻到由井正雪的名字，当然无法料到他竟是十年后庆安四年（一六五一年）阴谋推翻幕府的大野心家，只是跟伊织一样，深觉可疑。

岛原之乱在幕府的胜利下解决了，天主教徒大体无法再兴风作浪，但浪人问题依然是幕府最头痛的问题。浪人一面在寻找仕宦之道，一面又期待着乱事发生。如果有大人物出现，抓住这机会，很可能就会引发一大暴动。由井正雪很难说没有这种野心。

再者，他也很可能会被看成幕府的密探。幕府所使用的密探未必只限于伊贺忍者和甲贺忍者，像柳生一家的俊彦柳生兵库，在青年时期，即以兵法家为名潜入九州各藩，担任密探的工作。

但对现在的武藏来说，无论正雪是阴谋推翻幕府，或者是幕府的密探，他都不在意。他只想着正雪给他的传言。

武藏听了信行的报告，颔首道："原来如此！"

然后他分别望着信行及在座的数马，严厉地吩咐道："你们两人绝不可把此事告诉别人，而且要把今日的事情忘去。"

"是。"两人都承命应诺。

"所谓狮子身上的虫，大概是指外记；所谓不祥之兆也许是指殉死者的善后处理。不错，外记是小人，但藩内也有许多真正的大人物与诚实之士，纵使发生任何意外事件，本藩的基石也丝毫不会动摇。何况光尚侯是不下于父祖的名君，总不会一直受奸臣蛊惑！若为正雪预测之言所惑，今天的比试就是你们败了。"

"是。"

已是傍晚时分，凉风摇曳着新绿的树叶，轻拂武藏的乱发。

九

数日后，武藏上朝到了光尚御前。今天，林外记也守候君侧。

"武藏！你的眼力实在高明，先前那个浪人，怕与数马交手，逃亡而去！"

光尚得意扬扬地笑了。外记也附和说："诚然。人品体态似颇有可观，乃欲加推举，故请武藏先生鉴定一下，想不到竟是莫名其妙的假货……"

武藏一如平素，以低低的声音说："我也看错了。我瞧不起他，才派出数马。从他当时的言行观之，实在是一位相当了不起的兵法家。数马等人远非其敌。他卑辞退出，不愿比试，侥幸让数马捡回一命。"

"什么？"光尚惊讶地反问。

"这说辞却也意外。"

外记也吃了一惊。武藏淡然说道："我听了数马的报告，立刻派信行去确定他的本相，信行随即跟上了他，他正离开旅馆退出城下，到京町郊外时，信行由背后砍他一刀。"

"唔。"

光尚兴致盎然地挺直了身子。

"他闪过，架以铁扇，却是毫无间隙的平正眼。信行随后发出刺探的询问，他说，筒井某是假名，真名是纪州家的客卿由井正雪。"

"由井正雪！我在江户时曾听说过。是近来在大名间颇为有名的兵法家。"

光尚说着，又替尴尬的外记缓颊道："外记，你第一次看到他时的判断，岂不是准得很？"

"的确，第一次的感觉很准。"

外记很正经地歪了一下头。

光尚眼中漾出青年人的好奇目光。

"这么说来，他说的话也颇不凡，他说数马不问对方的名字就来了，实在佩服，也亲眼看见了武藏的兵法，这是不是逃遁的借口？"

"数马虽仅弱冠，却是了不起的武士，只要是主公的差遣，师傅的交代，从无二言，赴汤蹈火亦所不惜。正雪为此才辞去比武，以维护数马的面子。"

"诚然。"

光尚点点头，外记又开口了。

十

林外记嘟着薄薄的嘴唇，对武藏说："武士不问主公的差遣，师傅的交代为何，遵奉不违，乃理所当然，不必特意加以褒扬，不只兵法比试，就是上断头台，也是武士的本分。那天，仅凭数马奉命而来，就说能触及武藏兵法的奥秘，着实难以理解，武藏先生，以为如何？"

"也可以这么说。你要这么想，未尝不可！"武藏从容回答。

"且慢！"光尚接门说，"当时，正雪说武藏是有如磐石般的剑豪。我实在无法领会。武藏，你告诉我。"

武藏凝眸仰视光尚的脸，锐利严肃的目光。

"主上！"

语气端肃，光尚不禁也肃容端坐。

"是否真正想明白此事？"

"嗯，确实想知道！我在兵法上是你的弟子哪。"

"惶恐之至。正雪所谓如岩之身，大概是指先主在世时我献上的兵法三十五条中的第三十三条。"

"嗯。我也读过。"

"我这样写道，所谓岩磐之身乃不动而强之伟大心魄。"

"我记得。"

"然而，人的躯体本来容易动，因而心魂也不断动摇，要采取不动的姿态实在困难。超越生死，怀着不动之心，与敌相持，不只我这一派，也是一般兵法的奥秘。"

"不错。因正雪看了数马的态度才有这种感觉吧？"

"从数马的态度，正雪想必已感觉到这种机微。"

"机微？"

"是的，能在瞬息间有此感觉的正雪，我想，确是一个不容忽视的人物。"

外记又插嘴说："我们凡人对此机微着实无法领会。武藏先生，能否烦你以完全的形象展示此岩磐之奥秘。主上，尊意以为如何？”

“嗯，我也似懂非懂，兵法的奥秘想来不是这么容易了解的。不过，武藏，请你说得详尽一点。”

光尚执弟子之礼，殷勤切盼。

十一

“好，就在这里……”

武藏回答，然后吩咐侍候的近侍道：“寺尾信行今天也上朝奉职，快传他到御前来！”

不久，信行静静地来了，在居殿外俯伏说：“信行晋见。”

武藏转向信行，赫然凝视，严肃地说道：“信行，主上要你在这里切腹。你没异议吧？”

“是，领命！”

信行脸色丝毫未变，行礼后，即褪下袴子，袒开腹部。洁净的纯白内衣……而后默默拔出短刀。

“啊，信行，等一等。”

光尚慌忙扬声。

“是。”

“不至于死。”

“是。”

“抱歉。只试试你的心而已，可以退下啦。”

“是。”

若是一般人一定会浮现出松口气的表情，但信行的脸色依然丝毫未变。整理好衣裳，恢复原状后，施个礼，跟来时一样，静静退下。

武藏不动地目送信行背影之后，才转身对着正面，说：“主上，刚才信行所表现的就是岩磐之身。家臣个个似都忠贞不二，没有一个会违抗主命。但若有一丝怀疑之色，身体就会动摇。”

武藏说完后，转眼注视僵固如石的外记，说："但信行的身体丝毫没有动摇。信行心中想必有不解之疑，但它没有显现在身体上。总之，信行忠义之心未必强过其他家臣，只因经过兵法锻炼，才获得了这种岩磐之身。"

"原来如此。"

光尚吐了一口长气。

武藏转眼对着光尚。

"若能有这种体态，即不畏大敌，不欺小敌，不会遭敌突袭，不生气，不骚闹，而能尽力为之。"

"武藏，我懂了。"

少主脸泛红潮，目光辉耀。

"外记，你也懂了吧？"

"是。"

就是外记也无言以对，两手伏席称是。

风流道士

一

这一年——忠利侯去世后的一年里，武藏除了为忠利服丧，专意指导兵法之外，在日常生活上并没有特别的变化。

当然，这只是外表上的，心境上的开展已如前述。不知是不是反映了这一点，他的风采已渐渐改变。从三月以来，未曾梳理过的乱发越来越乱，而且鬓发已多泛白。

赘肉日渐消失，颊骨清秀，脸上皱纹日深，目光锐利，发出清寂之光，而且阴气逼人。

他不洗温水澡，以冷水冲身。在衣服方面，他已不穿裤子，又回到武藏仕宦前的形式，白绸便装上披无袖外褂。

偶尔他也应邀参加茶会，到佐渡、泽村大学和有吉赖母等重臣家。但大部分时间他都用在徒步上，带着五尺多的手杖，飘然移动着巨大的身躯。

夏天已过，十月的某日，武藏应邀到佐渡府邸，用茶后，佐渡拿出一个刀护手，说："武藏，这你认为如何？"

"哦，这个。"武藏拿在手里仔细观看。形式虽很平常，但制作精美，有种高贵的气质。

"你知道是谁造的吗？"

"这个看来不是甚五所做，也不是一般工匠所造……是件相当了不起的东西。"

佐渡微笑着说："武藏，这是八代老君侯自己做的。"

"啊，是老君侯做的？"

"是的。"

"唔，不愧是闻名遐迩的武将……抱歉，武藏再看一遍。"

武藏目光辉耀，凝目观看，眼睛闪烁着沉稳的喜悦。

佐渡很高兴地说："武藏，这是老君侯昨天直接遣使送来的，使者传言说老君侯想见武藏。武藏，往八代一行如何？"

武藏猛然抬起头。

"老君侯要见我？"

"是啊，你和老君侯自小仓以来已有漫长因缘，却未尝见面。这期间，主水等人居间中伤，老君侯也不以你为然，但他本来就是伟大的人物，现在似乎已看清你的为人。而且，自忠利殿下往生他界以来，他似乎有些寂寞。"

"爵爷，我去。"武藏喜形于色。

二

武藏答应佐渡去拜谒八代城的三斋侯，但没有立刻成行，他看了老君侯自制的刀护手以后，对长久以来不曾触及的金属工艺再度引发了兴趣。

武藏取出京都时在光悦那里自制的刀护手，重新观看一番，觉得很不满意，便取道至高田原楠町的刀匠永国家。

“先生，请进。”

永国想嘱咐备酒席招待。

“呵，别忙！有点事来麻烦你。我想借用一下你的作坊。”

“哦！没有问题，打算制刀？”

“不，想做刀护手，只借用你工作的空档就行了。”

“做刀护手……呵，对了，你在京都曾制作过。作坊请随意使用。铁多的是，大锤由我负责。”

“那就麻烦你啦。”

从第二天起，武藏一有空就到永国的作坊。先打出原型，再加工，花了一个月才完成，是牛鼻环形式异样的刀护手。

“永国，你看怎么样？”

武藏似乎有点得意。

“嗯，做得很精美。”

永国由衷赞扬。

“听说八代有个名叫甚五的护手匠，你认识吗？”

“知道，但没见过面，我有他两三样成品。”

“借我看看。”

“是。”

永国从里间拿出甚五制作的护手。

“就是这个。”

武藏默默接过来，放在手掌上，仔细观看，出声说道：“哦。”

只以朴素的形式浮雕着一只老鹰，但无论是整体的形式也好，铁质也好，都显示出是精美的艺术品。

“永国，真是了不起的东西。”

“是的。具有京都一带金匠所没有的高贵。”

“对。京都的作品华丽精巧，却没有这种单纯性。这老鹰即使照原样做成画，也是第一流的。跟他比起来，我的这个护手简直难以入目啦。”

“可不能这么说，味道不同。”

“唉，算了。以我来说，这还是到目前为止我最喜爱的作品呢！哇，哈，哈。”

武藏说着明朗地笑起来。

武藏就以这刀护手为礼物，去拜谒八代城的三斋侯。

三

八代有三座古城遗址。最古老的是麓城。麓山是要冲，从相当久远以前就在这里筑城，当时城主的名字不详。

留名史上的第一个城主，是南北朝时期拥戴怀良亲王到肥后的名和显兴。显兴是南朝著名的忠臣名和长年之孙。之后，名和氏以麓城为根据地，跟同族的本乡氏领有八代、益城、宇土一带，扬威显名。

但到战国时代，与球磨人吉的城主相良氏相争，麓城为之所夺，退居宇土城，其后又与甲斐宗运争战，名和家灭绝。人吉市五日町的本乡氏乃其后裔。

麓城为相良氏所有。战国末期，相良氏为北上的岛津军（萨摩，今鹿儿岛的军队）所败，麓城亦为岛津所夺。但仅有短暂时期，丰臣秀吉征伐九州时，岛津投降秀吉，麓城遂为熊本豪族佐佐成政所有，接着又成为秀吉家臣，领有肥后南半的宇土城主小西行长的领地。

行长将此城移至麦岛，新筑城郭，由家臣小西美作统治。但是，行长以石田三成军的谋主之一参与关原之战，惨败。

于是，加藤清正遂为肥后全区的领主，也接收了麦岛城。清正确是一个大人物，筑球磨川堤防，维护八代沃野免受年年洪水之患的侵害，同时将城迁出麦岛，建立了现在大八代的基础。

目前耸立在市中心的八代城有麓城及麦岛城无与比畴的堂皇城郭。清正在此设“城代”以治之。子忠广不为德川家所喜，迁离肥后，细川家继其后为肥后领主。

忠利父亲忠兴隐退后，号三斋，住在八代城。

“武藏吗？来得好。”

三斋虽老仍以锐利的目光注视武藏。

“承召进谒。”

武藏仍旧穿便服，却毕恭毕敬俯伏致意。

“别介意，进来。”

“是。”武藏仰首趋进。

“忠利先生，意外仙逝，殿下想必忧伤逾恒。”

“嗯，但愿我能代之……”

三斋目中含悲。生前，父子之间虽有些许隔阂，但这是缘于性格的差异，父子之情并未稍改。因而，忠利的去世，三斋似极悲伤。

“武藏知道！”武藏深受感动，垂目下视。

四

但是，三斋立刻改换心情，说：“武藏，你几岁了？”

“五十八岁了。”

“嗯，想是如此。”

“比起殿下，犹如孩童。”

“哈，哈，哈……可以如是说，好好活下去。”

“是，定勉力为之……”

“武藏，心情都是一样的。想起关原之战前后的事，能平安无事活下来，着实感慨良深。”

“失去夫人，也是那时候吧？”

“嗯。”

三斋闭目沉入往事中。

当时，忠兴是丰臣秀吉麾下的大名，在大阪玉造拥有邸宅。丰臣死后，对德川家康寄以好意，关原之战爆发时，随家康征讨奥羽[①]，赴关东，玉造府邸只留下玉子夫人。

这时，石田三成突然兴兵闯入府邸，欲将玉子夫人带至大阪城，做人质。

玉子夫人是虔诚的天主教徒，被称为格拉西亚，才色兼备，其美可使秀吉及大名一见即悬念不已。

因而，夫人为守贞操备尝艰辛，却又为丈夫忠兴的嫉妒所苦。这次，忠兴领军赴关东时，交代老臣说："万一夫人贞操被夺，可当场刺杀之。"

然而，三成却袭击夫人的邸宅，这是基于政治与战略的理由，是三成欲将忠兴拉入自己阵营的一种手段。

夫人当然看出了三成的阴谋，但万一被带离邸宅，在贞操方面便难释丈夫之疑。

于是，她纵火烧宅，伏于老臣刀下，自绝而亡。

自是以来，已过了四十年的岁月，但依然无法从忠兴——现在的三斋心中消去这件恨事。

三斋勉强浮现笑容，并转换话题道："武藏，你认得兴秋的女儿悠子吧？"

武藏又俯垂着眼睛。

"认得，但因在下轻忽……"

"呵，别说了。你一直都过独身生活吗？"

"是的，不德所致。"

"从那以后，我一直都过着独身生活，但不以为悔，却有点儿顽固。"

武藏抬眼微笑。

"殿下！请勿见怪，刚才听了殿下的话才开始了解。"

---

① 奥羽：日本东北地方。——译者注

五

对武藏这意外的一句话，三斋不解地问道：“哦，这是什么意思？”

武藏说：“是指刀护手。”

“什么，刀护手？”

“在佐渡先生府邸，拜见过殿下所制刀护手。”

“你认为如何？”

“殿下所制刀护手显示出不凡的气魄与高雅，深深打动我心。现在得览尊颜，又俯听殿下所言，才真正有所领会。”

“嗯，那么，其心呢？”

“以心经历多年严厉的风雪，益增其辉，所以坚强无比——这已原原本本显示在刀护手上，因而殿下……”

三斋颔首微笑说：“你能如此看它，我真高兴。我把原铁比作我心，而后才下锤的！”

“因而殿下的心境也原原本本显露出来。”

“还未成熟哪！哈，哈，哈。”三斋豪爽地笑了起来。

武藏从怀中取出包裹着东西的绸巾。

“殿下，我在京都时也曾试做刀护手，不过，到九州以后，这是第一次。恳请殿下一览。”

说着，把绸包递了出去。

“什么，你也做刀护手？”三斋深感意外地打开绸巾，凝眸注视。

“嗯，武藏！做得很好。”三斋仰目，感叹地说。

“哪里，这种……”

“不错，看到这个刀护手，我也了解你啦！你心灵的锻炼。”

“惶恐之至。”

“生气活泼，栩栩如生，气势充盈，而且毫无空隙。”

“但没有殿下的韵味与温容。”

“不，我的东西是退隐后解闷的玩意儿，没有迫人之力，是回忆中的梦境。纵然以名刀配我这刀护手也杀不了人。”

武藏严肃地说：“殿下，我的就可以杀人吗？”

三斋亮着眼睛回答：“可以！是不动明王之剑！”

然后他端详着武藏的脸，追问道：“武藏！我懂得你的强了！而且会越来越强。但是你到底要以何人为敌而战斗呢？”

六

武藏表情严肃，旋即松缓。

“我已无敌……”

“此世之人或许没有？”

“是的……殿下，忠利生病时，甚至与死魔战斗。”

“嗯……不过，无法胜过死魔吧？”

“是的，我打败了。但，获胜的对方却是道道地地的不死之身……”

“呵，明知对方是不死之身，还要战斗？”

“因为得病。”

“哈，哈，哈，得病，不错，不错。”

“也许有人会做护手以抗天。总之，这是可笑的病。寿终正寝是不可预期的。”

“哦，你有这种觉悟？”

三斋又注视武藏的脸，接着把目光落在武藏手制的护手上，而后细声地说：“武藏，这护手也表现了你现在的心情哪！向天发出‘唵’的呼吸声。呵，也许就是杀气吧？”

“杀气？或许是这样也未可知。所以被殿下看透，实乃未成熟所致，汗颜之至。”

“但是，如果这是你真实的呼吸声，那也叫无可奈何。”

“不，这是未成熟。取剑决斗时，我的呼吸声就很少被发觉。”

武藏很不好意思地说了以后，又道：“殿下，我想在此地见一个人。”

“有武藏想见的人！那是……”

三斋倾首想了一下，立刻莞尔笑道：“是护手匠甚五吧？”

“是的。”

“好，等一下，立刻派人叫来。”

三斋叫来近侍，下令道：“传甚五即刻晋见。”

然后他亲自请武藏到茶室喝茶。

三斋是著名的文人，因生为幽斋之子，所以在当时也是屈指可数的茶道中人。茶道的礼仪巧妙，风格也极为高雅。他与光悦相知甚深，所以跟武藏谈起了京都的茶道中人。三斋不时叹息说：“武藏，若能早点见到你就好了。”

两人像多年知己般闲话。不多时，近侍回报说：“甚五晋见。”

“哦，来啦！快传。”

“殿下，我已在此。”

从纸门外传来了沙哑的声音。

七

声音虽沙哑却苍劲有力。

“哦，是甚五吗？进来。”

“是。”

年三十二三岁，下巴微凸的四方脸，大眼睛，身材矮小，肩膀宽广的壮健男人碎步走进茶室，俯伏席上。这就是当时知名的护手匠甚五。

“甚五，别介意。这是熊本的宫本武藏。”

“我是甚五。”

甚五抬起头，用他的大眼睛凝视武藏，眼神锐利，炯炯有光，正深邃地探究某些事物。

武藏也以平日惯常的眼光回视。

“我是武藏。在刀匠永国家里看过你铸造的护手，深为佩服。”

“荣幸之至。”

甚五以惶恐的表情施礼，旋即仰视武藏道：“听说宫本先生长住京都，已见惯京都的工艺，先生认为在下的作品如何？”

（哼，你懂！）一副傲慢的眼神。

武藏微笑。他已在甚五脸上看出倔强的职工气质与工艺家的自负。于是，他谦恭地说道：“这个嘛，也许很难说已完全了解你的作品，因为和京都工艺迥异其趣。”

这时，三斋也微笑说：“甚五，你错把武藏看成京都人啦。看看这个。”

三斋把武藏自制的护手放在面前。

“啊，这是？”

“武藏打制的呀？”

“对不起。”

甚五膝行靠近，拿起护手，反复观看，旋即放下。

“惶恐之至。”

甚五两手俯伏在武藏面前，脸现感激之情，致歉道：“宫本先生，刚才言辞冒犯，敬请宽谅。能制造这种护手的人，想必可以真正了解我的作品。”

武藏似乎越来越喜欢这个人，莞尔说道：“甚五，你认为我的护手做得如何？”

甚五再把眼光落到护手上。

“以外行人的作品而言，可称精美无比，佩服之至。”

“什么，外行人？”

三斋反问。

“剑气溢于整个表面。这是兵法家以砍人的心态业余制作的护手。”

甚五的回答极为苛刻。

八

“不错。”

武藏深深颔首。

甚五接着说：“护手匠绝不是兵法家，不是武士，也不是刀匠。一直都在做护手，所以除护手之外，什么也不想。护手即是一切，而且所做的护手就是护手，不是刀，也不是剑。”

“嗯，那么，护手之心呢？”

“绝对砍不进的金刚心！”

“护手的形状与雕刻呢？”

“是护手的气魄。”

武藏深有所感地说：“甚五，你的师傅是？”

“祖父制作甲胄，父亲是无名的野外打铁匠，我少年时，替父亲拿大锤，锻制柴刀和镰刀。锻打原铁时深有震动心弦的快感。立志锻冶任何铭刀都砍不进的铁器，终于做了护手匠。”

“雕刻呢？”

“自然体得的。”

“画画吗？”

“不会画在纸上。”

“一开头就雕在护手上啰？”

“是的。”

武藏乘兴一直查问。这时，三斋转换了话题。

“武藏，你不是也画画吗？”

“是的，偶一为之……不过，这也是外行人的解闷玩意儿。”

“我希望能有一幅……”

“呵，呵，呵……本事还未到推辞装蒜的地步。”武藏笑答。

纸和笔墨立刻就准备好，武藏毫不犹疑地画了他所擅长的伯劳鸟。

甚五目不转睛地望着，却“哦”的一声表示赞叹，而后张大眼睛说道：“宫本先生，你的画跟你的护手简直一模一样！但看来似乎比护手精美得多。”

三斋也称赞道：“不错，这也是剑的表现！确如甚五所言，是不下于第一流画家的绝品。”

于是，武藏跟三斋以谈论风流雅事消磨了好几日，心情愉快地离开八代，启程回熊本，但意外的事已在等待着他。

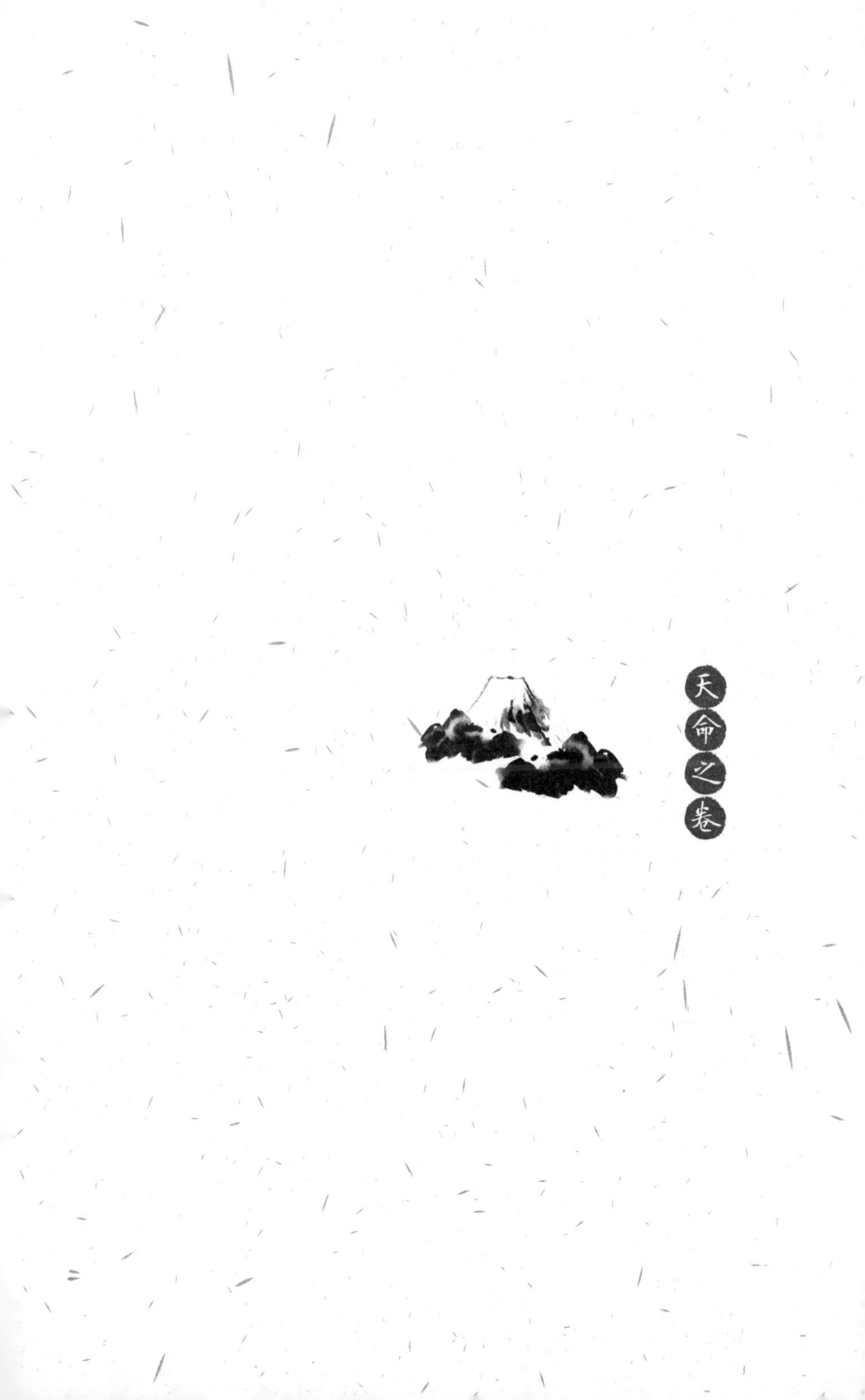
天命之卷

光与音

一

宽永十八年（一六四一年）十一月，晚秋时节，武藏访八代城三斋侯，归熊本府邸时，林外记送来了书信，信上说：

有稀客从江户来，主上意旨，敬请入城奉职。

跟从前一样，信上没有写明客人的名字，仍然故弄玄虚。武藏以书面回答说："明晨，入城奉职。"

第二天，到御前时，光尚亲自替武藏引见这位稀客。"武藏，这位是柳生七郎兵卫先生，以后你们可亲近亲近。"

"我是武藏。"

"宫本先生！久仰大名。在下是柳生一门学艺未成之人，请多指教。"

说话的是十七八岁肤白色皙，脸靥修长的美少年，其后以柳生连也斋（兵助严和）之名，被奉为一代名剑士。其目光此时已如兵法家一般锐利。

"既叫柳生，想必是但马守先生的族人？"

武藏问，光尚接口说："武藏，你不认得？七郎兵卫先生是尾张家兵法指南柳生兵库先生之子。年纪虽小，剑名已高扬，被目为兵库后继者。"

听了这席话，武藏的眼睛逐渐带着热情。

"兵库先生的公子？"

"兵库的三男。"

七郎兵卫回答，但对武藏居然不知自己的名字似乎有点不满。

武藏仍然亲切地说："令尊兵库谅必康健如恒？"

"是，老而弥健。"

"哦，真好……"武藏感慨良深。

柳生兵库是新阴流始祖上泉伊势守秀纲高徒柳生但马守宗严（石舟斋）之孙，也是德川将军家兵法指南但马守宗矩之侄。但据说，兵法比宗矩高出数段。

以前他曾为加藤清正延聘，赐禄三千石。他也曾做将军家密探，巡游九州，后以兵法出仕尾州德川家。

武藏见到兵库，是在武藏四十多岁时，亦即武藏继续其行云流水之旅，至尾张名古屋的时候。

当时，武藏跟一武士擦肩而过，问道："好久好久才见到生人哪！你是柳生兵库先生吧？"

这武士微笑颔首，答道："确是柳生兵库。发话的人可是闻名的宫本武藏先生？"

于是，两人有如知己一般，融洽相睦，同往兵库府邸，把盏言欢，下棋为乐，滞留甚久，却未曾较量过剑技。

这是显示剑技高手心机之妙的实际故事，是武藏亲口传下的。

二

但是，近来对这次邂逅有人持不同说法。

这不同的说法是指武藏说"好久好久才见到生人"这句话，是因为武藏被兵库打断出仕尾州家的指望，硬不服输的表现。这说法已断定武藏到名古屋是为了仕宦。本来小说怎么写都可以，但漠视事实，纵使是小说，也是不妥当的。

说到当时的人，不仅武藏，就是著名的兵法家、文人、画家，也都很少留下可作为传记资料的文献。所以，这仅有的文献必须加以珍视。

德川将军家有意延聘，武藏却辞退道：“幕府中，柳生但马、僧泽庵等智勇之士辈出，无须多聘。”

然后留下武藏野日出的画，离开了江户，这是相当著名的故事。

再者，出仕黑田家，亦非他自己强求，这有记录为证。

但最确实的是武藏自己的说法，他说：“我无意出仕，只要看我服装的怪异就可知道。”

武藏在船岛战胜佐佐木小次郎，奠下兵法家磐石般的地位后，巡游各藩，继续修行，到壮年以后才应各大名之请，指导兵法。但武藏亦不以金钱为事，与其说是得自武坛的收入，毋宁说是来自这些大名的捐助。

这样的武藏在名古屋遇到兵库时，断然不是为求仕宦来访尾州家的。但是,《武业杂话》载称在尾州侯之前，曾与某家臣比试。这或许是在兵库周旋下让尾州见识一下武藏兵法的意思。

据不同的说法称，兵库在这次比试后说：“无须延聘。”打断了武藏出仕的指望。但据前述的《武业杂话》说，比试后，武藏仍停留名古屋相当一段时期，收了许多门人。如果武藏有仕宦之求，而遭拒绝，为何还一直停留在名古屋？

此外，武藏当时的门人中，出类拔萃者,《武业杂话》曾举出竹村玄利、林资龙之名，称颂武藏兵法的石碑也由这些门人建立。由此可知，武藏既非为出仕而去名古屋，与兵库之间更不会有低俗的过节。

三

从七郎兵卫口中听到肝胆相照的兵库老而弥健，武藏自然是感慨良深。

“当代优于兵库先生的兵法家可以说找不出一个。武藏衷心祝贺他老当益壮，开拓前所未有之境，而为斯道之光。”

武藏又述怀念旧日之情，然后说：“……是兵库先生的公子，跟兵库先生年轻时真长得一模一样。”

说着他又仔细注视七郎兵卫的脸。武藏眼中洋溢着如视己子般的亲爱之情。

“到此地是因巡回各藩，顺便来的吧？”

“不是。”七郎兵卫猛摇头。在这之前，七郎兵卫仍不失对长者之礼，殷切地与武藏应对，但这时目光有如雏鹰一般锐利，而且表情严肃。

“宫本先生，我到此地来，是为了会会先生。”

“什么，是要会我？”武藏状似不解。

七郎兵卫又显示出敌意，冷冷答道：“诚如越中守先生刚才所说，我受父亲兵库的熏陶，目前也帮助指导兵法，为吾派柳生新阴流略尽微力。”语气不禁傲慢起来。

武藏仍从容倾听。

“如你所知，我柳生新阴流是将军家所采用的兵法，如果有人侮辱新阴流，就是耻笑将军家的不敬之辈！宫本先生，意下以为如何？”

“不错，或许可以这么说。”武藏仍然不以为忤。

七郎兵卫提高了声音，说道：“先生！你曾侮辱我新阴流！”

“什么？”

“你还记得由柳生本家出仕贵藩的氏井孙四郎吧？”

“哦，孙四郎。的确，由于他的请求，曾在先主忠利先生御前，跟他比武。只是为了互相研磨兵法，答应胜负只限于当时，事后不得衔恨。”

“孙四郎认为败于你，是本派之耻，故回江户后，闷闷不乐，上月切腹而死了。”

“啊，切腹？”武藏不禁也惊得瞪大了眼睛。

“当然，孙四郎是柳生门下高徒。他的耻辱就是本门的耻辱。他的懊恼也是同门的深恨。宫本先生，我是代孙四郎，呵，不，是代柳生门而来的，想重新试试到底是新阴流优秀，还是武藏流优秀，你是否答应？”

七郎兵卫傲慢地说个不停。

四

武藏凝视着七郎兵卫。

这显然是误解，他把忠利侯面前比试的情况说错了。孙四郎回江户的本意也不像七郎兵卫所说那样含有私怨。当然，武藏无论什么时候，都不曾讥谤过新阴流或其他流派。

武藏似欲解释，旋即作罢。死人无口，马耳东风，必然无补于事。

然而，即使是柳生族人，他也毫无意思允诺这年轻人的挑战，进行决斗。

武藏以沉稳的口气，微笑说："孙四郎自尽，实感遗憾。我无意耻笑孙四郎，但他回江户本意实是为进修己派奥义，再跟我比试。由此看来，同门的人代孙四郎向我挑战，并非不合理，但是……"

又说："所谓比试未必只有举刀厮杀。我跟你的父亲兵库先生从来不曾举刀比试，但在谈笑之间已彼此知道对方实力，无须举刀相试。"

但是，七郎兵卫却冷笑。

"这种话，也从父亲那里听到，但不举刀相向，如何能知胜负？先生姑且不谈，也许是父亲心情，缺乏斗志，才这样。"

武藏仍然沉稳地说："七郎兵卫先生。兵库先生是无与比畴的剑技达人，怎会有这种不成熟的做法？不举刀相向，而知对方，乃理外之理，亦即所谓妙境。"

"我不相信！每一流派各有秘剑，不举刀相向如何知道？"

武藏微皱眉头。

"不错。但所谓流派秘剑是未成熟者所说的话。若能臻至绝高境，已不受限于流派的秘剑。"

"别说了，宫本先生！对先生而言，我柳生新阴流的秘剑也等于无？"

"不错。对兵库先生而言，我长年修持的秘剑也已经不是秘剑了哪！"

"此由何而知？"

"理外之妙！"

“哇，哈，哈……”七郎兵卫大声笑了出来，同时提着大刀叫道，“宫本先生，请别找遁词。实证！实证！没有实证，全是痴人说梦！若果真不怕我这一流派的秘剑，就受我一刀看看。”

五

林外记见七郎兵卫以强压的姿态向武藏挑战，心中暗喜，这时便插口说道：“武藏先生，你也是兵法家，接受七郎兵卫先生的要求如何？”

武藏并不回顾，说：“请别多嘴。”

接着对七郎兵卫说：“你是说，无论如何也想实证一下流派的优劣吗？”

“当然！”

“好，你的意思，我懂。我从豪迈的青年时期起，就以不断的实证建立起我的兵法。但在人世间，没有一样事情是可以实证的。但为了你的热情，愿勉为其难。”

“好，场所与地点呢？”

七郎兵卫气势飞扬，大有立即动手之势。

“随你之意，现在，就在这地方也可以。”

武藏从容地回答，并俯伏向光尚说：“主上，惶恐之至，请召信行。”

一直倾听两人问答的光尚，有点不解地反问：“什么，叫信行来？”

“做七郎兵卫先生的对手。”

“代替你？”

光尚不放心地望着七郎兵卫。七郎兵卫果然变了脸色。

“先生，那是何许人？”

“寺尾藤兵卫信行，我的高徒。”

“你要门徒代替你？”

“是。”

“先生，这很失礼吧。请勿见怪，我是柳生的族人。”

七郎兵卫赫然而怒，语气粗野。

武藏淡淡地说："我没有和兵库先生交过手，虽然和但马守先生有过比试的机会，也以相似的理由彼此没有举刀相向。你目前正在修业中，信行是你的好对手！"武藏的语气顿转严肃。

"这么说，宫本先生，你认为我不够格做你的对手？"

"当然不够格！"

"什么？"

"你不是没告诉父亲兵库先生就擅自来的吗？"

"……"七郎兵卫答不出来。

"没错吧？我代兵库先生说，'像你，还非武藏的对手，别重犯孙四郎的错误'。"

六

武藏赫然张大眼睛，望着七郎兵卫。七郎兵卫脸上浮起一抹血色。是生气呢？还是为武藏所压？嘴唇颤动了一会儿，才恢复原状，以理攻之。

"想来，我也不是柳生的掌门人，就答应与先生的代理人较量。不过，如果我获胜，先生想必会承认我新阴流比武藏流优秀！"

武藏又以沉稳的表情回答："如果你希望如此的话……"

于是他立刻召来信行。光尚自己又嘱咐信行与七郎兵卫比试，并指定明日巳时（上午十时）在花畑馆庭院举行。

武藏从御前退下，领着信行回府邸，进入居室端坐后，开口说："信行，对你来说，这是你第一次跟外派的人比试。就修业而论，你可尽力为之。"

"是，真高兴。"

"跟外派比武，力胜者当然获胜，但你正在修业中途，不问胜负，都可从外派学得东西。"

"那么应该注意什么？"

"首先要认为跟真剑决斗一样。"

"是。"

"不为光与色所惑。"

"这是为什么？"信行坦率地询问。

"兵法家比试时先要确定太阳在何方。背太阳或面对太阳，因人、因流派而有所不同。"

"哦？"

"我跟佐佐木小次郎决斗时，背着太阳与之相对，不过，这未必就有利。向太阳而立，可以斩阴。柳生新阴流，如名字所示，是斩阴的流派。"

信行直视师傅的脸，问道："向太阳斩阴？难以理会！"

武藏微笑说："明天早上一定像今天一样，仍是个好天气。太阳高悬东天。你自己可以体会。同时，也可以亲眼看看七郎兵卫如何使太阳有利于己。"

"是。"

"其次是颜色。"

武藏淡淡地转换话题。

七

武藏训诫般静静说下去。

"实力相埒的决斗，除光与阴之外，颜色也很重要。颜色虽因人而异，但有的人眼睛喜欢白色，有的人喜欢青色。如果你有喜欢红色的眼睛，可以注意红色。青、白、黄都一样。自古以来，武士上战场都穿甲胄，甲胄配以各种不同的颜色，这未必只是为了夸耀自己的风姿。"

"哦？"信行瞪目惊视，同时又望望武藏的风姿。

"那么，师傅的异彩？"

"我以白和红临敌，这似非对方所喜欢，白因时因地会改变颜色，红会眩惑对方的眼睛。"武藏说后哈哈大笑。

信行有点怀疑。

“不过，现在，我已经不需要了。只因穿习惯了这种颜色才继续使用。而且，无论对方用什么颜色，也不致使我眩惑。但这毕竟是修业时期应该注意的。怎么样，懂了没有？”

信行闭目沉思。

武藏又缓缓说下去。

“信行，不只是人，草木昆虫也都穿衣裳，衣裳就有颜色。这绝非无意而成的，是有目的的。有时为了藏身，有时为了眩惑敌人的眼睛，有时为了显示自己使敌人畏惧。兵法家若忽略这微妙色彩的运用，不会成为第一流的人。”

“是。”信行恭敬地低头致意。

“船岛决斗时，小次郎穿猩猩红血般无袖外褂，面对太阳，像燃烧般直射我的眼睛，他也不是平凡的兵法家。他的服装是为面对太阳而战的。”

“唔——”信行又瞪目以视。

“我穿纯白夹衫。白色背着太阳直射入小次郎眼睛，那时是红与白之战。”

“师傅，我懂了。”

“嗯。七郎兵卫是特重阴与色的斩阴流名手，定会特别注意这些。你若在刹那间为其所惑，胜负即属为七郎兵卫所控制。”

“是。”

“信行，你可先到大渊和尚那里参禅，静静心，进行不为光与色所动的修业！当然，这非一蹴可致，不过却是很好的机会。”

“是，立刻就去……”信行欣然起身。

八

“哦，真稀奇。”

大渊和尚有礼地迎接以前认得的信行，问其缘由后，请来春山，嘱咐道："你想必也知道，这位就是寺尾新太郎的公子，武藏先生的高徒，为了明天重要的比武，武藏先生要他来参禅，以修不为色彩所动之心，你好好照应他一下。"

"是。信行先生，请。"

春山先站起来，走出大渊居室，踩着踏石，穿过竹林，在稀疏的树林间有一小小草庵。

春山从窄廊走进屋里，招呼信行说："不用客气。"

草庵相当粗糙，仅有一间房子。仿佛就是春山的居室，墙边堆着书本，室内有一张脏兮兮的经桌，一个陈旧的四方形火盆。

当然没有坐垫。

信行、春山相对而言，不禁吃了一惊，一方面是因为彼此没有见过面，同时因为自己视春山为年轻僧侣，毫不介意，相对而视后，才发现其刚健的躯体与锐利的眼光顿然压迫过来，觉得对方若是兵法家，必然比自己要高出两三段。

"对手是谁？"春山微笑问道。

"名叫柳生七郎兵卫。是柳生兵库的儿子，年龄跟我一样，是十七岁。"

"哦，年纪虽轻，却已是著名的剑客。"

"自称尾张柳生武坛的助手。"

"武藏先生所说的色呢？"

"是指红、白、青等色彩，光和阴也包括在内。"

"呵，武藏先生说，兵法比试，眼睛若为这些颜色所夺，心有所动，便会落后，是吗？"

"是，确是这么说。"

"嗯。"

春山微合双目，旋即将炯炯大眼转望信行。

"信行先生！现在已无须进行色的修业了。很遗憾，明天的比试，你是输了。"

"啊，为什么？"信行睨视春山。

“对手是著名的尾州柳生之子，岂是未成熟的乡下武士所能敌？”

“什么话！我还不曾在比试上败过。”

“不过，明天的比试，对手可不同。”

“我会轻易地被打败？”

“对手用颜色对付你呀？”

“不错。但那颜色会被打碎。”

“真的？哈，哈，哈。那就等着看你能耐吧。好了，回去！”

“我走啦！”信行气嘟嘟站起来。

九

信行满脸铁青地回到武坛。他本来不是一个容易生气的人。但今天，他被春山的态度与说话方式暗中激怒，似乎也含有一种对春山迫力的潜意识反击。

“和尚哪懂得兵法！柳生算什么！色算什么！我不会输。”

信行也同时被激起了对七郎兵卫的猛烈斗争心。事实上，光与色已逐渐从他眼中消失。

他对提出色彩的武藏也感到类似的愤懑。走进武藏居室，施礼道：“我回来啦。”然后噤口不言不语。

“哦，这么快。”武藏从容地说。

“是。”

“遇见和尚了？”

“见到了，立刻把我交给春山。”

“春山？”

“然后在春山那又小又脏的屋里谈了一些话。”

“嗯。”

“师傅，那年轻和尚是何许人？不懂兵法，却说色的修业不必要了，明天的比试，我会败。”

“哦，他这么说？”武藏瞪目惊视。

“他说，对手是尾州柳生之子，岂是未成熟的乡下武士所能敌？”

“不错。那，你呢？”

“师傅！”

信行直视武藏。

“师傅跟春山同样想法？”

“这……”

“如果是的话，我可不服。”

“有自信能赢得胜利？”

“有。一定会胜利。七郎兵卫不管如何玩弄色彩，利用光和阴，我一点也不怕。”

“是吗？那么，如果败了呢？”

“不回武坛。把我逐出门墙好了。”

“好，我答应。”

“对不起。”信行急步走出去。

武藏高兴地目送他的背影，含着笑容深深颔首，自语道：“唔，春山那厮！开了应急的顿服药剂。不愧是传和尚衣钵的年轻人，真有趣的家伙。”

十

柳生七郎兵卫与信行的比武，巳时（上午十时）在花畑馆的庭院举行，特别允许藩士观战，所以庭院四周帷幔前，一大早就挤满了藩士。

正面，主君光尚居中，重臣并排坐在折凳上，武藏和林外记分坐光尚两旁，因为他们是比试者的监护人。

不久，报巳时的大鼓声响起，七郎兵卫和信行从左右东西的帷幔中走出，趋行至御前行礼。

“此为双方大事，无论胜负，日后皆不许衔恨，愿各尽秘术展示兵法妙技。”光尚依式发言。

“是，立誓奉行谕命。”这也是依式宣誓，然后双方退至中央。东侧，寺尾信行背对太阳；西侧，柳生七郎面对太阳，双方取得适当距离，面面相对。

七郎兵卫占西侧，是他自己的主意，外记提醒说：“这样，会遭太阳直射，不大好吧？”

“呵，没关系，如果我占东侧，纵使获胜，也会遭受毁谤。”

这似乎显示七郎兵卫胸襟宽大，可是，这真是他的本心吗？

当天，他们两人的装扮是——信行穿黑棉礼服与白裤，头缠白巾；七郎兵卫身着淡绿色花纹绸礼服，深棕色裤子，头缠白巾。

信行这时十七岁，个子高大，筋骨结实，黑白棉服合身，充分显示了肥后武士朴实的风气。在长圆形的脸颊上，细长的眼睛如刀剑般闪闪发光。双唇紧闭，嘴唇却不薄。

七郎兵卫同样是十七岁，身长骨硕，脸部也同样是长圆形，但鼻高而尖，口大，唇薄而红。不过最大的特征是那大而发出锐光的双眸，真有如猛禽一般。

然而他那身穿深棕色裤子与淡绿色绸礼服的形象。完全属于京都风，与信行的朴实形成极端对比。

两人严肃地行礼。

旋即跃开，架起木刀，七郎兵卫取正眼，信行采右双八。

这时，晨曦从斜坡上照着七郎兵卫，淡绿色的礼服在太阳照射下有如嫩叶般显眼，头上白巾闪闪发光。

另外，背对太阳的信行显得黑乌乌，有如影子一般。一时之间，两人都纹丝不动。

十一

光尚及参观的藩士自始即为七郎兵卫京都式的英武风采所慑，信行看来孤寂无比，胜利似属七郎兵卫所有。

然而已臻高手境域的信行，却不为这些现象所惑，心生畏惧；他以另一种意义检讨对方的服饰，同时进一步思考这些色彩在比试时会发生什么作用，但想不透。

于是，信行又回到为春山所羞辱时的心情，自问自地说：“色彩是什么？岂不就是裹着肉体的衣服的颜色？我要砍他的骨！取他的命！”

信行跃开把木刀架为双八时，七郎兵卫太阳照耀下的鲜明淡绿色礼服和白缠巾顿然直射信行双眸。但下一瞬间，这些色彩便从信行眼中消失，留下的只是形成人体的一块东西……

信行往前跨出半步。七郎兵卫依然不动。

信行的眼中清楚浮现出七郎兵卫袒露的胸部，耳中则是胸部的鼓动声……信行数着鼓动声，不久，又用脚踩着这鼓动声。

七郎兵卫仍然不动，凝眸注视信行。如果新阴流的极意剑是砍影的话，那他可能正在等待信行的影子接近。果然如此，那一定要抓住影子的空隙。

所谓砍影是指踩影，亦即以踩到对方影子的瞬间，斩敌于前，这就是新阴流的极意剑。

信行踩着敌人心脏的鼓动声。

彳，彳，彳，信行踩着鼓动声的间隙，向七郎兵卫迫近。这里所谓的踩间隙是指踏敌之虚以逼近。用眼观看，毫无空隙的时候，逐渐踏步而行，是兵法上重要的奥秘。

武藏能听辨地球运行的微妙韵律，而后踩着韵律的间隙，接近敌人的死角，看来信行也早已体得这种奥秘。

但七郎兵卫依然不动，像从地上长出的巨树，巍然耸立。当然，这是七郎兵卫的策略，他认为对手信行在太阳照射下将为鲜明衣裳的色彩所诱，必定会向自己走过来。

但七郎兵卫估计错误了，信行既不为色彩所诱，亦不急行而前。他做梦也没料到信行是踏着自己生命的鼓动声走过来。

十二

影是光的作用。心脏的鼓动当然是音的作用。信行利用鼓动的声音细步趋进，已经没有一件事能阻碍他的行进，他的目标是对方的心脏。

七郎兵卫做梦也没想到信行会从声音的奇径上走过来。此刻危险的倒是七郎兵卫。

但是，信行也同样没料到七郎兵卫正等待自己趋进，以便踩自己的影子。踩影的瞬间才是七郎兵卫必杀剑闪动的时刻。

在一点上不许有甲乙两种物体并存，这是物理原则。否则，甲乙必同时消失。兵法上的胜败是双方都欲消减对方的争斗，踩敌人的影子，就是贴合在敌人影子上，把阳光据为己有，而敌人瞬间即从此世消失。

观战的藩士眼中看不出这种第三次元之争，但他们已预见不久将发生的激烈冲突，所以人人屏息静气，不敢轻发一声。

只有武藏非常了解场中的一切，不禁双拳紧握，伸长身子。

一寸、二寸、三寸……信行逐渐迫近七郎兵卫，因而影子也逐渐靠近七郎兵卫……

七郎兵卫的脚和信行的影子只距三尺，这时，信行的脚步突然加快，彳彳彳一个劲儿往前冲。

“哦，”七郎兵卫的脚尖碰到信行的影子了。就在这瞬间，“呀！”七郎兵卫以触及的影子为垫脚石，蓦地跃起。这就是所谓“天狗抄”的新阴流极意剑之一。

但跃起的不只是七郎兵卫。信行的身子也同时跃向空中。

“哦！”所跃的高度使参观的人不禁发出惊叫声。

“咔嗒……”空中发出尖锐的声音，同时挥下的两把木刀碰在一起，接着又一次……这次是迟钝的声音！从根部折断的两把木刀飞向左右，而两名剑士也终于落到地上。

空中的两次冲击把两把木刀都折断了。

“呀！”

“哇！”

裂帛之声！两人分跃东西，迅速拔出插在腰间的短刀。

光尚脸色苍白，慌张地望着武藏。

间不容发之际，武藏悠然站起，扬声道：“胜负已定，双方退下！”

十三

武藏的声音低沉，却能穿透丹田。七郎兵卫和信行动了一下肩膀，架势依然未卸，彼此瞪视对方。

“殿下谕旨，双方退下。”武藏又大喝一声。

两人这才收刀入鞘，相对行礼，走到御前，两人的脸上已无比试前激越的争斗气势，而洋溢着尽力一战后所具有的安谧之气。

“想来你们已倾全力决战，我深感满意。”光尚放下心，扬声说。

光尚和其他家臣几乎认为不分胜负。

“是。”两人同时鞠躬行礼。

“等一下在大厅见面。在此之前，先好好休息一下。”

但光尚刚欲起身，外记却阻止道：“主上，且慢。”

而后他自以为是地问武藏：“武藏先生说胜负已定，但我却不知道究竟是谁赢了。大多数的藩士想必也如此，请为后学阐释一下。”

“嗯，说的不错。”光尚也点点头。

武藏微笑环顾在座的家臣，看见尾藤金右卫门亦在其中，便扬声说：“尾藤兄，你以为胜负如何？”

尾藤金站起来，依然以滑稽的样子，说：“我也认为胜负已定！”

“那么，你认为谁赢了？”外记接口追问。

“双方都赢了。”

“那岂不是等于说双方都败了？”

“不，如果双方都败了，那他们俩都已死了。攻防一体，善保生命。难得！难得！”

“那岂不是不分胜负，平分秋色？”

“不，双方都赢了。”

“那与不分胜负无异！”

“不，双方都胜了。”

家臣们不禁为尾藤金有趣的表情引得笑了起来。林外记自觉受侮，变了脸色，光尚看不过去，站起来，大声说：“外记，行了，走吧。”

外记怒气冲冲，跟着光尚离去。家臣的笑声依然未歇。

信行与七郎兵卫相视而笑。

十四

七郎兵卫和信行重整衣裳后，晋谒光尚。

光尚褒奖他们两人，果如尾藤金所言，视双方均为胜者，双方因此保住了面子。信行随武藏回城里的武坛；七郎兵卫则以光尚客人的身份留在城里。

七郎兵卫被引到一个房间，外记尾随而来。

“七郎兵卫先生。”外记改变话锋说，“很可惜，若不是武藏那厮阻挡，一定可以显露新阴流的奥义，而将之一刀两断。那氏井孙四郎也可死而瞑目了……”

七郎兵卫默默凝视外记的脸。

外记继续说下去。

“七郎兵卫先生，你再直接向武藏挑战，如何？我一定向主上要求，让武藏答应比试。”

七郎兵卫绷着脸回答：“不，不必烦劳。”

“哦？那又为什么？”外记恼怒。

“这次比试，自初就不是为了私怨，只是流派上的比武。想试一试新阴流极秘密的必杀剑。寺尾先生既能躲过，比武就已结束了。再继续争斗下去，那已不是比试，而是断杀了。”

“唔。这么说来，你对武藏的多嘴不表异议啰？”

“他不愧是著名的兵法家。如果他那时不出声，势将演成骑虎之势，进行无意义的争斗，徒为世人的笑柄。”

外记露出薄薄的笑意。

“可是，七郎兵卫先生。寺尾信行是无名的乡巴佬，跟这乡巴佬打成平手，岂不有损你的身价？”

“哈，哈，哈。”

七郎兵卫怜悯地笑了起来。

“谢谢你的关心，但兵法并无城乡与身份之别。那叫寺尾的人是个惊人的天才剑士。不，更可惊的是武藏流兵法的不可思议，我必须以兵法家的身份向宫本先生讨教。现在，就此别过！”

说着，七郎兵卫拿着长刀站起来。

“到哪里？”

“到宫本先生府邸。”

“什么？到武藏的府邸……”

“抱歉！”七郎兵卫随即从长廊上离去。

“哼，懦夫……”外记恨恨地翻动舌根。

十五

趋访武藏的七郎兵卫立刻被引导到后院的客室，武藏和信行出来迎接。

“七郎兵卫先生，来得好。”武藏喜气洋洋，就座后说。

“先生，昨天无礼之至，特来负荆请罪。”七郎兵卫已跟昨天完全不同，态度恳切，双手俯伏。

“呵，不，不，请起。”

“是……寺尾兄，刚才多有冒犯。”

“呵，不，在下才是。”

“先生！”七郎兵卫改变姿态，仰目说道，“刚才的比试，颇有不能领会之处，祈请教示。”

“哦，是什么？”

“是寺尾兄的攻举方式。”

“信行，你以为如何？”

信行的眼睛也热情洋溢。

“七郎兵卫兄，我也有所疑。你的攻击方式，我也不能领会。”

“不错。音与光的相击，互不触身，仅木刀与木刀激烈冲突，而成平手。”武藏开口说。于是，七郎兵卫高叫：“音？”信行则高喊：“光？”而后面面相觑。

武藏望着双方，继续说下去。

“七郎兵卫，你穿淡绿色的衣服实在很聪明。绿是吸引人的色彩。在太阳光下伫立时，白会反射，红会使对方戒惧。”

“是，这我也明白。”

“不过，信行似乎不为色彩所吸引，信行，你说是不是？”

“确是如此，曾一度吃了一惊，但当我想到砍的是对方的生命，衣服算得了什么，色彩就消失了，于是，七郎兵卫兄心脏的鼓动声清晰可闻，我踩着鼓动的空隙一步一步行进。”信行说。

武藏又加了一句：“七郎兵卫，我把这称为踏节拍。”

“哦——”七郎兵卫不禁发出赞叹声。

武藏将严肃的眼眸转向信行。

“信行！好好记住。对手是七郎兵卫呀，我简直以如履薄冰的心情守望着你。你的影子一步一步接近七郎兵卫……新阴流的秘剑已持满待发。”

“哦，我懂了！”信行瞪目大叫。

十六

信行继续说：“师傅的兵法三十五条中，第十八条载：影乃太阳之阴。候敌剑，探身欲出时，心压敌剑，空身以大刀击敌之所出，这想必就是所谓砍影吧？”

“是呀，所有至妙之剑，皆以光与音之微动为机，以合天地之运行，如是则为必胜之剑。影亦其机之一。你以耳听的必胜之鼓动亦然。七郎兵卫，意下以为如何？”

武藏转眼凝视七郎兵卫。

七郎兵卫瞪目惊视，羞涩地低垂双目。

“先生！念及己身之愚，实汗颜之至。我竟愚昧得将砍影秘剑视为我新阴流独得之秘，其实，真如先生昨日所言，若至高手境域，即无派别之密。先生和家父兵库未曾交手的理外之妙，至今才算懂得。”

“哦，听你这么说，真高兴。”

武藏脸上的表情和缓下来，但迅即又皱紧眉根说：“七郎兵卫，正如刚才所说，悟得天地之理时，才会成长为地道的兵法家，但以此为满足，就未免为时过早，因为即使悟得理法，也不过是理法的一部分。若能拟出当今秘剑之一，即自认可创立一派，自为始祖，我认为这很可笑。”

七郎兵卫点头回答：“是，家父也说过。”

“不过，七郎兵卫，有件事想请教……”武藏肃容端坐。“请问，令尊兵库先生近来如何过日子？”

“哦……兵法已穷究，近来看似专心着意于读书作文。”

“嗯。”武藏低应一声，闭上了眼睛。

七郎兵卫接着说：“家父去年向殿下恳求致仕，愿以风月为友，以致安谧悟道之境。”

武藏扬目轻声说：“真了不起。真羡慕。”

“先生才是……”

“不，我似乎无法像令尊那样过着安谧的老后生活。”

“先生？”七郎兵卫惊讶地仰视武藏。武藏眼神如水，脸上雕着惨战苦斗之影。

七郎兵卫内心深受震撼，迅即告辞离开武藏府邸。

阿部一族

一

宽永十九年（一六四二年）三月十七日，在花冈山东麓菩提寺举行先主忠利的周年忌。

在灵堂旁建立妙解寺，是在两年以后。当时有名叫向阳院的堂宇。院里安置着妙解院殿（忠利戒名）的牌位，和尚镜首座为忠利祈冥福，但当日，由京都紫野大德寺西下的天佑和尚就导师座。

这天天气清和，灵堂四周樱花盛开。向阳院周围环以帷幔，以光尚为首，藩士族人、重臣、殉死者的遗族肃然端坐。阿部弥一右卫门的遗族权兵卫也在场。

导师天佑和尚率众僧诵经，先由光尚趋至妙解院殿牌位前进香，接着逐一在十九名殉死者灵前焚香，然后殉死者遗族逐一焚香默祷。重新涌起的哀愁与激动冲击着在座者的心胸，饮泣声幽幽而起。

不久就轮到权兵卫。

他微俯着身子，静静走到妙解院殿牌位前。人们的眼睛一齐倾注在他侧脸上。自父亲殉死，禄额削减以来，权兵卫一直都闷闷不乐。

权兵卫端坐俯伏，恭敬地进香，合掌顶礼一会儿，突然拔出短刀，刹那间砍下自己发髻，呈献在牌位前。

这确是意外，在座诸人不禁愣住了，茫然瞪目惊视……权兵卫若无其事，泰然自若，即欲离去。这时，清醒过来的藩士大喊："阿部先生……发狂啦！"群奔过来，把权兵卫带进另一房间。

别人姑且不谈，以前就经常被议论的权兵卫，在这重要的公共场合擅自砍下发髻，谁都会觉得这是不得了的行为，不是正常的做法。

权兵卫却静静说道："各位，别闹！权兵卫并没发狂！"

脸色虽苍白，态度却沉着，他对一切似乎都已绝望。

"不，权兵卫一定疯了。在主上亲临的席上，砍断发髻是不惧上的不逞之举，非正常的行为，各位想必也认为如此吧？”

说的人是过去跟权兵卫全家交往密切的邻居柄本又七郎。若被认为发狂，罪名即可减轻，此理古今皆同。

“不错！”众人皆相视点头，权兵卫却猛摇头。

“不，权兵卫绝没发疯。”

二

权兵卫的眼睛顿时闪闪发光，始终以沉着的语气，说：“各位，请听我说。”

接着他遍观柄本又七郎及在座众人的脸。

“权兵卫既不疯也不狂。先父弥一右卫门一生出仕奉职，毫无瑕疵，故纵未获先主准许切腹，仍得列入殉死之列，连我这个遗族也因此获许率先焚香献祭。”

言至此，权兵卫泪水潸潸而落。

“然而，这些全是先父弥一右卫门的遗德。主上见我无法像先父一样出仕奉公，故分食邑地赐予诸弟。对先主，对今上，对亡父，对族人、朋辈，我皆无颜相见。因而，今天向牌位奉香时，不禁感慨万千，决心放弃武士身份，纵使因场所不合，而遭斥责，亦甘之如饴！”权兵卫满脸泪水，滔滔不绝地说。

众人默默倾听。弥一右卫门之殉死未得人望，姑且不谈，但对其后的处置未必所有人都认为主上处理得宜。因而在座家臣无人反驳。

其中，又七郎很了解权兵卫兄弟的心情，深为同情，不断悄悄劝解他们，切莫烦躁。所以一直声称权兵卫发狂，欲加维护。但他既如此公开自己的心境，又七郎也无计可施了。

众人默然俯首，上谕逮捕权兵卫，交与力头[1]薮市正看管。

---

① 力头：警察署长。

权兵卫砍断发髻放在牌位前的刹那，光尚虽然惊讶，亦觉莫名其妙，然而一听权兵卫的答辩，遂勃然大怒。

他认为权兵卫的举动无异讽刺自己。若体察权兵卫无处宣泄的心情，他也能同情，但事实上，这是指桑骂槐。

另外，林外记比光尚更生气，因为分权兵卫禄额给他兄弟的处置，是依外记献言而来。而外记本以此一处置自豪，因为他把弥一右卫门在藩里不得人望的因素计算在内，仅略施小计，即获相当成效，所以他觉得权兵卫这次的举动是在打击自己的声望。

“这是犯上无礼之举，急速逮捕，带走！”

家臣来请示时，外记立即下令。

长冈寄之却附加一句道：“且慢！先主法事场中发生事故，一旦闹大诸多不便，可不必绑缚，带至与力头邸宅。”

三

权兵卫二弟弥五兵卫及市太夫、五太夫诸弟，听到此一急讯后，皆奔至山崎町的权兵卫府邸。

“哥哥……”

他们只这么说，便都噤口不言。他们太了解权兵卫所以这样做的心情，无须多说。大家表情沉痛，相对无语，权兵卫的妻子随着幺弟之丞一起走出来，脸色苍白。

“给各位添麻烦，实在抱歉。事前，他并没有跟我谈起，不过，我很了解他这样做的意思，请各位宽谅。”妻子说完后，双手掩面而泣。

“嫂嫂，我们怎会责备哥哥！自先主去世以来，哥哥遭受无可言喻的压力。父亲殉死后主上的处置，我也亲身体受，甚觉懊恼。”弥五兵卫说。

“我也有同感。但是，既已受责，系于与力头邸宅，总不能置哥哥的命运于不顾，现在该怎么办呢？”

市太夫环视在座诸人。

弥五兵卫点点头，说："的确不能坐视，只有请主上宽大处置了。我们大家必须闭门幽居，以待审判。不过，主上及重臣对哥哥的举动有何看法？市太夫，你在主上身边奉职，可就近了解一下！"

"是。我这就去……"

"嗯。夜半时分，大家再到这里来。但为免除不必要的猜疑，大家要悄悄从后门进来。"

兄弟们离开权兵卫府邸后，大门紧闭，家人隐声匿迹，以表幽禁之意。

夜已深，兄弟们又齐集权兵卫府邸，脸色比白天更加沉痛灰暗。他们各自去探索近侍与重臣的意向，事态比最初想象的远为险恶。

市太夫最后到来，弥五兵卫等三人都已等得不耐烦。

"市太夫，怎么样？"

"老臣和重臣对哥哥的心情似乎都很表同情。但主上非常生气，林外记又从旁煽火，近侍友人说，这样下去，哥哥死罪难逃。"

"什么，死罪？"

"当然，家也垮了。稍一不慎，还可能罪及我们同族……"

"唉……"

四

"不过，哥哥！还没有完全绝望。"市太夫细声说，"我从殿下退下时，寄之先生叫我去。见面后，寄之先生说，权兵卫做了大错事。衡度其情，未必不能原谅，但是，主上震怒，所以很可能被处死刑。可是，既然是在法事场中发生的事情，何不向京都来的天佑和尚求援？"

"哦。"大家好像发现了一道曙光，双眸都闪着光芒。

弥五兵卫击膝，说道："据说，寄之先生深富同情心，果真不错，不忍见弃，给我们最好的提示。市太夫，此事要你费心去做。"

“是，我曾见过一两次天佑和尚，所以……”

“麻烦你了，市太夫。”五太夫也扬声说。

第二天，市太夫到市里的旅馆拜望天佑和尚，详述经过。和尚深表同情，很有自信地答应了，他说：“听你这么说，贵府着实不幸。但沙门之身对政道无法多所置喙。如果权兵卫先生被赐死，我一定向主上尽力恳求讨饶。权兵卫先生既已剃除发髻，就与沙门之人无异，主上不致置愚僧之请求而不顾吧！”

市太夫归宅告知此事，众人这才放心，幽禁自慎，以待判决。

但是，阿部一族请天佑和尚说情请命的消息，迅即传遍藩里，不仅外记，连光尚也听到了。

光尚认为权兵卫的举动是讽刺自己，所以依外记所言早已决定处死，但内心却也觉得遗憾。去年采纳外记的意见，把权兵卫当继承的阿部本家食禄瓜分赐给他的兄弟。

“如果没有那种处置，就不致发生此事。真是做了毫无意义的事。”

随着时间的流逝，后悔之念日益强化。

但是，听到天佑和尚要为权兵卫请命的消息后，光尚想：“好，就利用这机会，承认权兵卫出家，罪行只处降低禄额，饶其性命。”

五

于是，光尚向林外记征询意见，说：“天佑和尚似乎有意向我为权兵卫请命。若果如此，我也不能不加采纳，你以为如何？”

“主上，这怎么可以？”外记似已期待良久，立即阻拦：

“权兵卫的举动，若说仅仅砍断发髻，以却尘缘，其志可嘉，但这是对主上政策的反抗。如果因此为情所囿，减轻权兵卫之罪，推行政道的权威将如之何？继先主之后，为肥后五十四万石之太守，至今方始一年，有损做主君之尊，属下认为万万不可。惶恐之至，外记为他人所怨，犹敢贯彻己意，即因此故。”外记滔滔而言。

“不错，确实不错。”光尚想。

“嗯，我知道了。外记，但天佑和尚的话又不能置之不顾，真难以处理。”

光尚倾首沉思。

“的确。所以最重要的是，跟和尚谈话时最好避免触及权兵卫之事。”

“嗯。”

“外记一定随侍左右，与和尚应对。”

“好，就这样吧！”光尚终于改变了主意。

另外，入夜后，阿部一族悄悄聚集在权兵卫邸宅，交换情报，以等待天佑和尚的好音。

第三天，市太夫带来情报说：“明天，天佑和尚终于要进谒主上了。”

然而，进谒的情形，当天中午已经知道。谒见时间只一刹那，最后仍然没有提及为权兵卫请命之事。

阿部一族沮丧不已，不过，天佑和尚答应回京都前，将抽暇再去进谒光尚。

众人怀着一线希望深深期待。但是，当晚，众人在权兵卫邸宅会聚时，邻家的柄本又七郎偷偷来访。

又七郎在阿部兄弟中与弥五兵卫感情最好。弥五兵卫擅长枪法，又七郎对枪法也颇有自信。所以一谈到枪法，他们都笑着彼此自夸。又七郎会说：“弥五兵卫，不管你枪法多好，却敌不过我。”

弥五兵卫也回道：“什么，像你？我只要一枪就足以解决你了。”

六

又七郎这时也加入阿部兄弟的会谈，他建议说：“为慎重起见，再度向天佑和尚求援如何？听说宫本先生跟天佑和尚从前就很亲密，是否请先生去游说一下？”

“对了！我们也听说，这样很好。”

阿部兄弟都无异议。但是，他们兄弟若出门引人注意，难免有所忌惮，所以请又七郎去见武藏。

次晨，又七郎到城里拜望武藏。又七郎也列名为武藏门人，所以要求道："有秘事相烦。"

于是，立刻被引进内室。

不多久，武藏出现了。

"又七郎，什么事？"

"想烦请先生帮助阿部权兵卫……"

"阿部之事？"武藏表情瞬时黯淡下来。

"前日，阿部兄弟曾请天佑和尚为权兵卫请命。但和尚近日里就要回京都，所以我代阿部兄弟请先生再向和尚提提此事。"

"嗯，我也听说，和尚有为权兵卫请命之意。不过，又七郎，此事相当难办。"

"哦。"

"主上对权兵卫之忌恨意外地强烈，听说连家老都无置喙的余地。天佑和尚请命的讯息反而更触怒了主上。"

又七郎表情沮丧。

"那已毫无希望啦？即使天佑和尚请求宽谅也没用了。"

"未必如此。只要和尚有机会谈及此事，主上也许会酌情处理。不过，如果没有相当的决心，就很难抓住发言的机会。"

又七郎两手伏席，说："先生，烦请再向和尚提一提。"

武藏点头答允："好。今天和尚邀我去，我会特别拜托他一声，傍晚时，你再来一趟。"

"是，谢谢。"又七郎喜形于色，急忙归去。但武藏表情灰暗沉郁。武藏知道，即使自己向天佑和尚恳求，有林外记在君侧，请命之事势难有所成。武藏在京都时，跟和尚来往甚密，他并不觉得和尚是个了不起的人物，所以武藏很怀疑和尚有能力突破君侧防砦，直捣光尚内心。

七

武藏拜望天佑和尚，到傍晚时分才回到府邸，又七郎已如约等候在那里。

“先生，麻烦您了。”又七郎迫不及待地问。

武藏表情黯淡。

“和尚由衷同情阿部兄弟，愿尽力帮忙，但未明确表明一定向主上请命。”

又七郎沮丧不已。

“那么，先生的预测呢？”

“因为有了对手，即使和尚诚意相求，主上也只有摇头的份。包括我在内，一般都推测只要和尚开了口，主上大概不致置之不理，但这推测是不可靠的，何况主上身边有人企图根本不让和尚有发言机会，所以此事相当困难。”

又七郎叹口气，垂下了头。

武藏很遗憾地说：“又七郎，我觉得，为权兵卫请命，理应为之，但是，多拟几个方策，避免罪及其他兄弟，不是更好吗？”

又七郎吓得仰起了脸。

武藏继续说下去。

“从去年开始，权兵卫已经无路可走，但他的做法却是造反的一种，若要弃武士为平民，为什么不等法事过后再剪发？那种做法等于用后足向今上扬沙，自然会遭怨恨。现在暂且放下权兵卫之事，以谋阿部家之平安，你以为如何？”

“有道理。”又七郎双手环胸。

“总之，为权兵卫请命之事暂且不论，先考虑一下未来的发展。和尚的请求如果顺利，当然最好，否则，怨恨可能加倍，而及于其他兄弟。”

“不错，权兵卫已经抱定必死决心。而主上也许会认为请天佑和尚游说，是侵犯主上的威信。”

“又七郎，确是如此。你快回去，向阿部兄弟恳切说明其中道理。如果他们答应的话，我再去见和尚，请他暂且放下为权兵卫请命之事，以谋阿部家的安泰。”武藏诚心诚意地说。

又七郎深深颔首。“先生，说的不错，我立刻就回去，劝解他们。”

又七郎怀着新希望，表情明朗地离开了武藏府邸。

八

阿部兄弟对天佑和尚的援救怀着一线希望，要他们放弃援救权兵卫，无论如何，又七郎难以启齿。

“据说，和尚已答应宫本先生要尽力帮忙，但我们似乎必须先考虑一下主上不准的可能。”

又七郎向阿部兄弟说：“宫本先生说，为权兵卫请命之事，不要强烈提出，以之作为第二阶段的希望，何不请天佑和尚向主上请求，以维护阿部一族的食邑……”

三兄弟一齐变了脸色，弥五兵卫立刻阻拦又七郎说下去。

“又七郎，你说什么？宫本先生说，哥哥的罪会延及我们？”

“不，他没这么说，只说万一的可能，权兵卫既已抱定决心，纵使获得宽恕，也未必会活下去。既如此，维护阿部一族的家督[①]似乎较好。万一受责，致使祖先武勋归于空无，对地下的弥一右卫门先生似乎也颇为遗憾！”又七郎以强烈的口吻说。

这时，五太夫睨视哥哥弥五兵卫，喊道：“哥哥！我不愿只为了确保自己一家的安泰，眼睁睁看着权兵卫被杀！”

“我也不愿意！我不同意天佑和尚还未向主上请求，就放弃援救的希望，只谋自己的安泰。”市太夫也大声喊道。

---

① 家督：家长权，有家长权即表示家的存在。

弥五兵卫双手环胸，沉思后，说道："又七郎，你虽然言之有理，但我仍无法为了一族的安泰，而放弃援救哥哥。对我们来说，援救权兵卫最重要。天佑和尚游说，仍然援救不了，夫复何言！只好视之为天命了。"

"万一罪及你们兄弟呢？"

"那也无可奈何。现在，除了仰仗天佑和尚为权兵卫请命之外，我们什么也不想。又七郎，抱歉！"

"哦！"又七郎低垂着头。

"天佑和尚已答应，大概会倾力帮助，在这期间，请保持冷静，切莫有不稳言行，静候佳音！"

说完，又七郎悄悄从后门离去。

次晨，又七郎往访武藏，告以详情。

"这也不无道理，但阿部家的命运已达到极限了。笼罩阿部家的妖云，将迫使他们全族人陷入最凶恶的处境中。"

武藏叹息。又训诫又七郎道："又七郎，你别再深入参与。"

九

天佑和尚将于明日回京都，故至花畑馆进谒辞行。外记仍旧在光尚左右，不过，今天家老们都在座。

天佑说完辞别之语后，光尚也说了一长串谢辞和送别之言。这些仪式完毕后，一个近侍把一包布施款，放在泥面托盘上，送到和尚面前。

和尚毕恭毕敬致谢，抚弄着念珠，说："殿下！贫僧有事相求。"

"哦，有事相求？"

光尚装作若无其事的样子。

"是阿部权兵卫之事。"

"哦，是那件事？为法事，远路而来，家臣的无礼行为，定使和尚大为气愤。已勒令调查，在此先致歉意。”

光尚惶恐地说，然后转眼对外记说：“怎么，还没调查吗？”

“是，惶恐之至。无论如何，权兵卫是殉死者的遗族，所以调查必期慎重。而且他本人气傲意骄，调查颇不顺利，是否犯了应罚之罪，尚难明白，乞请宽谅。”

外记也满面惶恐地向和尚致歉。

天佑困惑不已。世人已相传权兵卫死罪已定，所以才想当场为他请命，如果现在还在调查，甚至罪名之有无都尚未确定，贸然为之请命，就有点不合情理。这是外记的阴谋，却也是巧妙的闪躲法。

调查事件与确定罪行，是藩的内政，以僧侣身份，实无权置喙。僧侣的慈悲只有在罪行决定后才能请求减轻其罪。天佑和尚完全被堵住了口。如果现在为权兵卫请命，那无异自己也承认权兵卫有罪。一旦辩护不当，那就等于干预政道了。天佑也知道这番回答是外记的策略，但是如果因此而言语失当，反使自己失了面子。

于是，他放弃了援救权兵卫的请求，口吃地说道：“哦，原来如此。因是贫僧参与的法事，所以才探问一下这件事的情形。”

外记又伪装惶恐的样子，把和尚定住：“惶恐之至。此后定当慎重，公平处置，祈请宽心……”

十

天佑和尚上花畑馆向光尚辞行当天，阿部兄弟一大早便会齐于权兵卫邸宅。

阿部兄弟不听武藏忠言，一方面是因为对权兵卫的手足之情、武士的意气、家门的名誉占满了兄弟们的心，另外因为他们对天佑和尚的援救寄以莫大希望。又七郎虽然使他们依稀察觉事情艰难，但却丝毫没有想到和尚正面提出请求，主上也会加以拒绝的可能。

甚至以重臣为首的大多数藩士也跟阿部兄弟的想法没有两样。有心人都互相谈论，认为太平之世的君上会以特别的温情允许权兵卫出家遁世，而由权兵卫幼子三之丞继承其后。

阿部兄弟与权兵卫的妻子都焦急地引颈等候佳音，时近中午，又七郎奔驰而来。

“哦，又七郎。”弥五兵卫挺起了腰杆，其他的人也手沁汗水，挺直了身子。

又七郎咬着嘴唇，一时之间说不出话来。

“又七郎，情形怎么样？”

“嗯，弥五兵卫，不行了！”

“真的？”

众人的脸上顿时泛起一抹血色。

“这是在场的寄之先生说的，错不了。和尚提出了权兵卫之事，但……”

又七郎终于决意说出一切：“因为在罪行有无尚未决定之前，为权兵卫请命，与理不合。所以，和尚对救援之事未曾言及，即从殿上退下。”

说完后，又七郎又肃容端坐说：“弥五兵卫，罪之有无尚未确定，便告绝望，那未免太早了。据说，外记已答应和尚，会慎重调查，公平处置，所以寄之先生说，最好能静待情形的发展，切忌急躁。”

又七郎说至此，即匆忙告辞离去。

兄弟与妻子都默默无言，低垂着头。良久，弥五兵卫严肃地搔首说：“和尚的请求终于失败，真是遗憾。如果还在调查，那未必会是死罪。我们是殉死者的遗族，外记说会公平处置，所以哥哥可能不会被处以犯上的罪行，想来这反而是希望之所系。今后要更谨慎，各自幽居已宅，静待消息。”

十一

天佑和尚按照预定日期于次日踏上赴京都的归途。

这天早上，阿部兄弟血色大变，急奔权兵卫邸宅。

“嫂嫂！”

“哥哥！”

“弟弟！”

他们见面后，相拥而泣。没有任何预告，没有任何通知，这天清晨，权兵卫就被带到处死一般犯人的井边刑场，以绞首刑处死。

哭泣复哭泣，悲愤之语从他们口中倾泻而出。

“哥哥的举动确是无礼，但哥哥是殉死者的遗族，而且已决心出家为僧，何至死罪！”

“这还好，但绞首刑未免太过分，自先祖以来，累功得千石大禄，若赐以武士般的切腹，也就算了，想不到竟白书处绞首刑，这与野盗奸贼何异！”

“是啊，由此看来，不仅本家遗族，连我们族人都无法平安度日了！”

“不，即使没有处罚的指令，但受绞刑者的族人哪还有面目立于侪辈，出仕奉公！”

大家口泻愤懑之语，最后弥五兵卫瞠目大怒说：“别说了！祈祷神佛，表示恭顺，静待音信，都是因为相信主上的慈悲，相信君臣的情爱。如今事已至此，可知主上已毫无君臣之情。君既非君，则臣亦非臣。我们不是应该接受征讨，以完成知耻武士的末日吗？父亲自刃时说，无论发生什么事，兄弟们切莫分离，即指今日之事！”

市太夫与五太夫都挺胸摩掌说：“理当有此觉悟！”

权兵卫的妻子亦无异议。

随着太阳的西下，兄弟们都带着家人与家仆潜进权兵卫邸宅，告以事情的经过，听完之后，没有一个人反对，俱皆同意。

自忠利去世以来已一年有余，阿部兄弟在不可言喻的舆论重压与冰冷白眼之下度着多么窒闷的日子！这种苦恼连家人、家仆也莫不遍尝。

因而，决意一战的阿部一族当晚便开始执戈备战。邻家的又七郎在事态的变迁与不平凡的骚乱中已察觉此事，不禁黯然神伤。但对武藏在这件事情上所表现的明智又深为叹服。

征讨

一

阿部兄弟举家闭居本家权兵卫邸宅的消息，于第二天便传进外记的耳朵。

外记即时遣横目付去探访，后门和大门都紧紧关闭，即使高呼："阿部先生，主上有事，开门！"也没人回应。

为慎重起见，再遣正式使者迫其开门，亦无任何回应。

外记确定是造反之后，便将此事告知光尚，光尚赫然大怒，下令道："叛徒！速派人征讨，所有人员悉数斩杀！"

外记立刻分派征讨军队。

大门由近侍领袖竹内数马担当指挥之责，率小队长添岛九兵卫及野村庄兵卫。数马是武藏高徒，食禄一千五百石，是洋枪队三十挺的队长。

后门的指挥官是五百石的近侍领袖高见权右卫门，他也是洋枪队三十挺的队长，率目付畑十太夫与千场作兵卫。

征讨军于数日后的四月二十一日出发，邸宅附近从这天起即有人守望。

殿里的人很快就听到这消息，而且议论纷纭，现在同情阿部一族，非难外记之声越来越高。

这天，竹内数马被光尚叫去，交付征讨命令，退回守候室时，一个非难外记的同辈，看见数马，便微笑着说："奸臣也有长处。让你指挥攻击大门，对林先生来说，是一计妙招。"

"什么？"数马耸耳细听。"决定这次军事布置的是外记吗？"

"就是他。外记先生决定后，再向主上报告的。当时，外记向主上说，数马蒙先主破格任用，此次应命他担当征讨之责，以报君恩。"

数马脸色顿时灰暗。

"哦，原来如此……"数马自言自语，"好啊，非战死不已。"

他说着喟然离去。

数马回府邸后，郁郁不乐。外记向来就不喜欢数马，所以选他做征讨指挥官，绝非厚爱于他。数马在守候室听了侪辈之言，内心已有所决定。

二

数马虽然口中从来没说，却视林外记为奸贼，颇为轻蔑；林外记则因与由井正雪比试那件事而憎恨数马。

数马对自己因外记推荐而担任征讨阿部一族的大门指挥官，深为不快。但他内心所思却不仅此事。

"数马自先主在时（指忠利）即蒙破格任用。为了报恩……"

外记这样推荐数马给光尚，无疑是讽刺数马。

数马在岛原之役建功，而成食禄一千五百石的高官显宦。可是，其后，他只不过以众多近侍中的一员出仕忠利，并未受到特别待遇。

恩赏谁都领受，却只要自己报恩，其中一定含有什么诡计。

"是啦！我应该殉死而没殉死，才把我送到致命的地方。"

数马认为外记是这样想才推荐自己，主上也因此而接受，任命自己为征讨指挥官。

"哼，原来如此。一定认为我不殉死，是因为我爱惜生命。好吧，这次我就漂漂亮亮战死给你们看。"数马立即如此决定。

本来，殉死并没有确定的人选，都由重臣暗中给应殉死者指示。为忠利殉死，只限于特别蒙受关爱的人和近身服侍的人，所谓近侍的年轻武士都没有殉死的必要。所以数马跟其他近侍都活了下来，并非因为爱惜生命。

因此数马过去一直认为藩里的人不会认为自己是因畏怯才逃避殉死。

然而，现在却被烙下懦夫与不忠者的印记，心中深觉遗憾。如果只是外记这么想，因为他是奸贼，也就无可奈何，但主上为什么会接受呢？

受外记中伤犹可忍，若主上也这么想，哪还有自己立足的余地？

“好，就漂漂亮亮地战死吧！”数马回家后，心中已如此决定。

光尚后来从近侍那里知道数马异常的举止时，特意遣使到数马邸宅，传旨道：“好自为之，切莫负伤……”

“请转达主上，数马谨遵上谕！”数马虽这样回答，但决心并未改变。

三

邻家的柄本又七郎因有武藏的提示，自那次以后就不曾去过阿部家。到阿部兄弟造反，固守家门时，当然更不会露脸了。

他对阿部兄弟不肯接受武藏意见，以致引起此一事件的顽固倔强，既气愤又同情。但又七郎想：“事已至此，堂堂接受征讨，以求战死，或许是最具武士风范的死法。”

因此，他便想再去见见阿部兄弟，刚好，妻子在阿部兄弟固守家门的第二天，对又七郎说：“今晚，我想到邻家去拜望……”

“嗯，其实我也想去看看。”

“不，既被确定为谋叛，你最好不要涉足。我是妇道人家，又与之亲密来往多年，暗中去拜望，纵使以后被发觉，也有个推托。万一受到申斥，也由我一人来承担。”

真是一个有胆识的女人。于是，她尽心准备许多物品，夜深后悄悄从后门出去。

又七郎交代她：“你告诉弥五兵卫说，事已如此，当以武士身份为之，到时，又七郎将登门造访，实地探查活动的情形。”

自法事那天的事件以后，权兵卫邸宅没有人来拜访过，现在有意外的客人来访，大家似乎都非常高兴。

几个重盒中装满了寿司和糯米饭团。大家围着这些盒子，洋溢着阴惨之气的一家人明朗地交谈着，很久不曾如此了。

尤其是那些自固守家门后，不能外出，深感寂寞的孩子，更是高兴无比，纷纷高喊着："婶婶，婶婶！"聚拢过来，一直都不肯让客人回去。

夜已深，孩子熟睡后，弥五兵卫夫妇俯伏道："这样死去，大概不会有人来吊祭。日后请为我们祈冥福。"

又七郎妻子强忍泪水，深深颔首，然后把丈夫的传言告诉他们。

"哦，又七郎说得好。武士本来就该有武士的死法，这是我的本意。纵是造反的人，毕竟也是有来头的阿部一族，已不再留恋此世，但绝不会忘记武士的意气。来吧，又七郎！来试试我的本领吧！哈，哈，哈。"

弥五兵卫豪爽地笑了。

四

担任攻击后门的高见权右卫门本为和田氏，是住在近江国和田的和田但马守的后裔。父亲庄五郎时，出仕细川家的权右卫门在岛原之役建有功勋，然因违背军令，抢先攻击，致遭撤职，不久即获宽恕，被选为近侍领袖。他本来就是藩里有数的高手。

其他被选为征讨者的人员，俱皆一方好手；只有权右卫门队中的目付畑十太夫是大家公认的懦夫。

畑十太夫深为大目付林外记所喜爱，他善于探查他人错失，是个适于做监察工作的人物。

外记知道十太夫并非卓杰的豪勇之士，但要探查征讨者的错失，非十太夫莫属，所以才推荐他。

十太夫从光尚那里接受命令，退到另一房间，欲重整袴扣时，武藏悠然进来。

"十太夫先生，主上给你的任务是？"武藏问。

"征讨阿部。"

"哦，真是幸运至极，你一定会立殊功。"

武藏微笑着拍了一下十太夫的后背。十太夫顿时失色，手指发颤，无法重扣袴扣——这是古文献《阿部茶事谈》所载。

十太夫的怯懦姑且不言，他一定觉得武藏的风采阴气逼人，或者觉得武藏的手有如刀刃一般冰冷。

受命征讨的人员，尽皆准备妥当，等待四月二十一日。征讨同藩之人，理应不是一件愉快的事，但就当时的武士气质而言，却未必如此。

当时的武士都相信，只要主公有谕，无论事情为何，赴汤蹈火在所不辞，乃家臣的本分。

纵使同情阿部兄弟，却也极其简单地想道："既然阴谋造反，遭受攻击乃理所当然。"而且把被选为征讨者一事当作家门的荣耀。因而每个人都像出征一样勇猛地等待这一天的来临。只有竹内数马，如前所述，是以另一种心情等待着这一天。

呵，不，另外还有一个人——柄本又七郎，虽然没有被选作征讨者，但他也以另一种想法等待四月二十一日。

五

竹内数马闷闷不乐，他只简单地告诉去年才迎娶的新婚妻子说："受命征讨阿部。"却没说出自己的决心。只有竹内家累代的家仆，任数马侍童的岛德右卫门，才了解主人的心情，似乎也下了同样的决心，但他没泄露给别人。

征讨的前一天——四月二十日上午，数马赴武藏府邸拜望。

武藏听说外记推荐数马担任征讨军指挥官后，想道："多么卑鄙！"

他颇不以外记为然，但他不知道技艺高超的数马已决意暴尸战场。

"数马，事已至此，阿部一族已不畏叛徒之污名，为维护武士的荣誉奋勇作战。征讨者虽然奉了君命，但为世人所风评的只是当时的作战情形。如果阿部一伙显示了真正的武勇，世人也会赞扬为了不起的武士，如果征讨者这方面有怯懦的举止，同样会被指称为不像武士。我认为你绝不会心存畏缩，落人之后，但千万别轻忽，好好战斗。”武藏激励数马。

“是。无论征讨或被征讨，就对手而言，阿部兄弟确是好敌手。我决尽力战斗，以报君恩。”数马明晰地回答。

武藏微笑说：“是啊，就对手而言，确无不足。虽然身负污名，毕竟不愧是武士，你可像武士一般战斗。即使是叛徒，到底是肥后的武士，传至他藩的名声必也不恶。”

武藏这样说，其意是希望双方堂堂战斗一番，使这类不愉快事件永远不再发生。

武藏无一语道及外记，他认为即使谈到，第三者也无能为力。

不过，事实上，不管武藏如何阻止，数马也不会改变初衷，同时，数马也没有把自己的决意告诉武藏。

武藏依照出战仪式，把盏对酌，送出数马。

到了傍晚时分，数马沐浴，剪理前发，重结发髻，而后就寝。攻击是在第二天早上。

数马夜半起身，与家仆共进妻子精心制作的饭菜，献神酒。发上熏着先主忠利赐予的名香“初音”，肩系长带，头缠白巾。腰上所带的刀是二尺四寸五分的“正盛”，这是祖先岛村弹正在尼崎战死时，送到故乡做纪念的铭刀[①]。

门口，快马长嘶。

六

面对着次晨的攻击，阿部邸宅的监视越来越紧密。近邻邸宅也获得指令，即使当值也须在家不断注意火事；进入阿部邸宅不得干涉。

另外，在阿部邸宅中，获悉明天二十一日将受攻击时，即将邸宅内

① 铭刀：刻有名字的刀。

部洒扫干净，并把不能示人的东西悉数烧毁，然后聚集老弱妇孺，举行酒宴，因有充分的决心，各人都高高兴兴，不像最后的晚宴。

酒宴结束后，老人和妇女都自杀，幼小者由父兄刺杀，然后在庭院挖掘大穴，埋葬遗骸。

最后留下的全是身强体健的年轻人，以弥五兵卫、市太夫、五太夫、七之丞四兄弟为首，加上家仆十多人。入夜后，各房间的纸门全部拿开，大家聚集在大厅，鸣鼓，高唱佛号。这是为了哀悼老人与妻子，同时也是为了鼓励家仆，坚强赴死。

隔邻的柄本又七郎于深夜从后门走出庭院，把己宅跟阿部家作为边界竹篱上的绳索悉数剪断，再回到家里，取下挂在柱间横板上的长枪，除去有鹰翅纹的枪鞘，等待天明。

就像他以前对妻子所说那样，他准备潜进阿部家，与阿部兄弟交战。当然，这不是为了抢功。不要说功名，甚至可能遭受申斥呢！因为未被选做征讨者的人，是不许进入阿部家的。

他不忍袖手观望阿部兄弟蒙上叛徒污名，遭受攻击。所以他为了使阿部兄弟像武士般光荣战死，自己也决心舍命一战。

夜将明。竹内数马的手下先逼近大门。通宵鸣鼓的邸宅已一片寂静，仿佛空无一人。板壁上两三尺高的夹竹桃挂着蜘蛛网，网上朝露有如珍珠，闪闪发亮。不知从什么地方飞来了一只燕子，掠过围墙，进入屋里。

数马下马，探看了一下情形，然后叫道：“开门！”

没有回声。

步卒跳墙而入，门的附近没有一个敌人。步卒毁弃门锁，拔下门上横木。

七

又七郎听见数马手下开门的声音，便跃入庭院。

“你！”妻子从背后呼唤。她很了解丈夫的意思，所以表情忧郁。

又七郎回首说：“为了过去的情谊，我要指示弥五兵卫上西天的大道。弥五兵卫也在等我了。别担心！”

又七郎说完，一脚踢翻夜间剪断绳的竹篱笆，提着长枪，从厨房进去。阿部兄弟紧闭屋里的套窗，静待对方攻击。

弥五兵卫发觉厨房有人。“是谁？”边叫边向厨房中奔去，途中猛然碰见了又七郎。

“哦，是又七郎！”弥五兵卫尖声大叫。

“你以前大言不惭，现在来看看你的本领了！”

“嗯，来得好！来吧……”

两人后退一步，架起了枪。弥五兵卫脸上已毫无愤世怨上的歪曲阴影。仿佛遇到长久寄望的好敌手一般威风凛凛，甚至显露了会心的微笑。

“呀！”

“哦！”

两人交换了四五枪。又七郎的本领高出一筹，弥五兵卫一枪刺空，又七郎以熟练的神速技艺刺穿了他的胸铠。

弥五兵卫“哗啦”一声扔下长枪，但没有倒下。

“输了！”弥五兵卫大叫，想退回客室。

“懦夫，别走！”

“不，我不是逃走，是去切腹呀！”

弥五兵卫说完，摇摇晃晃地走进客室。

就在这刹那，还留着前发的七之丞高喊道：“伯伯，我来跟你斗斗！”

说着一枪刺来。

“哇！”

又七郎想跃开，但使至友弥五兵卫身负重伤。懊丧气沮的又七郎一时疏忽，被这少年刺伤了大腿，颓然倒下。

“干得好，七之丞再加一枪！”

又七郎边倒边喊，七之丞却不再刺第二枪，一径奔向大门。

这时，竹内数马领先逼近门口，看见正面的板门有一细缝。数马正想用手打开，侍童岛德右卫门推开数马，说：“等一等。主人是今日的统帅，我先来！”

八

侍童岛德右卫门把板门推开，一跃而进。在这刹那，枪尖亮了一下。

“唔——”

德右卫门蹒跚地倒向数马，他被埋伏静待的市太夫长枪刺伤了右眼，“退下，别碍手碍脚！”数马推开德右卫门，踏进门里。这时，市太夫与五太夫挺枪刺来，从左右直穿数马腹部。

数马不吭一声，双手抓紧意欲拔出的左右二枪，微笑着望着市太夫与五太夫的脸。两人莫名其妙地尽力想把枪拔出来。数马一放手。两人连连后退，一屁股坐在地上，数马也猛然跪倒。

“哦，主人！”

德右卫门不顾右眼滴落的血，折还回来，数马属下添岛九兵卫和野村弥兵卫也奔驰而至。

“我不行啦。”数马摇摇晃晃站起来。

“喂！别逃！”三人尾追着走进内院的市太夫和五太夫。数马自己也缓缓走了四五步，终于颓然倒下，当场气绝。

果如所愿，数马战死了。

这时推倒后门的高见权右卫门，直往前冲，舞着十字枪，刺倒阿部的家仆，踏进客室。随后而来的是千场作兵卫。

取掉纸门三十张榻榻米的客室，是此役的至要战场。阿部兄弟受到前后攻击，现场如阿修罗地狱般骚乱。弥五兵卫已切腹倒于一隅，七之丞也满身血迹倒下。

在院子里，阿部的家仆受到攻击，疯狂般奋勇作战。阿部邸宅已凄惨得不忍目睹。

大腿为七之丞所刺的又七郎，已不能行走，俯伏在厨房。这时，高见的手下从旁经过，出声说：

“哦，柄本先生，你受伤了，快退下吧！”说完径行入内。

“什么，要我退下？若我的脚能退，我已经进入屋里啰……”

又七郎咬紧牙根，追随主人奔驰而来的一个家臣，用肩扶着他退到庭院。阿部的家仆一看见便砍杀过来，又七郎的另一个家仆天草平九郎迎面挡住。又七郎才被送到屋里，平九郎战死。

九

数马的侍童岛德右卫门不顾右眼受伤，奋勇作战，被市太夫的枪刺穿侧腹，倒在客室门口。

同是数马手下的小队长添岛九兵卫，越过德右卫门，砍向五太夫，伤了五太夫肩膀。五太夫舍枪抡刀交锋。

市太夫遇上后门的统帅高见权右卫门，踢翻套窗，跃入庭院。

“市太夫，别逃！”权右卫门也追逐着市太夫跃入庭院。

“我怎会逃，来吧！”市太夫舍枪拔刀，他已有几处重伤，满身是血。

这时，在权右卫门身边，以半弓射敌的侍童高喊道：“主人，危险！”

立时挡住权右卫门的前面。这时，“砰”的一声，枪声响起，侍童胸膛中了子弹，即时倒毙。他代主人挨了阿部家仆朝权右卫门所放的洋枪。

“唉，鲁莽！”

权右卫门挺起十字枪直刺市太夫，战况激烈。

这时，侧腹中枪倒下的德右卫门，摇晃地站起来，边叫：“主人！主人！”边向门口走去。看见数马遗体时，喊道：“主人，我来陪你了！”随即倒下身死。

客室里，与五太夫交锋的九兵卫，挨了重伤濒死的五太夫一刀，血从颈部喷涌而出。

“哥哥！哥哥！”五太夫浑身是血，形象极为吓人，他蹒跚地走出客室，想跃下庭院，也许是力尽精竭吧，从走廊上掉下，气绝而亡。

跟权右卫门交锋的市太夫看见后，叫着：“弟弟！”欲奔驰而来。

权右卫门乘他分神之际，用十字枪刺入市太夫侧腹。这时，飞跃过来的阿部家仆挺枪猛刺权右卫门心窝。

“唔……”市太夫和权右卫门几乎同时呻吟倒地。市太夫随即气绝，权右卫门慢慢站起来，怀里的护镜挨了一枪，所以权右兵卫只受了一点轻伤。

十

意图拼死反抗的阿部兄弟和为主家殉死的家仆，全部战死，无一人生还。但征讨者这方面，以大门统帅竹内数马为首，死伤甚众，由此可知厮杀有多激烈。

高见权右卫门巡视邸宅一圈，确定阿部方面无一人生还后，即召集大门与后门所有人员，捣毁邸宅内的仓房，放火焚烧，这是征讨成功的狼烟。无风薄云的空中，狼烟袅袅升起，从远处也可以看见。

这狼烟，城里当然也看得见。在武藏府邸中，信行及其他家人都到庭院守望。

信行走到武藏面前，报告说：“师傅，阿部邸宅已升起狼烟。全族人想必全被杀死了。”

武藏表情阴郁，嘱咐道：“数马之事叫人放心不下，你亲自去看看！”

信行急忙出去，不久即奔驰而回。

“师傅……”信行口吃。

“怎么啦？”

“战死了。”

“什么？”

“攻入后不久，在门口被市太夫和五太夫从两旁用枪刺中，惨死。侍童德右卫门及其他许多手下也都阵亡。”

“真的……”武藏呻吟般叹息说，“武士爱惜名誉。想必是有意的战死！外记，你竟让有为的年轻人送死！”

“昨天，他已有这种意思吧？”信行说后，咬紧了牙关。

“不，连我也没有察觉，由此可知，他下了多大的决心！他是个杰出的年轻人。主上由此想必可以看出外记的为人啦，家老们大概也不会再沉默了。我就去吊慰数马的家人。”武藏说着站了起来。

不久狼烟消失了。

权右卫门踏熄余烬，用水冲洗。权右卫门在这之前逐一检视己方的死者，重伤者则施行急救，让他们扶着朋辈肩膀离开阿部邸宅。

正是未时（午后两点）时分。

十一

光尚一向喜欢到藩里主要人物家里游玩。这一天，从拂晓就到松野左京家。

山崎距花畑馆很近，从阿部邸宅传来了骚闹声。

“唔，已经攻进去了。”

光尚自言自语，坐上了轿舆。

光尚行不多远，步卒飞奔而来，俯伏轿旁，说：“报告！”

“嗯，说吧！”光尚拨开轿帘。

“竹内数马先生，阵亡。”

“什么，数马阵亡？”

光尚表情惊讶，果如所料。光尚猛然放下轿帘，不高兴地说：“去！”

外记在轿旁随行，脸色大变，低垂着头。

光尚走进松野府邸，也不跟外记说话，闷闷不悦。不久，征讨成功的报告传来，才开始恢复高兴的样子。

接着，高见权右卫门率领所有军队出现在松野门口，上奏道：“阿部一族悉数讨平，无一人生还。”

光尚让权右卫门进入客室。墙脚的水晶花吐蕊绽放。权右卫门推开栅门，进入庭院，恭恭敬敬地端坐在草坪上。

光尚看见他，出声说道："受伤了，你一定很卖力。"

黑夹衫血迹斑斑，还沾着撤离时踏熄火烬而飞散的炭灰。

"不，只受一点轻伤，阿部兄弟真是技艺高强，我的心窝也受了一枪，幸好怀中有护镜，才捡得一命。"

权右卫门毫不夸耀自己的事，接着逐一报告。他把功劳让给又七郎，他说："今天功劳最大的是单身攻入，使弥五兵卫身负重伤的柄本又七郎。"

"数马如何？"光尚口吃地问。

"我从后门攻入，而数马先生已先一步奔驰进去，所以没有亲眼看到。"

权右卫门回答后，俯首咬紧嘴唇。他也知道外记的诡计，所以至为痛心。

权右卫门好不容易才仰起脸，轻声请求道："数马先生战死的情形，请垂询他的手下野村庄兵卫。"

光尚颔首说："嗯，把所有的人叫到这里来。"

权右卫门把众人叫进来。

除重伤回己宅者之外，所有的人都俯伏在草坪上，尽皆全身浴血，充分显示他们奋战不懈。

光尚命令野村庄兵卫："说说数马战死的情形。"

十二

庄兵卫俯首说出刹那间的经过。武藏高徒，藩内屈指可数的高手竟然那么容易战死，听者不禁想起外记之事相顾沉思："呵，毕竟是？"

理应说话的外记，今天也没有开口。光尚悲伤地说："数马真了不起。"

说着突然望见畑十太夫，只有他没有浴血，仅仅头上蒙灰。

“十太夫，你的战绩如何？”

光尚冷笑。

“是……”

十太夫没有说下去，俯垂着头。双方厮杀的时候，他在屋外徘徊。仓房放火时，他才进入屋里，帮助灭火。

这时，外记突变脸色，粗声说：“十太夫！你也是征讨者之一，有话快说！”

“是……”

十太夫双手伏地，浑身颤抖。

“十太夫。”

外记促膝，想要说些什么。

“外记，算了。”

光尚阻止，然后说：“各位都奋勇作战！可回去休息。”

外记只得噤口不言，睨视十太夫。

众人退下时，光尚交代说：“我有话跟外记说，大家暂且不要来。”

于是只剩下光尚和外记两人，光尚以不平常的冷眼望着外记，开口说：“外记！你对数马战死有什么意见？”

“这个……”外记虽然仍低垂双眼，却昂然说道：“据近侍的传言，他似乎曲解了我推荐他给主上的意思，而且也怨恨主上。是个名不副实的浅薄年轻人。既然反抗主上，战死不是很好吗？”

光尚猛摇头。

“外记，你错了！”

“哦？”

“年轻人的心容易受伤。你的话杀了数马。”

“啊，主上，这怎么说？”

“我后来才发觉，立刻遣使安慰他，但已经太迟了。外记，杀数马的是你！”

“主，主上……”

“外记，我不会再听你的话啦！”光尚说着猛然站了起来。

十三

征讨人员撤离后，检视人员立刻进入阿部邸宅，数马等征讨方面的死者都送回各人家中。

阿部一族的尸体都运至井边，用水清洗，检视伤处。每一个都身负多处伤口，显示了他们凄惨壮烈的抵抗。为又七郎刺穿胸铠的弥五兵卫，伤口比任何人都清晰准确，由此可窥知又七郎的本事。

在征讨方面的亡者中，随从数马攻大门的添岛九兵卫，全身负伤九处，可见是经过壮烈战斗的。据添岛家后裔添岛干城现存的系谱说，数马长姊是九兵卫之妻，次姐嫁给阿部权兵卫。因而，阿部家与竹内、添岛二家有极近的姻亲关系。数马、九兵卫和阿部兄弟可说是姑舅兄弟。

当时的武士，公私分得非常清楚，若有主君命令，即使是亲兄弟也不能稍予宽待。然而从为数甚多的家臣中，故意选姑舅兄弟的数马和九兵卫去征讨阿部兄弟，显然是林外记的阴谋。

据添岛干城从父亲那里听来的添岛家传说称，九兵卫自初即决意战死，并曾向家人诀别，剪断草鞋的绳子攻入屋里，与累代老臣世良田仁右卫门一起奋勇作战。

九兵卫本也是技艺高强之士，在岛原之役中，名列细川二十四勇士之一，显扬勇名，得主公忠利宠信，但与外记不睦；入光尚时代以后，每天郁郁不乐。

由是观之，竹内数马的决意战死，除了忠利去世时未殉死之事以外，也许还有上述这些因由。

正式参加征讨的人似乎有十七人，笔者所参考的《阿部茶事谈》并未一一举出姓名。参加战斗的武士可能都带领着家仆参战。未正式受命出征而参与的，除柄本又七郎之外，还有数马的哥哥八兵卫。

不久，论功行赏。竹内数马的幼女获许长大后招赘以继承家督。其他战死者的遗族亦各许其继承家督，并且给予跟战绩相当的褒奖并增加禄米。

高见权右卫门增加食禄三百石；千场作兵卫与野村庄兵卫各增加禄米五十石。

畑十太夫被放逐，数马的哥哥八兵卫私自参加，却不在弟弟战死的场所，被处闭门反省。

十四

又，骑马卫士之子，身任近侍之职的某人，因住在阿部邸宅附近，当晚免上朝服勤，与父亲一起登上屋顶警戒，以防火事。

但是，当他知道柄本又七郎等未受命征讨人员，杀进阿部邸宅立功时，深感惭愧说："虽免上朝奉职，却未尽心，实轻忽之至。"

他遂提出辞呈，光尚说："这不是疏忽，也不是畏怯，以后当心点就是了。"

这近侍遂仍任原职。

光尚去世时，这名近侍殉死。获这类特殊恩宠者，似皆入于殉死者之列。

柄本又七郎因私自参加，故未公开表扬，而由家老米田监物遣组头谷内藏之允为使者赐以褒扬之词。

他虽重伤在卧，却仍惭愧地说："未受抢功之责，反得褒扬。"

"呵，不，是邻家之事，若是武士，岂肯隔岸观火？据说你与阿部家一向亲密来往，却能弃私情，扬功名，不仅监物先生，连主上也深为叹佩，主上将伺机赐你褒扬之辞。"内藏之允说完，即行归去。

又七郎以闷闷不乐的表情回观妻子，说："弥五兵卫，你笑吧。不过，我不是为了想立功才攻击你，想不到结果却如此。浮世之事莫非如此，只要不是外记的主意，那就堪可安慰了。"

说罢，干笑一番。

两年后的正保元年（一六四四年），又七郎终于伤愈，进谒光尚。光尚任以洋枪队队长，说：“如果为了根治伤处，想进行温泉治疗，到哪里都行。而且在府邸之外另赐别墅，你希望在什么地方？”

“惶恐之至。为尚留前发的七之丞所伤，实技艺未精，这种过分恩赐，臣下不敢接受。”

又七郎固辞。光尚不肯收回成命，反觉可敬，遂当场赐以益城小池村作为建别墅之地，及其背后的竹山。

又七郎无论如何不能再拒绝，回道：“谨承领建屋地。”

“竹山为什么要拒绝呢？”

光尚深为惊讶，又七郎回道：“竹子乃平素所需，一旦发生战争，竹子往往不够用，若化为私领，则……”

又七郎还是不肯接受。

岩殿山

一

阿部一族的反叛对细川家而言，是前所未有、后无来者的不祥之事。但以岛津家为首，黑田、锅岛、小笠原等九州大潘都有后世被搬进小说与戏剧，比起这些，阿部一族的反叛实不足道。

至于使长年忠诚奉公的阿部一族走上这种绝境的政道，给全藩上下甚多教训。有人批评殉死之事，有人对不负责任指责弥一右卫的舆论加以反省，但对佞臣林外记的非难最为强大。

藩主光尚对此事比任何家臣所受的冲击都要强烈。

对林外记的人品，重臣早就怀有戒心，但为了新主光尚的面子和威信，未曾指斥一言。他们相信靠光尚的明智，并以长远的目光守望着他：“毕竟不是寻常的君主，总有一天会发现。”

一般藩士纵然背地暗骂："奸臣外记。"却忌惮光尚，不敢露出不平之言行，并依照重臣之意，唯外记之命是听。这是因为有忠兴、忠利等名君相继出现，而长冈佐渡等卓杰的老臣至今依然健在。

这时，光尚已发觉外记的奸恶。

征讨阿部一族的当天，光尚在松野府邸诘难外记："今后不再听你的话啦！"

说着他便突然站起来，回到花畑馆，现在只剩外记一人，低头沉思。

第二天，外记进谒，提出辞呈。

"好，准许。关于新职位，以后再谈。"光尚冷冷地说，其后再无任何指示。

外记只好隐退，把家督之权让给独子松之丞。

光尚斥退外记，立招佐渡等老臣，告以详情："刚才免除了外记的职务。"

"若不合尊意……臣等固无异议。"佐渡仍然谨慎回答。

"不，我是瞎子，让各位挂心，请宽谅。"

"是。"

老臣们俯伏称是，眼中却含着泪水，他们也许心中高兴得想高呼万岁呢！少主眸中也闪耀着昨天以前所没有的明朗光芒。

二

"召武藏！"老臣退下后，光尚命令近侍。武藏这时已上朝，立刻便来了。

"叛徒已顺利平定，无比欣慰。"武藏说。

"嗯。"光尚轻轻点头，却以强烈的口吻说，"外记那厮，因多管闲事，已免其职。"

光尚认为武藏一定比任何人都更清楚地看穿外记的为人，所以希望武藏能为自己的裁断喝彩。

“所为甚是。”武藏如光尚所思地回答。

“你想必也憎恨外记的多言。都是我短视浅陋，请原谅。”

“呵，我亦难免。不过，能发觉并斥退外记，实在太好。像他这样的人长在君侧，很可能会再出现第二、第三次阿部一族事件。如今，武藏也放心了。”

光尚像受大人褒赏的少年，高兴地说：“嗯，此后一定当心，不再让你挂念。”

突然注意到武藏的样子，问道：“武藏，怎么啦，有什么不便吗？”

自忠利生病以来，武藏胡须未理，头发未梳，白衣污脏，脸色苍白。

武藏毫不介意地说：“承蒙关心，毫无不便。”

“这就好了，若有不便，切莫顾忌，随时说出。”

“是，但请主上莫介意武藏天生的任性。”

“武藏！此事已从父亲那里听过。父亲去世前交代说，不可视武藏为寻常家臣，当让他终生随意生活。”

“是，谢谢。”武藏感动，俯伏于地。

当夜，武藏微合双眸，端坐居室。眼底突然浮现去年与释迦院修验僧比武时空中所见，大喊“是我物”的不动明王形象。

三

武藏在这种场合眼底浮现不动明王形象，并非以今夜为始。持剑有如狮子奋勇迅捷的不动明王像，似为武藏所喜，故常常浮现眼底。而且每次不动明王的架势都不相同。

这晚，武藏眼底浮现的不动明王形象，是踏出一只脚，剑架双八的立像。

“唔，就是这个。”武藏自语。

据佛说，不动明王是大日如来为降伏一切恶魔烦恼而变化，现愤怒形象。然而，若爱真理，达于悟道之境，人所向往寻求的便是力与智。显现于形的也就是不动明王像。

武藏不像一般不动明王信仰者那样，将此像作为信仰的对象，而是以一种表现这种精神的艺术品追求合乎自己理想的形姿。他觉得，目前所见的不动明王形象才是自己追求的理想。

“我有我的不动明王。就是这样。”

武藏这么一想，即提笔速写浮于心眼的这具不动明王像。可是，只用笔速写，他并不满足，从次晨起就开始雕刻。

跟其他艺业一样，雕刻，武藏也是无师自通的。他是天生的工艺家，加上在京都时的所见所闻，刀的运用自然合乎艺法。

经过几日的精进努力，武藏已雕成一个不动明王像，放在客室的壁龛中眺望，自觉所雕甚佳。一般不动明王像，无论立像或坐像都不是弯肘高举刀剑，做势欲砍的架势。

武藏的不动明王却是右脚踩前一步，剑架双八，作势挥下必杀之剑的瞬间形象。这是酷似武藏一生都在战斗的表现。

一天，一个名叫知应的禅僧来访。引进客室，武藏出见，原来是位年四十二三岁完全陌生的和尚。他极其亲切地望着武藏。

“宫本先生，久违了。我想，先生大概忘了……贫僧是以前侍奉寒池和尚的沙弥。”

武藏听了，瞪目以视。

“寒池和尚！云严寺！没忘。哦，已经是三十年前的事了……”

“师傅已经在十三年前归西了，现在由贫僧继承衣钵。先生入肥后时，本想来探望，终于没有机会，实在抱歉。”

武藏也亲切地说：“哦，我也想去朝香，却因事拖延至今。和尚去世的消息，我也听说了。他真是了不起的人物。”

“是。先生，今年是先师十三周年忌，恕贫僧冒失，祈请参予是幸。”

知应和尚请求武藏参加法事。

武藏欣悦地接受知应的邀请，决意去参加寒池和尚十三周年忌。武藏喜爱岩殿山，绝不虚假。

这并非只是值得回忆的地方，他非常喜欢该地的风光。山深抱谷，白云低迷，俯视大海，远眺岛原的温泉岳，岩殿奇岩上的风景，武藏心许为天下第一。但是，自从他勇敢跃入红尘以后，就再也没来过。

知应邀请武藏参加法事后，看见放在壁龛上的不动明王像。

“哦。”知应瞪目惊问：“谁的作品？”

“在下所雕。”

“哦，先生的……”知应看看武藏，又望望不动明王像，说：“据先师口授，武藏这位兵法家，生下来就拿着不动之剑，这的确是不动……”

“哈，哈，哈。雕得如何？”武藏笑问。

“为了好看，不动明王本是不能拿剑的。若说是降魔剑，那么，不合兵法就不能斩魔。这不动明王的架势，可视为二天一流的秘剑……”

武藏显得很意外。

“呵，真不好意思。在下心中正有此意……知应师傅，僭越之至，我想把此像献给寒池和尚，请笑纳！”

“噢，这是最好的供奉。先师想必高兴。知应谨受，奉置佛坛。有此像在，任何恶鬼必不敢近岩殿山。”

知应和尚把佛像包好，负在背上，兴高采烈地回山去了。

这座不动明王像现在是云严寺镇寺之宝，安置寺中。虽是奇风异彩的不动明王，但无论就作品气魄或雕刻的浑伟而论，乍见之下即已浮现出武藏的精神，可称稀世的杰作。

这木像现在已有部分破损，过去曾拟请高村光云[①]修复。当时，高村光云一见即感叹良久，说：“若由我们凡俗之手修复，反有损原作尊严之虞。”

他遂辞而不受。

---

① 高村光云：日本诗人高村光太郎的父亲，木雕圣手。——译者注

言归正传。知应来访后过了十多天，寒池和尚的十三周年忌在云严寺举行，武藏依约参加。

三十年未见的岩殿山，武藏重临，更觉属意，心中暗自决定要以此为葬身之地。

四

不久，已是嫩叶初生的时节，武藏悠闲地步出居室，登上岩殿山。岩殿山，如山所示，有洞窟，窟中奉有观音像。

然而，武藏最属意的是环抱洞窟、耸然而立的岩山顶峰。峰上一隅有两三块约一席大小的平坦岩石相连，三十年前，武藏曾坐在这平岩上沉思冥想。

这天，武藏来到岩石上，盘腿端坐，心荡神驰地眺望附近风光。这时，突觉有人走进，侧首一望，旁边岩石上也有人端坐。

“可不是春山吗？”武藏出声招呼。回头望来的正是泰胜寺的春山。

“宫本先生，打扰你了，对不起。我很喜欢这地方，常来参禅……”春山惶恐地回答。

“呵，你也喜欢这里？”

“是的，熊本城近郊，这里可说是首屈一指的胜地。对我们和尚来说更是无上的坐禅道场。”

“诚然。”

“先生，你似乎并未盘足坐禅，对否？”

“是的。我在京都等地与禅僧亲密交往，却不曾参禅。”

“端坐思考时呢？”

“屈膝正坐。”

“可是，先生，在这坚硬岩石上，正坐很辛苦，我想，禅宗所说的结跏趺坐比较好。”

“不错。”

“要试试看吗？”

“嗯。”武藏如坐禅般盘足。

当时，坐禅甚为风行，武藏当然不会不尝试。年轻时，他曾暗中试过，却认为所谓结跏趺坐，违反战斗体态。

敌人突袭时，要速立应战，端坐比较适合。总之，坐禅是和尚的修行法，而非兵法家的修行法。武藏全以兵法决定一切，所以终于不曾正式坐禅。

武藏嘲弄兵法家装模作样的坐禅说：

坐禅心不清，
无功心亦盲，
盘膝禅床上，
企首待天明。

但是，现在年轻的春山，不说明理由，若无其事地劝其坐禅，他倒有意一试。

五

武藏很舒服地盘足，微笑说：“这样对吗？”

春山莞尔说道：“请轻松地坐着。”

“嗯，姿势正确吗？”

“很合乎坐法。虽说不曾坐过禅，但先生毕竟是画达摩的。教你坐禅，我太笨了。”

“呵，不，年轻时，曾试坐过。”

“先生以为坐禅如何？”

“对僧侣的修行，极好。”

“你的意思是说对兵法家并不适合？”

“是的，足钉大地，纹丝不动。”

“诚然，对我们，这也是难能可贵的。要穷究物心真性，须定于一点而不动。”

“这我也知道。”

“刚才在云严寺拜见先生所刻的不动明王。若要使不动明王的形象适合兵法，必须那样。”

“嘿，是的。”

“坐禅像那样又如何？”

“合乎兵法的坐禅！真有趣。”

春山眼泛光芒。

“先生，我认为你已入禅定的境界了。”

“什么？”

“先生喜欢这地方。想必以之为定于一点之地。而且早已盘足坐禅。”

“嗯。”武藏吓了一跳，说，“哦，不，我不是坐禅，只是想舒服地坐一坐。”

“先生，你已逃不掉啦！”

“你说逃不掉？”

“是啊，已经被春山的绳子套住了。”

“唉，完了。”

武藏“叭”地拍了一下膝盖：“春山，从今日起，我拜你为师。”

春山惶恐地说：“先生，抱歉。”

“不。我是真心呀。”

春山合掌言道：“先生，那就请你开始合乎兵法的坐禅吧！春山助你。呵，不，为你扫除座上尘埃。”

“那就麻烦你啦。”武藏表情渐趋严肃。

太阳已沉入温泉岳山后，晚霞辉映嫩叶，环绕二人。云严寺的钟声绕谷上升，武藏、春山默默无言，寂然端坐树下石上。

六

武藏与春山直到夜已相当深，才下山入云严寺，接受知应和尚奉茶，然后踏上归途。

“春山，故乡何处？”武藏边走边问。

“不清楚。我只记得自己在乞丐群中站在京都桥边行乞。那是五六岁时候的事。”

“哦！然后呢？”

“一天晚上，肚子痛，跟伙伴走散了，跪倒在四条附近的路边。这时，有个行脚僧经过，给我药，肚痛稍减，他就离去。我觉得这和尚很亲切，从后跟随。于是，和尚连连点头称好，拉起我的手，整夜行走。”

“春山，真幸运！”武藏猛然插口。

“是的。这位慈祥的和尚，带我到伏见附近的小寺，拜托住持收我为沙弥。这就是我记得的成长过程。”

“春山，真幸运。”武藏反复说着同一句话，然后说道，“我却是不幸的孩子。从来不曾认为人很亲切。至今思之，似乎也有人对我好，但我没有接受。”

“从那时起，就走独行道了吧！”

“只想以人为敌，胜过他……”

“那么，现在呢？”

“已无所作为。只在无血无泪如冰的世界中抱刀独住。”

“很寂寞吧？”

“觉得寂寞时，我就回忆待我亲切的那些人。可是，我呼喊他们，也没有声音回应，因此一旦有人接近，我想必会杀之无赦。”武藏很稀奇地吐出自省之言。

春山望着边说边行的武藏孤悄的背影，转换话题：“先生，今天的坐禅呢？”

“看见挥着白刀向我挑战的无数敌人。”

“先生，是敌人吗？”

“是的。无数的生命之火及其根源的伟大之火！”

春山吓了一跳。

“先生，那不是太阳吗？”

“嗯，可能是。如果是，我也许会以太阳为敌而战。”

武藏耸肩仰视夜空。

七

此后，武藏若逢心情郁闷即往岩殿山，虽非特意邀请，却经常碰到春山。

武藏喜爱年轻的春山，以听他说禅的故事为乐。春山对于接近这伟大的哲人剑士也怀着异常的兴趣。

他知道，从禅的观点而言，武藏已达非常高迈的境界。他相信，武藏称为兵法极致的万里一空之境，即是禅悟的世界。

禅僧若臻此即为高僧，已不为此世烦恼所拘，但武藏却越来越苦恼。春山觉得这正是武藏的魅力，使人兴起无限的思慕，然而却也可惊可畏。

“如果是，我也许会跟太阳战斗。”

武藏此语经常萦绕在春山脑海里。

春山与武藏一起盘足坐禅，偶尔也移目凝望武藏的容姿，为其容貌的凄厉而战栗不安，那是在敌人重围中拼死奋战的形象。脸色苍白，额头冒汗，杀气四溢。

春山有时会问武藏：“先生，太阳是毗卢遮那佛——大日如来的本体，可视为生命的根源。尊意以为如何？”

“嗯，正是生命的根源，所以才以白刃罩我。创造生命即支配生命。我经常与人的生命对决而杀人，最后可能就要跟生命的根源对决。春山！我或许正是魔性之鬼。”

武藏说着回顾春山，莞尔一笑。春山刹那间浑身血液冰冷，脸无血色，口诵："南无观世音！"

武藏继续说下去。

"春山，你跟我在一起，也许会坠入魔道。呵，甚至会被我杀害。"

春山吓了一跳，重望武藏，因为武藏的声音跟所说的内容完全不一样，听来太悲凄了。武藏仰起脸，凝望着天空的彼岸，但其侧脸却洋溢着哀愁，巨躯似欲崩垮下来。

春山不禁趋近，伏在武藏膝上，再度念诵："南无观世音菩萨！"

而后他哀伤饮泣。

八

因为有这些经历，武藏和春山的交往愈发深厚。武藏以这年轻僧侣为先进，穷究禅道。春山则奉之如师，事之如病父。

武藏自盘足坐禅以后，身体消瘦，脸上渐失血色，乍见有如生病一般。

春山知其故。世上凡人一旦坐禅，便会革除杂念，除却烦恼，一时之间神清气爽。但对武藏则是苦恼。春山不忍卒睹。

"先生，近来身体情况似乎并不太好，暂停坐禅如何？"一天，春山对武藏说。

武藏仰空叹息道："春山，不错，我像是生病了。但不能因病而中止。来日无多，日暮道远。"

当时正是梅雨季节。

春山突然心血来潮，赴城里府邸拜望武藏。正好遇上武藏俯伏地板上，声称心窝疼痛。此时，寺尾、阿松亦来访，两人合力按摩武藏背部。

中午，仆人送来饭菜，白饭生硬粗糙。

"哇！"阿松惊叫，斥责仆人，自去煮稀饭给武藏吃。这并非始于今日，武藏不管什么时候，向来不挑剔食物，也不做特别要求。

武藏津津有味地啜着阿松煮的稀饭。阿松闭上眼睑，强忍泪水。

不久，武藏舒畅地睡着了。但仅过了半个时辰，即翻身而起，穿上衣裳。

“先生，要做什么？”春山惊讶地问道。

武藏微笑回答：“春山，到岩殿山啊。”

“哦……以这样的身体？”

“没关系，生病也不要紧。”

“下雨了。”

“下雨，我也很愉快。”

“先生，太勉强了。”

“春山，我突然想起佛道中所说的‘业’。我觉得此‘业’极深。”

春山沉默不语，心中也有同感，大多数人，不论是多坏的人，只要洗清此世罪障，即可心安。但武藏的罪障似乎不仅仅在此世。

“所以，春山，下雨天也不能停呀。”武藏说着步出房间。

九

武坛传来门人紧张的气势。

信行已去奉职，不在。使棍棒的盐田滨之助及其他仆人，随着春山与阿松，跟武藏走到大门。

“别慌，别紧张。”武藏轻声斥责，穿着平常的衣服，戴上粗糙的斗笠，大小两刀都不带，只携着手杖。据传说，武藏爱用的手杖，“只五尺长，刃部加铁，前、后、中包以黄铜，附着长长的环带。”由此观之，虽说是手杖，却做得很像木刀，而且相当粗糙。

外面细雨霏霏。武藏穿着草鞋，长衣袖也不摺起，径往外走。春山穿着来时的木屐，慢一步走出来，但他急速往前阻挡武藏，瞪眼说道：“先生，不能去！”

“什么？”

“回去！”

“什么？”

“你这坏蛋！”

春山握拳，“啪”的一声击在武藏侧脸上。

“啊！”众人惊呼失色，武藏却“嗯”的一声，深深颔首，回步走向大门，进入屋里。春山径行回去。阿松畏畏缩缩走到武藏面前，武藏微笑道：“呀，松小姐，让你挂心了。”

这是心机一转的证据。

阿松急忙倒茶。

武藏啜茶，说：“松小姐，由利小姐怎么样啦？”

春山的当头棒喝使武藏的心涌起一点暖意。

“其实，我今天就是来告诉先生消息的。”阿松双眸辉耀。

“哦，有由利小姐的消息？”

“是的，村里的人说遇见公主了。”

“什么，村里的人？”

“今年春天，村人到四国去巡礼，与公主同宿。公主也是巡礼的装扮，独自继续旅行……”

“原来如此……”武藏舒了一口气。

“但玉体消瘦，据说追根到底探问先生的事、我的事和城下的谣传……”

“呵，只要听到她的消息就安心了。伟大的人，终究会走到安谧的美境。”

武藏沉稳地说了以后，把砚台挪了过来，说：“松小姐，对不起。我想画画。”

去来

一

武藏就这样有时心境温煦，在此世上的宝座上安息。这期间，因春山的一拳深深感受了爱，遂心机一转。在爱徒信行等门徒与长冈佐渡等旧友的言行中，也有类似的感觉。

武藏画画，享受喜欢的工艺，也制作了一些刀护手，有时也制作马鞍这类大件物品，怀着敬意，观览先人的名作。但诚如独行道所载：

不据古器。

除兵器外，不嗜其他器物。

武藏不愿收集或珍用这些工艺器具，却以自作为乐。由此可知，他是多么具有独创性的人。

有时，光尚希望武藏画画给他。以往，武藏只画小幅墨画。这时他想画大幅画，便去拜望大野三郎兵卫，询问种种技法。

要画大幅画，必须专门知识。武藏以前曾向矢野说要做他的门人。武藏年纪比矢野大得多，又是恩人，矢野不仅在为人方面师事武藏，甚至在绘画方面，也因武藏有非常的表现，敬佩不已。所以，武藏虽然这么说，他并不以为武藏真有意拜他为师。

武藏一直以为自己是外行人，甚至认为外行人也不错，无意画超乎外行人的画。但是，以前想画花卉的时候，还有像这次单凭外行人技术不足用之际，他越来越觉得需要拜师学艺了。所以，武藏是真心想拜矢野为师的，就像在禅方面奉年轻的春山为师一般。

武藏这次也执师礼向矢野请教，并亲自提笔，在矢野的门人簿署名。

矢野当然毫不吝惜地把墨色、彩色等自己习得的技法传授武藏。于是，武藏绘成了六曲一双的大幅作品献给光尚。现在细川家所保有的《芦雁图》可能就是这幅画。

武藏常画鸟，不只画伯劳、雁、海鸥、鹅等喜欢抓活东西吃的鸟类，也画斗鸡。这充分显示“万事不离兵法”的武藏精神。可是，武藏为何喜欢鹰与鹫，却不画它们呢？主要原因是武藏乃喜欢独创的野人，也拥有真正的艺术感觉。

喜欢武藏绘画的人，只要他所绘鸟的形体与原型并无不合，而尖嘴有如脱鞘名刀的锐利，就可视为真迹，而予珍藏，真是乍见难免会战栗的冰刃。

此后，武藏仍然继续到岩殿山去，但大家都看得他的健康已日益衰退，而且常常心窝疼痛，想必是旧病——胃溃疡复发。

不过，还不致疼痛得睡不着，武藏自己也不在意，但他并不是没发觉自己有病，自小仓发病以来，虽然很快就好，武藏却不以为自己的身体很健康。

此事从他在小仓应忠利延聘时的回书指称“近年已成病者”可知。

只是武藏并没有因为生病就抑制自己的行动，也没有借口生病，荒疏对门人的指导。虽曾拒绝邀请，但并非以生病为借口。只要一高兴，即接连不断地外出。所以大多数人都不知道武藏有此痼疾，以为是年老力衰所致。

这年秋天，小仓的伊织来信说：“来月将随殿下赴江户，若可能，祈拨驾一临。”

武藏急欲赴小仓，遂进谒光尚，取得许可。数日后，带着信行启程。

一路平安，到小仓后即赴伊织府邸。已是傍晚时分，伊织在家，武藏站在门口，扬声说：“对不起！”

很快就知道是武藏，伊织出迎道：“父亲！一向大安？”

但伊织对武藏身体的衰弱甚为惊讶。

武藏也为伊织的筋骨结实、风采焕发而惊喜，问道：“大家都好吗？”

“是，都好。”武藏回首望着信行说，“伊织，你记得吧？这是寺尾的儿子求马助。成年加冠后取名信行。”

“哦，求马助兄。”伊织以锐利的眼光凝注在信行身上，微笑说，“果如父亲所寄望，真是仪表堂堂的年轻俊杰。”

信行低头施礼，觉得不好意思。

妻子浪娘领着孩子匆匆出来。全家一起把武藏和信行引到里间。

虽是熟悉的家，却已三年未见了。武藏苍白的脸上泛起血色，目中洋溢着喜悦。

二

武藏和伊织热切交谈着别后的情景。忠利之死、阿部一族的事件等，武藏的话题较多。也提起由井正雪之事，最后转到由利公主身上。

并未涉及爱情问题，武藏淡淡地说："她说要离开肥后，所以劝她到你这里。可是，她却未告目的地即突然离去。今年夏天，风闻她巡礼到了四国。"

伊织垂眸倾听。双方的心情，伊织比谁都要了解。结缡，双方必皆幸福，否则必觉哀伤，这大概就是所谓宿业吧。

"巡礼……总不能终生巡礼，不知做何打算？"伊织低声说。

"可以，可以终生巡礼呀！"武藏极爽快地回答。

"伊织，我也打算离开邸宅，闭居山中。"武藏说出了岩殿山的事，伊织突然想到："武藏难道认为由利公主的巡礼与自己的闭居山中一脉相连？"他不禁暗暗担心："父亲和公主都能够寿终正寝吗？"

"不错，岩殿山确是父亲一向喜爱的地方。不过，万一生病了……"伊织担心地说。

"什么？说生病，现在也在生病啊。别担心！"武藏若无其事地回答。

次晨，武藏带着信行，与伊织同至城里拜谒信浓守忠真。突然而来，忠真侯大为高兴。进谒后，立开酒宴。

忠真侯也注意到武藏的衰弱，说了些慰问话语之后道："武藏，你也老了，这次到本藩来，就把第二代让给伊织如何？"

伊织插口说："殿下，伊织已继承宫本家系了。"

"啊，等一等。我说的不是家系，而是兵法啊。"

"殿下，惶恐之至，伊织不能以兵法出仕。"

"嗯。不过，你已成为武藏的第二代，而且是名副其实的高手。兵法岂不是应该由你来继？武藏，你说是不是？"

忠真侯凝视着武藏。

三

“这个……”武藏恭敬地低头行礼，但满脸困恼之色。伊织已经答应只继承家名。但这只是他们两人间的默契，不曾向忠真侯报告。事实上，伊织的技术已臻名人之境，是自幼经武藏调教的剑豪。大多数不知武藏本意的世人都以为伊织是二天一流的后继者，现在有人认为武藏不肯将兵法让予伊织——此实含有误解之虞。

伊织本已心许，故毫不迟疑地立时回道：“殿下，如刚才所言，我因父亲尽心的调教，已习得兵法，成为武士，拥有真实本领，可是，我已断绝以兵法家立身处世之意，专心以政道出仕殿下。因此，我自动向父亲辞去兵法的继承权。”

“噢，原来如此。”忠真侯领悟力极高，点头称是。又问：“武藏，除了伊织之外，有没有继承你兵法的适当人选？”

伊织又打岔道：“殿下，这个年轻人便是二天一流的后继者。”

说着便用手指指着端坐下座的信行。

“什么？”

信浓守似乎很觉意外，俯视信行，是个体格魁伟，从脸上看来约莫十七岁的少年，忠真侯起初一直以为是武藏的侍童。

武藏出声说：“信行，晋见！”

信行俯伏道：“在下是细川藩士寺尾藤兵卫信行。”

“嗯，趋进！”

“是。”

“不必顾忌，到这里来！”

“是。”

信行趋前。

“几岁啦？”

“十八岁。”

“嗯，体格真雄伟，过来喝一杯。”

“是。”

忠真侯亲手递杯给他，回眸注视武藏，说：“这年轻人若是你的后继者，必定有超群的技艺。”

“是，年虽弱冠，确已技艺超群。”

武藏莞尔回答。

四

“嗯。武藏，我想看看他的本领。”

忠真侯目露好奇的光芒。就在这瞬间，武藏立起一只脚，随手拔出短刀。“咻！”离鞘的白刃从旁边飞向俯伏忠真侯面前的信行。

“啊！”在座的人都屏息惊视，信行在间不容发之际跃开，武藏之刀落了空。武藏欲收回刀，信行已早一步压住武藏的刀端。

这是二天一流的极意剑之一。武藏的“兵法三十五条”载称：“受敌刀袭来之机微，思出击，则从空压头（头即端地）。欲制压，须以心压，以身压、以刀压。”此即头部的制压法（压其端）。

这种方法与“漆行法”的极意剑相通。所谓漆行是指漆与胶。看似轻轻压制，却有千钧之重，无论抽回或压住，都似以胶相黏，无法脱离。

武藏所执之刀被压住，他站起来，信行也随之站起，即以这种姿态一进一退。武藏试着把信行的刀拨回，信行却不让他拨离。双方额头沁出汗珠。

一直立着双脚守望的伊织，遂出声说道：“信行兄，真了不起！”

信行引刀跃后，两手俯伏道：“抱歉！”

武藏满脸溢出会心的笑容，回到原座，挥汗说道：“殿下，诚如所见。”

忠真侯现惊叹之色，褒扬道：“嗯……不愧是武藏属意的后继者，确是不凡！”于是，忠真侯也承认信行是武藏兵法的后继者，并同意伊织仅继承家名。

五

武藏与信行在伊织家停留了十多天。在这期间，拜望了以高田宗伯（又兵卫）为首的旧识藩士，过着长久未有的悠闲生活。

但武藏始终忘不了岩殿山，他已决定将岩殿山作为自己最后的战场，终命的卧床。但武藏想，与世俗缘依然未了，只待料理一切之后，即行闭居该地。

所以，这次访问小仓，对武藏而言，可能正是浮世俗缘的一种清算。武藏对伊织人格的成长完全满意，孙子们也长得很好。伊织已愉快地再确认信行是兵法的后继者，对伊织，武藏已无挂念。

伊织从武藏的健康状态中已看出父亲心中有此打算。他先前的挂虑已不再出之于口，也不再装露于容色上。

他只暗中把信行请到另一房间，施礼说道："信行兄，父亲的事拜托你了，不只是兵法，平日的生活也一样，望你事之如亲友……"

信行惶恐而感激，双颊泛红，发誓说："伊织先生，请放心，师傅本是胜过父亲的恩师，我会尽全力服侍。

"烦你转告松小姐，说我也拜托她了。"

"好的，姑姑一定跟我一样。"

"这样，就放心了……"伊织欣慰地点点头。

离开小仓的那一天，伊织准备了轿子。武藏很少坐轿，但这天，他高兴地接受了伊织的深情厚意。

伊织全家人一起送到大门口。

伊织跟信行陪在轿子左右，直送出城外。

别离时，武藏从轿上下来。

"父亲……"

"嗯，大家好好过活吧！"

“是，请父亲也务必如此。”

“赴江户时，顺便去拜望一下苍龙轩。寻找打倒我的剑客，本是他的夙愿，但这机会大概没有了。你转告他说，武藏老了。”

“是，务必转达。”

“好，那么，别了！”

“请上轿！”

“不，我想走一走。”

武藏照样不回顾，径往前行，诚如独行道所云，武藏现在已不为别离而悲。伊织却一直站着目送伟大的父亲离去。

六

武藏和信行绕过中津，由阿苏路回熊本。立即上殿奉职，向光尚致意，次日即赴岩殿山。在云严寺喝茶，随即登上那块岩石。

春山已寂然盘足坐禅。

“哦，先生，回来了。”春山回首微笑。

“嗯，昨天才回来。”

“平安归来，真好。”

“嗯。”

武藏与春山并排坐在岩石上，先吸一口山中清气，然后两人沉潜在寂静中半个时辰。春山极自然地开口说：“先生，如何？”

武藏窒闷地回答：“相当多。”

“仍有太阳阻挡吗？”

“挡在我前面，射出无数光箭。但太阳的本相已逐渐明白。果如所料，是肉体生命的根源。我自幼就与人的生命对决，最后终于跟这太阳冲突了。太阳是生命的根源，人世或许就是它的化身，呵，不，可能是父与子。”

“那么，先生也跟自己的双亲对决啰？”

“是的。我是人，却又反叛人。”

“你认为能胜过太阳吗？”

“不能。不过，我会拼全力战斗。斩断此世的烦恼，为的是使身体轻松。”

“岂非徒劳无功？”

“也许。不久，可能中太阳之箭，悲惨地死在路旁。不过，那又有什么关系。”

“先生！”

春山转头用力说：“是不是要大死一次，自中太阳之箭？”

“做不到。”武藏痛苦却爽直地回答。

春山仰望天空，改换语句说：“先生，太阳背后的东西看得见吗？”

武藏亦仰望苍穹。

“看不见。那儿似有超脱生命，更伟大的东西。春山，我好像很需要它，向往它。”

春山失声叫喊。

“先生！那是佛。不增不减，不生不灭，谓之真理，称真如，乃佛之本体。”

“嗯……”武藏轻声呻吟。

“春山，这我也知道。就是让我体悟到兵法奥义万里一空的东西。但兵法的悟只是人间界的神通，无力制服太阳。”

七

春山又喊：“先生，请舍力称佛！这样，先生就可得救。”

武藏停了一会儿，缓缓说道：“春山，这我也做不到。”

“唉！”春山不禁叹口气。又重新想了一下，微笑道：“先生，我懂了。释尊过去也否定整个生命，可能连太阳也否定了。最后，终于把握真如，大彻大悟，认为万象即真如。唉！除了释尊，有谁能向太阳挑战？也许只有先生一个……”

武藏自嘲般说："春山，我无释尊之智，亦无释尊之力。不知何时会发疯，或受人罚，气闷而死呢！哈，哈，哈。"

说着他低声笑了起来。

春山想要开口，却噤而不言。春山想说："这就对了。为太阳击败而亡的瞬间，才是先生拥有太阳，投入佛之怀抱的时候。"

但是，这太凄惨了。如果可能，春山希望能在死前让武藏看看佛相。

日已暮。从四方山谷，云雾涌起，环抱岩石。秋风吹拂武藏乱发，向四方飞扬。

云严寺钟报知已日暮六时。

"先生，回去吧。"春山柔声低语。

"春山，我想独自待一会儿。"

春山默默站起，凝视武藏，随即离开岩石回去，他了解武藏欲独处的心情。

日已落。瞬间，天空灰暗，继而漆黑一片，冷风阵阵，侵袭武藏身体。武藏超脱此世已达十分之九，即将与真如合而为一，但这十分之一却成阻碍，使他不得而悟。武藏相信，这十分之一的阻碍就是太阳。反之，春山似乎认为武藏手中闪耀的剑才是悟道的障碍，不管谁是谁非，武藏仍然朝剑禅一致之境全力以赴。

自古以来，被称为剑圣的兵法家亦有若干。他们练剑习禅，最后都高叫"无刀"，弃剑奔向佛家的悟道！而武藏却不弃剑。因为一旦弃剑，真正的剑禅如一即无由获致。武藏不是佛中人，而是哲学家，同时又以科学家的执拗面对真理。

八

武藏选择这无比艰难的途径。就像他自己所说那样，可能会发狂窒闷而死。或者像春山所想那样，在死的瞬间，大彻大悟，往生净土。

但这亦非无益。人类往往走艰难道路，备尝艰辛，而由战斗者开启未来的进步。自古以来，伟大的哲学家、艺术家和科学家究有几人过着安稳的一生？

黑暗中有声音扬起，那是其后第三天的晚上。

“先生！”

“知应吗？”

“是的，拿白开水来了。”

“真不好意思。”

“有人来接你了。”

“什么？”

“师傅！”

“信行吗？”

“是的，虽妨碍师傅的修业，但想到尊体……”

“啊，真对不起，很久了。”武藏放松了坐禅的姿态，重新坐好。

“请先喝白开水。”

知应递出水。

旁边似有人拿着茶罐。

“松小姐吗？”

“是。”

“让你挂心了。”

阿松慌忙说：“不，我只想来看看你的情形。”

武藏甜美地喝完白开水，摇摇晃晃地站起来。

“啊，师傅！”

“不会有事的。”

知应领先，一行人静静走下岩石，树叶纷纷落在他们身上。

回到云严寺，站在灯火之前，阿松和信行发觉武藏脸上的阴影越来越浓，两眼有如明亮的白刃，发出尖锐的光芒。

知应和尚不像春山那样了解武藏的苦恼。

"先生，进步神速，必可成为此世无畴之大德。"

知应和尚睁大尊敬的眼睛。

武藏首先浮现微笑，接着说："知应，你知道这首诗吧？"随即吟出寒山的诗：

白鹤衔苦桃，
千里作一息。
欲往蓬莱山，
将此充粮食。
未达毛摧落，
离群心惨恻。
却归旧来巢，
妻子不相识。

"嗯……"和尚沉思。

"我们定吧！"信行与阿松默默跟随其后。

同行二人

一

"我现在想舍弃弱女子的立场，以堂堂的一个人随心所欲地活下去。"由利公主对武藏说了这段话后，即离开熊本的白梅庵。

但她这时已不像在长崎拯救天主教徒孤儿那样，高燃着激越的热情。公主暗中决定要没身于行云流水的境遇中。

公主踏上阿苏路，穿过丰后，在臼杵的城镇停留了半年多，而后以教授茶道辗转日向、丰前各城镇，过了将近一年。也许是公主天生具有的德望，处处都有不意的幸运降临，无论在衣、食、住方面，都不觉艰辛。

在一个地方住腻了，她便取道向东，经过伊织所住的小仓，再次上路。三月早春的时节，在某港埠的旅馆与五位老妇邂逅。

这些老妇人都穿同样的巡礼装，斗笠上写着："出生地长门国山本村，同行六人。"其中四人是刚过五十岁的妇人，而身为前辈的向导婆婆却是满头白发、六十多岁的老妇人。

向导婆婆仿佛是富裕农家的退隐主妇，巡礼四国已是第三次了。她精于世故，却不狡猾；说话爽直无讳，能言善道，却很稳重，而且喜欢照顾人。

黄昏时分，公主与她们同时抵达旅馆，在同室碰面时，向导婆婆轻松地对公主说话："你这位漂亮的小姐，要到哪儿？"

"到江户。你呢？"公主有礼地应对。

"我们要从这里渡海到四国。"

"啊，是进香客哪？"

"是的。"

公主对第一次接触的朝山进香客突然很感兴趣。从这直爽老妇人口中听到巡回四国八十八寺的故事时，自己也想跟她们一起去巡礼进香。

公主跟武藏相似，虽和世人一样崇敬神佛，却不以之作为深邃信仰的对象。一时之间，她觉得这些离乡弃家业、不断旅行的巡礼者和自己现在的心境酷似。

这些巡礼的老妇人看来多么舒坦慈祥，公主颇为所动。

"我也想加入你们的朝山团，带我一起去好吗？"

公主说，向导婆婆对这位不知底细的美丽女人投以深邃的目光，但立即就答应了："好，好啊。这也是佛缘。"

于是，包括公主在内，同行六人搭渡船到阿波国的抚养港，从这里走了三里多，便到了板野郡板东町的朝山旅馆。

公主备妥巡礼应用的物品，有加披在衣上的白衣、白手背套、绑腿、蓑笠、杉杖和挂在胸前藏护身符的木盒。白衣背上写着“南无大师遍照金刚”之唱名，护身符夹、薹笠、献纳夹的字也是公主写的。写到“出生地出羽国、足利由利、同行一人”的时候，向导婆婆教道：“如果写同行二人，佛就会跟你同在。”

二

板东是大麻比古神社牌坊前的城镇，也是灵山寺的门前町。灵山寺是四国八十八寺中位居第一的朝山寺，以释迦如来为本尊的真言宗巨刹。

四国巡礼一般从春三月的彼岸日[①]开始，约四十天，循八十所的顺序或其反方向，巡回进香。现在正是巡礼进香的季节。繁花似锦、绵延不绝的道路上，白衣风姿的行列连续不断。

由利公主很珍视自己巡礼的形姿，跟向导婆婆一行人诣灵山寺时，才跟大家一起诵经，并摇铃唱诵灵山寺的《咏歌》：

朝山进至灵山，
释迦前；
万罪俱消融。

这时，有物直沁心中，使心灵和缓滋润。向导婆婆唱诵已故亲人的名字，为他们祈求冥福。听到这声音，自己也在口中轻声暗诵双亲的名字。公主不识双亲，却在浓雾中清晰感觉到父母的存在。

第二个朝山寺院是同郡桧村的极乐寺，第三个是板西村的金泉寺，第四个是松板村的大日寺。公主与向导婆婆一行人溯吉野河继续巡礼朝香。

不仅在朝山的寺院，就是在路上各村庄和经过的民家，也都站在

---

① 彼岸日：即春分前后各三天的一周期间。

角落摇铃，诵经，清唱咏歌。这些民家都欣悦地施舍一文钱、一碗米和粟。

晚上则住宿在专供朝山客使用的木造旅馆，称为“边土宿”。有时也应民家邀请，免费住宿一晚，此称为“善根宿”。

阿波国的朝香寺院，共计三十三所，路长五十七里，寺院多依山而建，所以常有险峻的山坡和难行之地。巡礼阿波国之后，到达土佐南端名胜室户的东寺，由利已经完全习惯于旅行，身心也适合巡礼了。这附近，道路特别险峻，公主却比谁都能走。

走上看得见波涛汹涌的津吕港山路时，年迈身衰的向导婆婆坐在路旁石上，仰望公主说：“你真是一个了不起的朝山客，简直叫人不敢相信。”

“是啊，本以为你是第一次跟众人一起走……”

其他的老妇也一起应道。

公主高兴而老实地接受了。

“谢谢，请你们引导我这个不信的人。”

三

“哪儿的话？我们得佛引导，跟你结伴而行，才感谢不尽呢！”

向导婆婆半合着仰视公主的眼睛，说：“你美丽，心肠又好，简直就像观音再世。虽是奢想，倒真希望你能做我家喜作的继室。”

向导婆婆的儿子喜作已有家室，年已过四十岁，去年妻子却留下三个孩子归西了。

“哇，呵，呵……”公主笑着，表情却无不愉快之感。

向导婆婆这么说，公主并不觉得不自然；她已融合在这些老农妇的心中。以向导婆婆为首的这五个老妇人看来是极其富裕的农家主妇。她们自己也这么说。不过，从她们说话的样子看来，充其量只不过是拥有必须努力耕种的田地，比一般常为衣食所困的自耕农略胜一筹罢了。

那么，她们为什么像大农家的退隐主妇那样自豪、稳重，而又颇感满足呢？公主一向只认识被领主虐待，受凶年残害，终于暴动的岛原农民，所以刚开始时，她觉得这些老妇女很不可思议。然而，不久之后，她逐渐明白了。

她觉得不可思议，正是她不了解日本农民的证据。其实，这些老妇人的形象正是日本大多数农民的写照。不仅是这些老妇人，再看到道路上其他农民朝山客和接待自己的当地老百姓，更使公主确信不移。

公主知道，这些农民阶层在武士阶级政治与武力统治下，虽受保护，同时也被迫缴纳年贡，有时还成为榨取的对象。在这种情况下，农民是极为可怜的存在者。种植世上最重要的稻米，生活却最穷困，同时身为武士阶级的从属者，遭受虐待、压榨，公主过去都以灰色的目光注视这些可怜的农民。

但事实并非如此。

农民终究是这地上的主人翁。从活生生生活在此世的真实形象来看，农民才是主体，武士和商人只不过是漂浮在上层的浮游物。农民在社会上、政治上虽然是从属于武士的穷人，却是土地的主人翁，这种本质绝对不会消失。

从五位同行老妇人，路上的农民巡礼者和接待自己的当地农村主妇的善意中，公主感觉到作为地上主人翁的荣耀，而自己也投身到他们所相信、心中所怀抱的佛之中。

四

土佐的朝山进香寺院有十六处，路长九十一里，多为山坡难行之路。巡礼者习惯上均以一天行走八里为度。公主巡回土佐朝拜一路领先，然后进入伊豫。

伊豫的朝山寺院有二十六处，路长一百零九里。

到第四十六所朝拜寺院——净琉璃寺时，路上遇见同行三人的朝山客。三位都是中年妇女，口音是肥后腔，问其出生地，果然是肥后国宇土郡的农妇。

“真亲切！我也住过熊本岛崎呢！”公主说。

年纪较大、个子矮小的农妇突然疯狂般地喊道：“啊！你不是岛崎的公主吗？”

“啊，你认得我？”

“认得。我那一村是寺尾先生的食邑地。在寺尾府上的松小姐交代下，曾经好几次送米和蔬菜去。”

“原来如此……”

公主欲将之弃于遗忘深渊的熊本，现在在心中苏醒，有如昨日一般。

“松小姐可好？”

“很好，很好。离乡时，我曾顺道去过，她说要到宫本先生的武坛，看来非常好。”

“武藏先生的武坛……”公主的心不禁怦怦作跳。

“是的。那少爷求马助先生已住进宫本先生的武坛。不过，宫本先生是独身，松小姐也是独身，食邑地的人都说，两个人在一起，真是天生的一对夫妇。”

这农妇说罢，与同行的人相视，优雅地笑着。

公主又吓了一跳。

想到年近五十岁，曾先后侍奉过武藏爱人阿通、悠姬及由利公主，一向痛恨武藏无情的阿松，最后竟会幸运地成为武藏的妻子，思想至此，公主大有突遭袭击、摇摇欲倒之感。

但她很快又恢复平静。

“如果真的如此，他们两人一定会很幸福。”公主也明朗地笑着。

接着她在心底想道：“松小姐一旦成了武藏妻子，对武藏一定不会有所求，有所主张，她会老老实实地侍奉他。武藏正需要这样的妻子。而自己却向武藏要求太多的东西，最后岂不是要他弃刀吗？”公主叹口气。

“我和武藏毕竟是走着不同道路的两个人。武藏想用刀来开拓人生，我则要求没有刀的和平世界。这样分开也好。武藏！我怀着你的影像，不管到哪里，都走着自己的路。”

这儿是净琉璃寺的门前。

公主摇铃高唱咏歌：

极乐的净琉璃世界
若有所求，
浮世万般皆有回应。

听肥后巡礼者的叙述，知道了公主的身份后，向导婆婆愈发奉公主为观音，却因不能作为自己的媳妇，深感气沮。然而，她却开始担心公主今后的前途。她对公主说：“我本想陪你到村里教授女红，真是太过分。萩城边的市镇很不错，巡礼过后，跟我们一块儿去吧！”

“婆婆，谢谢。如蒙照应，村庄比较好，但我很可能一生都继续巡礼……”公主暧昧地回答。

时序已过四月，不知何时，樱花已散落，进入晚春时分了。

据说，巡礼者从出发点阿波国动身后，起初往往因不惯于旅行的疲累，步伐迟滞难进；到达土佐，已逐渐惯于旅行，到了伊豫，心情愉悦，信心也进入三昧之境。抵达最后一站赞岐，随着心愿已了的安然，不免归心似箭，脚步加快。

向导婆婆等同行的五个老妇人，谈的大多是村里的事或自己的家事，而且似乎特别关心自己不在家时的情景与今后的事情。向导婆婆对公主今后的动向越来越担心。对此，公主也不能不加考虑。

第一次认知的农民形象，的确颇能吸引公主的心。她想，做个农民也好，甚至认为做向导婆婆的媳妇也未尝不可。

可是，离开熊本时，不愿长居一处的心境——意欲投身行云流水之境的心，现在依然未减。而跟当时不同的是，投身的境遇不是行云流水，而是佛的世界。而她心中的佛，是植根于农民之心，洒遍大地的无上慈悲心。公主想拜此佛，由村至村，从寺院到寺院，无休无止地继续旅行。

再者，看过四国各地的农村，从向导婆婆等同行者及路途上巡礼者的话里，公主已知道，农村的现实和自己所感受的农民本质完全相反。

在现实上，农民毕竟是隶属武士的农奴，并不是大地的主人翁，而是受缚于土地的奴隶。善意变成无知，没有武器的和平表现了充满屈辱的无力世界，这种宿命似与大地同其长久。所以农民处境其实是很可悲的。

公主发觉，在巡礼者所唱的咏歌，匍匐佛前的眼色，蹒跚而行的步伐，默默耕种的当地农民及善意接待的农妇中，都听得见灵魂的饮泣声。明白这神圣悲凄的，大概只有佛吧！

就在公主对今后行踪迟迟难决之际，一行人只剩下赞岐国的二十三所朝山寺，三十六里的路程，他们从第八十五所朝山寺——八栗寺走向第八十六所志度寺。

在这途中，一行人赶上了一个巡礼者。一看，是个十六七岁的瘦弱少女，已疲倦得扶杖蹒跚而行。

五

“盛姑娘，对不起。”

老妇人轻轻点头，赶了过去。公主突觉放心不下，停下脚步，对这少女说：“你看来好像很累。”

“谢谢你！”少女笑脸相向。戴着薹笠，用白布覆颊的脸面，一点也不黑，丰润白嫩。眼睛黑白分明，睫毛细长，美丽湿润。

“志度寺已不到一里，跟我们一道走吧。”

公主加强语气说，并请老妇人放缓脚步。于是，少女顿时打起精神，急速前行。

志度寺在志度町郊外，位于苍郁繁茂的森林中，在朝山寺院中，也是有数的大伽蓝。按照仪式取得护身符后，天色已黑。当晚，她们决定宿在镇上。一行人，包括少女在内，边唱咏歌，边在镇上行走，终于找到一家专供巡礼者住宿用的旅舍。

“你跟我一起住吧！”公主温柔地邀请她，少女窘困地摇首。

“不用了。”

“住在别的旅舍？”

“不。”

“要到下一个村庄？”

“是的，再见。”

少女低头行礼，如逃走般开始起步前行。

公主莫名其妙，又极为挂念，对向导婆婆说声“马上就回”，追踪而去。

直到郊外的田垄路才追上。

“等一等。你真的要到下一个村庄去吗？天已黑了。”

“是……”

少女俯下头，说：“我要住在森林中。”

“啊，住在森林中……”

“是，我不要住在旅舍里。”

公主温柔地笑道：“啊，我懂了，你没有钱。”

“不，不是。”少女猛摇头。

“那就怪了。为什么呢？”

“我有原因。”

少女仍然低着头，泪水潸潸而落。薹笠微微颤抖，薹笠上写着：“同行三人，出生地不明，盛娘十六岁。”

公主心中满溢怜悯，静静抱住少女的肩膀。

“一定有很大的理由。”

“是。”少女幼儿般仰视公主的脸，旋即清楚地说，“我说，你细听！我的名字叫盛娘，出生地不能说。”

两人走下田垄路，坐在青草地上，一片菜田在渐渐下沉的夕阳中闪耀着金黄，散溢着芳香。

盛娘家累代担任乡长[①]之职，拥有奴婢近十人的豪农。盛娘只有一个大三岁的哥哥，是独生女，在去年十五岁以前，跟一般诸侯的公主一样，可说是在温室中长大。

然而有一天，盛娘突然发觉自己右脚小指头变成蜷曲的样子。虽然不痛，但看起来很可怕，让父母看看，父母也觉得很奇怪，请医生诊断。

医生看了盛娘的小指头以后，悄悄地对她父母说：“这是很可怕的疾病，就是世人所说的冤孽症！”

父母吓得几乎瘫倒，坚决地对盛娘说：“阿盛，绝不能让人看到呵！”

虽然百般医治，小指头的形状仍然越来越丑陋。不过，盛娘当时并未自知这是可怕的冤孽症。

盛娘听人说过，知道患上冤孽症将遭遇多可悲的局面。这地方患此病者为数绝不少。村里的人都认为，祖先中若有人毁谤《法华经》，以此因果而受佛罚，恶业永续，子孙中就会有人出现此病。

所以，此病非医生与药石所能治，若不根绝祖先传下的恶业因缘，将永远纠缠此家系而不止。

因而，这地方若有人患此病，为根绝恶业的因缘，必须离家巡礼，巡回各国以赎罪，祈求祖先冥福。但是，一离开家门，便不许再踏上故乡泥土，最后则成为乞丐，徘徊漫游，陈尸于冰冷异域的山野中，这是得冤孽症者悲惨的命运。

这也无老弱妇孺之别，勤勉工作的成年人自不待言，即使是年老生命无多的老人，少不更事的少年男女，只要还能走，就无法逃避此一命运。

毁谤《法华经》会得冤孽症，载于《法华经》中。由来已久，而

① 乡长：乡长原文为大庄屋，乃合数村组成的地方行政单位首长，故译为乡长。——译者注

且已成民族的信仰，统御人心，所以其压力极为沉重，非个人意志所能抵御。染患冤孽症者，离家不得复归的习俗已植根于此一信仰中，遍行全国。

即使身为乡长的女儿，盛娘毕竟仍是生长在这块土地上的人，她跟村里的人没有两样，是在这种信仰与习俗中长大的，自然不会有所怀疑。去年年底，第一次由父母告知她所得病症时，眼前顿时漆黑一片，哭倒在地。

六

盛娘浑身战栗地把当时的惊恐、悲哀告诉了由利公主之后，仰起泪水已流干的苍白的脸，说："父母接着告诉我冤孽症的由来，似已下定决心，要我离家而去。"

"唉！……"公主如鲠在喉。

"我无法回答。但是，后来为了家，为了父母，为了哥哥，我决心依照佛爷的指示离家出行。我自己也认为这样比在家让人看自己的丑态要好得多了。"

"真可怜……"

"但，最高兴的是，伍助说，不管我到哪里都要陪伴我。"

"伍助？"

"是我们家的农奴，从小就寄养在我家的一位老公公。他一直都像疼亲生孙子一样疼爱我。"

"盛姑娘，这很好啊。"

"我的用度早已准备好。正月七草[①]的第二天早上，我和伍助悄悄离开家，奴婢站在门口目送我们，有的哭了。父母和哥哥送到村的边界。

---

① 七草：即初七，这天日人用七种草做成粥食用。

村里的人似乎已经知道，躲在隐蔽处，笔直站着，目送我们。在村的边界，父母和哥哥都出声痛哭，我已经不再哭，摇着铃，跟伍助唱着咏歌，径自走了。”

“哦……”公主忍不住饮泣。

此后，盛娘与伍助，经由各村各镇，逢寺必谒，祈求祖先冥福，晚上宿于庙宇和人家的屋檐下，或森林里的树下。

伍助温煦的爱使她深受感动，反而以此为乐，平平安安地巡行各国，然而今年三月初，在村外的庙宇休憩，准备第二天渡海到四国的时候，伍助突然中风倒下，来不及诊治，空洞的眼中含着无量的悲哀与依恋，凝望盛娘的脸，气绝身死。

盛娘还有足够的路费，哭求村人，把伍助埋葬在寺院的无主坟地里，请人诵永生经，然后渡海到四国。再随巡礼者朝山进香，终于到了这里。

“所以，我虽然有钱，但想到自己的恶业，无论如何不愿住在人所居住的房子里。”

盛娘说完自己的身世，俯下了脸，泪水从脸颊上直涌而下……

公主激动地伸手把盛娘的肩膀拢过来，把自己的脸贴在盛娘颊上。

“阿姨！我身体不洁净呀……”盛娘想挣脱，公主抱得更紧。

“没关系！今后，我跟你一道巡行各国。我是一个无父无子的人，本打算终生巡礼，才离开肥后的。”

隐藏在山背后的夕阳余光，柔和地照在公主泪水滂沱的脸上。

七

由利公主决心依照初衷不断地巡行各国。跟盛娘约定次日在第八十七个朝山寺院——长尾寺见面后，即回到向导婆婆住宿的镇上旅舍。

公主说出盛娘身世后，说道：“我准备跟这小姑娘一直巡礼下去。各位亲切相待之情，永铭心中。”

“啊……”

众人皆大叫，盯视着公主的脸，向导婆婆旋即合掌说道：“哦，你毕竟是观音重临！”

“是啊，是啊，不管多同情这姑娘，终究非常人所能。难得！难得！”

其他同行者也合掌拜公主。

公主笑着拦阻道：“哎呀！能这样说的人，才是观音的慈悲表现。你们导引我这个不信的人走进佛的世界。今后，我要借助观音的力量，与那姑娘两个人继续完成消灭罪障的功德。”

接着自己也合掌静静唱颂道：“南无大慈大悲观世音菩萨……”

公主决心与盛娘共同巡礼践行，并非只因同情盛娘一个人。公主既不相信，也不否定毁谤经文会得这种冤孽症的说法。但一般人要如此认为，却也无可奈何。过去、现在与未来，一定有几千几万——呵，不，无数的人像盛娘那样，离开父母膝下，远离故乡，终生为苦恼所困。

公主不禁认为，像盛娘这样的人，是只身背负人类所犯各种罪障的不幸牺牲者。

盛娘即是其中之一。但对这个尚未成年的小姑娘来说，是多么凄惨的负荷！公主想起自己所犯的罪孽，决心与盛娘共患难，累积消灭人类罪障的功德。对此世已无可为的公主来说，这是唯一残存的生命价值。

晚餐过后，大家到镇上，由公主领先边唱咏歌边行。

“进香人，谢谢！”

镇上有许多人这么说，并施以钱财。

八

由利公主和盛娘以第八十八所朝山寺院大洼寺为终站，然后原路返回，与向导婆婆一行人告别，踏上漫无止境的巡行各国之旅。绕过各村各镇，逢寺必诣，祈求祖先冥福并祷请消灭罪业。

为了顺从盛娘自觉身体不净的心意，晚上并不借宿人家。每村除寺院外都有小小的观音堂和地藏庙，这些地方经常是乞丐的场所。两人尽量寻求这类庙宇，以供住宿之用。碰到下雨常常要住上好几天。

起初，两人都还有点钱，不必倚门行乞。一天，在路上遇到了犯冤孽症，与盛娘一样弃家出行的老乞丐，盛娘突然失声说："阿姨！像我这样离家的人，若不每天行乞，真正消灭罪障的功德就无法获致。过去，我有父亲给我的钱，所以不能行乞。"

"对，对，阿姨也一样。"公主不好意思地点点头。

于是两人借口供养祖先，把所有的钱奉献给不久之后到达的寺院。

此后，两人即行乞进香，从京都西部进入山阴，绕过京都，到纪伊国。抵达那智山青严渡寺时，已是与向导婆婆别后一年的早春。

青严渡寺是西国三十三所朝山寺中位属第一的道场。巡礼季节时，由此启程的路上，跟四国一样，巡礼队伍绵延不绝。公主安慰步履艰难的盛娘，自己也夹在白衣人中继续巡礼。

在这一年中，公主对观音的信奉越来越坚牢。她认为观音正是从庶民悲愿中所生，与庶民同行的慈悲与妙智之母。

在这期间，公主越来越深刻地感觉到人生来就犯下许多罪障，而且知道业是罪障的累积，有些特殊的人一身肩挑这些罪业，而烦闷悲苦。

盛娘即其中一人，武藏大概也是背负这种罪业的苦恼之人。

在第三个朝山寺粉河寺获护身符之后，盛娘在石阶上扭伤了不良于行的那只脚。公主扶着盛娘，把她带到人烟稀少的树荫下，替她脱下布袜，用手抚摩。

"阿姨！对不起！"盛娘泪水直流。

"什么，我是你的母亲呀……"公主温柔地笑着，突然仰脸说："盛姑娘，我除了和你在一起之外，还有一个同行哪。"接着又说："他是活在我心中的人，是日本最强的兵法家。他承受了远古人类祖先为争斗而制刀、为胜敌而强化自己的恶业之报。所以不管多强，他都不满足。现在还带着刀与神佛为敌。"

"哇，多可怕的人！"盛娘瞪目惊视。

“他只看重刀，不管女人多么拼命地思慕他，他都不能接受她们的感情。这都是祖先制刀的报应，他一人承担了兵法家的烦恼，其烦恼绝不下于你……”

“阿姨，真遗憾。”盛娘皱起眉头。

“是的。我因种种因缘与他很亲近，所以心中怀着他的影像，继续旅行，希望借观音的慈悲温暖他的灵魂。”

公主说着又继续抚摩着盛娘的脚，边诵道：“南无大慈大悲观世音菩萨……”

剑与禅

一

宽永二十年（一六四三年），武藏已六十岁。老病一无起色，但他仍旧登岩殿山，与春山一块儿盘足坐禅，返宅则绘画，凝炼工艺。他不懈地指导门人，一高兴即趋访早已隐退的佐渡等亲交重臣。

“疾病中，姿容污秽，实有碍观瞻。”武藏对光尚说，因而，若无特别事情，可以不必上殿奉职。光尚也坚守诺言，许武藏自由行动。

这年是先主忠利的三周年忌，逝世之日——三月十七日的法事，也跟一周年忌一样，在菩提寺举行，武藏当然也参加了，久未见武藏的人，对其形体之衰弱深感惊讶。

法事结束后，武藏静静退下，在场的高禄家臣立刻谈起了武藏。

起先是与武藏的病症有关，接着谈他的日常起居，也谈到他在岩殿山的坐禅。

这时，有一个人质疑道：“听说先生以前是排斥坐禅的，因为坐禅的姿态，万一有敌人砍来，便无法充分应战。而现在，他竟然坐禅，不知什么缘故。”

“不错，我以前也听说过。先生向来很少改变主张的，大概心境已有所变化了，还是剑道上有新的成就？”另一个人说。

这时，今日做法事的导师大渊和尚经过众人前面的走廊。在场的尾藤金右卫门看见后，立即大声招呼说：“和尚，久违了。有事请教。”

“什么事？”和尚停下脚步。

“和尚坐禅时，若有凶汉从背后砍来，怎么办？”

“不要被砍。”

“不想被砍吗？”

“无须坐禅。”

“然则，岩殿山的武藏又如何？”

“什么？他人的事，我不知道。”

和尚说着即行离去。和尚的闪躲功夫真是到家。

“金右，输了一招啦！哇，哈，哈。”

众人大声笑着。金右卫门双手环抱，以平素癫狂之表情说道：“唔，真有趣。宫本先生在独行道中断言过，一生不离兵法之道。我要亲眼去看看，问问他，武藏，剑禅如何啦？”

金右卫门是三千石的厚禄高官，岛原之役中，建立了枪法第一的武名，是肥后藩头等的豪杰。他喜欢少年，而且坚持独身，但前年终于娶了妻子。去年年底，因产后保养不佳，新婚不久的妻子留下一个小男孩，撒手西归了，但骨相奇特的尾藤金仍然以极妙的俏皮话，逗引大家发笑。

二

岩殿山，春意正浓。树林间，山樱盛开，岩顶上春兰飘香，黄莺婉转而歌，白眼鸟鸣声处处，一目了然的山谷、海洋与温泉山，笼罩着微红的春霞。在这块岩石上，武藏和春山今天仍然并排寂然坐禅。

尾藤金放轻脚步，毫无声息地走上来。他潜近二人背后，静静比较他们的背影。尾藤金跟平素不同，今天他目光认真，马步平稳，做出进击的姿势，手握刀柄，睨视武藏。这不单单是尝试，而是超越浴血战场的豪勇，完全是见隙即进击的架势，杀气四溢。

可是，武藏和春山依然寂静不动，只有武藏的乱发随着风轻轻飘荡。

尾藤金咬着牙齿，表情凝重。刚刚接近一点，就像被推回来一般，连连后退，叹口气，解除了进击的架势，茫然望着武藏的背影。不只额头，全身都沁出了汗水。

这时，尾藤金突然吓了一跳。一条不满两尺的小蛇爬上两人所坐的岩石，接着又爬上春山的膝盖，蜿蜒横行，爬下对面。难道误把春山的膝盖当作岩石的一部分吗？不然，为何毫无惧怖之感？

小蛇就这样爬向武藏的膝盖，将近一尺的时候，突然停住，仰首吐红信，状似望武藏。而后，慌忙改变方向，绕过武藏后面，滑落到岩石下。

尾藤金双手环抱胸前，倾首想了一下，旋即颔首，复望二人背影一眼，悄悄离去。

武藏和春山又过了半个时辰，彼此不先不后地解除了坐禅的姿态，转身相对。

春山先开口："先生，如何？"

"春山，由于坐禅，我以前所领悟的万里一空之境，近来顿然推广、加深。已感觉到你所说不生不灭、不垢不净、不增不减、超绝生命的真理本体。"

春山的声音提高。

"先生！没见到佛的形象吗？"

"唉，没见到。相反地，四周逐渐灰暗。敌人射过来的箭，全是黑压压的，现在，我似已沉入黑暗中。"

"先生，振作起来，现在只是一步！"

武藏双眸炯炯发光，以充满苦恼的凄惨之脸仰视天空，呻吟般断言道："当然，我不会沮丧。我做梦也不信我的兵法之道有误！"

三

第二天早上，任性的尾藤金右卫门独个儿露着笑容，赴花畑馆奉职，因为殿下召见他。不知何事，他立刻趋赴光尚御前。

"主上，早安！"

"嗯，可不早啰！和尚已来了。"

一看，大渊和尚果然已坐在长冈寄之等重臣与近侍的上座中。

"惶恐之巨，本性爱睡懒觉。"

"哈，哈，哈……金右，听说你昨天到岩殿山去看武藏兵法了，如何？"

"殿下，此事……"

"没关系，昨天我也听到你的评语。真的去看啦？"

"既如此，属下就谈谈观看武藏兵法的始末。"

尾藤金得意地环视了一下在座诸人。

"我到云严寺是在巳时（上午十点），立刻上岩殿山，一看，果如传言，武藏先生和年轻僧侣春山正在叠石顶上盘足坐禅，远望岛原温泉岳的云烟，寂然端坐。我放轻脚步，从背后潜近，两人当然不会发觉。"

善于说话的尾藤金，在大家听得入神的时候，常常喜欢戛然而止，这是肥后狂句的风味。

但是，今天，听的人是殿下，话题又是武藏兵法，所以韵调虽然依旧，说的话却实实在在。以光尚为首，重臣以下也都听得兴味盎然。

"武藏果真倾向于禅，而舍弃了兵法，还是由禅来编织新的兵法呢？只从背后观看，并不清楚。因而只好进击看看。但要这样做，我必须有必死的决心，因为是无情的宫本武藏呀！未必不会重蹈以前那厨子在小仓城内考量武藏的覆辙啊！总之，不是杀人，就是被杀！"

“嗯！”光尚发出哼声。

尾藤金自己赫然张大眼睛，继续说下去。

“既然口出大言，何畏之有？我也是以武勋获得三千石的武士啊！何况武藏根本还没发觉，于是，我先拿稳马步，拔出大刀。”

光尚等在位的人都屏息静气。大渊和尚也渐渐肃容端坐静听。

“之后，缓缓趋近，武藏仍未发觉，全身处处都是空隙。是时候了！朝着肩口，想抡起大刀砍过去。就在这刹那，我的眼睛一阵黑，呆立当场。殿下！那有如枯木寒灰，静静不动的武藏，从身上喷出怪光，变成火焰，熊熊燃起！”

“哦……”光尚及家臣莫不吓得出声而呼。只有大渊和尚一人微微点头。

尾藤金不换气地一口说下去。

“火焰，从炉火到战场上的火，我都早已知之甚稔，没什么可怕。但是，这火焰不是此世的。每一道火苗都变成白刃，向我袭来。我连连后退，暗叫此命休矣。这时，火焰顿然熄灭，武藏先生又回到原来枯木寒灰的情形，而且并不回顾……”

四

听的人都深受震撼，舒了一口气，但总觉得很不可思议。光尚兴奋地问大渊道：“和尚，从武藏身体喷出火焰，这到底是怎么一回事？”

大渊望着尾藤金说：“殿下，尾藤先生好像还有话要说。请先听他说。”

尾藤金咳了一声，说：“我也觉得很不可思议，茫然地望着武藏背影。这时在两人所坐的岩石下看见了异物，是一条小蛇。”

“什么，小蛇？”

“是的。这条小蛇爬上岩石，横过春山膝盖，爬下对面，然后向武藏先生的膝盖爬过去，接近一两尺的时候，突然仰起镰刀形的颈子望着武藏先生，好像很吃惊的样子，顿时改变方向，绕过武藏先生的后面，慌慌张张地从岩石上滑落下去。”

这也是难以理解的现象，众人仿佛寻求答案似的瞧着大渊。大渊突然眼露光芒，严肃地问尾藤金：“尾藤先生，你视武藏兵法为何？”

当然，这是开场白。光尚等人顿时肃容端坐。尾藤金也重新坐好，两手扶着丹田，直视光尚，以前所未有的郑重腔调问答：“我亲眼看见武藏先生的兵法依然，不，武藏先生的兵法已因修禅而进至更高一层的境地，看来已是绝人界达天界了。”

尾藤金说罢，问大渊：“和尚，以为如何？”大渊深深颔首。“善哉，善哉，尾藤先生所言甚是。刚才，殿下问及武藏全身喷出的火焰，那是心象的表现。想必是武藏欲以兵法探求真如，发乎自然的争斗之气，与尾藤先生欲打倒武藏的争斗之气相激喷出的火花。当然，只有尾藤金一人感受到，武藏大概什么也不知道。”

尾藤金很满意地说：“诚然，确是如此，小蛇也因害怕武藏先生争斗之气，才绕到背后逃走。”

“这也有道理。不过，因是畜生，无法知其本心。你这样看，也许不无道理。而且是显现武藏与春山心境的好话题。”

大渊回答后，长冈寄之追问道：“请问师傅，春山当时的本相如何？”

“嗯，问得好！禅本是去杂念，与天地合一之法。无邪念，无害人之心，空寂无一物，在害怕人的小蛇眼中看来当然有如木石。春山虽弱冠，近年来却已有相当进境。”

“师傅，武藏和春山的差异呢？”

五

大渊直爽回道：“春山之禅是僧侣之禅。”

“哦，什么叫僧侣之禅？”

“僧侣本是断绝俗缘的出家人，所以跟婆娑的因缘不深。坐禅之法，系以道元禅师[①]的坐禅为始，后经历代禅师的努力，建立了坐禅的系统方法。若从幼时循序教之，除非是相当愚蠢之人，否则必能体得禅的本体，就像只要是武士，谁都领会得相应的武术一般。”

“那么，武藏先生呢？”

“由于平居的严格修持，无论在兵法之道或做人方面，武藏先生已臻至相当高的境界。为使兵法之道趋于更高层次，才去盘足坐禅。因缘际会，导引他坐禅的是春山。”

“诚然。”

“因而，武藏先生的坐禅不是僧侣的坐禅，而是兵法家为兵法的坐禅。这样当然与春山不同，会全身散发争斗之气，使小蛇遁走。”

寄之一面点头，一面又问道：“师傅，还有一个问题。武藏先生能不能靠现在的坐禅而抵悟道之境？”

大渊闭目深思后，轻声答道：“据说，兵法的极致是弃刀。若说这就是悟，是剑禅合一，固无异论。塚原卜传、伊藤一刀斋及近日的柳生石舟斋，这些称为名人的兵法家臻此极致时，都已不言兵法，弃刀，脱此世苦海，以风月为友，度其余生。但武藏先生与此不同。”

不仅寄之，连光尚、尾藤金及家臣都听之入神。

“在修业过程中，剑与禅本来相仿，在终极方面却相反。不弃剑，兵法家之悟不可得。但武藏先生不肯轻易弃剑。他要借坐禅之法，使兵法直臻真如之境。他对剑真是惊人的执着。”

寄之插口说：“师傅，这样，难道始终无法悟道，无法剑禅合一吗？”

大渊抬眼说：“我不以为如此。武藏先生之道终究是菩萨之道，苦多，佛果亦大。法有不同，佛果亦有别。总有一天会触及真如，醒于佛性。那时，武藏要如何转法轮呢？”

接着他又附加一句：“寄之先生，你和武藏先生关系特别。贫僧担

---

① 道元禅师：一二二七年从中国传入曹洞宗的禅师。

心的倒是武藏先生的病体，请你好好关照。……”

光尚听了这难得的武藏修业之事，不禁舒了一口气，旋即褒扬尾藤金，说：“金右卫门，你能看出武藏的兵法，真了不起！”

于是赐他一把短刀。尾藤金光彩无比，想退下时，光尚把他叫住：“金右，慢着！”

六

尾藤金回到座位上，光尚以完全不同的表情责问道：“金右，据说你还未续弦？”

尾藤金满脸不愿意回答的样子。

“是。”

“你不觉得令堂抚育幼儿很辛苦吗？”

“不，不会，已请有奶妈。”

“尽管如此，还是很辛苦啊！毕竟是过了七十岁的老人。”

“是。”

“早点续弦吧！”

“是。”

“你也有不便之处吗？”

“没有。有家仆，也有奴婢，所以独身也很不错。有了妻子，黏三黏四，行动反而不便。”

“哈，哈，哈，胡说八道。像刚才所说，即使有若干人手，令堂抚养孙子的辛劳……”

“不，母亲说要把孩子养得胜于我，所以精神健铄。”

尾藤金始终固执已见。光尚表情愕然。

“不错，令堂确是有名的女杰，一定能把孙子养得很好。但是，金右，你认为令堂一直都健壮如恒吗？对此，连弱冠的我，也都知道。”

尾藤金无言以对，只垂头答道：“是。”

“低禄的人还有可说，但高禄的你，过了五十岁，仍跟少年人一起游玩，世人的风闻并不好。金右，我替你找个不下于令堂的爽朗女杰，一切包在我身上！”

少主这样断言，连一向豪强的尾藤金也不得不屈服，逃避般地说：“是，待属下回去跟母亲商量。”

说罢便退下。

尾藤金困恼已极的表情非常奇特，所以在座的家臣都出声大笑。光尚立刻当场商讨尾藤金继室的人选。

除了提出此事的光尚之外，家臣们都因对方是尾藤金，半开玩笑地提出许多名字，但要找个跟尾藤金配得来的女杰，确实不易。

在这时候，光尚拍了一下膝盖，说道：“唔，有了！新太郎的妹妹阿松如何？”

众人都表赞同。不错，说起阿松确是藩里名列第一的女杰，禄额虽不及尾藤家，但寺尾家也是丹后宫津以来累代的名门。而且阿松现在虽已五十岁，却也是一个以独身度过大半生涯的怪人。如果这两个人能结合，必定会成为世上罕有的夫妇。

“各位，以为如何？”光尚又问。

“是，想必是天作的一对。”众人异口同声，半觉有趣地回答。

光尚非常高兴。但双方都是难缠的人物，所以一般认为这对夫妇，并不是这么容易就能结合在一起的。于是，光尚嘱咐道：“这件事要守密！”

七

尾藤金探知武藏兵法之事立刻在藩中传开，尤其小蛇的故事似乎更容易宣扬开来，长期在藩里传播，迄今已成古老的传说基型。

但是，藩里的人因为没有听过大渊和尚的解说，所以对这问题的解释众说纷纭，其中有这样的说法：“先生已是六十岁的老人，兵法已完成，而且也参禅，所以能稳如泰山。但现在杀气四溢，连小蛇也畏避，实在不平凡。”

“是啊，先生年轻时，骂佛，诋毁经卷，或因此而为佛怪罪，天生即为魔界之鬼。”

“先生年轻时只跟无数的兵法家比试，毫无慈悲地杀人，这些怨灵想必不会轻易放过。瞧！近来的先生！似乎有什么附体一般。”不很了解的下级武士中，有人这么说。

在这种情况下，下面的故事也到处流传。

一天深夜，藩里的五个年轻武士，在朋友家玩到深夜，然后去了高田原千反町附近。这附近有一间微秩下级武士居住的武士馆，处处都有空地，空地上是繁茂的森林。一到深夜，很少有人从这里经过。

这五个年轻武士，已喝得有点酒意醺然，而且血气方刚，所以放声言笑，耸肩而行。突然，五人各自发出小小的叫声，停下了脚步。

背上一股冷气直往上冒。刹那间，全身冻结，脚跟好像被钉在地上，耳中听到一种奇异的响音，那脚步声似踩在地上，又仿佛未着地而行。

五人面面相觑，回首观望。从微黑中轻飘迫来的并非此世之人。白衣乱发，苍白的脸上一双燃起熊熊烈火的大眼睛，五人起身逃跑，但仔细一看，原来是武藏。

这故事很贴合当时武藏脱俗的形象，所以一直流传至今。

尾藤金探知武藏兵法的那天傍晚，武藏在春山陪伴下回到了府邸，但看来脸色很不对劲，他也立刻就寝，心窝似乎相当疼痛，晚饭也没吃。

信行非常担心，阿松得到消息后，急忙赶来看护。

过了十天，胃痛仍未见好转。

这天，阿松入夜后仍未离开武藏居室，用手推摩武藏背部，这时，武藏突然起身站起道：“松小姐，我到永国家一下。”

武藏到永国家，道：“永国，替我打把长刀！”

永国见武藏形迹与平素不同，遂问道："先生，何事？"

"嗯，我要一把新刀，未曾沾过人血的清纯之刀。永国，这次的要求可不简单呵。这不是杀人的刀，而是要带到天界的刀，比喻来说，就是不动明王的剑！"

这艰难的要求，更激起了永国的豪气。但是，武藏那比平时凶恶的声音与目光，已形成一种气势，使永国之心战栗。

"先生！我答应。永国定用尽所有精魂，打制一把先生所希望的刀……"永国举目挺胸，昂然回答。

五个年轻武士所见的，就是这天晚上，从永国家踏上归途的武藏。

悲剧之日

一

之后，武藏病况依然未见起色，此事也传入光尚耳中。光尚惦记武藏，又有大渊和尚的话，所以差遣典医堀内喜内往视。

堀内喜内，号秀山，也是儒学大家，气质高雅，对高秩之士亦不肯轻易低头，平时不曾自动跟武藏说话。他瞧不起兵法家，认为兵法家学问不足，与可怜的肉体劳动者无异。

他年龄与武藏相仿，个子矮小，但很结实，是个很像儒者的清癯老人。他胡乱地为武藏诊断，眼中流露轻蔑之色。武藏虽生病却仍筋骨嶙峋，在这学者眼中看来，无疑是无知的表现。

"胃很痛吧？兵法家总像牛马一样役使身体，有时又大吃特吃，这就是病源。总之，没什么了不起，只要吃得跟平常人一样，不久就会好了。"

秀山说罢，就在阿松送来的盆里洗手，缓缓转身跟武藏说话。

"武藏先生。听说你近来也坐禅了，真不错。虽是兵法家，心的修持也非常重要。但是，无论怎么坐禅，没有学问也不行。读读儒学方面的作品，如何？”

武藏爽快地接受了。“好啊，我想试试看。”

“读过《论语》吗？”

“年轻时读过。”

“《大学》呢？”

“一点点儿。”

“《中庸》呢？”

“以我的方式读过白文……”

“呵，仅此，也令我感动。儒学本来就始于孔孟，远在两千年前，就传入我日本国。从此以后，便以国教的中枢延续到今日。以道义为本的社会国家之所以能够成立，即拜此教所赐。儒本是修己治人的根本，修己为君子，而后施德于人。这是确定人所以为人之道的学问。”

秀山以此为契机，滔滔不绝地谈述儒学。但是，一点点精义很快就推销完了。武藏以前曾与儒学接触过，虽以自我的方式阅读，大抵也抓住了它的根本，所以越听越觉得无聊。

但是，武藏依然端坐，静静地闭门倾听，秀山愈发得意，说个不停，最后说道：“武藏先生，你似乎很倾心佛道，但佛道指向的世界不在此世，是否存在，未可知。坐禅和念佛都是指向目不能见的世界，相形之下，我儒学则是此世的学问。念佛，即使不念，也不关紧要，若稍背儒学之道，人便变而为畜生。武藏先生，你也步向君子之道吧？”

这时，武藏仰首说道：“对，我知道儒学的德目是仁义礼智信。但我从十三岁起，杀人伤人无数，离仁甚远。疏离双亲，不娶妻子，有背人伦，则远于义。至于礼，则野人不习礼，如你所见。”

“你说什么？”秀山顿时变了脸色。

二

“秀山先生，这是不得已的。”

“不，武藏先生，你可以恬然这么说吗？”

“是的。”

秀山后退，仰视武藏的脸。他的眼中露出憎恶之光。

“果如一般所言。武藏先生，你已陷于邪道。自初，你的兵法就错了。在下读过你的独行道，于今思之，那是邪道之源，那十九条全都违反世道人伦。如果按照这十九条原原本本付诸实施，就不是人了。弃绝尘世的僧侣还好，若是常人，就会变成乞丐；若是兵法者，就会变成鬼。”

“确是如此。”武藏眉毛不动地回答道。

秀山声调愈发激昂。

“不过，儒学是现世的学问，不会以你为鬼。武藏先生，你的兵法是霸道之剑，以此只有招致乱事。对意图建立王道乐土的细川藩来说，是可怕的邪道……”

“秀山先生，我很了解。你回花畑殿时，请代向殿下说，今日之探病，武藏不胜感荷。”

武藏说罢，交代身旁的阿松说：“秀山先生要回去了，请你送他。”

“嗯，打扰了，这就回去……”秀山慌忙站起，摆摆手，出去了。

武藏亲自铺了床铺躺下。这时送出秀山的阿松已经回来。

“武藏先生，累了？”

“也没特别疲倦……只是骚扰得很。”

“真的，秀山先生是有名的顽固分子。”

“松小姐，刚才的那席话，你觉得如何？”

“秀山先生所说有关儒学的话，我不觉得有错。”

武藏点头说：“是的。我也认为孔孟之学与佛教一样，并没有错。诚如秀山所说，儒与神、佛同为国教的三宝，由这三宝，日本才维护得住。但是，仁者不易出现，王道不易推行，乐土不易得。有这三宝，世界可大放光明。三者都非常了不起。不过，我选了另一条路。”

阿松猛点头。

武藏凝视着天花板，说：“生于兵法家之家，执剑而行，是我的因果。天生不肯服输的心魂，使我只为胜利，始终在剑道上行走，而且一味挑战，平生没有败过一次。二十九岁时，与宿敌佐佐木小次郎决斗，打倒了他。松小姐，以此，我的愿望大抵已经达成。这时，若仕宦，我理应可以过着平稳的一生。”

“确是如此，如果与通小姐在一起的话……武藏先生，我可能也走了相当不同的道路。”

阿松亮着眼睛打岔。当时的情景一幕一幕地浮现在阿松心上，如此鲜明有致。

三

武藏舒了一口气。

“不过，我想使自己更强，而重新立定志向。于是逐渐扩充了以后在独行道中所写的无情自戒规章，继续修业。神、佛和儒，就在这时候明确地变成了我的敌人。人姑且不言，我既然独自朝胜利之路行进，既有的神、佛、儒之道便不能不加以否定。松小姐，你懂吗？”

武藏躺着回首望阿松。

阿松皱了一下眉头。

“懂了。听说你在本妙寺，当着日遥上人之面痛斥佛祖，当时，我觉得你非常可怕……”

武藏微笑说：“所以，从那以后，武藏的兵法就像秀山刚才所说，走上了为求胜利不计一切的霸道之路。不仅我的兵法如此，兵法本来就属于霸道的。可是，我却把霸道更往前推进，意图使之成为不悖天地理法之道，于是，我的苦闷开始了。我重新倾耳聆听神、佛、儒之道，也在艺道寻找开启之钥。”

武藏又转眼望着天花板。

“松小姐，悠小姐以她清纯的心，在不言不语中促使我这样做的。”

阿松轻声喊道：“哦！”

武藏又回视天花板。

“有一度，我丧失了希望，险些放弃刀，向佛道投降。然而毕竟没有放弃。我的嗜好流浪，从这以后越来越强烈，以天地自然之本体为镜，致力于天地理法的发现。就这样，二十年后，年过五十岁，忽然赢得了万里一空之境，视野豁然开阔，我的兵法已超越霸道，亦通诸艺能，成为不悖人道的诸道之一。我已完成兵法，其后只需加以磨炼。”

“这么说，还是不满足吧？”阿松打岔。

武藏苦笑道：“确是如此。如果我以此为最后之悟，我大概会像柳生石舟斋那样，宣布无刀，逃离此世；会像丸目彻斋那样，易刀为锹。可是，我的眼睛已逼视我早已赢得的万里一空，其内涵之物复鼓起我的斗志。所以应先主（忠利）之聘时，我又站在兵法与政道之间，不知所从。最后终于下决心接受先主的知遇。”

武藏说到这里，眼中顿露光芒。

“万里一空的兵法通于万机。剑政一体，与神、佛、儒之争也结束了。我既已出仕，自当以兵法之理辅佐主上，以便在肥后建立一个所谓的王道乐土。可是……”

说罢，武藏突闭双眸，叹了一口气。阿松怜悯地望着武藏。

“不错，确是如此，武藏先生。毁弃多年来的自戒，甚至有意娶由利公主，以守护主上的生命……”

“嗯，只要能够守住主上的生命，我决意放弃建筑乐土之梦，放弃兵法和刀，甚至与由利小姐一起耕种田地。但这变成一种讽刺，也跟由利小姐诀别了。”

四

阿松缓缓闭上眼睛。

“不知由利小姐怎样？”

“也许会一直浪游下去。她似乎天生就是一个不顾世俗、独来独往的人。”

“跟武藏先生一样。”

“嗯，在这一点上是一样。只是她所追求的是绝对无刀的和平世界。以理想而言尚可，但她欲求之于现世，所以连栖身于世，都不容易。”

“却也了不起。”

“是的，确实了不起。”

“武藏先生，你也很了不起。全无来由痛责武藏先生的秀山，反令人觉得可恶。”

武藏轻轻摇头。

“不，不，秀山所骂的亦非全无道理，因为我又踏进霸道了。松小姐，我一定要胜利。”

阿松把赞叹的目光投向武藏的侧脸。

“一定会胜利，因为春山先生跟着你。”

“嗯，真感谢春山。春山教我坐禅之法。不过，松小姐，我只接纳其法，并没投靠在佛法的力量上。我不像年轻时候那样，以佛为敌。那时，我认为佛阻碍了我的兵法之道，所以与之乱斗一场，有如以佐佐木小次郎为对手一般。松小姐，于今思之，我敌视的并非佛本身，佛之本体是真理，叫真如，松小姐，懂吗？”

阿松边倾耳细听，边点头。

“听来，好像懂得。”

“好，那就请你再听听。我战斗的不是佛本身，而是为成佛而讲述的佛教。念佛唱题，或跪在佛前读经礼拜，焚香数念珠，或者其他各种教条，这一切虽说是依据释尊之教，而我却以此教、此道为敌。”

“武藏先生，我相信你所说的。”

阿松听得入神。

“松小姐，我排斥这种佛道，想用自己个人的力量来探究被称为佛的真理，并以兵法代替佛道，以剑代替信仰。以前，我分不清佛与佛道的区别。但因坐禅，而能加以区分了。我所追求的真理与称为真如的佛，是一体的，但这还停留在思考上。松小姐，我现在欢喜无比。”

“武藏先生，恭喜你！”

阿松不禁想起岩殿山上所见的武藏形象，自己也觉得很高兴。

然而，武藏却轻声低语。

“松小姐，恭喜还早呢！强敌正阻挡在我前进的路上。这敌人就是给人生存之苦、衰老而终至于死的因果法则。人类的不自由，人类的痛苦，都是这敌人造成的结果。现世有贫富之差，又互相争斗，其源皆在于此。若不制服此敌，我无法如实望见真理。松小姐，我心虽因欢喜而战栗，但眼前却是无明之阁，我很痛苦。”

“啊！武藏……”阿松惊叫，脸色苍白。

“春山常劝我颂佛，但除非亲眼见佛，否则我不颂扬。我怎会放下手上之刀！”

武藏说罢，低声呻吟，大概胃痛又犯了。

“啊，武藏先生，快像平时那样！”

阿松让武藏俯卧，尽力擦抚武藏的背脊。

五

堀内秀山深为武藏的言行所激怒，气愤地回到花畑馆，向光尚报告，并对儒学者谈及这件事情。

听他说的人大都同意秀山，其中有人气愤地说：“武藏才是破坏道义的元凶，这种人怎能担当指导青年之责？应该向藩主提出弹劾书！”

当然，此事并未传入武藏耳中，即使武藏知道了，想必也不会在意。

之后，过了四五天。一天，藤崎宫的神官加屋维久借口探病来访武藏。年纪约莫五十二岁。

虽是中级神官，却因神社社主年纪已大，所以宫中庆典都由他主持，是个颇受人尊敬、耿直清澄的人物。

武藏认得他，而且向来就有很好的印象。这时，信行的幺弟孙之丞正好在居室，听躺着的武藏说话。武藏交代传信的人说：“请他进来。”

孙之丞想出去，武藏阻止道：“你不必走！”

孙之丞，十四岁，虽然成长得慢一点，却有不下于信行的素质，近来，武藏非常关心他，希望他慢慢能与信行并列，成为本流派的双璧。

“病中，有劳你来探视。”武藏惶恐地致意，维久说：“呵，不，不，我才是来打扰。听说生病了，特来探望。”

他把带来的礼品交给送茶来的阿松。

“宫本先生！”

随便谈了一阵以后，维久肃容而爽直地说：“其实，世人对先生议论纷纭。有人说，先生对神道完全漠视。一般兵法武坛都在正面师范座的里面祭祀香取鹿岛明神。但听说先生的武坛并未设祭坛。在下有点放心不下，故于探候之余，想听听你的高见。”

武藏一面感谢他的隆情厚意，同时说道：“真谢谢你。武藏敬神绝不后人，只是不依赖神而已。”

维久感动地说：“诚然，你是说痛苦时才求神的意思吧？这种情形确实不太好。但是老百姓为求丰收而祭神，藩士为求战胜而祈愿，该怎么说呢？”

“维久先生，不信神佛的武藏并不否定这种长久以来的习惯。我认为神是我们日本人共同祖先之灵，视开拓日本、巩固日本的伟大祖先为神而加以祭祀，求其护佑，武藏绝不反对。”

武藏回答后，又加强语气说：“不过，维久先生，向神祈愿，只限于我们和全日本人民有关的共同意愿，若只为个人幸福，祈神保佑，武藏坚决反对。我年轻时，曾在京都跟吉冈一家人比武。当时，在决战前的清晨，走到一间神社前，不禁以额触地祈求武运万古长存，待突然清醒过来的时候，便停止了祈愿。”

“呵……”维久热忱地倾耳细听。

六

“弱冠之时，自然无法领会深奥的道理，只认为必须始终信靠自己，不过，现在我仍然不后悔。”

武藏说罢，维久喜形于色，两手俯伏道：“宫本先生！所说甚是，一切皆已敬悉，先生其实才真是敬神的高士。”

武藏笑道：“哈，哈，哈……”他突然改变语调，说：“维久先生，我也想请教，藤崎宫所祭何神？”

维久正襟危坐。

“本神社是八幡宫，故祭应神天皇。”

“应神天皇？”

“皇统第十五代的天皇，神功皇后的儿子。曾在皇后胎内三年，征伐三韩[①]，凯旋后才出生。即天皇位后，讨平各地叛徒，在历代天皇中，武威最盛。因是，后来被奉为武神。当时，瑞云雾𩃓，天上飘扬着司掌菩萨修业八正道[②]的八旒幡。由于始知天皇是菩萨垂迹所假借的形象，本体原是菩萨，从此以后，既称八幡神，亦称八幡大菩萨。这是本神社的缘起。”

维久恭敬地叙述。

武藏含笑说：“维久先生，你相信这缘起吗？”

“宫本先生，我认为，天皇而神，神而菩萨，是很难得的。”

武藏尖锐地反驳：“维久先生，我很难同意你的说法。”

---

① 三韩：即朝鲜半岛上的任那、新罗、百济。

② 八正道：正见、正思、正语、正业、正命、正精进、正念、正定。

“哦，那又为何？”

“如果天皇是菩萨垂迹，而本身即是菩萨，那我无法向八幡神顶礼。如刚才所说，我认为日本的神只是清纯不杂、威德盛大的我们祖先的灵魂。除此而外，我无法敬神。”

武藏语辞越来越尖锐。

武藏虽不依神佛，有时甚至以之为敌，但既不轻视，亦不加以抹杀。毋宁说，他非常关心，而且不断地思考其本质。但在理论上，他认为，神佛完全属于不同系列，易言之，神是祖先之灵，佛是释尊探求而得的宇宙真理。武藏是个客观主义者，有意分清两者之不同；在感情上也有厌恶两者混紊不清的洁癖。

（至于天主教的神，武藏听森都说过以后，也认为跟日本的神属于同系列。）

维久听武藏出乎意料的见解、意外强烈的言辞，顿时变了脸色，垂首沉思。然而，他的脸面逐渐开朗，目中含蕴感动的激情，旋即抬起了头。

“宫本先生，我懂了。清纯不二之心才是神的形象。这清纯之心为异国之佛所犯，为线香烟雾所污，才是一件大事。在下天生不喜含混，对本神社的缘起内心也有不以为是之处，今承先生指示，始了然于胸。在下此后必当拂去诸神尘埃，使之回归于清纯的形象！”

维久开朗地说，这可说是神官式的解释。

七

加屋维久出去后，武藏对枯坐身边的孙之丞说：“孙之丞，怎么样？刚才所说的话懂吗？”

孙之丞咽下口水，回道：“不十分清楚。但内心很畅快。”

“嗯，这样就行。今后，你不仅要知道我的兵法，也要多知他事。无论任何事情，不管大小如何，都要仔细探究它的本性。看清甲乙丙丁各自的特性，领会其义理，才能知道自己，确立自己。知道自己，其实就是兵法的出发点。不，知己知彼，知彼知己，才是兵法的根本意义。你哥哥信行之有今日，乃此一修业之所得。”

“是。”

孙之丞双颊泛红，直爽地点头。阿松送出维久，回来后，对这个年轻侄子投以微笑。

佛、菩萨借相显现的是日本的神，而神的本体是佛与菩萨，此一佛身垂迹说，本是佛教徒为调和神佛间提出的说法。逐渐扩延，到武藏那时代已普及于全国，甚至神官也扬扬得意地主张此说。

当然，这是妄言，对纯以仕绅为业的神官来说，亦有人难以理会。维久即其中一人，因武藏激越的言辞，大悟其妄。维久本来就是直肠子的人，自然不会把它深藏心底。

从当天晚上，维久便向家人述说此意，又向神社社主陈述此说，第二天遍访知友，陈明此义。最后他则赴其他神社与寺院论辩。但他始终以之为自己的信念，并未说出武藏的名字，主要是怕牵连武藏。

可是，自弘法大师（空海）以来几百年间，神、佛一体的思想早已深入人心，所以没有一人接受维久之说。佛教徒认为此说有损佛之威德，神社人员则认为使神蒙尘，则开始抵制维久。

此事也传入重臣耳中，有人皱眉说道：“妖言惑众！”

进入七月后，南国熊本已是盛夏，多森林的熊本笼罩在高燃的绿焰中。

一天，维久在藤崎宫境内所建的古祠中发现一座佛像，是大日如来佛。

目色大变的维久把佛像抛出祠中，带到社门前的马场，这儿有许多人行走。

“喂，各位，我要把玷污本神社神明的异国佛焚烧掉，各位来参观吧！”

维久呼喊着，并在行人面前，堆薪置佛像于其上，然后点火焚烧。

这时家老有吉赖母的族人，拜领两千五百石的有吉重兵卫，正领着儿子小次郎及两三个家仆经过。重兵卫年六十二三岁，平时腕上都挂着念珠，信佛极为虔诚，小次郎是他末子，年十五岁。

重兵卫看到薪上的佛像，挤上前问道："啊，无聊！维久，这是干吗？"

八

"哦，是有吉先生。你看，这是以前潜入本神社的歹人，现在才被发现，要处以炙火之刑。"

维久豪快地回答。

"什么，要处火刑？维久，你疯了。"

重兵卫伸手要拿起佛像。

"别来！"维久大叫，把重兵卫的手拨开。受此一拨，重兵卫不禁往后倒下。

小次郎见状，气愤地挤过来。

"呀，你这无礼之徒！你要对父亲怎么样？"

他立时手按刀柄。

重兵卫站起来，满脸铁青，喊道："喂，罚他！以神主的身份，竟敢对我无礼。小次郎，杀！"

"是。"

小次郎拔刀出鞘，家仆也拔刀逼近维久。

然而，早已逸乎常规的维久，并不道歉，挟着佛像睨视重兵卫等人。

这时有声音传来："各位，手下留情！"

有人挤进两者之间。

"呵，原来是孙之丞。我们是在处罚无礼者，退下！"小次郎说着，耸起了肩膀。

发话的人是寺尾信行的弟弟孙之丞。他跟小次郎在武藏武坛是同门。在武藏武坛，练习只是比画招式，很少真正比试，所以，谁优谁劣并不清楚，小次郎已颇有所成，加上与家老同宗，所以颇为自许，很瞧不起孙之丞。

孙之丞亦因对方是高秩的上级武士，有礼地致意道："维久先生纵有无礼之事，但此处是大道，请宽饶一次。"

所说不像出自少年之口，一副大人的腔调。

这时，重兵卫从背后不断吼道："喂，小次郎，犹疑什么？快杀，杀！"

"是。孙之丞，退下！"小次郎想推开孙之丞。

"算了！"孙之丞抓住小次郎的手。

"欸，你要阻拦！"

小次郎甩手退后一步，乘势砍向孙之丞。孙之丞从未与人真正交手厮杀，险险跃后闪过，不禁手握刀柄。

"哦，孙之丞，你要斗！"

小次郎毫不容情地砍下第二刀。孙之丞拔刀架住，下一瞬间，回身向左，刀随身动，砍进小次郎肩上。

"哎呀……"

小次郎往后摇晃，"啪"的一声倒在地上。

"啊，少爷！"三个家仆弃刀抱起小次郎。重兵卫和维久都茫然呆立。

孙之丞立时清醒过来，霎时脸露悔色，但立刻以沉稳的语气说："杀小次郎的是寺尾的儿子孙之丞。对不起。"

说完，他向重兵卫行礼，疾行而去。

情与理

一

从梅雨过后的六月中旬起，由于胃的激痛已去，武藏又恢复了平常的生活。当初，为看护武藏搬进来住的阿松也回家了。

也许是因为尾藤金没有再婚之意，光尚所提出的婚姻之事尚未具体化，阿松依然丝毫未觉，每隔两三天便来探视武藏的情形。

生病时，每天都来探望的春山，从这以后也有一阵子未见人影，但这天，他来看武藏，刚好阿松也来了，两人坐在武藏面前。武坛里，寺尾信行跟师弟们正在练武。

“春山，近来还上岩殿山吗？”武藏突然开口说话。

“昨天还去过。”

武藏停了一下，说：“我很久没去了。”

“最好别太勉强。”

“不，不是因为病体。是因为刀。”

“哦，刀？”

“我拜托永国新制一把刀，看来他正在精心打制，还没有送来。”

春山好像阅读一样，仔细凝望武藏的眼睛，似乎了解其心意，微笑说：“春山拂尘以待。”

接着，春山改变了话题。

“先生，最近，藤崎宫的神官加屋维久到我们寺里来论辩。”

“什么，维久去了？”武藏很感兴趣地张大了眼睛。武藏从生病以来未出门一步，门徒也知道武藏不喜欢世上传言，所以他什么也没听过。

“先生，你认得他？”

“嗯，认得，他说我漠视神，而跟我论辩。他是一个清纯的人，我破佛身垂迹说时，他非常赞成，高高兴兴地回去。”

春山击膝说：“先生，原来如此！他说，僧侣随意宣扬佛身垂迹说，极不合理，连师傅也挨了骂。”

“哈，哈，哈，真的？”

“不过，在我们教派里，并不特别主张此事，像师傅就完全无视于此，认为此说甚为荒谬，维久先生也就无着力之处。但是，他最近走遍寺、社，倡言排佛，似乎很引人注意。”

武藏表情认真。

“呵，那神官是无能为力的。历经几百年的漫长时间，佛早已深入民心，凭一个神官怎阻止得了？纵使是谬论，长期停驻庶民心中，也具有不死的强韧性。何况还不仅仅是迷妄。”

“先生，确是如此。永栖庶民心中，无形的观念也会有形，纵使是木片、石块山一样，会成为活生生的，就像佛像那样。”春山说着，目中闪闪发亮。

武藏以尖锐的眼光回视春山，想要开口，走廊上却传来了叫声：“师傅！”

“谁？”

“是孙之丞。”

真是不寻常，好像是从庭院进来的。武藏觉得有点异样，紧锁眉头。

“进来……”

“是。”

阿松急忙挪了座位。

孙之丞却端坐在走廊上，说：“师傅，有事禀告！”说罢，双手俯伏在地。

二

武藏默默凝视孙之丞。阿松和春山也同样望着这少年。略带茶色的单衣，胸前沾了两三滴血。

武藏开口说：“杀人啦？”

“是，有吉重兵卫先生的公子小次郎……”

“什么，杀了小次郎？你们不是同门师兄弟吗？”

阿松和春山也大吃一惊。孙之丞立刻抬起头。

“对不起。只因一时的冲动，终于动了手……”

“速道详情！”

“是。”

孙之丞毫不隐瞒地说出马场上的一切经过。

武藏听完后，说："那么，小次郎的伤势很重？"

"是的，从右肩斜斜砍下，立时气绝而亡。"

武藏不评谁是谁非，只"哦"的一声，旋即交代阿松："松小姐，加上信行，你们三人可在另一房间商议。快派使者请新太郎速来。"

"抱歉。孙之丞，走吧！"

阿松带着孙之丞到另一房间去的时候，武藏重新坐好，说："春山，刚才我有话要说。"

"愿闻其详。"

"无形的观念意指佛即真如。木片、石块大概是指佛像。的确，现在在庶民心中，真如已显化为人像而栩栩如生，因此礼拜木佛、石佛、金佛或画在纸上的佛像。你认为这样也可以吗？"

春山沉思了一下，旋即回答道："对于像先生这类穷究佛道的人来说，是不可以，在禅门中，忘本而为偶像，首须破除。坐禅不只要去杂念，同时也要抛弃佛的形象，以体悟无形的真如。"

"嗯，势须如此。"

"不过，先生，佛本来就是自悟真如，与真如合而为一的觉者，所以真如即觉者，即佛。是故，佛也是体现真如的理想人物形象。释尊说，佛的容貌有三十二相六十种好。这是人在心中描绘的最高理想形象，包含了慈悲与明智，涵盖了真善美。若仔细思考此相，则为空。由于无数佛师[①]的精进功夫，佛像才能臻至今日的境界。所以众生膜拜之，亦无不可。"

武藏沉吟道："春山，我以前见过许多佛像，以其为精美卓杰的艺术品，深感敬佩。"

"是啊。先生否定宗教，但先生是兵法家，同时也是艺术家。请以剑叩开真如之门，以欢欣描绘理想人物形象。由我看来，这就是先生的

---

① 佛师：制作佛像的人。

佛像，我膜拜此像。”

春山说着，有如膜拜一样，仰视武藏。

这时，仆人报告说：“先生，尾藤金右卫门先生来了。”

三

“呵，春山也在。”

尾藤金就座：“先生，病体如何？”

“你看，已经起床了。”

“太好啦。寺尾的孙之丞来过了？”

“在另一房间里。”

“哦，那想必已经知道了？”

“听他说过。”

“在下慢一步经过现场，听有吉重兵卫和维久说了详情，故追踪孙之丞而来，料想在先生府邸，特来探问。”

“欢迎你来。”

尾藤金咋舌说：“孙之丞那家伙，真是鲁莽，不过，错却在小次郎。重兵卫也太急躁。归根结底来说，是因为维久把佛像拿到大路上。那疯子要烧毁佛像，是他的事，重兵卫却多管闲事。”

武藏微笑说：“尾藤先生，这怎么说呢？”

“总之，错只在重兵卫。这老人家天生就是那种脾性，才造成这种事。必须向重兵卫说明原委，以和平方式解决问题。”

尾藤金这样断言后，眯着眼睛说道：“孙之丞那小伙子，先生也很关怀，的确是个可爱的小孩，是肥后藩夸耀天下的名葩，势将慢慢成为藩的柱石，非设法拯救不可。”

尾藤金极口褒扬孙之丞，并维护他。孙之丞确实美若少女，而且有少女所未有的端雅纯洁，确是肥后藩数一数二的名葩。尾藤金关心孙之丞，让他出入已宅，有如掌上明珠一般疼爱他。孙之丞也因尾藤金豪迈，充满温情，与师傅武藏不同，怀着欣慕之心私淑尾藤金。

武藏对尾藤金的品格评价甚高，低头施礼说：“尾藤先生，一切烦劳了。”

接着他唤来仆人，引尾藤金到孙之丞所在的房间。

以此为机，春山站起来，辞别道：“先生，我想你一定很担心，不过，还请多保重身体。”

武藏独自重新坐好，默默沉思。不久，他深颔其首，低声自语：“尾藤金真是了不起的人物……”

武藏虽然只沉思瞬间，却想了许多事情。尾藤金认为这事件纯为偶发，没有一个人有恶意，对尾藤金这种看法，武藏深表同感，认为是极富人情味的正确看法。

不过，武藏的思维并不止于此。按尾藤金的意见，不要把事情公开，一切诉之以情，向重兵卫述说原委，以和平方式解决问题。但国有国法，以武藏的性格来说，既生活在法律之下，就不许以情制法。如果不承认法律，那么像阿部一族那样，采取反叛之路亦无不可。

然则，除接受法律制裁之外，就别无解决之道吗？武藏自问自答后，自语道：“另有一个解决之道！不流于情，亦不至于受法律制裁，道义的解决方式！”

这时，武藏满脸全是沉痛之色。

四

“喂，孙之丞，我来了！”尾藤金说着走进后院的房间，本以为只有一人，想不到信行之外，阿松正与孙之丞相对而坐。

“哇，这……”尾藤金抓抓头。

信行立刻移至下座，阿松请尾藤金坐上座，施礼道：“我是孙之丞的姑姑阿松。孙之丞承蒙多方照顾……”

阿松认识尾藤金，尾藤金却只闻其名，不识其人，因为女人很少在公共场合露面。而且邸宅相距甚远，身份又不相同，所以家庭间来往不多。

彼此在路上必定见过几次，但尾藤金本来对女人就不关心，以致未尝一顾。

尾藤金害臊地胡乱解释道："哦，是松小姐，久仰大名。本以为只有孙之丞一人，请宽谅粗忽之罪。"

他不仅以自己的粗忽为耻，阿松的容貌也使他内心怦怦作跳。

阿松今年应是五十岁，但看来只有三十五六岁。身材像少女一样苗条结实，真是清朗强韧。脸形酷似孙之丞，眉清目秀，鼻梁挺直，虽是美女，并无诱人的华美与妩媚，却洋溢着端庄、坦诚的气质，因为有处女的纯洁，所以如童女般清净。

阿松的这种容貌使尾藤金以前所持的女性观顿时翻覆。阿松的美无意间已充满了他整个心灵。

而且，他是自己所疼爱的孙之丞的姑姑。以前对女人，甚至对亡妻也未曾感受到的亲近感，笼罩了尾藤金的心，因此也愈发激起了对孙之丞亲情般的爱。

尾藤金以豪迈的笑容对着气沮俯首的孙之丞，以充满情意的目光凝视一下，出声说："孙之丞，别闷闷不乐！"

"是。"孙之丞抬起头，触及尾藤金的目光后，擦拭满眼的泪水。

尾藤金伸手拍拍孙之丞的肩膀。

"别闷闷不乐！既生为武士，难免会遇到这类事情。你救了神主维久的性命，为自卫而杀了小次郎。以小次郎来说，既拔刀就须有被杀而不悔的决心。这就是武士道。"

"但是……"孙之丞刚说，阿松就接口以坚决的口吻说：

"尾藤先生，不管理是理非，纵然是过失杀人，既杀了同藩的人，又是同门的小次郎，就须以武士的身份负起责任。孙之丞也很了解这一点。"

"尾藤先生！姑姑说的没错。"信行也附加了一句。

尾藤金似乎很觉意外，猛摇着头。

"不，不。要负起责任，就须切腹。以我藩来说，真是无谓的浪费，同时失去两个有前途的少年，实为一大损失。抵偿过失之罪的方法有好几种，但最好的方法莫过于孙之丞更勤勉修习兵法，以一身兼负自己与小次郎的重责，出仕奉职！”

而后，他赫然瞪大眼睛说：“松小姐！信行！我这就去重兵卫府邸谈判。别太急躁啊！孙之丞，你也一样！”

细川家数一数二的豪者，以三千石高秩的身份，强迫式地殷殷叮咛，尾藤金耸耸肩走了。阿松、信行和孙之丞都高兴地目送他。

五

之后，寺尾新太郎接到通知，急速赶来，进入武藏居室。

“新太郎，别惊！”

武藏看到新太郎后，先打了招呼，然后再谈及孙之丞的事，问道：“尾藤金右卫门跑来，说要跟重兵卫谈判，以和平方式解决问题。他现在刚刚出去，你认为如何？”

新太郎沉默不语，想了一会儿，静静开口说：“尾藤先生的好意，不能置之不理，只好任由他去。不过，即使秘密解决了，我也必须有所处置。”

“我也这么想。再者，金右卫门的周旋，未必会成功。新太郎，那时候的决心是很重要的。”

“当然。”新太郎猛点头。

之后，新太郎不禁流下泪来。

“师傅，其实，孙之丞并不是我的亲生儿子，我有个弟弟，少年时过继给藤芳家做养子，所以师傅并不知道。十四年前，还在小仓的时候，因细故伤害了同辈之人，殿下不悦，遂切腹而死。当时，弟妇已经怀孕，弟弟去世前一切托付我，无论所生之子是男是女，一定要让他振兴藤芳家。”

“噢，有这等事？”

武藏倾耳静听首次听闻的秘事。

“生下的是男孩，真是祸不单行，弟妇因产褥感染，不久即去世。

孩子由我领过来抚养，放弃不为主上所喜的姓——藤芳，而以我亲生子的名义养大。此子就是孙之丞。”

“哦。”

“可是，孙之丞也快到加冠的时候了，所以前几天把一切情形报告给殿下知道，并请求殿下俯允我跟弟弟约定之事，殿下很愉快地宽谅了弟弟，并允许使用藤芳的姓。于是，我也把真实情形告诉信行，秘密决定把我的食邑地分一百五十石给孙之丞，以便复兴藤芳家。师傅，这才是开端呢！”

新太郎隐含着泪水。

武藏对自己寄以厚望的爱徒新太郎这一席出乎意料的话，不知如何安慰才好。

新太郎继续说下去：“在殿下看来，孙之丞这次事件，无疑是父子两人皆背弃主家恩宠的行为。而且，弟弟误杀之人也同样是有吉家的族人。此事一旦起诉，除了由我代为切腹之外，别无拯救孙之丞之道。”

“新太郎，真可怜……”

武藏已察觉这三十年来爱徒的心意，默然叹息。

但最后只好暂且委诸尾藤金，任其发展，孙之丞则使之幽居己宅。新太郎领着孙之丞，悄悄回去。

六

次日，加屋维久在龙田山里切腹自杀，这消息由信行告知武藏。

武藏听了只说：“是吗？”

事件的本源也可以说起自武藏向维久论辩佛身垂迹说。武藏一念及此，内心隐隐作痛，但又有何法？

中午时分，阿松来访，报告尾藤金斡旋的情形。昨天，尾藤金即赴有吉家，虽忙乱，终于也见到了主人重兵卫。尾藤金说尽好话，劝其私下解决，重兵卫不肯答应。

尾藤金今晨到寺尾家。新太郎认为家主出见，世间风评势将不佳，故不肯出来应对，而由阿松代替。尾藤金说完交涉经过后，说："松小姐，事件刚过，重兵卫气愤难平，不肯答应，乃理所当然。在下去的实在不是时候，打算再去见他本家的家老求情。请别急躁。傍晚时分再来，请等我的好消息。"

武藏从阿松听了这消息，也同样只说："原来如此。"

信行为躲避世人耳目，也闭居家中，第二天，阿松又来报告。这天要举行小次郎的葬礼，所以尾藤金一大早就去见重兵卫，要求在事件告一段落以前别把死因公开。重兵卫毫不犹疑地拒绝，并说已把真相告诉首席家老长冈寄之。

但尾藤金仍未绝望，满怀信心地回来，说道："松小姐，我要再去见寄之先生，请他在最近别禀告殿下，莫向众人公开。"

武藏听了这报告，也只说："是吗？"

这天晚上，尾藤金和阿松一起来见武藏。

豪快的尾藤金也表情沮丧。

就座后，尾藤金说："宫本先生，现在只有劳驾您了。"

"什么，要我……"

"我向寄之先生请求私下解决，寄之先生说，有吉一族对孙之丞父子双重的伤害大怒，我也无法私下解决。不过，宫本先生和有吉本家的赖母先生关系密切，如果宫本先生向赖母先生商量，也许可以私下了结。总之，再过一二日再向殿下禀告。先生以为如何？"

尾藤金沉思般双手俯伏。

武藏闭目思考，旋即张目说道："尾藤先生，我不能。"

"噢！"

尾藤金仿佛怀疑自己的耳朵。惊讶地望着武藏。

武藏毫无血色的苍白脸上如冰一般冷，却沁出痛苦的表情。

继续沉默了两三分钟。

阿松好像忍受不住，开口说："尾藤先生，请你体谅武藏先生的心意，先生是无能为力的。”

她目中泪光闪闪。

七

又过了三天。孙之丞之事终于起诉。近日内将在光尚侯御前由家老和奉行商议，再下判决。

这天晚上，长冈寄之悄悄来到武藏府邸。寄之已继致仕的养父佐渡之后，出任家老。

寄之在公共场合都直呼武藏，但只有在两人相处的时候，则称先生。

“先生，是为通知孙之丞之事来访。”

寄之执师礼。

“哦，痛心之至，在我门徒中竟出了不法之人。”

“后天，将在御前商讨孙之丞的判决，事实上，处罚已经内定了。”

武藏不禁关心道：“情形如何？”

“是死罪。虽说是新太郎的儿子，事实上是以前杀害有吉族人，为殿下怪罪，切腹而亡的藤芳金弥之子。父子两代皆犯杀人罪，实难宽恕，故内定在井口刑场处斩。”

“寄之先生，承蒙赐告，武藏代寺尾家深致谢意。”

武藏静静回答，低头致谢。

寄之眨着眼睛，又说：“不过，殿下体察新太郎心意，已因其请愿，宽恕金弥，所以将斟酌情形，于日后复兴藤芳家，以慰孙之丞在天之灵，这是殿下私下告诉我的。”

武藏沉思半晌，微微点头，恭敬地回答：“圣谕，兹代新太郎拜领！”

第二天早上，武藏在滨之助陪伴下赴寺尾府邸。

武藏出其不意地来访，家人立刻引他进大厅，新太郎出来请安。

武藏对新太郎说：“有话要说。速请尾藤先生。”

使者飞奔而去，尾藤金骑马而来。

“噢，先生，在下奔走无功，终于起诉了，不过还未到绝望的时候。还可向重臣陈情，以待私下解决。”

尾藤金还很乐观。

“你的努力，武藏由衷感谢。我想向大家说些话，包括你在内。”

武藏说罢，向里间唤道：“新太郎、松小姐、信行、孙之丞，到这里来！”

“是，马上就来。”阿松回答。不久，众人都一齐出现在武藏面前。

“我告诉你们。”武藏静静环视众人。

落花

一

当时已有人指责武藏冷酷无情，甚至一直流传到后世。武藏对孙之丞事件的态度是他蒙受这种指责的事例之一。对此，他确是无情。但从武藏的性格与思想观之，却是无可奈何的；对武藏本人而言，这是深邃的悲剧。

当天早上，武藏到新太郎家，对寺尾家人及尾藤金右卫门，以冷严的表情，开口说道：“新太郎、松小姐、信行、孙之丞，最后的时刻已来临，武藏是为此事而来的。”

众人赫然瞪目惊视。尾藤金似乎比谁都要惊讶，他不禁促膝说道：“宫本先生，是什么事？”

“尾藤先生，且慢！”

武藏用手制止，而后继续说下去：“尾藤先生虽然尽了非凡的力量，但是藩议已内定处孙之丞死刑。”

“啊？！”

出声的是尾藤金一个人，其他的人都没有表示意外惊奇，只无言地低垂着头。

武藏接着告诉他们昨晚寄之捎来信息之事，这时连尾藤金也默然含泪致歉道：“在下力有未逮。孙之丞，对不起……”

武藏像要阻止他继续说下去似的说：“不，不，尾藤先生，谁像你这么有心！各位，终生都不能忘怀尾藤先生之情呵！”

“是。”众人齐向尾藤金俯伏致谢。

尾藤金慌忙说：“这，这怎么可以？”

“尾藤先生，这次事件本来是起因于我对维久论述佛身垂迹说之不当。其后，我也未代尾藤先生为孙之丞请命。”

说着，武藏表情因痛苦而扭曲。

新太郎开口说道：“师傅，说哪里话！新太郎师事师傅多年，深知师傅之意。我也了解寄之先生在未裁判未公布之前，特意拜望师傅的本意。”

接着，他回视孙之丞说：“孙之丞，你已下决心了？”

一直低垂着头的孙之丞，静静仰首新太郎，看尾藤金，最后望着武藏，以凛然的声音说：

“师傅，过去多承教诲，孙之丞自初即已下定决心。”

他双颊泛红，两眼清澄辉耀。

“嗯。”武藏表情顿然明朗。

武藏并未具体教导孙之丞在类似这次事件中所处之道。武藏所教的是任何事情都要自主思考，自主行动，对其结果，无论善恶，均须自行负责，武藏自己亦如是为之。独行道中所谓“吾处事不悔”的信念，即源于此。

就这次事件而言，在解决方案上，尾藤金那丰厚的人情使武藏感受到近乎艳羡的魅力，但他自己却不流于情，甚至不能流之于情，最后只凄凉地期待孙之丞自承责任，但也不能强迫。武藏夹在情与信念之间，默默忍受痛苦，观其变化。

寺尾一家人，以父亲新太郎为首，信行及阿松也都亲身体验过武藏的此一信念。孙之丞不仅直接受武藏感化，而且自幼即受父兄和姑姑的熏陶。

因而，孙之丞本人不待言，新太郎和信行、阿松及新太郎妻子，自初即决定：“切腹……”

“让他切腹……”

这种决意并未因尾藤金拼命奔走以求和平解决的方案而消失。不过，大家都很快乐，因为在尾藤金情爱的蕴涵下，那冷严的决心已变得温暖而辉润。

尤其当事人孙之丞在最后时刻将来临时，在培育自己的师傅面前，能够在尾藤金深邃的目光守护下就死，想来心里也觉得欣慰无比。

武藏默默领首道：“孙之丞，这决心下得好。这样才是真正的武士、武藏的门人，次于信行，领会吾二天一流奥义的人。”

称扬孙之丞以后，他又对众人说：“寄之先来找我，就像新太郎所察觉的一样，目的在孙之丞被提诉为罪犯之前，先行自决，以维护武士的身份。此外，殿下也下达难能可贵的秘谕。”

“啊，殿下下了秘谕？”

众人皆肃然端坐。

“殿下下谕说，如果孙之丞的罪状未决定前，像武士般就死，将恢复孙之丞父亲金弥的臣籍，以待日后重振家名。这也是寺尾家长年忠诚服勤的结果。这次尾藤先生的尽力，殿下也有所知。”

尾藤金及众人皆双手俯伏，似有无上希望……

于是，年仅十四岁的少年孙之丞，就在视为己子，慈爱有加的新太郎夫妇、阿松、兄弟信行、师傅武藏、尾藤金右卫门的守护下切腹而亡。

对外公开是病死。检验官原田岩见以吊问使名义来访，为其壮烈的死感叹不已，并将详情报告光尚。

二

孙之丞的头七过后，武藏应光尚之召，与尾藤金右卫门、新太郎同上花畑馆奉职。武藏已经很久未上殿奉职了。

“武藏，你消瘦了，没事吧？”光尚和气地说。

果如三人所预料，光尚并没触及孙之丞杀人之事。他对新太郎说：“孙之丞是你亲弟藤芳金弥之独子，他病死，你必定懊丧不已？”

他接着又说：“藤芳家也是有传统的家门，加上你多年的功勋，许其重振家名。如果信行之外还有其他儿子，你可立刻让他继承藤芳家名。另赐禄米。”

新太郎俯伏说道：“谢尊谕，但信行之外别无他子。”

“噢，是吗？”

光尚想了一下，说：“新太郎，你隐退承续藤芳之姓，如何？并赐一百五十石为隐退费。”

真是出乎意料的话。

新太郎是知节度的武士，也是深谋远虑的人物，念及社会舆论而回答道：“是，谨奉尊谕，新太郎即日隐退。藤芳之姓暂置一旁，愿改名为寺尾孙之丞。禄米时时增加，迄今已承领过多，属下愿辞退。”

光尚也颇以为然，轻轻说道：“这也好。在你领养继承家名的养子之前，藤芳之家名与禄米暂寄我处。就这么办！”

最后，光尚向尾藤金右卫门说：“金右，到底有什么亲戚关系？孙之丞生病时，你这样热心照料，真是奇特。想必伤心欲绝！”

有点讥讽似的安慰。

武藏和新太郎很高兴地从御前退下。光尚只留下尾藤，若无其事地说道：“以前跟你曾有所约定。终因事情繁忙，未克履行。我很赏识你的特异性格，现在要依约实行啰！”

光尚这时打算提出阿松。

“噢，约定？”

尾藤金状似不解。

“你忘啦？是娶继室之事呀！”

尾藤金微微一笑，像平常那样浮现了“当意即妙”的答辩。

“啊，若是此事，已无须烦劳主上了。”

“什么？”

“已找到意中人了。”

“噢，意中人……”

光尚吓了一跳，但立刻就看穿，这只是借口。

“噢，那太好了。这妇人是何许人？”

“殿下，只有这件事是秘密的秘密，不能说出来。”

“很美吧？”

“相当出色。”

“那一定是女杰啰？”

“是，无可置疑。”

“既是意中人，可不能有错失哦。”

“殿下，不会有错失。”

“哈，哈，哈，金右，今天我输了。”

尾藤金虽然凯歌高奏，但内心深觉难为情，而羞涩不已。他本来只为封光尚之口，故意回答说已有意中人。但在一问一答中，阿松的面影突然渐渐浮现眼底。尾藤金本来一点也没想到娶阿松为妻。

三

使世人喧嚷一时的小次郎被杀事件，因孙之丞的自决而告一段落。世人相传孙之丞豪勇切腹，不惜多加褒扬。

不过，也有人怜惜孙之丞，怀疑地说：“这难道不是少年同志之争吗？而且错在小次郎父子。除了死之外，难道没有其他的方法？”

当时流传着一则消息说，有吉曾向人透露，如果武藏向他要求，因是门人同志之争，只要让孙之丞出家就行了。由此，舆论的矛头便指向武藏，大多数人都指责他无情。

当时真正了解武藏心情的只有寺尾一家人、被称为武藏高徒的若干门人，和严流岛决斗以来一直支持武藏的长冈一家人。

以武藏而言，因孙之丞是爱徒，所以对这次事件，他也非常不忍，而且觉得可惜，同时也为法与理的矛盾尝尽了前所未有的痛苦。然而，由于平时的修炼，再加上孙之丞自主的自决，武藏才忍受下来，但苦闷的后遗症仍然持续不绝。

最后，武藏终于超越了舆论和伤心，一心一意继续修行前进。自己所指向的真理存在于岩殿山岩顶附近。武藏为最后的决战，期待着新刀的完成。

一天，永国来访。

武藏欣悦地问道：“永国，刀打成了？”

永国搔着头。

“先生，还没有。已经打制了四只，都不满意。再过三个月，到十月以后，一定可以完成。”

这是无可奈何的。武藏答允说：“行！行！”

永国突然双眸辉耀。

“先生，如果这把刀打成了，我也想结婚娶妻了。”

“噢，很好。有属意的人啦？”

“是的，是先生认识的光小姐。”

“什么，是阿光？”

是从江户追踪松山主水而来的阿光。主水的私生子已在泰胜寺出家，阿光则因由利公主的周旋，在某武家府邸做事，生活舒畅。因武藏的关系，永国早已认识她。

“先生以为如何？”

“是阿光，那还用说！”

“谢谢。尾藤金右卫门答应做媒人。”

“什么，是尾藤先生？”

武藏哑然：“那讨厌女人的人……真不可思议。”

永国莞尔微笑：“以前，我就跟他来往甚密，昨天到家里来，对我说，永国，你虽然也以讨厌女人闻名，但光杆一个不觉有所不便吗？所以我大声地提出了光小姐的事，他说，很好，我替你做媒。”

“噢，很好……”

武藏不禁大乐，出声笑了，真是难得。

四

武藏除了孙之丞切腹那天，就没在寺尾家出现过。而尾藤金右卫门却每七天来访一次。

他仍然豪放，善说趣事，使众人大笑。但是，他非常同情孙之丞，每次在牌位前焚香之际，都沉静哀伤。

四十九日的法事结束后，新太郎改名孙之丞，与新牌位一起搬到以前由利公主所住的白梅庵隐居了。

这一切均已就绪后的九月某日，阿松为致谢往访金右卫门。

是三千石的高官，所以门前的迎接礼仪很是琐碎。被引进客室后，金右卫门以自己的方式，无拘无束地说道：“哇，是松小姐，欢迎欢迎。请随意！”

阿松一看到金右卫门的脸，心情就很奇怪地和缓了下来。不只今天这样，一向都是如此，而且不仅仅觉得说话有趣，甚至气氛舒畅，心境鲜朗，有一种不可言喻的亲密感。这当然是源于金右卫门对孙之丞所显示的情爱，但最近，这种亲密感已愈发强烈，充满了她整个心。

在武藏熏陶下的寺尾家，任何事情都是武藏式的，有一种家庭亦战场的严肃与紧张感，因此暖意甚鲜，冷严的气氛到处漂荡，加上，阿松自己天生端庄，持身谨严，早已习惯于自己家庭的氛围。而今，阿松已完全为武藏的思想与人格所迷。

这时，金右卫门突然出现了。如果是为别的事情出现，阿松也许会视之为无聊的男人，而视若无睹。但金右卫门是怀着天生的人情味来的，阿松自初即深怀感谢，以好意相待。

而且金右卫门天生洋溢着意想不到的情爱，这是武藏、哥哥新太郎、侄儿信行所没有的……

但是，今天，阿松却僵直地致谢，只追忆着孙之丞，然后就想见机辞别归去，金右卫门却说话了。

“松小姐，宫本先生病体如何？”

“我经常去探望，胃痛似乎不再发作了。”

“这样很好。真怕会因这件事情又复发……在下有件事情觉得很奇怪，宫本先生是讨厌女人的人，既不娶妻，居宅也不雇用女仆，而松小姐却能经常出入，看来先生一定很喜欢松小姐。哈，哈，哈。”

“哇，呵，呵，呵……”

阿松也被引笑了，但立刻认真地说道：“先生的居宅里全是男的，总难免有漏失之处。生了病，也没有一碗粥可吃，我看不过去，才去照料他。”

“诚然，这样看来，先生也是很可怜的。”金右卫门以认真的口气说。

五

阿松又恢复了平时的诚实表情。

“先生是此世无双的伟人，却也是最不幸的人。有那么多门徒，殿下和各家老都很看重他，但他的内心总是孤孤单单。他太热衷兵法，因而变成不敢爱人，也不敢被爱的不幸者。如果我不照顾他，他一定会在人所不知的状况下独个儿痛苦地离开此世。先生要是允许，我愿一直看护他。”

“嗯，只有松小姐才能这样。”

金右卫门摇首感叹，却有点儿失落之感。

这时，金右卫门的老母亲送来了薄茶。这稀贵的女客似乎很引起做母亲的兴趣。说是年过七十岁的老妇，却仍不失名门主妇的风范。

“呵，小姐，我这个年纪，已没法准备好茶，只好原样带来，请用！”

她语气苍老，劝阿松用茶。

“真不好意思，我是寺尾之女，名叫阿松。”

阿松恭恭敬敬地接过茶碗。

“味道如何？”

“真不错。”

放下茶碗，从别的房间传来了幼儿的哭泣声。老母亲倾耳听着。

“松小姐，这是我可爱的孙子。我带来给你看看。”

老母亲眯着眼睛走出房门，不久便抱着幼儿进来。是个出生才八九个月的男孩。

“这孩子的母亲已经过世了。”

老母亲特意这样说。孩子长得白白胖胖，天真地笑着。阿松当然知道这是金右卫门亡妻所遗下的孩子。

“喂，阿和呀，让这位阿姨抱抱看。”

老母亲很骄傲地把幼儿递给阿松。

阿松微笑着接过来。幼儿毫不怕生，用小手抚弄阿松的脸。乳香阵阵。阿松不禁抱着贴脸。

见此，金右卫门大笑道：“哦，阿和好像很喜欢松小姐，哈，哈，哈。”

“是啊！是啊！非常喜欢。”

老母亲也笑容满面。

阿松满脸通红，仍然继续抚摩着婴儿的脸。信行和孙之丞小时候，阿松很少抱他们。已经遗忘的乳香，肌肤的感触逐渐扩大，不禁唤起了长眠心底的感觉。

出乎意料地，阿松在金右卫门家待了很久才离去。内心为自己也不了解的昂奋冲击着，她不禁加快了脚步。今天，她本来预定要到武藏府邸去的。

阿松在脑海里喊着："武藏先生，我要一生服侍你……"

六

过了十多天，一向康健的老母亲突然病倒在床。这时，尾藤金金右卫门想道："哎，怎么搞的，我竟迷上了松小姐！"

老母亲似乎早已觉得可能一病不起，当天晚上，把金右卫门唤到枕边说道："金右啊！我已经不行了。在我还见得到的时候，快娶个继室吧！先前见到的寺尾之女如何？据说，她是藩里首屈一指的女剑士。我一眼就喜欢上她啦！"

"什么，娶松小姐？"

金右卫门吃惊地反问。这当儿，阿松成为自己妻子的形象逐渐浮现在眼前，低声自语道："嗯，怎么搞的，我竟迷上了松小姐！不，我喜欢松小姐，要娶她为妻。"

但立刻又反省。

"不过，即使向她求婚，松小姐会答应吗？不，一定不会。松小姐是要一直照料宫本先生的女人。"

于是，他尽力拂去浮现眼前阿松的倩影。

可是，四五天后，金右卫门上殿奉职时，他最亲近的栉山左卫门说："金右，有话跟你说。"

于是，把他带到没人的庭院。

"有什么话？"

"你的继室呀。"

"哦……"

"你想娶寺尾的阿松吗？"

金右卫门吓了一跳。

"这是怎么回事？"

“昨天你不在的时候，我去探望令堂。令堂说，金右好像也很喜欢，要我替你做媒娶阿松。”

“真是没办法，母亲竟说了这种话？”

“是啊，你真的很喜欢松小姐吧？自孙之丞事件以来看你常常去探望松小姐……”

说着，左卫门莞尔一笑。

金右卫门“啪”的一声，拍了额头，哈哈大笑道：“左卫门，我只好向你弃械投降了，确实如你所说，但，绝对无法娶她为妻。松小姐说，她要终生照料宫本先生。”

“哈，哈，哈，你终于说了真心话。喂！金右，彼此互不相关呀！拿出勇气来！若说要做宫本先生的媳妇，那无话可说。如果只是默默照顾宫本先生，那就无关紧要。宫本先生本来就讨厌女人，所以府邸不用女人，只有许多仆人和弟子。松小姐不会如愿以偿的。”

“哦……”

“金右，事不宜迟，快向殿下请求去！”

“且慢，左卫门！”

金右卫门慌忙阻止，但左卫门一溜烟奔驰而去。

此事一旦传入光尚耳中，光尚想必拍掌大乐。他一定会以主君的权威替阿松和金右卫门做媒吧！

但是，阿松呢？

第四个女人

一

南国盛夏多森林的熊本，过了九月中旬，到藤崎宫大祭结束后，就可清楚地感觉到秋天的来临。但是，白天依然炎热，森林绿意仍浓，落叶的无常还很遥远。正是令人想起人世丰盈的秋收时节，树林间点缀的柿子很美。

武藏不到武坛，也只有清晨在井边洗脸的时候才到庭院，几乎整天坐在居室里。每夜直到黎明时分才躺下，大部分时间都坐着。

武坛全由信行和盐田滨之助负责，家务则由小仓带来的仆人增田总兵卫和冈部九左卫门统领。屋里毫无女人气息，烹饪、洗濯也由男人处理。阿松偶然来，也只是照料武藏的食物。

一天，阿松提着一个包袱离开了家。自拜访尾藤金以后，毫无来由地，性情暴躁，生活很不稳定。今天也是这样，但一走近武藏府邸，她便逐渐心平气和，恢复了往日的沉稳。

跟过去一样，阿松不经通报，径往武藏居室。问候后，她解开包袱，把饭盒里的饭团放在盘子上，让武藏吃。

武藏津津有味地吃了一个，便不再拿，搁手膝上。

阿松吓了一跳。“先生，胃又痛啦？”

“不是。只是稍微注意一点。最近，儒者秀山来访，他说兵法家只知大吃，没有头脑，实在说的不错。年轻时，我也乱吃。”

“不过，先生吃得并不多哪！”

“年轻时，大吃、小吃，或绝食都是为了修业。后来，就不为好吃才吃了。”

阿松睁大了眼睛。

“那么，先生并不认为东西很好吃啰？”

“我不是因为好吃才吃，是因为饿才吃。”

“那么，吃了以后，还是觉得很好吃吧？”

“不管吃什么，味道都一样。因为我拼命抑制自己，不要觉得东西好吃。”

阿松显得无趣，双目落在自己带来的饭团上。

“先生，我带来的东西也一样吗？”

武藏微笑。

“松小姐，那可不同。我觉得很好吃才吃。”

“先生，那可是真的？”

阿松像小姑娘一般，双眸光芒闪烁。

武藏凝注阿松的脸，静静地开口说道：“那已舍弃的味觉世界，借你的亲切又重新连接起来。这条线一断，我吃什么都跟沙没有不同了。”

“哦！”阿松惊讶地回视武藏。

“松小姐，你是一个很奇怪的女人，你看护阿通，亲见悠姬的临终情景，送走一去不返的由利小姐，现在又来照料我。过去，我不曾让女人进入我的居室，不接受女人的照顾，在己宅也不曾吃过女人所做的饭菜，吃母亲做的饭菜已经是很久很久以前的事，我已经忘怀了。松小姐，你是唯一的。”

说罢，武藏俯垂双眸，静静地说：“这会继续到哪一天……”

阿松急忙打岔。

“武藏先生，哪儿的话，我会一直来看你。”

武藏寂寞地说：“呵，真高兴。但是，你不离开，我也可能会离开呀。”

“不，即使上岩殿山，我也会去接你。”

武藏移目庭院，独语似的说道：“岩殿山！十月登岩殿山。但会发生什么事情，谁也无法预测。即使松小姐来接，也可能不回来。”

至此，阿松再也接不了话。但心中却说道：“必定要把你带回来。”

这时，她突然想起先前向尾藤金说要终生照料武藏的话，而私语道：“尾藤先生也很称赞我的这种决心。”

二

这天晚上。

栉山左卫门自称光尚侯使者，走进寺尾信行邸宅。因父亲隐退，信行现在已搬出武藏武坛，住在家里。

不知何事，信行把左卫门请入了客厅，信行出见致意后，左卫门莞尔微笑说："信行先生，我自称使者，是因为有秘密话要说。有事要见松小姐。"

信行退下，阿松出见。

"栉山先生，不知殿下有何吩咐？"

"松小姐，放轻松点儿……是，是和尾藤有关的。"

"啊，尾藤？"

"就是松小姐认识的金右卫门呀，金右去年丧妻，一直照顾着幼儿与老母，于今依然未再续弦。最近，老母亲突然病倒，已到朝不保夕的地步。"

"哦，我并不知道……"

左卫门挥汗说道："殿下听到这消息后，甚觉心疼，要他早日续弦，故多方探选新娘。松小姐！殿下选上了你。"

"什么？"

阿松脸色苍白。为这意外的惊愕，放在膝盖的手微微颤抖。这从天而降的提亲、生来未曾想过的婚事，给她雷击般的震撼。

左卫门见此亦不由得一震。

"松小姐！"

"殿下也要玷污吾身？"

阿松大吼，语调尖锐得如以兵法气势直刺对方一般。

左卫门越来越觉畏惧。

"松小姐，玷污……"

"不，不要听。快滚！"

"那，那以后再来……"

左卫门惊慌失措地逃到外头。肥后藩首屈一指的女兵法家，颤身怒吼，连左卫门也只有退避三舍。

左卫门返回殿上，秘密进谒复命。光尚捧腹大笑。

"左卫门，你太不谨慎了。"

“不，可不是这样。她不是这样容易生气的人。她像从头上被泼下脏东西一般，浑身发抖，瞪目大怒，接着全身是提枪刺杀前的剑气。嘀，真是吓人。殿下，女人生气是很可怕的。”

光尚领会地说道：“嗯，也许如此。不过，阿松会生气，也应该理解。因为对一个抱定终身不婚的人来说，突然而来的提亲，自然会使她生气。但是，提亲也不是坏事。女人一旦成人，不管多少岁，都会有人提亲的，我也是第一次做媒，可不能就此打住。左卫门，过几天再去看看。”

光尚年轻，不肯善罢。

“殿下，这件事……”

“这不是你提出的吗？”

“是的。但我应付不来。殿下，请暂缓，我立刻邀齐友朋，商讨对策。”

“好，好，可不能有差错呵！”

左卫门招集上殿奉职的友朋，暗中商讨。但一听到阿松的剑气，没有人敢再担任第二个使者。

三

阿松受到了从头上泼下脏东西似的冲击。左卫门离去后，她还战栗不已。

“姑姑，使者的来意——？”

信行问，阿松只回道：“一切都已经过去了。别担心。”

她觉得自己所受的侮辱已经严重得不能向侄儿说，甚至对金右卫门所怀抱的亲密感也全化为乌有。

到第二天，心情才渐沉稳，但侮辱感依然未消。

“去见见武藏先生，心情一定会清澄开朗。”

这么一想，阿松便亲自用竹竿摘取院子里的柿子做礼物，去拜访武藏。

走进居室，武藏一如平居，面向庭院端坐。

——广阔额头光秃，脸形和鼻梁大而豪放，却如雕刻品一般，白皙端正。鬓间杂着一些白发，细细的乱发低垂至颈，仿佛未曾梳理一般，却乌黑柔软。躯体毫无赘肉，只留下刚健的筋骨，有如从地下冒出的岩石一般静止不动。从整体而言，则有如历尽风霜依然巍峨耸立的巨树。

在今日阿松眼中，武藏的形象是如此，而且认为他是世上无双的强人，蓦地浮现了武藏舍弃阿通时的年轻风貌，而自语道："欸，或许会像他以前所说那样，我即使去接他，他也不会从岩殿山归来。"

阿松坐下，武藏依然以原先姿态端坐。

"先生！"

"松小姐，来啦。"

武藏仍然不动。

"先生，我带柿子来了。"

"哦，谢谢。"

好不容易才改变方向。

阿松剥柿子给武藏吃。

武藏吃得津津有味。

阿松开口说话："先生，刚才我突然想起了通小姐。"

"……"

"以前没对先生说过，通小姐的坟墓在本妙寺。"

"想必如此，她是在那儿去世的。"武藏静静地说。

"以前曾觉得不便向先生提起，所以没说。先生早已知道了？"阿松略以责备的口吻说。

"松小姐，对不起。"

"你不想去探望一下吗？"

"有时也想……但阿通已到很远的地方去了。在朦胧中，我常常看见阿通站在高山上。探望坟墓，也没有什么意思。"

"哪儿的话！"

阿松强烈驳斥。

武藏注视阿松说："松小姐，你今天跟平素不同哦。"

“先生也不同啊！”

“哈，哈，哈。”

武藏大笑，然后转向庭院。

阿松耽了两三分钟，然后说道：“先生，告辞了。”

说罢，阿松蓦地站起，武藏回首说道：“松小姐，有件事忘了告诉你。听说阿光要嫁给刀匠永国。”

阿松瞪目惊视，但仍一径离去。

四

阿松直赴本妙寺。

走上漫长的石阶，遇见了好几个穿白巡礼服的人。山门附近，两旁全排满患冤孽症的乞丐，向参墓的讨钱。

本妙寺是加藤清正所建的法华寺，从那时起已是全藩闻名的寺院，才有这么多冤孽症者群聚于此。他们可能也相信口传的迷信，像跟由利公主同行的盛娘那样，为一身肩负祖先之罪，而离家出走。

阿松看见巡礼的女人，不禁想起由利公主。

“哎，现在她不知道旅行到哪儿了。”

由是，阿松更感觉到武藏的强与冷。

阿松给每一个人钱，终于到了在内院坟地里的阿通墓。墓碑已生苔。寺里的人似乎因为知道一切因缘，来清扫过，草不长，且有焚香的痕迹。细川藩从小仓移至熊本以后，阿松在阿通忌日必来扫墓。但自由利公主来了以后，就荒怠了。

“通小姐，对不起！”

阿松燃起门前所买的线香，合掌礼拜。二十几年前的事恍如昨日一般，栩栩如生。

“通小姐。武藏先生还独自生活，没有跟你认识的悠小姐结婚，由利公主虽逼他订了婚，最后也解除了。通小姐，武藏先生毕竟没选择爱情，而选择了兵法之道。”

阿松叹口气。

“通小姐。武藏先生比那时候要强得多了，而且完成了二天一流的兵法。可是，可是武藏先生一定也不幸福。谁都不知道，只有我知道。武藏先生虽然站在高处俯视众人，状似从容，他的灵魂却在哭泣。”

阿松一面告白，一面不由自主地悲从中来。她觉得自己已代替阿通守护着武藏。

呵，她发觉，不仅阿通，连悠姬、由利公主也怀着同样心思，倾心注视着自己。眼中，她们三个人都漾着悲愁，依然爱着武藏。

阿松迫得在心中大叫：“通小姐，我要看顾武藏先生一生！”

她站起来之后，又高喊道：“悠小姐，由利小姐，我一定会看顾武藏先生的一生。”

墓地寒樱盛开，周边树荫下，秋虫唧唧。

下了决心以后，阿松内心的块垒似乎一扫而光，不禁轻松起来。前几天所受的侮辱感似已拂弃，心情爽适。从墓前退下，阿松蓦然止步。

“啊！难道我爱上了武藏先生？”

阿松一直站着，却又轻声自语道：“想必是这样！我爱上了武藏先生。啊，武藏先生。”

阿松眼中热情洋溢。

五

第二天，阿松又去拜望武藏。武藏跟平时一样，从容迎接她。

阿松面泛桃红，致歉道：“先生，昨天实在很抱歉。我也觉得很奇怪。”

武藏笑道：“松小姐，人心一直都波涛起伏。见解与心情也变易不已。你过去一直都心平气和，实在令我感佩。只这么一次，算得了什么！”

阿松放心。

“真的？先生心境也很平稳，一波不兴呀！”

“呵，那可不，我的心波或许比人要大得多，只是我用另一个心把它压制了。换句话说，兵法就是制御这种心波之法。松小姐，你可试着让你的心境变成执刀对峙时的状况。”

“是。”

武藏一句一句地说：“调整呼吸，去除杂念，镇压心中波涛。把心集聚在剑上。这时，心与天地合为一体，生命跃动，汇成奔流，闯向敌人。”

“是的，确实如此。”阿松双眸露出光芒。

“不过，要做个兵法家，必须不断累积这种修炼，时刻提高心境。这时，敌人会来摇撼我们的心，阻碍我们前进。兵法家要以心剑杀这敌人：一切欲念、依恋、愤懑、避难就易之心……”

阿松暗暗点头。

为此，武藏断绝欲念，甚至否定味觉之美。为去除依赖心，不惜以神佛为敌。至此，阿松深能了解，但欲臻顶峰的武藏，现在究与何种敌人，如何作战，却无从知道，甚至世上没有一个人知道。

阿松以燃烧的目光仰视武藏，气闷使她悄悄以手抚胸。

阿松想：“连那么纯情美丽的通小姐都抓不住武藏，连那么高贵的悠小姐也敲不开武藏真正爱情的门扉，有杰出的智、情、意的由利公主亦然。我究竟能跟随现在的武藏到哪里？”

阿松终于开口说话。

“先生，我懂了。先生现在为了跟最后的心敌决斗，才上岩殿山。”

武藏深深颔首。

“松小姐，说的不错。”

阿松讨好似的说：“先生，你上岩殿山时，我能像以前那样，偶尔去看看你吗？”

武藏突然以探索的目光望阿松。

"松小姐，最好不要去。"

"为什么？"

"你已经不是以前的松小姐啦。"

"哇，先生……"

"松小姐，我这次带刀上山。也许会杀你。"

"杀了也没关系。"

武藏猛摇头。

"不行，不行！今后，你要在家里等我，我不想杀你。"

"先生！"

武藏蓦然站起来，从走廊走下庭院，毫不回顾地走着……

"先生！"阿松又叫了一声，目送着逐渐消失在树林间的武藏背影。

六

左卫门等尾藤金的友朋当然不会把左卫门被阿松逐回之事泄露给别人。提亲未成后，已过了四五天。结果，尾藤金也探悉此事之经纬。

"混账！怎做出此等事来！"

在殿上一个房间，正当大家窃窃私语时，尾藤金出现了，大声怒吼着。

左卫门搔搔头："对不起，别生气！"

"全盘道来！"

左卫门只得说出一切，尾藤金顿然气沮意丧。

"松小姐义愤填膺，自是理所当然。五十年来，毫无桃色传闻，坚守女人的神圣。怎会做人妻子！左卫门，你真不该向殿下言及此事。"

"可是，你不是倾心松小姐吗？"

"哎呀，你仔细想想，倾心和迎娶并不相同呀！松小姐岂是为人妻的女性？那样清纯贞洁的女人，哪个世界有？你我哪里懂得松小姐之美？”

众人惊愕不已。

“因为你的轻举妄动，松小姐一定会以为我金卫门是个无聊的男人。如果松小姐这样看我，那可是金右一生的损失。好，我这就去找松小姐解释。你去告诉殿下说，金右直接去谈判了。”

尾藤金得势不饶人，不理愣住的众人，大踏步走出去。

另外，阿松自那天离开武藏府邸以后，仿佛变了个人，烦闷不堪。在信行尚未娶妻的寺尾家，阿松是主妇。平时倾力处理家务，但最近仅事先交代婢女，自己大部分时间都闭居在居室里。脸色不佳，双颊下陷。

信行看不过去，问道：“姑姑，是不是因为左卫门先生来了，使你很痛心？”

信行似已略有所闻。

“不是，那已干脆拒绝了！”

阿松唾弃般地说，接着又说：“信行，我已下决心要终生照顾武藏先生，因为男人都粗心大意，但先生不要我。”

信行锁紧眉头。

“姑姑，是因为有什么错失吗？”

“不是。是源于先生过去的信念。”

信行松了一口气。

“姑姑，那我懂了。师傅为兵法修业，从年轻时就排斥女性，府邸也不用婢女。姑姑也是女人，那就不足为怪了。”

“不过，信行，先生身体有病，近来又常上岩殿山。我担心……”

信行也表情灰黯，却突然想到什么似的，振奋地说道：“姑姑，若是此事，请别担心。最近武坛休假，我会陪师傅去。”

阿松对这年轻的侄儿也不再多说，只颔首道：“有你陪伴，那就放心了……”

就在这时，大门传来了尾藤金那豪放的大喉咙声："请通报。是金右。"

七

阿松吓了一跳。起初对尾藤金很生气，后来因为自己与武藏的问题，把尾藤金的事完全忘了。但现在尾藤金亲自来，又使她内心骚乱不已，既生气又不好意思。

信行察觉后问道："姑姑，怎么办？"

但是，阿松在任何场合都不会轻易逃避不肯面对现实。

"请他进来……"

于是信行交代传达的仆人说："引他到客厅。"

尾藤金进入客厅后，跟平时一样旁若无人地跟奴婢开玩笑，他的声音有一种爽直的亲切感。阿松抑制泛涌而出的微笑，僵直地走进客厅。

"尾藤先生，你好。"

"哦，松小姐，久违了。那次，不能好好招待，实在抱歉。哇！你的脸色好像不很好……"

"是的，身体微有不适。"

"那可不行。是不是因为左卫门的话使你不高兴？"

"尾藤先生，那实在太过分了。"

尾藤金慌忙说道："松小姐，请稍待！今日我便特为此事而来。此事是殿下和左卫门的意思，并不是我的本意。"

"噢。"

"松小姐，在下怎会想到那无礼之事？在下以为松小姐是世上罕有的贤慧女人，由衷佩服。根本没娶松小姐为妻的意思。"

"原来如此。"

阿松的脸明朗清澈。

尾藤金还尽量解释："前些日子，松小姐来访后不久，家母病倒了……”

“真的，当时左卫门先生来了以后，我很惊讶。所以未能去探望令堂，抱歉之至。”

“不，不。家母一见松小姐，就喜欢了，所以在我不在的时候，唠唠叨叨地向探病的左卫门说出那无聊的事。左卫门那厮，不听在下的劝止，径向殿下报告，并不先通知我，就到府上来。松小姐，请你宽恕。”

听金右卫门这么说，阿松的误解消融了。又恢复孙之丞事件发生以来对尾藤金的好感，那为武藏之事而冰冷的心似已逐渐洋溢着暖意，而开朗起来。

如果说明了与武藏的事情，苦恼一定会减轻。他总是令人觉得心情舒畅。

阿松望了一下尾藤金，说：“尾藤先生，我身体不适并不是因为左卫门先生的缘故。”

八

“什么？”

尾藤金状似不解。

“尾藤先生，什么都可以对你说吗？”

尾藤金豪直地说：“我跟松小姐是终生盟友呀！也愿做你的哥哥。何事不可言……”

阿松下了决心：“尾藤先生，这跟武藏先生有关。”

“什么，跟宫本先生有关？”

“到府上拜望时，我跟你说过，我阿松要终生照料武藏先生。”

“嘿，的确说过。除了松小姐，确实无人能够。当时，在下敬佩不已。”

阿松突然含泪说道：“左卫门先生来的第二天，我去拜访武藏先生，我也把此事告诉他。”

尾藤金双手抱胸："宫本先生谅必也很高兴。"

阿松泪水落下。

"尾藤先生，事实却非如此。武藏先生冷冷地拒绝了我的要求。"

尾藤金怅然若失。

"这，这真难以理解。宫本先生的心境呢？"

阿松促膝说道："尾藤先生，于今思之，结果早已知道。"

"哦……"

"武藏先生是个不懂女人情爱的人，因而有好几个女人为之失望伤心，终至郁郁而亡。"

"诚然，宫本先生为兵法修业，斩断一切情欲，致有女人为之伤心郁闷。"

阿松以袖掩脸，断续说道："尾藤先生，我也是其中之一人，第四个女人。"

尾藤金表情凝重。

"松小姐，我很了解！真遗憾，但请别伤心。我刚才说过，宫本先生本来就是这样的兵法家。思慕他是错误的。"

"那么……"

"松小姐，最好放弃。"

"但武藏先生正在生病，我非照料他不可……"

"松小姐，最好放弃。不管多辛酸，宫本先生总是独个儿过此一生的人。"

"是……"

阿松亲密地望着尾藤金。

"松小姐，宫本先生之事最好别去想它！松小姐受伤的心，在下愿尽力抚慰。松小姐，吟首诗如何？"

尾藤金说罢，突然哈哈大笑。

阿松也被引得仰视尾藤金。

佛敌

一

对武藏来说，日常平居的生活即是战斗。他选作决战场所的地方是岩殿山上的岩头，就像跟佐佐木小次郎的决战场所是船岛一样。

在与小次郎决斗时，武藏为了备战，在下关旅舍充分谋划作战方案，同样地，这年阳春，武藏从岩殿山回府邸以后，即卧病在床，为了准备岩殿山岩头的作战，专意调整身心。

他重新检点自己，无用者弃之，该断者断绝。回视自己的兵法之道。拭除阴霾，打磨凹凸不平之处。重观神、佛、儒，以确定其本质——武藏一如往常，这次也倾力整备心身，以期在刹那间决胜负。

但是，这并非易事。对一般重视人之常情与社会生活的凡人而言，这也可说是背德。阿松的亲切虽已变成类似恋情之物，但因私心倾慕武藏的人格，故愿看护武藏之病，这个愿望极为拘谨，但连这种愿望，武藏也决意加以拒绝。此外又舍弃人世的情爱，眼睁睁看着爱徒孙之丞自杀。

武藏在决意这样做的时候，当然也体味了前所未有的忧苦。世人自然无法知道，因而指责武藏无情无义，乃理所当然。

欲探究神、佛、儒真性的批判，也被世人目为毁谤神、佛、儒的悖德，以致藩论沸腾，这也无可奈何。

武藏过去已为世人所惧，视之为离情无识的剑鬼。然而人们却为武藏超绝的剑技兵法与高贵的气度所吸引，虽不了解，却也畏服。这些事迹只要看看武藏传诸后世的逸话故事就可知道，他没有留下丝毫可以让人打心底涌起暖意的故事。

世人的宽宏有其限度，现在的武藏已身处这一限度之外。其风采有如妖魔变幻，无可控制。

门人也日益减少，虽非正式脱离门墙，但到武坛练武的已越来越少。孙之丞事件以后，这现象尤其显著。练武太过严紧，仅为原因之一，舆论的作祟也是难以掩盖的因素。滨之助年纪已大，为人又世故，大致原因已能了然于胸，但认为多说无益，故噤口不言。

只有武藏的忠实信徒，年轻的信行不解其故，内心焦虑不安。姑母阿松昨天的叹息也不禁使他牵挂悬念。

自孙之丞事件以来，信行已搬离武坛，迁回己家，之后每天从家里赴武坛。这天早上，到武藏跟前，信行悄悄问道：“师傅，最近来练武的人越发少了，不知什么缘故。”

“真的？”

武藏说罢，闭上眼睛，旋即静静交代说：“信行，别担心。来不来练武随他们便好了。信行，这是个好时机。滨之助的棒术，技艺虽超群，但招式尚未成熟。你练武之余，可跟滨之助合力创出有招式的棒术。”

二

“是。”

信行紧张回答后，又静静仰视武藏的脸。

“师傅，尊体如何？”

“没什么变化。”

“有没有想吃的东西？”

“没有。”

“姑姑很担心，男人的烹饪不够细致。”

武藏满怀谢意，亲切地说道：“松小姐在我生病期间多方照顾，实在感谢。我的病能够康复，全是松小姐的恩赐。现在病已好，请松小姐别挂念。多年锻炼的胃囊已迟钝，不辨好歹了。”

信行听了，心事重重，说：“是的，我懂了。师傅，这次上岩殿山，由我作陪。”

武藏直视信行。

“好，带你去！”

“谢谢。”

“这次是我极为紧要的坐禅时期，你去看看也不妨。”

“是。”

武藏的语气顿时强烈起来。

“信行，以前，我很少亲口跟你谈论兵法。你的本性适合用气势、眼睛和躯体来感受兵法，而比较不宜用语言、听闻与头脑来体悟。所以，这次上岩殿山，我也不想口说什么！”

“是。”

信行双眸辉耀。

武藏接着说：“信行，你继承我长年锻炼，行将在岩殿山完成的兵法，好吗？”

“师傅，我必定继承！”

“好，从今天起凝练棒术的功夫吧！”

“是。”

信行的心如受鞭策一般，紧紧缩住，挺胸走了出去。武藏对着桌子，移目正在阅读的佛经，那是昨晚开始阅读的《法华经》。地板上放着《观音经》《般若心经》《观无量寿经》三部佛经，旁边堆着《古事记》和《日本书纪》。

武藏纹丝不动，热心耽读已达半个多时辰。读毕最后的《观普贤菩萨行法经》后，沉静低语道：“对了。不管读哪一部经，释尊在菩提树下所体悟的真如正与我所追求的东西完全一样。所谓真如就是创造者及其背后所扩延的广大世界，这创造者创出了大地的生命之后又给予死亡，并以因果法则统御着人类。”

武藏自己深深颔首。

“这就像大名之后有较强的将军。在赐给万物生命之光的太阳背后有真如。释尊悟得此真如，述说众生臻此境域的若干法门，这就是佛经，我所体得的万里一空只不过是其片羽吉光。”

武藏凝望庭院前的天空。

“我无法窥透真如的任何法门。虽云坐禅，但我手上有剑，要以自己所得的二天一流兵法参透其法门！”

武藏脸上显得豪勇无比。

三

阿松毕竟是女人，她想把女人才有的爱情变易为忠诚的服侍，并坚持不婚的原则，把这忠诚服侍之心奉献给武藏。但最后，女人的本能觉醒了，这也许是受尾藤金的温情所刺激而促成的。

这时，阿松对武藏的态度改变了。服侍之心所追求的是感谢，有时甚至感谢也非所求。但是恋慕之情却要求自己付给对方同量的爱情，这种要求若不能满足，便会觉得不满。

不过，善良的阿松求之于武藏的只是那么一点点，只要武藏接受她所奉献的爱情，喜欢吃她偶尔带来的礼物，默默接受她由衷的照顾就行了。这可说是完全脱离肉体的爱。

然而，武藏连这种爱都不肯接受。阿松悲伤之余，投进了尾藤金宽广的胸前，但她绝不是把对武藏所怀抱的恋情变换为尾藤金。尾藤金就像那天所说一样，把阿松神圣化，而不是把她看成爱欲的对象。

这时，阿松视尾藤金为兄长，似乎想用他温暖的情爱来治愈自己受伤的心。

但是，天一亮，她又想再去见武藏，试探看看。自己所要求的非常少，大可不必绝望。而自己比谁都知道武藏的寂寞，也深知途中的险阻，因而也难以放弃。

一大早，阿松就小心翼翼地做武藏所喜爱的糯米饭，急速去拜访武藏。

“你来了！”武藏说，但目光比以前更严厉冰冷。

阿松把糯米饭置于盘中，一面把盘子递到武藏跟前，一面注视武藏，说：“先生！先生说我最近变了，其实我一点儿也没变。只要能像以前那样，偶尔来看看，服侍先生一下，吾愿足矣！”

“松小姐，你为何对武藏这么好？”

“因为我知道先生寂寞，苦恼。这是为人，为世，也为了提升兵法，我无法默然视之。”

“松小姐，你想错了。我既不寂寞，也不苦恼。”

“先生，你说谎。”

“这可不是谎话。如果说有人使我困恼，松小姐，那就是你对我的亲切。”

“啊……”

“松小姐，请你回去，不要再来。你知道，我内心还洋溢前所未有的旺盛的争斗之气，我不需要女人的助力。”

这番话有如必杀之剑，阿松满脸铁青。她低着头收拾器皿，哀伤地离去。

四

武藏的不得好评与武坛的萧索也传入重臣耳中。不知是谁禀告的，连光尚也知道了。

痛心的光尚悄悄请来寄之，两人密谈。他们是叔侄的关系。在别人面前，光尚以君臣之礼直呼“寄之”，二人独处时，则喊“叔叔”。两人的年纪也相若。

“叔叔，据说武藏的病已好得很快，却从近侍那里听到不佳的谣传，而且近来去习武的人也少了，这到底是怎么回事？”光尚说罢，皱了皱眉头。

寄之与目前已致仕的养父佐渡，一直都偏袒武藏。虽然不能说是武藏的信徒，却也是几个能了解武藏的人。所以虽风闻世人对武藏的批评，却也只觉得意外，并不惊讶，只是担心会变成实际的问题。

寄之也不称光尚殿下。

“光尚，我也风闻了。武藏本来就不是凡人，自不能以世人的常规来衡量他。藩士不欣赏他，那是无可奈何的。但是，武坛萧索却与本藩的士气有关。我想可能是因为练习稍微严厉了一点。明天，我到武藏家，悄悄向他说明我的意见。”

“嗯，这样也好。如果恶评继续高升，给他藩知道了，也着实不妙。”

次日午后，寄之赴武藏府邸，适逢居室有客人，故被引到外厅，不久，武藏就出来了。

“先生有客人，来打扰，真不好意思。”寄之说。

“呵，没关系，是一位僧侣。”武藏回答。

“何方僧侣？”

“长崎正觉寺的一向宗住持。”

“是旧识？”

“呵，不，以前的住持道智和尚，是三十年前的旧识。现在的住持却是第一次见面，因有重要事情才来看我。那是三十年前的事了，当时，我在长崎，遭受许多浪人袭击，不得已杀了许多人。”

“咦。”寄之很感兴趣地倾听着。

“当时，道智和尚并不加阻止，曾对我说：尽情地杀吧！道智和尚于岛原之乱的第二年，以八十八岁高龄圆寂，往生净土。他对后任住持、弟子道念说，武藏将因佛之慈悲而觉醒，是时可往探望。所以，道念为此而来。”

寄之双眸愈发辉耀。

“那，先生如何回答？”

“还没回答。”

“哦，先生的答语，寄之也想听听。可否把那和尚请到这儿来？”

“行呀，哈，哈，哈。”

武藏大笑。

五

武藏自己站起来，把道念唤来。

道念坐在下座，俯伏行礼。年三十四五岁。个子高大，筋骨嶙峋，但目光柔和。

寄之出声说话。

“我是寄之，请抬起头来。”

“是，我是道念，谨此晋见。”

“详情已听武藏先生说过。我想跟师傅一块儿听听武藏先生的答语。先生，请说。”

武藏直视道念。

“师傅，蒙您远道而来，偏巧武藏尚未悟及慈悲与佛。三十年前，道智和尚对武藏说‘杀，杀，杀，尽情地杀’。现在武藏依然未变，仍是佛之敌。”

武藏冷冷地说，道念恭敬地俯拜武藏，手数念珠，唱颂道：“南无阿弥陀佛。”

武藏还是冷冷地说：“师傅，为何俯拜？”

“上人（亲鸾）有云，善人可救，何况恶人？”

武藏严肃地问道：“师傅，这是说像武藏这样缺乏慈悲心的极恶之人，反而最接近佛吗？”

“是的。”

“难得之言。看来我也被上人盖下极恶之人的烙印了。不过，的确如此。寄之先生，近来门人很少来练武了，想必是因为门人也跟世人一样，为武藏的无慈悲心而战栗不安。”

武藏说完，即将尖锐的目光投向寄之，仿佛已看穿寄之今天的来意。

寄之口吃地说：“这，这个……”

武藏顿时易以沉静的语气说下去。

“我过去所走的修业之路，的确是冷酷无情的连续。不这样，武藏的兵法便不能成立，但我根本无意要求门人跟我一样从事冰冷无情的修炼。甚至为了不让门人走上我这无情之路，才创造招式，显示技艺，尽量以温煦平常的方式解释。这样，纵使是凡夫，只要依据我所定之法，不停锻炼，即能渐次穷究其奥义。我的后继者信行就这样以形体来表现技与心，这就是我兵法的雏形。”

寄之认真倾听。

“我对门人所要求的兵法锻炼绝不过分严厉。只是武藏自己想一如往昔继续非情之修业，以穷究‘道’。而且在岩殿山，遇大敌，目前正立于生死关头，是胜是负，只有倾力为之。近来的武藏已变成鬼、蛇般可怕的形象。世人见我如此，必目为妖魔变幻，恐惧难安。门人亦为我气势所迫，避得远远！”

武藏悠然展露本心，寄之更以感叹之目仰视武藏：“先生，我懂了。请从容赴岩殿山吧。”

“寄之先生，请向殿下致意。”

“遵命！”

武藏转对道念说：“师傅，归寺后，请向道智和尚的灵位说，‘武藏还没杀够！要继续杀生’。道智和尚也许会继续说，‘杀，杀，尽情杀吧！’”

说罢，他笑了起来。

六

阿松从那次以后就不再去看武藏。但她已不像以前那样慌乱不稳，说话的次数越来越少，变成了一个沉静的女人。脸面和身体日渐消瘦，变得纤细，益增其清洁感，年纪看来反而显得年轻。眼色日益深沉，似乎心底隐埋着一种情爱。

在这期间，大自然也一天天接近秋色，夏天已销声匿迹。

一天，尾藤金来访。阿松急忙出迎。

“哦，松小姐，你瘦了。不过，更美了。”

尾藤金以平素的语调，睁大着眼睛，关怀地问道："那件事已经有了断啦？"

阿松莞尔一笑："是的。从那次以后，曾去拜访武藏先生一次，说过话。我已能了解他的心，知道武藏先生兵法的精进以后，只好放弃了。"

尾藤金怜悯似的说："嗯，这我就放心了。我觉得排斥松小姐清纯情爱的宫本先生才是不幸的，很值得同情。如果这是兵法家所走之路，那我真高兴自己没有成为兵法家。不过，如果没有这样不幸的人，一切都不会获得提升。呵，不，不，世间是很难处的。"

说罢，他哈哈大笑。

"是的，我也这么想。武藏先生代众人穷究险阻的兵法之道，他真是世上无比尊贵之人。如果我会妨碍他，便当从此世消失。"

尾藤金吓了一跳。

"松小姐，你说什么从此世消失？"

阿松笑着说："这是指既然无法获得武藏先生，就只有忘记他。如果不放弃他，就会憎恨他、背叛他。对武藏先生来说，怀念是最大的敌人，对憎恨与背叛却毫不以为意。"

尾藤金轻声说："诚然，想必是如此。"

阿松以强烈的眸光望着尾藤金。

阿松认为，武藏那次说出如此强硬的语句，但其心底一定残留有对我的怜悯，而形成他心灵上的负荷。为了去除他的此一负荷，阿松觉得应该做些事情。因而，阿松突然想到：做尾藤金的继室亦无不可，于是，她才以这种眼光望着尾藤金。

但是，尾藤金却把阿松神圣化，根本无此意，也没有想到这一点。

尾藤金想了一下，又大笑摇头。

"松小姐，不行，不行。你不是一个会恨人、会背叛人的人。"

"那该怎么办呢？"

"嗯，总之，松小姐，还不要对宫本先生绝望，不慌不急，悠游地等待时机。"

尾藤金以通情达理的面容说完话后，又道："松小姐，今天就此告辞。"

在哪里都坐不长久的尾藤金潇洒地走了。阿松站在门口，目送着尾藤金的背影，喃喃自语："唉，能走的路毕竟只有一条……"

跟尾藤金说话时，含笑的双眸又回到了原有的深沉。

阿松自尽

一

那一天——

武藏从早就沉迷于书中。

他读的是古史《古事记》。城里本丸敲打的更鼓声随着晨风飘送过来——是巳时（上午十时）。

信行慌慌张张地走进来。

"师傅！"

武藏回视。信行脸色苍白，非平时所有。

"什么事？"

"姑姑……"嘴唇抽搐。

"松小姐怎么啦？"

"死了。"

"什么？"

武藏的脸顿时蒙上阴影。

"刚才家里派人来通知说，她在本妙寺的墓地自杀了。"

"本妙寺？"

"师傅，我去看看。"

"等一等！我也去。"

到熊本西郊山腰上的本妙寺要步行三十分钟左右，高高的石阶令人发急，他们俩飞奔到本堂后面的墓地。

果然是阿通的墓前。阿松全身穿白，系着腰带，端坐地上往前俯伏。三个尼姑仿佛在守护一般，环立四周。二人走近时，中年尼姑回首问道："是她的亲朋？"

"是寺尾家家长信行。"

信行回答后，尼姑颔首道："真可怜，在亲人来看望之前，我们没动过她。"

武藏一望，脸露惊愕表情，旋即恢复原状，轻声说："准备应用之物。"

"是！"

年轻尼姑急忙奔去。

武藏与信行俯视阿松遗体，默默伫立。不久，武藏以目向信行示意。

信行俯身由后抱起。武藏绕到前面，凝目注视。胸前一片红色。右手所握的怀剑深深刺入心脏。

两膝绑着细带，头部低垂。脸上毫无痛苦的表情。发髻梳理得整整齐齐，没有一根散发。

"真了不起！"武藏仿佛做证般说。年轻尼姑带来粗席。信行先拨开紧握怀剑把手的阿松手指，然后把怀剑拔出来。血潺潺流出。接着解开膝上细带，让她仰卧在粗席上。

武藏和信行静静检视伤处，仔细探察死亡的情形，这是与兵法有关的武士礼仪。

"了不起。"这种称赞是对死者最崇高的饯行。

尼姑接着替阿松整理服装，抚平头发，让她合拢双眸，为她拭去血迹，让她的双手手指贴合胸前做合掌状。然后在枕边焚香，后退静静诵读经文。

泪水不住地从信行眼中涌出。

"呜，呜，呜……"尽力控制的呜咽……信行突然跪下，目注阿松脸面绝叫道："姑姑！"

二

这时，改名孙之丞的新太郎奔驰而至。他向武藏与尼姑以目为礼，旋即趋近阿松枕边，与信行相对，单膝跪地，望着阿松的脸，尖声叫道：“妹妹，你为什么如此？”

对不知一切情况的孙之丞来说，这无疑是晴天霹雳，他真想痛责阿松一番。

武藏呢？他与瞑目合掌的阿松相对，纹丝不动地伫立着。正对面是刻着“清澄院天来妙音大姐”的阿通之墓。墓后的空间浮现了悠姬、铃姑、由利公主的脸……武藏既无藏身之所，亦无掩目不视之法，僵硬的脸如死一般冰冷，呆立不动。

孙之丞与信行终于离开阿松的枕边，站在前头的尼姑停止诵经，走过来报名道：“本人为本化城庵庵主妙光尼。”

然后她指着阿通墓，告以发现阿松自尽的经过：“本人与此墓主为此世有缘之人。今天是她忌日，故来焚香，发现松小姐自尽于此，乃及时通知寺尾先生。”

孙之丞致谢后，俯首问道：“庵主如何认得舍妹？”

“此墓主名叫阿通，三十年前曾与松小姐同住此地。当时，我正服侍庵主妙舜尼。”

“哦，原来如此。”

孙之丞不禁以手击膝，赫然目视武藏。

武藏默默不语。

庵主仰视武藏开口说：“我曾见过宫本先生一次，妙舜尼当时经常告诉我们弟子说，通小姐是武藏所托付者，他随时会来迎接。”

武藏呻吟般说道：“武藏不德，深致歉意！”

说罢，他向庵主俯首致歉，静静转身离开墓地。大家无言目送他离去，脚步滞重，腰身弯驼，双肩下垂，看来有如七十岁的老人。

阿松的遗体旋即以轿舆运回已宅。亲朋闻讯群驱而来。

由于秘密地通知，尾藤金也飞奔而来。他那洒脱的风貌已失，变得沉痛僵硬。

俨然就上座的尾藤金，静听信行报告——阿松天未明即离家他去，似乎前夕即已下定决心，客室已整理得一尘不染。阿松常常就这样前往尾崎宫参谒，而未留下片语只字，所以家人不虑有他，信行亦如往昔，径赴武坛。之后，本妙寺送来急讯，家里的仆人即遣人奔告信行与孙之丞。

尾藤金又问："现场的情形呢？"

"平居的衣服叠好放在墓旁，想是在墓地换穿纯白衣裳。面对着通小姐之墓俯伏……"

信行详细地说出所见的情形。尾藤金似乎也风闻过阿松和阿通的关系，颔首倾听。听完后，他肃容赞扬道："松小姐，真了不起……"

接着他盯视阿松的遗容，阿松淡妆，略施胭脂的脸有如已开的花，鲜活清澄。尾藤金觉得阿松比生前更美更神圣。

"松小姐，真了不起。"尾藤金又轻声说道。

三

肥后藩名列第一的女兵法家突然举刀自尽，在社会上很快就引起了各种谣传，但因舆论不明真相，故未涉及武藏。

武藏端坐居室不动，也不参加第二天的葬礼。武藏这样，谁也不觉得奇怪。

是晚，从葬礼回来的尾藤金来访。

"先生，未易服，即来访，抱歉之至。"

尾藤金致歉，武藏摇手说道："不，不，一点也不！"

就是现在也是这样，而在当时，参加完葬礼回家，往往被认为不洁净，尽量避免顺道拜望人家，但武藏在独行道中曾说："吾身无忌避。"所以他根本不在乎一切忌讳。由此可知，武藏如何漠视世情与习俗。

尾藤金又变得潇洒自如，双眸辉耀，说道：“先生，松小姐真了不起！”

尾藤金并不是来责备武藏。他已完全肯定武藏的立场，他相信只有自己和武藏知道阿松心境之美，因此他来造访武藏，是因为他有一股冲动，想谈谈阿松。

“的确，的确了不起。”武藏爽直地回答。

“真是世上罕有的纯真清净的女人。据说，由于佐渡先生的嘱咐，松小姐曾照顾一个跟自己毫无瓜葛的女人好几年，接着又以侍女的身份侍候兴秋先生的女公子，她一生都以牺牲自己、服务他人为乐。仅此已足见她不是一个平凡的女人。”

“诚然！”武藏回答，上身微微摇晃，武藏知道尾藤金所说并非在责备自己。但尾藤金的每一句话都变成了铁鞭，鞭打着武藏的心。

阿松服侍过阿通、悠姬、由利这些同为武藏之冷酷无情所打击的女人，也亲眼看见了这些女人的不幸，最后自己也为武藏的无情所折磨，多么可悲的命运！对此，武藏也了然于胸，而且自认杀阿松的就是自己。当然，武藏并不是连这点都无法感受的槁木死灰。武藏虽在独行道中说：“无爱慕之思。”但这必须是断绝爱情之后的形象。

尾藤金——这个纯情的爱之理想主义者，赞美了阿松将近半个时辰才离去。武藏虽然坐立不安，但并不觉得尾藤金的来访打扰了自己。呵，不，即使尾藤金极口责备自己，武藏也甘心承受。

“阿松，你打我吧！用力打！用力打！”

武藏叩门大喊。武藏没有任何防御，裸身承受阿松的鞭打。跟阿通诀离时，武藏还不至于如此，因为当时他那为兵法而燃烧的年轻心灵，已经把良心和悲伤深埋心底，而且加上了盖子。

但现在已不能如此。阿松的死深深刺进他内心深处，挖出了闭锁心底的良知，这良知命令武藏必须赤裸接受无情的报应。

四

十月一日。已入夜。新月为迅速漂漾的乌云所覆盖，外面一片漆黑。黑暗中，风声啾啾作响。

今晚，武藏仍静坐不动，任由良心苛责。阿通的痴情、悠姬的纯真、由利公主的明智、阿松的从顺——一一变成利鞭，鞭打着武藏。

不仅如此，佐佐木小次郎也出现了。

“武藏！你用卑鄙手段杀我。你认为这是兵法上理所当然的战略。但这与骗人有何差异？若是按常理决斗，我获得胜利，那我将代你而为肥后藩的兵法指南啦！”

武藏并不置辩。

“小次郎，说得好，的确如此，你打我吧！鞭我吧！”

小次郎举起鞭子，一鞭挥向武藏眉间，武藏却不加抵抗。

“噢……”武藏忍耐着，额上汗水潸潸流下。

“武藏！你为什么要杀我一家人？”吉冈清十郎出现，喊道。

“你若代我做大武坛的坛主，还有价值。但你徒逞本领，你岂不是浪人吗？真是无知野蛮！你是恶鬼！”

“清十郎，确如你所说！你，你鞭打我吧！”

清十郎的鞭子，用力击在武藏的衣领上。武藏忍耐着。

之后，从昨天深夜到今天，与武藏决斗失败、受伤、被杀的兵法家一一出现，责备武藏。武藏都一一肯定他们的立场，任由他们责打。

武藏如此不抵抗，不防御，任由敌人责备，可说是有生第一遭。眼青鼻肿，肤破骨碎。但在内心里，他仍尽量忍耐，以免崩溃。

“没有了吗？”

武藏仍向黑暗中怒吼。

这时，喧嚣的火警钟清晰可闻。武藏吓了一跳，但仍处于半失意识的状态。

发出了慌乱的脚步声，仆人总兵卫说：“先生，是火警。”

“在哪个方向？”武藏好不容易才反问道。

“高田原。”

“什么，高田原？”

武藏脑海中突然涌现了刀影。今早，住在高田原楠町的刀匠永国遣使传言道：“刀今晚可炼成，正彻夜研磨，明早来访。”

五

刀影如闪电般穿过筋疲力尽、失去弹性的武藏躯体。武藏颤抖地站了起来。

“总兵卫，叫滨之助备马……”

“是，遵命！”

武藏走出门，滨之助已手扣马辔，伫立等候。武藏脚踏马镫，飞身而上。

“滨之助，我先走，你随后跟来。”

武藏放缓缰绳，一蹴马腹，马长鸣一声，蹴地飞奔。

“我是武藏，要到火警现场。”武藏对门卫说，穿过了城门。

武藏奔至高田原时，永国所住一带已是一片火海。

武藏从马上问消防队的人：“刀匠之家平安无事吧？”

一个年轻人循声飞奔至武藏脚边。这年轻人就是永国的徒弟要藏。

“先生！”

“哦，要藏。永国呢？”

“师傅在作坊里。”

“为什么不逃？”

“现在正全心全意在炼刀。家烧了，先生所须之物就赶不及了。”

“喂，谁快去救永国？”

“先生，这火势已无法去救人……”

消防人员不想理睬。

武藏睨视着那方向。永国的家在眼前那胡同的最里边。火势已笼罩整个胡同，只有一边的一排房子还有些许未被火焰包围，但不久之后，可能会冒出火焰，把房子烧垮。

武藏若有所思，旋即策马奔向尚未着火的屋檐下，手攀屋檐，飞身而上。

“啊，先生，危险！”消防人员大叫。

但武藏已沿着屋顶走过了两三家，旋即跃向有火焰的屋顶，像飞鸟般，奔向巷底。

这种轻身功夫，使消防人员目瞪口呆，相语道：“简直不是人嘛！”

武藏当时的步伐虽踉跄，却仍飞身而过，消防人员当然觉得惊讶。此事现在依然在坊间相传，成为很有名的故事。

武藏跃进永国的作坊时，火已将蔓延到檐边。作坊里，永国正把炼好的刀身放在右手上，目不转睛地望着。

“永国！”武藏出声说话。永国赫然一惊，清醒过来，回首观看。

“啊，是先生。刀终于完成了，只要再研磨研磨就行了。”

“永国，真是感谢不尽。唉……”

武藏拿起刀身对着外面的火照着。

虽未研磨，但一看就知道是一把名刀。武藏上上下下看了一遍。

忧心忡忡的消防人员不久又看到武藏和永国像刚才那样沿着将毁的屋顶，猴子般飞奔回来。

六

阿松之死给武藏前所未有的打击，自觉罪孽深重，其铁石心肠几乎崩解下来。可是，武藏不加辩解，毫不抵抗地自承有罪，并借自责解除了自我崩解的危机。

无论是被殴打、被棒击、被枪刺，或被蹂躏，丹田里的一根铁丝仍紧紧支撑着武藏，不久全身又充满了力量和战斗之气。

过去，武藏无论犯了什么无情之罪，都认为理所当然，毫无自责之意，仅以惊人的意志力驱逐罪恶感、悲伤与痛苦，而不问良心，可说是一个有超人意志的人。

可是，这一次，他承认有罪，不留余地地责备自己，却也没有挫败。武藏经过罪的洗礼、真正的锻炼，而拥有更强的意志力。

永国的居宅与作坊全被烧毁，他只好在武藏家准备一切器具，开始研磨刀身。

十月二日。武藏一大早就像往常一样，面对桌子，肃然而坐。已无苦闷的阴影，目光锐利内蕴，腰杆笔挺，争斗之气溢满全身。

武藏从所读的《古事记》移开眼睛，轻声说道："吾处事无悔。"

旋即他望着窗外，张口说道："松小姐，再见啦！"

又移目《古事记》，武藏很早就为《古事记》中的伊弉诺命所吸引。他对伊弉诺命逐次创建日本各国、创造万物的事业很有兴趣。伊弉诺命性情激越，这也是吸引武藏的原因之一。他认为既是创造万物的神，那当然是激越的男神。

黄昏时分。

"先生，完成了。"

永国走进来。

"呵，完成了！"

"请看。"

永国把藏在白鞘中的刀递给武藏。

武藏依法谨受，拔刀出鞘，凝目注视。刀做得极为精美，从护手到刀尖，绽放出灿烂光芒，直映于天。

"先生，以为如何？"

"嗯，很喜欢。"

"什么时候到岩殿山？"

"立刻就去。"

"啊！"

“已准备停当了。”

“什么时候回来？”

“不知道，也许不再回来，也许会精神奕奕地回来。”

“先生，真的？”

“永国，无论如何，我不后悔。你别挂念武藏，好好跟阿光过日子。”

武藏再看一次刀身，而后收刀入鞘。

观音

一

岩殿山，秋色正浓。

武藏与春山，一如平素，并排坐在岩顶上参禅。武藏膝旁，横放白鞘的大刀，在阳光下闪闪发亮。武藏背后的地上，信行也以坐禅的形式坐着。

上次上岩殿山，是在花开鸟啼的阳春四月，幽谷、山、海，以及海那边的温泉岳都披上了霞衣。而目前，山与海都褪下霞衣，连谷底也遍布红叶。四周的山脉与温泉岳，山势清晰可见。是明澈的秋天，秋阳的凄厉仍然可以感觉得到。

武藏与春山从今早坐上岩顶以来，已四个多时辰。在这当中，春山曾两度解除坐禅的姿态，武藏却丝毫未动。

但第三次是武藏放下膝盖，重新坐好。额头上沁出汗珠，张开的眼睛闪闪发光。

“先生，如何？”春山跟往常一样，问道。

武藏摇首，“不行，还不行。”

“还未开展？”

“是的。四周乌黑一片。黑箭由空而下。”

“先生，佛道将此称之为无明。我等众生，昼在阳光下，夜在月光或灯火下，亦即生活在光之下。但释尊却说，匍匐于无明的黑暗中。”

武藏颔首称是，脸上却一片冰冷无情之色。

“诚然。这么说，我仍在众生的黑暗中啰？”

春山摇摇头。

“先生，能见此黑暗，是非常重要的，一般认为已是大悟的前奏。我坐禅已经有相当长的一段时间，仍未能见此黑暗，犹在修炼的中途。幸好我是僧侣，有前辈在前导引，又有佛可依傍。”

武藏又颔首。

“想必如此。我的不幸则是因为我是兵法家，没有前辈导引，又没有佛可作为信仰的对象。”

“是的，先生抛弃了众生追求菩提（悟觉）的佛法僧三宝。”

武藏仰视天空。

“春山，我大概无法悟得真如？”

春山端坐说道：“先生是悟前的释尊。”

“哦……”武藏低声而言，接着闭上了眼睛，旋即微笑道，“春山，你过分恭维我了。告诉我真如永恒存在的，毕竟是释尊。只是我不依凭佛道，排斥三宝，而欲以兵法获得真如。”

春山低头道：“先生，我若说得过分，还请原谅。不过，像先生这样通过苦恼的人生旅途，寻求真如的人，何处得见？”

这时，拿着竹筒到山谷去的信行，已经回来，递出茶碗：“师傅，春山先生，请喝水。”

二

武藏只漱漱口。春山却一口喝完，继续说下去：“释尊丢下太子之尊，抛妻别子，走上苦难之途。先生的苦难亦不下于此。”

武藏笑着说：“春山，不能这样比！”

“不，先生脸上的皱纹很少，但每一条都很深。我在这一条条皱纹中见到了苦恼、痛苦的阴影。”

武藏吓了一跳。

“春山，可不是这样！我只会使人痛苦。”

“但痛苦加倍还给先生。这就是所谓的罪业。”

“也许如此。但我已斩弃此罪业。我对自己所作所为并不后悔。”

春山摇头。

“先生，不是这样，你并没有斩弃，只是忍受罪业的重荷而独立。现在，你正背负此一重荷，借助一把刀，在无明的黑暗中，朝彼岸走去。”

“唉，唉……”

武藏呻吟着，然后说道：“信行，给我水。”

这次他一气喝完，转脸对着春山。

“春山，这你怎么知道？”

春山合掌回答：“先生，这是因为我信佛。由衷相信佛。纵是匹夫亦可知。”

“唔，所谓信仰即是如此吗？”

春山接口说：“先生，信仰有不可思议的力量。人可以靠信、拜、念来代替认知，与佛结成一体。亲鸾[①]自称愚秃，专言念佛，而使此一妙理完全体现，禅宗虽非如此，但信佛、拜佛却没有不同。”武藏不表同意般地摇摇头。

“人确有这种心理作用。所谓精诚所至，金石为开。”

春山微笑。

“先生排斥人类的这种信仰心。先生是以认知为始，所以我无意劝先生弃智从信。先生，请你以兵法创出你的佛吧！春山愿拭目以待。”

武藏颔首。他望了一下膝上的白鞘，然后改变方向，结跏趺坐。

---

① 亲鸾：日本中世纪最伟大的僧侣之一。——译者注

三

所谓坐禅，是指无念无想，端坐脱出地上苦恼，以直观认知天上真如的世界。然而，真如是空，无论如何深入，空还是空，仅认知空，并不是悟。只有重回地上，做“色即是空，空即是色”的观想时，真正的悟觉世界才能逐渐开展。但要如此极为困难，行者为寻求开门的钥匙，而在地上徜徉，这钥匙亦可称之为禅机。

武藏又如何？

武藏的坐禅形式却有点不同，外表看来，跟任何人无异，但内心却与对敌时一样，手上拿刀，当然，刀我已合而为一。由于平时靠比试修炼，已无须摒弃所谓杂念，可即时进入无想无识之境，心与刀共研磨，而逐渐脱离地面往上飞升。

不过，掩蔽人心的杂念不止一端，有所谓五欲。在日常生活中，武藏已斩断这一切，所以在这一点上，他比谁都飞升得更高。

如果武藏是一般凡人，他或许可借此挣脱苦海，沐浴真如之光。但武藏还不能奢望光明，四周仍是无明的黑暗，这或许就是五感，甚至是意识之外的苦海表层——春山所说的罪业，由天而降的黑箭，也许就是武藏举刀相向的神——此世因果之源的创造主，为惩戒反叛之子武藏而射出的箭。

第二天——

站在黑暗中，与此箭决战的武藏，已退后一步沉入禅思中。

“我所追求的真如与司掌因果的神，彼此相矛盾。其实相究为何物？”

武藏拼命思考。

不知道过了多久，信行叫声：“师傅！”把斗笠戴在武藏头上。武藏顿时清醒过来。不知何时，天空笼罩着黑云，雨点不停落下。

春山亦因信行的喊声解除了坐禅，转向武藏。

武藏欣悦地问道：“春山，我想问你一下，佛家所说的真如是什么？”

“借先生的话来说，就是万里一空的空；是不生不灭，不垢不净，不增不减，无始无终的世界。”

春山改口回答。

“其中包含没有一切束缚，没有因果限制的自由吧？”

“我想是如此。”

“现世的实相呢？”

“这也有种种表现。据《法华经》说，就是如是相、如是性、如是体、如是力、如是作、如是因、如是缘、如是果、本末究竟。”

“总之，现世是因果轮回的世界。我们追求自由，反叛现世，并向创造因果法则的造物主挑战。我们比谁都热烈追求自由，走上反叛之途。因而人一方面是人，一方面又杀人，一方面活在太阳的恩惠中，一方面又以太阳为敌。我就像求瓜者必须入园一样，只好承认它，承认这是不得已的。我除了欲求以外，没有正当的理由。但现在我懂了，人是侍奉因果之神的不自由的奴隶，同时又是真如之子。追求自由，不能任情妄为，我们追求自由的心灵根据就是真如世界。春山，我已无迷惘，只要向真如突进就行。”

武藏抓着白鞘大刀，猛然拔刀出鞘，明晃晃，灿然发光，雨仍然不停地落着。

“春山，武藏仍然是那句话——吾处事无悔。武藏的剑会越来越凶狠！”武藏放言说道。

四

今天是第三天，十月五日。从昨天开始绵绵不断的雨，入夜后就停了。

住在云严寺的武藏拿着白鞘回顾春山，道：“春山，走吧！”

“奉陪。”

“信行也一起走吧！”

和尚见此，说道："真是勤勉！我先准备洗澡水，好好地回来吧。"武藏走出寺院，英姿飒爽地走在前头，过了岩角约莫千尺，立在岩顶上。天空清澄如冰，十月五日的月亮高挂中天。

武藏和春山登上平岩，结跏趺坐。

过了半个时辰，四周寂静，夜已深，只有虫声唧唧。信行凝目望着师傅的背影。

"果如尾藤金所见，今晚尤其厉害。"

信行觉得剑气形成一条光束，直冲斗牛。

"会有什么？"

信行重坐了好几次，喃喃自语。

武藏在黑暗中提刀而坐。

黑暗缓缓在他四周涌起。不是平常的黑暗，湿湿黏黏，如铅一般重，而且缠绕在头上，肩上黑箭比平时多而凶猛，并且融化在四周的黑暗中，以无限的压力向武藏迫来。

呼吸沉重得像要窒息，仿佛崩溃前的一刹那。

可是，武藏极力忍受，持满待机而发。

最后的时刻终于来临了。武藏顿时伸开双足，挺直腰杆，手握刀柄。

"罪业！与朝露一起消失吧！"

武藏大喝，扭腰，把大刀往横一扫。

信行赫然屏息。端坐的武藏握着身旁的白鞘，拔刀横扫。刀锋在间不容发之际掠过春山的颈项。瞬息间，抛过岩顶的风势也为之一顿，草木静止不动！

春山不禁缩身，反观武藏，张着恐惧的眼睛。

武藏只手在头上挥着横扫的大刀，张大了眼睛。四周的黑暗像剥皮一样逐渐消退，附近泛起了黎明前的微明。

在这微明中，不知什么人快步走过来，站在武藏跟前。

"武藏，我们来一决胜负！"这是佐佐木小次郎。

"哦，小次郎吗？来吧！"

“来吧！”

小次郎挥起长刀，从正面砍过来，武藏轻轻松松地架住，反拨回去。这时，长刀脱离小次郎的手，无声地掉到地上。

可是，发生了意外的事情。长刀脱手的小次郎，突然发出欢悦的叫声：“哦，长刀终于脱手了！武藏啊！真感谢你！”

然后他急步离去。

武藏望着小次郎的背影，仿佛自己打了败仗一般，不禁喊道：“小次郎，你看，我也放下刀啰！”

于是他把手中大刀抛出去。

但下一刹那，武藏吃惊地看着自己的手，理应抛出的刀柄仍紧紧握在手上。武藏凝目望刀，形式虽相同，光芒却有别，是前所未见，精美无比的一把刀。

精气清纯，力量布满全身。

“试试看！”

武藏高高兴兴轻声自语。这时，从下面传来了声音。

“武藏先生，上面，上面！”显然是阿松的声音。

武藏惊讶地往上瞧。上面还是墨黑，从中有无数的黑箭朝武藏降下，武藏立下马步，往空中一撩。

这时，黑箭顿然消失，一道寂光从黑暗的天空中流泻而出。

“是真如！”武藏仰视天空，高喊。

近处又传来了声音。

“武藏先生，走吧！”

回首一望，阿松微笑伫立。阿通和悠姬与之并立。

“哦！”

武藏瞪目惊视。多么清朗的脸面，以前从不曾见过她们这么明朗的面貌。生前，无论在多快乐的场合，总隐含着悲哀的阴影。

“走吧！”阿松又说了一次，然后与众人一齐举步。武藏跟在后头。她们在寂光中以轻快的步伐行走，武藏也有一种从一切束缚中解脱的自由感。他现在正处于不生不灭，不垢不净，不增不灭，无始无终的空无中。

不多久，她们停下脚步，合掌顶礼。

阿松说："武藏先生，看看前面！"

武藏看前面。

"哦。"

武藏伫立凝目。这时，寂光汇成一点，形成圆光，旋即凝成明晃晃的镜子。

"南无观世音菩萨！"

她们齐口低声诵唱。武藏满心欢喜。这才是真如的世界，这镜子才是观世音菩萨的本体。

武藏放下刀，深深低头作礼。

"先生！"

春山不禁出声说道。现实的武藏仍然握着刀，脸上洋溢着欢喜之情，静静低声唱诵："南无观世音菩萨！"

春山听到了武藏的诵唱声。

武藏双眸微开。

"先生！"

"哦，春山！我看到佛了。"

"先生，恭喜你！"

武藏突然目视手握的离鞘大刀，而且凝眸注视，但又亮着眼睛，凝重地开口说："春山，我用这把刀拂除了无明，开辟了因果的暗黑。但我曾一度弃刀，这才是佛赐给我的无刀之刀。"

武藏收刀入鞘。

"春山，信行，下山吧！"

武藏静静地站起来。

大气愈发清澄，月色更是明亮。

五轮书

一

武藏跟春山、信行一块儿走下岩顶，进入云严寺，安稳地直睡到黎明。

三人一齐吃完早餐，武藏郑重其事地俯伏道：“春山，感谢之至！”

“先生，不要这样……”

春山急忙阻止，却细细地仰望武藏的脸，说道：“先生，你昨晚如何臻于悟道之境，我们年轻人无法懂得，只想象到先生经过了激烈的战斗。然而，昨天以前，先生皱纹上所刻画的罪业之影已完全消失，毫无痕迹。”

武藏一面自观己心，一面严肃地说道：“这是心底的事——如果有灵魂的话，那就是灵魂之所为。春山，我挥剑斩断缠身的罪业，以无刀之刀突破因果之壁，而且触及佛道所谓寂光真如的世界，看见一枚明镜，我将明镜名为观世音菩萨。”

信行敬佩之余，不禁打岔道：“师傅，我想姑姑地下有知，一定非常高兴。”

武藏颔首。

“松小姐也跟我一道上升至真如世界，共拜观音。那儿还有以前因我而痛苦的其他女人，呵，不只女人，还有佐佐木小次郎。还有以前为我所杀的许多兵法家，因为我挥起了剑，他们也都进入了真如世界。”

信行倾耳细听。年轻而人生经验不多的信行，并不十分了解武藏所说的话，却觉得透明清澄之光经由毛孔渗入全身。

武藏对春山说：“春山，这是我的自我陶醉吗？”

“先生，绝非如此。佛经上记载，一人得菩提，一族升天。先生之剑正是菩提之剑，与先生业果有关的人当然会因此功德而获救。”

春山回答后，肃容说下去。

“先生，我说的全是佛典上陈述的语句。我依照佛语一一回答，下面所说亦然。据云，释尊在菩提树下悟觉，掌握宇宙真理之后，想把这种喜悦传达给众生，因而继续坐禅七天，思考所得的悟觉内容，反省臻至此境之过程，然后才在鹿野苑向众生说法，此即转法轮。”

春山说到这里，接着加重语气，问道：“先生的转法轮又如何？”

武藏在腹中“嗯”的一声，然后回道：“春山，武藏说兵法！”

二

武藏又在岩顶接连坐了好几天禅，然后闭居于岩下的灵岩洞。

这儿以前称为岩户观音。如《岩户观音》那章所述，这里安放有历史悠久的观音像，不只庶民，连武家也崇信膜拜。入口高九尺，宽十二尺，深约十八尺，面临溪谷，四周覆盖着苍郁的树林。从灵岩寺只有循削辟岩壁开成的小路才能到此。虽然崇信的人很多，但因远离人世，道路险阻，又在深山里，所以除了春秋两季的法会之外，来此参拜的人几乎没有。

武藏选择这灵地作为转法轮之始，撰写所悟的兵法。

步步前进、步步高升的兵法，现在已非单纯的兵法，而是通万机，至悟境之道。武藏借此兵法而悟空，体得真如，看见观音。

洞窟处挖凿岩壁，安置古老的观音石像，石像前放着香炉。在蓝白烛台的灯焰下，武藏端坐思考一夜，到凌晨三时半，武藏才面对旧经几，毅然提笔撰写。

兵法之道名为二天一流，经数载历练，始有意著书。宽永二十年（一六四三年）十月上旬。登九州肥后岩殿山，拜天、礼观音、面佛。播磨武士新免武藏守藤原玄信，年六十岁。

武藏以不工整的书法，写下自己的名字。

武藏继续写下去。

吾自弱冠即倾心兵法之道，十三岁首次决斗，战胜新当流兵法家有马喜兵卫。十六岁击败但马国刚强之兵法家秋山。二十一岁赴京都，遇天下兵法家，决斗数次，未有不获胜者。其后至各国，向各流派兵法家挑战，决斗六十余次，未有一次失利。其间为十三岁至廿八九岁。

武藏坦率地写下青年时期的所向无敌。世人看到这文章，有人讥讽说："他虽说决斗六十多次，却只写最早的有马喜兵卫和秋山某二人，除了世上著名的严流岛和吉冈兄弟的决战之外，其余全是武藏的夸大。"多么愚昧的说法！这文章既不是比试的记录，也不是夸耀自己之强。其实，武藏有意叙述下列一节，以肯定青年时代的所向无敌。

年过三十岁，回顾过之去历程，兵法至高前所未有，此因道之有为而不离天理乎？抑他流兵法有所未逮？

此文已反省二十九岁与佐佐木小次郎决战前自己之强。

接着又叙述武藏其后兵法之进展：

其后朝夕锻炼以悟至深之理，如是，于我五十岁时，始得兵法之道。

结语则说：

自是以还，无可寻之道，虚度光阴。若委兵法之利而为诸艺之道，则吾万事皆无师。今虽撰此书，然不借佛法儒道之古语，不用单记军法之古事，而以天道与观世音为镜，于十月十日晚寅时代执笔撰写吾流之抉择与实心。

三

以上乃武藏终生大著——《五轮书》的序言。其格调之高不下于他所绘的画，正可说是绝佳之作，其结语足使凡俗之辈闻而气结。

据此，武藏在五十岁到江户前后悟得万里一空之理时，已穷究了兵法。从此以后，已达无可咨询的境域。充分表示其自信，认为只是拥有已成之兵法，做任何事皆可无师。

事实上，他以此自信出仕忠利，参与政道，其后向太阳挑战，辟破无明，也是以自己的兵法为立足点、为信念。

武藏的兵法本来就非从师而来，系源自舍身而为的体验与创意，因而将此兵法撰写成书时，他也不肯借用佛法儒道的古语与军法的古事。

武藏最后说，以天道和观音的明智为镜，写自己特有的抉择与实心。在这语意里仍然隐藏着敬神佛不托神佛的激烈自主精神。他悟空，并视之为真如，但武藏所拜的观音，或许只是他一个人的菩萨，而非称名必可获救的大慈大悲观世音菩萨。

武藏一口气写完这篇鸿文，但一入本论，即与此不同。构想已形成，一切皆为实验，但不易以语言表现。一字一句皆不轻忽，腐心刻骨，着意为之。到严寒的十二月，这部分为地、水、火、风、空五卷，为数两万多字的杰作始告完成。

第一部的“地之卷”乃兵法之大概，叙述二天一流的选用，修习兵法的心态，可说是总论。

第二部的“水之卷”论二天一流的刀法，将自得的剑技奥秘一一分成项目，详细记述。

第三部的“火之卷”是记述决斗之事，除大刀的用法之外，还具体叙述与敌相对时的动作，更深入心理层面。此卷与“水之卷”同为解说自己的兵法。

第四部的“风之卷”论及其他流派的兵法，并比较己派与其他流派，细论其得失，而以最后的“空之卷”为强有力的结论篇。

“空之卷”相当于前者《兵法三十五条》的最后一条——万里一空。万里一空表现了兵法家悟空时的心境，但在这“空之卷”中，则由现世观点解释空，而将空断言为不迷之心——即实心，人间世的大道。此即为武藏流的色即是空。

大体而言，一般兵法书写来都至为简单，以数字或数句表现一种技艺，最亲切的不过附有三张图说。至其奥义则类似禅宗回答，细节阐释皆由口传。

不过，每挥一刀则含有微妙的心理作用，所以要将之表现为文字，极为困难，自然只有用禅问的形式。但武藏却周详入微地设定一切情况，而且条理井然，循序写出表里如一的心理动向与身体动作。

每一解说都极具合理性，不陷于独断，并排斥日本人所常有的神秘性。因而，如称此书为战斗心理学，非常恰当。若就发展观点解释，全书最后论述自然的理则——空与实，则可称为战斗的哲学[①]。

总之，武藏是从合理而科学的观点思考一切事物：不拜偶像，而将佛像视为一种艺术品；也不陷于迷信，断言吾身无忌避。同时经常自主地排斥模仿，重视创意，从当时看来，确是稀有的人物。

信行在这期间送饭食，补充杂用物品，勤勉地为武藏做事。春山也亲自来访，为武藏打气。

四

约莫两个月后，武藏才回城里府邸。

这时，伊织从小仓寄来的信已在等待他。武藏迫不及待地打开信封。伊织陪主君到江户一年，十天前才回家。

伊织在信中为在江户久未致书问安而致歉，并表示探病之意，也谈

---

① 战斗的哲学：非世人所谓的战争哲学，而是将人生看成战斗的原理。

到江户的大概情形。信中报告说，北条安房守和山川苍龙轩已于今年先后病逝。武藏和他们虽然关系密切，但因江户与熊本远隔，彼此只能风闻其事，未能致书相问。

武藏不禁感慨良深：“唉，不管怎么样的高手与怪人，终究敌不过岁月……”接着又移目书函，突然双眉紧收。

其次要报告一件虽极可悲，却又极为关心之事。

伊织先来了个前言，然后叙述他遇见由利公主的经过。

伊织随主君回藩途中，一天傍晚，进入远州滨松城附近市镇时，伊织骑马为殿下先导。突然发觉，前头的扈从人员正向跪在路旁的两个女丐怒吼，要把她们赶走。

“喂，让开！别碍殿下清眼！再退后，再退后！”

偏巧路的两旁是田地，田地与道路之间有一条相当宽的水沟，附近看不见桥。

扈从人员仍然不停地怒吼：“让开！”乞丐只好跃进水沟。年纪大的那一个顺利地跳过去，年轻的那一个却一脚踩到水沟里，好不容易才由年长的那一个救起来。这时，殿下的轿子已接近，这两个女丐就这样跪在田里。

伊织从马上看见，怜悯地想道：“田中之水这么冰冷，竟然让她们如此！”

伊织经过时，向她们望了一眼，“啊！”那年长的乞丐似乎有点面熟，白色的巡礼衣已破烂污脏。

因为跪在地上，脸看不清楚。但侧脸、颈项和秀美的肩膀却仍令人感觉到一种难以掩藏的风情。

“啊？”

伊织倾首想了一下，接着清清楚楚地可以看出她是由利公主。

“听说由利小姐在四国朝山进香，竟一直这样巡礼下去……”

伊织涌起了一种亲切感，又为她已非巡礼，而沦为乞丐的形象痛心不已。

幸而在这地方看见她，非把她救出不可，伊织轻声嘱咐家仆跟踪，探视她们今晚的住处。幸好，她们当晚住在滨松。

五

接近日暮，到武营后不久，跟踪公主的家仆回来了。伊织把他叫到另一房间问道："怎么样？"

"是，那两个人到了距此半里的路旁村庄，进入村庄郊外的地藏堂庭院，并且商量要在那儿住一宵。"

"好，在前领路，到那儿去！"

"遵命！"

这家仆可能是伊织心腹，一点也不怀疑。

伊织是首席家老，带着一个随从离开武营，谁也不会觉得奇怪。

两人走到村郊时，太阳已完全下沉。果然，森林下有间仅四坪大的新庙，庙前似乎燃着火，只火光附近昏黄明亮。

"老爷，那就是。"

"嗯，你在这儿等我。"

伊织一个人走近，突然听到了怒吼声。

"喂，你们没看到这告示！瞧，告示上写着'不准男女乞丐住宿此庙'！去年，住在这儿的女丐引发了火警，瞬息间就烧毁了庙，所以村里决定不让乞丐住在这里。快走！"似是村里的农夫。

"是，是，我们没看到告示，很对不起。这姑娘行走途中掉进沟里，全身湿透，所以才想在这儿歇息一会儿。"

由利公主的声音。

"什么，掉进沟里？呵，这姑娘得了冤孽症？"

"麻烦你，因为足踝痛，请让她歇一会儿……"

农夫的声音又粗重起来。

“不，不行！怎能让污秽的冤孽症污染了刚落成的地藏堂！快走！不然就要泼水哪！嘘，嘘，嘘……”

农夫像赶狗一般顿足驱逐。

“是，立刻就走。”

公主替盛娘穿上脱下的布袜，绑上绊腿。伊织不忍卒睹，一步一步走过去。

“喂，你这农夫！”

村人吓了一跳，回头反观。

“哦，武士先生，有什么事？”

“让这两个人暂时待在这里。她们不是乞丐，是庙山进香的巡礼客。”

“不，不行，纵是巡礼者，也是冤孽症者。”

这农夫不肯答应。

公主插嘴说道：“武士先生，这老伯说得没错。老伯，我们只在院里生火，还没走进庙里，盛姑娘，我们走吧！”

盛娘站了起来。公主拉着盛娘的手，若无其事地离开了小庙的庭院。

伊织跟在后面，穿过村庄，走上田埂时，伊织唤道：“公主，等一等。”

六

月已东升，附近一带明亮无比。公主回首亲切地望着伊织。

“伊织先生！你怎么也到这里？”

“你也怎么到这里来……”

伊织走过去，不住地望着由利公主的脸。以前那么高贵、美得耀人，现在脸和手都黑乌脏垢，怎么看都只是一个平凡的乞丐。若非血脉相连的伊织，有谁能看出她是由利公主？

伊织心痛如绞，泪水潸潸而下。

“怎么变成这个样子……”

但公主双眸只闪烁着温情，毫无悲伤的阴影。

公主温煦地微笑，说道："伊织先生，请别悲伤……这是我真正的形象。"

伊织哽咽着说："以前听父亲说，你出外巡礼进香。依你的脾性看，我本以为这一定很有趣，想不到竟是这个形象……由伊织给路费，今日就……"

由利公主笑着打岔道："呵，呵，呵……伊织先生，这是我喜欢而自选之路。武藏先生为修习兵法，以野山为寝床，乞丐则是我的实践功夫。"

"实践功夫？"

"刚才那农夫已经说过，无须再隐瞒了。我的同行者盛姑娘，身罹冤孽症。为赎罪业，她必须离开父母身边，独自离家出行。伊织先生，我正在帮助她，背负业果的并不仅仅是盛姑娘。伊织先生，你的业果和武藏先生的业果，我准备一手承担，以从事消灭罪业的实践功夫。我也想背负死于不幸的父母业果，借观世音菩萨的慈航，我一定可以完成使命。"

伊织深垂着头。

"听你所言，伊织还有什么好说？"

"伊织先生，你了解吗？"

"了解了解。"

"听说伊织先生也父母双亡了。我愿代你祈其冥福。"

"是……"

"那么，伊织先生，就此别过。代向武藏先生问候。"

公主在光辉灿烂的月光下，牵着盛娘的手，快步行去——

伊织的信中隐含着情爱，详述这段过程。

武藏读完后，闭上眼睛，旋即静静地轻声说道："公主！你毕竟是很伟大的，你一径儿走你的路吧！但请别背负我的业果。武藏已无罪业的痛苦。"

但是，公主站在月光下的风貌一直残留在武藏的眼睑深处。

转法轮

一

武藏已有两个月没回府邸。回府邸那天并没有到武坛，只坐在居室，以心眼观望世情。

武坛越来越萧条。武藏本来就不为人所喜，加上练习太严厉，以此为因，武藏虽然回来，却没有引人注意。可是，信行等高徒也不再以此为意，人数虽极少，仍继续勤勉练习。

武藏唤来信行，说道："信行，明天，武坛会逐渐喧腾。不管多喧腾，每个人都要好好练习。你去告诉大家此事。我明天也会去。"

接着他又独语般附加了一句："明天，我想殿下会召见。"

"是，知道了。"

信行回到武坛，内心有如为狐仙所迷一般。信行把此事告诉同僚后，大家都目瞪口呆："师傅说了奇怪的话！"

可是，到第二天早上，果然有许多门人蜂拥而来，从十多岁的少年到二十多岁、三十多岁，甚至中年的人。

"据说师傅在灵岩洞完成了兵法杰作。"

"在剑技和兵法理论方面，师傅是当代无双的。"

他们以此彼此互告，似乎与有荣焉。

不久，武藏走进武坛，坐上师范的座位，众人皆肃容端坐。虽比以前更加严厉，却洋溢着热情。

武藏却很稀奇地讲起了兵法的修炼。

"各位看到其他流派都用护面、皮护手和竹刀，也许会认为本派用木刀练习招式很不自由。其实并不是这样。攻击的木刀和防守的木刀在互相衡量对手的心意时，与真剑无异。攻击的木刀专意于攻击，寻找对方的间隙；防守的木刀考虑受袭击的情况，而不给对方空隙，期待在对方袭击后对方架势会瓦解。在这当中含有心理的动态，含有虚实之争。没有心理的动态，虽磨炼百年，亦无丝毫进步。攻击的木刀若对方毫无空隙，强行进击，就会损害这两把刀，自己也会受伤。防守的木刀无充分的防备，也一定会受损而负伤。招式是技艺的真髓，离而不远。因而本派不用竹刀、皮护手和护面。各位要用心锻炼。”

武藏详细叙述其中奥妙。

之后，武藏以信行为对手，显示真剑本身的壮烈招式。

这时，仆人总兵卫来报说：“刚才殿下遣使来召先生上殿奉职。”

武藏颔首走出武坛。

武藏和高徒面面相觑。果如武藏昨天所说，殿下遣使召见了。

二

武藏进谒光尚时，光尚开口便说：“武藏，辛苦了。闭居灵岩洞完成兵法的著述，我也觉得很高兴。”

光尚迫不及待地请来武藏，主要是想听听有关著述的事。武藏就像看穿门人的心意一样，料知光尚必有此举。但他并不以他们为浅薄，而视之为人类自然之情。

“谨谢。因有所感，故写下我这一流的抉择与实心。”

“嗯，想必是无与比畴的大著，我也想看一看。”

光尚说罢，高兴不已。武藏以前曾因先主忠利之请献上《兵法三十五条》，因而光尚希望自己也能得到武藏这次所写的兵法书。

武藏直视光尚：“殿下，武藏在世期间，书是没有用的，愿亲自传授。”

光尚“嗯”的一声无言以对。光尚又振奋地说道：“武藏，听你这么说，精神就来了。我也一定要练成不下于父亲的本事。我要重振精神开始练武。武藏，麻烦你了。”

光尚说完，即对在座的家臣说：“怎么样？你们也开始练吧？”

在座的长冈寄之及其他年轻近侍，大多数都回道：“遵谕！”

这时，居于末座的尾藤金右卫门也以平素潇洒的姿态唤道：“宫本先生，在下也要开始练，行吗？我这年纪还可以吧？”

武藏微笑答道：“尾藤先生，你免了。”

“什么？”

“你的兵法已完成了。再练也没用。”

“哦！”

“虽说是兵法，但主要还是精神力与心灵动势。你只需如此就可成高手、纯粹的肥后武士，我不要你列入我的门墙。尾藤先生，我倒希望你帮我鼓励年轻人，勤习兵法。”

“呀，这是说尾藤金再练也不能臻于高手之列吧！哈，哈，哈。”

尾藤金抚额大笑。

尾藤金自从拒绝光尚劝他再娶后，这纯情的豪杰便怀着阿松的影像，准备独身到底。

之后，武藏择日上殿教光尚及近侍练武。

回居室后，刀匠永国来访。如以前向武藏所陈，他已跟阿光结婚，并在烧毁的旧居上重建新屋，平安度日。

“先生，那把刀有没有用？”

永国表情认真地问道。

武藏满怀谢意：“永国，真管用！”

“这样，我就放心了。请让我再看一次。”

永国接过武藏递出的白鞘，轻快地把刀拔出来，反反复复凝目观看。

“先生，有云持者之魂入刀，此语诚然不虚。新铸成时所无、栩栩如生的光芒如今直沁人心。因是，永国的刀也变成了名刀。先生，感谢之至。”

永国仰起感激的面容说道。

三

自忠利去世以后，武藏已不顾人间社会，只凝视天空。所以世人的评论，他都当作马耳东风，不予理会。但是，现在又改变姿态，注意人间世。让自己的兵法为世人了解，并且广为流传的时刻已经来临。从释尊的行迹观之，这是转法轮之时；从一般佛徒观之，则是回向[①]之时。

于是，武藏重新打开心眼，观看人间。世上早已习于太平，世情大抵而言并不甚佳，但有发展之机。抓住人心机微，正是兵法最得意的本领，武藏有意抓住这机会以弘扬兵法。

他料知门人会蜂拥而来，向他们陈说兵法，促使光尚引发修习兵法之心，即是其机会之一，请尾藤金支持，也是为了这目的。

与此相对应，世人观看武藏的眼神，自然也逐渐改变。视武藏为妖魔的舆情已逐渐消失，讥评武藏的儒者秀山也噤口不言。敬仰武藏，视之为日本第一兵法家的时潮日渐高扬。

直接见过武藏的人，感觉也跟以前不同：枯槁的面貌仍旧有如研磨过的名刀，但已不至像以前那样，令人为其汹涌的剑气不寒而栗，却含有一股沉静沁入骨髓的冷澈感。

“只要一见师傅，便觉肃然。”

“荒怠之心顿然消逝。”

“不会想做坏事。”

“但，很可怕，不敢和他面对面说话。”

年轻的门徒经常这样说。世人对武藏的感觉就是这样。

这一年——宽永二十年（一六四三年）已入岁暮，武藏正迎接着六十一岁的春天。这一年改元为正保元年。

武藏亦仿其他流派，为热心练武的人写成招式目录。对一向排斥形式的武藏来说，这是最大的妥协。

武藏把自己的兵法称作二天一流，而以二刀流为对外的称呼。但这并不是排斥一刀，视情况与时机，也承认一刀的优点，练武时也采取由一刀起始，再学二刀的方法。所以招式也是这样形成的。其招式有所谓

① 回向：将自己所修之功德赐予众生，与之共得佛果。

的“一刀执法”与“二刀执法”两种。

由是，武藏的人望日高，武坛的繁荣甚至超过先主忠利在世时代。不断逆时而行的武藏，现在已愿跟世人同行。

不过，这只是外表所见的变化，对武藏而言，这也是战场。对阻止门徒兵法进步的人性弱点与无知，武藏依然拼死战斗。就像以前对自己那样，严格而绝不宽待……但他不忘抓住人心的机微，视人及其能力而有缓急之不同。

四

武藏对自己的理想充满信心。

武藏相信，自己的兵法之理不仅适合武士，也适合一切职业的人。工匠制箱，农夫耕田，商人交易，若能以兵法之心为之，必可成为卓杰的工匠、农夫与商人。而且相信兵法之理同样适合于领军和为政的正义之公道。

武藏认为，修习自己的兵法，可以从现世中去恶，泯除差别待遇，驱逐贫穷。

建立这种伟大的社会国家——武藏的大理想即在于此。客观主义者武藏，主要是想创出有益于社会的人物，而无意创造脱离现世，以坐禅为生的弃世者。

武藏六十岁时开始弘扬此一大理想。

但——太迟了。

这并不是说六十岁太迟，而是潜伏在武藏身体内的病魔又抬头了。春夏之间，没有特别事故，平安度过。入秋后，天气稍冷，武藏的痼疾——胃病又开始疼痛。

武藏因有以往数次的经验，故对食物非常注意，静养以待其复原，但毫无作用，病势似乎日趋恶化。

是年入腊，正保二年（一六四五年）正月将临，病势未见好转。二月后，已卧病在床。

四月某日，武藏突然觉得自己死期已近。

武藏对此当然不会惊恐，也不告诉任何人，独自凝视所余不多的生命，过了几天。

这时，春山来访。虽仅十日未见，但看来武藏几乎变了一个人，春山不由心惊。

“先生，你的气色……我替你摩摩背，好吗？”

“呵，不，不，只是觉得疼痛而已。春山，我终于走到人生的尽头了。”

“呵，先生，你常这么想吗？”

“是的，经常这么想。不过不会在近期。”

“有什么事要我做的？”

“没有，只要我们两个人谈谈就好了。”

武藏浮现出沉静的微笑：“春山，我想回到灵岩洞。”

春山紧锁眉头。

“回灵岩洞？”

“是的。病入膏肓，已是世上的废物，想回归到以前的孤独。”

春山悲伤地说：“先生，不行呀。前年年底先生的回向，真是了不起，又有许多爱徒，请在府邸往生净土吧。”

武藏又说了一遍：“春山，我想回灵岩洞。我要走自己的独行道……”

春山静默一阵，凝望武藏的侧脸，旋即感动地开口说道：“先生，观世音菩萨召唤了？”

武藏摇摇头。

“或许如此也说不定。不过，我所希望的不是观世音，而是独自待在无涯之空、险峻之道、无草无木无鸟之山，冰冷的石床上。”

“啊，先生……”春山哭泣般叫喊，伏拜武藏。

五

武藏决心闭居灵岩洞。并作书告诉家老长冈寄之、长冈监物、泽村宇右卫门自己的病情，委请他们向光尚陈述。

虽欲向殿下传授兵法奥义，为手足已略有不使，此命似难活过今年，愿早日定居山间，并祈向世人言明蛰居之事。

接到此信的寄之自不待言，就是听到此事的重臣知己莫不相继趋访武藏，劝他打消闭居灵岩洞之意。武藏却笑而不应，反向他们告辞，赠以纪念品。他送刀给寄之，并要他向长冈佐渡转达此事；赠送宇右卫门自做的马鞍。

启程的前夕，武藏特招寺尾孙之丞和信行前来。

武藏端坐凝视二人，缓缓开口说道："新太郎，呵，不，孙之丞，你三十多年前就列入我的门墙，又经多年的历练，已体悟我的兵法。现在把兵法《五轮书》寄放你处，应找个好继承人发扬我这流派。"

孙之丞为这意外的话变了脸色，双手战栗地接过兵法书，平伏于地。

武藏转眼向信行说："信行，你自幼即受严格训练，已完全体悟了我的兵法。因而把《兵法三十五条》寄放你处，你以二天一流的继承人代我传之。"

信行也接过《兵法三十五条》，平伏于地，泪水潺潺而下。

父子同时从这伟大兵法家接受兵法奥义书，着实是无上的光荣与欣悦，而且这是活的纪念品。父子互望一眼，决然地说："定不负重托，日日勤练，将二天一流传诸后世。"

接着，信行改变话题，说："师傅，请让信行明天陪侍！"

武藏说："信行，不必。"

"那么，由谁陪侍？"

“我自己一个人去。”

“师傅，你的身体？”

“别担心。春山会送我。”

“灵岩洞的生活，由谁照料？”

“不要人照料。”

“食物呢？”

“只要有水就行了。”

孙之丞也忍不住插口说道：“师傅，这样太……”

武藏投以严厉的目光。

“孙之丞，我走兵法之道。你和信行都知道兵法的严肃，兵法不许有私情。”

至此已无话可说，父子两人都俯伏回答：“是。”

第二天早上，春山到大门前来接，武藏已准备停当等待他。一如平昔，身穿白绫夹衫加无袖外褂，手执一根铁头的木刀式手杖。

信行、滨之助及家人送出大门时，两旁并列着高徒。

武藏逐一注视众人的脸，说道：“以后概依孙之丞、信行指导，勤练兵法。”

说罢，他毫不反顾地与春山走出大门。

这时遇见了流着汗奔驰而来的尾藤金右卫门和永国。

“宫本先生！”

尾藤金已无平居的笑容，只唤着武藏的名字就呆立在那里。永国亦然。

武藏莞尔微笑：“尾藤先生，我就要到岩殿山去了，无法跟你细谈，真遗憾。”

尾藤金说不出话，只一味唤着：“哦，先生！哦，先生！”

“尾藤先生，再见啦……永国，好好过日子。”

武藏踏出衰弱已极的脚步，曳着杖，缓缓而行。

去世

一

武藏是容易产生谣传的人物。他的所作所为往往脱离常规，违反世俗，而且出人意表，因而常使世人惊讶，产生疑惑，莫须有的谣传遂因之而起。

这次亦然。濒死的病人突然起床，拿稳脚步，越过九曲回转的山路，而消失于洞窟中——仅此已足以使人有阴森之感。

武藏的风格本来就容易使人想起日本神话与传说中出现的狂暴之神，毫无禅味与幽雅之感。

事实上，就其激越面而言，武藏的性格并非佛教式，而是神话式的。

武藏常读佛书和儒书，但真正以血脉相连的心情耽读的仍是《古事记》。

不过，当时日本在思想上受佛教，尤其禅的影响极深，所以作者描写武藏，使他与当时的佛教相对应，也许把武藏写得太佛教味了也说不定，但这并不是作者的本意。

武藏浸淫在由坐禅直观所悟的至上妙境，独自等待死亡的降临，但只有跟他极接近的人才这么想，而世上所流传的谣传却是："武藏因龙神作祟而走进洞窟。他已半身成龙，在洞窟深处怒吼。"

多么怪异的故事！以此为机缘，从武藏日常生活与经历中衍化而成的流言逐一流布。

"据说，武藏因违逆殿下意旨，而蛰居于灵岩洞。"

"不，他还阴谋造反呢！"

"武藏为报父仇者所刺，身受重伤，悄悄在灵岩洞疗伤。"

"武藏在洞窟与女妖同居，已有村人看到他们。"

"不，不是。这是秘密，武藏得了冤孽症，才藏身洞窟。"

这些全是莫须有的流言，细川家的记录也载称："世上有奇异的风闻。"可见这类谣传多么盛行！

谣言自然也传入寄之耳中。寄之是武藏的门人，也是了解武藏，又支持武藏的人，他为这莫须有之事愤怒异常，但也无法因此封住世人之口。为了弘扬武藏的兵法，他不愿意武藏在这类谣传中去世，尤其所谓违逆殿下意旨，使他更为痛心，苦于无法让事情平息下去。

这类谣传似乎也传进光尚耳中。一天，光尚悄悄把寄之叫来，问道："叔叔，你听到关于武藏的谣传了吗？"

"听到了。真糟糕……"

"武藏可不是一般的家臣，给他藩听到了实在不好。把他叫回来，如何？"

"我想大概也只有这样。可是，武藏一旦下了决心，就很难挽回。"

"叔叔，你以我的使者的身份亲自去把他带回来。怎么样？"

"既是殿下的意思，我想武藏也不至于太固执。"

光尚与寄之就此决定。

二

四月底，岩殿山一带，紫藤繁茂，杜鹃由朝至暮，由暮至朝，哀啼不已。

武藏在微暗的洞窟深处，纹丝不动，结跏趺坐。脸上已毫无血色，六尺的巨身毫无赘肉，只有瘦骨嶙峋。眼睛却炯炯发光。但这不是观看现实的眼睛，而是观看深藏不露另一世界的眼睛。

武藏闭居此处已有十余天。在这期间，武藏有时坐禅，有时横卧而睡，除大小便之外绝不出外。

灵岩寺的和尚每天一次送来食物，"先生，请用。"但武藏只喝水，其他一口不沾。

春山只送武藏到这里，就未再出现，因为武藏拒绝他来："春山，我不要再见你！”

武藏只希望独自在洞窟中。不铺席子，日夜都在岩床上或坐或卧。食欲全失，针刺的胃痛已全部克服，痛苦跟呼吸已无不同——胃在呼吸。

可是，武藏所见的世界不在洞窟中，有时是在人迹全无的岩山上。重叠的岩石，环绕岩石的山谷，无鸟亦无兽，四周是无涯无际的白云连绵不绝，在这生苔的岩石上，武藏看到了自己。

武藏有时站在沙漠里，无树无草，更无鸟、兽、虫，只有风吹云流。

武藏不称佛名，也未见佛的形象，人影更是没有。他已不想任何人，没有一个人让他挂心。

只是偶尔会听到由利公主的声音。

“武藏先生，你在这里！这儿开了非常非常漂亮的花。”

武藏摇首回答道：“我不喜欢花。”

“噢，那你喜欢独自在这无花无鸟的世界啰？”

“喜欢！喜欢得心荡神驰！”

“哦……”

由利公主的声音断了。

武藏真的喜欢独自生活，一个人比较自由，要追求绝对的自由，必须独自生活。谁都在追求自由，但有谁能忍受一个人的寂寞？武藏却能忍受。就像疾病变成呼吸一样，寂寞也可以高兴得忘了自己。

所以，武藏喜欢没有鸟兽栖止的冷严世界。

对以刀突破一切的武藏而言，这也许是理所当然的。

三

寄之在强壮轿夫抬轿下，向岩殿山进发。他自称放鹰狩猎，离开了府邸，带着典医中西孙之允来到云严寺，先问和尚武藏的情形，然后带着孙之允往赴洞窟。

站在洞口往里瞧，武藏正在坐禅，双眼紧闭。

“宫本先生……”

寄之为免扰其静寂，小心翼翼地轻声呼唤。武藏没有回答。第三次，武藏才睁开眼睛，在微黑中，闪闪发光。

“是谁？”

“寄之。来看你。”

“哦，是寄之，你来啦？这儿无法招待。”

寄之擦擦泥脚走进去。

“先生，其实我是代表殿下来访的。”

“什么，是殿下的使者？”武藏端坐。

“殿下还差遣典医中西孙之允来诊断。”

“真是感谢之至。”

武藏惶恐地说，老老实实地接受典医的诊断，武藏本性不羁，然而一旦出仕，内心却坚守绝对的忠诚。

接着，寄之回到了本题。

“先生，殿下要我转言。殿下很了解先生的心意，但举世闻名的先生隐遁此地，在无人看顾下仙逝，殿下自觉心痛，给他藩知道也不好。再者，先生这次隐遁，众说纷纭，以为是对殿下的厌弃，所以殿下召我商量，务请先生再回府邸一次。”

武藏俯首倾听，沉思良久，自语般说道：“寄之先生，武藏太任性了。武藏今天就回宅，以完臣节至终命。”

她脸上浮现自责之色。

寄之放下了心，说：“哦，这样，寄之此行实有意义。在下随即扈从，已准备妥当。”

其实根本无须准备，因为这洞窟到云严寺是轿子无法行走的小路，所以寄之和孙之允从两旁扶着武藏行走，在这之前，武藏不管什么事情，向来不肯假手于人，但今天却唯唯诺诺。当然，他已衰弱至极，他怕自己一不小心滑倒，有碍观瞻。

从云严寺起即坐上备好的轿子，寄之一行前后护送，和尚依依不舍地为他送行。

寄之为了体面，只好中途告别，由典医中西孙之允随着轿子，送至武藏府邸。孙之允因寄之交代，其后即住在武藏府邸，专心替武藏看病。

府里的人已事先获得通知，所以全部出迎，信行和滨之助从两旁搀扶，送到居室。

武藏一如平素，端坐而问："武坛的情形如何？"

"是。跟以前没有不同。"

信行回答，武藏又附加一句："好好用心指导门人练武。"

武藏的心又回到了现世。

四

旋即进入五月。蓝天之上白的光芒反照在武藏病房里。武藏亮着眼睛守护武坛及人间世，与逼迫而来的死神战斗。但他已越来越衰弱，到五月十二日，已完全陷于危笃状态，谁都知道他已离死不远。

武藏想必也自知，这天，他把寺尾孙之丞叫到枕边。

"孙之丞，快去请求进谒殿下，代武藏陈说临终的进言。"

"是。"

"武藏蒙先主忠利侯知遇之恩，得续出仕殿下，然因病体衰竭，未克充分奉职，实惶恐之至。本欲辞退食邑，尚未获许，即患此病，濒临绝命边缘。但魂魄停留此地，必以武藏锻炼之兵法守护之。"

武藏一言一语都含感谢之情，要孙之丞代向光尚陈述。说完后，他把信行为首的全家人叫过来，一一辞行，而后严厉地嘱咐道："我去世后，身穿铠兜，葬于大津街道路旁，在此可以迎送殿下上江户服勤。务必按所嘱为之！"

武藏似乎已完成了地上的任务，喘口气即昏迷过去。

武藏不是佛教徒，不相信有死后世界、地狱、极乐等，而认为一切皆归于空无，但他在兵法上的自信与激越的精神，在他眼望地上时，使他觉得死后仍将留在这世间。这不是感伤，也不是妄想，一个人留在这世上的只是意志，只有意志才会原原本本留在这人世。日本的神就是这种伟大意志的所有者。

此后的武藏已经完全不能开口说话，不能睁开眼睛看人，只是呼吸不断，看来已意识不明。也许如此，或者是虽有意识却自动闭上眼睛。

但武藏的心还没有死，他的心就像闭居灵岩洞时一样，独个儿继续其世界之旅。每一天每一小时，都毫不厌倦地徜徉在广漠的山野里。

他没有遇见阿通、悠姬和阿松，也没有遇见小次郎，更不会遇见活着的伊织——他也不想见伊织。

但是，由利公主的声音却从旅途终点的山那一边传过来好几次，而且像以前那样说道：“你在这儿！哦，有这么美丽的花儿。”

武藏毕竟是武藏，答语只有一句：“我不喜欢花。”

武藏平时已忘了阿松，同样也忘了由利公主，可是在空无的世界里却听到了由利的声音，由此看来，他内心深处也许还想着由利公主的事；或者怀着武藏影像继续其赎罪旅程，一步步走近熊本的公主，其思绪已逐渐渗透到武藏的灵魂中。

公主现在（五月十九日）已从熊本向北经过三里、树叶里，心急地走着夜路。

公主孤零零一个人。自那次见伊织以后，盛娘病势加剧，终于在今年正月逝于安房国某一村庄郊外的原野中。临终前，盛娘说：“阿姨，过了那座山，就是我生身的村庄。由于阿姨的帮忙，我很快乐地完成了罪业之行，身体虽然如此，但灵魂已经洁净，可以回到父母身边了。”

公主孤独一人，突觉熊本亲切无比，于是向西复向西，继续她的旅途。

五

五月十九日。武藏昏迷不醒已过了七天。在这当中，呼吸逐渐混乱，脉搏逐渐微弱，好几次让四周的人以为已经去世。但武藏的生命相当强韧，每次都险险度过，而坚持下去。

然而，到这天傍晚，脸色死灰，呼吸、脉搏混乱无比，典医中西孙之允也断言说："想必已接近临终时候。"

于是，通知寄之，以寄之为首，亲交之人皆群集枕边，其中也有尾藤金右卫门。稍后，长冈佐渡以年近八十岁之高龄，坐着轿子奔驰而来。

武藏什么也不知道，只独个儿无厌地徜徉在荒凉的空无世界里，一个无春无夏无秋，只有冬的冷严之旅……

已知或未知而群集于此的人，也都默默凝视着武藏现在的形象。

这样过了好几个时辰。武藏坐在原野中的石头上，听到由利公主从山那一边传过来的声音，武藏仍旧回答说："我不喜欢花。"

"独自在此不觉得寂寞吗？"

"不觉得寂寞。"

公主又问："没有想见的人吗？"

武藏倾首沉思。这样看来，他好像有意要见一个人。

"是谁？"

武藏想了想，终于想起来了。

"哦，想见达摩！"

于是，达摩悠然出现在武藏面前。达摩张目睨视武藏："武藏，你要杀我？"

"要杀！"

"你，杀不了！"

"什么？"

武藏手握身旁之刀——无刀之刀。

“哈，哈，哈，拿刀也没用。达不到我在的地方。”

的确，相距达六十尺。武藏想走过去，却脚陷泥沼，动弹不得。武藏拼命地想拔出脚来，但一只拔出，另一只又深陷，无论如何拔不出来。

“嗯，嗯……”

武藏扭动身子，挣扎痛苦不已。

达摩大笑：“哈，哈，哈。武藏，什么东西拉住你的脚？你知道吗？是你生命的重量啊。你常常自夸说不爱惜生命，现在，大概知道生命的可贵了吧！”

“嗯，痛，痛苦！”武藏仍然拼命跟泥沼作战。

枕边的人屏息守望。临死前的痛苦已显现在武藏脸上。

濒死是欲停留此世的生命跟欲携往彼世的死魔彼此间最后的决战。武藏的生命在这最后之战中仍然很强大，但正因其强，故战斗极为凄厉，显现在武藏脸上的苦闷也极为深刻。有的人背转脸，有的人不禁合掌念佛。

不久，武藏不再挣扎，不动地睨视达摩，武藏懂得飞刀击倒敌人的方法。

达摩看穿了这一点：“武藏，你想要使出你得意的飞刀斩人吗？你投出来的刀，不会回到你的手上。”

“哦……”

武藏痛苦呻吟。

“喂！怎不掷刀？哈，哈，哈，你没有这个决心。混账！懦夫！”

武藏愤怒至极，拼命伸手抓刀，一拔出，便朝达摩扔过去。

“啊，师傅！”

“武藏！”

枕旁的人一齐大叫。

临死时的挣扎只显现在脸上，身子无法动弹，如枯木般躺着。但他尽力伸手抓着永国新铸的那把刀，即使武藏生病，这把刀也不离其左右。

这时，他挺起半身回视，未见拔刀，已把刀朝壁龛上所挂宋代画家梁楷所绘的达摩像掷过去。

“哦！”大家都同时变了脸色。

刀尖巧妙地穿过达摩右眼，钉在背后墙上有五寸深。

这时，信行大喊：“师傅！”匍匐在武藏身上。孙之丞也膝行靠近，把临终之水注入武藏嘴唇。

其他的人都畏缩地望着武藏，武藏已恢复原来的姿态，气绝而亡。

“过去了！”大家说着，叹了一口气。一时之间，各人都脸无血色，手脚战栗，凝视武藏苍灰的脸。

正保二年（一六四五年）五月十九日，在接近深夜的亥时（晚十时），武藏去世了。

六

武藏死了。武藏的生命断绝了。

如果有灵魂的话，武藏离开肉体的灵魂是否会去见已到达熊本，在深夜出町中行走的由利公主？但是，离开肉体的死后生活已非作者的描述对象。作者只能想象地说，武藏临死的瞬间，跟达摩单打独斗时，扔出了无刀之刀，终于臻及完全的无刀，这或许表示他已承认由利公主所主张的无刀的绝对和平世界。

尽管如此，仍然发生了不可思议的事。第二天早上，相扑世家吉田家的仆人，因事天未明即走出邸宅，走到一小桥边时，有个女丐蹲在那里。

这仆人有意无意望了她一眼，却大喊一声：“啊！”

原来这女丐脚边躺着一个大男人，已经死了，女丐正用剃刀削落这男人的头发。

仆人畏畏缩缩地问道：“这男人是谁？”

“是武藏先生！”女丐回答。

仆人吓了一跳，仔细看了一下，确是一个六尺高的巨汉，脸跟宫本武藏一模一样。不可能如此呀？他想再问一下，却涌起了惧意，奔逃而回。

仆人惊恐地回到邸宅，将此事告知主人。主人吉田善门还不知道武藏已死，觉得很奇怪，与这仆人一块儿到桥边去看，但女丐和巨汉尸体已不见了。

——这奇怪的事件至今仍是吉田家相传的武藏传说之一。

但是，吉田司家从京都受聘至熊本，是在其后的纲利侯时期，所以时代不合。也许是别家所传的这个故事不知怎的转移到了吉田家，由是而流传下来。所以未必是吉田家所独有的故事。

不过，从这个故事也无法断定这女丐就是由利公主。但作者也不能不感伤地想把这女丐视为由利公主的下场。

武藏死了。享年六十二岁。

依遗嘱，武藏穿着甲胄入棺，葬在大津街道旁的饱托郡五丁手永弓削村。

葬礼在府邸举行，有主君光尚的代理人及重臣门人等参加，由泰胜寺的大渊和尚当导引，气氛极为严肃。

送葬的队伍经过市中心，走进大津街道，到泰胜寺门前马场时，灵柩暂放在路旁的巨石上。在此等待的春山，庄重地接替大渊当导引。

这时，天色突然灰暗，雷声轰然而鸣，却只有一响。人们惊讶得面面相觑。——《二天记》载称。

中途由春山接替导引，也是异例。这可能是春山与武藏关系密切，所以特别采取了这种措施。

于是，武藏的灵柩又抬了起来，沿着大津街道前进，葬在原定的场所。

武藏死了。但是目送武藏灵柩的人，包括武家和町人在内，都觉得与普通人的死完全不同。

武藏即使死了，也不会到地狱和极乐世界去，他只是身穿铠兜，踏步走进墓穴藏身而已。

全书完